Ian Rankin

Im Namen der Toten

IAN RANKIN

Im Namen
der Toten

Roman

Aus dem Englischen
von Juliane Gräbener-Müller

MANHATTAN

Die Originalausgabe erschien 2006 unter dem Titel
»The Naming of the Dead« bei Orion Books, London

FSC

Mix

Produktgruppe aus vorbildlich
bewirtschafteten Wäldern und
anderen kontrollierten Herkünften

Zert.-Nr. SGS-COC-1940
www.fsc.org
© 1996 Forest Stewardship Council

Verlagsgruppe Random House FSC-DEU-0100
Das für dieses Buch verwendete FSC-zertifizierte Papier *EOS*
liefert Salzer, St. Pölten.

Manhattan Bücher erscheinen im
Wilhelm Goldmann Verlag, München,
einem Unternehmen der
Verlagsgruppe Random House GmbH

2. Auflage
Copyright © der Originalausgabe
2006 by John Rebus Limited
Copyright © der deutschsprachigen Ausgabe 2007
by Wilhelm Goldmann Verlag, München,
in der Verlagsgruppe Random House GmbH
Die Nutzung des Labels Manhattan erfolgt mit freundlicher
Genehmigung des Hans-im-Glück-Verlags, München
Satz: Buch-Werkstatt GmbH, Bad Aibling
Druck und Bindung: GGP Media GmbH, Pößneck
Printed in Germany
ISBN 978-3-442-54606-0

www.manhattan-verlag.de

All denen gewidmet,
die am 2. Juli 2005 in Edinburgh waren

Wir haben die Wahl, uns jeden Tag für eine neue Welt einzusetzen, jeden Tag zu sagen, was wir von der Wahrheit wissen, jeden Tag kleine Schritte zu gehen.

A. L. Kennedy über die Demonstration gegen den G8-Gipfel von Gleneagles

Schreibt uns ein Kapitel, auf das wir stolz sein können.

Bono in einer Botschaft an den G8-Gipfel

Die Aufgabe des Blutes

Freitag, 1. Juli 2005

1

Anstelle eines Schlussgesangs ertönte Musik. The Who, »Love Reign O'er Me«. Rebus erkannte es in dem Moment, als Donnerschläge und prasselnder Regen die Kapelle erfüllten. Er saß in der ersten Bank; Chrissie hatte darauf bestanden. Er hätte lieber weiter hinten gesessen, sein üblicher Platz bei Begräbnissen. Chrissie saß neben ihrem Sohn und ihrer Tochter. Einen Arm um sie gelegt, tröstete Lesley ihre Mutter, als der die Tränen kamen. Kenny starrte geradeaus und sparte sich seine Gefühle für später auf. Morgens im Haus hatte Rebus ihn nach seinem Alter gefragt: Er wurde im nächsten Monat dreißig. Lesley war zwei Jahre jünger. Bruder und Schwester sahen ihrer Mutter ähnlich, was Rebus daran erinnerte, dass die Leute dasselbe von Michael und ihm gesagt hatten: *Ihr seid eurer Mutter wie aus dem Gesicht geschnitten.* Michael … Mickey, um genau zu sein. Rebus' jüngerer Bruder, im Alter von vierundfünfzig tot in einer Kiste mit polierten Griffen, Schottlands Sterblichkeitsrate wie die eines Landes der Dritten Welt. Lebensstil, Ernährung, Gene – jede Menge Theorien. Der ausführliche Obduktionsbericht war noch nicht fertig. Massiver Schlaganfall, hatte Chrissie Rebus am Telefon gesagt und ihm versichert, Mickeys Tod sei »ganz plötzlich« gekommen – als würde es dadurch besser.

Plötzlich bedeutete, dass Rebus sich nicht mehr hatte verabschieden können. Es bedeutete, dass seine letzten Worte an Michael ein Witz über dessen geliebte Raith Rovers gewesen waren, am Telefon, drei Monate zuvor. Ein blau-weißer Raith-Fanschal war neben den Kränzen auf dem Sarg drapiert worden. Kenny trug eine Krawatte, die seinem Vater gehört hatte, mit dem Wappen der Raith Rovers darauf – irgendein Tier, das eine Gürtelschnalle hielt. Rebus hatte nach dessen Bedeutung gefragt, aber Kenny hatte nur die Achseln gezuckt. Als Rebus' Blick an der Kirchenbank entlangwanderte, sah er, wie der Platzanweiser eine Geste machte. Alles erhob sich. Chrissie ging, von ihren Kindern flankiert, den Mittelgang hinunter. Der Platzanweiser sah zu Rebus hinüber, aber der blieb, wo er war. Setzte sich wieder, damit die anderen wussten, dass sie nicht auf ihn zu warten brauchten. Das Stück war erst gut zur Hälfte vorbei. Es war das letzte auf *Quadrophenia*. Michael war großer Who-Fan gewesen, während Rebus die Stones lieber mochte. Er musste allerdings zugeben, dass Alben wie *Tommy* und *Quadrophenia* etwas gelang, was die Stones nicht schafften. Daltrey schrie gerade, er könne einen Drink gebrauchen. Dem konnte Rebus sich nur anschließen, aber da war noch die Rückfahrt nach Edinburgh.

Man hatte den Veranstaltungsraum eines örtlichen Hotels gemietet. Alle seien willkommen, hatte der Pfarrer von der Kanzel herunter gesagt. Man würde Whisky und Tee ausschenken und Sandwiches servieren. Es würde Anekdoten und Erinnerungen geben, Lächeln, Augenbetupfen, gedämpfte Geräusche. Die Bedienung würde sich aus Rücksicht auf die Trauergemeinde leise bewegen. Rebus versuchte, sich im Kopf Sätze zurechtzulegen, Worte, die als Entschuldigung dienen sollten.

Ich muss zurück, Chrissie. Die Arbeit.

Er könnte lügen und die Schuld auf den G8-Gipfel schieben. Morgens im Haus hatte Lesley gemeint, er sei sicher eifrig mit den Vorbereitungen beschäftigt. Da hätte er ihr sagen können, *ich bin anscheinend der einzige Polizist, den sie nicht brauchen.* Aus allen Teilen des Landes wurden Polizeibeamte zusammengezogen. Allein aus London kamen fünfzehnhundert. Nur für Detective Inspector John Rebus schien man keine Verwendung zu haben. Jemand muss die Stellung halten – das waren die Worte, die DCI James Macrae benutzt hatte, während sein Assistent hinter ihm süffisant lächelte. DI Derek Starr hielt sich eindeutig für Macraes Thronerben. Eines Tages würde er das Polizeirevier am Gayfield Square leiten. John Rebus, kaum mehr als ein Jahr vor seiner Pensionierung, stellte keine ernsthafte Bedrohung dar. Starr selbst hatte genau das schon einmal formuliert: *Niemand würde es Ihnen übelnehmen, wenn Sie es langsam angehen ließen, John. Das würde jeder in Ihrem Alter machen.* Vielleicht, aber die Stones waren älter als Rebus; Daltrey und Townshend auch. Und immer noch produktiv, immer noch auf Tour.

Das Stück ging jetzt zu Ende, und Rebus erhob sich wieder. Er war allein in der Kapelle. Warf einen letzten Blick auf den purpurroten Samtschirm. Vielleicht stand der Sarg noch dahinter; vielleicht war er bereits in einen anderen Teil des Krematoriums geschoben worden. Er dachte an seine Jugend zurück, zwei Brüder, die in ihrem gemeinsamen Schlafzimmer Singles aus dem Laden unten in der Kirkcaldy High Street hören. »My Generation« und »Substitute«, und Mickey fragt, warum Daltrey bei dem ersten Titel stottert, worauf Rebus antwortet, er habe irgendwo gelesen, dass es von den Drogen komme. Die einzige Droge, die die Brüder sich damals genehmigten, war Alkohol, den sie schluckweise aus den Flaschen in der Speisekammer stibitzten, eine Dose mit widerlichem Stout, die sie öffneten und nach dem Lichtausmachen zusammen tranken. Er erinnerte sich, wie sie an der Kirkcaldy-Promenade stehen, aufs Meer hinausschauen und Mickey »I Can See For Miles« singt. Aber konnte das überhaupt sein? Die Platte kam 1966 oder 1967 raus, als Rebus Soldat war. Musste wohl bei einem Urlaub zu Hause gewesen sein. Ja, Mickey mit seinen schulterlangen Haaren, der versuchte, wie Daltrey auszusehen, und Rebus mit seinem Armeekurzhaarschnitt, der Geschichten erfand, um das Soldatenleben aufregend erscheinen zu lassen, Nordirland noch vor sich ...

Damals waren sie einander nah gewesen. Rebus hatte immer Briefe und Postkarten geschickt, und sein Vater war stolz auf ihn gewesen, stolz auf seine beiden Jungs.

Eurer Mutter wie aus dem Gesicht geschnitten.

Er trat hinaus, die Zigarettenschachtel schon geöffnet in der Hand. Um ihn herum standen andere Raucher. Sie nickten ihm zu, scharrten mit den Füßen. Trauergäste studierten die verschiedenen Kränze und Karten, die man neben der Tür aufgereiht hatte. Darauf waren bestimmt die üblichen Wörter wie »Anteilnahme«, »Verlust« und »Trauer« zu lesen, die Familie »immer in unseren Gedanken«. Keine namentliche Erwähnung von Michael. Der Tod hatte sein eigenes Protokoll. Die jüngeren Trauergäste sahen auf ihren Handys nach, ob sie SMS bekommen hatten. Rebus holte seins aus der Tasche und schaltete es an. Fünf entgangene Anrufe, alle von derselben Nummer. Rebus kannte sie auswendig, drückte die Knöpfe und hielt sich das Handy ans Ohr. Detective Sergeant Siobhan Clarke ging sofort ran.

»Ich habe den ganzen Morgen versucht, Sie zu erreichen«, beschwerte sie sich.

»Ich hatte es ausgeschaltet.«

»Wo sind Sie überhaupt?«

»Immer noch in Kirkcaldy.«

Ein tiefer Atemzug am anderen Ende. »Verdammt, das hatte ich total vergessen, John!«

»Kein Problem.« Er beobachtete, wie Kenny seiner Mutter die Autotür aufhielt. Lesley gab Rebus mit einer Geste zu verstehen, dass sie sich auf den Weg zum Hotel machten. Das Auto war ein BMW, offenbar ging es Kenny als Maschinenbauingenieur nicht schlecht. Er war nicht verheiratet; hatte eine Freundin, die es aber nicht geschafft hatte, zur Beerdigung zu kommen. Lesley war geschieden, Sohn und Tochter machten gerade mit ihrem Vater Ferien. Rebus nickte ihr zu, als sie hinten einstieg.

»Ich dachte, das wäre erst nächste Woche«, sagte Siobhan gerade.

»Rufen Sie vielleicht an, um ein bisschen zu prahlen?« Rebus steuerte auf seinen Saab zu. Siobhan war die letzten zwei Tage zusammen mit Macrae in Perthshire gewesen, wo sie sich über die Sicherheitsvorkehrungen für den Gipfel informieren ließen. Macrae und der Assistant Chief Constable von Tayside waren alte Kumpel. Alles, was Macrae wollte, war, sich einmal richtig umzuschauen, und den Wunsch erfüllte sein Freund ihm gern. Die Regierungschefs der G8 würden im Gleneagles Hotel am Rand von Auchterarder zusammenkommen, mit nichts als endloser Wildnis und kilometerlangen Sicherheitsabsperrungen um sich herum. Die Medien hatten die schauerlichsten Geschichten verbreitet. Berichte über dreitausend US-Marines, die zum Schutz ihres Präsidenten in Schottland einträfen. Geheimpläne von Anarchisten, wonach Straßen und Brücken mit entwendeten Lastwagen blockiert werden sollten. Bob Geldof hatte zur Belagerung Edinburghs durch eine Million Demonstranten aufgerufen. Sie würden, wie er versicherte, in den Gästezimmern, Garagen und Gärten der Einwohner unterkommen. Boote würden nach Frankreich geschickt, um Protestierende herbeizuschaffen. Gruppen mit Namen wie Ya Basta und Black Bloc hätten es darauf abgesehen, Chaos zu verbreiten, während die People's Golfing Association den Kordon durchbrechen wolle, um auf dem berühmten Golfplatz von Gleneagles ein paar Löcher zu spielen.

»Ich verbringe zwei Tage mit DCI Macrae«, erwiderte Siobhan. »Womit sollte ich da prahlen?«

Rebus schloss sein Auto auf und beugte sich hinein, um den Schlüssel in die Zündung zu stecken. Dann richtete er sich wieder auf, zog ein letztes Mal an seiner Zigarette und schnippte den Stummel auf die Fahrbahn. Siobhan sagte gerade etwas von einem Spurensicherungsteam.

»Moment«, sagte Rebus. »Das hab ich nicht mitgekriegt.«

»Sie haben doch auch ohne das schon genug am Hals.«

»Ohne was?«

»Erinnern Sie sich an Cyril Colliar?«

»Ich bin zwar nicht mehr der Jüngste, aber mein Gedächtnis ist noch ganz gut in Schuss.«

»Es ist etwas ganz Seltsames passiert.«

»Was?«

»Ich glaube, ich habe das fehlende Stück gefunden.«

»Von was?«

»Von der Jacke.«

Rebus hatte sich inzwischen auf dem Fahrersitz niedergelassen. »Versteh ich nicht.«

Siobhan lachte nervös. »Ich auch nicht.«

»Wo sind Sie denn jetzt?«

»In Auchterarder.«

»Und da ist die Jacke aufgetaucht?«

»So ungefähr.«

Rebus schwang die Beine ins Auto und zog die Tür zu. »Dann komme ich und werfe einen Blick drauf. Ist Macrae bei Ihnen?«

»Er ist nach Glenrothes gefahren. Zum G8-Kontrollzentrum.« Sie hielt inne. »Halten Sie es wirklich für richtig herzukommen?«

Rebus hatte den Motor angelassen. »Ich muss mich erst noch verabschieden, aber innerhalb der nächsten Stunde kann ich dort sein. Ist es schwierig, nach Auchterarder reinzukommen?«

»Noch herrscht hier die Ruhe vor dem Sturm. Wenn Sie durch die Stadt fahren, folgen Sie dem Schild zum Clootie Well.«

»Zum was?«

»Am besten kommen Sie einfach und schauen es sich an.«

»Mache ich. Spurensicherung unterwegs?«

»Ja.«

18

»Das heißt, es wird sich rumsprechen.«

»Soll ich's dem DCI sagen?«

»Das können Sie selbst entscheiden.« Rebus hatte sich das Handy zwischen Schulter und Kinn geklemmt, damit er den Wagen über den labyrinthartigen Weg zum Tor des Krematoriums lenken konnte.

»Sie lassen nach«, meinte Siobhan.

Nicht, wenn es nach mir geht, dachte Rebus.

Cyril Colliar war sechs Wochen zuvor ermordet worden. Mit zwanzig war er wegen brutaler Vergewaltigung für zehn Jahre hinter Gitter gewandert. Nach Verbüßung der Strafe hatte man ihn trotz der Bedenken des Gefängnispersonals, der Polizei und der Sozialarbeiter entlassen. Sie fanden, dass er nach wie vor eine große Gefahr darstellte, da er keine Reue gezeigt und trotz des DNA-Nachweises seine Schuld stets bestritten hatte. Colliar war in seine Heimatstadt Edinburgh zurückgekehrt. Das Fitness-Programm, das er im Gefängnis absolviert hatte, zahlte sich jetzt aus: Nachts arbeitete er als Rausschmeißer und tagsüber als Bodybuilder. In beiden Fällen war sein Arbeitgeber Morris Gerald Cafferty – »Big Ger«, eine bekannte Unterweltgröße –, und Rebus war die Aufgabe zugefallen, ihn wegen seines zuletzt eingestellten Mitarbeiters zur Rede zu stellen.

»Was geht mich das an?«, hatte die scharfe Antwort gelautet.

»Er ist gefährlich.«

»So wie Sie ihn bedrängen, würde einem Heiligen der Geduldsfaden reißen.« Hinter seinem Schreibtisch bei MGC-Vermietungen drehte sich Cafferty in seinem Lederstuhl gemächlich von einer Seite zur anderen. Wenn einer von Caffertys Mietern die wöchentlich fällige Miete nicht pünktlich zahlte, kam Colliar zum Einsatz, so Rebus' Vermutung. Cafferty betrieb auch einen Minicar-Service und besaß wenigstens drei lärmende Bars in den eher zwielichtigen Gegenden der Stadt. Ein Haufen Arbeit für Cyril Colliar.

Bis zu der Nacht, in der er tot aufgefunden wurde. Schädel eingeschlagen, von hinten. Dem Pathologen zufolge wäre er allein daran schon gestorben, aber um ganz sicherzugehen, hatte jemand ihm noch eine Spritze mit reinem Heroin verpasst. Kein Hinweis darauf, dass der Tote Fixer gewesen war. »Der Tote« war das Wort, das die meisten mit dem Fall befassten Polizisten verwendet hatten – und das auch nur widerwillig. Niemand hatte den Begriff »Opfer« benutzt. Aber es konnte auch niemand laut aussprechen, was alle dachten und einander durch Blicke und bedächtiges Nicken zu verstehen gaben: *Endlich hat er gekriegt, was er verdient, das Arschloch* – das tat man heutzutage nicht.

Rebus und Siobhan hatten den Fall bearbeitet, aber es war einer unter vielen gewesen. Wenig Spuren und zu viele Verdächtige. Man hatte das damalige Vergewaltigungsopfer befragt, ebenso dessen Familie und damaligen Freund. Ein Wort tauchte in Diskussionen über Colliars Schicksal immer wieder auf.

»Gut.«

Seine Leiche war in der Nähe seines Autos gefunden worden, in einer Seitenstraße neben der Bar, in der er gearbeitet hatte. Keine Zeugen, keine Spuren am Tatort. Nur eine Besonderheit: Mit einer scharfen Klinge war ein Stück aus seiner unverwechselbaren Jacke herausgeschnitten worden – eine schwarze Nylon-Bomberjacke mit dem Schriftzug *CC Rider* auf der Rückseite. Und genau der war entfernt worden, sodass das weiße Innenfutter zum Vorschein kam. Theorien gab es wenige. Entweder war es ein unbeholfener Versuch, die Identität des Toten zu verschleiern, oder im Futter war etwas versteckt gewesen. Spuren von Drogen hatte man jedoch nicht gefunden, sodass die Polizei nach wie vor im Dunkeln tappte.

Für Rebus sah es nach einem Auftragsmord aus. Entweder

hatte Colliar sich jemanden zum Feind gemacht, oder es war eine Botschaft an Cafferty. Ihre diversen Unterhaltungen mit Colliars Arbeitgeber hatten da allerdings wenig Aufschluss gebracht.

»Schadet meinem Ruf«, war im Wesentlichen Caffertys Reaktion gewesen. »Das heißt, entweder ihr kriegt den, der es getan hat ...«

»Oder?«

Aber darauf musste Cafferty gar nicht antworten. Und falls er den Schuldigen zuerst ausfindig machte, hätte die Angelegenheit sich sowieso erledigt.

Nichts von all dem war besonders hilfreich. Ungefähr zu der Zeit, als die Ermittlungen in eine Sackgasse geraten waren, lenkten die Vorbereitungen zum G8-Gipfel die Gedanken – überwiegend genährt von der Vorstellung bezahlter Überstunden – in eine andere Richtung. Zudem gab es noch andere Fälle mit *echten* Opfern, und man hatte das Personal für die Sonderkommission Colliar zusammengestrichen.

Rebus ließ das Fahrerfenster herunter und freute sich über die kühle Brise. Den schnellsten Weg nach Auchterarder kannte er zwar nicht, aber er wusste, dass man von Kinross aus nach Gleneagles kommen konnte, und hatte deshalb diese Route gewählt. Ein paar Monate zuvor hatte er sich ein Navigationssystem gekauft, es aber noch nicht geschafft, die Bedienungsanleitung zu lesen. Demnächst würde er damit zu der Werkstatt fahren, die ihm auch den CD-Player in seinen Wagen eingebaut hatte. Nachdem er Rücksitz, Fußbereich und Kofferraum vergeblich nach irgendetwas von The Who abgesucht hatte, hörte Rebus stattdessen Elbow – eine Empfehlung von Siobhan. Ihm gefiel der Titelsong, »Leaders of the Free World«. Er stellte ihn auf Wiederholung. Der Sänger fand anscheinend, dass in den Sechzigern etwas schiefgelaufen war. Obwohl Rebus aus einer anderen Richtung kam, neigte er dazu, ihm beizupflichten. Er schätzte, dass der Sänger sich mehr Veränderung gewünscht hätte, eine von Greenpeace und der Campaign for Nuclear Disarmament regierte Welt, in der Armut der Geschichte angehörte. Rebus hatte in den Sechzigern selbst an ein paar Protestmärschen teilgenommen, vor und nach seiner Zeit bei der Armee. Es war eine gute Gelegenheit gewesen, Mädchen kennenzulernen, denn normalerweise hatte es hinterher irgendwo eine Party gegeben. Heute betrachtete er die Sechzigerjahre allerdings als das Ende von etwas. Bei einem Stones-Konzert 1969 war ein Fan erstochen worden, und das Jahrzehnt hatte sich langsam seinem Ende zugeneigt. Die jungen Leute fanden Geschmack an der Revolte und misstrauten der alten Ordnung oder hatten zumindest keinen Respekt mehr vor ihr. Er dachte über die abertausend nach Gleneagles marschierenden Menschen nach und über die Konfrontationen, zu denen es mit Sicherheit kommen würde. Schwer vorstellbar in dieser Gegend mit ihren Äckern und Hügeln, Flüssen und Tälern. Ihm war klar, dass gerade die Abgeschiedenheit von Gleneagles bei der Wahl dieses Tagungsortes eine Rolle gespielt haben musste. Dort waren die Staatsoberhäupter der freien Welt sicher und konnten ungestört ihre Namenszüge unter Entscheidungen setzen, die längst woanders getroffen worden waren. Auf der CD sang die Band gerade von der Besteigung eines Geröllfelds. Das Bild begleitete Rebus bis an den Ortsrand von Auchterarder.

Er glaubte nicht, dass er schon einmal hier gewesen war. Dennoch kam ihm der Ort bekannt vor. Das typische schottische Dorf: eine einzige, nicht zu verfehlende Hauptstraße, von der schmale Seitenstraßen abzweigten. Hier konnten die Bewohner zu Fuß zum Einkaufen gehen, in kleinen, unabhängigen, politisch korrekten Einzelhandelsgeschäften. Rebus entdeckte nichts, was die Wut der Globalisierungsgegner anstacheln konnte. In der Bäckerei gab es sogar Anti-G8-Pasteten in limitierter Auflage.

Die Einwohner von Auchterarder waren überprüft worden,

erinnerte sich Rebus, und zwar unter dem Vorwand, sie mit Erkennungsmarken auszustatten. Die würden sie brauchen, um später die Absperrungen passieren zu können. Doch wie Siobhan schon bemerkt hatte, herrschte hier eine unheimliche Ruhe. Nur ein paar Leute beim Einkaufen und ein Schreiner, der Fenster auszumessen schien, um sie anschließend mit Brettern zu vernageln. Die Autos waren schmutzige Geländewagen, die vermutlich mehr Zeit auf Feldwegen als auf Straßen zubrachten. Eine Fahrerin trug sogar ein Kopftuch, was Rebus schon lange nicht mehr gesehen hatte. Nach wenigen Minuten hatte er das Ende des Dorfes erreicht, wo es Richtung A9 weiterging. Rebus wendete und achtete diesmal auf Hinweisschilder. Das Schild, das er suchte, befand sich neben einem Pub und wies eine kleine Straße hinunter. Er bog ab und fuhr das Sträßchen entlang, vorbei an Hecken und Einfahrten, dann an einer neueren Wohnsiedlung. Die Landschaft öffnete sich vor ihm, in der Ferne waren Hügel zu erkennen. Im Handumdrehen hatte er den Ortsausgang passiert, rechts und links der Straße gepflegte Hecken, die ihre Spuren auf seinem Auto hinterlassen würden, wenn er einem Traktor oder Lieferwagen ausweichen müsste. Zu seiner Linken erstreckte sich Wald, und einem weiteren Schild entnahm er, dass sich hier der Clootie Well befand. Er kannte das Wort von Clootie Dumpling, einem klebrigen, in Wasserdampf gekochten Dessert, das seine Mutter manchmal zubereitet hatte. Er erinnerte sich, dass er, was Geschmack und Beschaffenheit betraf, dem Plumpudding ähnelte. Dunkel und widerlich süß. Sein Magen protestierte leicht, und ihm fiel ein, dass er seit Stunden nichts mehr gegessen hatte. Im Hotel hatte er sich nur kurz aufgehalten, leise ein paar Worte mit Chrissie gewechselt. Sie hatte ihn umarmt, so wie morgens im Haus schon. In all den Jahren, die er sie nun kannte, waren es nicht viele Umarmungen gewesen. Anfangs hatte er sogar ein Auge auf sie geworfen; unter diesen Umständen eine merkwürdige Vorstellung.

Anscheinend hatte sie das gespürt. Bei ihrer Hochzeit war er Trauzeuge gewesen, und während eines Tanzes hatte sie ihm neckisch ins Ohr gepustet. Später hatte Rebus bei den wenigen Begegnungen, nachdem sie und Mickey sich getrennt hatten, für seinen Bruder Partei ergriffen. Und als Mickey Ärger bekam und im Gefängnis landete, hatte Rebus Chrissie und die Kinder weder angerufen noch besucht. Allerdings hatte er auch Mickey nicht besonders oft besucht, weder im Gefängnis noch danach.

Die Geschichte ging noch weiter: Als Rebus und seine Frau sich trennten, gab Chrissie ausschließlich ihm die Schuld. Sie war immer gut mit Rhona ausgekommen; blieb nach der Scheidung mit ihr in Kontakt. So lief es eben in einer Familie. Taktik, Kampagnen und Diplomatie: Da hatten es die Politiker vergleichsweise leicht.

Im Hotel hatte Lesley es ihrer Mutter gleichgetan und ihn auch umarmt. Kenny hatte einen Augenblick gezögert, bevor Rebus den jungen Mann aus seiner Not befreite und ihm die Hand hinstreckte. Er fragte sich, ob es irgendwelche Streitereien geben würde; bei Beerdigungen war das ja so üblich. Mit der Trauer gingen Vorwürfe und Ressentiments einher. Nur gut, dass er gefahren war. Wenn es zu Auseinandersetzungen kam, teilte Rebus erheblich stärker aus, als sein ohnehin beträchtliches Gewicht vermuten ließ.

Gleich neben der Straße befand sich ein Parkplatz. Er sah aus wie neu angelegt, Bäume waren gefällt worden, auf dem Boden lagen überall Rindenstücke herum. Platz genug für vier Autos, aber es stand nur eins da. Siobhan Clarke lehnte mit verschränkten Armen dagegen. Rebus trat auf die Bremse und stieg aus.

»Nette Gegend«, sagte er.

»Ich stehe schon hundert Jahre hier«, erwiderte sie.

»Hätte nicht gedacht, dass ich so langsam gefahren bin.«

Sie verzog nur leicht den Mund und führte ihn, die Arme

immer noch vor der Brust verschränkt, in den Wald. Sie war formeller gekleidet als sonst: knielanger schwarzer Rock und schwarze Strumpfhose. Ihre Schuhe sahen schmutzig aus, weil sie zuvor schon einmal diesen Pfad entlanggegangen war.

»Ich habe gestern das Schild entdeckt«, erklärte sie. »Das an der Abzweigung von der Hauptstraße. Da habe ich beschlossen, mir das mal anzuschauen.«

»Wenn die Alternative Glenrothes war ...«

»Drüben auf der Lichtung steht eine Hinweistafel mit ein paar Informationen über diesen Ort. Im Lauf der Jahre müssen hier allerhand unheimliche Dinge passiert sein.« Sie gingen jetzt einen Hang hinauf und um eine dicke, verdrehte Eiche herum. »Die Dorfbewohner meinten, hier müsse es Kobolde geben: schrille Schreie im Dunkeln und so.«

»Wohl eher Landarbeiter aus der Umgebung«, meinte Rebus.

Sie nickte zustimmend. »Jedenfalls fingen sie an, kleine Opfergaben hierzulassen. Daher der Name.« Sie fuhr herum und schaute ihn an. »Sie als einziger Schotte weit und breit wissen bestimmt, was *clootie* bedeutet, oder?«

Er hatte plötzlich das Bild seiner Mutter vor Augen, wie sie den Kloß aus dem Topf hob. Den Kloß, der in ein Tuch gewickelt war ...

»Stoff«, antwortete er.

»Und Kleidung«, ergänzte sie, als sie auf eine weitere Lichtung kamen. Sie blieben stehen, und Rebus holte tief Luft. Feuchter Stoff ... feuchter, verrottender Stoff. Schon seit einer Weile hatte er diesen Geruch in der Nase. Den Geruch, den Kleider früher in seinem Elternhaus verströmt hatten, wenn sie nicht gelüftet worden waren und von Feuchtigkeit und Schimmel befallen wurden. Die Bäume um sie herum hingen voller Lumpen und Stoffreste. Manche Stücke waren auf den Boden gefallen, wo sie zu Mulch verfaulten.

»Es ist überliefert«, sagte Siobhan leise, »dass sie als Glücksbringer hier zurückgelassen wurden. Halte die Kobolde warm, und sie werden dafür sorgen, dass dir kein Leid widerfährt. Einer anderen Theorie zufolge ließen Eltern früh verstorbener Kinder etwas zum Gedenken an sie hier.« Ihre Stimme klang plötzlich belegt, und sie räusperte sich.

»So dünnhäutig bin ich nicht«, versicherte ihr Rebus. »Sie können ruhig Wörter wie ›Gedenken‹ benutzen – ich breche nicht gleich in Tränen aus.«

Wieder nickte sie. Rebus ging um die Lichtung herum. Unter den Füßen Laub und weiches Moos, das Geräusch von Wasser, einem kleinen Rinnsal, das aus der Erde quoll. Kerzen und Münzen säumten seinen Rand.

»Ziemlich mickrige Quelle«, war sein Kommentar.

Sie zuckte nur mit den Schultern. »Ich war schon eine Weile hier … konnte mich nicht mit der Atmosphäre anfreunden. Aber dann bemerkte ich einige der neueren Kleider.« Rebus sah sie auch. An den Ästen aufgehängt. Ein Umhängetuch, ein Blaumann, ein rotes, getupftes Taschentuch. Ein fast neuer Turnschuh mit baumelnden Schnürsenkeln. Sogar Unterwäsche und etwas, das einer Kinderstrumpfhose glich.

»Herrgott, Siobhan«, murmelte Rebus, der nicht so recht wusste, was er sonst sagen sollte. Der Geruch schien stärker zu werden. Wieder stieg eine Erinnerung in ihm auf: Er musste an eine zehntägige Sauftour vor vielen Jahren denken. Als er wieder nüchtern gewesen war, hatte er festgestellt, dass eine ganze Ladung Wäsche in der Maschine darauf gewartet hatte, aufgehängt zu werden. Beim Öffnen der Tür war ihm genau dieser Geruch entgegengeschlagen. Er hatte alles noch einmal gewaschen, dann aber doch wegwerfen müssen. »Und die Jacke?«

Sie streckte den Finger aus. Rebus ging langsam auf den entsprechenden Baum zu. Das Stück Nylon war auf einen kurzen Ast aufgespießt worden. Es schwang leicht im Wind. Der Rand war ausgefranst, das Logo jedoch unverkennbar.

»*CC Rider*«, sagte Rebus wie zur Bestätigung. Siobhan fuhr sich mit der Hand durch die Haare. Er wusste, dass sie Fragen hatte, über die sie sich die ganze Zeit, während sie auf ihn wartete, den Kopf zerbrochen hatte. »Und was machen wir jetzt?«, erkundigte er sich.

»Das ist ein Tatort«, begann sie. »Die Spurensicherung ist schon auf dem Weg von Stirling hierher. Wir müssen das Gelände absichern, die Gegend nach Beweismitteln durchkämmen. Wir müssen die alte Mordkommission zusammenrufen, mit der Haustürbefragung in der Umgebung beginnen ...«

»Einschließlich Gleneagles?«, unterbrach Rebus. »Sie sind die Expertin, Sie können mir sicher sagen, wie oft das Hotelpersonal schon überprüft worden ist. Und wie wir mitten in einer einwöchigen Demonstration eine Haustürbefragung durchführen sollen. Die Absicherung des Tatorts dürfte dagegen kein Problem sein, bei all den Geheimdiensttruppen, die wir bald hier begrüßen werden ...«

Natürlich hatte sie diese Punkte auch bedacht. Das wusste er und fragte nicht weiter.

»Wir lassen« nichts darüber verlauten, bis der Gipfel vorbei ist«, schlug sie vor.

»Verlockend«, gab er zu.

Sie lächelte. »Nur weil es *Ihnen* einen Vorsprung verschafft.«

Ein Augenzwinkern verriet ihr, dass sie recht hatte.

Sie seufzte. »Macrae müssen wir einweihen. Und er wird die Kollegen aus Tayside informieren.«

»Aber die Spurensicherung kommt aus Stirling«, ergänzte Rebus, »und Stirling gehört zur Central Region.«

»Nur diese drei Polizeistellen brauchen es zu wissen ... Es dürfte kein Problem sein, das Ganze geheim zu halten.«

Rebus schaute sich um. »Wenn wir wenigstens den Tatort aufnehmen und fotografieren lassen und den Stoff ins Labor schicken könnten.«

»Bevor der Spaß anfängt?«

Rebus blies die Wangen auf. »Am Mittwoch geht's doch los, oder?«

»Das G8-Treffen ja. Aber morgen ist der Poverty March, und für Montag ist noch eine Demo geplant.«

»Aber in Edinburgh, nicht in Auchterarder …« Dann begriff er, worauf sie hinauswollte. Auch wenn das Beweisstück im Labor war, die Stadt könnte sich in einem allgemeinen Belagerungszustand befinden. Man musste sie aber durchqueren, um vom Gayfield Square zum Labor in Howdenhall zu gelangen … vorausgesetzt natürlich, die Labortechniker hatten es überhaupt geschafft, zur Arbeit zu kommen.

»Warum wurde er hier aufgehängt?«, fragte Siobhan und schaute sich den Stofffetzen noch einmal genau an. »Eine Art Trophäe?«

»Wenn ja, warum ausgerechnet hier?«

»Lokaler Bezug vielleicht. Gibt es familiäre Verbindungen in die Gegend?«

»Ich glaube, Colliar war durch und durch Edinburgher.«

Sie sah ihn an. »Ich meine das Vergewaltigungsopfer.«

Rebus schürzte die Lippen.

»Jedenfalls einen Gedanken wert«, fügte sie hinzu. Dann hielt sie inne. »Was ist das für ein Geräusch?«

Rebus rieb sich die Magengegend. »Schon ein Weilchen her, dass ich was gegessen habe. Gleneagles hat nicht zufällig zum Nachmittagstee geöffnet?«

»Kommt auf Ihren Überziehungskredit an. Im Dorf gibt es noch ein paar Möglichkeiten. Einer von uns sollte wegen der Spurensicherung hierbleiben.«

»Das machen besser Sie; ich will mir nicht vorwerfen lassen, dass ich mich in den Vordergrund dränge. Aber eigentlich würden ja eher Sie noch einen Gratisbecher feinsten Auchterarder Tee verdienen.« Er wandte sich zum Gehen, doch sie hielt ihn zurück.

»Warum ich? Warum jetzt?« Sie hob die Schultern.

»Warum nicht?«, antwortete er. »Nennen Sie es einfach Kismet.«

»Das meine ich gar nicht ...«

Er drehte sich wieder zu ihr um.

»Ich weiß gar nicht genau«, fuhr sie leise fort, »ob ich will, dass sie gefasst werden. Wenn ich nämlich dafür verantwortlich bin ...«

»Wenn sie gefasst werden, Shiv, dann ist deren eigene Stümperei dafür verantwortlich.« Er deutete mit dem Finger auf das Stück Stoff. »Das da und vielleicht noch ein bisschen Teamwork ...«

Die Männer von der Spurensicherung waren nicht gerade begeistert gewesen, als sie erfuhren, dass Rebus und Siobhan den Tatort betreten hatten. Wegen möglicher Spurenbeseitigung hatten sie Abdrücke ihrer Schuhsohlen und gleich noch Haarproben von ihnen genommen.

»Vorsicht«, hatte Rebus gewarnt. »Ich kann es mir nicht leisten, großzügig zu sein.«

Der Spusi-Mann hatte sich entschuldigt. »Ich muss die Wurzel kriegen, sonst kommen wir nicht an die DNA.« Beim dritten Versuch mit der Pinzette hatte es geklappt. Einer seiner Kollegen war fast mit der Videoaufnahme des Tatorts fertig. Ein weiterer machte noch Fotos, und ein dritter fragte Siobhan gerade, wie viele der anderen Stoffstücke sie ins Labor schicken sollten.

»Nur die neuesten«, antwortete sie mit einem Blick zu Rebus. Der nickte zustimmend, ihren Gedankengang nachvollziehend. Selbst wenn Colliar eine Botschaft an Cafferty darstellte, hieß das ja nicht, dass es hier nicht noch mehr Botschaften gab.

»Das Sporthemd scheint ein Firmenlogo zu tragen«, bemerkte der Spurensucher.

»Ihr Job ist ja denkbar einfach«, sagte Siobhan lächelnd.

»Meine Aufgabe ist das Sammeln von Spuren. Alles Weitere ist Ihre Angelegenheit.«

»Apropos«, mischte Rebus sich ein, »besteht die Möglichkeit, dass das alles nach Edinburgh statt nach Stirling geht?«

Der Tatortbeamte straffte die Schultern. Rebus kannte ihn nicht persönlich, aber der Typ war ihm durchaus vertraut: Endvierziger mit der Erfahrung eines halben Lebens. Zwischen den verschiedenen Polizeibezirken herrschte nun einmal große Rivalität. Rebus hob scheinbar ergeben die Hände.

»Ich meine nur, es ist ein Edinburgher Fall. Da wäre es doch sinnvoll, wenn sie wegen wichtiger neuer Erkenntnisse nicht jedes Mal bis nach Stirling rausfahren müssten.«

Siobhan lächelte wieder, belustigt darüber, dass er von »sie« sprach. Aber mit einem kaum merklichen Nicken zollte sie ihm auch Anerkennung für diesen nützlichen Trick.

»Vor allem jetzt«, argumentierte Rebus weiter, »mit den Demos und so.« Er hob den Blick zu einem Helikopter, der über ihnen kreiste. Überwachung von Gleneagles, hundertprozentig. Irgendjemand da oben wunderte sich über das plötzliche Auftauchen von zwei Autos und zwei nicht gekennzeichneten weißen Transportern beim Clootie Well. Als er den Blick wieder auf den Tatortbeamten richtete, stellte Rebus fest, dass der Hubschrauber ihren Deal besiegelt hatte. In Zeiten wie diesen war Kooperation oberstes Gebot, das war ihnen in zahllosen Mitteilungen eingetrichtert worden. Macrae selbst hatte es in den letzten zehn oder mehr Einsatzbesprechungen am Gayfield Square immer wieder gesagt.

Seid nett zueinander. Arbeitet zusammen. Helft euch gegenseitig. Für diese paar Tage wird nämlich die Welt auf euch schauen.

Vielleicht hatte der Spusi-Mann ähnlichen Besprechungen beigewohnt. Jedenfalls nickte er bedächtig und wandte sich ab, um weiterzuarbeiten. Rebus und Siobhan tauschten erneut Blicke. Dann zog Rebus seine Zigaretten aus der Tasche.

»Keine Spuren, bitte«, warnte ihn ein anderer Tatortbeamter, und Rebus ging zurück Richtung Parkplatz. Er zündete sich gerade eine Zigarette an, als noch ein Auto auftauchte. Kommet zuhauf, dachte er, als DCI Macrae heraussprang. Er trug einen Anzug, der neu aussah, dazu einen neuen Schlips und ein steifes weißes Hemd. Er hatte graues, schütteres Haar, schlaffe Gesichtszüge und eine stark geäderte Knollennase.

Er ist genauso alt wie ich, dachte Rebus. Warum sieht er so viel älter aus?

»Tag, Sir«, begrüßte ihn Rebus.

»Dachte, Sie wären auf einer Beerdigung.« In seinem Ton lag etwas Vorwurfsvolles, so als hätte Rebus womöglich einen Toten in der Familie erfunden, um mal einen Freitag auszuschlafen.

»DS Clarkes Anruf hat mich während der Trauerfeier erreicht«, erklärte Rebus. »Da wollte ich guten Willen zeigen.« So hörte es sich nach einem richtigen Opfer an. Auch in diesem Fall machten seine Worte Eindruck, und Macraes verkrampfter Kiefer entspannte sich merklich.

Was für eine Glückssträhne, dachte Rebus. Erst der Tatortbeamte, jetzt der Chef. Macrae war überhaupt sehr nett gewesen, denn er hatte Rebus, kaum dass er von Mickeys Tod erfuhr, sofort für einen Tag frei gegeben. Er hatte ihm geraten, sich ruhig mal richtig vollaufen zu lassen, und Rebus hatte ihm den Gefallen getan – so gehen schottische Männer mit dem Tod um. Später hatte er sich in einem ihm völlig unbekannten Stadtteil wiedergefunden, ohne einen blassen Schimmer, wie er dahingekommen war … hatte sich dann in einer Apotheke erkundigt, wo er sich befand. Antwort: Colinton Village Pharmacy. Zum Dank hatte er eine Schachtel Aspirin gekauft …

»Entschuldigen Sie, John«, sagte Macrae jetzt und holte tief Luft. »Wie ging's denn?« Der Versuch, interessiert zu klingen.

»Es ging«, antwortete Rebus knapp. Er beobachtete den

Helikopter, der in steiler Schräglage in die Kurve ging, bevor er den Rückflug antrat.

»Ich hoffe schwer, dass der nicht vom Fernsehen war«, sagte Macrae.

»Selbst wenn er es war, hier gibt's nicht viel zu sehen. Eigentlich unnötig, Sie extra von Glenrothes herkommen zu lassen, Sir. Wie steht's mit Sorbus?«

Operation Sorbus, die Ablaufplanung der Polizei für die G8-Woche. In Rebus' Ohren hatte es nach etwas geklungen, was man beim Abnehmen anstelle von Zucker in den Tee tat. Siobhan hatte ihn darüber aufgeklärt, dass es sich in Wirklichkeit um den Namen eines Baums handelte.

»Wir sind auf alle Eventualitäten vorbereitet«, behauptete Macrae forsch.

»Außer vielleicht einer«, fühlte Rebus sich bemüßigt hinzuzufügen.

»Das vertagen wir mal auf nächste Woche, John«, murmelte sein Chef.

Rebus nickte zustimmend. »Vorausgesetzt, *die* sind einverstanden.«

Macrae folgte Rebus' Blick und sah das Auto näherkommen. Es war ein silberner Benz mit getönten Heckscheiben.

»Damit ist wohl klar, dass der Hubschrauber nicht vom Fernsehen war«, meinte Rebus in Macraes Richtung. Er beugte sich zum Fahrersitz seines Autos hinunter und brachte den Rest eines belegten Brötchens zum Vorschein.

»Wer, zum Teufel, ist das?«, fragte Macrae mit zusammengebissenen Zähnen. Der Benz hatte abrupt neben einem der weißen Transporter angehalten. Der Fahrer stieg aus, ging um das Auto herum und riss die rechte hintere Tür auf. Es dauerte eine Weile, bis der Mann, der im Fond saß, auftauchte. Er war groß und schmal, die Augen hinter einer Sonnenbrille versteckt. Während er sich das Jackett zuknöpfte, schien er die zwei Wagen der Spurensicherung und die drei nicht gekennzeichneten Polizeiautos in Augenschein zu nehmen. Schließlich spähte er gen Himmel, sagte etwas zu seinem Fahrer und entfernte sich von dem Auto. Statt aber auf Rebus und Macrae zuzusteuern, ging er zu der Hinweistafel, die Touristen über die Geschichte des Clootie Well informierte. Sein Fahrer saß wieder hinter dem Steuer, den Blick auf Rebus und Macrae gerichtet. Rebus warf ihm eine Kusshand zu und wartete gelassen darauf, dass der Neuankömmling sich vorzustellen geruhte. Wieder kam der Typ Mann ihm bekannt vor: Kalt und berechnend, gab er sich den Anschein, die einzig wahre Autorität zu verkörpern. Musste irgendein Sicherheitsmensch sein, dem der Hubschrauberpilot Bescheid gesagt hatte.

Macrae hielt es schon nach wenigen Sekunden nicht mehr aus, schlenderte zu dem Mann hinüber und fragte ihn, wer er sei.

»Ich bin vom SO12, und wer, zum Teufel, sind Sie?«, erwiderte der Mann betont langsam. Vielleicht hatte er die Belehrungen über einen freundlichen Umgang miteinander verpasst. Englischer Akzent, bemerkte Rebus. Kein Wunder: SO12, das war der Special Branch in London, eine Stufe vor dem Geheimdienst. »Das heißt«, fuhr der Mann fort, seine Konzentration scheinbar immer noch auf die Hinweistafel gerichtet, »ich weiß, *was* Sie sind. Sie sind vom CID. Und das da sind Tatortfahrzeuge. Und auf einer Lichtung gleich da vorne nehmen Männer in weißen Schutzanzügen eine genaue Untersuchung von Boden und Bäumen vor.« Schließlich wandte er sich Macrae zu und hob langsam die Hand, um die Sonnenbrille abzunehmen. »Wie mache ich mich bis jetzt?«

Macrae war die Zornesröte ins Gesicht gestiegen. Den ganzen Tag über hatte man ihn mit der ihm gebührenden Achtung behandelt. Und jetzt das.

»Können Sie sich überhaupt ausweisen?«, blaffte Macrae. Der Mann starrte ihn an und lächelte dann ironisch. *Mehr fällt Ihnen dazu nicht ein?*, schien das Lächeln zu sagen. Während er in sein Jackett fuhr, wanderte sein Blick von Macrae zu Rebus. Das Lächeln blieb auf seinem Gesicht haften, denn seine Botschaft galt auch Rebus. Eine kleine Lederbrieftasche wurde Macrae geöffnet unter die Nase gehalten.

»Hier«, sagte der Mann und klappte sie wieder zu. »Jetzt wissen Sie alles, was Sie über mich wissen müssen.«

»Sie sind Steelforth«, sagte Macrae unter mehrmaligem Räuspern. Rebus bemerkte, dass sein Chef völlig aus dem Konzept geraten war. Macrae schaute ihn an. »Commander Steelforth ist für die Sicherheit des G8-Gipfels verantwortlich«, erklärte er. Aber Rebus hatte das längst erraten. Macrae wandte sich wieder Steelforth zu. »Ich war heute Morgen in Glenrothes, wo ACC Finnigan mir freundlicherweise alles gezeigt hat. Und gestern Gleneagles …« Macrae stockte. Steelforth hatte sich bereits von ihm abgewandt und ging auf Rebus zu.

»Was meint denn Ihr Cholesterinspiegel dazu?«, fragte er mit einem kurzen Blick auf das Brötchen. Rebus rülpste, wie es ihm für die Frage angemessen erschien. Steelforth kniff die Augen zusammen.

»Wir können nicht alle auf Kosten des Steuerzahlers zu Abend essen«, antwortete Rebus. »Überhaupt, wie ist denn das Essen in Gleneagles?«

»Das werden Sie vermutlich nie herausfinden, Detective Sergeant.«

»Gar nicht so schlecht, Sir, aber Ihr Eindruck täuscht Sie.«

»Das ist DI Rebus«, erklärte Macrae gerade. »Ich bin DCI Macrae, Lothian and Borders.«

»Welches Revier?«, fragte Steelforth.

»Gayfield Square«, antwortete Macrae.

»Edinburgh«, ergänzte Rebus.

»Sie sind weit von zu Hause fort, meine Herren.« Steelforth ging den Pfad entlang. »In Edinburgh ist ein Mann ermordet worden«, erläuterte Rebus. »Ein Teil seiner Kleidung ist hier aufgetaucht.«

»Wissen wir warum?«

»Das möchte ich gerne geheim halten, Commander«, antwortete Macrae. »Sobald die Leute vom Erkennungsdienst fertig sind, verschwinden wir hier.« Macrae hielt sich dicht hinter Steelforth, Rebus bildete die Nachhut.

»Irgendein Premierminister oder Präsident hat nicht zufällig vor, hier eine kleine Opfergabe zu hinterlassen?«, fragte Rebus.

Anstelle einer Antwort trat Steelforth auf die Lichtung. Der Leiter der Spurensicherung hielt ihm die Hand vor die Brust. »Nicht noch mehr Fußspuren«, brummte er.

Steelforth starrte wütend auf die Hand. »Wissen Sie überhaupt, wer ich bin?«

»Ist mir scheißegal, Mann. Wenn Sie mir hier den Tatort versauen, kriegen Sie's mit mir zu tun.«

Der Mann vom Special Branch überlegte einen Moment, dann gab er klein bei. Er stapfte in seinen eigenen Fußspuren zurück an den Rand der Lichtung und begnügte sich damit, die Operation zu beobachten. Als sein Handy klingelte, ging er dran und entfernte sich ein Stück, damit niemand mithörte. Siobhan schaute fragend drein. Rebus formte mit den Lippen »später«, während er eine Zehnpfundnote aus der Tasche zog.

»Hier«, sagte er und hielt sie dem Spusi-Mann hin.

»Wofür?«

Rebus zwinkerte nur, und der Mann steckte das Geld mit einem »Danke!« ein.

»Für außergewöhnliche Dienste gebe ich immer Trinkgeld«, erklärte Rebus Macrae.

Macrae nickte, wühlte selbst in der Tasche und zog einen Fünfer für Rebus heraus.

»Halbe, halbe«, sagte der DCI.

Steelforth kam wieder auf die Lichtung. »Ich muss zurück und mich wichtigeren Dingen widmen. Wann sind Sie hier fertig?«

»Halbe Stunde«, antwortete einer der anderen Tatortbeamten.

»Notfalls auch länger«, fügte Steelforths Nemesis hinzu. »Ein Tatort ist ein Tatort, egal, welche kleinen Veranstaltungen nebenbei noch stattfinden.« Wie zuvor schon Rebus, hatte auch er schnell herausgefunden, welche Rolle Steelforth spielte.

Der Special-Branch-Mann wandte sich Macrae zu. »Ich werde ACC Finnigan informieren, einverstanden? Werde ihm mitteilen, dass wir uns Ihres Verständnisses und Ihrer Kooperationsbereitschaft sicher sein können.«

»Wie Sie wünschen, Sir.«

Steelforths Züge wurden etwas weicher. Seine Hand berührte Macraes Arm. »Ich wette, dass Sie noch nicht alles gesehen haben, was es zu sehen gibt. Kommen Sie nach Gleneagles, wenn Sie hier fertig sind. Ich werde die *richtige* Tour mit Ihnen machen.«

Macrae schmolz dahin – wie ein Kind bei der Bescherung. Aber dann gewann er die Fassung zurück, und sein Körper straffte sich.

»Danke, Commander.«

»Sagen Sie doch David.«

Wie zur Sicherung von Beweismaterial hinter Steelforths Rücken zusammengekauert, tat der Leiter der Spurensicherung, als steckte er sich den Finger in den Hals.

Drei Menschen fuhren in drei Autos nach Edinburgh. Rebus schauderte bei der Frage, was die Umweltschützer wohl dazu sagen würden. Macrae brach als Erster Richtung Gleneagles auf. Rebus war zuvor an dem Hotel vorbeigefahren. Wenn man von Kinross aus nach Auchterarder kam, sah man das Hotel und sein Außengelände lange, bevor man das Dorf erreichte. Land, so weit das Auge reichte, aber kaum Hinweise auf Sicherheitsanlagen. Nur einmal hatte er ein Stückchen Zaun erspäht, nachdem er durch eine provisorische Konstruktion, die er für einen Wachturm hielt, darauf aufmerksam geworden war. Rebus fuhr hinter seinem Chef her, bis Macrae an der Einfahrt zum Hotel hupte und abbog. Siobhan hatte Perth für den kürzesten Weg erklärt, während Rebus sich dafür entschied, wieder seine Strecke über Land und dann die M90 zu nehmen. Immer noch ein strahlend blauer Himmel. Schottische Sommer waren ein Segen, eine Entschädigung für das Dämmerlicht der langen Winter. Rebus stellte die Musik leiser und rief Siobhan auf ihrem Handy an.

»Freisprechanlage, hoffe ich«, sagte sie.

»Werden Sie nicht frech.«

»Sonst geben Sie ein schlechtes Beispiel.«

»Es gibt immer ein erstes Mal. Was ist aus Ihrem Freund in London geworden?«

»Im Gegensatz zu Ihnen habe ich nicht solche Komplexe.«

»Was für Komplexe?«

»Gegenüber der Obrigkeit ... gegenüber den Engländern ... gegenüber ...« Sie hielt inne. »Wollen Sie noch mehr hören?«

»Wenn ich mich nicht täusche, ist mein Rang immer noch höher als Ihrer.«

»Das heißt?«

»Das heißt, ich könnte Sie wegen Insubordination vorladen.«

»Und sich vor den Chefs lächerlich machen?«

Sein Schweigen gab ihr recht. Entweder war sie im Lauf der Jahre aufmüpfiger geworden, oder er rostete allmählich ein. Vermutlich beides. »Meinen Sie, wir können die Eierköpfe im Labor zu einer Samstagsschicht überreden?«, fragte er.

»Kommt drauf an.«

»Was ist mit Ray Duff? Ein Wort von Ihnen, und er würde es machen.«

»Und alles, was ich dafür zu tun hätte, wäre, einen ganzen Tag mit ihm in dieser stinkigen Klapperkiste herumzukutschieren.«

»Das ist klassisches Karosseriedesign.«

»Genau das würde er mir unentwegt erklären.«

»Er hat ihn von Grund auf instand gesetzt ...«

Sie seufzte hörbar. »Was ist das bloß mit diesen Kriminaltechnikern? Die haben alle so merkwürdige Hobbys.«

»Sie fragen ihn also?«

»Ich frage ihn. Gehen Sie heute auf Kneipentour?«

»Nachtdienst.«

»Am Tag der Beerdigung?«

»Irgendjemand muss ihn ja machen.«

»Ich wette, Sie haben darauf bestanden.«

Anstelle einer Antwort fragte er sie, was sie vorhabe.

»Mich bald aufs Ohr legen. Ich will nämlich morgen in aller Herrgottsfrüh zu der Großdemo gehen.«

»Wozu hat man Sie denn verdonnert?«

Sie lachte. »Nicht beruflich, John – ich gehe privat hin.«

»O Graus!«

»Sie sollten auch kommen.«

»Klar. Das wird auch wahnsinnig viel bewirken. Da bleibe ich doch lieber zu Hause – das ist dann mein Protest.«

»Was für ein Protest?«

»Gegen den verdammten Bob Geldof.« Sie lachte. »Wenn nämlich wirklich so viele kommen, wie er es gern hätte, wird es so aussehen, als wäre das alles sein Verdienst. Mit mir nicht, Siobhan. Denken Sie noch mal drüber nach, bevor Sie sich da engagieren.«

»Ich gehe, John. Und wenn ich's nur tue, um nach meinen Eltern Ausschau zu halten.«

»Ihre ...?«

»Sie sind von London raufgekommen – und nicht, weil Geldof sie gerufen hat.«

»Sie nehmen an der Demonstration teil?«

»Ja.«

»Werde ich sie kennenlernen?«

»Nein.«

»Warum nicht?«

»Weil Sie genau die Art Polizist sind, vor der meine Eltern mich immer gewarnt haben.«

Darüber sollte er wohl lachen, aber er wusste, dass sie es nur halb im Scherz gemeint hatte.

»Ein Punkt für Sie«, war alles, was er sagte.

»Haben Sie den Chef abgehängt?« Ein bewusster Themenwechsel.

»Hab ihn beim Parkservice abgegeben.«

»Sie werden's nicht glauben – so was gibt's in Gleneagles wirklich. Hat er zum Abschied gehupt?«

»Was glauben Sie?«

»Ich wusste, dass er es tun würde. Dieser Ausflug hat ihn richtig aufblühen lassen.«

»Und ihn vom Revier ferngehalten.«

»So hat doch jeder was davon.« Sie hielt inne. »Sie werden doch da was unternehmen, oder?«

»Wie meinen Sie das?«

»Cyril Colliar. Nächste Woche hat Sie sozusagen niemand an der Leine.«

»Ich wusste nicht, dass ich in Ihrer Wertschätzung so weit oben rangiere.«

»John, Sie stehen ein Jahr vor der Pensionierung. Ich weiß, dass Sie ein letztes Mal versuchen wollen, Cafferty zur Strecke zu bringen ...«

»Und gläsern scheine ich auch zu sein.«

»Aber ich versuche doch nur ...«

»Ich weiß, und ich bin gerührt.«

»Glauben Sie wirklich, Cafferty könnte dahinterstecken?«

»Wenn nicht, wird er den haben wollen, der es tut. Hören Sie, wenn es mit Ihren Eltern irgendwie schwierig wird ...«
Wer wechselte denn hier das Thema? » ... schicken Sie mir eine SMS, dann treffen wir uns auf einen Drink.«

»Okay, mach ich. Jetzt können Sie die CD von Elbow wieder aufdrehen.«

»Gut erkannt. Wir hören voneinander.«

Rebus beendete den Anruf. Und tat, wie ihm geheißen.

2

Jetzt kamen die Absperrungen. Die George IV Bridge hinunter und die ganze Princess Street entlang waren Arbeiter damit beschäftigt, sie aufzurichten. Straßenbauarbeiten und Hochbauprojekte hatte man auf Eis gelegt und Gerüste entfernt, damit sie nicht zerlegt und als Wurfgeschosse verwendet werden konnten. Briefkästen waren versiegelt und manche Geschäfte mit Brettern vernagelt worden. Geldinstitute hatte man gewarnt und deren Mitarbeitern geraten, sich nicht formell zu kleiden, da sie sonst ein leichtes Ziel abgeben würden. Für einen Freitagabend war die Stadt ruhig. Mannschaftswagen mit Metallgittern vor den Windschutzscheiben fuhren die Straßen im Zentrum ab, weitere parkten außer Sicht in unbeleuchteten Seitenstraßen. Die Polizisten in den Fahrzeugen trugen Schutzausrüstung und unterhielten sich lachend über frühere Einsätze. Ein paar Veteranen hatten während der letzten Welle der Bergarbeiterstreiks so manches erlebt. Andere versuchten, mit Geschichten über Schlägereien bei Fußballspielen, bei Demonstrationen gegen die Kopfsteuer oder Protestmärschen gegen den Newbury Bypass gleichzuziehen. Sie tauschten Gerüchte über die erwartete Größe des italienischen Anarchistenkontingents aus.

»Genua hat sie fit gemacht.«

»Das gefällt uns doch, Jungs, oder?«

Draufgängertum und Nervosität und Kameradschaft. Und immer wenn ein Funkgerät zu knacken begann, verebbte die Unterhaltung.

Die uniformierten Beamten am Bahnhof trugen hellgelbe Jacken. Auch hier wurden Absperrungen errichtet. Sie blockierten Ausgänge, sodass nur noch ein einziger Weg hinein und hinaus übrig blieb. Manche Beamte hatten Kameras dabei, um die Gesichter von ankommenden Zugreisenden aus London festzuhalten. Für die Demonstranten waren Sonderzüge eingesetzt worden, was ihre Identifizierung erleichterte. Allerdings brauchte man dazu ohnehin keine besonderen Fähigkeiten: Sie sangen Lieder, hatten Rucksäcke geschultert, trugen Abzeichen und T-Shirts und Armbänder. Sie brachten Fahnen und Transparente mit und hatten ausgebeulte Hosen, Tarnjacken und Wanderschuhe an. Geheimdienstberichten zufolge waren ganze Busladungen bereits im Süden Englands aufgebrochen. Erste Vermutungen waren von fünfzigtausend ausgegangen. Die neueste Schätzung sprach von über hunderttausend. Was die Bevölkerung von Edinburgh, zählte man die Sommertouristen noch dazu, erheblich anwachsen lassen würde.

Irgendwo im Zentrum fand eine Kundgebung statt, die den Beginn der G8 Alternatives, einer einwöchigen Reihe von Protestmärschen und Versammlungen, markierte. Dort würde die Polizei noch stärker vertreten sein. Falls nötig, auch mit berittenen Polizisten. Und mit vielen Hundeführern, einschließlich der vier in der Halle der Waverley Station. Der Plan war einfach: Präsenz zeigen. Potenzielle Unruhestifter wissen lassen, womit sie es zu tun haben würden. Visiere, Schlagstöcke und Handschellen; Pferde, Hunde und Einsatzwagen.

Zahlenmäßige Stärke.

Handwerkszeug.

Taktik.

In seiner früheren Geschichte war Edinburgh anfällig für Invasionen gewesen. Seine Bewohner hatten sich hinter Mauern und Toren verschanzt und, wenn diese durchbrochen worden waren, in den labyrinthartigen Tunnel unter der Burg und der High Street versteckt und so dem Feind den Sieg über die menschenleere Stadt überlassen. Dieses Talent setzten die Edinburgher später auch bei dem jährlichen Festival im August ein. Wenn die Bevölkerungszahl kurzfristig anstieg, wurden die Einheimischen weniger sichtbar, passten sich gleichsam dem Hintergrund an. Das erklärte vielleicht auch das Vertrauen der Stadt in »unsichtbare« Industrien wie das Bank- und Versicherungswesen. Bis vor kurzem hatte es noch geheißen, der St Andrews Square, Sitz mehrerer großer Firmen, sei die reichste Straße in Europa. Angesichts der hohen innerstädtischen Grundstückspreise waren auf der Lothian Road und weiter westlich Richtung Flughafen neue Bauten aus dem Boden geschossen. Das erst kurz zuvor fertiggestellte internationale Hauptquartier der Royal Bank in Gogarburn galt als mögliches Ziel. Ebenso Geschäftsgebäude von Standard Life und Scottish Widows. Während sie gemächlich durch die Straßen fuhr, wurde Siobhan klar, dass die Stadt in den nächsten Tagen einer noch nie da gewesenen Herausforderung gegenüberstehen würde.

Ein Polizeikonvoi scherte mit Sirenengeheul aus, um sie zu überholen. Das schuljungenhafte Grinsen im Gesicht des Fahrers sprach Bände: Jede Minute genießend, betrachtete er Edinburgh als seine private Rennstrecke. Ein dunkelroter Nissan voll einheimischer Jugendlicher hielt sich in seinem Windschatten. Siobhan wartete zehn Sekunden, dann blinkte sie, um sich wieder in den Verkehrsfluss einzureihen. Sie war auf dem Weg zu einem provisorischen Zeltplatz in Niddrie, einer von Edinburghs weniger vornehmen Gegenden. Statt sie ihre Zelte in den Gärten der Leute aufstellen zu lassen, hatte man die Demonstrationsteilnehmer dorthin gelotst.

Niddrie.

Der Stadtrat hatte das Grasland rund um das Jack Kane Centre ausgesucht. Die Planung ging von zehntausend, vielleicht sogar fünfzehntausend Besuchern aus. Man hatte mobile Toilettenhäuschen und Duschen aufgestellt und einen privaten Sicherheitsdienst beauftragt. Vermutlich eher, dachte Siobhan, um die Banden aus dem Viertel draußen als die Demonstrationsteilnehmer drinzuhalten. Hier erzählte man sich den Witz, dass in den kommenden Wochen um die Pubs herum wahrscheinlich jede Menge Zelte nebst Campingausrüstung zu erstehen sein würden. Siobhan hatte ihren Eltern angeboten, bei ihr zu wohnen. Klar, schließlich hatten sie ihr ja beim Kauf der Wohnung finanziell unter die Arme gegriffen. Sie hätten ihr Bett haben können; sie selbst hätte mit dem Sofa vorliebgenommen. Doch sie hatten dankend abgelehnt: Sie würden mit dem Bus anreisen und »mit den anderen« zelten. Sie hatten in den Sechzigerjahren studiert und diese Phase letztlich nie hinter sich gelassen. Obwohl sie jetzt auf die sechzig zugingen – Rebus' Generation –, band ihr Vater sich die Haare immer noch zu einer Art Pferdeschwanz zusammen, und ihre Mutter trug meist kaftanartige Kleider. Siobhan dachte an das, was sie vorher zu Rebus gesagt hatte: *Sie sind genau die Art Polizist, vor der meine Eltern mich immer gewarnt haben.* Inzwischen glaubte ein Teil von ihr, dass sie hauptsächlich deshalb zur Polizei gegangen war, weil sie gespürt hatte, dass ihnen das gegen den Strich gehen würde. Nach der ganzen Fürsorge und Zuneigung, die sie ihr hatten zuteil werden lassen, musste sie sich einfach auflehnen. Rache für die verschiedenen Umzüge, die immer neuen Schulen, die der Lehrberuf ihrer Eltern mit sich brachte. Rache, bloß weil es in ihrer Macht stand. Als sie ihnen zum ersten Mal davon erzählte, hätten ihre Blicke sie beinahe zum Rückzug bewogen. Aber das wäre ein Zeichen von Schwäche gewesen. Sie hatten sie unterstützt, das schon, sie aber gleichzeitig darauf hingewiesen, dass sie bei der Polizei ihre Fähigkeiten vielleicht nicht optimal zur Geltung würde bringen können. Grund genug für sie, sich auf die Hinterbeine zu stellen.

So war sie Polizistin geworden. Nicht in London, wo ihre Eltern wohnten, sondern in Schottland, das sie eigentlich gar nicht kannte, bevor sie dort auf die Polizeischule ging. Ein letzter Herzenswunsch ihrer Mutter und ihres Vaters: »Überall, nur nicht in Glasgow.«

Glasgow – mit seinem Raubein-Image, seiner Messerkultur und der tiefen Kluft zwischen den Konfessionen. Und dennoch, wie Siobhan festgestellt hatte, eine Stadt, in der man wunderbar bummeln konnte. Manchmal fuhr sie mit Freundinnen hin – reine Weibernachmittage, die regelmäßig dazu führten, dass sie in irgendeinem kleinen Hotel übernachteten und das Nachtleben testeten, dabei jedoch einen großen Bogen um Bars mit Rausschmeißern machten; das war eine Regel, über die sie und John Rebus sich einig waren. Edinburgh hingegen hatte sich inzwischen als todlangweilig erwiesen, schlimmer, als ihre Eltern es sich je hatten vorstellen können.

Allerdings würde sie ihnen das nie erzählen. Bei ihren Sonntagstelefonaten wich sie den meisten Fragen ihrer Mum aus und stellte stattdessen selbst welche. Sie hatte ihren Eltern angeboten, sie am Bus abzuholen, aber sie meinten, sie brauchten Zeit, um ihr Zelt aufzuschlagen. Als sie an einer Ampel halten musste, ließ die Vorstellung sie schmunzeln. Fast sechzig, die beiden, und bastelten an einem Zelt herum. Im Jahr zuvor waren sie in den vorzeitigen Ruhestand gegangen. Sie besaßen ein ziemlich großes Haus in Forest Hill, dessen Hypothek bezahlt war. Fragten sie dauernd, ob sie Geld brauche …

»Ich bezahle euch ein Hotelzimmer«, hatte sie ihnen am Telefon angeboten, aber sie waren standhaft geblieben. Während sie an der Ampel anfuhr, fragte sie sich, ob das wohl eine Form von Demenz war.

Ohne die orangefarbenen Verkehrshütchen zu beachten, parkte sie auf The Wisp und legte eine Polizeivisitenkarte hinter die Windschutzscheibe. Das Geräusch ihres Motors im Leerlauf hatte einen Sicherheitsbeamten angelockt. Der schüttelte den Kopf und deutete auf die Visitenkarte. Dann fuhr er

sich mit der Hand quer über die Kehle und nickte zur nächstgelegenen Siedlung hin. Siobhan entfernte die Visitenkarte,
ließ das Auto aber, wo es war.

»Hiesige Banden«, erklärte der Sicherheitsbeamte. »So eine
Karte ist für die ein rotes Tuch.« Er steckte die Hände in die
Taschen, was seine bereits beachtliche Brust noch breiter wir-
ken ließ. »Was führt Sie denn her, Officer?«

Sein Kopf war rasiert, aber er hatte einen dunklen Vollbart
und buschige Augenbrauen.

»Ein Besuch«, antwortete Siobhan und zeigte ihm ihren
Ausweis. »Ein Ehepaar namens Clarke. Ich muss mit ihnen
reden.«

»Kommen Sie rein.« Er führte sie zu einem Tor in der Umzäunung. Im Kleinen erinnerte das Ganze an die Sicherheitsvorkehrungen um Gleneagles. Es gab sogar eine Art Wachturm.
Entlang des Zauns stand ungefähr alle hundert Meter ein
Wachposten. »Hier, ziehen Sie das an«, sagte ihr neuer Freund
und reichte ihr ein Armband. »Dann fallen Sie weniger auf. So
haben wir unsere fröhliche Camperschar besser im Griff.«

»Im wahrsten Sinn des Wortes«, meinte sie und nahm das
Band entgegen. »Wie läuft es denn bisher?«

»Die einheimischen Jugendlichen mögen es nicht besonders. Sie haben versucht reinzukommen, aber das ist auch alles.« Er zuckte mit den Schultern. Sie gingen einen metallenen
Fußweg entlang, den sie für einen Augenblick verließen, um
einem kleinen Mädchen auf Rollschuhen Platz zu machen,
dessen Mutter im Schneidersitz vor ihrem Zelt saß und dem
Kind zusah.

»Wie viele Leute sind denn hier?« Siobhan fiel es schwer zu
schätzen.

»Vielleicht tausend. Morgen werden es mehr sein.«

»Zählen Sie sie denn nicht?«

»Nein, und die Namen halten wir auch nicht fest – deshalb
kann ich Ihnen gar nicht sagen, wo Sie Ihre Freunde finden

können. Das Einzige, was wir von ihnen verlangen dürfen, ist die Platzgebühr.«

Siobhan schaute sich um. Der trockene Sommer hatte die Erde fest werden lassen. Hinter der Silhouette aus Mietskasernen und Wohnhäusern konnte sie andere, ältere Umrisse erkennen: Holyrood Park und Arthur's Seat. Sie hörte leisen Gesang, ein paar Gitarren und Tin Whistles. Kinderlachen und ein Baby, das seine nächste Mahlzeit verlangte. Händeklatschen und Geplapper. Das alles wurde plötzlich durch ein Megafon zum Verstummen gebracht, das ein Mann in der Hand hielt, der seine Haare unter einen riesigen, flauschigen Hut gestopft hatte und eine an den Knien abgeschnittene Patchworkhose und dazu Flipflops trug.

»Großes weißes Zelt, Leute – da passiert's! Gemüsecurry für vier Pfund, ein großes Dankeschön der hiesigen Moschee. Nur vier Pfund …«

»Vielleicht finden Sie sie dort«, sagte Siobhans Führer. Sie bedankte sich, und er kehrte an seinen Platz zurück.

Das »große weiße Zelt« war ein Festzelt und schien als allgemeiner Treffpunkt zu dienen. Eine andere Stimme verkündete nun, eine Gruppe würde auf einen Drink in die Stadt gehen. Man treffe sich in fünf Minuten bei der roten Fahne. Siobhan war an einer Reihe mobiler Toiletten, Wasserhähne und Duschen vorbeigekommen. Jetzt konnte sie nur noch die Zelte absuchen. Am Curry standen die Leute in einer ordentlichen Schlange an. Jemand versuchte, ihr einen Plastiklöffel in die Hand zu drücken. Sie lehnte erst ab, aber dann fiel ihr ein, dass sie schon eine ganze Weile nichts mehr gegessen hatte. Mit einem Berg Curry auf ihrem Plastikteller beschloss sie, einen gemächlichen Spaziergang durch das Lager zu machen. Viele Leute bereiteten Essen auf ihren Campingkochern zu. Jemand deutete auf sie.

»Erinnerst du dich an mich, aus Glastonbury?«, riefen manche. Siobhan schüttelte nur den Kopf. Und dann entdeckte sie ihre Eltern und musste unwillkürlich lächeln. Sie waren Camper mit Stil: ein großes rotes Zelt mit Fenstern und einem Vorzelt. Klapptisch und -stühle sowie eine geöffnete Flasche Rotwein mit Gläsern daneben. Sie standen auf, als sie sie sahen, umarmten und küssten sie und entschuldigten sich dafür, dass sie nur zwei Stühle mitgebracht hatten.

»Ich kann auf dem Boden sitzen«, versicherte Siobhan ihnen. Eine andere junge Frau tat das bereits. Sie hatte sich bei Siobhans Ankunft nicht von der Stelle gerührt.

»Wir haben Santal gerade von dir erzählt«, sagte Siobhans Mum. Eve Clarke sah jünger aus, als sie war, nur die Lachfalten verrieten ihr wahres Alter. Von Siobhans Vater Teddy konnte man das nicht behaupten. Er hatte einen Bauch bekommen, und die Haut seines Gesichts hing schlaff herunter. Seine Geheimratsecken waren größer geworden, sein Pferdeschwanz dünner und grauer. Den Blick ständig auf die Flasche gerichtet, füllte er genüsslich die Weingläser nach.

»Santal war sicher begeistert«, erwiderte Siobhan und nahm ihm ein Glas ab.

Die junge Frau zeigte den Hauch eines Lächelns. Ihre Haare waren schulterlang, schmutzigblond und gegelt oder einfach ungepflegt, denn sie standen ihr in Büscheln vom Kopf ab. Kein Make-up, aber mehrere Piercings an den Ohren und eins seitlich an der Nase. Ihr ärmelloses und bauchfreies dunkelgrünes T-Shirt gab den Blick auf keltische Tattoos an den Schultern und ein weiteres Piercing am Nabel frei. Ihren Hals zierten etliche Ketten, und ein bisschen tiefer hing etwas, das wie eine digitale Videokamera aussah.

»Sie sind Siobhan«, sagte sie mit einem leichten Lispeln.

»Ich fürchte, ja.« Siobhan prostete allen zu. Inzwischen war aus einem Picknickkorb neben einem weiteren Weinglas eine zweite Flasche zum Vorschein gekommen.

»Nun mal langsam, Teddy«, mahnte Eve Clarke.

»Ich muss Santal nachschenken«, erklärte er, obwohl deren

Glas, wie Siobhan bemerkte, noch fast so voll war wie ihr eigenes.

»Seid ihr drei zusammen gekommen?«, fragte sie.

»Santal ist von Aylesbury aus per Anhalter gefahren«, antwortete Teddy Clarke. »Nach der Busfahrt, die wir hinter uns haben, werden wir es beim nächsten Mal, glaube ich, genauso machen.« Er verdrehte die Augen und rutschte auf seinem Stuhl hin und her. Dann schraubte er die Weinflasche auf. »Wein mit Schraubverschluss, Santal. Sag nur nicht, die moderne Welt hätte nicht auch ihr Gutes.«

Doch sie sagte überhaupt nichts. Siobhan wusste nicht, warum sie eine spontane Abneigung gegen diese Fremde verspürte, außer dass Santal genau das war: eine Fremde. Siobhan hatte sich ein bisschen Zeit mit ihrer Mum und ihrem Dad gewünscht. Nur sie drei allein.

»Santal hat den Platz gleich neben uns«, erklärte Eve. »Wir brauchten etwas Hilfe mit dem Zelt ...«

Ihr Mann lachte plötzlich laut auf, während er sich selbst nachschenkte. »Ist ja schon eine Weile her, seit wir das letzte Mal zelten waren«, ergänzte er.

»Das Zelt sieht neu aus«, bemerkte Siobhan.

»Von Nachbarn ausgeliehen«, erklärte ihre Mutter. Santal stand auf. »Ich gehe jetzt mal ...«

»Unseretwegen nicht«, protestierte Teddy Clarke.

»Einige von uns wollen noch in einen Pub gehen ...«

»Ihre Kamera gefällt mir«, sagte Siobhan.

Santal schaute an sich hinunter. »Wenn einer von den Bullen mich fotografiert, will ich auch sein Foto haben. Ist doch nur recht und billig, oder?« Ihr stechender Blick verlangte förmlich Zustimmung.

Siobhan drehte sich zu ihrem Vater um. »Ihr habt ihr erzählt, was ich mache«, konstatierte sie ruhig.

»Schämen Sie sich nicht?« Santal spuckte diese Worte förmlich aus.

»Ganz im Gegenteil, um ehrlich zu sein.« Siobhans Blick wanderte vom Vater zur Mutter. Ihre Eltern schienen sich plötzlich beide auf den Wein vor ihnen zu konzentrieren. Als sie sich wieder Santal zuwandte, hielt die Frau die Kamera auf sie gerichtet.

»Eins fürs Familienalbum«, sagte Santal. »Ich schicke Ihnen ein Jpeg.«

»Danke«, erwiderte Siobhan betont kühl. »Merkwürdiger Name, Santal, oder?«

»Bedeutet Sandelholz«, erklärte Eve Clarke.

»Wenigstens können die Leute ihn aussprechen«, fügte Santal hinzu.

Teddy Clarke lachte. »Ich habe Santal eben erzählt, dass wir dir einen Namen aufgehalst haben, den unten im Süden niemand aussprechen konnte.«

»Sonst noch irgendwas über unsere Familie ausgeplaudert?«, fauchte Siobhan. »Irgendwelche peinlichen Geschichten, von denen ich wissen sollte?«

»Ganz schön empfindlich, wie?«, raunte Santal Siobhans Mutter zu.

»Weißt du«, räumte Eve Clarke ein, »wir wollten eigentlich nie, dass sie —«

»Mum, Herrgott noch mal!«, unterbrach Siobhan ihre Mutter. Aber ihre weitere Beschwerde wurde durch Geräusche aus Richtung Zaun unterbrochen. Sie sah Wachen auf diese Stelle zulaufen. Draußen standen Jugendliche, die die Hände zum Hitlergruß hoben. Sie trugen die üblichen dunklen Kapuzenpullover und verlangten von den Wachen, »diesen ganzen Hippie-Abschaum« rauszuschicken.

»Die Revolution fängt hier an!«, schrie einer von ihnen. »An die Wand mit euch, ihr Wichser!«

»Erbärmlich«, zischte Siobhans Mutter.

Doch dann flogen die ersten Gegenstände durch den sich verdunkelnden Himmel.

»Runter!«, rief Siobhan warnend, während sie ihre Mutter ins Zelt schob, ohne genau zu wissen, welchen Schutz es gegen anfliegende Steine und Flaschen bieten würde. Ihr Vater hatte ein paar Schritte auf die Unruhestifter zu getan, wurde aber von ihr zurückgeholt. Santal wich nicht von der Stelle, die Kamera auf die Jugendlichen gerichtet.

»Ihr seid doch nur ein Haufen Touristen!«, brüllte einer der Einheimischen. »Verschwindet auf den Rikschas, die euch hergebracht haben!«

Lautes Gelächter; Buhrufe und eindeutige Gesten. Wenn die Hippies nicht rauskämen, wollten sie die Wachmänner. Aber die waren nicht so dumm. Stattdessen forderte Siobhans Freund über Funk Verstärkung an. Eine solche Spannung konnte sich innerhalb kürzester Zeit auflösen oder in einen regelrechten Krieg ausarten. Der Sicherheitsbeamte bemerkte, dass sie neben ihm stand.

»Keine Sorge«, sagte er. »Sie sind ja bestimmt versichert ...«

Sie brauchte eine Sekunde, um zu kapieren, was er meinte.

»Mein Auto!«, rief sie und war schon auf dem Weg zum Tor. Musste sich an zwei weiteren Wachmännern vorbeidrängen. Rannte hinaus auf die Straße. Ihre Motorhaube war verbeult und zerkratzt, die Heckscheibe zerbrochen. Auf eine der Türen hatte jemand NYT gesprayt.

Niddrie Young Team.

Da standen sie in einer Reihe nebeneinander und lachten sie aus. Einer von ihnen hielt sein Handy hoch, um sie zu fotografieren.

»Mach so viele Fotos, wie du willst«, sagte sie. »Damit bist du noch leichter aufzuspüren.«

»Scheißpolizei!«, zischte ein anderer. Er stand in der Mitte, links und rechts von ihm zwei Adjutanten.

Der Anführer.

»Polizei, ganz recht«, entgegnete sie. »Zehn Minuten in Craigmillar auf der Wache, und ich weiß mehr über dich als deine

50

eigene Mutter.« Um ihren Worten Nachdruck zu verleihen, zeigte sie mit dem Finger auf ihn, aber er schnaubte nur verächtlich. Obwohl sein Gesicht nur zu einem Drittel sichtbar war, würde sie es im Gedächtnis behalten. Ein Auto mit drei Insassen hielt an. Siobhan erkannte den Mann auf dem Rücksitz: ein Stadtrat von hier.

»Verschwindet!«, brüllte er, während er ausstieg und mit den Armen fuchtelte, als triebe er Schafe zurück in ihren Pferch. Der Anführer der Bande tat, als zitterte er, erkannte aber, dass seine Kampfgenossen tatsächlich ins Wanken gerieten. Ein halbes Dutzend Sicherheitsbeamte mit dem bärtigen Wachmann an der Spitze waren hinter dem Zaun aufgetaucht. In der Ferne hörte man Sirenen, die näherkamen.

»Los jetzt, haut ab!«, befahl der Councillor.

»Lauter Lesben und Schwule in dem Lager«, knurrte der Anführer zurück. »Und wer zahlt das alles, hä?«

»Du garantiert nicht, mein Sohn«, erwiderte der Councillor. Er wurde jetzt von den beiden anderen Männern aus dem Auto flankiert. Sie waren kräftig gebaut und in ihrem Leben wahrscheinlich keinem Kampf aus dem Weg gegangen. Genau die Art von Meinungsforschern, die ein Politiker in Niddrie brauchte.

Der Anführer der Bande spuckte auf den Boden, drehte sich dann um und stiefelte davon.

»Danke«, sagte Siobhan und reichte dem Stadtrat die Hand.

»Kein Problem«, antwortete der, schien aber den ganzen Vorfall, Siobhan eingeschlossen, schon vergessen zu haben. Er schüttelte jetzt dem bärtigen Sicherheitsbeamten die Hand; die beiden kannten sich offenbar.

»Ansonsten eine ruhige Nacht?«, fragte der Councillor. Statt einer Antwort lachte der Wachmann leise.

»Können wir sonst was für Sie tun, Mr. Tench?«

Stadtrat Tench schaute sich um. »Dachte, ich schau mal

vorbei und lasse all die netten Leute hier wissen, dass mein Stadtbezirk fest hinter ihrem Kampf zur Beendigung von Armut und Ungerechtigkeit in der Welt steht.« Er hatte jetzt ein Publikum: Ungefähr fünfzig Camper standen auf der anderen Seite der Umzäunung. »Wir in diesem Teil von Edinburgh kennen beides«, brüllte er, »was aber nicht bedeutet, dass wir keine Zeit für die haben, die noch schlechter dran sind als wir! Ich möchte sagen, wir haben ein großes Herz!« Er sah, dass Siobhan den Schaden an ihrem Auto in Augenschein nahm. »Natürlich haben wir auch ein paar Verrückte hier, aber in welcher Gemeinschaft gibt's die nicht?« Lächelnd breitete Tench die Arme wieder aus, diesmal wie ein Pech- und Schwefelprediger.

»Willkommen in Niddrie!«, sagte er an seine Gemeinde gewandt. »Willkommen alle ohne Ausnahme!«

Rebus war allein in den CID-Räumen. Er hatte eine halbe Stunde gebraucht, bis er die Ermittlungsakten fand: vier Kisten und eine Reihe Aktenordner; Floppydisks und eine einzelne CD-ROM. Letztere hatte er auf dem Regal im Lagerraum liegen lassen, während einige der Papiere jetzt vor ihm ausgebreitet lagen. Er hatte Posteingangskörbe und Computertastaturen beiseitegeschoben und sie auf den sechs unbesetzten Schreibtischen verteilt. Wenn er nun durch den Raum ging, konnte er zwischen den verschiedenen Ermittlungsstadien wechseln: Tatort und erste Vernehmungen; Opferprofil und weitere Vernehmungen; Gefängnisbericht; Verbindung zu Cafferty; Berichte von Gerichtsmedizinern und Toxikologen … Das Telefon im Kabuff des DI hatte ein paarmal geklingelt, aber Rebus ignorierte es. Nicht er war hier der ranghöchste DI, sondern Derek Starr. Und das kriecherische kleine Arschloch hielt sich, wie immer freitagabends, irgendwo in der Stadt auf. Rebus kannte Starrs Ausgehgewohnheiten, denn der teilte sie jeden Montagmorgen sämtlichen Anwesenden mit: erst ein paar Drinks im Hallion Club, dann vielleicht nach Hause zum Duschen und Umziehen, bevor er sich wieder in die Stadt aufmachte; zurück in den Hallion Club, wenn dort was los war, danach aber auf jeden Fall in die George Street – Opal Lounge, Candy Bar, Living Room. Schlaftrunk im Indigo Yard, falls er nicht schon vorher »einen Treffer gelandet« hatte. Auf der Queen Street machte demnächst ein neues Jazzlokal auf, das Jools Holland gehörte. Starr hatte bereits Erkundigungen über die Mitgliedschaft eingeholt.

Wieder klingelte das Telefon; Rebus ignorierte es. Falls es dringend war, würden sie es auf Starrs Handy versuchen. Wenn es vom Tresen im Wachraum durchgestellt wurde ... na, sie wussten ja, dass Rebus hier oben war. Konnte sein, dass sie ihn aufziehen wollten, indem sie sich, falls er abnähme, entschuldigten und behaupteten, sie hätten eigentlich DI Starr sprechen wollen. Rebus kannte seinen Platz in der Nahrungskette: irgendwo ganz unten zwischen dem Plankton, als Preis für jahrelange Aufsässigkeit und kompromissloses Verhalten. Dass die ganze Zeit über auch Ergebnisse erzielt worden waren, spielte keine Rolle: Für die hohen Tiere zählte heute lediglich, *wie* man zu einem Ergebnis kam; es ging nur noch um Effizienz und Verantwortlichkeit, öffentliche Wahrnehmung, strenge Regeln und Protokolle – in Rebus' Übersetzung: Alle wollten sich nur noch absichern.

Er blieb bei einem Ordner mit Fotos stehen. Manche hatte er bereits herausgenommen und auf der Schreibtischplatte ausgebreitet. Jetzt blätterte er die anderen durch. Cyril Colliars öffentliche Geschichte: Zeitungsausschnitte, von Familie und Freunden aufgenommene Polaroidbilder, die offiziellen Fotos von seiner Festnahme und Gerichtsverhandlung. Irgendjemand hatte sogar während seiner Haftzeit ein unscharfes Foto von ihm geschossen, auf dem er, die Arme hinter dem Kopf verschränkt, auf seiner Pritsche lag und fernsah und somit der Sensationspresse eine Titelseite bescherte: *Könnte Sexbestie es noch gemütlicher haben?*

Jetzt nicht mehr.

Nächster Schreibtisch: Einzelheiten über die Familie des Vergewaltigungsopfers. Den Namen des damals achtzehnjährigen Mädchens hatte man vor der Öffentlichkeit geheim gehalten. Sie hieß Victoria Jensen, im engsten Kreis Vicky. Von einem Nachtklub aus war sie verfolgt worden … verfolgt, als sie mit zwei Freunden zur Bushaltestelle ging. Nachtbus: Colliar hatte sich einen Platz ein paar Reihen hinter den dreien gesucht. Vicky stieg allein aus. Kaum mehr als hundert Meter von ihrem Elternhaus entfernt hatte er zugeschlagen, ihr den Mund zugehalten und sie in eine schmale Gasse gezerrt …

Bilder von Videoüberwachungskameras zeigten ihn, wie er unmittelbar nach ihr den Klub verließ. Wie er in den Bus einstieg und sich setzte. Eine DNA-Entnahme nach der Tat hatte sein Schicksal besiegelt. Einige seiner Kumpane hatten der Gerichtsverhandlung beigewohnt und Drohungen gegen die Familie des Opfers ausgestoßen. Anklagen wurden nicht erhoben.

Vickys Vater war Tierarzt; seine Frau arbeitete bei Standard Life. Rebus selbst hatte der Familie in ihrem Haus in Leith die Nachricht von Cyril Colliars Ableben überbracht.

»Danke für die Mitteilung«, hatte der Vater gesagt. »Ich werde es Vicky weitergeben.«

»Sie haben mich missverstanden, Sir«, hatte Rebus geantwortet. »Ich muss Ihnen ein paar Fragen stellen …«

Haben Sie es getan?

Haben Sie jemanden angeheuert, um es für Sie zu tun?

Kennen Sie jemanden, der dazu gezwungen worden sein könnte?

Tierärzte hatten Zugang zu Drogen. Vielleicht nicht zu Heroin, aber zu anderen Drogen, die gegen Heroin eingetauscht werden konnten. Dealer verkauften Ketamin an Clubber – darauf hatte Starr selbst hingewiesen. Tierärzte benutzten es zur Behandlung von Pferden. Vicky war in einer Gasse vergewaltigt, Colliar in einer Gasse getötet worden. Thomas Jensen hatte sich aufs Heftigste gegen diese Andeutungen zur Wehr gesetzt.

»Wollen Sie damit sagen, Sie hätten nie daran gedacht, Sir? Nie irgendeine Art von Rache geplant?«

Natürlich habe er das: Bilder von Colliar, wie er in einer Zelle verrottete oder in der Hölle verbrannte. »Aber das passiert nicht, Inspector, oder? Nicht in *dieser* Welt ...« Auch Vickys Freunde waren vernommen worden, keiner von ihnen gab irgendetwas zu.

Rebus trat an den nächsten Tisch. Aus Fotos und Vernehmungsprotokollen starrte ihm Morris Gerald Cafferty entgegen. Rebus hatte Macrae ziemlich bearbeiten müssen, bevor der ihn auch nur in Caffertys Nähe ließ. Man war der Ansicht, ihre gemeinsame Geschichte reiche zu tief. Für manche galten sie als Feinde; andere fanden, dass die beiden einander zu ähnlich ... und viel zu vertraut miteinander waren. Starr hatte seine Bedenken in Anwesenheit von Rebus und DCI Macrae geäußert. Dass Rebus aus der Haut gefahren war und versucht hatte, seinem DI-Kollegen an den Kragen zu gehen, hatte Macrae später als »noch ein Eigentor, John« gewertet.

Cafferty war geschickt und hatte seine Finger in allen möglichen kriminellen Unternehmungen: Massagesalons und Schutzgelderpressung, Einschüchterung und nackte Gewalt. Auch im Drogenhandel, was ihm Zugang zu Heroin verschaffen würde. Und wenn nicht ihm persönlich, dann ganz sicher Colliars Rausschmeißerkollegen. Es war durchaus üblich, dass Klubs geschlossen wurden, wenn sich herausstellte, dass die sogenannten Türsteher das Einschleusen von Rauschgift in die Etablissements kontrollierten. Jeder von ihnen hätte den Entschluss fassen können, sich der »Sexbestie« zu entledigen. Es hätte sogar persönliche Hintergründe geben können: eine verächtliche Bemerkung; die Beleidigung einer Freundin. Die vielen verschiedenen Motive waren des Langen und Breiten untersucht worden. Oberflächlich betrachtet also eine Ermittlung nach Vorschrift. Etwas anderes zu behaupten wäre falsch. Nur … Rebus erkannte, dass das Team sich dem Fall nur halbherzig gewidmet hatte. Hier und da waren Fragen nicht gestellt, Wege nicht beschritten, Aufzeichnungen schlampig abgetippt worden. Dinge, die nur jemandem ins Auge stachen, der näher mit dem Fall befasst war. Überall hatte es ein wenig an Bemühen gefehlt, gerade so viel, dass man sehen konnte, was die Beamten wirklich von ihrem »Opfer« hielten.

Die Gerichtsmedizin hingegen hatte gewissenhaft gearbeitet. Professor Gates hatte es bereits gesagt: Ihm war egal, wer auf seinem Labortisch lag. Es waren alles Menschen, Tochter oder Sohn von irgendjemandem.

»Niemand kommt als böser Mensch zur Welt, John«, hatte er, über sein Skalpell gebeugt, gemurmelt.

»Es bringt sie aber auch niemand anderes dazu, böse Dinge zu tun«, hatte Rebus erwidert.

»Ah«, hatte Gates eingeräumt. »Ein Rätsel, über das sich klügere Männer als wir durch die Jahrhunderte hindurch die Köpfe zerbrochen haben. Warum tun wir einander immer und immer wieder so schreckliche Dinge an?«

Eine Antwort hatte er nicht parat gehabt. Aber etwas anderes, worauf er hingewiesen hatte, fiel Rebus wieder ein, als er zu Siobhans Schreibtisch weiterging und eins der Obduktionsfotos von Colliar in die Hand nahm. *Im Tod kehren wir alle zur Unschuld zurück, John* … Tatsächlich wirkte Colliars Gesicht friedlich, als wäre dieser Eindruck nie durch irgendetwas gestört worden.

Wieder klingelte das Telefon in Starrs Büro. Rebus ließ es klingeln und hob stattdessen Siobhans Nebenapparat ab. Seitlich an ihrem Festplattenlaufwerk klebte ein Haftzettel mit reihenweise Namen und Telefonnummern. Er versuchte es gar nicht erst im Labor, sondern tippte gleich die Handynummer ein.

Und fast im selben Moment hob Ray Duff ab.

»Ray? DI Rebus.«

»Mit einer Einladung zur Freitagabendsauftour?« Rebus' Schweigen wurde mit einem Seufzer beantwortet. »Warum bin ich nicht überrascht?«

»Sie überraschen *mich*, Ray, drücken sich vor der Arbeit ...«

»Ich schlafe doch nicht im Labor.«

»Wenn das nicht gelogen ist.«

»Also gut, gelegentlich arbeite ich auch nachts ...«

»Genau das gefällt mir an Ihnen, Ray. Wir sind doch beide von dieser Leidenschaft für unseren Beruf getrieben.«

»Eine Leidenschaft, die ich aufs Spiel setze, indem ich mich beim Quizabend meines hiesigen Stammlokals blicken lasse?«

»Darüber maße ich mir kein Urteil an, Ray. Ich habe mich nur gefragt, wie es wohl mit diesem neuen Beweisstück im Fall Colliar aussieht.«

Rebus hörte ein müdes Kichern am anderen Ende der Leitung. »Sie geben aber auch nie Ruhe, was?«

»Es ist nicht für mich, Ray. Ich helfe nur Siobhan. Für sie könnte es einen großen Schritt nach vorn bedeuten, wenn sie das hier schafft. *Sie* hat das Stück Stoff gefunden.«

»Das Beweisstück ist erst vor drei Stunden reingekommen.«

»Schon mal gehört, dass man Eisen schmieden soll, solange es heiß ist?«

»Aber das Bier, das hier vor mir steht, ist kalt, John.«

»Es würde Siobhan eine Menge bedeuten. Sie freut sich schon darauf, wenn Sie sich die Belohnung holen.«

»Was für eine Belohnung?«

»Die Gelegenheit, Ihr Auto vorzuführen. Ein Tag draußen auf dem Land, nur Sie beide auf diesen gewundenen Straßen. Wer weiß, vielleicht am Ende sogar ein Hotelzimmer, wenn Sie es richtig anpacken.« Rebus hielt inne. »Was ist das für Musik?«

»Eine der Quizfragen.«

»Klingt nach Steely Dan. ›Reeling in the Years‹.«

»Und wie ist die Band zu ihrem Namen gekommen?«

»Ein Dildo in einem Roman von William Burroughs. Jetzt müssen Sie mir aber versprechen, gleich anschließend ins Labor zu gehen …«

Hochzufrieden mit dem Ergebnis gönnte Rebus sich eine Pause, um eine Tasse Kaffee zu trinken und sich einmal richtig zu strecken. In dem Gebäude war es still. Der Sergeant am Eingangstresen war durch einen seiner Untergebenen abgelöst worden. Obwohl Rebus das Gesicht nicht kannte, nickte er.

»Ich hab die ganze Zeit versucht, dem CID ein Gespräch durchzustellen«, sagte der junge Beamte. Er fuhr mit dem Finger am Rand seines Hemdkragens entlang. Sein Hals war von Aknenarben oder einer Art Ausschlag bedeckt.

»Das wäre in dem Fall ich«, erklärte Rebus ihm. »Was ist denn passiert?«

»Ärger am Castle, Sir.«

»Haben die Protestmärsche schon früher angefangen?«

Der Uniformierte schüttelte den Kopf. »Es gibt Aussagen über einen Schrei und einen Körper, der in den Gardens landete. Sieht aus, als wäre jemand von der Burgmauer gefallen.«

»Das Castle ist um diese Zeit nicht geöffnet«, stellte Rebus fest, die Stirn in Falten gelegt.

»Ein Abendessen für ein paar hohe Tiere …«

»Und wer ist da in den Abgrund gestürzt?«

Der Polizist zuckte nur die Achseln. »Soll ich ihnen sagen, dass niemand verfügbar ist?«

»Seien Sie nicht albern, mein Sohn!«, rief Rebus ihm zu, schon auf dem Weg, seine Jacke zu holen.

Das Edinburgh Castle sei nicht nur eine der wichtigsten Touristenattraktionen, sondern diene teilweise auch noch als Militärkaserne, betonte Commander David Steelforth, als er Rebus gleich hinter dem Fallgitter in den Weg trat.

»Sie kommen ja ganz schön rum«, war Rebus' Antwort darauf. Der Mann von der Special Branch war formell gekleidet: Fliege und Kummerbund, Smokingjacke, Lackschuhe.

»Das bedeutet, es steht streng genommen unter der Ägide der Armee …«

»Ich weiß nicht genau, was ›Ägide‹ bedeutet, Commander.«

»Es bedeutet«, zischte Steelforth, dem allmählich der Geduldsfaden riss, »dass die Militärpolizei sich um die Warums und Wozus des Vorfalls hier kümmern wird.«

»Das war sicher ein gutes Abendessen?« Rebus ging weiter. Der Pfad wand sich den Hügel hinauf, heftige Windböen zerrten an den beiden Männern.

»Hier sind wichtige Leute, DI Rebus.«

Wie auf ein Stichwort hin tauchte aus einer Art Tunnel vor ihnen ein Auto auf. Es bewegte sich auf das Tor zu und zwang Rebus und Steelforth auf die Seite. Rebus erhaschte einen Blick auf den Mann im Fond des Wagens: das Glitzern einer Metallrandbrille, ein langes, blasses, besorgt wirkendes Gesicht. Aber der Außenminister scheine doch oft besorgt auszusehen, meinte Rebus zu Steelforth. Der Special-Branch-Mann runzelte die Stirn, enttäuscht darüber, dass er ihn erkannt hatte.

»Ich hoffe, ich muss ihn nicht vernehmen«, fügte Rebus hinzu.

»Schauen Sie, Inspector …«

Aber Rebus ging bereits weiter. »Die Sache ist die, Commander«, sagte er über die Schulter zu ihm, »das Opfer ist vielleicht gefallen – oder gesprungen oder was auch immer –, und ich bestreite auch gar nicht, dass es sich auf Armeegebiet befand, als es das tat … aber gelandet ist es ungefähr hundert Meter weiter südlich in den Princes Street Gardens.« Rebus lächelte ihn an. »Und deshalb gehört es mir.«

Während Rebus weiterging, versuchte er sich an seinen letzten Besuch hinter den Burgmauern zu erinnern. Damals hatte er natürlich seine Tochter dabei gehabt, aber das war über zwanzig Jahre her. Die Burg beherrschte die Skyline von Edinburgh. Man konnte sie von Bruntsfield und Inverleith aus sehen. Auf der Fahrt vom Flughafen in die Stadt nahm sie das Aussehen eines düsteren transsylvanischen Schlosses an, und man fragte sich unwillkürlich, ob man seinen Farbsinn verloren hatte. Von der Princes Street, der Lothian Road und der Johnston Terrace aus erschienen die vulkanischen Flanken des Burgbergs steil und uneinnehmbar – und als solches hatten sie sich im Lauf der Jahrhunderte auch erwiesen. Kam man allerdings vom Lawnmarket, erreichte man den Eingang der Burg über einen sanften Hügel, der noch kaum Hinweise auf deren mächtige Präsenz gab.

Die Fahrt vom Gayfield Square hierher hatte Rebus fast matt gesetzt. Uniformierte Polizisten hatten ihn daran hindern wollen, die Waverley Bridge zu überqueren. Unter lautem Knirschen und Klirren von Metall wurden die Absperrungen für die Großdemo am nächsten Tag an ihre Positionen geschleppt. Er hatte gehupt, ohne sich um die Gesten zu kümmern, mit denen man ihm bedeutete, sich eine andere Strecke zu suchen. Als ein Beamter näher gekommen war, hatte Rebus das Fenster heruntergekurbelt und ihm seine Dienstmarke gezeigt.

»Diese Strecke ist gesperrt«, hatte der Mann verkündet. Englischer Akzent, vielleicht Lancashire.

»Ich bin vom CID«, hatte Rebus ihm erklärt. »Und hinter mir werden vermutlich gleich ein Krankenwagen, ein Gerichtsmediziner und ein Fahrzeug der Spurensicherung kommen. Wollen Sie denen dieselbe Geschichte erzählen?«

»Was ist passiert?«

»Jemand ist gerade in den Gardens gelandet.« Rebus deutete mit dem Kopf auf das Castle.

»Verfluchte Demonstranten ... Vorhin ist einer in den Felsen stecken geblieben. Die Feuerwehr musste ihn mit einer Seilwinde herunterholen.«

»So gern ich ja ein Schwätzchen halten würde ...«

Der Polizist machte ein finsteres Gesicht, schob aber die Absperrung beiseite.

Nun hatte sich eine andere vor Rebus aufgebaut: Commander David Steelforth.

»Das ist ein gefährliches Spiel, Inspector. Überlassen Sie das lieber den Klügeren von uns.«

Rebus kniff die Augen zusammen. »Dann halten Sie mich wohl für dumm?«

Ein kurzes, schroffes Lachen. »Ganz und gar nicht.«

»Gut.« Rebus sah, wohin er gehen musste. Wachsoldaten spähten über den Rand der Zinnen. Nicht weit davon entfernt standen ältere, vornehm aussehende Herren in Abendkleidung zusammen und rauchten Zigarren.

»Ist er hier runtergefallen?«, fragte Rebus die Wachen. Er hatte seine Dienstmarke in der Hand, wollte sich jedoch nicht unbedingt als Zivilpolizist zu erkennen geben.

»Muss ungefähr die Stelle sein«, antwortete einer.

»Hat es jemand gesehen?«

Kopfschütteln. »Vorher hatte es einen Zwischenfall gegeben«, sagte derselbe Soldat. »Irgendein Idiot war stecken geblieben. Wir waren also darauf gefasst, dass noch mehr es versuchen könnten.«

»Und?«

»Und der Gefreite Andrews dachte, er hätte auf der anderen Seite was gesehen.«

»Ich hab gesagt, ich bin nicht sicher«, verteidigte sich Andrews.

»Dann sind Sie also alle auf die andere Seite der Burg verschwunden?« Rebus sog geräuschvoll die Luft ein. »Das nannte man früher ›seinen Posten verlassen‹.«

»Detective Inspector Rebus ist hier nicht zuständig«, erklärte Steelforth der Gruppe.

»Und *das* hätte als Verrat gegolten«, warnte Rebus ihn.

»Ist bekannt, wer vermisst wird?«, fragte einer der älteren Herren.

Rebus hörte wieder ein Auto auf das Fallgitter zufahren. Seine Scheinwerfer warfen wilde Schatten auf die Mauer vor ihm. »Schwer zu sagen, wenn alles sich aus dem Staub macht«, antwortete er ruhig.

»Niemand ›macht sich aus dem Staub‹«, fauchte Steelforth.

»Wohl lauter vorher getroffene Verabredungen?«, riet Rebus.

»Das sind wahnsinnig beschäftigte Leute, Inspector. Hier fallen Entscheidungen, die die Welt verändern könnten.«

»Das, was dem armen Schwein da unten passiert ist, werden sie jedenfalls nicht ändern.« Rebus deutete mit dem Kopf auf die Mauer, dann drehte er sich zu Steelforth um. »Und was war heute Abend hier los, Commander?«

»Diskussionen beim Abendessen. Schritte hin zur Ratifizierung.«

»Gute Nachricht für alle miesen Ratten. Und die Gäste?«

»Vertreter der G8-Staaten – Außenminister, Sicherheitspersonal, höhere Staatsbeamte.«

»Schließt vermutlich Pizza und ein oder zwei Kästen Bier aus.«

»Bei solchen Zusammenkünften kommt viel heraus.«

Rebus beugte sich über den Zinnenrand. Er war noch nie ein Freund der Höhe gewesen und richtete sich schnell wieder auf. »Kann überhaupt nichts sehen«, stellte er fest.

»Wir haben ihn gehört«, sagte einer der Soldaten.

»Was genau haben Sie gehört?«, fragte Rebus.

»Den Schrei, als er fiel.« Zustimmung heischend blickte er in die Runde seiner Kameraden. Einer von ihnen nickte.

»Schien den ganzen Weg runter zu schreien«, fügte er schaudernd hinzu.

»Ich frage mich, ob das Selbstmord ausschließt«, sagte Rebus nachdenklich. »Was meinen Sie, Commander?«

»Ich meine, dass Sie hier nichts erfahren werden, Inspector. Außerdem finde ich es merkwürdig, dass Sie immer dann wie aus dem Nichts aufzutauchen scheinen, wenn es schlechte Nachrichten gibt.«

»Komisch«, erwiderte Rebus, während sein Blick Steelforth durchbohrte, »genau dasselbe habe ich gerade von Ihnen gedacht ...«

Dem Suchtrupp hatten auch Beamte des Absperrungsdienstes in ihren gelben Jacken angehört. Mit Taschenlampen ausgerüstet, hatten sie nicht lange gebraucht. Sanitäter erklärten den Mann für tot, was jeder andere auch geschafft hätte. Hals in unnatürlichem Winkel verdreht; ein Bein vom Aufprall halb umgeknickt; Blut, das aus dem Schädel sickerte. Auf dem Weg nach unten hatte er einen Schuh verloren, und sein Hemd war, wahrscheinlich durch einen Felsvorsprung, aufgerissen worden. Das Polizeipräsidium hatte nur einen einzigen Beamten geschickt, der gerade die Leiche fotografierte.

»Wie wär's mit einer kleinen Wette über die Todesursache?«, fragte der Beamte Rebus.

»Keine Chance, Tam.« Tam, der Mann vom Erkennungsdienst, hatte bei den letzten fünfzig oder sechzig Fällen keine einzige solche Wette verloren.

»Ist er gesprungen oder geschubst worden, fragen Sie sich gerade.«

»Sie sind Gedankenleser, Tam. Lesen Sie auch aus der Hand?«

»Nein, aber ich fotografiere sie.« Und wie zur Bestätigung ging er mit der Kamera ganz nah an eine Hand des Opfers. »Schnitte und Kratzer können sehr nützlich sein, John. Wissen Sie, warum?«

»Sagen Sie's mir!«

»Wenn er geschubst worden ist, wird er Halt gesucht und nach den Felsen gekrallt haben.«

»Erzählen Sie mir lieber etwas, was ich noch nicht weiß.«

Der Spurensicherer ließ noch einmal sein Blitzlicht aufleuchten. »Er heißt Ben Webster.« Er wandte sich Rebus zu, um dessen Reaktion zu beurteilen, und schien mit dem Ergebnis zufrieden. »Ich erkenne sein Gesicht – oder besser, das, was noch davon übrig ist.«

»Sie kennen ihn?«

»Ich weiß, wer er ist. Mitglied des Parlaments oben aus Dundee.«

»Des schottischen Parlaments?«

Tam schüttelte den Kopf. »Des Parlaments in London. Hat was mit International Development zu tun – jedenfalls das letzte Mal, als ich nachgeschaut habe.«

»Tam …«, Rebus klang genervt. »Woher, zum Teufel, wissen Sie das alles?«

»Man muss in der Politik auf dem Laufenden bleiben, John. Die geht uns schließlich alle an. Und außerdem hieß unser junger Freund hier genauso wie mein Lieblingstenorsaxophonist.«

Doch Rebus trottete schon wieder den grasbewachsenen Abhang hinunter. Der Körper war an einem Felsvorsprung ungefähr fünf Meter oberhalb eines der schmalen Pfade liegen geblieben, die sich um den Fuß dieses alten Vulkanstotzens schlängelten. Steelforth stand auf dem Pfad und telefonierte. Als Rebus näher kam, ließ er sein Handy zuschnappen.

»Erinnern Sie sich«, fragte Rebus ihn, »wie wir den Außenminister mit seinem Chauffeur haben fortfahren sehen? Seltsam, dass keiner seiner Männer bei ihm war.«

»Ben Webster«, stellte Steelforth fest. »Gerade haben sie vom Castle angerufen; scheint als Einziger vermisst zu werden.«

»International Development.«

»Sie sind gut informiert, Inspector.« Steelforth musterte Rebus auffällig von oben bis unten. »Womöglich habe ich Sie unterschätzt. Aber International Development ist eine eigene Abteilung im Außenministerium. Webster war PPS – Parliamentary Private Secretary.«

»Das heißt?«

»Die rechte Hand des Ministers.«

»Entschuldigen Sie meine Unwissenheit.«

»Keine Sorge. Ich bin immer noch beeindruckt.«

»Ist das jetzt die Stelle, an der Sie mir ein Angebot machen, damit ich Ihnen vom Hals bleibe?«

Steelforth lächelte. »Das ist normalerweise nicht nötig.«

»In meinem Fall vielleicht schon.«

Aber Steelforth schüttelte den Kopf. »Ich bezweifle, dass man Sie auf diese spezielle Weise kaufen kann. Dennoch wissen wir beide, dass man Ihnen das hier innerhalb der nächsten paar Stunden aus der Hand nehmen wird. Wozu also Energie verschwenden? Kämpfernaturen wie Sie haben in der Regel ein Gefühl dafür, wann es Zeit ist, sich auszuruhen und Kraft zu schöpfen.«

»Laden Sie mich zu Portwein und einer Zigarre in die Great Hall ein?«

»Ich werde Ihnen sagen, wie ich die Dinge sehe.«

Rebus bemerkte, dass sich auf dem Fahrweg unterhalb von ihnen ein weiterer Transporter näherte. Der kam sicher von der Leichenhalle, um den Toten abzuholen. Noch eine Aufgabe für Professor Gates und seine Leute.

»Wissen Sie, was Sie meiner Meinung nach wirklich ärgert, Inspector?« Steelforth war einen Schritt näher gekommen. Sein Handy klingelte, aber diesmal beschloss er, es zu ignorieren. »Für Sie ist das alles eine Art Invasion. Edinburgh ist *Ihre* Stadt, und Sie sähen es am liebsten, wenn wir hier alle verschwinden würden. Kann man das in etwa so sagen?«

»In etwa schon«, gab Rebus bereitwillig zu.

»Noch ein paar Tage, dann ist alles vorbei, wie ein böser

Traum, aus dem Sie erwachen. Bis dahin allerdings ...« Seine Lippen berührten beinahe Rebus' Ohr. »... *müssen Sie sich dran gewöhnen* ...«, flüsterte er und ging davon.

»Reizender Mensch«, bemerkte Tam. Rebus drehte sich zu ihm um.

»Wie lange stehen Sie da schon?«

»Nicht lange.«

»Irgendwas Neues für mich?«

»Der Pathologe ist der mit den Antworten.«

Rebus nickte bedächtig. »Trotzdem ...«

»Nichts deutet darauf hin, dass er irgendetwas anderes getan hat als zu springen.«

»Er hat den ganzen Weg bis nach unten geschrien. Meinen Sie, ein Selbstmörder würde das tun?«

»Ich würde es bestimmt tun. Ich habe aber auch eine wahnsinnige Höhenangst.«

Rebus rieb sich die Wange, während er zum Castle hinaufschaute. »Er ist also entweder gefallen oder gesprungen.«

»Oder wurde plötzlich geschubst«, ergänzte Tam. »Konnte nicht mal mehr dran denken, sich irgendwo festzukrallen.«

»Besten Dank auch.«

»Vielleicht gab es ja zwischen den einzelnen Gängen Dudelsackmusik. Das könnte seinen Lebenswillen gebrochen haben.«

»Sie sind ein unverbesserlicher Jazzsnob, Tam.«

»Für mich genau richtig.«

»Steckte kein Brief in seinem Jackett?«

Tam schüttelte den Kopf. »Ich würde Ihnen aber gern das hier geben.« Er hielt eine kleine Kartenhülle aus Pappe hoch. »Anscheinend hat er im Balmoral gewohnt.«

»Das ist nett.« Rebus schlug die Hülle auf und sah die Plastikschlüsselkarte. Nachdem er sie herausgezogen hatte, schaute er sich Ben Websters Unterschrift und Zimmernummer genau an.

»Vielleicht wartet ja dort ein Lebewohl-böse-Welt-Brief auf Sie«, meinte Tam.

»Es gibt nur eine Möglichkeit, das herauszufinden.« Rebus ließ den Schlüssel in seine Tasche gleiten. »Danke, Tam.«

»Aber denken Sie dran: *Sie* haben ihn gefunden. Ich will keine Scherereien haben.«

»Verstanden.« Einen Augenblick lang standen die beiden Männer schweigend da. Zwei alte Profis, die alles erlebt hatten, was der Beruf ihnen so bieten konnte. Die Männer von der Leichenhalle näherten sich, einer von ihnen mit einem Leichensack in der Hand.

»Schöne Nacht für so was«, bemerkte er. »Alles klar, Tam?«

»Der Doktor ist noch nicht da.«

Der Mann schaute auf die Uhr. »Glaubst du, er braucht noch lange?«

Tam zuckte nur mit den Schultern. »Kommt drauf an, wer den Kürzeren gezogen hat.«

Der Mann stieß hörbar die Luft aus. »Wird eine lange Nacht«, stöhnte er.

»Lange Nacht«, wiederholte sein Kollege.

»Weißt du, dass sie uns ein paar Leichen aus der Halle haben rausschaffen lassen?«

»Warum das denn?«, fragte Rebus.

»Für den Fall, dass eine dieser Kundgebungen oder Demos aus dem Ruder läuft.«

»Gerichtssäle und Zellen sind auch leer und warten«, fügte Tam hinzu.

»Die Notaufnahme ist in Alarmbereitschaft«, ergänzte der Bedienstete der Leichenhalle.

»Das klingt ja ganz nach *Apocalypse Now*«, meinte Rebus. Sein Handy klingelte, und er entfernte sich ein Stück. Rufnummernüberprüfung: Siobhan.

»Was kann ich für Sie tun?«, fragte er.

»Ich brauche einen Drink«, erklärte sie.

»Ärger mit Ihren Leuten?«

»Mein Auto ist demoliert worden.«

»Haben Sie sie auf frischer Tat ertappt?«

»In gewisser Weise ja. Wie wär's mit der Oxford Bar?«

»Verlockend, nur bin ich gerade hinter etwas her. Aber ich sage Ihnen was …«

»Was denn?«

»Wir könnten uns im Balmoral treffen.«

»Ihre Überstunden auf den Kopf hauen?«

»Das dürfen Sie dann selbst beurteilen.«

»Zwanzig Minuten?«

»Gut.« Er klappte sein Handy zu.

»Es ist wirklich tragisch mit dieser Familie«, sinnierte Tam gerade.

»Welcher Familie?«

Der Beamte nickte in die Richtung der Leiche. »Seine Mum wurde vor ein paar Jahren überfallen und starb als Folge davon.« Er hielt inne. »Glauben Sie nicht, der Gedanke daran könnte einen die ganze Zeit über quälen?«

»Fehlt nur noch der richtige Auslöser«, fügte einer der Männer von der Leichenhalle hinzu. Rebus folgerte, dass heutzutage jeder ein verdammter Küchenpsychologe war …

Er beschloss, das Auto stehen zu lassen und zu Fuß zu gehen. Ging schneller, als wieder mit den Absperrungen zu kämpfen. Innerhalb weniger Minuten war er am Waverley, musste dort nur ein paar Hindernisse übersteigen. Ein paar unglückliche Touristen waren soeben mit dem Zug angekommen und hielten, ratlos und verlassen, hinter dem Geländer Ausschau nach einem Taxi. Er ging ihnen aus dem Weg, bog um die Ecke in die Princes Street und stand dann vor dem Balmoral Hotel. Manche Einheimische nannten es immer noch das North British Hotel, obwohl es schon vor Jahren seinen Namen gewechselt hatte. Die Uhr an seinem großen angestrahlten Glockenturm ging immer ein paar Minuten vor, damit Reisende ihren Zug nicht verpassten. Ein uniformierter Page führte Rebus in die Hotelhalle, wo ein Hotelportier ihn sofort als Unruhestifter ausmachte.

»Womit kann ich Ihnen dienen, Sir?«

Rebus hielt ihm mit einer Hand seine Dienstmarke und mit der anderen die Schlüsselkarte hin. »Ich muss einen Blick in dieses Zimmer werfen.«

»Und warum das, Inspector?«

»Wie's scheint, hat der Gast früher ausgecheckt.«

»Das ist bedauerlich.«

»Ich wage zu behaupten, dass jemand anderes seine Rechnung übernimmt. Genau das könnten Sie für mich prüfen.«

»Das muss ich erst mit der Geschäftsführung klären.«

»Gut. Ich gehe dann schon mal nach oben …« Er winkte mit der Schlüsselkarte.

»Auch das muss ich leider erst klären.«

Rebus trat einen Schritt zurück, um sein Gegenüber besser abschätzen zu können. »Wie lang wird das dauern?«

»Ich muss nur die Geschäftsführerin finden … nicht mehr als ein paar Minuten.« Rebus folgte ihm an die Rezeption. »Sara, ist Angela in der Nähe?«

»Ich glaube, sie ist raufgegangen. Ich lasse sie ausrufen.«

»Und ich schaue im Büro nach«, sagte der Portier zu Rebus und verschwand. Rebus wartete und sah zu, wie die Empfangsdame Ziffern in ihr Telefon tippte, bevor sie den Hörer auflegte. Sie hob den Kopf und lächelte ihn an. Sie wusste, dass etwas nicht stimmte, und wollte mehr erfahren.

Rebus war so frei: »Ein Gast ist zu Tode gekommen.«

Ihre Augen weiteten sich. »Das ist ja schrecklich.«

»Mr. Webster, Zimmer 214. War er allein hier?« Ihre Finger bewegten sich rasch über die Tastatur. »Doppelzimmer, aber nur ein Schlüssel ausgegeben. Ich glaube, ich erinnere mich nicht an ihn …«

»Gibt es eine Privatanschrift?«

»London«, las sie.

Rebus hielt das für eine Zweitwohnung, die er unter der Woche benutzt hatte. In dem Bemühen, ungezwungen zu erscheinen, lehnte er sich über die Empfangstheke und überlegte, wie viele Fragen er wohl noch würde stellen können. »Hat er mit Kreditkarte bezahlt, Sara?«

Sie schaute auf ihren Bildschirm. »Rechnung an –« Sie verstummte, als sie den Portier zurückkommen sah.

»Rechnung an …?«, half Rebus nach.

»Inspector!«, rief der Portier, der merkte, dass irgendetwas vor sich ging.

Saras Telefon klingelte. Sie nahm den Hörer ab. »Rezeption«, trällerte sie. »Oh, hallo Angela. Hier ist noch ein Polizist …«

Noch ein Polizist?

»Kommen Sie runter oder soll ich ihn nach oben schicken?«

Der Portier stand jetzt hinter Rebus. »Ich begleite den Inspector nach oben«, sagte er zu Sara.

Noch ein Polizist … oben … Rebus beschlich ein ungutes Gefühl. Als ein Klingelton anzeigte, dass die Aufzugtür sich öffnete, drehte er sich nach dem Geräusch um – und sah David Steelforth herauskommen. Der Mann vom Special Branch hatte den Anflug eines Lächelns im Gesicht, während er langsam den Kopf schüttelte. Was das bedeutete, war sonnenklar: Du wirst nicht einmal *in die Nähe* von Zimmer 214 kommen, Freundchen. Rebus drehte sich um, packte den Computermonitor und schwenkte ihn zu sich her. Der Portier hielt ihn am Arm fest. Sara kreischte in den Hörer, worauf der Geschäftsführerin wahrscheinlich das Trommelfell platzte. Steelforth lief herbei, um sich in den Streit einzuschalten.

»Das geht nun wirklich zu weit«, zischte der Portier. Er hielt ihn fest umklammert. Rebus sagte sich, dass der Mann in seiner Laufbahn wohl einiges erlebt hatte, und beschloss, sich nicht mit ihm anzulegen. Er nahm die Hand von dem Monitor. Sara schwenkte ihn wieder zu sich herum.

»Sie können mich jetzt loslassen«, sagte Rebus. Der Portier lockerte den Griff. Sara starrte ihn, das Telefon immer noch in der Hand, wie unter Schock an. Rebus drehte sich zu Steelforth um.

»Sie werden mir sagen, dass ich mir Zimmer 214 nicht anschauen kann.«

»Ganz und gar nicht.« Steelforths Lächeln wurde breiter. »Aber die Geschäftsführerin tut es: Das ist schließlich ihr gutes Recht.«

Wie auf Kommando hielt Sara sich den Telefonhörer ans Ohr. »Sie ist unterwegs«, sagte sie.

»Na klar.« Rebus' Blick lag immer noch auf Steelforth, aber ein Stückchen hinter ihm stand noch jemand: Siobhan. »Die Bar ist doch noch geöffnet, oder?«, fragte Rebus den Portier. Der Mann hätte die Frage liebend gern verneint, aber die Lüge wäre zu offensichtlich gewesen. So nickte er kurz. »Ich werde Sie nicht bitten, sich zu mir zu setzen«, sagte Rebus zu Steelforth. Er ließ die beiden Männer stehen und stieg die Stufen zum Palm Court hinauf. Dort stellte er sich an die Bar, atmete einmal tief durch und holte, während er darauf wartete, dass Siobhan sich zu ihm gesellte, eine Zigarette aus seiner Jackentasche.

»Kleines Problem mit der Geschäftsführung?«, fragte Siobhan.

»Haben Sie unseren Freund vom SO12 gesehen?«

»Na, die kriegen ja tolle Vergünstigungen beim Special Branch.«

»Ich weiß nicht, ob er hier wohnt, aber ein Typ namens Ben Webster hat's getan.«

»Der Labourabgeordnete?«

»Genau der.«

»Da steckt bestimmt irgendwas dahinter.« Ihre Schultern

schienen ein wenig herunterzusinken, und Rebus fiel ein, dass sie an diesem Abend ja auch etwas erlebt hatte.

»Jetzt erzählen Sie erst mal«, beharrte er. Der Barkeeper hatte Schälchen mit Knabberzeug vor sie gestellt. »Für mich einen Highland Park«, sagte Rebus zu ihm. »Und Wodka Tonic für die Dame.« Siobhan nickte zur Bestätigung. Als der Barkeeper sich umgedreht hatte, griff Rebus nach einer der Papierservietten, holte einen Stift aus der Tasche und notierte sich etwas. Siobhan hielt den Kopf schräg, um besser sehen zu können.

»Wer oder was ist Pennen Industries?«

»Wer immer das ist, die Leute sind spendabel und haben eine Londoner Postleitzahl.« Aus dem Augenwinkel konnte Rebus sehen, dass Steelforth ihn von der Tür aus beobachtete. Betont auffällig winkte er ihm mit der Papierserviette, bevor er sie zusammenfaltete und in die Tasche steckte.

»Und wer hat sich an Ihrem Auto vergriffen – Campaign for Nuclear Disarmament, Greenpeace, Stop the War?«

»Niddrie«, erklärte Siobhan. »Genauer gesagt, das Niddrie Young Team.«

»Meinen Sie, wir können die G8-Staaten überreden, sie in die Liste der Terrorzellen aufzunehmen?«

»Ein paar tausend Marines würden das Problem sauber aus der Welt schaffen.«

»Nur dumm, dass in Niddrie noch kein Öl gefunden wurde.« Rebus streckte die Hand nach dem Whiskyglas aus. Ein kaum merkliches Zittern, das war alles. Er prostete seiner Trinkgenossin, den Vertretern der G8-Staaten und den Marines zu ... und hätte auch Steelforth einbezogen.

Wäre der Türrahmen nicht leer gewesen.

Samstag, 2. Juli 2005

3

Als Rebus wach wurde, war es schon hell, und ihm fiel auf, dass er abends die Vorhänge nicht zugezogen hatte. Im Fernsehen kamen die Frühnachrichten. Es schien hauptsächlich um das Konzert im Hyde Park zu gehen. Sie sprachen mit den Organisatoren. Kein Wort über Edinburgh. Er schaltete den Fernseher aus und ging ins Schlafzimmer. Zog sich die Kleider vom Vortag aus und schlüpfte in ein kurzärmeliges Hemd und eine Baumwollhose. Spritzte sich Wasser ins Gesicht, prüfte das Ergebnis und stellte fest, dass er noch etwas mehr brauchte. Nahm Schlüssel und Handy – das hatte er über Nacht ans Ladegerät angeschlossen; so betrunken konnte er also nicht gewesen sein – und verließ seine Wohnung. Zwei Treppen hinunter zur Haustür. Sein Stadtviertel, Marchmont, war eine Studentenenklave, und was ihm daran gefiel, war die Ruhe im Sommer. Ende Juni hatte er ihren Exodus verfolgt, hatte beobachtet, wie sie Autos beluden, die ihnen oder ihren Eltern gehörten, und die Lücken im Gepäck mit Bettdecken zustopften. Sie hatten Partys organisiert, um das Ende der Prüfungen zu feiern, was bedeutete, dass Rebus zweimal Verkehrshütchen vom Dach seines Autos hatte herunterholen müssen. Jetzt stand er auf dem Bürgersteig und sog ein, was von der Kühle der Nacht noch übrig war. Dann ging er in die Marchmont Road, wo der Zeitungsladen gerade aufmachte. Ein paar einstöckige Omnibusse rollten vorbei. Rebus dachte, sie müssten sich verirrt haben, bis es ihm wieder einfiel. Und jetzt konnte er es auch hören: das Hämmern von Handwerkern; eine Lautsprecheranlage wurde getestet. Er gab dem Ladenbesitzer sein Geld, schraubte die Irn-Bru-Flasche auf und leerte sie in einem Zug, was nicht schlimm war, denn er hatte noch eine auf Vorrat gekauft. Die Banane aß er im Gehen – allerdings ging er nicht gleich nach Hause, sondern weiter bis ans Ende der Marchmont Road, wo sie auf The Meadows stieß. Einige Jahrhunderte zuvor war dieses Gelände Weideland am Rand der Stadt und Marchmont selbst nicht viel mehr als ein von Feldern umgebener Bauernhof gewesen. Heutzutage wurde der Meadow Park für Fußball- und Kricketspiele, zum Joggen und Picknicken genutzt.

An diesem Tag jedoch nicht.

Der Melville Drive war bereits abgesperrt worden, wodurch diese wichtige Verkehrsader in einen Parkplatz für Busse verwandelt wurde. Es gab Dutzende davon, und sie standen bis zur Biegung der Straße und darüber hinaus. Sie kamen aus Derby, Macclesfield und Hull, Swansea und Ripon, Carlisle und Epping. Ihnen entstiegen weiß gekleidete Leute. Weiß: Rebus erinnerte sich, dass sie alle aufgefordert worden waren, die gleiche Farbe zu tragen. So würden sie, wenn sie um die Stadt herummarschierten, ein riesiges, sichtbares Band bilden. Er warf einen prüfenden Blick auf seine eigene Kleidung: Die Hose war beige, das Hemd hellblau.

Gott sei Dank.

Viele der Leute aus den Bussen waren schon älter, manche ziemlich gebrechlich. Aber alle trugen stolz ihre Armbänder und ihre mit Parolen versehenen Hemden. Einige hatten selbstgemachte Transparente. Sie sahen aus, als fänden sie es wunderbar, hier zu sein. Weiter hinten hatte man Festzelte aufgestellt. Imbisswagen kamen angefahren, um den hungrigen Massen Pommes frites und fleischfreie Burger zu verkaufen. Bühnen waren errichtet worden, und neben einer Reihe von Kränen lagen riesige hölzerne Puzzleteile. Innerhalb von Sekunden hatte Rebus darin die Worte MAKE POVERTY HISTORY ausgemacht. Unweit von ihm standen uniformierte Polizisten, aber niemand, den Rebus kannte; vermutlich stammten sie nicht einmal von hier. Er schaute auf die Uhr. Punkt neun, noch drei Stunden, bis es losging. Kaum eine Wolke am Himmel. Der Fahrer eines Polizeitransporters hatte beschlossen, dass für ihn der kürzeste Weg über den Bordstein führte, womit er Rebus zwang, aufs Gras auszuweichen. Er funkelte den Fahrer an, der seinen Blick erwiderte. Das Seitenfenster ging herunter.

»Hast du ein Problem, Opa?«

Rebus streckte zwei Finger hoch, um den Fahrer zum Anhalten zu bewegen. Sie könnten doch ein kleines Schwätzchen halten. Aber der Fahrer des Transporters hatte anderes im Sinn und fuhr einfach weiter. Nachdem Rebus seine Banane aufgegessen hatte, wollte er die Schale zuerst wegwerfen, fürchtete dann jedoch, die Umweltpolizei würde sich auf ihn stürzen. Deshalb steuerte er den nächsten Mülleimer an.

»Wie wär's hiermit?«, fragte eine junge Frau und hielt ihm eine Tragetasche hin. Rebus warf einen Blick hinein: ein paar Anstecker und ein T-Shirt mit der Aufschrift »Help the Aged«.

»Was soll ich denn damit anfangen?«, knurrte er. Sie nahm die Tasche wieder an sich und zwang sich, ihr Lächeln beizubehalten.

Rebus ging weiter, während er die Reserveflasche Irn-Bru öffnete. Sein Kopf fühlte sich nicht mehr so schwammig an, aber auf seinem Rücken bildete sich Schweiß. Eine Erinnerung hatte sich ihm aufgedrängt: Mickey und er auf Ausflügen der Kirchengemeinde zu den Burntisland Links. Sie fuhren mit Bussen dorthin, aus deren Fenstern Wimpel wehten. Reihenweise Busse, die darauf warteten, sie nach dem Picknick und den organisierten Wettrennen über das Gras wieder nach Hause zu bringen – wobei Mickey ihn regelmäßig aus dem Stand besiegte, sodass Rebus am Ende seine einzige Waffe gegen die zähe Entschlossenheit seines kleinen Bruders einsetzte, nämlich die, es einfach gar nicht mehr zu versuchen. In weißen

Pappschachteln befand sich ihr Mittagessen: Schinkensandwich, Kuchen mit Zuckerguss, vielleicht ein hartgekochtes Ei.

Das Ei ließen sie immer dort.

Sommerwochenenden, scheinbar endlos und unveränderlich. Jetzt hasste Rebus sie. Hasste es, dass er so wenig erlebte. Der Montagmorgen war eine Erlösung für ihn, eine Abwechslung zu Sofa und Barhocker, Supermarkt und Curryhaus. Wenn seine Kollegen montags zur Arbeit kamen, erzählten sie von Einkaufsbummeln, Fußballspielen und Radtouren mit der Familie. Siobhan war in Glasgow oder Dundee gewesen, Freunde besuchen, quatschen. Kinobesuche und Spaziergänge am Water of Leigh. Niemand fragte Rebus mehr, wie er den Urlaub verbracht habe. Sie wussten, dass er nur mit den Schultern zucken würde.

Niemand würde es Ihnen übelnehmen, wenn Sie es langsam angehen ließen ...

Nur dass *es langsam angehen lassen* das Einzige war, wofür er keine Zeit hatte. Ohne seine Arbeit würde er fast nicht mehr existieren. Weshalb er eine Nummer in sein Handy tippte und wartete. Er hörte, wie abgehoben wurde: Mailbox.

»Guten Morgen, Ray«, sagte er nach dem Piepton, »dies ist Ihr Weckruf. Von jetzt an immer zur vollen Stunde, bis ich die ersten Antworten bekomme. Bis bald.« Er beendete den Anruf und machte sofort noch einen, bei dem er die gleiche Nachricht auf dem Anrufbeantworter von Ray Duffs Festnetzanschluss hinterließ. Nachdem er Handy und Festnetz abgehakt hatte, konnte er nicht viel anderes tun, als zu warten. Das Live-8-Konzert begann gegen zwei, aber er vermutete, dass sowohl The Who als auch Pink Floyd erst gegen Abend auftreten würden. Viel Zeit also, um die Colliar-Akten noch einmal durchzugehen. Und viel Zeit, um den Fall Ben Webster weiterzuverfolgen. Den Samstag vor sich her zu schieben, bis er zum Sonntag wurde.

Rebus ging davon aus, dass er überleben würde.

Das Einzige, was die Telefonauskunft ihm über Pennen Industries geben konnte, war eine Telefonnummer und eine Adresse im Zentrum von London. Rebus rief dort an, bekam jedoch die automatische Nachricht, die Zentrale sei Montagmorgen wieder besetzt. So lange wollte Rebus nicht warten und rief im Hauptquartier von Operation Sorbus in Glenrothes an.

»CID, B Division Edinburgh.« Er durchquerte sein Wohnzimmer und schaute aus dem Fenster. Eine Familie mit bunt geschminkten Kindern war auf dem Weg zu den Meadows. »Uns sind Gerüchte über die Clowns-Armee zu Ohren gekommen. Möglicherweise richtet sie ihr Augenmerk auf etwas namens ...«, er machte eine effektvolle Pause, als sähe er in einem Dokument nach, »Pennen Industries. Wir tappen völlig im Dunkeln und dachten, Ihre Experten könnten vielleicht Licht in die Sache bringen.«

»Pennen?«

Rebus buchstabierte es.

»Und Sie sind ...?«

»DI Starr ... Derek Starr«, log Rebus ungeniert. Er hatte keine Ahnung, was Steelforth davon mitbekommen würde.

»Geben Sie mir zehn Minuten.«

Rebus wollte sich gerade bedanken, da war die Leitung schon tot. Es war eine männliche Stimme gewesen, Lärm im Hintergrund: die Geräuschkulisse eines hektischen Einsatzzentrums. Ihm fiel auf, dass der Beamte ihn nicht nach seiner Telefonnummer gefragt hatte – musste wohl auf einer Art Display erschienen und dann gespeichert worden sein.

Und sich zurückverfolgen lassen.

»Hoppla«, sagte er leise, während er in die Küche ging, um sich noch einen Kaffee zu holen. Er erinnerte sich, dass Siobhan das Balmoral nach zwei Drinks verlassen hatte. Rebus hatte sich noch einen dritten genehmigt, bevor er zu einem Schlummertrunk nach gegenüber ins Café Royal gegangen war. Essiggeschmack an seinen Fingern deutete darauf hin, dass er auf dem Heimweg Pommes gegessen hatte. Ja, der Taxifahrer hatte ihn am Rand der Meadows abgesetzt, nachdem Rebus gesagt hatte, dass er von hier aus laufen würde. Er dachte daran, Siobhan anzurufen, um sich zu vergewissern, dass sie gut nach Hause gekommen war. Sie ärgerte sich aber immer, wenn er das tat. Wahrscheinlich war sie auch schon weg: ihre Eltern auf der Demo treffen. Sie freute sich darauf, Eddie Izzard und Gael Garcia Bernal zu sehen. Auch andere würden Reden halten: Bianca Jagger; Sharleen Spiteri ... Wie sie es erzählte, hatte es nach einem Karneval geklungen. Er hoffte, dass es ihr gut ging.

Ihr Auto musste auch in die Werkstatt gebracht werden. Rebus kannte Stadtrat Tench; zumindest wusste er, wer er war. Eine Art Laienprediger, der normalerweise seinen Platz am Fuß des Mound hatte, wo er die Menschen, die ihre Wochenendeinkäufe erledigten, zur Umkehr rief. Rebus sah ihn immer, wenn er zur Mittagszeit auf einen Sprung in die Ox ging. Hatte einen guten Ruf in Niddrie, denn er machte Fördermittel bei der Kommunalverwaltung, den Wohltätigkeitsorganisationen, ja sogar der EU locker. Das hatte Rebus Siobhan erzählt und ihr dann die Nummer eines Autoschlossers in der Nähe der Buccleuch Street gegeben. Ein Typ, der zwar auf VWs spezialisiert war, aber Rebus einen Gefallen schuldete ...

Sein Telefon klingelte. Er nahm den Kaffee mit ins Wohnzimmer und hob ab.

»Sie sind nicht auf dem Revier«, sagte dieselbe Stimme in Glenrothes misstrauisch.

»Ich bin zu Hause.« Durchs Fenster hörte er irgendwo über sich einen Helikopter fliegen. Vielleicht ein Überwachungshubschrauber, vielleicht die Presse. Oder konnte es auch Bono sein, der mit dem Fallschirm absprang und aus der Luft eine Predigt hielt?

»Pennen hat keine Büros in Schottland«, sagte die Stimme jetzt.

»Dann gibt es ja keine Probleme«, erwiderte Rebus betont gleichgültig. »In Zeiten wie diesen macht die Gerüchteküche Überstunden, wie wir alle.« Er lachte und wollte eine weitere Frage anfügen, doch die Stimme kam ihm zuvor.

»Die Firma ist in der Rüstungsindustrie tätig, an den Gerüchten könnte also doch etwas dran sein.«

»In der Rüstungsindustrie?«

»Hat früher zum Verteidigungsministerium gehört; wurde vor ein paar Jahren verkauft.«

»Ich glaube, ich erinnere mich«, sagte Rebus in wissendem Ton. »Mit Sitz in London, stimmt's?«

»Genau. Die Sache ist aber die … ihr geschäftsführender Direktor ist jetzt hier.«

Rebus pfiff durch die Zähne. »Potenzielle Zielscheibe.«

»Wir hatten ihn sowieso schon als gefährdet eingestuft. Er ist sicher.« Aus dem Mund des jungen Polizisten klang das nicht überzeugend. Rebus schätzte, dass er diese Sätze erst vor kurzem gelernt hatte.

Vielleicht von Steelforth.

»Er wohnt nicht im Balmoral, oder?«, fragte Rebus.

»Woher wissen Sie das?«

»Auch Gerüchte. Aber er steht unter Schutz?«

»Ja.«

»Seinem eigenen oder Ihrem?«

Der Anrufer hielt inne. »Warum wollen Sie das wissen?«

»Ich vertrete nur den Steuerzahler.« Wieder lachte Rebus. »Meinen Sie, wir sollten mit ihm sprechen?« Um Rat fragen … als wäre der Anrufer der Chef.

»Ich kann die Nachricht weitergeben.«

»Je länger er in der Stadt ist, umso schwieriger wird es …« Rebus unterbrach sich. »Ich weiß nicht einmal, wie er heißt«, räumte er ein.

Plötzlich mischte sich eine andere Stimme in das Gespräch. »DI Starr? Spricht dort Detective Inspector Starr?«

Steelforth.

Rebus holte tief Luft.

»Hallo?«, rief Steelforth. »Plötzlich so schüchtern?«

Rebus legte auf. Er fluchte vor sich hin, tippte erneut Ziffern ein und wurde mit der Zentrale der Lokalzeitung verbunden.

»Feuilleton, bitte«, sagte er.

»Ich glaube nicht, dass dort jemand ist«, erwiderte die Vermittlung.

»Und die Nachrichtenredaktion?«

»Hat was von einem Geisterschiff, aus naheliegenden Gründen.« Sie klang, als wäre auch sie lieber woanders, stellte ihn aber trotzdem durch. Es dauerte einen Moment, bis jemand dranging.

»DI Rebus, Gayfield CID.«

»Ich spreche immer gern mit einem Hüter des Gesetzes«, sagte der Reporter munter. »Offiziell *wie* inoffiziell …«

»Ich will hier keine Reklame machen, mein Sohn. Ich möchte nur mit Mairie Henderson sprechen.«

»Sie arbeitet jetzt freiberuflich. Außerdem macht sie Feuilleton, keine Nachrichten.«

»Hat Sie aber nicht davon abgehalten, sie zusammen mit Big Ger Cafferty auf der ersten Seite zu bringen, stimmt's?«

»Ich habe schon vor Jahren daran gedacht …« Der Reporter klang, als käme er langsam in Fahrt und würde jetzt gern ein Schwätzchen halten. »Aber nicht nur Cafferty – Interviews mit all den Gangstern, ob Ost- oder Westküste. Wie sie angefangen haben, nach welchem Kodex sie leben …«

»Na, besten Dank, bin ich hier vielleicht in einer Talkshow gelandet oder was?«

Der Reporter schnaubte. »Wollte ja nur Konversation machen.«

»Lassen Sie mich raten: Bei Ihnen ist's wie auf einem Geisterschiff, hab ich recht? Sie sind alle draußen mit ihren Laptops und versuchen, die Großdemo in elegante Prosa zu verwandeln, stimmt's? Es ist nämlich so … Letzte Nacht ist ein Typ von der Burgmauer gefallen, aber in Ihrem Blatt habe ich heute Morgen nichts darüber gelesen.«

»Wir haben zu spät Wind davon bekommen.« Der Reporter machte eine Pause. »Ist aber klarer Selbstmord, oder?«

»Was meinen Sie?«

»Ich habe Sie zuerst gefragt.«

»Genau genommen habe ich zuerst gefragt – nach Mairie Hendersons Nummer.«

»Warum?«

»Geben Sie mir ihre Nummer, und ich werde Ihnen etwas erzählen, was sie nicht von mir erfahren wird.«

Der Reporter dachte einen Augenblick nach, dann bat er Rebus dranzubleiben. Eine halbe Minute später war er wieder da. In der Zwischenzeit hatte ein Geräusch im Hörer ihm gesagt, dass jemand anderes versuchte, ihn zu erreichen. Er ignorierte es und notierte sich die Nummer, die der Reporter ihm gab.

»Danke«, sagte er.

»Bekomme ich jetzt mein Leckerli?«

»Stellen Sie sich einmal diese Frage: Wenn es klarer Selbstmord ist, warum hält dann eine schleimige Type vom Special Branch namens Steelforth den Deckel drauf?«

»Steelforth? Wie schreibt man –?«

Aber Rebus hatte bereits aufgelegt. Sein Telefon fing sofort an zu klingeln. Er ging nicht dran; ihm war ziemlich klar, wer das war – Operation Sorbus besaß seine Nummer. Steelforth dürfte ungefähr eine Minute gebraucht haben, um herauszufinden, zu wessen Privatanschrift sie gehörte. Dann noch eine Minute, um Derek Starr anzurufen und festzustellen, dass er von nichts wusste.

Rrring-rrring-rrring.

Rebus schaltete den Fernseher wieder ein und drückte die Mute-Taste an der Fernbedienung. Keine Nachrichten, nur

Kinderprogramm und Popvideos. Der Hubschrauber kreiste wieder am Himmel. Er vergewisserte sich, dass es nichts mit seinem Mietshaus zu tun hatte.

»Nur weil du paranoid bist, John ...«, murmelte er. Sein Telefon hatte aufgehört zu klingeln. Er rief Mairie Henderson an. Ein paar Jahre zuvor waren sie gut befreundet gewesen, hatten Informationen für Geschichten und Geschichten für Informationen ausgetauscht. Dann hatte sie ein Buch über Cafferty geschrieben – in enger Zusammenarbeit mit dem Gangster – und Rebus um ein Interview gebeten, was er jedoch ablehnte. Ihn später noch einmal gebeten.

»So wie Big Ger über dich redet«, hatte sie ihn zu beschwatzen versucht, »finde ich es wirklich notwendig, dass du auch deine Version präsentierst.«

Rebus hatte diese Notwendigkeit überhaupt nicht verspürt.

Was das Buch nicht daran gehindert hatte, ein Bestseller zu werden, nicht nur in Schottland, sondern weit darüber hinaus: USA, Kanada, Australien. Übersetzung in sechzehn Sprachen. Eine Weile konnte er nicht die Zeitung aufschlagen, ohne etwas darüber zu lesen. Einige Preise; Fernsehtalkshows mit der Journalistin und dem Gegenstand ihres Buches. Nicht genug, dass Cafferty sein Leben damit zugebracht hatte, Menschen und ihre Gemeinschaften zu ruinieren, sie zu terrorisieren ... jetzt war er auch noch eine echte Berühmtheit.

Sie hatte Rebus ein Exemplar des Buches geschickt, das er postwendend zurückgehen ließ. Zwei Wochen später hatte er sich dann eins gekauft – zum halben Preis auf der Princes Street. Hatte es durchgeblättert, aber nicht den Mumm für das ganze Ding gehabt. Nichts ließ ihm die Galle schneller überlaufen als ein reuiger Sünder ...

»Hallo?«

»Mairie, hier ist John Rebus.«

»Entschuldigen Sie, aber der einzige John Rebus, den ich kenne, ist tot.«

»Das ist aber nicht gerade nett.«

»Du hast mein Buch zurückgeschickt! Nachdem ich es für dich signiert hatte und alles!«

»Signiert?«

»Du hast nicht einmal die Widmung gelesen?«

»Was stand denn drin?«

»›Was immer du willst, lass mich in Ruhe!‹, stand drin.«

»Das tut mir leid, Mairie. Lass es mich wieder gutmachen.«

»Indem du mich um einen Gefallen bittest?«

»Wie hast du das erraten?« Er lächelte ins Telefon. »Gehst du zu der Demo?«

»Ich überlege noch.«

»Ich könnte dir einen Tofu-Burger spendieren.«

Sie schnaubte verächtlich. »*So* billig bin ich schon längst nicht mehr zu haben.«

»Dann gebe ich noch einen koffeinfreien Kaffee dazu ...«

»Was, zum Teufel, willst du, John?« Die Worte klangen kalt, aber die Stimme wurde etwas wärmer.

»Ich hätte gern Informationen über einen Laden namens Pennen Industries. Gehörte früher zum Verteidigungsministerium. Ich glaube, zurzeit sind sie in der Stadt.«

»Und warum interessiert mich das?«

»Tut es nicht, aber mich ...« Er machte eine Pause, um sich eine Zigarette anzustecken, stieß den Rauch aus, als er weitersprach. »Hast du von Caffertys Kumpel gehört?«

»Welchem?« Bemüht, nicht interessiert zu klingen.

»Cyril Colliar. Das fehlende Stück von seiner Jacke ist aufgetaucht.«

»Mit Caffertys Geständnis drauf? Er hat mir gesagt, du würdest nicht aufgeben.«

»Dachte nur, ich sag's dir – sonst weiß es kaum jemand.«

Sie schwieg einen Augenblick. »Und Pennen Industries?«

»Etwas völlig anderes. Hast du von Ben Webster gehört?«

»Kam in den Nachrichten.«

»Pennen hat seinen Aufenthalt im Balmoral bezahlt.«

»Und?«

»Und ich würde gern etwas mehr über sie wissen.«

»Ihr Geschäftsführer heißt Richard Pennen.« Als sie seine Verwirrung spürte, musste sie lachen. »Schon mal was von Google gehört?«

»Und du hast das jetzt gemacht, während wir geredet haben?«

»Hast du überhaupt einen Computer zu Hause?«

»Ich habe mir einen Laptop gekauft.«

»Du kommst also ins Internet?«

»Theoretisch ja«, gestand er. »Aber hey, ich bin ein ausgefuchster Minesweeper-Spieler …«

Sie lachte wieder, und er wusste, dass zwischen ihnen wieder alles in Ordnung kommen würde. Im Hintergrund hörte er etwas zischen; dann das Klirren von Tassen.

»In welchem Café bist du?«, fragte er.

»Im Montpelier's. Draußen sind Leute, alle weiß angezogen.«

Das Montpelier's befand sich in Bruntsfield, fünf Minuten mit dem Auto. »Ich könnte kommen und dir diesen Kaffee spendieren. Dann kannst du mir zeigen, wie ich meinen Laptop bediene.«

»Ich bin auf dem Sprung. Sollen wir uns später auf den Meadows treffen?«

»Nicht unbedingt. Wie wär's mit einem Drink?«

»Vielleicht. Ich werd mal sehen, was ich über Pennen rauskriege, ich ruf dich dann an, wenn ich fertig bin.«

»Du bist ein Schatz, Mairie.«

»Und ein Bestseller obendrein.« Sie hielt inne. »Caffertys Anteil ist übrigens wohltätigen Zwecken zugeflossen.«

»Er kann es sich leisten, großzügig zu sein. Wir unterhalten uns später.« Rebus beendete das Gespräch und beschloss, seine Nachrichten abzuhören. Es gab nur eine. Steelforth hatte ungefähr ein Dutzend Wörter hervorgestoßen, als Rebus ihn unterbrach. Die unvollendete Drohung hallte in seinem Kopf wider, als er zu seiner Hi-Fi-Anlage ging und den Raum mit den Groundhogs füllte ...

Glauben Sie ja nicht, dass Sie mich austricksen können, Rebus, oder ich werde Ihnen ...

»... die meisten der größeren Knochen brechen«, sagte Professor Gates. Er zuckte die Achseln. »Was können Sie in einem Fall wie diesem anderes erwarten?«

Er war bei der Arbeit, weil Ben Webster in den Nachrichten kam. Eilauftrag: Jeder wollte den Fall so schnell wie möglich abgeschlossen sehen.

»Nettes Selbstmordurteil«, so hatte Gates es vorher formuliert. In der Gerichtsmedizin arbeitete er mit Dr. Curt zusammen. Nach schottischem Recht musste bei der Autopsie ein zweiter Pathologe anwesend sein, um das Ergebnis zu bestätigen. Damit es im Gerichtssaal keine Probleme gab. Gates war der schwerere von den beiden Männern, mit einem rot geäderten Gesicht und einer Nase, die entweder durch frühe Schädigung auf dem Rugbyfeld (seine Version) oder eine unbedachte Schlägerei unter Studenten missgestaltet war. Curt, nur vier oder fünf Jahre jünger als er, war etwas größer und um einiges dünner. Beide Dozenten an der University of Edinburgh, hätten sich nach Ende des Trimesters irgendwo in die Sonne legen können, aber Rebus hatte noch nie erlebt, dass sie in Urlaub gefahren wären – jeder hätte es dem anderen als Zeichen der Schwäche ausgelegt.

»Nicht auf der Demo, John?«, fragte Curt. Die drei Männer standen um einen Edelstahltisch in der Leichenhalle in der Cowgate. Dahinter hantierte ein Assistent unter metallischem Kratzen und Klappern mit Behältern und Instrumenten.

»Zu zahm für mich«, antwortete Rebus. »Ich bin am Montag dabei.«

»Mit den ganzen anderen Anarchisten«, fügte Gates hinzu, während er in die Leiche hineinschnitt. Es gab einen Zuschauerbereich, und normalerweise wäre Rebus, durch eine Plexiglasscheibe von diesem Ritual ferngehalten, dort stehen geblieben. Da aber Wochenende war, fand Gates, sie könnten »auf eine gewisse Förmlichkeit verzichten«. Rebus hatte das Innere eines Menschen schon gesehen, wandte dennoch den Blick ab.

»Was war er – vierunddreißig, fünfunddreißig?«, fragte Gates.

»Vierunddreißig«, bestätigte der Assistent.

»Eigentlich ganz gut in Schuss ...«

»Die Schwester sagt, er hat sich fit gehalten: Joggen, Schwimmen, Fitnesscenter.«

»Hat sie die Leiche offiziell identifiziert?«, fragte Rebus, der froh war, den Kopf zu dem Assistenten umwenden zu können.

»Die Eltern sind tot.«

»Das stand in der Zeitung, stimmt's?«, fügte Curt hinzu. »Soll ich dich ablösen, Sandy? Ich kann es dir nicht verübeln, wenn du müde bist, nach so einer Woche, wie wir sie hatten ...«

»Unsinn!«

Mit einem Seitenblick auf Rebus seufzte Curt und zuckte mit den Schultern.

»Ist die Schwester aus Dundee runtergekommen?«, fragte Rebus den Assistenten.

»Arbeitet in London. Sie ist Polizistin, hübscher als die meisten ihrer Kollegen.«

»Den Valentinsgruß im nächsten Jahr haben Sie sich jetzt verscherzt!«, gab Rebus zurück.

»Anwesende natürlich ausgeschlossen.«

»Armes Mädchen«, bemerkte Curt. »Seine ganze Familie zu verlieren ...«

»Standen sie einander nah?« Rebus konnte nicht umhin, diese Frage zu stellen.

Gates fand sie unpassend und blickte kurz von seiner Arbeit auf. Rebus beachtete ihn nicht.

»In der letzten Zeit hatte sie ihn, glaube ich, nicht oft gesehen«, antwortete der Assistent.

Wie bei mir und Michael ...

»Trotzdem hat es sie ziemlich mitgenommen.«

»Sie hat die Reise hierher doch nicht allein gemacht, oder?«, fragte Rebus.

»Zur Identifizierung kam sie allein«, erwiderte der Assistent. »Danach hab ich sie zuletzt im Warteraum gesehen, nachdem ich ihr eine Tasse Tee gebracht hatte.«

»Ist sie da etwa immer noch?«, wollte Gates wissen.

Mit einem unsicheren Blick in die Runde fragte sich der Assistent, gegen welche Vorschrift er verstoßen hatte. »Ich musste doch die Instrumente fertig machen ...«

»Bis auf uns ist das Haus verlassen«, fuhr Gates ihn an. »Schauen Sie nach, ob es ihr gut geht.«

»Ich werde das tun«, erklärte Rebus.

Gates drehte sich zu ihm, während er behutsam einen Haufen glitzernder Eingeweide ablegte. »Was ist los, John? Haben Sie keine Lust mehr?«

Im Warteraum war niemand. Eine leere Tasse mit dem Wappen des Glasgow Rangers FC stand neben einem Stuhl auf dem Boden. Rebus berührte sie: noch warm. Er ging zum Haupteingang. Besucher betraten das Gebäude von einer Seitengasse der Cowgate aus. Rebus schaute die Straße entlang, sah aber niemanden. Dann bog er um die Ecke in die Cowgate und entdeckte eine Gestalt auf der niedrigen Mauer vor der Leichenhalle sitzen. Sie starrte den Kindergarten auf der anderen Straßenseite an. Rebus blieb vor ihr stehen.

»Haben Sie eine Zigarette?«, fragte sie.

»Möchten Sie eine?«

»Ob jetzt oder wann anders ist doch egal.«

»Das heißt, Sie rauchen eigentlich nicht.«

»Ja und?«

»Da werde ich Sie nicht verderben.«

Zum ersten Mal schaute sie ihn an. Sie hatte kurze blonde Haare und ein rundes Gesicht mit einem vorstehenden Kinn. Ihr Rock war knielang; über braunen Stiefeln mit Pelzbesatz lugten drei Zentimeter Bein hervor. Neben ihr auf der Mauer lag eine übergroße Tasche, vermutlich alles, was sie – hastig, planlos – eingepackt hatte, bevor sie sich auf den Weg gen Norden gemacht hatte.

»Ich bin DI Rebus«, stellte er sich ihr vor. »Tut mir leid wegen Ihres Bruders.«

Sie nickte langsam, während ihr Blick wieder zu dem Kindergarten wanderte. »Ist der in Betrieb?«, fragte sie und deutete mit dem Finger darauf.

»Soweit ich weiß, ja. Natürlich ist er heute nicht geöffnet ...«

»Aber es *ist* ein Kindergarten.« Sie wandte sich dem Gebäude hinter ihr zu. »Und nur eine Straßenbreite von *dem* da entfernt. Ziemlich kurzer Weg, finden Sie nicht auch, DI Rebus?«

»Da haben Sie vermutlich recht. Es tut mir leid, dass ich nicht da war, als Sie die Leiche identifiziert haben.«

»Warum? Kannten Sie Ben?«

»Nein ... Ich dachte nur ... Wie kommt es, dass niemand bei Ihnen ist?«

»Wer zum Beispiel?«

»Aus seinem Wahlkreis ... seiner Partei.«

»Labour schert sich doch jetzt einen Dreck um ihn!« Sie lachte kurz auf. »Die posieren gerade fürs Foto an der Spitze dieser verdammten Demonstration. Ben sagte immer wieder, wie nah er dem schon gekommen sei, was er ›die Macht‹ nannte. Hat ihm nicht viel gebracht.«

»Vorsicht!«, warnte Rebus. »Sie klingen, als passten Sie genau zu den Demonstranten.« Sie schnaubte nur. »Irgendeine Ahnung, warum er …?« Rebus brach ab. »Sie wissen, dass ich Sie fragen muss?«

»Ich bin im Polizeidienst, genau wie Sie.« Sie sah zu, wie er das Päckchen hervorzog. »Nur eine«, bettelte sie. Wie konnte er ihr das abschlagen? Er zündete beide Zigaretten an und lehnte sich neben sie an die Mauer.

»Keine Autos«, bemerkte sie.

»Die Stadt ist zu«, erklärte er. »Sie werden Mühe haben, ein Taxi zu bekommen, aber mein Auto steht …«

»Ich kann zu Fuß gehen«, erwiderte sie. »Er hat keinen Brief hinterlassen, wenn Sie das wissen wollten. Er schien gut drauf zu sein, gestern Abend, sehr entspannt und so. Die Kollegen können es sich nicht erklären … keine Probleme bei der Arbeit.« Sie hielt inne, hob den Blick zum Himmel. »Außer dass er bei der Arbeit immer Probleme hatte.«

»Hört sich an, als hätten Sie einander sehr nahe gestanden.«

»Unter der Woche war er meistens in London. Wir hatten uns vielleicht einen Monat lang nicht gesehen – es könnten sogar zwei gewesen sein –, aber wir haben uns geschrieben, per E-Mail …« Sie zog an der Zigarette.

»Er hatte Probleme bei der Arbeit?«, fragte Rebus nach.

»Ben hatte mit Entwicklungshilfe zu tun, musste entscheiden, welche verkommenen afrikanischen Diktaturen unsere Hilfe verdienten.«

»Das erklärt, warum er hier war«, sagte Rebus, mehr zu sich selbst.

Sie nickte langsam und traurig. »Der Macht näherkommen – ein Abendessen mit allen Schikanen im Edinburgh Castle, und dabei wird über die Armen und Hungrigen der Welt diskutiert.«

»Die Ironie war ihm doch bewusst, oder?«, erkundigte sich Rebus.

»O ja.«

»Und die Sinnlosigkeit?«

Sie schaute ihm fest in die Augen. »Nie«, antwortete sie leise. »Das war nicht Bens Art.« Sie kämpfte mit den Tränen, schniefte, seufzte und schnippte den größten Teil der Zigarette auf die Fahrbahn. »Ich muss jetzt gehen.« Sie zog eine Brieftasche aus ihrem Umhängebeutel und reichte Rebus eine Visitenkarte mit nichts darauf als ihrem Namen – Stacey Webster – und einer Handynummer.

»Wie lange sind Sie schon bei der Polizei, Stacey?«

»Acht Jahre. Die letzten drei bei Scotland Yard.« Ihr Blick war auf ihn gerichtet. »Sie werden Fragen an mich haben: Hatte Ben Feinde? Finanzielle Schwierigkeiten? Gescheiterte Beziehungen? Vielleicht später, ja? Morgen oder so, rufen Sie mich an.«

»In Ordnung.«

»Deutet nichts in dem …« Sie hatte Mühe, das nächste Wort herauszubringen, holte tief Luft und versuchte es noch einmal. »Deutet nichts darauf hin, dass er einfach gefallen ist?«

»Er hatte ein oder zwei Glas Wein getrunken – das könnte ihn benommen gemacht haben.«

»Hat niemand etwas gesehen?«

Rebus zuckte mit den Schultern. »Soll ich Sie bestimmt nicht mitnehmen?«

Sie schüttelte den Kopf. »Ich muss ein Stück laufen.«

»Ein guter Rat: Halten Sie sich von der Route der Demonstration fern. Vielleicht sehen wir uns ja wieder … und wegen Ben tut es mir wirklich leid.«

Sie starrte ihn an. »Sie klingen, als meinten Sie es auch so.«

Fast hätte er sich ihr anvertraut – *ich habe erst gestern meinen Bruder beerdigt –*, zuckte aber stattdessen nur mit dem Mund. Vielleicht hätte sie angefangen, Fragen zu stellen: »*Haben Sie einander nahe gestanden? Wie geht es Ihnen jetzt?*« Fragen, auf die er im Grunde keine Antworten wusste. Er beobachtete,

wie sie ihren einsamen Weg die Cowgate hinunter antrat, dann
ging er zum Abschlussbefund der Autopsie wieder in die Leichenhalle.

4

Als Siobhan bei den Meadows ankam, erstreckte sich die
Schlange der wartenden Demonstranten entlang der ehemaligen Royal Infirmary und über die Spielfelder hinweg bis zu
dem Platz, wo die Reihen von Bussen standen. Eine Megafon-
stimme kündigte an, dass die Leute am Ende der Schlange
sich womöglich erst in zwei Stunden in Bewegung setzen
könnten.

»Das liegt an den Bullen«, erklärte jemand. »Lassen uns immer nur in Trupps zu vierzig oder fünfzig losgehen.«

Siobhan war kurz davor gewesen, die Taktik zu verteidigen,
aber sie wusste, das würde sie verraten. Sie ging an der gedul-
dig wartenden Schlange entlang und fragte sich, wie sie ihre
Eltern finden sollte. Es mussten hunderttausend Menschen
sein, vielleicht sogar doppelt so viele. Eine solche Menschenmenge hatte sie noch nie gesehen; beim »T in the Park«-Festi-
val waren es nur sechzigtausend. Das heimische Fußballderby
zog an einem guten Tag vielleicht achtzehntausend an. Hog-
manay in und um die Princes Street konnte an die Hunderttausend herankommen.

Das hier war größer.

Und alle lächelten.

Kaum eine Uniform war zu sehen; auch nur wenige Ordner.
Familien strömten aus Morningside, Tollcross und Newing-
ton herbei. Siobhan hatte schon ein halbes Dutzend Bekannte
und Nachbarn getroffen. Der Oberbürgermeister stand an der
Spitze der Prozession. Manche meinten, Gordon Brown sei
auch da. Er würde später auf einer Kundgebung sprechen, vom

Personenschutz gedeckt, obwohl er von der Operation Sorbus aufgrund seiner positiven Aussagen zu Entwicklungshilfe und fairem Handel als »wenig gefährdet« eingestuft wurde. Man hatte Siobhan eine Liste der Berühmtheiten gezeigt, die in der Stadt erwartet wurden: Geldof und Bono natürlich; vielleicht Ewan McGregor (der auf jeden Fall zu einer Veranstaltung in Dunblane kommen sollte), Julie Christie, Claudia Schiffer, George Clooney, Susan Sarandon …

Nachdem sie sich an der Schlange vorbeigekämpft hatte, steuerte sie auf die Hauptbühne zu. Eine Band spielte, ein paar Leute tanzten ausgelassen. Die meisten saßen im Gras und warteten. In der kleinen Zeltstadt nebenan gab es Beschäftigungsangebote für Kinder, Erste Hilfe, Unterschriftenlisten und Infostände. Kunstgewerbeartikel wurden verkauft und Flugblätter verteilt. Eine der Boulevardzeitungen schien »Make Poverty History«-Plakate ausgegeben zu haben. Demonstranten, die eins genommen hatten, waren jetzt damit beschäftigt, den oberen Teil des Plakats und damit das Impressum der Zeitung abzureißen. Heliumgefüllte Ballons stiegen gen Himmel. Eine improvisierte Blaskapelle zog, gefolgt von einer afrikanischen Steelband, rund um das Feld. Noch mehr Tanzen, noch mehr Lächeln. Da wusste sie, dass es gut gehen, dass es heute keine Ausschreitungen geben würde, nicht bei dieser Demonstration.

Sie warf einen Blick auf ihr Handy. Keine Nachrichten. Sie hatte zweimal versucht, ihre Eltern zu erreichen, aber sie waren nicht drangegangen. Also machte sie noch einmal die Runde über den Platz. Vor einem parkenden Bus mit offenem Oberdeck war eine kleinere Bühne aufgebaut. Hier wurden Fernsehkameras bedient und Leute interviewt. Sie erkannte Pete Postlethwaite und Billy Boyd; erhaschte einen Blick auf Billy Bragg. Der Schauspieler, den sie unbedingt sehen wollte, war Gael Garcia Bernal, nur für den Fall, dass er wirklich aussah wie Gott persönlich …

Die Schlangen vor den Imbisswagen mit vegetarischem Essen waren länger als die vor den Hamburgerwagen. Eine Zeitlang war sie auch Vegetarierin gewesen, hatte es jedoch vor einigen Jahren wieder aufgegeben und Rebus und die Schinkenbrötchen, die er immer genüsslich vor ihrer Nase verspeiste, dafür verantwortlich gemacht. Sie dachte kurz daran, ihm eine SMS zu schicken, um ihn hierherzulocken. Was würde er sonst schon tun? Er lag entweder auf dem Sofa oder lungerte in der Oxford Bar herum. Doch letztlich schickte sie ihren Eltern eine SMS und ging dann wieder zu den wartenden Schlangen. Transparente wurden hochgehalten; Pfeifen und Trommeln waren zu hören. Diese ganze Energie in der Luft ... Rebus würde jetzt sagen, sie sei vergeudet. Die politischen Abmachungen seien bereits woanders getroffen worden. Und er hätte recht damit: Die Typen im Sorbus-Hauptquartier hatten ihr genau das Gleiche erzählt. Gleneagles sei für private Besprechungen und öffentliche Fototermine. Die eigentlichen Vereinbarungen seien schon vorher von normaleren Sterblichen, allen voran den Finanzministern, ausgehandelt worden. Das alles sei hinter verschlossenen Türen vonstattengegangen und werde durch acht Unterschriften am letzten Tag des G8-Gipfels ratifiziert.

»Und was kostet das alles?«, hatte Siobhan gefragt.

»Hundertfünfzig Millionen, grob gerechnet.«

Die Antwort ließ DCI Macrae scharf die Luft einziehen. Siobhan hatte wortlos die Lippen geschürzt.

»Ich weiß, was Sie denken«, hatte ihr Informant hinzugefügt. »Für so eine Summe kann man eine Menge Impfstoff kaufen ...«

Auf allen Wegen durch die Meadows standen die wartenden Demonstranten jetzt in Viererreihen. Eine Schlange, die sich neu gebildet hatte, reichte zurück bis zu den Tennisplätzen und der Buccleuch Street. Als Siobhan sich daran vorbeiquetschte – von ihren Eltern immer noch keine Spur –, nahm sie am Rand ihres Gesichtsfeldes einen verschwommenen Farbeindruck wahr. Hellgelbe Jacken, die die Meadow Lane hinuntereilten. Sie folgte ihnen um die Ecke auf den Buccleuch Place.

Und blieb abrupt stehen.

Ungefähr sechzig schwarz gekleidete Demonstranten waren von der doppelten Anzahl Polizisten eingekreist worden. Diese Demonstranten hatten Tröten, die ein ohrenbetäubendes Schnarren von sich gaben. Sie trugen Sonnenbrillen und hatten die Gesichter mit schwarzen Tüchern vermummt. Manche hatten Kapuzenpullover an, schwarze Kampfhosen und Stiefel, ein paar Halstücher. Sie trugen keine Plakate, und keiner von ihnen lächelte. Schutzschilde waren alles, was sie von der Polizeikette trennte. Irgendjemand hatte das Anarchistensymbol auf mindestens ein transparentes Schild gesprüht. Die Masse der Demonstranten drängte vorwärts und verlangte Zutritt zu den Meadows.

Doch die Polizeitaktik sah anders aus: Das Ganze in Schach zu halten war oberstes Gebot. Eine in Schach gehaltene Demo war eine beherrschte Demo. Siobhan war beeindruckt: Ihre Kollegen mussten gewusst haben, dass die Autonomen unterwegs waren. Sie hatten rasch ihre Positionen eingenommen und waren fest entschlossen, die Situation nicht weiter eskalieren zu lassen. Es gab noch ein paar andere Zuschauer, die hin und her gerissen waren zwischen diesem Spektakel und dem Bedürfnis, sich der Demonstration anzuschließen. Manche von ihnen hatten ihr Fotohandy gezückt. Siobhan schaute sich um und vergewisserte sich, dass nicht eine neu hinzukommende Einheit Bereitschaftspolizisten versuchte, *sie* einzukreisen. Die Stimmen innerhalb des Polizeikordons klangen ausländisch, vielleicht spanisch oder italienisch. Einige der Namen kannte sie: Ya Basta; Black Bloc. Kein Anzeichen von etwas so Ausgefallenem wie den Wombles oder der Rebel Clown Army.

Sie fuhr mit der Hand in die Tasche und hielt ihre Dienstmarke fest umklammert. Sie wollte sie vorzeigen können, falls die Dinge eskalierten. Über ihnen schwebte ein Helikopter, und ein uniformierter Beamter filmte die Vorgänge von den Stufen eines der Universitätsgebäude aus. Mit der Videokamera suchte er die Straße ab, verweilte einen Moment bei Siobhan und schwenkte dann weiter auf die anderen Umstehenden. In dem Moment bemerkte sie eine zweite Kamera, die auf *ihn* gerichtet war. Santal befand sich innerhalb des Kordons und nahm mit ihrer Digitalkamera alles auf. Gekleidet wie die anderen, einen Rucksack über der Schulter, konzentrierte sie sich ganz auf diese Aufgabe, statt in die Sprechchöre und Parolen einzustimmen. Die Demonstranten wollten ihre eigene Aufzeichnung haben, um sie später anzuschauen und ihren Spaß dabei zu haben, um die Polizeitaktiken studieren und eine Gegenstrategie entwerfen zu können und letztlich auch für den Fall von – oder vielleicht sogar in der Hoffnung auf – Willkürmaßnahmen der Polizei. Sie waren geschickt im Umgang mit den Medien und hatten Juristen in ihren Reihen. Den Film aus Genua hatte man in der ganzen Welt gezeigt. Warum also sollte ein neuer Film über polizeiliche Gewaltanwendung nicht die gleiche Wirkung haben?

Siobhan wurde klar, dass Santal sie gesehen hatte. Die Kamera war auf sie gerichtet, und das Gesicht hinter dem Sucher verzog sich zu einer finsteren Miene. Siobhan hielt das nicht für den geeigneten Zeitpunkt, um zu ihr zu gehen und nach dem Verbleib ihrer Eltern zu fragen … Ihr Handy fing an zu vibrieren. Sie kramte es hervor und warf einen Blick auf die Nummer, erkannte sie aber nicht.

»Siobhan Clarke«, sagte sie und hielt sich das Gerät ans Ohr.

»Siv? Ray Duff. Ich glaube, den Tag im Grünen hab ich mir redlich verdient.«

»Welchen Tag im Grünen?«

»Den Sie mir schulden ...« Er hielt inne. »So lautete doch der Deal zwischen Rebus und Ihnen, oder?«

Siobhan lächelte. »Kommt drauf an. Sind Sie im Labor?«

»Reiß mir für Sie den Arsch auf.«

»Das Zeug vom Clootie Well?«

»Hab vielleicht was für Sie, obwohl ich nicht weiß, ob es Ihnen gefallen wird. Wie schnell können Sie hier sein?«

»Halbe Stunde.« Sie drehte sich vom plötzlichen Schmettern einer Tröte weg.

»Ich weiß sogar, wo Sie sind«, sagte Duff. »Ich hab's gerade hier in den Nachrichten.«

»Die Demo oder die Autonomen?«

»Die Autonomen natürlich. Fröhliche, gesetzestreue Demonstranten sind kaum eine Geschichte wert, selbst wenn es eine Viertelmillion wären.«

»Eine Viertelmillion?«

»Das sagen sie jedenfalls. Bis in einer halben Stunde.«

»Bye, Ray.« Sie beendete das Gespräch. Eine solche Zahl ... mehr als die halbe Bevölkerung von Edinburgh. Das war wie drei Millionen in den Straßen von London. Und sechzig schwarz vermummte Gestalten beherrschten für die nächste Stunde oder länger die Nachrichten.

Danach würden sich nämlich alle Blicke dem Live-8-Konzert in London zuwenden.

Nein, nein, nein, dachte sie, zu zynisch, Siobhan; du denkst schon wie der verdammte John Rebus. Niemand konnte eine Menschenkette ignorieren, die eine Stadt umschloss, ein weißes Band, all die Leidenschaft und Hoffnung ...

Minus eine.

Hatte sie wirklich vorgehabt dazubleiben, der Statistik ihr kleines Ich hinzuzufügen? Damit war es jetzt vorbei. Sie konnte sich später bei ihren Eltern entschuldigen. Jetzt machte sie sich erst einmal auf den Weg, weg von den Meadows. Ihr sicherster Tipp: St Leonard's, das nächstgelegene Polizeirevier. In einem

Streifenwagen mitfahren; oder notfalls einen entführen. Ihr eigenes Auto stand in der von Rebus empfohlenen Werkstatt. Der Mechaniker hatte gesagt, sie solle ihn am Montag anrufen. Sie erinnerte sich, dass die Besitzerin eines Geländewagens ihr Auto für die nächsten Tage aus der Stadt gebracht hatte, damit Randalierer es nicht als Zielscheibe benutzten. Auch so eine Schauergeschichte, hatte sie zu dem Zeitpunkt noch gedacht.

Santal schien nicht zu bemerken, dass sie den Ort verließ.

»... kann noch nicht mal einen Brief einwerfen«, sagte Ray Duff. »Sie haben sämtliche Briefkästen verschlossen, falls jemand auf die Idee kommen sollte, eine Bombe hineinzuwerfen.«

»In der Princes Street sind manche Schaufenster mit Brettern vernagelt«, fügte Siobhan hinzu. »Was, glauben Sie, fürchtet Ann Summers?«

»Baskische Separatisten?«, schlug Rebus vor. »Können wir vielleicht mal zur Sache kommen?«

»Er hat Angst, die große Wiedervereinigung zu verpassen«, prustete Duff.

»Wiedervereinigung?« Siobhan sah Rebus fragend an.

»Pink Floyd«, erläuterte Rebus. »Wenn es aber nur so was wie McCartney und U2 ist, kann es mir gestohlen bleiben.«

Die drei standen in einem der Labore, die zur gerichtsmedizinischen Abteilung der Lothian and Borders Police in der Howdenhall Road gehörten. Duff, Mitte dreißig, mit kurzem braunem Haar und einem hohen Haaransatz putzte sich die Brille mit einer Ecke seines weißen Laborkittels. Der Erfolg der TV-Serie *CSI – Den Tätern auf der Spur* hatte nach Rebus' Ansicht eine verheerende Wirkung auf die Eierköpfe von Howdenhall gehabt. Obwohl ihnen die Mittel, der Glamour und der hämmernde Soundtrack fehlten, schienen sie sich alle für Schauspieler zu halten. Außerdem hatten auch einige vom

CID sich darauf eingespielt und sie aufgefordert, die am weitesten hergeholten forensischen Methoden der Fernsehserie zu kopieren. Duff hatte anscheinend beschlossen, dass seine Rolle die des exzentrischen Genies war. Daraufhin hatte er auf seine Kontaktlinsen verzichtet und war zu einer Brille mit einem Kassengestell à la Eric Morecambe zurückgekehrt, um die Kollektion verschiedenfarbiger Kugelschreiber in seiner Brusttasche besser zur Geltung zu bringen. An einem Revers trug er außerdem eine Reihe von Büroklammern. Wie Rebus gleich bei seiner Ankunft bemerkt hatte, sah er aus, als käme er unmittelbar aus einem Devo-Video.

Und jetzt hielt er sie hin.

»Lassen Sie sich nicht hetzen«, ermunterte Rebus ihn. Sie standen vor einer Werkbank, auf der verschiedene Stoffstücke ausgebreitet lagen. Neben jedes hatte Duff nummerierte Vierecke platziert und kleinere – anscheinend farblich gekennzeichnete – Vierecke neben alle Flecken oder Fehler auf diesen Stücken. »Je eher wir durch sind, desto eher können Sie den Chrom an Ihrem MG weiterpolieren.«

»Apropos«, sagte Siobhan. »Danke, dass Sie mich Ray angeboten haben.«

»Sie hätten den ersten Preis sehen sollen«, murmelte Rebus. »Was haben wir denn hier, Prof?«

»Zum größten Teil Matsch und Vogelkacke.« Duff stützte die Hände in die Hüften. »Braun für das eine, grau für das andere.« Er deutete mit dem Kopf auf die farbigen Vierecke.

»Bleiben noch blau und rosa …«

»Blau ist für Material, das noch genauer untersucht werden muss.«

»Und rosa wahrscheinlich für Lippenstift«, sagte Siobhan leise.

»Für Blut.« Dabei machte Duff eine schwungvolle Geste.

»Sehr gut«, sagte Rebus, den Blick auf Siobhan geheftet. »Wie viele?«

»Bis jetzt zwei ... Nummer eins und zwei. Eins ist eine braune Kordhose. Blut auf einem braunen Hintergrund auszumachen ist eine Sauarbeit – es sieht aus wie Rost. Zwei gehört zu einem Sporthemd, hellgelb, wie Sie sehen.«

»Ach wirklich?«, sagte Rebus und beugte sich darüber, um es genauer in Augenschein zu nehmen. Das Hemd war völlig verdreckt. »Was ist das da links auf der Brust? Irgendein Abzeichen?«

»Es steht für Keogh's Garage. Der Blutspritzer ist auf dem Rücken.«

»Spritzer?«

Duff nickte. »Passt zu einem Schlag auf den Kopf. So etwas wie ein Hammer, man berührt die Haut, zerreißt sie, und wenn man den Hammer wieder wegzieht, fließt das Blut in alle Richtungen.«

»Keogh's Garage?« Siobhans Frage war an Rebus gerichtet, der nur die Achseln zuckte. Duff dagegen räusperte sich.

»Kein Eintrag im Telefonbuch von Perthshire. In dem von Edinburgh auch nicht.«

»Prompte Arbeit, Ray«, sagte Siobhan anerkennend.

»Noch ein Schleimpunkt für Sie, Ray«, fügte Rebus zwinkernd hinzu. »Was ist mit Kandidat Nummer eins?«

Duff nickte. »Diesmal kein Spritzer – Klümpchen auf dem rechten Bein, ums Knie herum. Hauen Sie jemanden auf den Kopf, dann kriegen Sie solche Tropfen.«

»Sie meinen also, wir haben es mit drei Opfern und einem Angreifer zu tun?«

Duff zuckte die Achseln. »Kann es natürlich nicht beweisen. Aber fragen Sie sich doch mal selbst: Wie groß ist die Wahrscheinlichkeit, dass drei Opfer, die drei verschiedene Angreifer haben, alle am selben finsteren Ort landen?«

»Ein Punkt für Sie, Ray«, gab Rebus zu.

»Und wir haben jetzt einen Serienmörder«, sagte Siobhan mitten in die Stille hinein. »Verschiedene Blutgruppen, nehme ich an?« Sie sah Duff nicken. »Irgendeine Idee, in welcher Reihenfolge sie gestorben sein könnten?«

»CC Rider war der Letzte. Ich denke, das Sporthemd ist schon am längsten tot.«

»Und auf der Kordhose keine weiteren Hinweise?«

Duff schüttelte langsam den Kopf, dann zog er einen durchsichtigen Plastikbeutel aus der Tasche seines Laborkittels. »Außer natürlich, Sie zählen das hier mit.«

»Was ist das?«, fragte Siobhan.

»Eine Bankkarte«, klärte Duff sie auf und genoss diesen Augenblick. »Auf den Namen Trevor Guest. Jetzt sagen Sie bloß noch mal, ich verdiente meine kleinen Belohnungen nicht ...«

Wieder an der frischen Luft, zündete Rebus sich eine Zigarette an. Siobhan durchmaß mit verschränkten Armen eine Parkbucht.

»Ein Mörder«, stellte sie fest.

»Ja.«

»Zwei namentlich bekannte Opfer, das eine Mechaniker ...«

»Oder Autoverkäufer«, sinnierte Rebus. »Oder jemand, der Zugang zu einem Hemd hatte, das für eine Autowerkstatt wirbt.«

»Danke, dass Sie sich weigern, die Suche einzuschränken.«

Er zuckte mit den Schultern. »Wenn wir einen Schal des Hibernian FC gefunden hätten, würden wir uns ja auch nicht gleich auf die erste Mannschaft stürzen.«

»Wohl wahr.« Sie blieb abrupt stehen. »Müssen Sie noch mal in die Gerichtsmedizin?«

Er schüttelte den Kopf. »Einer von uns muss Macrae diese Neuigkeiten mitteilen.«

Sie nickte. »Das mache ich.«

»Sonst gibt's heute nicht mehr viel zu tun.«

»Dann also zurück zum Live 8?«

Er zuckte wieder mit den Schultern. »Und bei Ihnen zu den Meadows?«, riet er.

Sie nickte geistesabwesend. »Können Sie sich eine ungünstigere Woche für das hier vorstellen?«

»Wofür zahlen sie uns denn die ganze Kohle?«, erwiderte Rebus, während er einen tiefen Zug Nikotin nahm.

An seiner Wohnungstür wartete ein dickes Päckchen auf Rebus. Siobhan war wieder unterwegs zu den Meadows. Rebus hatte ihr gesagt, sie könne doch später auf einen Drink vorbeikommen. In seinem Wohnzimmer war es stickig, und er riss die Fenster auf. Von dem Demonstrationszug drangen Geräusche herüber: widerhallende, durch Lautsprecher verstärkte Stimmen, Trommeln und Pfeifen. Im Fernsehen kam das Live-8-Konzert, aber er kannte keine der Bands. Er schaltete den Ton ab und öffnete das Päckchen. Darin lag eine Notiz von Mairie – VERDIENT HAST DU ES NICHT –, gefolgt von seitenweise Computerausdrucken. Zeitungsartikel über Pennen Industries, die bis zur Trennung der Firma vom Verteidigungsministerium zurückreichten. Ausschnitte aus dem Wirtschaftsteil mit ausführlichen Angaben über steigende Gewinne. Aussagekräftige Porträts von Richard Pennen nebst Fotos von ihm. Jeder Zoll ein erfolgreicher Geschäftsmann: gepflegte Erscheinung, Nadelstreifen, entsprechender Haarschnitt. Graumeliertes Haar, obwohl er erst Mitte vierzig war. Metallrandbrille, ein markantes Kinn und perfekt aussehende Zähne.

Richard Pennen war beim Verteidigungsministerium angestellt gewesen, eine Art Genie in Sachen Mikrochips und Computersoftware. Er betonte, seine Firma verkaufe keine Waffen als solche, sondern nur die Komponenten, die sie so effizient wie möglich machten. »Was für alle Beteiligten sicher besser ist als die Alternative«, wurde er zitiert. Rasch blätterte Rebus Interviews und Hintergrundberichte durch. Nichts, was eine Verbindung zwischen Pennen und Ben Webster hergestellt hätte, außer dass sie beide mit Aspekten des »Handels« zu tun hatten. Kein Grund, warum die Firma *nicht* Abgeordneten Zimmer in Fünfsternehotels bezahlen sollte. Rebus wandte sich dem nächsten Papierstapel zu, für den er Mairie ein stilles Dankeschön schickte. Sie hatte eine ganze Materialsammlung über Ben Webster selbst beigelegt. Über seine Laufbahn als Mitglied des Parlaments war nicht viel dabei. Nach dem furchtbaren Überfall auf Websters Mutter fünf Jahre zuvor hatten die Medien jedoch ein plötzliches Interesse an der Familie gezeigt. Sie und ihr Mann hatten in The Borders Urlaub gemacht, wo sie auf dem Land nahe Kelso ein Ferienhäuschen mieteten. Eines Nachmittags war er zum Einkaufen in die Stadt gefahren, und als er zurückkam, war das Cottage auf den Kopf gestellt und seine Frau tot, stranguliert mit einer Vorhangkordel. Sie war geschlagen, aber nicht sexuell missbraucht worden. Aus ihrer Handtasche fehlte Geld, außerdem ihr Handy. Sonst war nichts entwendet worden.

Nur ein bisschen Bargeld und ein Handy.

Und das Leben einer Frau.

Die Ermittlungen hatten sich über Wochen hingezogen. Rebus betrachtete Fotos von dem abgelegenen Ferienhäuschen, dem Opfer, dem trauernden Ehemann, den zwei Kindern – Ben und Stacey. Er zog die Karte, die Stacey ihm gegeben hatte, aus der Tasche und rieb mit den Fingern über deren Kanten, während er weiter das Material durchging. Ben, der Abgeordnete für Dundee North; Stacey, die Polizeibeamtin bei der Metropolitan Police, von Kollegen als »fleißig und beliebt« beschrieben. Das Cottage lag in einer hügeligen Landschaft am Rand eines Waldgebiets, andere Wohnhäuser gab es weit und breit keine. Die Eheleute hatten gerne lange Wanderungen unternommen und regelmäßig Bars und Esslokale in Kelso besucht. Die Gegend war ihr Lieblingsziel für viele

Urlaube gewesen. Lokalpolitiker beeilten sich zu betonen, die Borders Region sei »nach wie vor weitgehend frei von Verbrechen und ein Hafen der Ruhe«. Touristen sollten nicht abgeschreckt werden ...

Der Mörder wurde nie gefasst. Die Geschichte rutschte ins Innere der Zeitungen, dann weiter ans Ende und tauchte nur ab und zu in ein oder zwei Abschnitten wieder auf, wenn Ben Webster porträtiert wurde. Es gab ein ausführliches Interview mit ihm aus der Zeit, als er PPS geworden war. Damals hatte er nicht über die Tragödie sprechen wollen.

Tragödien, genau genommen. Der Vater hatte den Mord an seiner Frau nicht lange überlebt. Er starb eines natürlichen Todes. »Er hat einfach den Lebenswillen verloren«, wie einer seiner Nachbarn in Broughty Ferry es formulierte. »Und jetzt ruht er in Frieden mit der Liebe seines Lebens.«

Rebus schaute sich noch einmal das Foto von Stacey an, das am Tag der Beerdigung ihrer Mutter aufgenommen worden war. Sie hatte sich anscheinend ans Fernsehen gewandt, um Informationen zu bekommen. Sie war stärker als ihr Bruder, der sich dagegen entschieden hatte, sie zu der Pressekonferenz zu begleiten. Rebus hoffte inständig, dass sie stark blieb.

Selbstmord schien der naheliegende Schluss zu sein: ein letztlich vom Schmerz überwältigter verwaister Sohn. Nur hatte Ben Webster beim Fallen geschrien. Und die Wachen waren vor einem Eindringling gewarnt worden. Im Übrigen, warum ausgerechnet in dieser Nacht? An diesem Ort? Als die internationale Presse in der Stadt eintraf ...

Eine sehr öffentliche Geste.

Und Steelforth ... nun, Steelforth wollte das alles negieren. Nichts sollte die Aufmerksamkeit von dem G8-Gipfel ablenken. Nichts sollte die verschiedenen Delegationen stören. Rebus musste zugeben, dass er eigentlich nur an diesem Fall festhielt, um den Special-Branch-Mann zur Weißglut zu bringen. Er stand vom Tisch auf, ging in die Küche und machte sich noch eine Tasse Kaffee, die er dann mit ins Wohnzimmer nahm. Dort zappte er durch die Kanäle, fand aber nichts über die Demonstration in Edinburgh. Die Menschenmenge im Hyde Park schien sich zu amüsieren, obwohl es unmittelbar vor der Bühne einen abgeteilten, nur spärlich gefüllten Bereich gab. Vielleicht für Sicherheitskräfte; oder aber für die Presse. Diesmal bat Geldof nicht um Geld; Live 8 wolle, dass Herzen und Köpfe sich auf die gemeinsame Sache ausrichteten. Rebus fragte sich, wie viele Konzertbesucher wohl anschließend dem Ruf folgen und die rund sechshundertfünfzig Kilometer hinauf nach Schottland fahren würden. Er zündete sich zu seinem Kaffee eine Zigarette an, ließ sich in einen Sessel fallen und starrte auf den Bildschirm. Der Clootie Well fiel ihm wieder ein, das Ritual, das dort vollzogen wurde. Falls Ray Duff recht hatte, gab es mindestens drei Opfer und einen Mörder, der sozusagen einen Grabaltar errichtet hatte. Deutete das auf jemanden aus der Gegend hin? Wie bekannt war der Clootie Well außerhalb von Auchterarder? Wurde er in Reiseführern oder Prospekten für Touristen erwähnt? War er wegen seiner Nähe zum G8-Gipfel gewählt worden, die den Mörder zu der Annahme brachte, dass bei den vielen zusätzlichen Polizeistreifen seine grauenvolle kleine Opfergabe auf jeden Fall gefunden würde? War, wenn das zutreffen sollte, sein Amoklauf damit beendet?

Drei Opfer ... das konnten sie unmöglich vor den Medien geheim halten. CC Rider ... Keogh's Garage ... eine Bankkarte ... Der Mörder machte es ihnen leicht; sie *sollten* wissen, dass er dort draußen war. In Schottland hatte sich so viel internationale Presse versammelt wie nie zuvor, was ihm ein internationales Forum bot. Und Macrae würde die Gelegenheit genießen. Mit geschwellter Brust würde er, Derek Starr neben sich, dort draußen vor ihnen stehen und ihre Fragen beantworten.

Siobhan hatte gesagt, sie würde Macrae von der Demo aus

anrufen und ihm die Laborbefunde mitteilen. In der Zwischenzeit würde Ray Duff weitere Tests durchführen, versuchen, von dem Blut genetische Fingerabdrücke zu nehmen, und herausfinden, ob Haare oder Fasern isoliert und identifiziert werden konnten. Rebus dachte noch einmal an Cyril Colliar. Nicht gerade ein typisches Opfer. Das Ziel von Serienmördern waren normalerweise eher Schwächere und Randgruppen. Ein Fall von falschem Ort, falscher Zeit? In Edinburgh getötet, aber der Stofffetzen von seiner Jacke landet im Wald von Auchterarder, gerade als die Operation Sorbus beginnt. Sorbus: eine Art Baum … der CC-Rider-Fetzen auf einer Waldlichtung … Wenn es irgendeine Verbindung zum G8-Gipfel gab, so viel war Rebus klar, dann würde der Geheimdienst Siobhan und ihm den Fall entreißen. Steelforth würde es so haben wollen. Und der Mörder verspottete sie …

Indem er Visitenkarten hinterließ.

Es klopfte an der Tür. Das musste Siobhan sein. Er drückte die Zigarette aus, stand auf und schaute sich im Zimmer um. Allzu schlimm sah es nicht aus: keine leeren Bierdosen oder Pizzaschachteln. Whiskyflasche neben dem Sessel. Er nahm sie und stellte sie auf den Kaminsims. Schaltete den Fernseher auf einen Nachrichtenkanal und ging zur Tür. Riss sie auf, erkannte das Gesicht und spürte, wie sein Magen sich zusammenzog.

»Ihr Gewissen ist also jetzt beruhigt, stimmt's?«, fragte er mit vorgetäuschter Gleichgültigkeit.

»So rein wie frischgefallener Schnee, Rebus. Können Sie das auch von sich behaupten?«

Nicht Siobhan. Morris Gerald Cafferty. In einem weißen T-Shirt mit dem Slogan *Make Poverty History*. Hände in den Hosentaschen. Zog sie langsam heraus und hielt sie hoch, um Rebus zu zeigen, dass sie leer waren. Ein Kopf so groß wie ein Bowlingball, glänzend und nahezu kahl. Kleine, tief liegende Augen. Glänzende Lippen. Kein Hals. Rebus war im

Begriff, ihm die Tür vor der Nase zuzuschlagen, aber Cafferty stemmte eine Hand dagegen.

»Behandelt man so einen alten Kumpel?«

»Scheren Sie sich zum Teufel!«

»Scheint, als wären Sie mir zuvorgekommen – stammt dieses Hemd von einer Vogelscheuche?«

»Und wer kleidet Sie ein – Trinny und Susannah vielleicht?«

Cafferty schnaubte. »Ich habe die beiden tatsächlich im Frühstücksfernsehen getroffen ... Ist es so nicht besser? Wir werden ein nettes kleines Schwätzchen halten.«

Rebus hatte den Versuch aufgegeben, die Tür zu schließen. »Was, um alles in der Welt, wollen Sie hier, Cafferty?«

Cafferty betrachtete eingehend seine Handflächen, von denen er imaginären Schmutz wegwischte. »Wie lang leben Sie schon hier, Rebus? Müssen an die dreißig Jahre sein.«

»Und?«

»Schon mal was von der Immobilienleiter gehört?«

»Herrgott, als Nächstes kommen Sie mir mit *Lage, Lage, Lage* ...«

»Sie haben nie versucht, sich zu verbessern, das ist etwas, was ich nicht verstehen kann.«

»Vielleicht sollte ich ein Buch darüber schreiben.«

Cafferty grinste. »Ich denke an eine Fortsetzung, in der ich noch ein paar unserer ›Meinungsverschiedenheiten‹ auflisten werde.«

»Sind Sie deswegen hier? Um Ihr Gedächtnis ein bisschen aufzufrischen?«

Caffertys Miene verfinsterte sich. »Ich bin wegen meines Jungen Cyril hier.«

»Was ist mit ihm?«

»Hab gehört, dass es Fortschritte gibt. Ich will wissen, welche.«

»Wer hat Ihnen das erzählt?«

»Es stimmt also?«

»Selbst wenn, glauben Sie, ich würde es Ihnen sagen?«

Cafferty gab ein Knurren von sich, dann schossen seine Hände nach vorn und schubsten Rebus rückwärts in den Flur, wo er gegen die Wand stieß. Mit gefletschten Zähnen griff Cafferty erneut nach ihm, aber Rebus war vorbereitet und bekam ein Stück T-Shirt zu fassen. Die beiden Männer rangen miteinander, wanden und drehten sich und bewegten sich weiter den Flur entlang, bis sie auf der Schwelle zum Wohnzimmer standen. Keiner hatte ein Wort gesagt. Cafferty schaute flüchtig in das Zimmer und schien zu erstarren. Rebus gelang es, sich aus seinem Griff zu befreien.

»Herrje ...« Caffertys Blick war auf die zwei Kartons auf dem Sofa geheftet – ein Teil von Colliars Ermittlungsakten, die Rebus am Abend zuvor vom Gayfield Square mitgebracht hatte. Obendrauf lag eins der Autopsiefotos und darunter, gerade noch zu erkennen, ein älteres Foto von Cafferty selbst. »Was tut das ganze Zeug hier?«, fragte er.

»Geht Sie nichts an.«

»Sie wollen mir das immer noch anhängen ...«

»Nicht mehr so wie vorher«, räumte Rebus ein. Er ging zum Kaminsims und griff nach der Whiskyflasche. Nahm sein Glas vom Boden und goss ein. »Es wird sich ohnehin bald herumgesprochen haben«, sagte er und machte eine Pause, um zu trinken. »Wir glauben, dass Colliar nicht das einzige Opfer ist.«

Caffertys Augen verengten sich, als er das zu begreifen versuchte. »Wer noch?«

Rebus schüttelte langsam den Kopf. »Jetzt hauen Sie endlich ab.«

»Ich kann Ihnen behilflich sein«, sagte Cafferty. »Ich kenne Leute ...«

»Ach ja? Trevor Guest, klingelt's da bei Ihnen?«

Cafferty überlegte einen Moment, bevor er sich geschlagen gab.

»Was ist mit einer Werkstatt namens Keogh's?«

Cafferty straffte die Schultern. »Ich kann das rauskriegen, Rebus. Ich habe Kontakte, da würde es Ihnen eiskalt den Rücken runterlaufen.«

»Bei Ihnen läuft es mir immer kalt den Rücken runter, Cafferty: Angst vor Ansteckung, nehme ich an. Wie kommt es, dass Sie sich wegen Colliar so aufregen?«

Caffertys Blick schweifte zu der Whiskyflasche ab. »Haben Sie noch ein Glas?«, fragte er.

Rebus holte eins aus der Küche. Als er zurückkam, war Cafferty dabei, Mairies Begleitnotiz zu lesen.

»Wie ich sehe, hat Mrs. Henderson Ihnen geholfen.« Cafferty lächelte kalt. »Ich erkenne ihre Handschrift.«

Schweigend goss Rebus einen kleinen Schluck in das Glas.

»Ich trinke lieber Malt«, beschwerte sich Cafferty, während er das Glas unter seiner Nase schwenkte. »Welches Interesse haben Sie an Pennen Industries?«

Das ignorierte Rebus. »Sie wollten mir gerade etwas über Cyril Colliar erzählen.«

Cafferty machte Anstalten, sich zu setzen. »Bleiben Sie stehen«, befahl Rebus. »Lange sind Sie nicht mehr hier.«

Cafferty kippte den Drink hinunter und stellte das Glas auf den Tisch. »Es ist nicht Cyril selbst, der mich interessiert«, gab er zu. »Aber wenn so etwas passiert … tja, dann brodelt die Gerüchteküche. Gerüchte, dass da draußen jemand eine Rechnung zu begleichen hat. Immer schlecht fürs Geschäft. Wie Sie ja wissen, Rebus, hatte ich früher Feinde …«

»Komisch, dass ich die überhaupt nicht mehr sehe.«

»Jede Menge Schakale da draußen, die ein Stück von der Beute haben wollen … *meiner* Beute.« Er klopfte sich mit einem Finger auf die Brust.

»Sie werden alt, Cafferty.«

»Genau wie Sie. In meinem Geschäftszweig gibt es aber keine Pensionsregelung.«

»Und in der Zwischenzeit kommen immer jüngere und hungrigere Schakale nach?«, riet Rebus. »Und Sie müssen sich immer weiter beweisen.«

»Ich habe nie klein beigegeben, Rebus. Und werde es nie tun.«

»Es wird sich früh genug herausstellen, Cafferty. Wenn es zwischen Ihnen und den anderen Opfern keine Verbindung gibt, besteht für niemanden ein Grund, das als Vendetta zu betrachten.«

»Aber bis dahin ...«

»Bis dahin was?«

Cafferty zwinkerte ihm zu. »Keogh's Garage und Trevor Guest.«

»Die überlassen Sie uns, Cafferty.«

»Wer weiß, Rebus, vielleicht treibe ich ja auch Informationen über Pennen Industries auf.« Cafferty wandte sich zum Gehen. »Danke für den Drink und die kleine Fitnessübung. Werde mich wohl ganz am Ende in den Marsch gegen die Armut einreihen. Armut war mir immer ein großes Anliegen.« Im Flur blieb er stehen und blickte sich noch einmal um. »Hab sie allerdings nie für so schlimm gehalten«, fügte er hinzu und steuerte auf die Treppe zu.

5

Der Ehrenwerte Mr. Gordon Brown, Abgeordneter und Finanzminister, hatte bereits mit seiner Rede begonnen, als Siobhan den Raum betrat. Neunhundert Zuhörer hatten sich in der Assembly Hall oben auf dem Mound versammelt. Als Siobhan das letzte Mal hier gewesen war, hatte der Saal dem schottischen Parlament noch als provisorische Bleibe gedient, aber inzwischen hatte das Parlament seine eigenen großzügigen Räumlichkeiten gegenüber der Residenz der Königin in

111

Holyrood bezogen und die Assembly Hall wieder ganz in den Besitz der Church of Scotland gegeben, die zusammen mit Christian Aid Veranstalterin dieses Abends war.

Siobhan war hergekommen, um sich mit dem Chief Constable von Edinburgh, James Corbyn, zu treffen. Der Nachfolger von Sir David Strathern war jetzt ein gutes Jahr im Amt. Seine Ernennung hatte zunächst für Unzufriedenheit gesorgt. Corbyn war Engländer und galt als »Erbsenzähler« und »Grünschnabel«. Er hatte sich jedoch als zupackender Typ erwiesen, der sich regelmäßig »an der Front« blicken ließ. Er saß in Ausgehuniform, die Dienstmütze auf dem Schoß, in einer der hinteren Reihen. Da Siobhan wusste, dass sie erwartet wurde, stellte sie sich in die Nähe der Tür und lauschte einstweilen den Versprechungen und Zusicherungen des Ministers. Für seine Ankündigung, den ärmsten achtunddreißig Ländern Afrikas solle ein Schuldenerlass gewährt werden, bekam er spontanen Applaus. Als aber der Beifall nachließ, hörte Siobhan eine protestierende Stimme. Ein einzelner Mann war aufgestanden. Er trug einen Kilt, den er hochhob, um ein an der Vorderseite seiner Unterhose befestigtes Bild von Tony Blairs Gesicht zu enthüllen. Rasch kamen Ordner herein, und die Zuschauer in der unmittelbaren Umgebung des Mannes leisteten ihnen Hilfe. Als der Mann zur Tür hinausgezerrt wurde, galt der erneute Beifall den Ordnungskräften. Der Finanzminister, der mit den Blättern seines Redemanuskripts beschäftigt war, fuhr da fort, wo er aufgehört hatte.

Der kurze Aufruhr hatte James Corbyn jedoch die Gelegenheit geboten, unbemerkt aufzustehen. Siobhan folgte ihm aus dem Saal und stellte sich vor. Auf dem Gang war weder der Protestierende zu sehen noch die Männer, die ihn hinausgebracht hatten, nur ein paar Beamte, die auf und ab schritten, während sie darauf warteten, dass ihr Chef seine Rede beendete. Sie trugen Aktenordner und Handys und schienen erschöpft von den Ereignissen des Tages.

»DCI Macrae sagt, wir hätten ein Problem«, stellte Corbyn fest. Ohne sich mit Nettigkeiten aufzuhalten, kam er gleich zur Sache. Er war Anfang vierzig und trug sein schwarzes Haar auf der rechten Seite gescheitelt. Kräftig gebaut, knapp über eins achtzig groß. Siobhan hatte bereits gehört, dass auf seiner rechten Wange ein großer Leberfleck prangte, den sie nicht anstarren dürfe.

»Ganz schön schwierig, Augenkontakt zu halten«, hatte Macrae sie vorgewarnt, »wenn man dauernd dieses Ding im Blickfeld hat ...«

»Wir haben vielleicht drei Opfer«, sagte sie jetzt.

»Und einen Tatort unmittelbar vor der Tür des G8-Gipfels?«, brauste Corbyn auf.

»Kann man so nicht sagen, Sir. Ich glaube nicht, dass wir dort Leichen finden werden, nur Beweismaterial.«

»Am Freitag sind sie wieder raus aus Gleneagles. Bis dahin können wir die Ermittlungen aufschieben.«

»Andererseits«, bemerkte Siobhan, »treffen die Regierungschefs nicht vor Mittwoch ein. Noch drei ganze Tage bis dahin ...«

»Was schlagen Sie also vor?«

»Den Ball flach zu halten, aber alles zu tun, was möglich ist. Die Forensiker können bis dahin alles abgesucht haben. Das eine Opfer, das wir definitiv haben, stammt aus Edinburgh, dafür brauchen wir die hohen Tiere also nicht zu stören.«

Corbyn betrachtete sie eingehend. »Sie sind DS, hab ich recht?«

Siobhan nickte.

»Bisschen jung, um so etwas zu leiten.« Es klang nicht nach Kritik; er stellte nur eine Tatsache fest.

»Ein DI von meinem Revier stand mir zur Seite, Sir. Wir waren beide mit den ursprünglichen Ermittlungen befasst.«

»Wie viel Hilfe werden Sie benötigen?«

»Ich weiß nicht, wie viel entbehrlich ist.«

Corbyn lächelte. »Es ist eine schwierige Zeit, DS Clarke.«

»Dessen bin ich mir bewusst.«

»Das weiß ich. Und dieser DI, von dem Sie gesprochen haben ... ist er vertrauenswürdig?«

Siobhan nickte und hielt Blickkontakt, ohne zu blinzeln. Und dachte: *Vielleicht ist er zu neu, um von John Rebus gehört zu haben.*

»Und, arbeiten Sie gerne sonntags?«, wollte er wissen.

»Durchaus. Bei der Spurensicherung bin ich mir allerdings nicht so sicher ...«

»Ein Wort von mir ist da sicher hilfreich.« Er wurde nachdenklich. »Die Demonstration ist ohne Zwischenfälle verlaufen ... vielleicht werden wir es leichter haben als befürchtet.«

»Ja, Sir.«

Sein Blick konzentrierte sich wieder auf sie. »Sie haben einen englischen Akzent«, bemerkte er.

»Ja, Sir.«

»Hatten Sie je Probleme deswegen?«

»Spöttische Bemerkungen hier und da ...«

Er nickte bedächtig. »Gut.« Und straffte den Rücken. »Sehen Sie zu, was Sie bis Mittwoch schaffen. Und wenn es Probleme gibt, sagen Sie mir Bescheid. Versuchen Sie aber, niemandem auf die Füße zu treten.« Er warf einen flüchtigen Blick auf die Beamten.

»Es gibt einen SO12-Beamten namens Steelforth, Sir. Er könnte Einwände erheben.«

Corbyn schaute auf die Uhr. »Schicken Sie ihn in mein Büro.« Er setzte seine betresste Mütze auf. »Sollte eigentlich schon woanders sein. Die ungeheure Verantwortung ist Ihnen bewusst ...?«

»Ja, Sir.«

»Sorgen Sie dafür, dass Ihr Kollege das auch kapiert.«

»Er wird es verstehen, Sir.«

Er streckte die Hand aus. »Sehr gut. Hand drauf, DS Clarke.«

Ein Handschlag.

In den Rundfunknachrichten kam ein Bericht über die Demonstration, und in einem Nachsatz wurde erwähnt, dass der Tod des Ministers für Internationale Entwicklung Ben Webster »als tragischer Unfall behandelt« werde. Das Hauptaugenmerk der Berichterstattung lag jedoch auf dem Konzert im Hyde Park. Von den Massen, die auf den Meadows versammelt waren, hatte Siobhan heftige Beschwerden gehört. Sie hatten das Gefühl, dass die Popstars ihnen die Schau stahlen.

»Die interessieren nur Rampenlicht und Plattenverkäufe«, hatte ein Mann gesagt. »Egomane Arschlöcher ...«

Nach letzten Schätzungen belief sich die Zahl der Demonstrationsteilnehmer auf 225 000. Siobhan wusste nicht, wie viele das Konzert in London besuchten, aber sie bezweifelte, dass es auch nur halb so viele sein würden. Die nächtlichen Straßen waren voll mit Autos und Fußgängern. Und mit Bussen, die aus der Stadt hinaus in Richtung Süden fuhren. Manche der Geschäfte und Restaurants, an denen sie vorbeikam, hatten Schilder in den Fenstern hängen: *Wir unterstützen Make Poverty History ... Wir führen nur Produkte aus fairem Handel ... Kleines Einzelhandelsgeschäft ... Demonstrationsteilnehmer willkommen ...* Es gab auch Graffiti – das Symbol der Anarchie und Botschaften, die die Vorbeigehenden ermahnten: *Activ8, Agit8, Demonstr8.* Eine andere Aussage lautete schlicht: »Rom wurde nicht an einem Tag geplündert.« Sie hoffte, der Chief Constable würde am Ende recht behalten, aber bis dahin war es noch ein weiter Weg ...

Außerhalb des provisorischen Campingplatzes in Niddrie parkten Busse. Die Zeltstadt war größer geworden. Der Sicherheitsbeamte vom Abend zuvor hatte wieder Dienst. Sie fragte ihn nach seinem Namen.

»Bobby Greig.«

»Bobby, ich heiße Siobhan. Ganz schön was los heute.«

Er zuckte die Achseln. »Ein paar tausend vielleicht. Mehr werden's, glaub ich, nicht mehr.«

»Sie klingen enttäuscht.«

»Der Stadtrat hat eine Million für dieses Stück Boden hingeblättert – hätte genauso gut jedem von ihnen ein Hotelzimmer geben können oder wenigstens einen Zeltplatz in der Wildnis.« Er deutete mit dem Kopf auf das Auto, das sie gerade zugeschlossen hatte. »Wie ich sehe, haben Sie Ersatz bekommen.«

»Vom Wagenpark in St Leonard's geliehen. Gab's noch mal Ärger mit den Einheimischen?«

»Alles ruhig«, antwortete er. »Aber jetzt wird's dunkel … da kommen sie raus zum Spielen. Wissen Sie, wie einem hier drin zumute ist?« Er ließ den Blick über das Gelände schweifen. »Wie in einem dieser Zombiefilme …«

Siobhan lächelte. »Das macht Sie zur letzten großen Hoffnung der Menschheit, Bobby. Sie sollten sich geschmeichelt fühlen.«

»Meine Schicht ist um Mitternacht zu Ende!«, rief er ihr hinterher, als sie sich auf den Weg zum Zelt ihrer Eltern machte. Es war niemand zu Hause. Sie zog den Reißverschluss am Eingang auf und schaute hinein. Tisch und Stühle waren zusammengeklappt und aufgeräumt, die Schlafsäcke fest zusammengerollt. Sie riss ein Blatt aus ihrem Notizbuch und schrieb eine Nachricht darauf. Auch die Bewohner der umliegenden Zelte schienen ausgeflogen zu sein. Siobhan fragte sich allmählich, ob ihre Eltern wohl mit Santal einen trinken gegangen waren.

Santal, die sie zuletzt bei der Demo am Buccleuch Place gesehen hatte. Was bedeutete, dass sie Schwierigkeiten machen oder in Schwierigkeiten *geraten* könnte.

Hör auf dich, Mädchen! Könnte gut sein, dass deine ganz im Trend liegenden linksliberalen Eltern irregeleitet werden!

Na na, sagte sie missbilligend zu sich selbst und beschloss, sich ein wenig die Zeit zu vertreiben, indem sie einen Spaziergang durch die Zeltstadt unternahm. Es bot sich ihr weitgehend das gleiche Szenario wie am Abend zuvor: Gitarrengeklimper, ein Kreis von Sängern im Schneidersitz, Kinder, die barfuß im Gras spielten, Ausgabe von billigem Essen im Festzelt. Neuankömmlinge, die von der Demo erschöpft waren, bekamen ihre Armbänder ausgehändigt und einen Platz für ihr Zelt zugewiesen. Der Himmel wies noch einen Rest von Licht auf, das Arthur's Seat zu einer faszinierenden Silhouette werden ließ. Sie dachte daran, vielleicht am nächsten Tag hinaufzusteigen, sich eine ruhige Stunde zu gönnen. Der Blick von dort oben war immer ein Erlebnis, vorausgesetzt, sie konnte sich eine Stunde freimachen. Sie wusste, dass sie Rebus anrufen, ihn auf den neuesten Stand bringen sollte. Er saß vermutlich immer noch zu Hause vor der Kiste. Zeit genug also, ihm die Neuigkeiten mitzuteilen.

»Samstagabend, was?«, hörte sie Bobby Greig sagen, der mit einer Taschenlampe und seinem Funkgerät genau hinter ihr stand. »Sie sollten eigentlich ausgehen und sich amüsieren.«

»Das scheinen meine Freunde vorzuhaben.« Sie deutete mit dem Kopf auf das Zelt ihrer Eltern.

»Ich gehe jedenfalls einen trinken, wenn ich hier fertig bin«, bemerkte er vielsagend.

»Ich muss morgen arbeiten.«

»Hoffentlich bezahlte Überstunden.«

»Aber danke für das Angebot … vielleicht ein andermal.«

Er zuckte bedeutungsvoll mit den Schultern. »Ich versuche, mich hier nicht wie ein Ausgestoßener zu fühlen.« Sein Funkgerät ging plötzlich mit atmosphärischen Störungen an. Er hob es an den Mund. »Wiederholen, Tower.«

»Da sind sie wieder«, krächzte die Stimme.

Siobhan schaute zu dem Zaun hinüber, konnte aber nichts erkennen. Sie folgte Bobby Greig zum Tor. Ja, ein Dutzend von ihnen, die Kapuzen ihrer Pullover über die Köpfe gezogen, die Augen von Baseballkappen beschirmt. Keine Anzeichen von Waffen, außer einer kleinen Flasche billigem Schnaps, die sie unter sich herumgehen ließen. Ein halbes Dutzend Sicherheitsbeamte hatten sich innerhalb der Umzäunung am Tor versammelt und warteten auf Greigs Kommando. Die Bande auf der anderen Seite gestikulierte: Kommt raus und versucht's mal! Greig starrte zurück, ihre Vorstellung schien ihn zu langweilen.

»Sollen wir Verstärkung rufen?«, fragte einer der anderen Sicherheitsbeamten.

»Keine Anzeichen von Wurfgeschossen«, erwiderte Greig. »Nichts, womit wir nicht fertig würden.«

Die Bande hatte sich stetig dem Zaun genähert. Den Typen in der Mitte erkannte Siobhan als den Anführer vom Freitagabend. Der Mechaniker in der von Rebus empfohlenen Werkstatt hatte gesagt, alles in allem würde es wohl sechshundert Pfund kosten, ihr Auto zu reparieren.

»Vielleicht übernimmt die Versicherung ja einen Teil davon«, tröstete er sie. Als Antwort hatte sie ihn gefragt, ob er schon einmal von Keogh's Garage gehört habe, aber er hatte nur den Kopf geschüttelt.

»Können Sie sich umhören?«

Das würde er tun, hatte er geantwortet und dann eine Anzahlung verlangt. Hundert, die einfach so von ihrem Konto runtergegangen waren. Dann kamen noch fünfhundert, und hier waren die Schuldigen, keine sechs Meter von ihr entfernt. Sie wünschte, sie hätte Santals Kamera ... ein paar Schnappschüsse machen und sehen, ob jemand im CID Craigmillar den Gesichtern Namen zuordnen konnte. Hier musste es doch Überwachungskameras geben. Vielleicht könnte sie ...

Natürlich könnte sie. Aber sie wusste genau, dass sie nicht würde.

»Verschwindet jetzt!«, rief Bobby Greig mit fester Stimme.

»Niddrie gehört uns!«, zischte der Anführer. »Haut ihr gefälligst ab!«

»Kapiert. Können wir aber nicht.«

»Da fühlt ihr euch aber groß, was? Babysitter für einen Haufen elender Zigeuner zu spielen.«

»Eia-popeia-Hippie-Scheiße«, pflichtete einer seiner Gefolgsleute ihm bei.

»Danke für den Beitrag«, war alles, was Bobby Greig sagte.

Der Anführer lachte laut auf; einer von der Bande spuckte an den Zaun. Ein weiterer tat es ihm gleich.

»Wir können Sie uns vorknöpfen, Bobby«, sagte einer der Sicherheitsbeamten leise.

»Keine Notwendigkeit.«

»Fettes Arschloch«, stachelte der Anführer seine Bande an.

»Fettes schwules Arschloch«, ergänzte einer seiner Kumpane.

»Kinderficker.«

»Alki.«

»Glotzauge, Kahlkopf, Arschlecker ...«

Greigs Blick lag auf Siobhan. Er schien einen Entschluss zu fassen. Sie schüttelte langsam den Kopf. *Lass sie nicht gewinnen.*

»Scheißbulle.«

»Spast.«

»Altes Sackgesicht.«

Bobby Greig drehte den Kopf zu dem Wachposten neben ihm und nickte kurz. »Ich zähl bis drei«, sagte er mit gedämpfter Stimme.

»Spar's dir, Bobby.« Der Sicherheitsbeamte rannte auf das Tor zu, seine Kameraden hinterher. Die Bande stob auseinander, sammelte sich aber auf der anderen Straßenseite wieder.

»Na, kommt schon!«

»Wann immer ihr wollt!«

»Ihr wollt uns haben? Hier sind wir ...«

119

Siobhan wusste, was sie wollten. Sie wollten, dass die Sicherheitsbeamten sie durch das Straßenlabyrinth jagten. Dschungelkrieg, bei dem Ortskenntnis Feuerkraft besiegen konnte. Waffen – industriegefertigt oder selbst gebastelt – lagen womöglich dort bereit. Eine größere Gruppe konnte sich hinter Hecken und in dunklen Gassen versteckt halten. Und in der Zwischenzeit war die Zeltstadt unbewacht ...

Ohne zu zögern, rief sie über ihr Handy Verstärkung. »Beamtin bittet um Hilfe.« Kurze Ortsangabe. Zwei, drei Minuten, dann würden sie kommen. Weiter war das Polizeirevier von Craigmillar nicht entfernt. Der Anführer der Bande bückte sich und tat, als streckte er Bobby Greig sein Hinterteil hin. Einer von Greigs Männern nahm an dessen Stelle die Beleidigung an und rannte auf den Anführer zu, der genau das tat, was Siobhan befürchtet hatte: Er schien sich weiter in den Fußweg zurückzuziehen.

Mitten in die Siedlung hinein.

»Vorsicht!«, warnte sie, aber niemand hörte auf sie. Als sie sich umdrehte, bemerkte sie, dass einige der Zeltstadtbewohner die Aktion beobachteten. »Die Polizei wird in einer Minute hier sein«, beruhigte sie sie.

»Bullen«, erwiderte einer von ihnen sichtlich angewidert.

Siobhan rannte hinaus auf die Straße. Die Bande hatte sich jetzt wirklich zerstreut; jedenfalls sah es so aus. Sie folgte der Route, die Bobby Greig genommen hatte, den Fußweg entlang und dann in eine Sackgasse. Niedrige Wohnblocks um sie herum, einige der letzten und übelsten in den alten Straßen. Auf dem Bürgersteig sah sie das Skelett eines Fahrrads liegen, im Rinnstein die Überbleibsel eines Supermarkt-Einkaufswagens. Schatten, Raufereien und Geschrei. Das Klirren von zerbrechendem Glas. Falls es einen Kampf gab, konnte sie ihn nicht sehen. Hinterhöfe waren das Schlachtfeld. Und Treppenhäuser. An manchen Fenstern Gesichter, die sich aber rasch zurückzogen und nur den kalten, blauen Schein der Fernseher zurückließen. Siobhan ging weiter, sah sich nach links und rechts um. Sie fragte sich, wie Greig sich verhalten hätte, wäre sie nicht Zeugin dieser höhnischen Bemerkungen gewesen. Männer und ihr verdammter Männlichkeitswahn …

Ende der Straße: immer noch nichts. Sie bog einmal nach links, dann nach rechts ab. In einem Vorgarten saß ein Auto auf Ziegelsteinen. An einem Laternenpfosten hatte jemand die Tür abmontiert und die Leitungen herausgerissen. Der Ort war ein verdammtes Labyrinth, und warum hörte sie eigentlich keine Sirenen? Abgesehen von einem Streit in einem der Häuser, drangen jetzt nicht einmal mehr Schreie an ihr Ohr. Ein Junge auf einem Skateboard kam auf sie zugefahren, höchstens zehn oder elf Jahre alt, und starrte sie unverwandt an, bis er vorbei war. Sie glaubte, dass sie nur einmal links abzubiegen brauchte, um wieder auf der Hauptstraße zu sein. Stattdessen kam sie in eine weitere Sackgasse und fluchte leise – hier gab es nicht einmal einen Fußweg. Ihr war klar, dass der kürzeste Weg wohl darin bestand, um die letzte Häuserreihe zu gehen und über den Zaun zu klettern. Dann noch einen Häuserblock weiter, und sie wäre wieder da, wo sie losgelaufen war.

Vielleicht.

Wer A sagt, muss auch B sagen, dachte sie und machte sich auf den Weg über die zerbrochenen Gehwegplatten. Hinter der Häuserreihe gab es nicht mehr viel: Unkraut, knöchelhohes Gras und die verbogenen Überreste einer Wäschespinne. Der Zaun war eingedrückt, sodass man ihn leicht überwinden und in die nächsten Gärten gelangen konnte.

»Das ist mein Blumenbeet«, rief eine Stimme in gespielt klagendem Ton. Siobhan sah sich um – und starrte in die milchig blauen Augen des Bandenführers.

»Zum Anbeißen«, sagte er, während er sie von Kopf bis Fuß musterte.

»Findest du nicht, dass du schon genug Ärger am Hals hast?«, fragte sie.

»Was für'n Ärger?«

»Es war mein Auto, das ihr gestern Abend demoliert habt.«

»Keine Ahnung, wovon du redest.« Er war einen Schritt näher gekommen. Rechts und links hinter ihm zwei Gestalten.

»Das Beste, was ihr tun könnt, ist, schleunigst zu verschwinden«, warnte sie sie. Die Reaktion: leises Lachen.

»Ich bin vom CID«, erklärte sie und hoffte, dass ihre Stimme nicht zitterte. »Wenn hier irgendwas passiert, dann zahlst du dein Leben lang dafür.«

»Und warum bibberst du dann so?«

Siobhan hatte sich nicht bewegt, war keinen Zentimeter zurückgewichen. Er stand ihr jetzt Auge in Auge gegenüber. Zum Knie-in-den-Unterleib-Rammen nah. Sie merkte, dass ihr Selbstvertrauen sich wieder einstellte.

»Hau ab«, sagte sie leise.

»Vielleicht will ich aber nicht.«

»Vielleicht aber doch«, dröhnte eine tiefe Stimme.

Siobhan drehte sich um. Hinter ihr stand Stadtrat Tench. Die Hände hatte er vor dem Körper gefaltet, die Beine leicht gespreizt. Er schien Siobhans ganzes Gesichtsfeld auszufüllen.

»Sie geht das gar nichts an«, beschwerte sich der Anführer und deutete mit dem Finger in Tenchs Richtung.

»Alles hier geht mich was an. Wer mich kennt, weiß das. Jetzt verschwindet in eure Rattenlöcher, und dann reden wir nicht mehr drüber.«

»Denkt wohl, er ist hier der Allergrößte«, spottete einer von der Bande.

»In meinem Universum gibt es nur einen ›Allergrößten‹, mein Sohn, und der ist da oben.« Tench gestikulierte himmelwärts.

»Träum weiter, Prediger«, sagte der Anführer. Aber er machte trotzdem kehrt und trollte sich, gefolgt von seinen Mannen.

Tench löste seine Hände und entspannte die Schultern. »Hätte übel ausgehen können«, sagte er.

»Hätte können«, pflichtete Siobhan ihm bei. Sie stellte sich vor, und er nickte.

»Dachte ich's doch gestern schon – das Mädchen sieht aus wie eine Polizistin.«

»Sie scheinen ja regelmäßig Ihre Runden zur Aufrechterhaltung der öffentlichen Ordnung zu drehen«, bemerkte sie.

Er zog ein Gesicht, als wollte er seine Rolle herunterspielen. »Hier ist es abends meistens ruhig. Sie haben für Ihren Besuch wohl eine schlechte Woche erwischt.« Seine Ohren nahmen eine einzelne, sich nähernde Polizeisirene wahr. »Ihre Idee, die Kavallerie zu rufen?«, fragte Tench, während er sie zu der Zeltstadt zurückbrachte.

Das Auto – die Leihgabe von St Leonard's – war mit den Buchstaben NYT besprüht worden.

»Das ist wirklich kein Scherz mehr«, sagte Siobhan mit zusammengebissenen Zähnen zu sich selbst. Sie fragte Tench, ob er ihr Namen nennen könne.

»Keine Namen«, erklärte er.

»Aber Sie wissen, wer die sind.«

»Was ändert das?«

Sie wandte sich stattdessen den Uniformierten von Craigmillar zu und gab ihnen ihre Beschreibung von Statur, Kleidung und Augenfarbe des Anführers. Sie schüttelten langsam die Köpfe.

»Im Lager ist nichts passiert«, meinte einer von ihnen. »Das ist alles, was zählt.« Sein Ton machte die Musik – sie war diejenige, die sie hergerufen hatte, und es gab nichts zu tun oder zu sehen für sie. Ein paar Beschimpfungen und (angebliche) Schläge. Keiner der Sicherheitsbeamten meldete eine Verletzung. Sie sahen aufgeregt aus, Waffenbrüder. Keine echte Bedrohung der Zeltstadt und kein Schaden zu verzeichnen – außer Siobhans Auto.

Mit anderen Worten: ein fruchtloses Unterfangen.

Tench ging zwischen den Zelten umher, stellte sich immer wieder vor und schüttelte Hände, strich über Kinderköpfe und ließ sich dankend einen Becher Kräutertee reichen. Bobby Greig hielt sich seine zerschrammten Fingerknöchel; allerdings war er, wie einer seiner Teamkollegen berichtete, nur mit einer Giebelwand in Berührung gekommen.

»Bringt ein bisschen Leben in die Bude, was?«, sagte er zu Siobhan.

Sie antwortete nicht. Ging zu dem Festzelt, wo jemand ihr eine Tasse Kamillentee eingoss. Mit dem heißen Tee wieder draußen, fiel ihr auf, dass jemand mit einem tragbaren Kassettenrecorder sich zu Tench gesellt hatte. Sie erkannte die Journalistin, war mal mit Rebus befreundet gewesen ... Mairie Henderson hieß sie. Siobhan machte ein paar Schritte in ihre Richtung und hörte, wie Tench über sein Viertel sprach.

»Der G8-Gipfel ist ja schön und gut, aber die Exekutive sollte sich auch zu Hause mal genauer umsehen. Den Kindern und Jugendlichen hier ist jede Zukunft verbaut. Investitionen, Infrastruktur, Industrie – was wir hier brauchen, ist die Wiederherstellung einer zerstörten Gemeinschaft. Die Verwahrlosung hat bereits Einzug gehalten, aber Verwahrlosung ist umkehrbar. Eine Finanzspritze, und diese Kinder haben etwas, worauf sie stolz sein können, was sie beschäftigt und produktiv macht. Wie es in dem Slogan so schön heißt, ist es wunderbar, global zu denken ... aber wir sollten nicht vergessen, *lokal* zu handeln. Vielen Dank.«

Und schon mischte er sich wieder unter die Leute, schüttelte hier eine Hand, strich dort einem Kind über den Kopf. Die Reporterin entdeckte Siobhan und kam herbeigeeilt, den Kassettenrecorder vor sich her tragend.

»Möchten Sie als Polizistin etwas dazu sagen, DS Clarke?«

»Nein.«

»Ich höre, Sie waren jetzt zwei Abende hintereinander hier ... Was zieht Sie so an?«

»Ich bin nicht in der Stimmung dazu, Mairie.« Siobhan machte eine Pause. »Werden Sie wirklich einen Artikel über das hier schreiben?«

»Die Welt blickt auf uns.« Sie schaltete das Aufnahmegerät ab. »Sagen Sie John, ich hoffe, dass er das Paket bekommen hat.«

»Welches Paket?«

»Das Zeug über Pennen Industries und Ben Webster. Ich weiß immer noch nicht genau, was er glaubt, damit anfangen zu können.«

»Ihm wird schon etwas einfallen.«

Mairie nickte. »Hoffe nur, er erinnert sich dann an mich.« Sie betrachtete Siobhans Tasse. »Ist das Tee? Ich lechze nach so was.«

»Aus dem Festzelt«, antwortete Siobhan und deutete mit dem Kopf in die entsprechende Richtung. »Ist allerdings etwas schwach. Sagen Sie, Sie wollen ihn stark.«

»Danke«, verabschiedete sich die Reporterin und ging.

»Nicht der Rede wert«, sagte Siobhan leise, während sie den Inhalt ihrer Tasse auf den Boden kippte.

Das Live-8-Konzert kam in den Spätnachrichten. Nicht nur das in London, sondern auch die in Philadelphia, im Eden Project und anderswo. Die Einschaltquote ging in die hundert Millionen, und die Sorgen mehrten sich, dass die Menschenmengen angesichts der Tatsache, dass die Konzerte die veranschlagte Zeit weit überzogen hatten, gezwungen sein würden, im Freien zu übernachten.

»Na na«, sagte Rebus und leerte die letzte Dose Bier. Jetzt war der *Make Poverty History*-Marsch auf dem Bildschirm zu sehen, wo gerade ein marktschreierischer Promi erklärte, ihm sei es einfach ein Bedürfnis gewesen, »heute hier zu sein und Geschichte zu schreiben, indem ich dazu beitrage, Armut zu etwas Vergangenem zu machen«. Rebus schaltete auf Channel

5 um – *Law and Order: Special Victims Unit.* Den Titel verstand er nicht: War nicht jedes Opfer ein besonderes? Doch dann musste er an Cyril Colliar denken, und ihm wurde klar, dass die Antwort »nein« lautete.

Cyril Colliar, Big Ger Caffertys Mann fürs Grobe. Sah anfangs aus wie ein gezielter Mord, jetzt aber mit an Sicherheit grenzender Wahrscheinlichkeit nicht mehr. Falscher Ort, falsche Zeit.

Trevor Guest … bislang nur ein Stück Plastik, aber all diese codierten Zahlen würden eine Identität ergeben. Rebus hatte das Telefonbuch nach Guests durchforstet und fast zwanzig gefunden. Die Hälfte davon hatte er angerufen, nur vier meldeten sich – und keiner kannte einen Trevor.

Keogh's Garage … Im Edinburgher Telefonbuch gab es Dutzende von Keogh's, aber Rebus hatte inzwischen die Vorstellung aufgegeben, dass alle drei Opfer aus der Stadt stammten. Man brauchte nur einen genügend großen Kreis um Auchterarder ziehen, und schon gehörten Dundee und Stirling ebenso dazu wie Edinburgh – und vielleicht auch noch Glasgow und Aberdeen. Die Opfer konnten von überallher gekommen sein. Bis Montag war da nichts zu machen.

Außer dazusitzen und nachzugrübeln, ein Bier nach dem anderen zu kippen und einen Ausflug zu dem Laden an der Ecke zu machen, um fürs Abendessen ein Fertiggericht aus Lincolnshire Sausage mit Zwiebelsoße und Parmesanpüree zu besorgen. Und dazu noch vier Biere. Die Leute, die an der Kasse Schlange standen, hatten ihn angelächelt. Sie trugen immer noch ihre weißen T-Shirts. Sie sprachen über »diesen ganzen tollen Nachmittag«.

Rebus hatte zustimmend genickt.

Die Autopsie eines Parlamentsabgeordneten. Drei Opfer eines unbekannten Mörders.

Irgendwie wurde »toll« dem nicht ganz gerecht.

Seite zwei

Tanz mit dem Teufel

Sonntag, 3. Juli

6

»Wie waren denn The Who?«, fragte Siobhan. Es war Sonntag-vormittag, und sie hatte Rebus zu sich zum Brunch eingeladen. Sein Beitrag: eine Packung Würstchen und vier mehlbestäubte Brötchen. Sie hatte sie beiseitegelegt und stattdessen Rührei gemacht, das sie in zwei Portionen teilte und mit Räucherlachsscheiben und Kapern belegte.

»The Who waren gut«, antwortete Rebus, während er mit der Gabel die Kapern an den Rand seines Tellers schob.

»Sie sollten mal eine probieren«, empfahl sie ihm. Er rümpfte die Nase und ignorierte den Rat.

»Floyd waren auch gut«, berichtete er. »Keine größeren Streitereien.« Sie saßen einander an dem kleinen Klapptisch in ihrem Wohnzimmer gegenüber. Ihre Wohnung lag in einer Querstraße zur Broughton Street, fünf Minuten zu Fuß vom Gayfield Square entfernt. »Und Sie?«, fragte er und schaute sich im Zimmer um. »Keine Spuren nächtlicher Ausschweifungen.«

»Schön wär's!« Ihr Lächeln wurde nachdenklich, und sie erzählte ihm von Niddrie.

»Glück gehabt, dass Sie da heil rausgekommen sind«, war Rebus' Kommentar.

»Ihre Freundin Mairie war dort, schreibt einen Artikel über Councillor Tench. Sie sagte etwas von ein paar Unterlagen, die sie Ihnen geschickt hätte.«

»Richard Pennen und Ben Webster«, bestätigte er.

»Und kommen Sie vorwärts?«

»Vor- und aufwärts, Shiv. Ich habe auch versucht, ein paar

Guests und Keoghs anzurufen – ohne Erfolg. Hätte genauso gut ein paar Kapuzenpullis um die Häuserecken jagen können.« Er hatte – abgesehen von den Kapern – seinen Teller geleert und lehnte sich auf seinem Stuhl zurück. Hätte gerne eine Zigarette geraucht, wusste aber, dass er warten musste, bis sie zu Ende gegessen hatte.»Oh, und dann hatte ich noch eine interessante Begegnung.«

Er erzählte ihr von Cafferty, und als er damit zum Ende kam, war auch ihr Teller leer.

»Er ist das Letzte, was wir brauchen können«, sagte sie. Rebus machte Anstalten, den Tisch abzudecken, aber sie deutete stattdessen mit dem Kopf zum Fenster. Lächelnd ging er hinüber und öffnete es. Ein kühles Lüftchen wehte herein. Er kauerte sich hin und zündete sich eine Zigarette an. Sorgte dafür, dass der Rauch durch die Öffnung entwich, und hielt die Zigarette zwischen den einzelnen Zügen aus dem Fenster.

Siobhans Regeln.

»Noch Kaffee?«, rief sie.

»Nur zu«, antwortete er.

Sie kam mit einer Kanne frischem Kaffee aus der Küche. »Später ist noch eine andere Demonstration«, sagte sie.»Stoppt die Kriegskoalition.«

»Bisschen spät für das alles, finde ich.«

»Und die G8 Alternatives … da wird George Galloway sprechen.«

Rebus schnaubte verächtlich, während er die Zigarette auf dem Fenstersims ausdrückte. Siobhan hatte den Tisch abgewischt und stellte einen der beiden Kartons darauf, die Rebus auf ihre Bitte hin mitgebracht hatte.

Der Fall Cyril Colliar.

Das – von James Corbyn sanktionierte – Angebot einer Sonderprämie hatte die Spurensicherung dazu bewogen, ein Team zusammenzustellen, das nun auf dem Weg zum Clootie Well war. Siobhan hatte die Spurensicherer ermahnt, kein Aufsehen zu erregen: »Ich möchte nicht, dass das örtliche CID hinterher verschnupft ist.« Die Information, dass die Spurensicherung von Stirling die Gegend zwei Tage zuvor schon abgekämmt hatte, quittierte einer der Männer mit einem leisen Lachen.

»Dann wird's ja Zeit, dass die Erwachsenen mal einen Blick darauf werfen«, war alles, was er sagte.

Siobhans Hoffnung hielt sich in Grenzen. Jedenfalls hatten sie am Freitag nur Beweismaterial von einem Verbrechen gesammelt. Jetzt deutete alles auf zwei weitere hin. Da lohnte es sich, alles noch einmal neu zu sichten und zu hinterfragen.

Sie fing an, Ordner und Aktenmappen aus den Kartons zu holen. »Haben Sie das Zeug hier schon durch?«, fragte sie.

Rebus schloss das Fenster. »Und die einzige verwertbare Erkenntnis ist die, dass Colliar ein Riesenarschloch war. Wahrscheinlich hatte er mehr Feinde als Freunde.«

»Und die Chance, dass er zufällig einem Verbrechen zum Opfer gefallen ist ...?«

»Gering – das wissen wir beide.«

»Aber genau das scheint passiert zu sein.«

Rebus hob einen Finger. »Wir lesen eine Menge in ein paar Kleidungsstücke hinein, deren Besitzer unbekannt sind.«

»Ich habe im Vermisstenbüro wegen Trevor Guest nachgefragt.«

»Und?«

Sie schüttelte den Kopf. »Auf keiner lokalen Liste.« Sie warf einen ausgeleerten Karton aufs Sofa. »Es ist ein Sonntagmorgen im Juli, John ... schrecklich viel können wir vor Montag nicht tun.«

Er nickte. »Guests Bankkarte?«

»Von der HSBC. Sie haben nur eine Filiale in Edinburgh – in ganz Schottland nur herzlich wenige.«

»Ist das gut oder schlecht?«

Sie seufzte. »Ich bin zu einem ihrer Callcenter durchgekommen. Sie baten mich, es am Montagmorgen bei der Filiale zu versuchen.«

»Steht auf der Karte nicht so etwas wie ein Filialcode?«

Siobhan nickte. »Das gehört nicht zu den Informationen, die sie per Telefon weitergeben.«

Rebus setzte sich an den Tisch. »Keogh's Garage?«

»Bei der Auskunft haben sie ihr Möglichstes getan. Kein Eintrag im Web.«

»Es ist ein irischer Name.«

»Im Telefonbuch stehen ein Dutzend Keoghs.«

Er sah sie an und lächelte. »Das haben Sie also auch überprüft?«

»Gleich nachdem ich die Spurensicherung losgeschickt hatte.«

»Sie sind ganz schön fleißig gewesen.« Rebus schlug eine der Aktenmappen auf; nichts, was er nicht schon gesehen hatte.

»Ray Duff hat mir versprochen, dass er heute ins Labor geht.«

»Die Belohnung fest im Blick ...«

Sie sah ihn mit strenger Miene an, bevor sie den letzten Karton leer machte. Angesichts solcher Mengen an Unterlagen ließ sie resigniert die Schultern hängen.

»Sie könnten einen Ruhetag brauchen, was?«, meinte Rebus. Ein Telefon fing an zu klingeln.

»Ihres«, sagte Siobhan. Er ging zum Sofa und holte das Handy aus der Innentasche seiner Jacke.

»Rebus«, meldete er sich. Hörte einen Moment zu, während seine Miene sich verfinsterte. »Das liegt daran, dass ich nicht da bin ...« Wieder lauschte er. »Nein, ich komme zu Ihnen. Wo müssen Sie hin?« Er sah auf seine Uhr. »Vierzig Minuten?« Den Blick auf Siobhan gerichtet. »Ich werde dort sein.«

Er klappte das Handy zu.

»Cafferty?«, riet sie.

»Woher wissen Sie?«

»Er macht etwas mit Ihnen ... Ihrer Stimme, Ihrem Gesicht. Was will er?«

»Er ist zu meiner Wohnung gefahren. Sagt, da sei etwas, was ich wissen müsse. Ich wollte ihn auf keinen Fall hierherkommen lassen.«

»Sehr nett von Ihnen.«

»Er hat irgendein Grundstücksgeschäft am Laufen und muss zu dem Gelände.«

»Ich komme mit.«

Rebus wusste, dass er ihr das nicht verweigern konnte.

Queen Street ... Charlotte Square ... Lothian Road. Rebus' Saab mit Siobhan als misstrauischer Beifahrerin, die sich mit der linken Hand an der Tür festhielt. An Absperrungen waren sie angehalten und von Uniformierten mehrfach aufgefordert worden, ihre Ausweise zu zeigen. Verstärkung war auf dem Weg in die Stadt: Am Sonntag sollte der große Polizisten-Exodus gen Norden stattfinden. Das hatte Siobhan während der zwei Tage mit Macrae erfahren und Rebus mitgeteilt.

»Sie haben gerade ein neues Fachgebiet für sich gefunden«, sagte er zu ihr, »beim *Masterbore*.«

Als sie an einer Ampel auf der Lothian Road anhalten mussten, sahen sie vor der Usher Hall Leute warten.

»Der Gegengipfel«, erklärte Siobhan. »Da soll Bianca Jagger sprechen.«

Rebus verdrehte die Augen. Dafür verpasste sie ihm einen Knuff gegen den Schenkel.

»Haben Sie die Großdemo im Fernsehen *gesehen*? Zweihunderttausend!«

»Nette Freizeitbeschäftigung für alle, die daran teilgenommen haben«, kommentierte Rebus. »Die Welt, in der *ich* lebe, ändert das nicht.« Er sah sie an. »Was war gestern Abend in Niddrie? Haben es die positiven Schwingungen bis dorthin geschafft?«

135

»Dort waren nur ein Dutzend von ihnen, John, gegenüber zweitausend in der Zeltstadt.«

»Ich weiß, auf welche Seite mein Geld gehen würde …«

Danach fuhren sie schweigend weiter, bis sie Fountainbridge erreichten.

Fountainbridge, einst ein Brauerei- und Fabrikviertel, in dem Sean Connery seine Kindheit und Jugend verbracht hatte, veränderte sich. Die alten Industrieanlagen waren fast verschwunden. Der Finanzdistrikt der Stadt dehnte sich aus. Elegante Bars öffneten ihre Pforten. Eine von Rebus' alten Lieblingskneipen war schon abgerissen worden, und er schätzte, dass die Bingohalle nebenan – der ehemalige Palais de Danse – bald folgen würde. Der Kanal, früher lediglich eine offene Abwasserleitung, war von Grund auf gereinigt worden. Familien machten Radtouren dort entlang oder fütterten die Schwäne. Nicht weit vom CineWorld-Komplex befand sich hinter verschlossenen Toren eine stillgelegte Brauerei. Rebus hielt an und hupte. Ein junger Mann im Anzug kam hinter der Mauer zum Vorschein, öffnete das Vorhängeschloss und stieß eine Hälfte des Tors auf – gerade so weit, dass der Saab sich hindurchquetschen konnte.

»Sind Sie Mr. Rebus?«, fragte er durchs Fahrerfenster.

»Exakt.«

Der junge Mann hielt inne, um zu sehen, ob Rebus ihm Siobhan vorstellen würde. Dann lächelte er nervös und reichte ihm einen Prospekt. Rebus warf einen flüchtigen Blick darauf, ehe er ihn weiterreichte.

»Sind Sie Immobilienmakler?«

»Ich arbeite für Bishops Solicitors, Mr. Rebus. Gewerbeimmobilien. Hier ist meine Karte …« Er fuhr in sein Jackett.

»Wo ist Cafferty?«

Sein Ton machte den jungen Mann noch unruhiger. »Sitzt in seinem Auto um die Ecke …«

Rebus wartete keine weiteren Erklärungen mehr ab.

»Er hält Sie offensichtlich für einen von Caffertys Leuten«, sagte Siobhan. »Und nach dem Schweiß auf seiner Oberlippe zu urteilen, weiß er, wer Cafferty ist.«

»Egal, was er denkt, es ist gut, dass er hier ist.«

»Warum?«

Rebus drehte sich zu ihr um. »Macht es weniger wahrscheinlich, dass wir in eine Falle laufen.«

Cafferty stand über die Motorhaube seines dunkelblauen Bentley GT gebeugt und drückte einen Grundstücksplan darauf, damit er nicht wegflog.

»Hier, halten Sie mal die Ecke fest, ja?«, sagte er. Siobhan tat ihm den Gefallen. »DS Clarke. Wie immer eine Freude. Die Beförderung muss in greifbarer Nähe sein, was? Vor allem, wenn der Chief Constable Sie mit etwas so Bedeutendem betraut.«

Siobhan warf einen schnellen Blick zu Rebus, der den Kopf schüttelte und ihr so zu verstehen gab, dass er nicht Caffertys Quelle war.

»Das CID ist undicht wie ein Sieb«, erklärte Cafferty. »Das war immer so und wird auch so bleiben.«

»Was wollen Sie mit diesem Gelände?«, fragte Siobhan unwillkürlich.

Cafferty schlug mit einer Hand auf das widerspenstige Papier. »Land, DS Clarke. Wir machen uns nicht immer bewusst, wie wertvoll es in Edinburgh ist. Im Norden haben wir den Firth of Forth, im Osten die Nordsee und im Süden die Pentland Hills. Immobilienmakler sind auf der Suche nach Projekten … und bedrängen den Stadtrat, den Grüngürtel aufzuheben. Und das hier ist ein acht Hektar großes Grundstück, das vom Finanzdistrikt aus in nur fünf Minuten zu erreichen ist.«

»Und was wollen Sie damit machen?«

»Außer«, fügte Rebus hinzu, »ein paar Leichen in den Grundmauern zu begraben.«

Cafferty beschloss, darüber zu lachen. »Dieses Buch hat mir ein bisschen Geld eingebracht. Das muss ich irgendwie investieren.«

»Mairie Henderson glaubt, Ihre Tantiemen seien einem karitativen Zweck zugeflossen«, sagte Rebus.

Diese Bemerkung überging Cafferty. »Haben Sie es gelesen, DS Clarke?«

Sie zögerte, was einer Antwort gleichkam. »Hat's Ihnen gefallen?«, fragte er.

»Ich erinnere mich überhaupt nicht.«

»Sie denken darüber nach, es zu verfilmen. Jedenfalls die ersten Kapitel.« Er nahm den Plan, faltete ihn zusammen und warf ihn auf den Sitz des Bentleys. »Ich bin mir mit diesem Grundstück noch nicht sicher ...« Er wandte seine Aufmerksamkeit Rebus zu. »Sie haben von Leichen gesprochen, und genau dafür bekomme ich ein Gespür. All die Leute, die hier gearbeitet haben ... alle weg und die schottische Industrie gleich mit. Viele aus meiner Familie waren Bergarbeiter – ich wette, das haben Sie nicht gewusst.« Er machte eine Pause. »Sie kommen aus Fife, Rebus. Wahrscheinlich sind Sie inmitten von Kohlehalden aufgewachsen.« Er hielt inne. »Das mit Ihrem Bruder tut mir leid.«

»Sympathie vom Teufel«, entgegnete Rebus. »Genau das kann ich brauchen.«

»Ein Mörder mit einem sozialen Gewissen«, fügte Siobhan mit gedämpfter Stimme hinzu.

»Ich wäre nicht der Erste ...« Caffertys Stimme verlor sich. Er rieb sich mit einem Finger die Unterseite der Nase. »Vielleicht haben Sie genau das jetzt am Hals.« Er griff wieder ins Auto, öffnete diesmal das Handschuhfach, zog ein paar aufgerollte Blätter heraus und schickte sich an, sie Siobhan zu reichen.

»Sagen Sie mir, was das ist«, forderte sie ihn auf.

»Das ist Ihr Fall, DS Clarke. Der Beweis, dass wir es mit einem miesen Schwein zu tun haben. Einem miesen Schwein, das andere miese Schweine mag.«

Sie nahm die Papiere, ohne sie eines Blickes zu würdigen. »Der Beweis ...?«, griff sie seine Worte auf.

Cafferty wandte sich Rebus zu. »Weiß sie nichts von unserem Deal?«

»Es hat nie einen Deal gegeben«, stellte Rebus klar.

»Ob Sie es wollen oder nicht, diesmal bin ich auf Ihrer Seite.« Caffertys Blick lag wieder auf Siobhan. »Diese Papiere haben mich einige echte Gefälligkeiten gekostet. Falls sie Ihnen helfen, ihn zu kriegen, akzeptiere ich das. Aber ich werde ihn auch jagen ... mit Ihnen oder ohne Sie.«

»Warum sollten Sie uns dann überhaupt helfen?«

Caffertys Mund zuckte. »Macht das Rennen ein bisschen spannender.« Er schob den Beifahrersitz ein Stück vor. »Massenhaft Platz im Fond ... machen Sie sich's bequem.«

Rebus stieg zu Siobhan auf den Rücksitz, Cafferty blieb vorne sitzen. Beide Detectives bemerkten Caffertys Blick. Er wollte sie beeindruckt sehen.

Rebus für seinen Teil fand es schwierig, sich nichts anmerken zu lassen. Er war nicht nur beeindruckt, sondern höchst erstaunt.

Keogh's Garage befand sich in Carlisle. Einer der Mechaniker, Edward Isley, war vor drei Monaten auf einem Stück Brachland ermordet aufgefunden worden. Ein Schlag auf den Kopf und eine tödliche Heroinspritze. Die Leiche war von der Taille aufwärts nackt gewesen. Keine Zeugen, keine Hinweise, keine Verdächtigen.

Siobhan schaute Rebus an.

»Hat er einen Bruder?«, fragte Rebus.

»Soll das eine musikalische Anspielung sein?«, meinte sie.

»Lesen Sie weiter«, sagte Cafferty.

Die Blätter waren schlicht und einfach Aufzeichnungen, die aus Polizeiakten stammten. Und diesen Aufzeichnungen zufolge war Isley nur etwas über einen Monat angestellt gewesen, nachdem er eine sechsjährige Haftstrafe wegen Vergewaltigung und sexueller Nötigung verbüßt hatte. Isleys Opfer waren beide Prostituierte gewesen: Eine hatte er in Penrith, die andere weiter südlich in Lancaster mitgenommen. Sie hatten an der Autobahn M6 gearbeitet, ihre Kundschaft waren hauptsächlich Lastwagenfahrer gewesen. Man ging davon aus, dass es dort noch mehr Opfer gab, die entweder nicht aussagen oder nicht identifiziert werden wollten.

»Wie sind Sie da drangekommen?« Die Frage brach förmlich aus Rebus heraus und wurde von Cafferty mit einem kurzen Lachen quittiert.

»Netzwerke sind etwas Wunderbares, Rebus – Sie müssten das doch wissen.«

»Und unterwegs garantiert jede Menge Schmiergeld gezahlt.«

»Herrgott, John«, zischte Siobhan, »schauen Sie sich das mal an.«

Rebus fing wieder an zu lesen. Trevor Guest. Die Aufzeichnungen begannen mit Bankdaten und Heimatanschrift – in Newcastle. Guest war arbeitslos gewesen, seit er nach Ablauf einer dreijährigen Haftstrafe wegen schweren Einbruchdiebstahls und Überfalls auf einen Mann vor einem Pub aus dem Gefängnis entlassen worden war. Während eines Einbruchs hatte er versucht, sich an einer Babysitterin im Teenageralter zu vergehen.

»Noch so ein übler Kunde«, murmelte Rebus.

»Bei ihm lief es wie bei den anderen.« Siobhan fuhr mit dem Zeigefinger die entsprechenden Zeilen entlang. Leiche am Strand von Tynemouth, gleich östlich von Newcastle, gefunden. Kopf zertrümmert … tödliche Dosis Heroin. Der Mord lag zwei Monate zurück.

»Er war erst vierzehn Tage aus dem Knast draußen gewesen …«

Edward Isley: vor drei Monaten.

Trevor Guest: vor zwei.

Cyril Colliar: vor sechs Wochen.

»Sieht aus, als hätte Guest sich zur Wehr gesetzt«, bemerkte Siobhan.

Ja, vier gebrochene Finger, Kratzwunden an Gesicht und Brust. Blaue Flecken am Körper.

»Wir haben also einen Mörder, der es auf Drecksäcke abgesehen hat«, fasste Rebus zusammen.

»Und Ihre Devise ist: ›Weiter so!‹?«, stichelte Cafferty.

»Ein Mitglied einer Selbstschutzgruppe«, sagte Siobhan. »Das mit Vergewaltigern aufräumt ...«

»Unser Einbrecherfreund hat niemanden vergewaltigt«, warf Rebus ein.

»Aber er hat es versucht«, meinte Cafferty. »Sagen Sie, erschwert oder erleichtert das alles Ihre Arbeit?«

Siobhan zuckte nur die Achseln. »Er arbeitet in ziemlich regelmäßigen Abständen«, sagte sie zu Rebus.

»Zwölf Wochen, acht und sechs«, pflichtete er ihr bei. »Das heißt, es hätte jetzt einen weiteren Fall geben müssen.«

»Vielleicht haben wir nur nicht richtig hingeschaut.«

»Warum Auchterarder?«, erkundigte sich Cafferty. Das war eine gute Frage.

»Manchmal nehmen sie Trophäen.«

»Und stellen sie öffentlich aus?« Cafferty runzelte die Stirn.

»Von so vielen Leuten wird der Clootie Well nicht besucht ...« Siobhan wurde nachdenklich, kehrte zum Anfang des ersten Blatts zurück und las noch einmal von vorn. Rebus stieg aus dem Auto. Der Ledergeruch wurde ihm allmählich zu viel. Er versuchte, sich eine Zigarette anzuzünden, aber der Wind löschte die Flamme immer wieder. Er hörte, wie die Tür des Bentley auf- und zuging.

»Hier«, sagte Cafferty und reichte ihm den verchromten Zigarettenanzünder aus seinem Auto. Rebus nahm ihn, brachte damit die Zigarette zum Brennen und gab ihn mit einem knappen Nicken zurück.

»Es war immer eine Art Geschäft mit mir, Rebus, damals in alten Zeiten ...«

»Das ist ein Märchen, mit dem ihr Schlächter alle hausieren geht. Sie vergessen, Cafferty, dass ich *gesehen* habe, was Sie Menschen angetan haben.«

Cafferty zuckte kurz mit den Schultern. »Eine andere Welt ...«

Rebus stieß Rauch aus. »Sieht jedenfalls so aus, als könnten Sie beruhigt schlafen. Ihr Mann wurde zwar gezielt ausgesucht, aber nicht wegen irgendeiner Verbindung zu Ihnen.«

»Wer immer es war, er hegt einen Groll.«

»Einen gewaltigen«, pflichtete Rebus ihm bei.

»Und er weiß über Strafgefangene Bescheid ... kennt Haftentlassungstermine und erfährt, was anschließend mit ihnen passiert.«

Rebus nickte, während er mit dem Absatz eines Schuhs über den aufgesprungenen Asphalt kratzte.

»Und Sie versuchen weiter, ihn zu fassen?«, fragte Cafferty.

»Dafür werde ich bezahlt.«

»Ihnen ist es nie bloß ums Geld gegangen, Rebus ... für Sie war es nie bloß ein *Job.*«

»Das können Sie gar nicht wissen.«

»O doch.« Jetzt nickte Cafferty. »Sonst hätte ich nämlich versucht, Sie auf meine Gehaltsliste zu setzen, wie im Lauf der Jahre Dutzende Ihrer Kollegen.«

Rebus schnippte den Rest seiner Zigarette auf den Boden. Ascheflöckchen kamen zurückgeflogen und sprenkelten Caffertys Mantel. »Wollen Sie dieses Dreckloch wirklich kaufen?«, fragte Rebus.

»Wahrscheinlich nicht. Aber ich könnte, wenn ich wollte.«

»Und das gibt Ihnen einen Kick?«

»Die meisten Dinge befinden sich durchaus in unserer Reichweite, Rebus. Wir haben nur Angst vor dem, was uns erwartet, wenn wir dort sind.«

Auch Siobhan war aus dem Auto gestiegen, den Finger unten auf das letzte Blatt geheftet. »Was ist das?«, fragte sie, während sie um den Bentley herum auf sie zuging. Cafferty kniff zur besseren Konzentration die Augen zusammen.

»Eine Website, vermute ich«, antwortete er.

»Natürlich ist es eine Website«, gab sie zurück. »Daher kommt ja die Hälfte von dem ganzen Zeug.« Sie wedelte mit den Blättern vor seiner Nase.

»Glauben Sie, das ist ein Hinweis?«, fragte er schelmisch.

Sie machte auf dem Absatz kehrt, und während sie auf Rebus' Saab zusteuerte, gab sie ihm ein Zeichen, dass es Zeit war zu gehen.

»Mausert sich ganz schön, wie?«, sagte Cafferty mit gedämpfter Stimme zu Rebus. Nach einem Lob klang es allerdings nicht unbedingt. Rebus hatte den Eindruck, dass der Gangster wenigstens einen Teil der Ehre für sich in Anspruch nahm.

Auf dem Weg zurück in die Stadt stieß Rebus auf einen lokalen Nachrichtensender. In Dunblane fand ein alternativer Kindergipfel statt.

»Ich kann den Namen dieses Ortes nicht mehr hören, ohne dass es mich schaudert«, gab Siobhan zu.

»Ich verrate Ihnen ein Geheimnis: Professor Gates war einer der Pathologen.«

»Das hat er nie erzählt.«

»Wollte nicht drüber sprechen«, erklärte Rebus. Er drehte das Radio etwas lauter. Bianca Jagger sprach gerade zu den Menschen in der Usher Hall.

»Sie haben es hervorragend verstanden, unsere Make-Poverty-History-Kampagne für ihre Zwecke zu nutzen ...«

»Sie meint Bono & Co«, kommentierte Siobhan. Rebus nickte zustimmend.

»*Bob Geldof hat zwar nicht mit dem Teufel getanzt, aber mit dem Feind geschlafen* ...«

Als der Beifall ausbrach, drehte Rebus die Lautstärke wieder zurück. Der Reporter sagte gerade, es gebe wenig Anzeichen dafür, dass das Konzertpublikum aus dem Hyde Park sich auf den Weg nach Norden mache. Dagegen hätten viele der Demonstrationsteilnehmer vom Samstag Edinburgh bereits wieder verlassen.

»Dance with the devil«, sinnierte Rebus. »Ein Song von Cozy Powell, wenn ich mich recht erinnere.« Er verstummte und stieg gleichzeitig auf Bremse und Kupplung. Ein Konvoi aus weißen Einsatzwagen raste auf der falschen Straßenseite auf den Saab zu. Mit Lichthupe, aber ohne Sirene. Jedes Fahrzeug wies eine vergitterte Frontscheibe auf. Sie hatten sich auf den Fahrstreifen des Saab hinübergeschoben, um schneller an ein paar anderen Autos vorbeizukommen. Durch die Seitenfenster konnte man Polizisten in Schutzausrüstung sehen. Der erste Mannschaftswagen fädelte sich schwungvoll wieder in seine eigene Spur ein, wobei er den Kotflügel des Saab nur um wenige Zentimeter verpasste. Die übrigen taten es ihm gleich.

»Meine Fresse!«, entfuhr es Siobhan.

»Willkommen im Polizeistaat«, fügte Rebus hinzu. Er hatte den Motor abgewürgt und musste neu starten. »Aber die Vollbremsung war gar nicht schlecht.«

»Waren das welche von uns?« Siobhan hatte sich umgedreht, um dem verschwindenden Konvoi hinterherzuschauen.

»Soweit ich sehen konnte, hatten sie keine Kennzeichnung.«

»Meinen Sie, irgendwo hat's Ärger gegeben?« Sie dachte an Niddrie.

Rebus schüttelte den Kopf. »Wenn Sie mich fragen, sind sie

zu Tee und Keksen zurück nach Pollock Halls gedüst. Und diesen kleinen Stunt haben sie abgezogen, weil es sich gerade anbot.«

»Sie sagen ›sie‹, als wären wir nicht auf derselben Seite.«

»Bleibt abzuwarten, Siobhan. Lust auf einen Kaffee? Ich muss meine alte Pumpe auf Touren bringen …«

An der Ecke Lothian Road, Bread Street gab es einen Starbucks, aber es war schwer, einen Parkplatz zu finden. Rebus vermutete, dass sie zu nah an Usher Hall waren. Er hatte sich für ein absolutes Halteverbot entschieden und legte einen Zettel mit dem Wort POLIZEI hinter die Windschutzscheibe. In dem Café fragte Siobhan den Teenager hinter dem Tresen, ob er keine Angst vor Demonstranten habe. Der zuckte nur die Achseln.

»Wir haben unsere Instruktionen.«

Siobhan warf eine Einpfundmünze in die Trinkgelddose. Sie hatte ihre Schultertasche mitgebracht. Am Tisch holte sie ihren Laptop heraus und schaltete ihn ein.

»Kriege ich jetzt meine Nachhilfe?«, fragte Rebus und blies über seinen Kaffee. Er hatte Filterkaffee genommen, denn davon gab es eine ganze Kanne zum Preis von einer der teureren Möglichkeiten, wie er kritisch bemerkte. Siobhan schaufelte mit einem Finger Schlagsahne von ihrer heißen Schokolade.

»Können Sie den Bildschirm gut sehen?«, fragte sie. Rebus nickte. »Dann schauen Sie sich das hier an.« Innerhalb von Sekunden war sie online und tippte Namen in die Suchmaschine:

Edward Isley.

Trevor Guest.

Cyril Colliar.

»Jede Menge Treffer«, kommentierte sie, während sie eine Seite abwärtsscrollte. »Aber nur einer mit allen dreien.« Ihr Cursor ging zurück zum ersten Eintrag. Sie berührte zweimal die Folientastatur und wartete.

»Das hätten wir natürlich nachgeprüft«, sagte sie.

»Na klar.«

»Also ... *manche* von uns hätten es getan. Aber zuerst hätten wir Isleys Namen gebraucht.« Sie blickte Rebus direkt in die Augen. »Cafferty hat uns einen ganzen Tag Schinderei erspart.«

»Deshalb werde ich aber nicht gleich seinem Fanklub beitreten.«

Die Startseite einer Website hatte sich aufgebaut. Siobhan studierte sie. Rebus rückte etwas näher, um besser sehen zu können. Der Name der Website lautete anscheinend *Sexbestien-im-Visier*. Sie enthielt ein Dutzend grobkörnige Kopf- und Schulterbilder von Männern und rechts daneben jeweils ein Stück Text.

»Hören Sie sich das an«, sagte Siobhan und fuhr mit dem Finger unter den Zeilen entlang. »*Als Eltern eines Vergewaltigungsopfers finden wir, dass wir das Recht haben zu wissen, wo ihr Angreifer sich nach seiner Entlassung aus dem Gefängnis aufhält. Zweck dieser Homepage ist es, Familien und Freunden – und den Opfern selbst – zu ermöglichen, genaue Entlassungstermine und dazu Fotos und Beschreibungen ins Netz zu stellen, um die Gesellschaft besser auf die Anwesenheit der Sexbestien mitten unter uns vorzubereiten ...*« Ihre Stimme erstarb, und ihre Lippen bewegten sich tonlos, während sie leise den Rest las. Es gab Links zu einer Fotogalerie mit dem Titel *Sexbestie in Sicht*, einem schwarzen Brett, einem Forum sowie einer Online-Petition. Siobhan bewegte den Cursor auf Edward Isleys Foto zu und berührte die Tastatur. Daraufhin öffnete sich eine Seite mit detaillierten Informationen über Isleys voraussichtlichen Entlassungstermin, seinen Spitznamen – »Schneller Eddie« – und Gegenden, die er höchstwahrscheinlich aufsuchen würde.

»Hier steht ›voraussichtlicher Entlassungstermin‹«, bemerkte Siobhan.

146

Rebus nickte. »Und nichts Aktuelleres mehr ... keine Anzeichen dafür, dass sie wussten, wo er gearbeitet hat.«

»Allerdings steht da, dass er eine Ausbildung als Automechaniker hatte ... und Carlisle wird auch erwähnt. Beitrag von ...« Siobhan suchte nach den entsprechenden Angaben. »Hier steht bloß ›Betroffen‹.«

Als Nächstes versuchte sie es mit Trevor Guest.

»Der gleiche Aufbau«, bemerkte Rebus.

»Und anonym verfasst.«

Sie kehrte zur Startseite zurück und klickte Cyril Colliar an. »Genau das Foto ist auch in unseren Akten«, sagte sie.

»Es ist aus der Presse«, erklärte Rebus, während er zusah, wie noch mehr Fotos von Colliar auftauchten. Siobhan fluchte leise. »Was gibt's?«

»Hören Sie sich das mal an: *Dieses Tier hat unserer geliebten Tochter die Hölle auf Erden bereitet und unser aller Leben zerstört. Nun soll er bald entlassen werden, obwohl er keine Reue gezeigt, ja trotz aller Indizien nicht einmal seine Schuld zugegeben hat. Wir waren so schockiert darüber, dass er bald wieder unter uns sein wird, dass wir etwas tun mussten, und daraus ist diese Website entstanden. Wir möchten euch allen für eure Unterstützung danken. Wir glauben, dass dies wahrscheinlich die erste derartige Website in Großbritannien ist, wenngleich es so etwas Ähnliches anderswo schon gibt, und bei den ersten Schritten haben uns vor allem unsere Freunde in den USA sehr geholfen.*«

»Vicky Jensens Eltern haben das alles initiiert?«, fragte Rebus.

»Sieht so aus.«

»Wieso wissen wir das nicht?«

Darauf konzentriert, die Seite zu Ende zu lesen, zuckte Siobhan nur mit den Schultern.

»Er pickt sie sich heraus«, fuhr Rebus fort. »Das tut er doch, oder?«

»Er oder sie«, berichtigte Siobhan ihn.

»Wir müssen also rauskriegen, wer diese Seite besucht hat.«

»Eric Bain aus Fettes könnte uns da helfen.«

Rebus warf ihr einen Blick zu. »Sie meinen Brains? Spricht der noch mit Ihnen?«

»Ich habe ihn schon länger nicht mehr gesehen.«

»Seit Sie ihn haben abblitzen lassen?«

Sie funkelte Rebus an, der ergeben die Hände hob. »Einen Versuch ist es allemal wert«, gab er zu. »Wenn Sie möchten, kann ich ihn fragen.«

Sie lehnte sich auf ihrem Stuhl zurück und verschränkte die Arme. »Es stört Sie, stimmt's?«

»Was?«

»Ich bin Detective Sergeant, Sie der Detective Inspector, und trotzdem hat Corbyn *mir* die Leitung der Ermittlungen übertragen.«

»Das juckt mich nicht.« Er versuchte, so zu klingen, als hätte diese Unterstellung ihn gekränkt.

»Ganz sicher? Wenn wir nämlich zusammen daran arbeiten …«

»Ich habe nur gefragt, ob Sie möchten, dass ich mit Brains spreche.« Jetzt merkte man ihm den Ärger an.

Siobhan löste die Arme und senkte den Kopf. »Entschuldigung, John.«

»Nur gut, dass Sie keinen Espresso getrunken haben«, war alles, was er darauf sagte.

»Ein freier Tag wäre nicht schlecht gewesen«, bemerkte Siobhan lächelnd.

»Na, Sie könnten ja jetzt immer noch nach Hause gehen und die Füße hochlegen.«

»Oder?«

»Oder wir könnten uns ein bisschen mit Mr. und Mrs. Jensen unterhalten.« Er wedelte mit einer Hand in Richtung Laptop. »Sehen, was sie uns über ihren kleinen Beitrag im World Wide Web erzählen können.«

148

Siobhan nickte langsam, während sie ihren Finger wieder in die Schlagsahne steckte. »Dann sollten wir vermutlich Letzteres tun«, sagte sie.

Die Jensens wohnten in einem weitläufigen vierstöckigen Haus mit Blick auf die Leith Links. Die Souterrainwohnung war das Reich von Tochter Vicky. Sie hatte einen eigenen Eingang, den man über ein paar Steinstufen erreichte. Am Tor zu diesen Stufen prangte ein Schloss, und die Fenster zu beiden Seiten der Tür waren vergittert, außerdem warnte ein Aufkleber potenzielle Eindringlinge vor einer Alarmanlage.

Vor Cyril Colliars Angriff war nichts von all dem für notwendig erachtet worden. Damals war Vicky eine fröhliche Achtzehnjährige gewesen, die am Napier College studierte. Heute, zehn Jahre später, lebte sie, soweit Rebus wusste, immer noch zu Hause. Er stand auf der Eingangsstufe und zögerte einen Moment.

»Diplomatie war noch nie meine Stärke«, erklärte er Siobhan.

»Dann lassen Sie mich den aktiven Part übernehmen.« Sie drückte den Klingelknopf.

Thomas Jensen nahm seine Lesebrille ab, als er die Tür öffnete. Er erkannte Rebus, und seine Augen weiteten sich.

»Was ist passiert?«

»Keine Sorge, Mr. Jensen«, beruhigte Siobhan ihn, während sie ihm ihre Dienstmarke zeigte. »Wir haben nur ein paar Fragen an Sie.«

»Sie versuchen immer noch, seinen Mörder zu finden?«, erkundigte sich Jensen. Er war mittelgroß, Anfang fünfzig, und sein Haar wurde an den Schläfen grau. Der rote Pullover mit V-Ausschnitt sah neu und teuer aus. Kaschmir vielleicht. »Warum, zum Teufel, glauben Sie, ich könnte Ihnen helfen wollen?«

»Wir interessieren uns für Ihre Website.«

Jensen runzelte die Stirn. »Das ist heutzutage üblich, wenn man eine Tierarztpraxis …«

»Nicht Ihre Online-Sprechstunde, Sir«, erklärte Rebus.

»*Sexbestien-im-Visier*«, ergänzte Siobhan.

»Ach so, das.« Jensen senkte den Blick und seufzte. »Dollys Lieblingsprojekt.«

»Dolly ist Ihre Frau?«

»Dorothy, ja.«

»Ist sie zu Hause, Mr. Jensen?«

Er schüttelte den Kopf. Sah an ihnen vorbei, als suchte er die Welt draußen nach einem Zeichen von ihr ab. »Sie ist zur Usher Hall gegangen.«

Rebus nickte, als erklärte das alles. »Die Sache ist die, Sir, wir haben ein kleines Problem …«

»Ja?«

»Es hat mit der Website zu tun.« Rebus deutete in Richtung Flur. »Könnten wir vielleicht reinkommen und mit Ihnen darüber sprechen …?«

Jensen schien nicht erfreut, aber die guten Manieren obsiegten. Er führte sie ins Wohnzimmer. Daneben lag das Esszimmer, dessen Tisch mit Zeitungen bedeckt war. »Ich verbringe den ganzen Sonntag damit, sie zu lesen«, erklärte Jensen, während er seine Brille in die Brusttasche steckte. Mit einer Geste forderte er sie auf, Platz zu nehmen. Siobhan ließ sich auf dem Sofa nieder, Jensen selbst in einem Sessel. Rebus dagegen blieb an der Glastür zum Esszimmer stehen und spähte auf die Ansammlung von Zeitungen. Nichts Ungewöhnliches … keine Artikel oder Abschnitte besonders markiert.

»Das Problem ist Folgendes, Mr. Jensen«, begann Siobhan in bedächtigem Ton. »Cyril Colliar ist tot, ebenso wie zwei andere Männer.«

»Das verstehe ich nicht.«

»Und wir glauben, dass wir es mit einem einzigen Täter zu tun haben.«

»Aber …«

»Einem Täter, der die Namen aller drei Opfer Ihrer Website entnommen haben könnte.«

»Aller drei Opfer?«

»Edward Isley und Trevor Guest«, zählte Rebus auf. »Es gibt noch eine Menge weiterer Namen in Ihrer Schameshalle … Ich bin gespannt, wer als Nächster dran ist.«

»Da muss irgendein Irrtum vorliegen.«

»Kennen Sie Auchterarder überhaupt, Sir?«, fragte Rebus.

»Nein … eigentlich nicht.«

»Gleneagles?«

»Wir waren einmal dort … auf einer Veterinärkonferenz.«

»Gab es da vielleicht eine Bustour zum Clootie Well?«

Jensen schüttelte den Kopf. »Nur ein paar Seminare und ein Abendessen mit Tanz.« Er klang verwirrt. »Schauen Sie, ich glaube nicht, dass ich Ihnen helfen kann …«

»Hatte Ihre Frau die Idee mit der Website?«, fragte Siobhan ruhig.

»Es war eine Art, damit fertig zu werden … Sie hatte sich im Internet nach Hilfe umgeschaut.«

»Hilfe?«

»Familien von Opfern. Sie wollte wissen, wie sie Vicky helfen könnte. Dabei kam ihr dann irgendwann die Idee.«

»Hatte sie Hilfe beim Erstellen der Homepage?«

»Wir haben eine Designerfirma damit beauftragt.«

»Und die anderen Homepages in Amerika …?«

»Ach ja, die haben uns wertvolle Tipps zum Layout gegeben. Als sie erst einmal aufgebaut und in Betrieb war …« Jensen zuckte die Achseln. »Ich glaube, mittlerweile läuft sie ganz von allein.«

»Abonnieren Leute so was?«

Jensen nickte. »Wenn sie den Newsletter haben wollen, ja. Er soll vierteljährlich erscheinen, aber ich bin mir nicht sicher, dass Dolly ihn beibehalten hat.«

151

»Sie verfügen also über eine Liste der Abonnenten?«, wollte Rebus wissen.

Siobhan sah ihn an. »Man muss nicht Abonnent sein, um die Homepage anschauen zu können.«

»Irgendwo muss es eine Liste geben«, sagte Jensen.

»Wie lange steht die Homepage nun schon fertig im Netz?«, fragte Siobhan.

»Acht oder neun Monate. Damals rückte sein Entlassungstermin näher ... Dolly wurde immer besorgter.« Er machte eine Pause, um auf die Uhr zu schauen. »Um Vicky, meine ich.«

Wie auf ein Zeichen hin ging die Eingangstür auf und zu. Eine aufgeregte, atemlose Stimme kam aus dem Flur.

»Ich hab's getan, Dad! The Shore und zurück!« Die Frau, die den Türrahmen füllte, war rotgesichtig und übergewichtig. Sie kreischte, als sie feststellte, dass ihr Vater nicht allein war.

»Es ist alles in Ordnung, Vicky ...«

Aber sie machte auf dem Absatz kehrt und rannte davon. Eine andere Tür ging auf und knallte zu. Sie hörten ihre Schritte, als sie in ihr Reich im Souterrain verschwand. Thomas Jensen ließ die Schultern hängen.

»So weit ist sie bis jetzt allein gekommen«, erklärte er.

Rebus nickte. The Shore war gerade mal achthundert Meter entfernt. Er wusste jetzt, warum Jensen bei ihrer Ankunft so besorgt gewesen war und zuvor die Welt draußen mit seinem Blick abgesucht hatte.

»Wir bezahlen eine Person, die unter der Woche bei ihr ist«, fuhr Jensen, die Hände im Schoß, fort, »damit wir beide weiterarbeiten können.«

»Haben Sie ihr von Colliars Tod erzählt?«, erkundigte sich Rebus.

»Ja«, bestätigte Jensen.

»Ist sie dazu vernommen worden?«

Jetzt schüttelte Jensen den Kopf. »Der Beamte, der uns Fragen stellte … er war sehr verständnisvoll, als wir ihm Vickys Zustand erklärten.« Rebus und Siobhan wechselten einen Blick: *So tun als ob … sich nicht übermäßig anstrengen …* »Wir haben ihn nicht umgebracht. Selbst wenn er direkt vor mir gestanden hätte …« Jensen wirkte plötzlich wie abwesend. »Ich weiß nicht, ob ich es wirklich über mich gebracht hätte, es zu tun.«

»Sie sind alle durch Injektionen gestorben, Mr. Jensen«, bemerkte Siobhan.

Der Tierarzt blinzelte ein paarmal, hob langsam eine Hand und rieb sich die Nasenwurzel. »Wenn Sie etwas gegen mich vorzubringen haben, möchte ich, dass mein Anwalt es auch hört.«

»Wir brauchen nur Ihre Hilfe, Sir.«

Er starrte sie an. »Und genau die werde ich Ihnen nicht geben.«

»Wir müssen mit Ihrer Frau und Ihrer Tochter sprechen«, erklärte Siobhan, aber Jensen war bereits aufgestanden.

»Ich möchte, dass Sie jetzt gehen. Ich muss mich um Vicky kümmern.«

»Natürlich, Sir«, sagte Rebus.

»Aber wir werden wiederkommen«, fügte Siobhan hinzu. »Anwalt oder nicht. Und denken Sie daran, Mr. Jensen, Beweismaterial zu manipulieren kann Sie ins Gefängnis bringen.« Energischen Schrittes ging sie, Rebus im Schlepptau, zur Tür. Draußen zündete er sich eine Zigarette an.

»Erinnern Sie sich, dass ich sagte, Diplomatie sei nicht meine Stärke …?«

»Was?«

»Noch fünf Minuten länger, und Sie wären handgreiflich geworden.«

»Seien Sie nicht albern.« Shiobhan war jedoch die Röte ins Gesicht gestiegen. Sie blies die Backen auf und atmete laut hörbar aus.

»Wie haben Sie das mit dem Beweismaterial gemeint?«, fragte Rebus.

»Eine Website kann man reduzieren«, erklärte sie. »Und Abonnentenlisten können ›verloren gehen‹.«

»Das heißt, je eher wir mit Brains sprechen, desto besser.«

Eric Bain schaute sich das Live-8-Konzert auf dem Computer an – jedenfalls sah es für Rebus so aus, aber Bain korrigierte diesen Eindruck sofort.

»Ich editiere es, um genau zu sein.«

»Ein Download?«, vermutete Siobhan, aber Bain schüttelte den Kopf.

»Hab's erst auf DVD-ROM gebrannt; jetzt schmeiße ich alles raus, was ich nicht brauche.«

»Bei mir würde das ziemlich lange dauern«, meinte Rebus.

»Wenn man erst mal raushat, wie das mit den Tools funktioniert, ist es ein Kinderspiel.«

»Ich glaube«, erläuterte Siobhan, »DI Rebus meint, er würde eine Menge von dem Zeug löschen.«

Darüber musste Bain lächeln. Er war seit ihrer Ankunft nicht aufgestanden, hatte nicht einmal den Blick vom Bildschirm gewendet. Seine Freundin Molly hatte ihnen die Tür geöffnet und sie dann gefragt, ob sie einen Becher Tee wollten. Sie hielt sich jetzt in der Küche auf und wartete, dass das Wasser kochte, während Bain im Wohnzimmer weiterbosselte.

Die beiden wohnten in einer Dachgeschosswohnung in einem umgebauten Lagerhaus unweit der Slateford Road. Im Werbeprospekt wahrscheinlich als »Penthousewohnung« bezeichnet. Durch die kleinen Fenster konnte man weit sehen, hauptsächlich auf Schornsteine und stillgelegte Fabriken. In der Ferne war gerade noch die Spitze des Corstorphine Hill zu erkennen. Das Zimmer wirkte ordentlicher, als Rebus erwartet hatte. Keine Kabelenden, Pappkartons, Lötkolben oder Spielkonsolen. Eigentlich gar nicht die typische Behausung eines bekennenden Computerfreaks.

»Wie lange sind Sie schon hier, Eric?«, fragte Rebus.

»Paar Monate.«

»Ihr beide hattet also beschlossen zusammenzuziehen?«

»Ja, kann man so sagen. Ich bin in einer Minute hier fertig ...«

Rebus nickte, ging zum Sofa und machte es sich bequem. Sprühend vor Energie kam Molly mit dem Teetablett herein. Sie hatte Schlappen an, eine enge blaue Jeans, die ihr nur bis zu den Waden reichte, und ein rotes T-Shirt mit Che-Guevara-Konterfei drauf. Tolle Figur und lange blonde Haare – zwar gefärbt, aber trotzdem attraktiv. Rebus musste zugeben, dass er beeindruckt war. Er riskierte immer wieder einen Blick zu Siobhan, die Molly beobachtete wie ein Wissenschaftler eine Laborratte. Ganz eindeutig fand auch sie, dass Bain keine schlechte Wahl getroffen hatte.

Und Molly hatte Bains ihren Stempel aufgedrückt: Der Junge war handzahm geworden. Wie ging noch mal die Zeile bei Elton John? *You nearly had me roped and tied ..* Genau genommen bei Bernie Taupin. Die Verwandlung vom ursprünglichen Brown Dirt Cowboy zu Regs Captain Fantastic.

»Sieht klasse aus hier«, sagte Rebus zu Molly, als sie ihm einen Becher reichte. Zur Belohnung schenkte sie ihm ein strahlendes Lächeln. »Wie war doch gleich Ihr Nachname ...?«

»Clark«, antwortete sie.

»Genau wie Siobhan«, erklärte Rebus. Bestätigung suchend sah Molly Siobhan an.

»Ich habe ein ›e‹ am Ende«, präzisierte Siobhan.

»Ich nicht«, erwiderte Molly. Sie hatte sich auf dem Sofa neben Rebus niedergelassen, rutschte aber dauernd hin und her, als wäre sie nicht in der Lage, ruhig sitzen zu bleiben.

»Ihr habt trotzdem noch eine Gemeinsamkeit«, fügte Rebus provozierend hinzu und erntete dafür einen bösen Blick von Siobhan. »Wie lange seid ihr zwei jetzt schon zusammen?«

»Fünfzehn Wochen«, hauchte sie. »Kommt einem ziemlich kurz vor, nicht wahr? Aber manchmal *weiß* man es eben.«

Rebus nickte zustimmend. »Ich sage immer, Siobhan sollte häuslich werden. Das kann für sie das große Los bedeuten, stimmt's, Molly?«

Molly schien nicht überzeugt, schaute Siobhan aber doch mit einer Art Sympathie an. »Das kann es wirklich«, betonte sie. Siobhan warf Rebus einen vernichtenden Blick zu und nahm ihren Teebecher entgegen.

»Übrigens«, fuhr Rebus fort, »sah es noch vor einem Weilchen so aus, als würden Siobhan und Eric ein Paar.«

»Reine Freundschaft«, sagte Siobhan und zwang sich zu einem Lachen. Bain schien vor seinem Computerbildschirm wie erstarrt, eine Hand reglos auf der Maus.

»Stimmt das, Eric?«, rief Rebus zu ihm hinüber.

»John macht nur Spaß«, beruhigte Siobhan Molly. »Kümmern Sie sich einfach nicht um ihn.«

Rebus zwinkerte Molly zu. »Guter Tee«, sagte er. Sie rutschte immer noch hin und her.

»Und wir bedauern wirklich, dass wir euch am Sonntag stören«, fügte Siobhan hinzu. »Wenn es nicht ein Notfall wäre …«

Bains Stuhl knarrte, als er sich erhob. Rebus fiel auf, dass er ganz schön abgenommen hatte, vielleicht sechs oder sieben Kilo. Sein blasses Gesicht wirkte immer noch fleischig, aber sein Bauch war kleiner geworden.

»Immer noch in der Computerforensik?«, fragte Siobhan ihn.

»Richtig.« Er ließ sich einen Becher Tee geben und setzte sich neben Molly. Sie legte schützend einen Arm um ihn, wobei der Stoff ihres T-Shirts sich dehnte und ihre Brüste noch stärker betonte. Rebus konzentrierte sich umso mehr auf

Bain. »Ich war mit dem G8-Gipfel beschäftigt«, sagte der gerade, »hab Geheimdienstberichte durchforstet.«

»Was für welche?«, fragte Rebus und stand auf, als müsste er sich die Beine vertreten. Mit Bain auf dem Sofa wurde es doch etwas eng. Langsam schlenderte er auf den Computer zu.

»Geheimsachen«, antwortete Bain.

»Sind Sie jemandem namens Steelforth begegnet?«

»Hätte ich sollen?«

»Er ist SO12 ..., scheint dort den Laden zu schmeißen.«

Aber Bain schüttelte nur den Kopf und fragte sie, was sie wollten. Siobhan reichte ihm ein Blatt Papier.

»Das ist eine Homepage«, erklärte sie. »Könnte plötzlich verschwinden. Wir brauchen alles, was du rauskriegen kannst: Abonnentenlisten; jeden, der die Website besucht, vielleicht sogar etwas heruntergeladen hat ...«

»Das ist eine ziemlich große Bitte.«

»Das weiß ich, Eric.« Die Art, wie sie seinen Namen aussprach, schien einen Nerv zu treffen. Er stand auf und ging zum Fenster, vielleicht um die Röte, die an seinem Hals emporgekrochen war, vor Molly zu verbergen.

Rebus hatte einen Brief in die Hand genommen, der neben dem Computer lag. Er trug den Namen Axios Systems im Briefkopf und die Unterschrift eines gewissen Tasos Symeonides. »Klingt griechisch«, sagte er. Eric Bain schien erleichtert, das Thema wechseln zu können.

»Hat hier ihren Hauptsitz«, entgegnete er. »Eine Softwarefirma.«

Rebus wedelte mit dem Brief vor seiner Nase herum. »Entschuldigen Sie, dass ich neugierig bin, Eric, ...«

»Es ist ein Stellenangebot«, erklärte Molly. »Eric bekommt dauernd welche.« Sie war aufgestanden und zum Fenster gegangen, wo sie einen Arm um Bain legte. »Ich muss ihn ständig davon überzeugen, dass seine Polizeiarbeit unverzichtbar ist.«

Rebus legte den Brief wieder zurück und ging zum Sofa. »Ob ich wohl noch etwas bekommen kann?«, fragte er. Molly schenkte gerne nach. Bain nutzte die Gunst des Augenblicks, starrte Siobhan an und vermittelte ihr innerhalb von Sekunden Dutzende unausgesprochener Worte.

»Köstlich«, sagte Rebus und ließ sich noch einen Tropfen Milch geben. Molly saß wieder neben ihm.

»Wie bald könnte sie abgeschaltet werden?«, fragte Bain.

»Keine Ahnung«, erwiderte Siobhan.

»Heute Abend?«

»Eher morgen.«

Bain schaute sich das Papier genau an. »Gut«, sagte er.

»Ist das nicht schön?« Rebus schien die Frage an alle im Raum zu richten, aber Molly hörte gar nicht zu. Sie hatte beide Hände vors Gesicht geschlagen, ihr Mund stand offen.

»Ich habe die Kekse vergessen!« Sie sprang auf. »Wie konnte mir das nur passieren? Und niemand hat einen Ton ...« Sie wandte sich an Bain. »Du hättest etwas *sagen* können!« Ihre Wangen waren knallrot vor Verlegenheit, als sie aus dem Zimmer lief.

Und Rebus wurde klar, dass die Wohnung nicht einfach ordentlich war.

Sie war auf neurotische Weise ordentlich.

7

Siobhan hatte den Demonstrationszug mit seinen Sprechchören und Transparenten gegen den Krieg beobachtet. Der Weg war von Polizisten gesäumt, die auf Ausschreitungen gefasst waren. Siobhan nahm das süße Aroma von Cannabis wahr, zweifelte jedoch daran, dass irgendjemand deswegen festgenommen würde: So hatten jedenfalls die Sorbus-Instruktionen gelautet.

Wenn sie sich vor euren Augen einen Schuss setzen, nehmt sie mit; ansonsten seht drüber weg ...

Wer immer der fragliche Besucher der Sexbestien-Homepage war, er hatte Zugang zu hochwertigem Heroin. Sie dachte wieder an den eher sanft wirkenden Thomas Jensen. Tierärzte kamen vielleicht nicht ohne Weiteres an Heroin, konnten aber jederzeit irgendetwas dafür eintauschen.

Zugang zu Heroin und einen Groll. Vickys Freunde, die beiden, die mit ihr in dem Nachtklub und im Bus gewesen waren ... vielleicht müssten sie mal vernommen werden.

Der Schlag auf den Kopf ... immer von hinten. Eine Person, die nicht so stark war wie die Angegriffenen. Die sie für die Spritze in Bauchlage haben wollte. Hatte sie auf Trevor Guest eingeschlagen, weil er sich noch gewehrt hatte? Oder war das ein Zeichen dafür, dass der Mörder enthemmter und dreister wurde und anfing, das Ganze zu genießen?

Aber Guest war das zweite Opfer gewesen. Das dritte, Cyril Colliar, war nicht so übel zugerichtet worden. Was bedeuten könnte, dass zufällig jemand den Mörder gestört hatte und er geflohen war, bevor er so richtig in Fahrt kommen konnte.

Hatte er wieder getötet? Falls ja ... Siobhan schnalzte kurz mit der Zunge. »Er oder sie«, schärfte sie sich selbst ein.

»Bush, Blair, CIA, how many kids did you kill today?«

Der Sprechchor wurde von der Menge aufgenommen. Sie strömte den Calton Hill hinauf, Siobhan hinterher. Ein paar Tausend waren es, auf dem Weg zu ihrer Kundgebung. Der Wind war schneidend, die Spitze des Hügels den Elementen ausgesetzt. Man hatte einen Blick auf Fife und Richtung Westen über die Altstadt. Richtung Süden sah man Holyrood und das Parlament, das Tag und Nacht von der Polizei abgeriegelt wurde. Calton Hill, so meinte Siobhan sich zu erinnern, war einer von Edinburghs erloschenen Vulkanen. Das Castle lag auf einem anderen; Arthur's Seat war ein dritter. Oben gab es ein Observatorium und einige Denkmäler. Das Beste von

159

allem war die »Torheit«: eine einzige Gebäudeseite von etwas, was einmal eine vollständige Nachbildung des Parthenon in Athen hatte werden sollen. Der verrückte Geldgeber war gestorben und hatte das Ding unvollendet hinterlassen. Ein paar Demonstranten kletterten jetzt darauf herum. Andere sammelten sich, um die Redebeiträge zu hören. Eine junge Frau, anscheinend ganz in ihrer eigenen Welt gefangen, tanzte vor sich hin singend um die Menge herum.

»Hatte nicht erwartet, dich hier zu sehen, Liebes.«

»Nein, aber ich dachte, ich würde euch vielleicht treffen.« Siobhan umarmte ihre Eltern. »Hab euch gestern auf den Meadows nicht gefunden.«

»War das nicht fantastisch?«

Siobhans Vater lachte. »Deine Mum hat die ganze Zeit geheult.«

»*So* emotional«, stimmte seine Frau zu.

»Ich habe euch gestern Abend gesucht.«

»Wir sind einen trinken gegangen.«

»Mit Santal?« Die Frage sollte beiläufig klingen. Sie fuhr sich mit einer Hand über den Kopf, als versuchte sie, die Stimme darin zum Verstummen zu bringen: *Ich bin eure Tochter, verdammt noch mal, nicht sie!*

»Sie war eine Zeitlang dabei ..., schien ihr nicht so zu gefallen.« Die Menge beklatschte und bejubelte den ersten Redner.

»Später kommt Billy Bragg«, bemerkte Teddy Clarke.

»Ich dachte, wir könnten vielleicht zusammen was essen«, sagte Siobhan. »Am Waterloo Place gibt es ein Restaurant ...«

»Hast du Hunger, Liebling?«, fragte Eve Clarke ihren Mann.

»Eigentlich nicht.«

»Ich auch nicht.«

Siobhan zuckte mit den Schultern. »Vielleicht später, ja?«

Ihr Vater legte einen Finger an die Lippen. »Sie fangen an«, flüsterte er.

»Womit?«, fragte Siobhan.

»Mit dem Verlesen der Toten.«

Und tatsächlich: Sie verlasen die Namen von tausend Opfern des Irakkriegs, Menschen auf allen Seiten des Konflikts. Tausend Namen, Sprecher, die sich abwechselten, ein Publikum, das verstummt war. Selbst die junge Frau hatte aufgehört zu tanzen, stand jetzt nur da und starrte Löcher in die Luft. Siobhan stellte sich ein wenig abseits, als sie feststellte, dass ihr Handy noch an war. Sie wollte nicht, dass Eric Bain sie jetzt mit Neuigkeiten anrief. Sie nahm es aus der Tasche und stellte es auf Vibration. Entfernte sich dann noch ein Stück, blieb jedoch immer in Hörweite der Namensverlesung. Unten konnte sie das Stadion des Hibernian FC sehen, das jetzt nach dem Ende der Saison verlassen dalag. Die Nordsee war ruhig. Im Osten Berwick Law, der auch aussah wie ein erloschener Vulkan. Und die Namen gingen immer weiter und entlockten ihr ein heimliches, reuevolles Lächeln.

Denn genau das tat sie auch, ihr ganzes Berufsleben lang. Sie verlas die Namen von Toten. Sie nahm letzte Einzelheiten aus deren Leben auf und versuchte herauszufinden, wer sie gewesen und warum sie gestorben waren. Sie gab den Vergessenen und Vermissten eine Stimme. Eine Welt voller Opfer, die auf sie und andere Kriminalbeamte warteten. Auch auf solche wie Rebus, die einen Fall immer bis ins Kleinste zernagten oder zuließen, dass er an ihnen nagte. Die nie aufgaben, denn das wäre die letzte Beleidigung für diese Namen gewesen. Ihr Telefon brummte. Sie hob es ans Ohr.

»Sie waren schnell«, sagte Bain zu ihr.

»Ist die Homepage weg?«

»Tja.«

Sie fluchte leise. »Hast du was herausbekommen?«

»Scherben. Ich konnte mich nicht tief genug hineingraben, nicht mit den Geräten, die ich zu Hause habe.«

»Keine Abonnentenliste?«

»Leider nicht.«

Ein anderer Sprecher hatte das Mikrofon übernommen ... die Namen gingen weiter.

»Kannst du noch irgendetwas probieren?«, fragte sie.

»Vom Büro aus ja, vielleicht ein oder zwei kleine Tricks.«

»Morgen also?«

»Wenn unsere G8-Oberen auf mich verzichten können.« Er machte eine Pause. »Es war schön, dich zu sehen, Siobhan. Tut mir leid, dass du Molly treffen –«

»Eric«, mahnte sie, »lass es.«

»Was denn?«

»Alles ... nichts. Lassen wir's einfach, ja?«

Darauf folgte ein langes Schweigen. »Bleiben wir Freunde?«, fragte er schließlich.

»Natürlich. Ruf mich morgen wieder an.« Sie beendete das Gespräch. Das war nötig, sonst hätte sie ihm gesagt: Bleib doch bei deiner nervösen, schmollmundigen, vollbusigen Freundin ... mit ihr könntest du sogar eine Zukunft haben.

Es waren schon merkwürdigere Dinge passiert.

Sie betrachtete ihre Eltern von hinten. Sie hielten sich an den Händen, ihre Mutter hatte den Kopf an die Schulter ihres Vaters gelehnt. Siobhan stiegen Tränen in die Augen, aber sie schluckte sie hinunter. Sie dachte an Vicky Jensen, die aus dem Zimmer lief; und an Molly, die das Gleiche tat. Beide voller Angst vor dem Leben. Als Teenager war Siobhan aus vielen Zimmern gerannt, Zimmern, in denen ihre Eltern sich aufgehalten hatten. Wutanfälle, Kräche, Machtkämpfe, Spielchen. Und alles, was sie sich jetzt wünschte, war, dort zwischen ihnen zu stehen. Wünschte es sich, brachte es aber nicht fertig. Stattdessen stand sie fünfzehn Meter hinter ihnen und richtete ihre ganze Willenskraft darauf, dass die beiden sich umdrehten.

Doch sie lauschten den Namen ... den Namen von Menschen, die ihnen völlig unbekannt waren.

»Nett von Ihnen«, sagte Steelforth und erhob sich, um Rebus die Hand zu schütteln. Die Beine übereinandergeschlagen, hatte er im Foyer des Balmoral Hotels gesessen. Rebus hatte ihn eine Viertelstunde warten lassen, während der er mehrmals an der Tür des Balmoral vorbeigegangen war und flüchtig hineingeschaut hatte, um zu sehen, welche Fallen ihn erwarten könnten. Die Stoppt-den-Krieg!-Demo war schon vorbei gewesen, aber er hatte noch gesehen, wie deren Ende sich langsam Richtung Waterloo Place hinaufbewegte. Siobhan hatte ihm gesagt, sie würde hingehen und dort vielleicht ihre Eltern treffen.

»Viel Zeit haben Sie ja nicht für sie gehabt«, hatte Rebus bedauernd gemeint.

»Und umgekehrt«, hatte sie gemurmelt.

Am Eingang zum Hotel standen Sicherheitskräfte: nicht nur der livrierte Portier – ein anderer als am Samstagabend –, sondern Männer, die Rebus für Beamte in Zivil hielt, vermutlich unter Steelforths Kommando. In seinem Nadelstreifenzweireiher sah der Mann vom Special Branch gediegener denn je aus. Nachdem sie einander die Hand geschüttelt hatten, deutete er auf den Palm Court.

»Vielleicht ein kleiner Whisky?«

»Kommt drauf an, wer zahlt.«

»Ich lade Sie ein.«

»In diesem Fall«, meinte Rebus, »würde ich wohl auch einen großen schaffen.«

Steelforths Lachen war laut, aber ausdruckslos. Sie fanden einen Tisch in einer Ecke. Wie durch Zauberhand erschien eine Cocktailkellnerin.

»Carla«, sagte Steelforth zu ihr, »bringen Sie uns bitte zwei Whisky. Doppelte.« Dann wandte er seine Aufmerksamkeit Rebus zu.

»Laphroaig«, präzisierte der. »Je älter, desto besser.«

Carla senkte den Kopf und ging. Steelforth rückte sein Jackett zurecht und wartete, bis sie weg war, bevor er zu sprechen begann. Rebus beschloss, ihm zuvorzukommen.

»Ist es Ihnen gelungen, unseren toten Abgeordneten zu vertuschen?«, fragte er laut.

»Was gibt's da zu vertuschen?«

»Das möchte ich von Ihnen wissen.«

»Soweit ich feststellen kann, DI Rebus, bestehen Ihre Ermittlungen bisher aus einem inoffiziellen Gespräch mit der Schwester des Verstorbenen.« Steelforth, der aufgehört hatte, an seinem Jackett herumzuzupfen, faltete jetzt die Hände vor dem Körper. »Ein Gespräch, das außerdem bedauerlich bald, nachdem sie den Toten offiziell identifiziert hatte, geführt wurde.« Er machte eine theatralische Pause. »Nichts für ungut, Inspector.«

»Ebenfalls, Commander.«

»Natürlich kann es sein, dass Sie anderweitig beschäftigt waren. Ich hatte zweimal Besuch von Lokaljournalisten, die hier herumgeschnüffelt haben.«

Rebus mimte den Überraschten. Mairie Henderson und dazu der Mensch, mit dem er in der Nachrichtenredaktion des *Scotsman* gesprochen hatte. Jetzt waren es also zwei, denen er einen Gefallen schuldete ...

»Nun«, sagte Rebus, »da es ja nichts zu vertuschen gibt, nehme ich nicht an, dass die Presse sehr weit kommen wird.« Er hielt inne. »Sie sagten damals, die Ermittlungen würden mir entzogen ... Das scheint nicht passiert zu sein.«

Steelforth zuckte die Achseln. »Weil es nichts zu ermitteln gibt. Urteil: Unfalltod.« Er löste die Hände, als die Drinks zusammen mit einem kleinen Krug Wasser und einer bis obenhin mit Eiswürfeln gefüllten Schale gebracht wurden.

»Möchten Sie die Rechnung noch offen lassen?«, fragte Carla. Steelforth sah zu Rebus und schüttelte dann den Kopf.

»Wir trinken nur den einen.« Er zeichnete das Papier mit seiner Zimmernummer ab.

»Übernimmt der Steuerzahler die Rechnung«, fragte Rebus, »oder müssen wir Mr. Pennen dafür danken?«

»Richard Pennen macht diesem Land alle Ehre«, erklärte Steelforth und goss dabei zu viel Wasser in seinen Drink. »Insbesondere die schottische Wirtschaft wäre um einiges ärmer ohne ihn.«

»Ich wusste nicht, dass das Balmoral so teuer ist.«

Steelforth kniff die Augen zusammen. »Ich meine Arbeitsplätze in der Rüstungsindustrie, wie Sie sehr wohl wissen.«

»Und wenn ich ihn zu Ben Websters Ableben befrage, wird er die Arbeit dann plötzlich woandershin verlagern?«

Steelforth beugte sich vor. »Wir müssen ihn bei Laune halten, das ist Ihnen doch sicher klar?«

Rebus sog das Aroma des Malt Whisky ein, dann hob er das Glas an den Mund.

»Cheers«, sagte Steelforth widerwillig.

»*Slainte*«, entgegnete Rebus.

»Wie ich höre, trinken Sie gern mal einen Schluck Hochprozentiges«, fügte Steelforth hinzu. »Vielleicht auch mehr als einen.«

»Da haben Sie mit den richtigen Leuten gesprochen.«

»Ich habe nichts dagegen, wenn ein Mann trinkt … solange es sich nicht auf seine Arbeit auswirkt. Ich habe aber auch gehört, dass es zuweilen Ihr Urteilsvermögen beeinträchtigt.«

»Allerdings nicht, wenn es um den Charakter geht«, erwiderte Rebus und stellte sein Glas ab. »Stocknüchtern oder sturzbetrunken, Sie würde ich immer als Arschloch erster Güte erkennen.«

Mit gespielter Freundlichkeit prostete Steelforth ihm zu. »Dabei wollte ich Ihnen gerade ein Angebot machen«, sagte er, »als Ausgleich für Ihre Enttäuschung.«

»Sehe ich enttäuscht aus?«

»Mit Ben Webster werden Sie nicht weiterkommen, Selbstmord hin oder her.«

»Plötzlich halten Sie also Selbstmord wieder für möglich? Heißt das, es gibt einen Brief?«

Steelforth platzte der Kragen. »Es gibt keinen Brief, verdammt noch mal!«, fauchte er. »Es gibt überhaupt nichts.«

»Ziemlich merkwürdiger Selbstmord, finden Sie nicht?«

»Unfalltod.«

»Die offizielle Version.« Rebus hob wieder sein Glas. »Was wollten Sie mir denn anbieten?«

Steelforth musterte ihn einen Moment, bevor er antwortete. »Meine eigenen Männer«, sagte er. »Dieser Mordfall, den Sie da haben ... Es heißt, die Zahl der Opfer liege inzwischen bei drei. Ich könnte mir vorstellen, dass Sie überfordert sind. Im Moment arbeiten doch nur Sie und DS Clarke daran, oder?«

»Mehr oder minder.«

»Ich habe viele Männer hier oben, Rebus – sehr gute Männer. Mit allen möglichen Fähigkeiten in allen Spezialgebieten.«

»Und die würden Sie uns leihen?«

»Das war die Absicht.«

»Damit wir uns auf die Morde konzentrieren und den Parlamentsabgeordneten abschreiben?« Rebus tat, als dächte er über den Vorschlag nach, presste sogar die Hände zusammen und legte sein Kinn auf die Fingerspitzen. »Die Wachen am Schloss sprachen von einem Eindringling«, sagte er ruhig, als überlegte er laut.

»Dafür gibt es keine Beweise«, war Steelforths prompte Antwort.

»Warum war Webster auf den Zinnen ... diese Frage ist eigentlich nie beantwortet worden.«

»Luft schnappen.«

»Hat er sich bei Tisch entschuldigt?«

»Man ging gerade zum gemütlichen Teil über ... Portwein und Zigarren.«

»Hat er gesagt, dass er rausgehen wollte?« Jetzt fixierte Rebus Steelforth.

»Nicht direkt. Die Leute standen auf, um sich die Beine zu vertreten ...«

»Sie haben sie alle vernommen?«, fragte Rebus.

»Die meisten«, erwiderte der Mann vom Special Branch.

»Den Außenminister?« Rebus wartete auf eine Antwort, die nicht kam. »Nicht, das hatte ich mir gedacht. Aber die ausländischen Delegationen?«

»Einige von ihnen, ja. Ich habe so ziemlich alles getan, was *Sie* getan hätten, Inspector.«

»Sie haben keine Ahnung, *was* ich getan hätte.«

Das akzeptierte Steelforth mit einer leichten Verbeugung. Bis dahin hatte er seinen Drink noch nicht angerührt.

»Haben Sie keine Bedenken?«, fügte Rebus hinzu. »Keine Fragen?«

»Nein, keine.«

»Und das, obwohl Sie nicht wissen, warum es passiert ist.« Rebus schüttelte langsam den Kopf. »Ein besonders guter Polizist sind Sie nicht, Steelforth, was? Im Händeschütteln und Erteilen von Instruktionen mögen Sie ganz groß sein, aber von der eigentlichen Polizeiarbeit haben Sie meiner Meinung nach keinen Schimmer. Was Sie machen, ist reine Augenwischerei, sonst nichts.« Rebus erhob sich.

»Und was genau sind Sie, DI Rebus?«

»Ich?« Rebus überlegte einen Moment. »Ich bin vermutlich der Hausmeister ... derjenige, der hinter Ihnen aufwischt.« Er hielt inne, fand seine Pointe. »Hinter Ihnen *und* um Sie herum, wenn ich es mir recht überlege.«

Abgang nach rechts.

Bevor er das Balmoral verließ, ging er hinunter zum Restaurant, wo er, allen Bemühungen der Angestellten zum Trotz, zügig den Vorraum durchquerte. Das Lokal war voll, aber von Richard Pennen keine Spur. Rebus stieg die Stufen zur Princes Street hinauf und beschloss, dass er genauso gut einen

Abstecher ins Café Royal machen könnte. In dem Pub war es überraschend ruhig.

»Die Geschäfte laufen miserabel«, vertraute der Geschäftsführer ihm an. »Die nächsten paar Tage werden viele Einheimische sich nicht vor die Tür trauen.«

Zwei Drinks später ging Rebus die George Street entlang. Die Bauarbeiter hatten aufgehört, die Straßen aufzugraben – Anweisung der Stadt. Ein neues Einbahnstraßensystem wurde eingeführt, das bei den Autofahrern für große Verwirrung sorgte. Selbst die Verkehrspolizisten fanden es idiotisch und rissen sich kein Bein aus, um die Beachtung der neuen Einbahnstraßenschilder durchzusetzen. Die Straße war wieder ruhig. Keine Spur von Geldofs Armee. Die Rausschmeißer vor dem Dome erzählten ihm, drinnen sei es zu drei Vierteln leer. Auf der Young Street war die Einbahnstraßenführung der schmalen Fahrspur aus der bisherigen Richtung in die andere umgekehrt worden. Als Rebus die Tür zur Oxford Bar aufstieß, musste er über einen Kommentar zu dem neuen System lächeln, den er irgendwo gehört hatte.

Sie machen es Schritt für Schritt: Eine Zeitlang kann man in beide Richtungen fahren …

»Ein IPA, Harry«, sagte Rebus und griff nach seinen Zigaretten.

»Acht Monate und ein paar Zerquetschte«, murmelte Harry, während er den Zapfhahn bediente.

»Erinnere mich nicht daran.«

Harry zählte die Tage bis zum Inkrafttreten des Rauchverbots in Schottland …

»Irgendwas los da draußen?«, fragte einer der Stammgäste. Rebus schüttelte den Kopf, denn er wusste, dass in der hermetisch abgeschlossenen Welt eines Trinkers Nachrichten über einen Serienmörder nicht in die Kategorie »irgendwas los« gehörten.

»Läuft nicht gerade eine Demo?«, fügte Harry hinzu.

»Calton Hill«, bestätigte einer der anderen Stammgäste. »Für das Geld könnten wir jedem Kind in Afrika einen Freßkorb von Jenners schicken.«

»Verschafft Schottland einen Platz auf der Bühne der Welt«, erinnerte Harry ihn mit einem Nicken in Richtung Charlotte Square, wo der Erste Minister wohnte. »Jack findet, dass diese Chance jeden Penny wert ist.«

»Ist ja auch nicht sein Geld«, schimpfte der Mann. »Meine Frau arbeitet in dem neuen Schuhgeschäft in der Frederick Street, sie sagt, sie könnten eigentlich für die Woche zumachen.«

»Die Royal Bank hat morgen den ganzen Tag zu«, bemerkte Harry.

»Ja, morgen ist der schlimmste Tag«, murmelte der Trinker.

»Wenn ich bedenke«, beschwerte sich Rebus, »dass ich hergekommen bin, um meine Laune aufzubessern.«

Harry starrte ihn gespielt ungläubig an. »Das solltest du inzwischen wissen, John. Willst du noch eins?«

Rebus war sich nicht ganz sicher, nickte trotzdem.

Ein paar Pints später, nachdem er außerdem das letzte belegte Brötchen aus der Auslage vertilgt hatte, beschloss er, dass er nun auch nach Hause gehen konnte. Er hatte die *Evening News* gelesen, die Highlights der Tour de France im Fernsehen gesehen und weiteren Einwänden gegen die neue Straßenführung gelauscht.

»Wenn sie sie nicht zurückverlegen, sagt meine Frau, könnten sie den Laden, wo sie arbeitet, gleich dichtmachen. Hab ich's euch schon erzählt? Sie ist jetzt in diesem neuen Schuhgeschäft in der Frederick Street ...«

Harry verdrehte die Augen, während Rebus auf die Tür zusteuerte. Er überlegte, ob er zu Fuß nach Hause gehen oder in Gayfield anrufen sollte, um zu sehen, ob jemand im Streifenwagen draußen war und ihn vielleicht mitnehmen konnte. Viele Taxis machten einen Bogen ums Zentrum, aber er wusste, dass er außerhalb des Roxburghe Hotels eine Chance hatte, wenn er nur versuchte, wie ein wohlhabender Tourist auszusehen …

Er hörte, wie die Türen aufgingen, drehte sich aber nicht schnell genug um. Hände griffen nach seinen Armen und zogen sie hinter seinen Rücken.

»Bisschen zu viel getrunken?«, fuhr eine Stimme ihn an. »Eine Nacht in der Zelle wird dir guttun, Kumpel.«

»Lasst mich los!« Rebus wand sich, aber vergeblich. Er spürte, wie die Plastikkabelbinder sich um seine Handgelenke legten und so fest angezogen wurden, dass sie ihm die Blutzirkulation abschnitten. Waren sie erst einmal festgezurrt, gab es keine Möglichkeit mehr, sie zu lösen; man musste sie durchschneiden.

»Was, zum Teufel, geht hier vor?«, zischte Rebus. »Ich bin vom CID, verdammt noch mal.«

»Siehst aber nicht nach CID aus«, gab die Stimme zurück. »Bier- und Zigarettenfahne, Klamotten aus dem Altkleidersack …« Es war ein englischer Akzent; vielleicht London. Rebus sah eine Uniform, dann noch zwei. Gesichter, die dunkel waren – vielleicht braungebrannt –, aber wohlgeformt und streng. Der Transporter war klein und neutral. Die Hecktüren standen offen, und sie schoben ihn hinein.

»Ich habe meine Dienstmarke in der Tasche«, erklärte er. Es gab eine Bank, auf der er sitzen konnte. Die Fenster waren geschwärzt und außen mit einem Metallgitter versehen. Ein schwacher Geruch von Erbrochenem lag in der Luft. Ein weiteres Gitter trennte den rückwärtigen Teil des Transporters vom Führerhaus, und eine Spanplatte verhinderte jeden Zugang nach vorn.

»Das ist ein großer Fehler!«, brüllte Rebus.

»Das kannst du deiner Großmutter erzählen!«, rief eine Stimme zurück.

Das Auto fuhr los. Rebus sah Scheinwerfer durch das Heckfenster. Logisch: Sie passten ja nicht alle drei in die Fahrerkabine; es musste also noch ein Fahrzeug geben. Es war egal, wohin sie ihn brachten – Gayfield Square, West End oder St. Leonard's –, er war überall bekannt. Kein Grund zur Sorge, abgesehen von der Schwellung seiner Finger, in denen das Blut nicht mehr zirkulierte. Auch die Schultern taten ihm weh, weil sie durch die festgezurrten Kabelbinder nach hinten gezogen wurden. Er musste die Beine spreizen, damit er nicht wild im Laderaum umherwirbelte. Sie fuhren vielleicht achtzig und hielten an keiner Ampel. Bei einem Beinahezusammenstoß hörte er zwei Fußgänger kreischen. Keine Sirene, aber das Blaulicht blinkte. Das Auto hinter ihnen schien weder Sirene noch Blaulicht zu haben. Also kein Streifenwagen ... und dieses hier war auch kein reguläres Polizeifahrzeug. Rebus dachte, sie würden nach Osten fahren, also nach Gayfield, aber dann bogen sie scharf links Richtung New Town ab und brausten den Hügel abwärts, sodass Rebus' Kopf während der Fahrt an die Decke knallte.

»Wohin, zum Teufel ...?« Wenn er vorher betrunken gewesen war, jetzt war er nüchtern. Das einzige Ziel, das er sich vorstellen konnte, war Fettes, aber das war das Polizeipräsidium. Dorthin brachte man keine Betrunkenen, damit sie ihren Rausch ausschliefen. Da hielten sich die hohen Tiere auf, James Corbyn und seine Spießgesellen. Und tatsächlich bogen sie links in die Ferry Road ab, folgten aber nicht der Kurve nach Fettes ...

Damit blieb nur noch das Revier Drylaw, ein einsamer Vorposten im Norden der Stadt – Dreizehnter Distrikt, wie manche es nannten. Ein düsterer Schuppen, und vor dessen Tür hielten sie an. Rebus wurde aus dem Auto gezerrt und hineingebracht, wo seine Augen sich erst an das grelle Licht der Neonröhre gewöhnen mussten. Niemand saß am Schreibtisch, der Raum schien verlassen. Sie führten ihn nach hinten, wo zwei Arrestzellen mit weit geöffneten Türen warteten. Er fühlte, wie der Druck auf eine Hand nachließ und das Blut wieder in den Fingern kribbelte. Ein Stoß in den Rücken ließ ihn in eine der Zellen stolpern. Die Tür schlug hinter ihm zu.

»He!«, rief Rebus. »Ist das ein makabrer Scherz oder was?«

»Sehen wir vielleicht aus wie Clowns, Kumpel? Glaubst du, du bist aus Versehen in eine Folge von *Dirty Sanchez* geraten?« Hinter der Tür hörte er Gelächter.

»Schlaf dich aus«, fügte ein anderer hinzu, »und mach uns keine Scherereien, sonst müssten wir nämlich reinkommen und dir eins von unseren Spezialberuhigungsmitteln verpassen, stimmt's, Jacko?«

Rebus glaubte ein Zischen zu hören. Dann plötzliche Stille, und er wusste, warum. Sie hatten einen Fehler gemacht, ihm einen Namen geliefert.

Jacko.

Er versuchte, sich an ihre Gesichter zu erinnern, um später besser Vergeltung üben zu können. Alles, was ihm einfiel, war, dass sie entweder gebräunt oder vom Wetter gegerbt waren. Diese Stimmen würde er jedoch nie vergessen. Nichts Ungewöhnliches an den Uniformen, die sie getragen hatten ... außer dass die Abzeichen an den Schulterklappen entfernt worden waren. Keine Abzeichen hieß, dass man sie nur mit Mühe würde identifizieren können.

Rebus trat ein paarmal gegen die Tür, dann griff er in die Tasche nach seinem Handy.

Und stellte fest, dass es nicht da war. Sie hatten es ihm weggenommen, oder er hatte es fallen lassen. Brieftasche und Dienstmarke, Zigaretten und Feuerzeug waren aber noch da. Er setzte sich auf den Betonsockel, der als Bett diente, und betrachtete seine Handgelenke. Sein linker Arm steckte immer noch in dem Kabelbinder. Das Plastikband um sein rechtes Handgelenk hatten sie aufgeschnitten. Er versuchte, mit der freien Hand am rechten Arm Gelenk, Handfläche und Finger zu massieren und die Blutzirkulation anzuregen. Die Flamme seines Feuerzeugs könnte vielleicht hilfreich sein, aber nicht ohne dabei sein Fleisch anzusengen. Also zündete er sich stattdessen eine Zigarette an und bemühte sich, seinen Puls zu beruhigen. Ging wieder zur Tür und schlug mit der Faust dagegen, lehnte sich mit dem Rücken daran und bearbeitete sie mit der Ferse.

Jedes Mal, wenn er die Zellen in Gayfield und St Leonard's aufgesucht hatte ... immer genau die gleichen Trommeltöne. Bum-bum-bum-bum-bum. Und die Witze, die er mit dem wachhabenden Beamten darüber gemacht hatte.

Bum-bum-bum-bum-bum.

Der Klang von Hoffnung wider besseres Wissen. Rebus setzte sich wieder hin. Es gab weder Toilette noch Waschbecken, nur einen Metalleimer in einer Ecke. Daneben an der Wand vertrocknete Kotschmierereien. Botschaften, die in den Verputz geritzt waren: *Big Malky ist der Größte; Wardie Young Team; Hearts = Arschlöcher.* Kaum zu glauben, aber hier war sogar jemand mit Lateinkenntnissen eingelocht worden: *Nemo Me Impune Lacessit.* Auf Schottisch: »Whau Daur Meddle Wi' Me?« Moderne Entsprechung: »Fick mich, und ich fick dich zurück.«

Rebus stand wieder auf; er wusste jetzt, was hier vor sich ging, hätte es gleich zu Beginn merken müssen.

Steelforth.

Eine Leichtigkeit für ihn, an ein paar überzählige Uniformen zu kommen ... drei seiner Männer mit einer Mission zu beauftragen ... dieselben Männer, die er Rebus zuvor angeboten hatte. Sie hatten ihn wahrscheinlich schon seit Verlassen des Hotels von Pub zu Pub verfolgt, bis sie den richtigen Ort gefunden hatten. Die Gasse vor der Oxford Bar war ideal.

»Steelforth!«, brüllte Rebus an der Tür. »Komm her und sprich mit mir! Oder bist du nicht nur ein Schläger, sondern auch noch ein Feigling?« Er drückte das Ohr an die Tür, hörte aber nichts. Das Guckloch war verschlossen, die Luke zum

Durchreichen des Essens verriegelt. Er durchquerte die Zelle, machte sein Zigarettenpäckchen auf, fand aber, dass er sich einen Vorrat aufheben musste. Änderte seine Meinung und zündete sich doch eine an. Das Feuerzeug zischte – nicht mehr viel Gas drin … es war offen, was zuerst ausgehen würde. Seine Armbanduhr zeigte zweiundzwanzig Uhr. Noch viel Zeit bis zum Morgen …

Montag, 4. Juli

8

Das Umdrehen des Schlüssels im Schloss weckte ihn. Die Tür ging quietschend auf. Als Erstes sah er einen jungen Uniformierten, dem der Mund vor Staunen offen stehen blieb. Und links von ihm Detective Chief Inspector James Macrae, wütend und ungekämmt. Rebus schaute auf seine Uhr: kurz vor vier, was bedeutete, dass der Montag heraufdämmerte.

»Haben Sie eine Klinge?«, fragte er mit trockenem Mund. Er zeigte ihnen sein Handgelenk. Es war geschwollen, Handfläche und Knöchel sahen verfärbt aus. Der Constable zog ein Taschenmesser aus der Tasche.

»Wie sind Sie hier reingekommen?«, fragte er mit zitternder Stimme.

»Zehn Uhr gestern Abend, wer hatte da Dienst?«

»Es kam ein Notruf rein«, erwiderte der Constable, »und bevor wir losgefahren sind, haben wir hier zugeschlossen.«

Rebus hatte keinen Grund, die Geschichte nicht zu glauben. »Was war das für ein Notruf?«

»Falscher Alarm. Es tut mir wirklich leid … Warum haben Sie nicht gerufen oder so was?«

»Ich nehme an, es steht nichts davon in Ihrem Gewahrsamsbuch?« Die Plastikhandschellen fielen zu Boden. Rebus machte sich daran, wieder Leben in seine Finger zu reiben.

»Nichts. Und wenn die Zellen leer sind, kontrollieren wir sie nicht.«

»Wussten Sie, dass sie leer waren?«

»Wir haben sie leer gelassen, um Platz für Randalierer zu haben.«

Macrae betrachtete Rebus' linke Hand. »Müssen Sie jemanden draufschauen lassen?«

»Das wird schon.« Rebus zog eine Grimasse. »Wie haben Sie mich gefunden?«

»SMS. Mein Handy lag zum Laden im Arbeitszimmer. Das Piepen hat meine Frau geweckt.«

»Kann ich die SMS sehen?«

Macrae reichte ihm das Handy. Oben auf dem Display stand die Nummer des Anrufers und darunter eine Nachricht in Großbuchstaben – REBUS IN DRYLAW-ZELLE. Rebus drückte die Rückruftaste, aber als die Verbindung hergestellt war, hörte er nur eine Maschinenstimme, die ihm sagte, die Nummer sei abgeschaltet. Er gab Macrae das Handy zurück.

»Auf dem Display steht, dass die Nachricht um Mitternacht gesendet wurde.«

Macrae mied Rebus' Blick. »Wir haben es erst nach einer Weile gehört«, sagte er ruhig. Aber dann besann er sich darauf, wer er war, und richtete sich kerzengerade auf. »Würden Sie mir erklären, was hier passiert ist?«

»Ein paar von den Kerlen haben sich einen Scherz erlaubt«, improvisierte Rebus. Er beugte weiterhin sein linkes Handgelenk und versuchte zu verbergen, wie weh es tat.

»Namen?«

»Keine Namen, keine volle Montur, Sir.«

»Und wenn ich denen nun ihre kleine Nachricht zurückschicken würde …?«

»Die Nummer wurde bereits abgeschaltet, Sir.«

Macrae musterte Rebus eingehend. »Paar Drinks gestern Abend, was?«

»Ein paar.« Er wandte sich wieder dem Uniformierten zu. »Vorne an der Theke hat nicht zufällig jemand ein Handy liegen lassen?«

Der junge Beamte schüttelte den Kopf. Rebus beugte sich zu ihm vor. »So was spricht sich rum … über mich wird man

178

sich bestimmt auch ein bisschen lustig machen, aber die eigentliche Zielscheibe des Spotts werdet ihr hier sein. Zellen nicht kontrolliert, Revier nicht besetzt, Eingangstür unverschlossen ...«

»Die Tür war verschlossen«, widersprach der Constable.

»Sieht trotzdem nicht gut aus für euch, oder?«

Macrae klopfte dem Polizisten auf die Schulter. »Deshalb behalten wir das für uns, okay? Jetzt kommen Sie, Rebus, ich setze Sie zu Hause ab, bevor die Barrikaden wieder errichtet werden.«

Draußen hielt Macrae inne, bevor er seinen Rover aufschloss. »Ich verstehe, warum Sie den Ball tief halten möchten, aber Sie können versichert sein – wenn ich die Schuldigen finde, gibt es einen Riesenärger.«

»Ja, Sir«, sagte Rebus zustimmend. »Tut mir leid, dass ich der Anlass war.«

»Nicht Ihre Schuld, John. Jetzt steigen Sie ein.«

Schweigend fuhren sie in südliche Richtung durch die Stadt. Im Osten fing es an zu dämmern. Unterwegs sahen sie ein paar Lieferwagen und verschlafene Fußgänger, aber kaum einen Hinweis darauf, was der Tag bringen könnte. Montag bedeutete »Carnival of Full Enjoyment«. Die Polizei wusste, dass das eine Umschreibung für Aufruhr war. Man ging davon aus, dass in diesem Rahmen die Clowns-Armee, die Wombles und der Black Bloc in Aktion treten würden. Sie würden versuchen, die Stadt lahmzulegen. Macrae hatte gerade auf einen lokalen Radiosender umgeschaltet, als eine Kurzmeldung von dem Versuch berichtete, die Zapfsäulen einer Tankstelle in der Queensferry Road mit Vorhängeschlössern zu verriegeln.

»Das Wochenende war für Anfänger«, bemerkte Macrae, als er in der Arden Street anhielt. »Ich hoffe, Sie haben es genossen.«

»Nett und entspannend, Sir«, entgegnete Rebus, während er die Tür öffnete. »Danke fürs Mitnehmen.« Er schlug mit der flachen Hand auf das Autodach und sah zu, wie Macrae davonfuhr. Während er die zwei Treppen hochstieg, suchte er in seinen Taschen nach dem Schlüsselbund.

Kein Schlüsselbund da.

Natürlich nicht: Er hing im Schloss an seiner Tür. Er fluchte und öffnete die Tür, zog den Schlüssel heraus und umschloss den Schlüsselbund mit seiner rechten Faust. Ging auf Zehenspitzen in den Flur. Keine Geräusche oder Lichter. Tappte an den Türen von Küche und Schlafzimmer vorbei, ins Wohnzimmer hinein. Die Colliar-Akten waren nicht da, natürlich, die hatte er zu Siobhan mitgenommen. Aber das Material, das Mairie Henderson für ihn herausgesucht hatte – über Pennen Industries und den Abgeordneten Ben Webster –, lag überall verstreut. Er nahm sein Handy vom Tisch. Nett von ihnen, es zurückzubringen. Er fragte sich, wie sorgfältig sie es wohl auf ein- und ausgehende Anrufe, SMS und Texte durchsucht hatten. Das beunruhigte ihn aber eigentlich nicht: Wichtiges löschte er jeden Abend. Was allerdings nicht bedeutete, dass es nicht noch irgendwo auf dem Chip versteckt war … Außerdem hatten sie sicher das Recht, sich Verbindungsdaten von der Telefongesellschaft zu holen. Wenn man zum SO12 gehörte, konnte man fast alles machen.

Er ging ins Badezimmer und drehte den Wasserhahn auf. Es dauerte immer eine Weile, bis das heiße Wasser kam. Er würde eine gute Viertelstunde unter der Dusche verbringen. Vorher sah er noch in der Küche und in beiden Schlafzimmern nach: Alles schien an der richtigen Stelle zu sein, was an sich aber noch nichts zu bedeuten hatte. Er füllte den Wasserkocher und schaltete ihn an. Ob die Wohnung wohl verwanzt war? Er hatte keine Möglichkeit, das herauszufinden; dazu musste man heutzutage sicher mehr tun, als nur den Telefonapparat aufzuschrauben. Die Papiere über Pennen lagen überall im Zimmer verstreut herum, waren aber nicht mitgenommen worden. Warum? Weil sie wussten, dass er sich die Informationen mühelos wieder beschaffen konnte. Schließlich waren sie allgemein zugänglich, nur einen oder zwei Mausklicks entfernt.

Sie hatten sie dagelassen, weil sie bedeutungslos waren.

Weil Rebus weit davon entfernt war, an das heranzukommen, was Steelforth zu schützen versuchte.

Und sie hatten seine Schlüssel im Schloss stecken und sein Handy mitten auf dem Tisch liegen lassen, um zu der Verletzung auch noch die Beleidigung hinzuzufügen. Er beugte mehrmals seine linke Hand und fragte sich, woran man ein Blutgerinnsel oder eine Thrombose erkennen konnte. Dann nahm er den Tee mit ins Badezimmer, drehte den Wasserhahn am Waschbecken ab, zog sich aus und ging unter die Dusche. Er versuchte, seinen Kopf von den vorausgegangenen zweiundsiebzig Stunden freizubekommen. Fing stattdessen an, eine Liste der Songs zu erstellen, die er mit auf eine einsame Insel nehmen würde. Konnte sich nicht entscheiden, welchen Titel von *Argus* er wählen sollte. Er diskutierte immer noch mit sich, als er sich schon abtrocknete, merkte aber dann, dass er »Throw Down the Sword« summte.

»Nie im Leben!«, verkündete er dem Spiegel.

Er wollte unbedingt noch ein bisschen schlafen. Fünf unruhige Stunden, zusammengekrümmt auf einer Betonplatte, konnten wohl kaum als Schlaf bezeichnet werden. Aber erst musste er noch sein Handy aufladen. Doch zuvor wollte er nach neuen Nachrichten sehen. Eine SMS – derselbe anonyme Absender wie vorher.

SCHLIESSEN WIR EINEN WAFFENSTILLSTAND

Vor nicht ganz einer halben Stunde abgeschickt. Was erstens bedeutete, dass sie wussten, dass er zu Hause war, und zweitens die »abgeschaltete« Nummer irgendwie wieder im Spiel war. Rebus fielen jede Menge Antworten ein, aber er beschloss, das Handy lieber wieder auszuschalten. Mit einer frischen Tasse Tee ging er ins Schlafzimmer.

Panik auf den Straßen von Edinburgh.

Siobhan hatte die Stadt noch nie so hysterisch erlebt. Nicht während des Lokalderbys Hibs gegen Hearts, nicht einmal während der Republikaner- und Oraniermärsche. Die Luft schien wie von elektrischem Strom zu knistern. Und nicht nur Edinburgh: In Stirling war ein Friedenscamp errichtet worden. Es hatte kurze, heftige Ausbrüche von Gewalt gegeben. Noch zwei Tage bis zur Eröffnung des G8-Gipfels, aber die Demonstranten wussten, dass eine Reihe von Delegationen bereits eingetroffen waren. Viele der Amerikaner waren in Dunblane Hydro, wenige Autominuten von Gleneagles entfernt, untergebracht. Einige ausländische Journalisten hatten sich wesentlich weiter weg in Hotels in Glasgow wiedergefunden. Viele der Zimmer im Edinburgher Sheraton Hotel, gleich gegenüber dem Finanzdistrikt, waren von japanischen Regierungsbeamten belegt worden. Siobhan wollte den Hotelparkplatz benutzen, doch war dessen Einfahrt durch eine Kette versperrt. Ein uniformierter Beamter kam auf sie zu, als sie das Fenster herunterließ. Sie zeigte ihm ihre Dienstmarke.

»Tut mir leid, Ma'am«, entschuldigte er sich mit höflicher, englisch klingender Stimme. »Keine Chance. Befehl von oben. Am besten, Sie kehren um.« Er deutete die Western Approach Road hinunter. »Da sitzen ein paar Idioten auf der Fahrbahn ... wir versuchen, die meisten von ihnen in die Canning Street zu treiben. Ein Haufen Clowns, nach allem, was man hört.«

Sie folgte der Anweisung und fand schließlich einen Platz in einem eingeschränkten Halteverbot vor dem Lyceum Theatre. An der Fußgängerampel überquerte sie die Straße, betrat aber nicht die Standard-Life-Hauptverwaltung, sondern beschloss, daran vorbei- und die Betonwege entlangzugehen, die die ganze Gegend wie ein Labyrinth durchzogen. Sie bog um eine Ecke in die Canning Street und stand vor einem Polizeikordon, auf dessen anderer Seite sich schwarz gekleidete

Demonstranten unter Gestalten aus dem Zirkus gemischt hatten. Ein Haufen Clowns, im wahrsten Sinn des Wortes. Hier bekam Siobhan zum ersten Mal Mitglieder der Rebel Clown Army zu Gesicht. Über ihren weiß geschminkten Gesichtern trugen sie weiß-rote Perücken. Manche schwenkten Staubwedel, andere winkten mit Nelken. Auf einen der Schutzschilde hatte jemand einen Smiley gepinselt. Die ebenfalls schwarz gekleideten Polizisten waren mit Knie- und Ellbogenschützern, Stichschutzwesten und Helmen mit Visieren ausgerüstet. Einer der Demonstranten hatte irgendwie eine hohe Mauer überwunden und streckte den Polizisten unten sein nacktes Hinterteil entgegen. An den Fenstern rundherum standen Büroangestellte und verfolgten das Spektakel. Viel Lärm, aber bisher keine richtigen Ausschreitungen. Als noch mehr Polizisten herbeieilten, zog Siobhan sich bis zu der Fußgängerbrücke über die Western Approach Road zurück. Wiederum waren die Demonstranten zahlenmäßig weit unterlegen. Einer von ihnen saß im Rollstuhl. Der Verkehr stadteinwärts war zum Erliegen gekommen. Pfeifen ertönten, aber die Polizeipferde schien das nicht zu beeindrucken. Als eine Reihe Polizisten unter der Fußgängerbrücke hindurchmarschierte, hielten sie zum Schutz ihre Schilde über sich.

Die Situation schien einstweilen unter Kontrolle, und so begab Siobhan sich zu ihrem eigentlichen Ziel.

Die Drehtür, die zum Empfangsbereich von Standard Life führte, war verschlossen. Ein Wachmann musterte sie von drinnen, bevor er sie über die Sprechanlage hereinrief.

»Kann ich bitte Ihren Ausweis sehen, Miss?«

»Ich arbeite nicht hier.« Siobhan hielt ihm ihre Dienstmarke hin.

Er nahm sie, um sie eingehend zu studieren, gab sie ihr dann zurück und deutete mit dem Kopf auf die Empfangstheke.

»Irgendwelche Probleme?«, fragte sie.

»Ein paar Idioten haben versucht reinzukommen. Einer ist

an der Westseite des Gebäudes hochgeklettert. Hängt anscheinend in Höhe der dritten Etage fest.«

»Kein lustiger Job, was?«

»Von irgendwas muss man ja seine Rechnungen bezahlen, Miss.« Wieder wies er auf den Empfang. »Gina wird sich Ihrer annehmen.«

Und Gina nahm sich Siobhans an. Erst gab sie ihr einen Besucherausweis – »bitte jederzeit sichtbar tragen!« –, dann telefonierte sie nach oben. Der Wartebereich war nobel ausgestattet, mit Sofas und Zeitschriften, Kaffee und einem Flachbildfernseher, in dem gerade irgendeine Vormittagssendung über Designermöbel lief. Eine Frau kam forschen Schrittes auf Siobhan zu.

»Detective Sergeant Clarke? Ich bringe Sie nach oben.«

»Mrs. Jensen?«

Die Frau schüttelte den Kopf. »Tut mir leid, dass Sie warten mussten. Sie können sich bestimmt vorstellen, dass die Situation im Moment ziemlich angespannt ist ...«

»Das macht nichts. Dafür weiß ich jetzt, welche Stehlampe ich mir anschaffen muss.«

Die Frau lächelte, ohne Siobhans Bemerkung zu verstehen, und führte sie zum Aufzug. Während sie warteten, betrachtete die Frau ihre eigene Kleidung. »Wir sind heute alle in Zivil«, erklärte sie und rechtfertigte so ihre Hose und Bluse.

»Gute Idee.«

»Es ist komisch, manche der Männer in Jeans und T-Shirt zu sehen. Einige sind kaum wiederzuerkennen.« Sie hielt inne. »Sind Sie wegen der Krawalle hier?«

»Nein.«

»Nur Mrs. Jensen schien im Dunkeln ...«

»Dann ist es wohl an mir, für etwas Licht zu sorgen, stimmt's?«, erwiderte Siobhan lächelnd, als die Aufzugtüren sich öffneten.

Das Namensschild an Dolly Jensens Tür gab an, dass sie

Dorothy Jensen war, aber nicht, welche Stelle sie bekleidete. Ziemlich hohes Tier, schätzte Siobhan. Jensens Assistentin hatte an die Tür geklopft und sich dann an ihren eigenen Schreibtisch zurückgezogen. Der Hauptraum war ein Großraumbüro, jede Menge Gesichter, die von ihren Computern aufblickten, um den Neuankömmling zu mustern. Ein paar standen mit der Kaffeetasse in der Hand an den Fenstern und beobachteten die Welt draußen.

»Herein!«, rief eine Stimme. Siobhan trat ein, schüttelte Dorothy Jensen die Hand und wurde gebeten, Platz zu nehmen.

»Sie wissen, warum ich hier bin?«, fragte Siobhan.

Jensen lehnte sich in ihrem Schreibtischsessel zurück. »Tom hat mir alles darüber erzählt.«

»Seitdem waren Sie fleißig, nicht?«

Jensen ließ ihren Blick über den Schreibtisch wandern. Sie war genauso alt wie ihr Mann. Breitschultrig und mit einem männlich wirkenden Gesicht. Dichte schwarze Haare – die grauen gefärbt, vermutete Siobhan – fielen ihr in makellosen Wellen auf die Schultern. Um den Hals trug sie eine einfache Perlenkette.

»Ich meine nicht hier, Mrs. Jensen«, erklärte Siobhan, der die Verärgerung durchaus anzumerken war. »Ich meine zu Hause, wo Sie alle Spuren Ihrer Website beseitigt haben.«

»Ist das ein Verbrechen?«

»Man nennt es ›Behinderung von Ermittlungen‹. Ich habe erlebt, dass Leute dafür vor Gericht gekommen sind. Wenn uns danach ist, können wir den Einsatz auch auf kriminelle Verschwörung erhöhen ...«

Jensen nahm einen Füllfederhalter von ihrem Schreibtisch, drehte seinen Tank, öffnete und schloss ihn. Siobhan stellte zufrieden fest, dass sie die Verteidigungslinie der Frau durchbrochen hatte.

»Ich brauche alles, was Sie haben, Mrs. Jensen – sämtliche

Unterlagen, E-Mail-Adressen, Namen. Wir müssen alle diese Leute – Sie und Ihren Mann eingeschlossen – überprüfen, wenn wir den Mörder fassen wollen.« Sie hielt inne. »Ich weiß, was Sie jetzt denken – Ihr Mann hat uns genau das Gleiche gesagt –, und ich habe Verständnis dafür, dass Sie so fühlen. Aber Sie müssen uns verstehen. Die Leute, die das getan haben, werden nicht damit aufhören. Sie könnten alle, die auf Ihrer Homepage aufgelistet waren, heruntergeladen haben, und das macht diese Männer zu Opfern – nicht viel anders als Vicky.«

Als der Name ihrer Tochter fiel, brannten Jensens Augen sich in Siobhans. Aber schon bald wurden sie feucht. Sie ließ den Füller fallen, zog eine Schublade auf, holte ein Taschentuch hervor und schnäuzte sich.

»Ich habe es versucht, wissen Sie … habe versucht zu verzeihen. Das soll uns doch göttlich machen, oder?« Sie zwang sich zu einem nervösen Lachen. »Diese Männer gehen ins Gefängnis, um ihre Strafe abzusitzen, aber wir hoffen auch, dass sie sich ändern. Wozu aber sind diejenigen noch gut, die das nicht tun? Sie kommen zu uns zurück und machen immer und immer wieder das Gleiche.«

Siobhan kannte das Argument zur Genüge und hatte sich mal auf der einen, mal auf der anderen Seite befunden. Aber sie schwieg.

»Er hat keine Reue gezeigt, keine Schuldgefühle, keine Sympathie … Was ist das für eine Kreatur? Ist sie überhaupt menschlich? Bei der Verhandlung ließ die Verteidigung sich des Langen und Breiten über sein zerrüttetes Elternhaus und seinen Drogenkonsum aus. Sie sprach von einem ›chaotischen Lebenswandel‹. Aber es war *seine* Entscheidung, Vicky zu zerstören, *sein* kleiner Machttrip. Daran ist nichts Chaotisches, das kann ich Ihnen sagen.« Jensen, deren Stimme jetzt zitterte, holte tief Luft, setzte sich wieder in Positur und beruhigte sich nach und nach. »Ich arbeite im Versicherungsgeschäft. Hier haben wir mit Entscheidung und Risiko zu tun. Ich weiß *so einigermaßen*, wovon ich rede.«

»Gibt es schriftliche Unterlagen, Mrs. Jensen?«, fragte Siobhan ruhig.

»Ein paar«, räumte Jensen ein. »Nicht sehr viele.«

»Und E-Mails? Sie müssen doch mit den Besuchern der Website korrespondiert haben?«

Jensen nickte langsam. »Die Familien der Opfer, ja. Sind sie auch verdächtig?«

»Wie schnell können Sie mir das alles besorgen?«

»Muss ich mit meinem Anwalt sprechen?«

»Vielleicht keine schlechte Idee. In der Zwischenzeit würde ich jemanden zu Ihnen nach Hause schicken. Er kennt sich mit Computern aus. Wenn er zu Ihnen kommt, brauchen wir Ihr Festplattenlaufwerk nicht woandershin zu bringen.«

»Also gut.«

»Er heißt Bain.« *Eric Bain mit der Pressluftfreundin …*

Siobhan rutschte auf ihrem Stuhl herum und räusperte sich. »Er ist Detective Sergeant, wie ich. Wann wäre es Ihnen heute Abend recht?«

»Du siehst ramponiert aus«, sagte Mairie Henderson, als Rebus versuchte, sich auf den Beifahrersitz ihres Sportwagens zu quetschen.

»Unruhige Nacht«, erwiderte er. Was er ihr nicht verriet, war, dass ihr Anruf um zehn Uhr ihn geweckt hatte. »Geht dieses Ding vielleicht noch ein Stück zurück?«

Sie beugte sich hinunter und zog an einem Hebel, wodurch Rebus' Sitz nach hinten schoss. Rebus drehte den Kopf, um zu sehen, wie viel Platz noch hinter ihm war.

»Die Douglas-Bader-Witze kenne ich bereits alle«, warnte sie ihn.

»Dann bin ich aufgeschmissen«, entgegnete Rebus, während er sich anschnallte. »Übrigens danke für die Einladung.«

»Dann kannst du ja die Drinks bezahlen.«

»Und was sind das für Drinks?«

»Vor allem unser Vorwand, dort zu sein ...« Sie fuhr auf das Ende der Arden Street zu. Links, rechts und wieder links kämen sie auf die Grange Road, nur noch fünf Minuten bis zum Prestonfield House.

Das Prestonfield-House-Hotel war eins der wohlgehüteten Geheimnisse der Stadt. Umgeben von Bungalows aus den Dreißigerjahren und mit Blick auf die sozialen Brennpunkte Craigmillar und Niddrie erschien dieser Standort nicht gerade ideal für ein vornehmes Haus im Baronial Style. Das weitläufige Gelände – einschließlich des angrenzenden Golfplatzes – bot jedoch viele Möglichkeiten, sich zurückzuziehen. Soviel Rebus wusste, war das Hotel nur einmal in die Schlagzeilen geraten, nämlich als ein Mitglied des schottischen Parlaments nach einer Party versucht hatte, die Vorhänge in Brand zu stecken.

»Ich hatte dich schon am Telefon fragen wollen ...«, sagte Rebus zu Mairie.

»Was?«

»Woher weißt du davon?«

»Kontakte, John. Ein Journalist sollte nie ohne sie aus dem Haus gehen.«

»Ich sag dir aber, was du zu Hause vergessen hast ... die Bremsen an dieser verdammten Todesfalle.«

»Das ist ein Rennwagen«, gab sie zurück. »Klingt einfach nicht gut, wenn man trödelt.« Dennoch nahm sie den Fuß leicht vom Gas.

»Danke«, sagte er. »Und was ist der Anlass?«

»Ein Frühstück, dann hält er seinen Sermon und dann Mittagessen.«

»Wo genau?«

Sie zuckte die Achseln. »In einem Konferenzraum, nehme ich an. Zum Mittagessen vielleicht im Restaurant.« Sie blinkte links und bog in die Hoteleinfahrt.

»Und wir …?«

»Suchen inmitten des Wahnsinns ein bisschen Ruhe und Frieden. Und dazu eine Kanne Tee für zwei.«

An der Eingangstür wurden sie von einem Angestellten erwartet. Mairie erläuterte die Räumlichkeiten. Links befand sich ein Raum, der ihren Anforderungen entsprechen könnte, und rechts, vorbei an einer verschlossenen Tür, noch einer.

»Ist da drin irgendwas im Gang?«, fragte Mairie und deutete auf die Tür.

»Geschäftstreffen«, verriet der Hotelangestellte.

»Solange sie keinen Krach schlagen, ist es hier völlig in Ordnung.« Sie betrat den angrenzenden Raum. Rebus hörte draußen auf dem Rasen das Geschrei von Pfauen.

»Hätten Sie gerne Tee?«, fragte der junge Mann.

»Für mich bitte Kaffee«, antwortete Rebus.

»Tee – Pfefferminz, falls Sie welchen haben; sonst Kamille.« Der Angestellte verschwand, und Mairie drückte das Ohr an die Wand.

»Ich dachte, das Lauschen ginge heute elektronisch«, war Rebus' Kommentar.

»Wenn man sich's leisten kann«, flüsterte Mairie. Sie richtete sich wieder auf. »Da ist nur Gemurmel zu hören.«

»Stoppt die Titelseite!«

Sie ignorierte ihn und zog einen Stuhl in Richtung Tür, von wo aus sie jeden sehen konnte, der zu dem Geschäftstreffen ging oder es verließ.

»Mittagessen ziemlich pünktlich um zwölf, würde ich sagen. Das erhöht noch ihre Meinung von ihrem Gastgeber.« Sie schaute auf die Uhr.

»Ich habe einmal eine Frau zum Abendessen hierher eingeladen«, sinnierte Rebus. »Den Kaffee haben wir hinterher in der Bibliothek getrunken. Die ist oben. Mit Wänden in einer Art Rot, wie geronnenes Blut. Ich glaube, jemand hat mir erzählt, es wäre Leder.«

189

»Lederne Tapeten? Pervers«, sagte Mairie grinsend.

»Ach, übrigens habe ich mich noch gar nicht dafür bedankt, dass du mit den Neuigkeiten über Cyril Colliar schnurstracks zu Cafferty gelaufen bist …« Sein blick durchbohrte sie, und sie bemühte sich nicht, die leichte Röte zu verbergen, die an ihrem Hals emporkroch.

»Keine Ursache«, sagte sie.

»Schön zu wissen, dass du vertrauliche Informationen, die du von mir bekommst, an den größten Schurken der Stadt weitergibst.«

»Nur dieses eine Mal, John.«

»Einmal zu viel.«

»Der Mord an Colliar hat an ihm genagt.«

»Genau, wie ich es mag.«

Sie lächelte müde. »Nur das eine Mal«, wiederholte sie. »Und bedenke bitte auch den Riesengefallen, den ich dir jetzt gerade tue.«

Rebus beschloss, nicht zu antworten, und ging stattdessen ins Foyer zurück. Der Empfang lag am anderen Ende, am Restaurant vorbei. Er hatte sich etwas verändert, seit Rebus damals seine halbe Lohntüte für dieses Essen auf den Tisch geblättert hatte. Die Gardinen wirkten schwer, die Möbel exotisch, überall Troddeln. Ein dunkelhäutiger Mann in blauem Seidenanzug schickte sich an, mit einer leichten Verbeugung an Rebus vorbeizugehen.

»Morgen«, sagte Rebus.

»Guten Morgen«, erwiderte der Mann steif und blieb stehen. »Ist das Treffen schon zu Ende?«

»Keine Ahnung.«

Der Mann verbeugte sich wieder. »Ich bitte um Verzeihung. Ich dachte, vielleicht …« Er ließ den Satz jedoch unvollendet und ging weiter bis zur Tür, klopfte einmal und verschwand in dem Raum. Mairie war näher gekommen, um einen Blick zu riskieren.

»Einen Geheimcode hat er nicht gerade geklopft«, informierte Rebus sie.

»Das sind ja auch nicht die Freimaurer.«

Da war Rebus nicht so sicher. Was war der G8-Gipfel letztlich anderes als ein privater Klub?

Die Tür ging wieder auf, zwei Männer kamen heraus. Sie hielten auf die Hoteleinfahrt zu, blieben aber noch einmal stehen, um sich eine Zigarette anzuzünden.

»Allgemeiner Aufbruch zum Mittagessen?«, vermutete Rebus. Er folgte Mairie zurück zur Tür ihres kleinen Raums und beobachtete, wie die Männer nach und nach herauskamen. Vielleicht zwanzig. Manche sahen afrikanisch aus, andere schienen aus Asien und dem Mittleren Osten zu stammen. Einige trugen nach Rebus' Meinung ihre Nationaltracht.

»Vielleicht Kenia, Sierra Leone, Niger ...«, flüsterte Mairie.

»Das heißt, in Wirklichkeit hast du keinen blassen Schimmer?«, flüsterte Rebus zurück.

»Geografie war nie meine Stärke ...« Sie brach ab und packte seinen Arm. Eine große, imposante Gestalt mischte sich jetzt unter die anderen, schüttelte Hände und wechselte hier und da ein paar Worte. Rebus erkannte ihn von Mairies Pressemappe. Sein längliches Gesicht sah braungebrannt und faltig aus, und seinem Haar war etwas Braun hinzugefügt worden. Nadelstreifenanzug mit zwei Zentimetern steifer weißer Hemdmanschette. Er schenkte jedem ein Lächeln, schien alle persönlich zu kennen. Mairie hatte sich ein paar Schritte in den Raum zurückgezogen, Rebus dagegen blieb an der Tür stehen. Richard Pennen war fotogen. In natura hatte er ein etwas knochigeres Gesicht und hängende Augenlider. Aber er sah tatsächlich widerlich gesund aus, als hätte er das vergangene Wochenende an einem Strand in den Tropen verbracht. Er war flankiert von zwei Assistenten, die ihm Informationen ins Ohr flüsterten und dafür sorgten, dass dieser Teil des Tages, genau wie der davor und danach, reibungslos ablief.

Plötzlich nahm ein Hotelangestellter Rebus die Sicht. Er trug ein Tablett mit Tee und Kaffee. Als Rebus zur Seite trat, um ihm Platz zu machen, sah er, dass Pennen ihn bemerkt hatte.

»Ich glaube, du zahlst«, sagte Mairie gerade. Rebus wandte sich dem Angestellten zu und bezahlte die Getränke.

»Ist das wohl Detective Inspector Rebus?« Die tiefe Stimme kam von Richard Pennen. Er stand nur etwa anderthalb Meter entfernt, immer noch von seinen Assistenten flankiert.

Mairie ging ein paar Schritte auf ihn zu und streckte die Hand aus.

»Mairie Henderson, Mr. Pennen. Schreckliche Tragödie beim Castle, neulich nachts …«

»Schrecklich«, pflichtete Pennen ihr bei.

»Ich nehme an, Sie waren dort.«

»Das war ich.«

»Sie ist Journalistin, Sir«, erklärte einer der Assistenten.

»Darauf wäre ich nie gekommen«, antwortete Pennen lächelnd.

»Ich frage mich«, fuhr Mairie unverdrossen fort, »warum Sie Mr. Websters Hotelzimmer bezahlt haben.«

»Das war nicht ich, das war meine Firma.«

»Welches Interesse haben Sie an einem Schuldenerlass, Sir?«

Pennens Aufmerksamkeit galt jedoch Rebus. »Mir wurde gesagt, dass ich Sie vielleicht treffen würde.«

»Nett, Commander Steelforth in Ihrem Team zu haben …«

Pennen musterte Rebus von Kopf bis Fuß. »Seine Beschreibung tut Ihnen aber unrecht, Inspektor.«

»Ist doch nett, dass er sich immerhin die Mühe gemacht hat.« Rebus hätte hinzufügen können: *Weil es bedeutet, dass ich ihn durcheinandergebracht habe.*

»Ihnen ist natürlich klar, wie sehr Sie unter Beschuss geraten könnten, wenn ich Ihr Eindringen melden würde?«

»Wir trinken hier nur in Ruhe ein Tässchen Tee, Sir«, erwiderte Rebus. »Soviel ich weiß, sind *Sie* derjenige, der eindringt.«

Pennen lächelte wieder. »Nett formuliert.« Er wandte sich Mairie zu. »Ben Webster war ein hervorragender Abgeordneter und PPS, Miss Henderson, und sehr gewissenhaft obendrein. Wie Ihnen bekannt ist, erscheinen alle Geschenke in Naturalien, die Abgeordnete von meiner Firma erhalten, im parlamentarischen ›Register der Interessen‹.«

»Das beantwortet meine Frage nicht.«

Pennens Kiefer zuckte. Er atmete tief ein. »Pennen Industries tätigt einen Großteil seiner Geschäfte in Übersee – lassen Sie sich darüber von Ihrem Wirtschaftsredakteur aufklären. Sie werden sehen, was für ein bedeutender Exporteur wir geworden sind.«

»Von Waffen«, konstatierte Mairie.

»Von *Technologie*«, konterte Pennen. »Und außerdem haben wir Geld in einige der ärmsten Länder zurückfließen lassen. Deshalb war auch Ben Webster involviert.« Er wandte sich wieder Rebus zu. »Keine Verschleierung, Inspector. David Steelforth macht einfach seine Arbeit. Eine Menge Verträge könnten in den nächsten paar Tagen unterzeichnet werden ... gewaltige Projekte grünes Licht bekommen. Kontakte könnten geknüpft und als Folge davon Arbeitsplätze gerettet werden. Nicht die Art von Gefühlsduselei, an der unsere Medien so interessiert zu sein scheinen. Wenn Sie mich jetzt bitte entschuldigen würden ...« Er wandte sich ab, und Rebus entdeckte mit Genugtuung einen Klecks von irgendetwas am Absatz seines schwarzen Lederhalbschuhs. Wenngleich kein Fachmann, hätte er doch einiges darauf verwettet, dass das Pfauenscheiße war.

Mairie sank auf eins der Sofas, das unter ihr knarrte, als wäre es eine solche Misshandlung nicht gewohnt.

»Mein lieber Schwan«, sagte sie, während sie sich Tee einschenkte. Rebus konnte die Minze riechen. Er goss sich Kaffee aus dem kleinen Kaffeebereiter ein.

»Jetzt sag mir noch mal«, bat er, »was kostet dieses ganze Ding?«

»Der G8-Gipfel?« Sie wartete, bis er nickte, und blies langsam Luft aus ihren geblähten Wangen, während sie sich zu erinnern versuchte. »Hundertfünfzig?«

»Millionen?«

»Millionen.«

»Und solche Unternehmer wie Mr. Pennen können weiter ihren Geschäften nachgehen.«

»Ein *bisschen* mehr steckt vielleicht schon noch dahinter ...« Mairie lächelte. »Aber in einer Hinsicht hast du recht: Die Entscheidungen sind bereits getroffen.«

»Worum geht es in Gleneagles überhaupt noch, abgesehen von ein paar netten Abendgesellschaften und viel Shakehands für die Kameras?«

»Schottland auf die Landkarte zu befördern?«, schlug sie vor.

»Ja, richtig.« Rebus trank seinen Kaffee aus. »Vielleicht sollten wir zum Mittagessen bleiben und sehen, ob wir Pennen noch mehr reizen können, als wir es sowieso schon getan haben.«

»Bist du sicher, dass du dir das leisten kannst?«

Rebus schaute sich um. »Apropos, dieser Lakai hat mir mein Wechselgeld noch nicht gebracht.«

»Wechselgeld?« Mairie lachte. Rebus verstand, was sie meinte, und beschloss, den Kaffeebereiter bis auf den letzten Tropfen zu leeren.

Den Fernsehnachrichten zufolge war das Edinburgher Zentrum Kriegsgebiet.

Halb drei an einem Montagnachmittag. Normalerweise hätte man in der Princes Street mit Einkäufen beladene Menschen gesehen und in den angrenzenden Parks Leute, die spazieren gingen oder sich auf einer der gestifteten Bänke ausruhten.

Aber heute war alles anders.

Das Nachrichtenstudio schaltete um zu Protesten vor dem Marinestützpunkt Faslane, dem Heimathafen der vier britischen Trident-Atom-U-Boote. Der Ort wurde von etwa zweitausend Demonstranten belagert. Der Polizei in Fife war die Kontrolle über die Forth Road Bridge übertragen worden, ein Novum in der Geschichte der Brücke. In Richtung Norden fahrende Autos wurden angehalten und durchsucht. Der Verkehr aus der Hauptstadt hinaus war durch Sitzblockaden lahmgelegt worden. In der Nähe des Friedenscamps in Stirling war es zu Tätlichkeiten gekommen.

Und in der Princes Street ging gerade die Randale los. Knüppel schwingende Polizisten demonstrierten ihre Präsenz. Sie trugen runde Schilde, wie Siobhan sie noch nie gesehen hatte. Der Bereich um die Canning Street war nach wie vor ein Unruheherd. Auf der Western Approach brachten Demonstranten immer noch den Verkehr zum Erliegen. Das Nachrichtenstudio schaltete wieder zurück zur Princes Street. Die Demonstranten schienen nicht nur gegenüber der Polizei, sondern auch gegenüber den Kameras in der Minderzahl. Viel Geschubse auf beiden Seiten.

»Sie versuchen, einen Streit vom Zaun zu brechen«, sagte Eric Bain. Er war nach Gayfield gekommen, um ihr das Wenige zu zeigen, das er bisher hatte herausfinden können.

»Das hätte doch warten können, bis du bei Mrs. Jensen gewesen bist«, sagte sie, worauf er nur mit einem Schulterzucken reagierte.

Sie waren allein im CID-Büro. »Siehst du, was die machen?«, fragte Bain, einen Finger auf den Bildschirm gerichtet. »Ein Krawallmacher stürzt vorwärts, weicht aber gleich wieder zurück. Der ihm am nächsten stehende Polizist hebt seinen Schlagstock, und die Zeitungen bekommen ein Foto von ihm, wie er den Stock gegen irgendeinen armen Teufel in der ersten Reihe erhebt. In der Zwischenzeit ist der eigentliche Angreifer weiter hinten untergetaucht und schickt sich an, die Aktion zu wiederholen.«

Siobhan nickte. »Vermittelt den Eindruck, wir würden zu hart vorgehen.«

»Das ist ja genau das, was die Gewaltbereiten wollen.« Er verschränkte die Arme. »Seit Genua haben sie sich ein paar Tricks zugelegt ...«

»Wir aber auch«, meinte Siobhan. »In-Schach-Halten zum Beispiel. Die Gruppe in der Canning Street ist nun schon seit vier Stunden eingekesselt.«

Wieder im Studio, hatte einer der Moderatoren eine Liveschaltung zu Midge Ure, der den gewaltbereiten Demonstranten gerade sagte, sie sollten nach Hause gehen.

»Schade, dass niemand von denen zuschaut«, kommentierte Bain.

»Wirst du mit Mrs. Jensen sprechen?«, fragte Siobhan.

»Ja, Chefin. Wie fest soll ich sie in die Mangel nehmen?«

»Ich habe sie schon darauf hingewiesen, dass wir sie wegen Behinderung polizeilicher Ermittlungen drankriegen könnten. Erinnere sie daran.« Siobhan schrieb die Adresse der Jensens auf ein Blatt aus ihrem Notizbuch, riss es heraus und reichte es ihm. Bains Aufmerksamkeit galt wieder dem Bildschirm. Mehr Livebilder aus der Princes Street. Ein paar Demonstranten waren auf das Scott Monument geklettert. Andere stiegen über den Zaun in den Park. Fußtritte zielten auf Schilde. Erdklumpen flogen durch die Luft. Als Nächstes waren Bänke und Mülleimer an der Reihe.

»Das wird richtig übel«, murmelte Bain. Der Bildschirm flackerte. Ein neuer Schauplatz: Torphichen Street, Standort des städtischen Polizeireviers West End. Hier wurden Stöcke und Flaschen geworfen. »Gut, dass wir nicht dort festsitzen«, war Bains ganzer Kommentar.

»Nein, dafür sitzen wir hier fest.«

Er schaute sie an. »Wärst du lieber mittendrin?«

Sie zuckte mit den Schultern, starrte auf den Bildschirm. Jemand rief über Handy im Studio an: eine Frau, die mit vielen anderen Kundinnen und Kunden in der Filiale von British Home Stores in der Princes Street eingeschlossen war.

»Wir sind nur Zuschauer!«, kreischte die Frau. »Alles, was wir wollen, ist, dass sie uns hier rauslassen, aber die Polizei behandelt uns alle gleich ... Mütter mit Babys ... alte Leute ...«

»Wollen Sie damit sagen, dass die Polizisten überreagieren?«, fragte der Journalist im Studio. Siobhan nahm die Fernbedienung und zappte weiter: *Columbo* auf einem Kanal, *Diagnose: Mord* auf einem anderen ... Und ein Film auf Channel Four.

»Das ist *Kidnapped*«, erklärte Bain. »Ganz hervorragend.«

»Entschuldige, dass ich dich enttäusche«, sagte sie, als sie zu einem anderen Nachrichtensender weiterschaltete. Dieselben Ausschreitungen; andere Blickwinkel. Der Demonstrant, den sie in der Canning Street gesehen hatte, saß immer noch auf seiner Mauer und ließ die Füße baumeln; durch den Schlitz in seiner Sturmhaube waren nur die Augen zu sehen. Er hielt sich ein Handy ans Ohr.

»Das erinnert mich an etwas«, fiel Bain ein. »Ich hatte Rebus an der Strippe, und er hat mich gefragt, ob eine abgeschaltete Nummer nach wie vor aktiv sein könne.«

Siobhan schaute ihn an. »Hat er gesagt, warum?« Bain schüttelte den Kopf. »Und was hast du ihm geantwortet?«

»Man kann die SIM-Karte klonen oder nur ausgehende Gespräche spezifizieren.« Er zuckte die Achseln. »Da sind der Möglichkeiten viele.«

Siobhan nickte, den Blick wieder auf den Fernsehschirm gerichtet. Bain fuhr sich mit der Hand über den Nacken.

»Und was hältst du von Molly?«, fragte er.

»Du hast das große Los gezogen, Eric.«

Auf seinem Gesicht erschien ein breites Grinsen. »Genau das finde ich auch.«

»Aber sag mal«, fuhr Siobhan fort und hasste sich dafür, dass sie sich zu dieser Bemerkung hinreißen ließ, »ist sie immer so zappelig?«

Bains Grinsen verschwand.

»Entschuldige, Eric, das war nicht in Ordnung.«

»Sie sagte, sie mag dich«, vertraute er ihr an. »Sie ist ein herzensguter Mensch.«

»Sie ist großartig«, pflichtete Siobhan ihm bei. Selbst für ihre eigenen Ohren klang der Satz hohl. »Wo habt ihr euch überhaupt kennengelernt?«

Bain erstarrte für einen Moment. »In einem Klub«, antwortete er, als er sich wieder gefangen hatte.

»Hab dich nie für einen Tänzer gehalten, Eric.« Siobhan warf einen flüchtigen Blick in seine Richtung.

»Molly ist eine großartige Tänzerin.«

»Sie hat den Körper dazu ...« Sie war erleichtert, als ihr Handy klingelte, und hoffte inständig, es würde ihr einen Vorwand liefern, von hier zu flüchten ... Es war die Nummer ihrer Eltern.

»Hallo?«

Zuerst hielt sie die Geräusche in der Leitung fälschlich für atmosphärische Störungen, doch dann wurde ihr klar, dass es Schreie, Pfiffe und Buhrufe waren. Derselbe Lärm, den sie gerade in dem Bericht aus der Princes Street gehört hatte.

»Mum?«, sagte sie. »Dad?«

Und dann eine Stimme: die ihres Vaters. »Siobhan? Kannst du mich hören?«

»Dad? Was, zum Teufel, machst du da?«

»Deine Mum ...«

»Was? Gib sie mir mal, Dad!«

»Deine Mum ist ...«

»Ist etwas ...«

198

»Sie hat geblutet … Krankenwagen …«

»Dad, du wirst immer leiser! Wo genau bist du?«

»Kiosk … Gardens.«

Dann war die Leitung tot. Sie schaute auf das kleine recht-
eckige Display ihres Handys. »Verbindung abgebrochen«.

»Verbindung abgebrochen«, wiederholte sie mechanisch.

»Was ist los?«, fragte Bain.

»Meine Mum und mein Dad … sie sind da.« Sie deutete mit
dem Kopf auf den Fernseher. »Kannst du mich mitnehmen?«

»Wohin?«

»Dahin.« Sie zeigte auf den Bildschirm.

»Dahin?«

»Dahin.«

9

Sie kamen nur bis zur George Street. Siobhan stieg aus und
trug Bain auf, die Jensens nicht zu vergessen. Er bat sie, vorsichtig zu sein, als sie die Tür zuschlug.

Auch hier stieß sie auf Demonstranten, die sich in Scharen
in die Frederick Street ergossen. Hinter den Türen und Fenstern der Läden stand das Personal und verfolgte das Geschehen ebenso gebannt wie entsetzt. Passanten drückten sich an
die Mauern in der Hoffnung, mit ihnen zu verschmelzen. Am
Boden lagen Trümmer. Die Demonstranten wurden in die
Princes Street zurückgedrängt. Niemand versuchte, Siobhan
aufzuhalten, als sie den Polizeikordon in diese Richtung durchquerte. Hineinzukommen war nicht weiter schwierig; hinaus-
zukommen, das war das Problem.

Soweit sie wusste, gab es nur einen Kiosk – gleich beim
Scott Monument. Da die Tore zu den Gardens geschlossen
worden waren, hielt sie auf den Zaun zu. Die Zusammenstöße
hatten sich von der Straße in den Park verlagert. Müll flog zu-

sammen mit Steinen und anderen Wurfgeschossen durch die Luft. Eine Hand hielt sie an der Jacke fest.

»Das lassen Sie mal schön.«

Sie drehte sich um und stand einem Polizisten gegenüber. Unmittelbar über seinem Visier las sie die Buchstaben XS. Blitzartig schoss ihr das Wort *Exzess* durch den Kopf - passte wie die Faust aufs Auge. Sie hatte ihre Dienstmarke greifbar.

»Ich bin vom CID!«, schrie sie.

»Dann müssen Sie verrückt sein.« Er lockerte seinen Griff.

»Das hab ich auch schon von anderen gehört«, sagte sie, während sie über die Eisenspitzen kletterte. Sie schaute sich um und bemerkte, dass die Randalierer Verstärkung erhalten hatten, die wie einheimische Hooligans aussahen: Für eine kleine Rangelei war ihnen jeder Vorwand recht. Kam ja nicht jeden Tag vor, dass sie den Polizisten eins auf die Mütze geben konnten und gute Chancen hatten, ungestraft davonzukommen. Sie verbargen ihre Identität hinter Fußballschals, die sie sich um den Mund banden, und Jacken, deren Reißverschlüsse bis zum Kinn hochgezogen waren. Wenigstens trugen die meisten eher Turnschuhe als Doc-Martens-Stiefel.

Der Kiosk: Hier konnte man Eis und kalte Getränke kaufen. Um ihn herum lagen Glasscherben verstreut, und er war geschlossen. In geduckter Haltung umrundete sie ihn – keine Spur von ihrem Vater. Blutflecken auf dem Boden, denen sie mit den Augen folgte. Sie endeten kurz vor dem Tor. Ein weiteres Mal umkreiste sie den Kiosk. Schlug an das verrammelte Kioskfenster. Versuchte es noch einmal. Hörte von drinnen eine gedämpfte Stimme.

»Siobhan?«

»Dad? Bist du da drin?«

Die Seitentür wurde aufgerissen. Drinnen stand ihr Vater und neben ihm die verängstigte Kioskbesitzerin.

»Wo ist Mum?«, fragte Siobhan mit zitternder Stimme.

»Sie haben sie zum Krankenwagen gebracht. Ich konnte

nicht mit ... sie haben mich nicht durch die Polizeikette gelassen.«

Siobhan konnte sich nicht erinnern, ihren Vater jemals in Tränen gesehen zu haben, aber jetzt weinte er. Weinte und stand offensichtlich unter Schock.

»Wir müssen euch hier rausbringen.«

»Mich nicht«, sagte die Kioskbesitzerin kopfschüttelnd. »Ich halte hier die Stellung. Aber ich hab gesehen, was passiert ist ... Scheißpolizei. Sie stand einfach nur da ...«

»Es war einer ihrer Stöcke«, fügte Siobhans Vater hinzu. »Direkt auf den Kopf.«

»Das Blut quoll heraus ...«

Siobhan brachte die Frau mit einem Blick zum Schweigen. »Wie heißen Sie?«, fragte sie.

»Frances ... Frances Neagley.«

»Also, Frances Neagley, wenn ich Ihnen einen Rat geben darf, verlassen Sie den Kiosk.« Dann an ihren zitternden Vater gewandt: »Komm, gehen wir.«

»Was?«

»Wir müssen Mum suchen.«

»Aber was ist mit ...?«

»Das geht in Ordnung. Und jetzt *komm*!« Sie zog an seinem Arm, spürte, dass sie ihn notfalls auch mit Gewalt hinausgezerrt hätte. Frances Neagley schloss hinter ihnen die Tür und verriegelte sie.

Wieder flog ein Rasenstück vorbei. Siobhan wusste, dass man sich morgen – typisch Edinburgh! – hauptsächlich über die Zerstörung der berühmten Blumenrabatten beschweren würde. Die Tore waren von den Demonstranten aus der Frederick Street aufgedrückt worden. Ein als piktischer Krieger verkleideter Mann wurde an den Armen hinter die Polizeilinie gezogen. Unmittelbar vor der Polizeikette wechselte eine junge Mutter in aller Ruhe ihrem rosa gekleideten Baby die Windeln. Jemand schwenkte ein Transparent mit der Aufschrift

NO GODS, NO MASTERS. Die Buchstaben X und S ... das Baby in Rosa ... die Botschaft auf dem Transparent – das alles kam ihr so unglaublich prägnant vor, schicksalhafte Schnappschüsse, deren Sinn sie nicht so recht erfassen konnte.

Hier haben wir ein Muster, eine Bedeutung sozusagen ...

Etwas, was sie Dad später würde fragen müssen ...

Fünfzehn Jahre zuvor hatte er einmal versucht, ihr die Semiotik zu erklären, vermutlich um ihr bei einem Schulaufsatz zu helfen, sie damit aber nur noch mehr verwirrt. In der Klasse hatte sie sie dann »Samiotik« genannt, woraufhin ihr Lehrer laut loslachen musste ...

Siobhan hielt nach ihr bekannten Gesichtern Ausschau. Entdeckte jedoch keins. Die Weste eines Polizisten trug aber die Aufschrift »Polizeisanitäter«. Sie näherte sich ihm mit hochgehaltener Dienstmarke, ihren Vater im Schlepptau.

»CID«, erklärte sie. »Die Frau dieses Mannes ist ins Krankenhaus eingeliefert worden. Ich muss ihn dort hinbringen.«

Der Beamte nickte und führte sie durch die Polizeilinie.

»Welches Krankenhaus?«, fragte der Sanitäter.

»Was vermuten Sie?«

»Keine Ahnung«, gab er zu. »Ich komme aus Aberdeen.«

»Das Western General ist das nächstgelegene«, erklärte Siobhan. »Gibt es irgendwelche Transportmittel?«

Er deutete die Frederick Street entlang. »Die Straße, die diese hier am Ende kreuzt.«

»George Street?«

Er schüttelte den Kopf. »Die nächste.«

»Queen Street?« Sie sah ihn nicken. »Danke«, sagte sie. »Sie gehen besser wieder zurück.«

»Vermutlich«, erwiderte er ohne große Begeisterung. »Manche von ihnen legen sich etwas zu sehr ins Zeug ... Nicht unsere Leute – die von der Met.«

Siobhan drehte sich zu ihrem Vater um. »Könntest du ihn vielleicht identifizieren?«

»Wen?«

»Den, der Mum geschlagen hat.«

Er rieb sich mit einer Hand über die Augen. »Ich glaube nicht.«

Sie gab ein kurzes, verärgertes Geräusch von sich und führte ihn den Hügel hinauf zur Queen Street.

Dort parkte eine Reihe Streifenwagen. Unglaublich, aber wahr, es gab auch fließenden Verkehr: All die Autos und Lastwagen, die von der Hauptstraße umgeleitet worden waren, krochen hier vorbei, als wäre es ein anderer Tag, ein anderer Pendlerverkehr. Siobhan erklärte dem Fahrer eines Streifenwagens, was Sache war. Er schien erleichtert bei der Aussicht, den Ort verlassen zu können. Sie stieg mit ihrem Vater hinten ein.

»Blaulicht und Martinshorn«, wies sie den Fahrer an. Rundumleuchte und Sirene. Sie fuhren langsam an der Autoschlange vorbei und nahmen dann Geschwindigkeit auf.

»Ist das der richtige Weg?«, rief der Fahrer.

»Woher kommen Sie?«

»Peterborough.«

»Geradeaus, ich sage Ihnen, wann Sie abbiegen müssen.« Sie drückte die Hand ihres Vaters. »Bist du nicht verletzt?«

Er schüttelte den Kopf und heftete seinen Blick auf sie. »Was ist mit dir?«

»Was soll mit mir sein?«

»Du bist unglaublich.« Teddy Clarke lächelte müde. »Wie du vorhin gehandelt und die Sache in die Hand genommen hast ...«

»Bin gar nicht so dumm, wie ich aussehe, was?«

»Ich habe mir eigentlich nie überlegt«, sagte er, »wie gut du darin sein könntest.«

»Sei bloß froh, dass ich nicht im uniformierten Dienst bin, sonst hätte ich vielleicht auch einen dieser Schlagstöcke geschwungen.«

»Du hättest nicht auf eine unschuldige Frau eingeschlagen«, erwiderte ihr Vater entschieden.

»An der Ampel geradeaus«, erklärte sie dem Fahrer, bevor sie sich wieder ihrem Vater zuwandte. »Es ist schwer zu sagen, nicht? Wir wissen erst, wie wir handeln werden, wenn wir tatsächlich in der Situation sind.«

»Du würdest es nicht tun«, beharrte er.

»Wahrscheinlich nicht«, räumte sie ein. »Was, zum Teufel, habt ihr da überhaupt gemacht? Hat Santal euch mitgenommen?«

Er schüttelte den Kopf. »Ich glaube, wir waren ... wir dachten, wir wären Zuschauer. Die Polizei hat das anders gesehen.«

»Wenn ich rauskriege, wer ...«

»Ich hab sein Gesicht nicht richtig gesehen.«

»Bei der Kamerapräsenz ist es ganz schön schwierig, sich zu verstecken.«

»Fotos?«

Sie nickte. »Dazu noch Videoüberwachung, die Medien und wir natürlich.« Sie schaute ihn an. »Die Polizei wird alles gefilmt haben.«

»Aber bestimmt ...«

»Was?«

»Du kannst das doch nicht alles durchgehen?«

»Wollen wir wetten?«

Er betrachtete sie einen Augenblick. »Nein, lieber nicht.«

An die hundert Festnahmen. Die Gerichte würden am Dienstag alle Hände voll zu tun haben. Bis zum Abend hatte sich die Pattsituation von den Princes Street Gardens in die Rose Street verlagert. Pflastersteine wurden aus dem Straßenbelag gerissen und zu Wurfgeschossen umfunktioniert. Kleinere Zusammenstöße gab es auf der Waverley Bridge, der Cockburn Street und der Infirmary Street. Bis halb zehn hatte sich, bis auf ein bisschen Ärger vor McDonald's in der South St Andrew Street, alles einigermaßen beruhigt. Inzwischen waren die uniformierten Polizisten wieder am Gayfield Square und hatten Burger mitgebracht, deren Geruch bis in die Räume des CID drang. Rebus sah fern – einen Dokumentarfilm über einen Schlachthof. Eric Bain hatte ihm gerade eine Liste von E-Mail-Adressen geschickt – regelmäßige Besucher von *Sexbestien-im-Visier*. Geendet hatte seine E-Mail mit den Worten: »Shiv, lass mich wissen, wie's dir ergangen ist!!« Rebus hatte versucht, sie auf dem Handy zu erreichen, aber sie war nicht drangegangen. Bains E-Mail war zu entnehmen, dass die Jensens ihm keine Schwierigkeiten gemacht hatten, aber auch nur »widerstrebend kooperativ« gewesen waren.

Neben Rebus lag die *Evening News*. Auf der Titelseite ein Bild der Demonstration vom Samstag und die Schlagzeile »Abstimmung mit den Füßen«. Denselben Aufhänger würden sie auch morgen wieder verwenden können, diesmal mit dem Foto eines Randalierers, der nach einem Polizeischild trat. Auf dem Fernsehschirm erschien der Titel des Schlachthoffilms – *Slaughterhouse: the Task of Blood*. Rebus stand auf und ging zu einem der freien Schreibtische. Die Colliar-Akten starrten ihn an. Siobhan war fleißig gewesen und hatte Polizei- und Gefängnisberichte über den Schnellen Eddie Isley und Trevor Guest hinzugefügt.

Guest: Einbrecher, Schläger, Sexualstraftäter.

Isley: Vergewaltiger.

Colliar: Vergewaltiger.

Rebus wandte sich den Aufzeichnungen über die Website zu. Es gab Beiträge mit Einzelheiten über achtundzwanzig weitere Vergewaltiger und Kinderschänder. Ein langer, wütender Artikel kam von einer Person, die sich »Innerlichzerfetzt« nannte – für Rebus' Empfinden mit ziemlicher Sicherheit eine Frau. Sie schimpfte über die Rechtsprechung und deren in Stein gemeißelte Urteile über »Vergewaltigung« gegenüber »sexueller Nötigung«. Es sei schon schwierig genug, eine Verurteilung für Vergewaltigung zu erreichen – aber »sexuelle Nötigung« könne ebenso gemein, brutal und entwürdigend sein, werde jedoch mit milderen Strafen geahndet. Sie schien das Gesetz zu kennen: schwer zu sagen, ob sie von nördlich oder südlich der Grenze kam. Er überflog den Text noch einmal auf der Suche nach den Begriffen »Einbrecher« und »Einbruch« – in Schottland hieß dieses Delikt »Hauseinbruch«. Sie sprach jedoch nur von »Übergriff« und »Angreifer«. Dennoch fand Rebus, dass sie eine Antwort verdiente. Er loggte sich auf Siobhans Terminal ein und meldete sich auf ihrem Hotmail-Konto an – sie benutzte für alles dasselbe Passwort: Hibsgirl. Mit dem Finger fuhr er Eric Bains Liste hinunter, bis er auf eine Adresse für Innerlichzerfetzt stieß. Dann begann er zu tippen:

Ich habe gerade Ihren Beitrag auf Sexbestien-im-Visier *gelesen. Ich fand ihn wirklich interessant und würde gern mit Ihnen darüber sprechen. Ich habe eine Information, die Sie interessieren könnte. Bitte rufen Sie mich an unter …*

Er überlegte einen Augenblick. Er hatte keine Ahnung, wie lang Siobhans Handy ausgeschaltet sein würde. Deshalb tippte er seine eigene Nummer, unterschrieb aber als »Siobhan Clarke«. Die Chance war größer, fand er, dass die Schreiberin einer Frau antworten würde. Er las die Nachricht noch einmal durch, fand, dass sie klang, als hätte ein Polizist sie geschrieben, und versuchte es ein zweites Mal:

Ich habe gesehen, was Sie auf Sexbestien-im-Visier *geschrieben haben. Wussten Sie, dass sie die Homepage aus dem Netz genommen haben? Ich würde gern mit Ihnen reden, vielleicht per Telefon.*

Er fügte seine Nummer und Siobhans Namen hinzu – diesmal nur ihren Vornamen; weniger formell. Klickte auf »senden«. Als nur wenige Minuten später sein Telefon klingelte, wusste er, dass es zu schön war, um wahr zu sein – und das erwies sich als richtig.

»Strohmann«, sagte die Stimme gedehnt: Cafferty.

»Werden Sie diesen Spitznamen denn nie leid?«

Cafferty lachte leise in sich hinein. »Wie lange ist das jetzt her?«

Vielleicht sechzehn Jahre ... Rebus als Zeuge, Cafferty auf der Anklagebank ... einer der Anwälte verwechselte Rebus mit einem früheren Zeugen namens Stroman ...

»Gibt's was Neues?«, fragte Cafferty.

»Warum sollte ich Ihnen das erzählen?«

Ein erneutes Lachen. »Sagen wir, Sie haben ihn gefasst, und der Fall geht vor Gericht ... Wie würde es aussehen, wenn ich plötzlich ausplaudern würde, dass ich Ihnen geholfen habe? Da gäbe es viel zu erklären ... könnte sogar einen fehlerhaft geführten Prozess zur Folge haben.«

»Ich dachte, Sie wollten, dass er gefasst wird?« Cafferty schwieg. Rebus wog seine Worte genau ab. »Wir machen Fortschritte.«

»Wie schnell geht's voran?«

»Es geht eher langsam.«

»Kein Wunder, bei dem Chaos in der Stadt.« Wieder dieses Lachen. Rebus fragte sich, ob Cafferty getrunken hatte. »Ich hätte heute ein noch so großes Ding drehen können, ihr wärt viel zu beschäftigt gewesen, um es zu bemerken.«

»Warum haben Sie dann nicht?«

»Verwandelter Mensch, Rebus. Neuerdings auf *eurer* Seite, schon vergessen? Wenn ich also irgendwie behilflich sein kann ...«

»Im Moment nicht.«

»Aber wenn Sie mich brauchen könnten, würden Sie fragen?«

»Sie haben es selbst gesagt, Cafferty – je tiefer Sie drinhängen, umso schwieriger könnte es werden, eine Verurteilung zu erreichen.«

»Ich kenne die Spielregeln, Rebus.«

»Dann wissen Sie ja, wann man am besten eine Runde aussetzt.« Rebus wandte sich vom Fernseher ab. Gerade wurde ein Tierkörper von einer Maschine gehäutet.

»Lassen Sie uns in Kontakt bleiben, Rebus.«

»Apropos ...«

»Ja?«

»Es gibt ein paar Polizisten, mit denen ich gern mal reden würde. Sie sind Engländer, aber wegen des G8-Gipfels hier.«

»Dann reden Sie doch mit ihnen.«

»Leichter gesagt als getan. Sie tragen keine Abzeichen und fahren in einem Transporter und einem Auto ohne Kennzeichnung durch die Stadt.«

»Was wollen Sie von denen?«

»Erzähle ich Ihnen später.«

»Beschreibungen?«

»Ich denke, sie könnten bei der Met sein. Arbeiten in einem Dreierteam. Braungebrannte Gesichter ...«

»Mit anderen Worten, in dem Haufen hier oben fallen sie auf.«

»Der Anführer heißt Jacko. Könnte für einen Typen vom Special Branch namens David Steelforth arbeiten.«

»Steelforth kenne ich.«

Rebus lehnte sich an einen der Schreibtische. »Wie das?«

»Er hat im Lauf der Jahre eine ganze Reihe meiner Bekannten eingelocht.« Rebus erinnerte sich: Cafferty hatte Verbindungen zu den Londoner Banden alter Schule. »Ist er auch hier?«

»Wohnt im Balmoral.« Rebus hielt inne. »Ich hätte nichts dagegen zu erfahren, auf wessen Kosten.«

»Wenn man glaubt, es könnte einen nichts mehr überraschen«, meinte Cafferty, »kommt John Rebus daher und bittet einen, beim Special Branch herumzuschnüffeln ... Ich werde das Gefühl nicht los, dass das nichts mit Cyril Colliar zu tun hat.«

»Wie gesagt, das erzähle ich Ihnen später.«

»Und was machen Sie im Moment?«

»Arbeiten.«

»Lust auf einen Drink?«

»So weit bin ich noch nicht gesunken.«

»Ich auch nicht, dachte nur, ich biete es Ihnen an.«

Rebus überlegte kurz, spielte mit dem Gedanken. Aber die Leitung war schon tot. Er setzte sich und zog einen Block zu sich her. Darauf stand alles, was er an dem Abend zustande gebracht hatte:

Groll auf?

Mögl. Opfer?

Zugang zu H ...

Auchterarder – lokale Verbindung?

Wer ist der Nächste?

Bei der letzten Zeile kniff er die Augen zusammen. Komisch: *Who's next?* war der Titel eines Who-Albums, das zu Michaels Lieblingsalben gehört hatte. Und ein Titel daraus war »Won't get fooled again«, heute die Erkennungsmelodie einer der verschiedenen *CSI*-Serien. Mit einem Mal verspürte er den Drang, mit jemandem zu sprechen, vielleicht seiner Tochter oder seiner Exfrau. Familienbande. Er dachte an Siobhan und ihre Eltern. Versuchte, nicht gekränkt zu sein, weil sie nicht gewollt hatte, dass er sie kennenlernte. Sie sprach nie von ihnen; eigentlich wusste er gar nicht genau, wie viel Familie sie besaß.

»Weil du nie fragst«, rügte er sich selbst. Sein Handy piepte, das Zeichen für eine SMS. Absender: Shiv. Er öffnete sie.

Kö w u im WGH treff?

WGH war das Western General Hospital. Er hatte keine Berichte über verletzte Polizisten gehört ... kein Grund, warum sie in der Princes Street oder dort in der Nähe hätte sein sollen.

Lass mich wissen, wie's dir ergangen ist!!

Auf dem Weg zum Parkplatz versuchte er es noch einmal auf

ihrer Nummer. Nur das Besetztzeichen. Er sprang ins Auto und warf sein Handy auf den Beifahrersitz. Als es klingelte, war er noch keine fünfzig Meter gefahren. Er griff danach, klappte es auf.

»Siobhan?«, fragte er.

»Was?« Eine weibliche Stimme.

»Hallo?« Er biss die Zähne zusammen, während er versuchte, mit einer Hand zu steuern.

»Ist da ... Eigentlich wollte ich ... Ach, egal.« Die Verbindung brach ab, und er warf das Handy wieder neben sich auf den Beifahrersitz. Nachdem es dort abgeprallt war, fiel es in den Fußraum. Er schloss die Fäuste um das Steuerrad und trat kräftig aufs Gaspedal.

10

An der Forth Road Bridge gab es einen Rückstau. Das störte jedoch keinen von beiden. Es gab viel zu besprechen und außerdem viel zu überlegen. Siobhan hatte Rebus alles erzählt. Teddy Clarke durfte bei seiner Frau bleiben. Die Pflegekräfte hatten vorgeschlagen, ihm ein provisorisches Bett zu richten. Gleich am nächsten Morgen sollte eine Computertomografie durchgeführt werden, um einen Gehirnschaden auszuschließen. Der Stock hatte sie an der oberen Gesichtshälfte getroffen: beide Augen geschwollen und blau angelaufen, eins sogar vollständig geschlossen. Die Nase mit Verbandsmull bedeckt, aber nicht gebrochen. Rebus hatte gefragt, ob die Gefahr bestehe, dass sie das Augenlicht verlor. Auf einem Auge vielleicht, hatte Siobhan eingeräumt.

»Nach der CT bringen sie sie in die ophthalmologische Abteilung. Aber wissen Sie, was am schlimmsten war, John?«

»Die Erkenntnis, dass Ihre Mutter nur ein Mensch ist?«, mutmaßte Rebus.

Siobhan hatte langsam den Kopf geschüttelt. »Sie sind gekommen und haben sie verhört.«

»Wer?«

»Die Polizei.«

»Das ist ja ein starkes Stück.«

Worauf sie schroff gelacht hatte. »Sie wollten aber nicht herausfinden, wer sie geschlagen hatte, sondern wissen, was *sie* getan hatte ...«

Klar, hatte sie nicht schließlich zu den Krawallmachern gehört? Und in der ersten Reihe gestanden?

»Meine Güte«, hatte Rebus gemurmelt. »Waren Sie dort?«

»Dann wäre da der Teufel los gewesen.« Und einen Moment später, kaum lauter als ein Flüstern: »Ich hab das da unten gesehen, John.«

»Sah ganz schön haarig aus, nach den Fernsehbildern zu urteilen.«

»Die Polizei hat überreagiert.« Sie hatte ihm fest in die Augen geschaut, wollte, dass er ihr widersprach.

»Sie sind wütend, Siobhan«, war alles, was er sagte, während er an der Sicherheitskontrolle das Fenster herunterließ.

Bis sie in Glenrothes ankamen, hatte er ihr von seinem Abend erzählt und sie darauf hingewiesen, dass sie eine E-Mail von »Innerlichzerfetzt« bekommen könnte. Sie schien ihm kaum zuzuhören. Am Hauptquartier der Fife Police mussten sie dreimal ihre Dienstmarken vorzeigen, bevor sie Zutritt zur Operation Sorbus erhielten. Rebus hatte beschlossen, seine Nacht in der Zelle nicht zu erwähnen – nicht ihr Problem. Seine linke Hand war endlich wieder einigermaßen normal. Dazu hatte es lediglich einer Packung Ibuprofen bedurft ...

Es war ein Kontrollraum wie jeder andere: Videoüberwachungsbilder; ziviles Personal mit Kopfhörern an Computern; Landkarten von Zentralschottland. Es gab Live-Bilder vom Sicherheitszaun in Gleneagles, übermittelt von den Kameras, die an jedem Wachturm angebracht waren. Weitere Bilder kamen von Edinburgh, Stirling, der Forth Bridge. Und dann war da noch das Verkehrsüberwachungsvideo an der M9, der Autobahn, die an Auchterarder vorbeiführte.

Die Nachtschicht hatte begonnen, was sich in gesenkten Stimmen und einer gedämpften Atmosphäre niederschlug. Ruhige Konzentration, keinerlei Hektik. Soweit Rebus sehen konnte, war kein hohes Tier anwesend, auch kein Steelforth. Siobhan kannte ein oder zwei Gesichter von ihrem Besuch eine Woche zuvor. Sie äußerte ihr Anliegen und ließ Rebus in seinem eigenen Tempo weiter durch den Raum schlendern. Dann entdeckte auch er jemanden. Bobby Hogan war nach einem Ermittlungserfolg in einer Schießerei in South Queensferry zum DCI befördert und daraufhin nach Tayside versetzt worden. Rebus hatte ihn ungefähr ein Jahr lang nicht mehr gesehen, erkannte aber das borstige silbergraue Haar und die Art, wie er den Kopf zwischen die Schultern sinken ließ.

»Bobby«, sagte er und reichte ihm die Hand.

Hogan machte große Augen. »Herrgott, John, sind wir denn schon so auf den Hund gekommen?« Er erwiderte Rebus' Händedruck.

»Keine Sorge, Bobby, ich bin nur als Chauffeur hier. Wie bekommt das Leben dir hier so?«

»Kann nicht klagen. Ist das Siobhan da drüben?« Rebus nickte. »Warum pirscht sie sich an einen meiner Leute heran?«

»Sie sucht Überwachungsbildmaterial.«

»Daran mangelt es uns wahrhaftig nicht. Wofür braucht sie es?«

»Ein Fall, an dem wir arbeiten, Bobby … Es kann sein, dass der Verdächtige heute bei den Ausschreitungen dabei war.«

»Die Nadel im Heuhaufen«, kommentierte Hogan, die Stirn runzelnd.

Er war ein paar Jahre jünger als Rebus, hatte aber mehr Falten im Gesicht.

»Wie fühlt man sich so als DCI?«, fragte Rebus, bemüht, die Aufmerksamkeit seines Freundes abzulenken.

»Das solltest du auch mal probieren.«

Rebus schüttelte den Kopf. »Zu spät für mich, Bobby. Wie lebt es sich in Dundee?«

»Hab halt meine Junggesellenbude.«

»Ich dachte du und Cora, ihr wärt wieder zusammen?«

Hogans Gesicht wurde noch faltiger. Er schüttelte energisch den Kopf, um Rebus zu verstehen zu geben, dass er dieses Thema besser mied.

»Das ist ja ein richtiges Hauptquartier hier«, sagte er stattdessen.

»Kommandoposten«, erwiderte Hogan mit geschwellter Brust. »Wir stehen in Kontakt mit Edinburgh, Stirling, Gleneagles.«

»Und wenn es tatsächlich zum Supergau kommt?«

»Dann wird der G8-Gipfel in unsere alten Jagdgefilde verlegt – nach Tulliallan.«

Gleichbedeutend mit dem Scottish Police College. Rebus nickte, um zu zeigen, dass er beeindruckt war.

»Direktverbindung zum Special Branch, Bobby?«

Hogan zuckte mit den Schultern. »Abends sind *wir* zuständig, John, nicht sie.«

Rebus nickte wieder, diesmal um Zustimmung vorzutäuschen. »Ich bin aber einem von ihnen begegnet ...«

»Steelforth?«

»Der stolziert durch Edinburgh, als gehörte die Stadt ihm.«

»Der ist wirklich eigen«, stimmte Hogan zu.

»Ich könnte es auch anders formulieren«, vertraute Rebus ihm an, »aber ich lasse es lieber ... Ihr beide könntet ja dickste Freunde sein.«

Hogan lachte verächtlich. »Wohl kaum.«

»Es ist aber nicht nur er.« Rebus senkte die Stimme. »Ich hatte eine Auseinandersetzung mit einigen seiner Männer. Sie waren in Uniform, aber ohne Abzeichen. Nicht gekennzeichnetes Auto, dazu einen Transporter mit Blaulicht, aber ohne Sirene.«

»Was ist passiert?«

»Ich habe versucht, nett zu sein, Bobby …«

»Und?«

»Bin gegen eine Wand gerannt.«

Hogan sah ihn an. »Buchstäblich?«

»So gut wie.«

Hogan nickte verständnisvoll. »Und jetzt hättest du gern die Namen zu diesen Gesichtern?«

»Eine großartige Beschreibung kann ich leider nicht liefern«, sagte Rebus entschuldigend. »Sie waren sonnengebräunt, und einer von ihnen hieß Jacko. Ich glaube, sie sind aus dem Südosten.«

Hogan überlegte einen Moment. »Mal sehen, was ich tun kann.«

»Aber nur, wenn *du* dabei unter dem Radar bleibst, Bobby.«

»Keine Sorge, John. Ich hab dir doch gesagt, das hier ist *mein* Laden.« Wie zur Bestätigung legte er eine Hand auf Rebus' Arm.

Rebus nickte zum Dank und beschloss, dass es nicht an ihm war, die Seifenblase seines Freundes zum Platzen zu bringen …

Siobhan hatte ihre Suche eingegrenzt. Sie war letztlich nur an Bildmaterial von den Gardens interessiert, und das auch nur innerhalb einer Zeitspanne von dreißig Minuten. Trotzdem gab es über tausend Fotos anzuschauen und dazu noch Filme aus einem Dutzend verschiedener Blickwinkel. Das Material der Überwachungskameras und die Videos und Standfotos, die Demonstranten und Zuschauer aufgenommen hatten, waren darin noch gar nicht enthalten.

»Dann sind da noch die Medien«, hatte man ihr gesagt. BBC News, ITV, Channel 4, Channel 5 und außerdem Sky und CNN. Ganz zu schweigen von den Pressefotografen der größten schottischen Zeitungen.

»Fangen wir mit dem Material hier an«, hatte sie gesagt.

»Da ist ein Kabuff, das Sie benutzen können ...«

Sie dankte Rebus fürs Herbringen und meinte, er solle jetzt ruhig nach Hause fahren. Sie würde schon irgendwie nach Edinburgh zurückkommen.

»Wollen Sie die ganze Nacht hierbleiben?«

»Vielleicht dauert's ja nicht so lang.« Vielleicht aber doch, wussten beide. »Die Kantine hat rund um die Uhr geöffnet.«

»Und Ihre Eltern?«

»Da fahre ich gleich morgen früh hin.« Sie hielt inne. »Wenn Sie mich entbehren können ...«

»Das werden wir dann sehen, o.k.?«

»Danke.« Und dann umarmte sie ihn, ohne genau zu wissen, warum. Vielleicht bloß, um etwas Menschliches zu spüren, mit der ganzen langen Nacht vor sich.

»Siobhan ... Nehmen wir mal an, Sie finden ihn, was dann? Er wird sagen, dass er nur seine Arbeit getan hat.«

»Ich werde den Beweis dafür haben, dass dem nicht so ist.«

»Wenn Sie es zu weit treiben ...«

Sie nickte lächelnd und zwinkerte ihm zu. Gesten, die sie von ihm gelernt hatte und die er immer dann einsetzte, wenn er vorhatte, über eine Grenze zu gehen.

Ein Zwinkern und ein Lächeln, dann war sie weg.

Jemand hatte ein großes Anarchistenzeichen auf die Tür der Abteilung C im Polizeipräsidium am Torphichen Place gemalt. Es war ein altes, zerbröckelndes Gebäude, die Atmosphäre dort doppelt so angespannt wie am Gayfield Square. Draußen sammelten Straßenkehrer Trümmer, zerbrochenes Glas, Ziegel- und Pflastersteine sowie Fastfoodschachteln ein.

Der Sergeant am Tresen betätigte den Türöffner und ließ Rebus herein. Einige der Demonstranten aus der Canning Street waren zur Vernehmung hergebracht worden. Sie würden die Nacht in Zellen verbringen, die man zu diesem Zweck freigemacht hatte. Rebus stellte sich lieber nicht vor, wie viele Junkies und Taschendiebe gerade die Straßen von Edinburgh unsicher machten, nachdem sie aus den ihnen zustehenden Arrestzellen hinausgeworfen worden waren. Der Dienstraum des CID war lang und schmal und immer von dem schwachen Geruch menschlicher Ausdünstungen erfüllt, etwas, was Rebus auf die regelmäßige Anwesenheit von DC Ray »Rat-Arse« Reynolds zurückführte. Der hing jetzt auf seinem Stuhl, die Füße über Kreuz auf dem Schreibtisch vor ihm, mit offener Krawatte und einer Dose Lager in der Hand. An einem anderen Schreibtisch saß sein Chef, DI Shug Davidson. Davidson hatte seine Krawatte gar nicht mehr um, schien aber noch zu arbeiten, jedenfalls hackte er mit zwei Fingern auf seine Computertastatur ein. Die Dose Lager neben ihm war noch ungeöffnet.

Reynolds bemühte sich erst gar nicht, einen Rülpser zu unterdrücken, als Rebus den Raum betrat. »Da kommt ja unser Rächer der Enterbten!«, rief er, als er ihn erkannte. »Wie ich höre, sind Sie in der Nähe des G8-Gipfels ungefähr so willkommen wie die Clowns-Armee.« Dennoch prostete er ihm mit seiner Bierdose zu.

»Das geht mir richtig zu Herzen, Ray. War ziemlich hektisch, oder?«

»Wir müssten ganz schön Zulagen bekommen.« Reynolds hielt ein frisches Bier hoch, aber Rebus schüttelte den Kopf.

»Sie zieht's wohl dahin, wo was los ist?«, fügte Davidson hinzu.

»Muss mit Ellen sprechen«, erklärte Rebus und deutete mit dem Kopf auf die einzige weitere Anwesende im Raum. DS Ellen Wylie blickte von dem Bericht auf, hinter dem sie sich verschanzt hatte. Ihr blondes, in der Mitte gescheiteltes Haar trug sie kurz geschnitten. Seit der Zeit, als Rebus ein paar Fälle mit ihr zusammen bearbeitet hatte, hatte sie zugenommen. Ihre Wangen waren runder geworden und jetzt leuchtend rot – etwas, worauf Reynolds genüsslich hinwies, indem er die Hände gegeneinanderrieb und dann in ihre Richtung streckte, als wärmte er sie an einem offenen Feuer. Sie erhob sich, allerdings ohne Blickkontakt mit dem Eindringling aufzunehmen. Davidson fragte, ob es um etwas gehe, was er wissen sollte. Rebus zuckte lediglich die Achseln. Wylie hatte die Jacke von der Rückenlehne ihres Stuhls genommen und ihre Schultertasche umgehängt.

»Ich wollte sowieso Feierabend machen«, verkündete sie in den Raum hinein. Reynolds pfiff durch die Zähne und stieß mit dem Ellbogen in die Luft.

»Was meinst du, Shug? Ist doch nett, wenn zwischen Kollegen die Liebe erblüht.« Gelächter folgte ihr, während sie den Raum verließ. Im Flur lehnte sie sich an die Wand und ließ den Kopf sinken.

»Langer Tag?«, fragte Rebus.

»Haben Sie je versucht, einen deutschen Anarchosyndikalisten zu vernehmen?«

»In letzter Zeit nicht.«

»Sie mussten alle heute Nacht vernommen werden, damit sie morgen den Gerichten überstellt werden können.«

»Heute«, berichtigte Rebus und tippte auf seine Uhr. Sie sah auf ihre eigene.

»Ist es wirklich schon so spät?« Sie klang erschöpft. »In sechs Stunden bin ich schon wieder hier.«

»Wenn die Pubs noch geöffnet wären, würde ich Sie ja zu einem Drink einladen.«

»Ich brauche keinen Drink.«

»Soll ich Sie heimfahren?«

»Mein Auto steht draußen.« Sie überlegte einen Moment. »Nein, tut es nicht – ich hab's ja heute stehen lassen.«

»Gar nicht dumm.«

»Das hat man uns geraten.«

»Voraussicht ist eine prima Sache. Und es bedeutet, dass ich Sie letztlich doch nach Hause bringen kann.« Rebus wartete, bis sie ihn ansah. Er lächelte. »Sie haben immer noch nicht gefragt, was ich eigentlich will.«

»Ich *weiß*, was Sie wollen.« Sie nahm eine leicht drohende Haltung ein, und er hob wie zum Zeichen der Kapitulation die Hände.

»Ist ja auch nicht mehr schwer«, entgegnete er. »Ich möchte nicht, dass Sie …«

»Dass ich?«

Und dann landete er seine Pointe: »Innerlich zerfetzt werden.«

Ellen Wylie bewohnte zusammen mit ihrer geschiedenen Schwester ein Haus.

Es war ein Reihenmittelhaus in Cramond. Der rückwärtige Garten grenzte mit einer steilen Böschung an den River Almond. Da die Nacht mild war und Rebus eine Zigarette brauchte, setzten sie sich an einen Tisch im Freien. Wylie hielt ihre Stimme gesenkt – wollte keine Beschwerde der Nachbarn riskieren, und außerdem stand das Schlafzimmerfenster ihrer Schwester offen. Sie hatte Tassen mit Tee und viel Milch herausgebracht.

»Netter Fleck«, meinte Rebus zu ihr. »Mir gefällt, dass Sie das Wasser hören können.«

»Gleich da drüben ist ein Wehr.« Sie deutete in die Dunkelheit. »Das überdeckt den Flugzeuglärm.«

Rebus nickte zustimmend: Sie befanden sich direkt in der Einflugschneise zum Turnhouse Airport. Zu dieser nachtschlafenden Zeit hatten sie vom Torphichen Place hierher nur eine Viertelstunde gebraucht. Auf dem Weg hatte sie ihm ihre Geschichte erzählt.

»Ich habe also etwas für die Website geschrieben ... ist doch kein Verbrechen, oder? Ich hatte so die Schnauze voll von dem System. Wir reißen uns den Arsch auf, um diese Bestien vor Gericht zu bringen, und dann setzen die Anwälte alles dran, damit deren Strafmaß nach und nach auf ein Nichts zusammenschrumpft.«

»Das war alles?«

Sie war unruhig auf dem Beifahrersitz hin und her gerutscht.

»Was denn sonst?«

»Innerlichzerfetzt – klingt irgendwie persönlicher.«

Sie hatte zum Fenster hinausgestarrt. »Nein, John, nur wütend. Habe zu viele Stunden mit Fällen von Vergewaltigung, sexueller Nötigung, häuslicher Gewalt zugebracht – vielleicht muss man eine Frau sein, um das zu verstehen.«

»Weshalb Sie Siobhan zurückgerufen haben? Ich erkannte Ihre Stimme sofort.«

»Ja, das war besonders hinterhältig von Ihnen.«

»Bin dafür bekannt ...«

Jetzt, wo sie bei einem kühlen Lüftchen im Garten saßen, knöpfte Rebus seine Jacke zu und stellte ihr Fragen über die Website. Wie sie sie gefunden hatte. Ob sie die Jensens kannte. Ob sie sie je getroffen hatte.

»Ich erinnere mich an den Fall«, war alles, was sie sagte.

»Vicky Jensen?« Sie nickte langsam. »Haben Sie daran gearbeitet?«

Ein Kopfschütteln. »Aber ich bin froh, dass er tot ist. Zeigen Sie mir sein Grab, und ich führe einen Freudentanz auf.«

»Edward Isley und Trevor Guest sind auch tot.«

»Hören Sie, John, ich hab lediglich etwas in einem Blog geschrieben ... hab Dampf abgelassen.«

»Und jetzt sind drei von den Männern, die auf der Website standen, tot. Durch einen Schlag auf den Kopf und eine Überdosis Heroin. Sie haben Mordfälle bearbeitet, Ellen ... Was sagt Ihnen diese Vorgehensweise?«

219

»Jemand mit Zugang zu harten Drogen.«

»Sonst noch was?«

Sie überlegte einen Augenblick. »Sagen Sie's mir.«

»Der Mörder wollte den Opfern nicht von vorn gegenüber-
treten. Vielleicht weil sie größer und stärker waren. Wollte
sie letztlich aber auch nicht leiden lassen – ein ordentlicher
K.o. und dann die Spritze. Klingt das für Sie nicht nach einer
Frau?«

»Wie finden Sie den Tee, John?«

»Ellen …«

Sie schlug mit einer Handfläche auf den Tisch. »Wenn sie
auf der Website standen, waren sie echte Drecksäcke … Sie
dürfen nicht erwarten, dass ich Mitleid mit ihnen habe.«

»Und wie sieht es mit der Ergreifung des Mörders aus?«

»Wie meinen Sie das?«

»Wollen Sie, dass er davonkommt?«

Wieder starrte sie in die Dunkelheit. Der Wind rauschte in
den nahe gelegenen Bäumen. »Wissen Sie, was wir heute hatten, John? Wir hatten einen Krieg, eindeutig – hier die Guten,
da die Bösen …«

Erzähl das mal Siobhan, dachte Rebus.

»Aber so ist es nicht immer, stimmt's?«, fuhr sie fort. »Manchmal verschwimmt die Grenze.« Sie wandte sich ihm zu. »Keiner dürfte das besser wissen als *Sie*, bei den vielen Abkürzun-
gen, die ich Sie habe nehmen sehen.«

»Ich gebe ein lausiges Rollenmodell ab, Ellen.«

»Vielleicht, aber Sie haben vor, ihn zu finden, stimmt's?«

»Ihn oder sie. Deshalb brauche ich eine Aussage von Ihnen.«

Sie machte den Mund auf, um zu protestieren, aber er hob
eine Hand. »Sie sind die Einzige, die ich kenne, die auf diese
Website gegangen ist. Die Jensens haben sie aus dem Netz genommen, sodass ich nicht mehr sagen kann, worin ihr Inhalt
bestand.«

»Sie wollen, dass ich Ihnen helfe?«

»Indem Sie mir ein paar Fragen beantworten.«

Sie lachte leise und unwirsch auf. »Wissen Sie, dass ich später zum Gericht muss?«

Rebus zündete sich noch eine Zigarette an. »Warum Cramond?«, fragte er. Sie schien erstaunt über den Themenwechsel.

»Es ist ein Dorf«, erklärte sie. »Ein Dorf innerhalb einer Stadt – das Beste von beiden Welten.« Sie hielt inne. »Hat die Vernehmung schon begonnen? Ist das Ihre Art, mich einzulullen?«

Rebus schüttelte den Kopf. »Hab mich nur gefragt, wer auf die Idee gekommen ist.«

»Es ist mein Haus, John. Denise ist bei mir eingezogen, nachdem sie ...« Sie räusperte sich. »Ich glaube, ich habe eine Mücke verschluckt«, sagte sie entschuldigend. »Nach ihrer Scheidung, wollte ich sagen.«

Rebus quittierte diese Erklärung mit einem Kopfnicken. »Ist ja auch ein friedliches Fleckchen, das muss man Ihnen lassen. Hier draußen kann man leicht seinen Job vergessen.«

Das Licht aus der Küche fing ihr Lächeln ein. »Ich habe das unbestimmte Gefühl, dass es bei Ihnen nicht wirken würde. Ich glaube, Sie brauchen mindestens einen Vorschlaghammer.«

»Oder ein paar davon«, konterte Rebus und deutete mit dem Kopf auf eine Reihe leerer Weinflaschen, die unter dem Küchenfenster aufgereiht waren.

Auf dem Rückweg in die Stadt nahm er sich Zeit. Er liebte die Stadt bei Nacht, die Taxis und bummelnden Fußgänger, den warmen Schein der Straßenlaternen, verdunkelte Geschäfte, Wohnungen mit zugezogenen Vorhängen. Es gab Orte, die er aufsuchen konnte: eine Bäckerei, den Empfang eines Nachtportiers, ein Kasino – Orte, an denen er bekannt war und wo Tee gekocht und der neueste Tratsch ausgetauscht würde. Vor

Jahren hätte er auf ein Schwätzchen mit den Prostituierten in der Coburg Street anhalten können, von denen die meisten inzwischen entweder weggezogen oder gestorben waren. Und auch wenn er nicht mehr da war, Edinburgh würde bleiben. Genau diese Szenen würden sich weiterhin abspielen, ein endlos aufgeführtes Stück. Killer würden gefasst und bestraft, andere weiterhin frei herumlaufen. Die Welt und die Unterwelt, ein Nebeneinander durch die Generationen hindurch. Bis zum Ende der Woche würde der G8-Zirkus weitergezogen sein. Geldof und Bono würden neue Themen suchen. Richard Pennen würde in seine Vorstandsetage, David Steelforth zu Scotland Yard zurückgekehrt sein. Manchmal erschien es Rebus, als wäre er nah dran, den Mechanismus zu entdecken, der alles verband.

Nah dran, aber nie nah genug.

Die Meadows schienen verlassen, als er in die Marchmont Road einbog. Er parkte am Ende der Arden Street und ging den Hügel wieder hinab zu seiner Wohnung. Zwei- oder dreimal die Woche landeten in seinem Briefkasten Reklamezettel von Firmen, die sich anboten, seine Wohnung für ihn zu verkaufen. Die über ihm war für zweihunderttausend weggegangen. Wenn man diesen Betrag zu seiner CID-Rente hinzuzählte, gehörte er, wie Siobhan einmal gesagt hatte, zu den Betuchten. Das Problem war nur, dass er dieses Ziel überhaupt nicht anstrebte. Er bückte sich, um die Post vom Boden hinter der Tür aufzuheben. Da lag eine Speisekarte von einem neuen indischen Takeaway. Er würde sie in der Küche anpinnen, neben den anderen. In der Zwischenzeit machte er sich ein Schinkensandwich, das er im Stehen in der Küche aß, während er auf die Ansammlung leerer Dosen auf der Arbeitsfläche starrte. Wie viele Flaschen hatten in Ellen Wylies Garten gestanden? Fünfzehn, vielleicht auch zwanzig. Eine Menge Wein. In der Küche hatte er eine leere Tesco-Tüte entdeckt. Darin brachte sie wahrscheinlich, wenn sie einkaufen ging, die Flaschen zum Glascontainer. Sagen wir mal, alle vierzehn Tage ... Zwanzig Flaschen in zwei Wochen, zehn pro Woche – *Denise ist bei mir eingezogen, nachdem sie ... nach ihrer Scheidung.* Rebus war aufgefallen, dass es am erleuchteten Küchenfenster keine Nachtinsekten gab. Ellen hatte mitgenommen ausgesehen. Das konnte man leicht den Ereignissen des Tages zuschreiben, aber Rebus wusste, dass es tiefer ging. Die Tränensäcke unter ihren rot geränderten Augen hatten sich über Wochen hinweg gebildet. Ihre Figur war auseinandergegangen. Er wusste, dass Siobhan Ellen einmal als Rivalin betrachtet hatte – zwei Detective Sergeants, die mit Zähnen und Klauen um ihre Beförderung würden kämpfen müssen. In der letzten Zeit hatte Siobhan allerdings nicht mehr davon gesprochen. Vielleicht, weil Ellen ihr heute nicht mehr so gefährlich erschien ...

Er goss sich ein Glas Wasser ein und nahm es mit ins Wohnzimmer, stürzte es bis auf einen kleinen Rest hinunter und fügte dann einen Schluck Malt Whisky hinzu. Den kippte er und spürte, wie die Wärme sich in seiner Kehle ausbreitete. Er schenkte sich nach und ließ sich in seinen Sessel fallen. Zu spät, um noch Musik zu hören. Er saß einfach da, das Glas an der Stirn, und schloss die Augen.

Schlief ein.

Dienstag, 5. Juli 2005

11

Alles, was Glenrothes anbieten konnte, war eine Mitfahrgelegenheit zum Bahnhof in Markinch.

Siobhan saß – noch zu früh für den morgendlichen Berufsverkehr – im Zug, den Blick auf die vorbeiziehende Landschaft gerichtet, mit den Gedanken jedoch ganz woanders: Vor ihrem geistigen Auge spulte sie noch einmal das Filmmaterial von den Ausschreitungen ab, all die Stunden, die sie gerade hinter sich gebracht hatte. Lärm und Wut, Flüche und Wurfgeschosse, die mit Gepolter auftrafen, und Menschen, die vor Anstrengung ächzten. Ihr Daumen war taub vom Drücken der Fernbedienung. Pause ... langsamer Rücklauf ... langsamer Vorlauf ... abspielen. Schneller Vorlauf ... Rücklauf ... Pause ... abspielen. Auf manchen der Standfotos waren Gesichter eingekreist worden – Personen, die die Polizei vernehmen wollte. Augen, in denen der Hass loderte. Manche von ihnen waren natürlich gar keine Demonstranten, sondern Krawallmacher aus der Umgebung, die, unter Burberryschals und Baseballkappen versteckt, für jede Schlägerei zu haben waren. Im Süden Englands hätte man sie wahrscheinlich Rowdys genannt, aber hier oben waren sie Prolls. Das hatte einer vom Team Siobhan gesagt, als er ihr Kaffee und einen Schokoladenriegel gebracht hatte und einen Moment hinter ihr stehen geblieben war.

»Prollo, der Proll aus Prolltown.«

Die Frau, die Siobhan im Zug gegenübersaß, hatte die Morgenzeitung aufgeschlagen. Auf der Titelseite ging es um die Ausschreitungen. Aber auch um Tony Blair. Er war in Singapur, wo er London als Austragungsort für die Olympischen Sommerspiele 2012 anpries. Die schienen in weiter Ferne zu liegen; Singapur auch. Siobhan konnte nicht glauben, dass er rechtzeitig wieder in Gleneagles sein würde, um all diese Hände zu schütteln – Bush und Putin, Schröder und Chirac. In der Zeitung stand auch, es deute wenig darauf hin, dass die Besucher des Konzerts am Samstag im Hyde Park sich nun massenweise in Richtung Norden aufgemacht hätten.

»Entschuldigung, ist hier noch frei?«

Siobhan nickte, und der Mann zwängte sich neben sie.

»War das nicht schrecklich gestern?«, sagte er. Siobhan reagierte nur mit einem Brummen, aber die Frau auf der anderen Seite erzählte, sie sei in der Rose Street einkaufen gewesen und wäre um ein Haar in das Ganze hineingezogen worden. Darauf fingen die beiden an, Kriegsberichte auszutauschen, während Siobhan wieder aus dem Fenster starrte. Nichts anderes waren die Zusammenstöße gewesen. Die Polizei hatte ihre Taktik nicht geändert: hart vorgehen, deutlich machen, dass die Stadt uns gehört, nicht ihnen. Das Filmmaterial hatte eindeutige Provokationen gezeigt. Aber sie hatten gewusst, dass es sinnlos war, an einer Demonstration teilzunehmen, die nicht für Schlagzeilen sorgte. Werbekampagnen konnten Anarchisten sich nicht leisten. Schlagstockeinsätze dagegen waren für sie kostenlose Werbung. Die Fotos in der Zeitung lieferten den Beweis: Polizisten, die mit zusammengebissenen Zähnen Schlagstöcke schwangen; wehrlos auf dem Boden liegende Randalierer, die von gesichtslosen Uniformierten weggeschleppt wurden. Da war George Orwell nicht mehr weit. Allerdings half das alles Siobhan nicht herauszufinden, wer ihre Mutter angegriffen oder warum er das getan hatte.

Aufgeben wollte sie jedoch nicht.

Ihre Augen brannten, wenn sie blinzelte, und alle paar Lidschläge schien die Welt zu verschwimmen. Sie brauchte Schlaf, war aber von Koffein und Zucker aufgeputscht.

»Entschuldigen Sie bitte, aber fehlt Ihnen etwas?«

Das war wieder ihr Nachbar. Er berührte vorsichtig ihren Arm. Als sie blinzelnd die Augen öffnete, spürte sie, dass ihr eine Träne über die Wange lief. Sie wischte sie weg.

»Mir geht's gut«, erwiderte sie. »Nur ein bisschen müde.«

»Ich dachte schon, wir hätten Sie beunruhigt«, sagte die Frau, »mit unserem Gerede über gestern ...«

Siobhan schüttelte den Kopf und bemerkte, dass die Frau mit ihrer Zeitung fertig war. »Würde es Ihnen etwas ausmachen, wenn ich ...?«

»Überhaupt nicht, meine Liebe, nur zu.«

Siobhan rang sich ein Lächeln ab, schlug die Zeitung auf und suchte unter den Fotos nach dem Namen des Fotografen ...

Am Bahnhof Haymarket stellte sie sich bei den Taxis an. Endlich im Western General angekommen, ging sie geradewegs zur Station, wo sie ihren Vater traf, der gerade einen Tee schlürfte. Er hatte in Kleidern geschlafen und sich noch nicht rasieren können, sodass Wangen und Kinn mit grauen Stoppeln bedeckt waren. Er kam ihr alt vor, alt und mit einem Mal sterblich.

»Wie geht es ihr?«, fragte Siobhan.

»Nicht allzu schlecht. Kurz vor Mittag soll sie die Computertomografie kriegen. Und du?«

»Hab das Arschloch noch nicht gefunden.«

»Ich meinte, wie es dir geht.«

»Mir geht's gut.«

»Du warst bestimmt die halbe Nacht auf.«

»Vielleicht etwas mehr als die halbe«, räumte sie lächelnd ein. Ihr Handy piepte; keine SMS, sondern die Warnung, dass ihr Akku fast leer war. Sie schaltete es aus. »Kann ich zu ihr?«

»Sie bereiten sie gerade vor und sagten, sie würden mir Bescheid geben, wenn sie fertig sind. Was macht die Welt draußen?«

»Sieht einem weiteren Tag entgegen.«

»Kann ich dich zu einem Kaffee einladen?«

Sie schüttelte den Kopf. »Ich ertrinke in dem Zeug.«

»Ich glaube, du solltest dich ein bisschen ausruhen, Liebes. Komm sie doch heute Nachmittag besuchen, nach den Untersuchungen.«

»Ich will ihr wenigstens hallo sagen.« Sie deutete mit dem Kopf auf die Station.

»Und dann fährst du nach Hause?«

»Versprochen.«

Aus den Morgennachrichten: Die Festgenommenen vom Vortag wurden dem Sheriff Court in der Chambers Street überstellt. Das Gericht selbst würde nichtöffentlich tagen. Vor dem Dungavel-Abschiebezentrum fand eine Protestkundgebung statt. Die Einwanderungsbehörde hatte die wartenden Abzuschiebenden vorsorglich woandershin gebracht. Sie würden trotzdem weiter demonstrieren, sagten die Organisatoren.

Ärger beim Friedenscamp in Stirling. Menschen brachen nach Gleneagles auf; die Polizei, entschlossen, sie daran zu hindern, berief sich auf Sonderrechte der Section 60, wonach Personen in bestimmten Situationen ohne konkreten Verdacht angehalten und durchsucht werden durften. In Edinburgh war die Säuberung schon weit fortgeschritten. Man hatte ein mit neunzig Gallonen Speiseöl beladenes Fahrzeug beschlagnahmt – das Öl hätte auf der Straße einen glatten Teppich bilden und ein Verkehrschaos auslösen sollen. Das »Final Push«-Konzert am Mittwoch in Murrayfield kündigte sich bereits an. Die Bühne war aufgebaut, die Beleuchtungsanlage installiert. Midge Ure hoffte auf »anständiges schottisches Sommerwetter«. Die ersten Künstler und Prominenten waren angereist. Richard Branson hatte selbst einen seiner Düsenjets nach Edinburgh geflogen. Prestwick Airport bereitete sich auf die Ankömmlinge des folgenden Tages vor. Eine

Diplomatenvorhut war schon eingetroffen. Präsident Bush würde seine eigenen Spürhunde und außerdem ein Mountainbike für sein tägliches Trainingsprogramm mitbringen. Im Studio las der Fernsehmoderator die E-Mail eines Zuschauers vor, der fand, der G8-Gipfel hätte doch auf einer der vielen stillgelegten Bohrinseln in der Nordsee stattfinden können, was »ein kleines Vermögen an Sicherheitskosten gespart und Protestmärsche zu einem reizvollen Unterfangen gemacht hätte«.

Rebus trank seinen Kaffee aus und drehte den Ton leise. Auf dem Parkplatz des Polizeireviers trafen Mannschaftswagen ein, um die Festgenommenen zum Gerichtsgebäude zu bringen. Ellen Wylie sollte in ungefähr neunzig Minuten ihre Aussage machen. Er hatte es mehrmals auf Siobhans Handy versucht, aber das war ständig ausgeschaltet. Er hatte im Sorbus-Hauptquartier angerufen, aber nur die Auskunft erhalten, sie habe sich auf den Weg nach Edinburgh gemacht. Im Western General war man nicht wesentlich auskunftsfreudiger: »Mrs. Clarke hat eine ruhige Nacht gehabt.« Wie oft hatte er das in seinem Leben schon gehört ... Eine ruhige Nacht bedeutete so viel wie: »Sie ist noch am Leben, wenn Sie das beruhigt.« Er hob den Kopf und sah, dass ein Mann das CID-Büro betreten hatte.

»Kann man was für Sie tun?«, fragte Rebus. Dann erkannte er die Uniform. »Entschuldigen Sie, Sir.«

»Wir kennen uns noch nicht«, erwiderte der Chief Constable und streckte ihm die Hand hin. »Ich heiße James Corbyn.«

Rebus schüttelte ihm die Hand und bemerkte, dass Corbyn kein Freimaurer war. »DI Rebus«, stellte er sich vor.

»Arbeiten Sie mit DS Clarke an dem Auchterarder-Fall?«

»So ist es, Sir.«

»Ich habe versucht, sie zu erreichen. Sie schuldet mir einen Bericht.«

»Ein paar interessante Entwicklungen, Sir. Es gibt eine Website, die von einem hiesigen Paar eingerichtet wurde. Kann sein, dass der Mörder sich so seine Opfer ausgesucht hat.«

»Haben Sie Namen für alle drei Fälle?«

»Ja, Sir. Jedes Mal der gleiche Tathergang.«

»Könnte es noch andere geben?«

»Schwer zu sagen.«

»Wird er bei drei aufhören?«

»Auch das wissen wir nicht, Sir.«

Der Chief Constable drehte eine Runde durch den Raum und inspizierte Pinnwände, Schreibtische, Computermonitore. »Ich habe Clarke gesagt, dass sie bis morgen Zeit hat. Danach legen wir den Fall bis zum Ende des G8-Gipfels auf Eis.«

»Ich weiß nicht, ob das so eine gute Idee ist.«

»Die Medien haben noch nichts davon mitbekommen. Es gibt keinen Grund, warum wir nicht noch ein paar Tage länger warten sollten.«

»Spuren haben die Eigenschaft, kalt zu werden, Sir. Wenn wir Verdächtigen diesen zeitlichen Vorsprung geben, um ihre Dinge in Ordnung zu bringen …«

»Sie haben Verdächtige?« Corbyn hatte sich zu Rebus umgedreht.

»Nicht direkt, Sir, aber es gibt Leute, mit denen wir Gespräche führen.«

»G8 muss absolute Priorität haben, Rebus.«

»Darf ich fragen, warum, Sir?«

Corbyn warf ihm einen zornigen Blick zu. »Weil die acht mächtigsten Männer der Welt in Schottland, im besten Hotel am Platz, sein werden. Das ist die Geschichte, die alle hören wollen. Die Tatsache, dass ein Serienmörder im Central Belt sein Unwesen treibt, käme da ziemlich ungelegen, meinen Sie nicht?«

»Eigentlich stammt nur eins der Opfer aus Schottland, Sir.«

Der Chief Constable näherte sich Rebus bis auf wenige Zentimeter. »Spielen Sie hier nicht den Oberschlaumeier, DI Rebus. Und seien Sie gewiss, ich bin schon mit Leuten Ihres Schlages fertig geworden.«

»Was für Leute sind das, Sir?«

»Leute, die glauben, nur weil sie schon eine Weile im Geschäft sind, wüssten sie alles besser als andere. Über Autos sagt man, je mehr Kilometer sie auf dem Buckel haben, desto näher sind sie dem Schrottplatz.«

»Mir sind Oldtimer zehnmal lieber als die Massenprodukte von heute, Sir. Soll ich Ihre Nachricht an DS Clarke weitergeben? Ich nehme an, Sie haben Wichtigeres zu tun. Fahren Sie selbst irgendwann nach Gleneagles?«

»Das geht Sie überhaupt nichts an.«

»Verstanden.« Rebus murmelte etwas, was man als Abschiedsgruß an den Chief Constable hätte deuten können.

»Sie legen dieses Ding auf Eis.« Corbyn schlug mit der flachen Hand auf einen Stapel Papiere auf Rebus' Schreibtisch. »Und denken Sie daran – DS Clarke ist verantwortlich, nicht Sie, Inspector.« Er kniff leicht die Augen zusammen. Als er merkte, dass Rebus keine Anstalten machte zu antworten, verließ er erhobenen Hauptes den Raum. Rebus wartete ungefähr eine Minute, bevor er ausatmete, dann wählte er eine Telefonnummer.

»Mairie? Irgendwelche Neuigkeiten für mich?« Er hörte sich ihre Entschuldigung an. »Schon gut. Ich habe hier ein winzig kleines Extra für dich, vorausgesetzt, du spendierst mir eine Tasse ...«

Zum Multrees Walk brauchte er weniger als zehn Minuten zu Fuß. Es war ein neuer Gebäudekomplex neben dem Nobelkaufhaus Harvey Nichols, und in manchen der Läden prangte noch das Schild »Zu vermieten«. Das Vin Café bot jedoch schon Snacks und italienische Kaffeespezialitäten an, und Rebus bestellte einen doppelten Espresso.

»Und sie bezahlt«, fügte er hinzu, als Mairie Henderson eintraf.

»Rate mal, wer heute Nachmittag aus dem Sheriff Court berichtet?«

»Und das ist deine Entschuldigung dafür, dass wir bei Richard Pennen auf der Stelle treten?«

Sie funkelte ihn wütend an. »John, was macht es denn schon aus, wenn Pennen das Hotelzimmer eines Abgeordneten bezahlt hat? Es gibt keinerlei Anhaltspunkte dafür, dass es ein Geschäft ›Geld gegen Verträge‹ war. Falls Websters Aufgabe in der Beschaffung von Waffen bestand, hätte ich vielleicht den Anfang einer Story.« Sie gab einen Laut der Verzweiflung von sich und zuckte theatralisch mit den Schultern. »Ich gebe jedenfalls noch nicht auf. Lass mich noch mit ein paar Leuten über Richard Pennen reden.«

Rebus fuhr sich mit der Hand übers Gesicht. »Es ist die Art, wie sie ihn mit allen Mitteln schützen. Übrigens nicht nur Pennen – alle, die an diesem Abend dort waren. Wir haben keine Chance, Kontakt mit ihnen aufzunehmen.«

»Glaubst du denn wirklich, dass Webster über die Mauer gestoßen wurde?«

»Es ist immerhin eine Möglichkeit. Einer der Wachposten meinte, einen Eindringling bemerkt zu haben.«

»Na, wenn es ein Eindringling war, sagt einem doch die Vernunft, dass es keiner der geladenen Gäste gewesen sein kann.« Zustimmung heischend, legte sie den Kopf schräg. Da er sie ihr verweigerte, streckte sie sich wieder. »Weißt du, was ich glaube? Ich glaube, das alles kommt nur daher, dass du etwas Anarchistisches in dir hast. Du bist auf *ihrer* Seite, und es ärgert dich, dass du irgendwie bei den Bullen gelandet bist.«

Rebus lachte verächtlich. »Woher hast du das denn?«

Sie fiel in sein Lachen ein. »Es stimmt aber, oder? Du hast dich letztlich immer in der Rolle des Außenseiters gesehen ...«

Sie brach ab, als der Kaffee kam, tauchte den Löffel in ihren Cappuccino und schöpfte sich damit Schaum in den Mund.

»Die beste Arbeit leiste ich an den Rändern der Gesellschaft«, sagte Rebus nachdenklich.

Sie nickte. »Deswegen sind wir ja auch so gut miteinander ausgekommen.«

»Bis du dich für Cafferty entschieden hast.«

Wieder zuckte sie die Schultern. »Er hat mehr mit dir gemein, als du zuzugeben bereit bist.«

»Und dabei wollte ich dir gerade einen Riesengefallen tun ...«

»Also gut.« Sie kniff die Augen zusammen. »Ihr beide seid wie Tag und Nacht.«

»Das klingt schon besser.« Er reichte ihr einen Umschlag. »Von mir eigenhändig getippt, deshalb entspricht die Rechtschreibung vielleicht nicht ganz deinen hohen journalistischen Ansprüchen.«

»Was ist das?« Sie war schon dabei, ein einzelnes Blatt Papier auseinanderzufalten.

»Etwas, was wir unter Verschluss gehalten haben: zwei weitere Opfer, derselbe Täter wie bei Cyril Colliar. Ich kann dir nicht alles geben, was wir haben, aber das hier ist schon mal ein Anfang.«

»Herrgott, John ...« Sie starrte ihn an.

»Was?«

»Warum gibst du mir das?«

»Mein unterschwelliger anarchistischer Zug?«, fragte er mit schelmischem Blick.

»Vielleicht kommt das aber gar nicht auf die Titelseite, diese Woche nicht.«

»Aha?«

»Jede beliebige Woche, nur diese nicht ...«

»Schaust du jetzt dem geschenkten Gaul ins Maul?«

»Diese Sache mit der Website ...« Sie ließ ihre Augen ein zweites Mal über das Blatt wandern.

»Es ist alles in Ordnung, Mairie. Wenn du aber keine Verwen-

235

dung dafür hast ...« Er streckte die Hand aus, um es wieder an sich zu nehmen.

»Was ist ein ›Serienkilter‹? Ist das einer, der am laufenden Band Kilts herstellt?«

»Gib es mir zurück.«

»Wer hat dich denn so auf die Palme gebracht?«, fragte sie lächelnd. »Sonst würdest du dich doch nicht so verhalten.«

»Gib es einfach her, und die Sache ist erledigt.«

Doch sie steckte das Blatt wieder in den Umschlag und den Umschlag gefaltet in die Tasche. »Wenn für den Rest des Tages alles ruhig bleibt, lässt mein Chefredakteur sich vielleicht überreden.«

»Betone die Verbindung mit der Website«, empfahl Rebus. »Das könnte dazu beitragen, dass die anderen auf der Liste etwas vorsichtiger sind.«

»Hat man sie nicht informiert?«

»Dazu sind wir noch nicht gekommen. Und wenn es nach dem Chief Constable geht, werden sie vor nächster Woche nichts davon erfahren.«

»Und bis dahin könnte der Killer wieder zuschlagen?«

Rebus nickte.

»Machst du das wirklich nur, um das Leben dieser Scheißkerle zu retten?«

»Um zu schützen und zu dienen«, antwortete Rebus und deutete erneut einen Gruß an.

»Und nicht, weil du einen Streit mit dem Chief Constable hattest?«

Rebus schüttelte langsam den Kopf, als wäre er von ihr enttäuscht. »Und ich dachte, ich wäre derjenige mit dem Hang zum Zynismus ... Kümmerst du dich wirklich weiter um Richard Pennen?«

»Noch ein Weilchen.« Sie winkte mit dem Umschlag. »Aber erst muss ich das hier neu tippen. Ich wusste gar nicht, dass Englisch nicht deine Muttersprache ist.«

Siobhan war nach Hause gefahren und hatte sich ein Bad eingelassen. Nachdem sie sich hineingelegt hatte, waren ihr die Augen zugefallen, und sie war erst mit einem Ruck wieder aufgewacht, als ihr Kinn die Oberfläche des lauwarmen Wassers berührte. Sie war aus der Wanne gestiegen, hatte frische Kleider angezogen, ein Taxi bestellt und sich zu der Werkstatt bringen lassen, wo ihr Auto zur Abholung bereitstand. Sie war nach Niddrie gefahren, zuversichtlich, dass sie nicht ein zweites Mal Pech haben würde – genauer gesagt ein drittes Mal, obwohl sie es geschafft hatte, die Leihgabe von St. Leonard's an ihren Platz zurückzubringen, ohne dabei beobachtet zu werden. Wenn jetzt Fragen kämen, konnte sie immer sagen, der Schaden sei auf dem Polizeiparkplatz entstanden.

Am Straßenrand vor der Zeltstadt stand ein einstöckiger Omnibus, dessen Fahrer in seine Zeitung vertieft war. Ein paar Camper trotteten auf ihrem Weg dorthin mit ihren prall gefüllten Rucksäcken an Siobhan vorbei und lächelten ihr müde zu. Bobby Greig verfolgte den Exodus. Siobhan blickte sich um und sah, dass andere eifrig mit dem Abbauen ihrer Zelte beschäftigt waren.

»Am Samstag war bei uns am meisten los«, erklärte Greig. »Seitdem wurde es jeden Tag ein bisschen ruhiger.«

»Sie mussten also niemanden wegschicken?«

Sein Mund zuckte. »Unterbringungsmöglichkeiten für fünfzehntausend, und nur zwei haben sich hierher bemüht.« Er hielt inne. »Ihre ›Freunde‹ sind letzte Nacht nicht nach Hause gekommen.« An der Art, wie er das sagte, erkannte sie, dass er informiert war.

»Meine Eltern«, bestätigte sie.

»Und warum wollten Sie nicht, dass ich das erfahre?«

»Ich weiß nicht genau, Bobby. Vielleicht dachte ich, die Eltern einer Polizistin wären hier nicht sicher.«

»Sie wohnen also jetzt bei Ihnen?«

Sie schüttelte den Kopf. »Einer der Bereitschaftspolizisten

237

hat meiner Mutter einen Schlag ins Gesicht versetzt. Sie hat die Nacht im Krankenhaus verbracht.«

»Das tut mir leid. Kann ich irgendwas tun?«

Wieder schüttelte sie den Kopf. »Gab es noch Ärger mit den Einheimischen?«

»Gestern Abend noch mal eine solche Pattsituation.«

»Ganz schön hartnäckige kleine Scheißer!«

»Stadtrat Tench kam zufällig wieder vorbei und sorgte für einen Waffenstillstand.«

»Tench?«

Greig nickte. »Er führte ein hohes Tier herum. Jemanden von der Stadterneuerung.«

»Die Gegend hätte es nötig. Was für ein hohes Tier war das denn?«

Greig zuckte die Achseln. »Regierung.« Er fuhr sich mit den Fingern über den kurzgeschorenen Kopf. »Dieser Ort hier wird bald tot sein. Um den ist es nicht schade.«

Siobhan fragte nicht, ob er die Zeltstadt oder Niddrie selbst meinte. Sie drehte sich um und ging zum Zelt ihrer Eltern. Zog den Reißverschluss auf und blickte hinein. Alles war unversehrt, aber es schienen noch Dinge hinzugekommen zu sein, so als hätten die Abreisenden beschlossen, übriggebliebene Lebensmittel, Kerzen und Wasserflaschen als Geschenke dazulassen.

»Wo sind sie?«

Siobhan erkannte Santals Stimme. Sie trat rückwärts aus dem Zelt und richtete sich auf. Santal schleppte einen Rucksack und hielt eine Wasserflasche in der Hand.

»Im Aufbruch?«, fragte Siobhan.

»Bus nach Stirling. Ich wollte auf Wiedersehen sagen.«

»Auf dem Weg zum Friedenscamp?« Santal nickte. »Waren Sie gestern in der Princes Street?«

»Da habe ich Ihre Eltern zum letzten Mal gesehen. Was ist mit ihnen passiert?«

»Jemand hat meiner Mutter eins übergezogen. Sie ist im Krankenhaus.«

»Herrgott, das ist ja übel. War es …« Sie machte eine Pause. »Einer von Ihren Leuten?«

»Einer von meinen Leuten«, echote Siobhan. »Und ich will, dass er gefasst wird. Ein Glück, dass Sie noch hier sind.«

»Wieso?«

»Haben Sie Filme davon? Ich dachte, ich könnte einen Blick darauf werfen.«

Aber Santal schüttelte den Kopf.

»Keine Sorge«, versicherte Siobhan ihr, »ich suche nicht nach … Ich bin an den Uniformierten interessiert, nicht an der Demo selbst.« Doch Santal schüttelte wieder den Kopf.

»Ich hatte meine Kamera nicht dabei.« Eine glatte Lüge.

»Kommen Sie, Santal. Sie wollen doch sicher helfen.«

»Es gibt viele andere, die Fotos gemacht haben.« Mit ausgestrecktem Arm deutete sie auf das ganze Camp. »Fragen Sie doch die.«

»Ich frage aber Sie.«

»Gleich fährt der Bus …« Sie schob sich an Siobhan vorbei.

»Irgendeine Nachricht für meine Mum?«, rief Siobhan ihr nach. »Soll ich sie zum Friedenscamp bringen, damit Sie sie noch einmal sehen?« Aber Santal ging einfach weiter. Siobhan fluchte vor sich hin. Sie hätte es wissen müssen: Für Santal war sie immer noch ein »Bullenarsch«, eine von »den Bullen«, »den Greifern«, »den Sheriffs«, ein »Polyp«. Immer noch der Feind. Sie fand sich neben Bobby Greig wieder, während der Bus sich füllte und seine Türen schließlich mit einem Zischen zugingen. Drinnen wurde gemeinsam gesungen. Einige der Insassen winkten Greig zu. Er winkte zurück.

»Gar kein übel Haufen«, bemerkte er und bot Siobhan einen Streifen Kaugummi an, »für Hippies, meine ich.« Dann schob er die Hände in die Taschen. »Haben Sie eine Eintrittskarte für morgen Abend?«

»Hab's nicht geschafft«, gab sie zu.

»Aber meine Firma macht den Sicherheitsdienst ...«

Sie starrte ihn an. »Haben Sie eine übrig?«

»Nicht direkt, aber ich werde da sein, das heißt, Sie könnten als ›Begleitung‹ mitkommen.«

»Sie machen doch Witze, oder?«

»Keine Verabredung oder so was ... das Angebot gilt, wenn Sie es wollen.«

»Das ist sehr großzügig, Bobby.«

»Es liegt bei Ihnen.« Sein Blick streifte alles, nur nicht sie.

»Kann ich Ihre Telefonnummer aufschreiben und Ihnen morgen Bescheid sagen?«

»Meinen Sie, Ihnen könnte noch etwas Besseres über den Weg laufen?«

Sie schüttelte den Kopf. »*Arbeit* könnte mir über den Weg laufen«, verbesserte sie ihn.

»Jeder hat ein Recht auf einen freien Abend, DS Clarke.«

»Nennen Sie mich Siobhan«, sagte sie.

»Wo sind Sie?«, fragte Rebus in das Handy.

»Auf dem Weg zum *Scotsman.*«

»Was gibt's denn beim *Scotsman?*«

»Weitere Fotos.«

»Ihr Handy war ausgeschaltet.«

»Ich musste es aufladen.«

»Also, ich habe eben eine Aussage von ›Innerlichzerfetzt‹ aufgenommen.«

»Von wem?«

»Ich hab's Ihnen gestern erzählt ...« Dann fiel ihm ein, dass sie anderes im Kopf gehabt hatte. So erläuterte er ihr noch einmal die Sache mit dem Blog und wie er eine Nachricht gemailt und Ellen Wylie prompt zurückgerufen hatte ...

»Das darf doch nicht wahr sein«, sagte Siobhan. »*Unsere* Ellen Wylie?«

»Hat einen langen, wütenden Beitrag für *Sexbestien-im-Visier* geschrieben.«

»Aber warum?«

»Weil das System die Schwesternschaft im Stich lässt«, antwortete Rebus.

»Sind das genau ihre Worte?«

»Ich habe sie auf Band. Was ich natürlich nicht habe, ist eine Bestätigung der Aussage, es war nämlich niemand da, um bei der Vernehmung zu assistieren.«

»Schade! Ist Ellen eine Verdächtige?«

»Hören Sie sich das Band an, dann können Sie es mir sagen.« Rebus schaute sich in dem CID-Büro um. Die Fenster mussten geputzt werden, aber was nutzte das, wenn sie ohnehin nur auf den rückwärtigen Parkplatz hinausgingen? Ein bisschen Farbe würde die Wände aufhellen, wäre aber bald wieder mit Tatortfotos und Opferbeschreibungen zugekleistert.

»Vielleicht hängt es mit ihrer Schwester zusammen«, hörte er Siobhan gerade sagen.

»Was?«

»Ellens Schwester Denise.«

»Was ist mit ihr?«

»Vor ungefähr einem Jahr … vielleicht auch etwas weniger, ist sie bei Ellen eingezogen. Hat ihren Partner verlassen.«

»Und?«

»Ihren Partner, der sie *missbraucht* hat. Das ist jedenfalls die Geschichte, die ich gehört habe. Sie lebten in Glasgow. Die Polizei wurde mehrmals gerufen, konnte ihm aber nie etwas nachweisen. Sie hätten ihm wohl einen Platzverweis erteilen müssen.«

Ist bei mir eingezogen, nachdem sie … nach ihrer Scheidung. Plötzlich bekam die »Mücke«, die Ellen verschluckt hatte, einen Sinn.

»Das wusste ich nicht«, sagte Rebus leise.

»Na ja …«

»Was, na ja?«

»Das ist so etwas, was eine Frau mit Frauen bespricht.«

»Und nicht mit Männern. Wollen Sie das damit sagen? Dabei sind doch angeblich *wir* sexistisch.« Rebus rieb sich mit der freien Hand den Nacken. Die Haut fühlte sich straff an. »Denise zieht also bei Ellen ein, und Ellen hat nichts Besseres zu tun, als unverzüglich ins Internet zu gehen und nach Websites wie *Sexbestien-im-Visier* zu suchen ...«

Und abends bei ihrer Schwester zu Hause zu bleiben, zu viel zu essen, zu viel zu trinken ...

»Ich könnte mit ihnen reden«, schlug Siobhan vor.

»Haben Sie nicht schon genug am Hals? Wie geht es überhaupt Ihrer Mum?«

»Sie ist gerade in der Röhre. Ich wollte sie gleich als Nächstes besuchen.«

»Tun Sie das. Ich nehme an, Glenrothes hat Ihnen nichts gebracht?«

»Nichts außer Rückenschmerzen.«

»Da kommt noch ein Anruf. Ich gehe lieber mal ran. Können wir uns später treffen?«

»Klar.«

»Der Chief Constable hat nämlich vorbeigeschaut.«

»Klingt nicht gut.«

»Kann aber warten.« Rebus drückte die Taste, um den nächsten Anruf entgegenzunehmen. »DI Rebus«, meldete er sich.

»Ich bin beim Gericht«, sagte Mairie Henderson. »Komm und schau dir an, was ich für dich habe.« Im Hintergrund waren Jubel und Gejohle zu hören. »Muss los«, sagte sie.

Rebus ging nach unten und ließ sich von einem Streifenwagen mitnehmen. Keiner der Uniformierten war bei den Straßenschlachten am Vortag dabei gewesen.

»Reserve«, erklärte einer missmutig. »Haben vier Stunden lang in einem Mannschaftsbus gesessen und das Ganze im Radio gehört. Sagen Sie aus, Inspector?«

Rebus schwieg, bis das Auto in die Chambers Street einbog. »Setzen Sie mich hier ab«, wies er den Fahrer an.

»Aber gerne«, knurrte der zurück, allerdings erst, nachdem Rebus ausgestiegen war.

Der Streifenwagen machte mit quietschenden Reifen kehrt, wobei er die Aufmerksamkeit der Medienvertreter auf sich zog, die sich vor dem Sheriff Court postiert hatten. Rebus stand auf der anderen Straßenseite und zündete sich an der Treppe zum Royal Scottish Museum eine Zigarette an. Ein weiterer Demonstrant verließ unter dem Jubelgeschrei seiner Kameraden das Gerichtsgebäude. Als sie ihn mit Schulterklopfen empfingen, reckte er die Faust in die Luft, was die Pressefotografen im Bild festhielten.

»Wie viele?«, fragte Rebus Mairie Henderson, die mit Notizbuch und Kassettenrecorder in der Hand neben ihm stand.

»Bis jetzt ungefähr zwanzig. Einige von ihnen sind an andere Gerichte überstellt worden.«

»Irgendwelche Sprüche, auf die ich morgen achten sollte?«

»Wie wär's mit ›Zerschlagt das System‹?« Sie warf einen flüchtigen Blick auf ihre Notizen. »Oder: ›Zeig mir einen Kapitalisten, und ich zeige dir einen Blutsauger‹?«

»Klingt nach einem fairen Handel.«

»Stammt anscheinend aus *Malcolm X.*« Sie klappte ihr Notizbuch zu. »Sie bekommen alle Reisebeschränkungen auferlegt. Dürfen sich nicht in die Nähe von Gleneagles, Auchterarder, Stirling oder in die Edinburgher Innenstadt begeben …« Sie hielt inne. »Es gab aber auch eine nette Episode: Ein Typ sagte, er hätte eine Eintrittskarte für T in the Park an diesem Wochenende, worauf der Richter ihm erlaubte, nach Kinross zu gehen.«

»Siobhan geht auch hin«, bemerkte Rebus. »Es wäre schön, wenn wir die Colliar-Ermittlungen rechtzeitig in trockenen Tüchern hätten.«

»Dann dürften das hier keine guten Neuigkeiten sein.«

»Welche denn, Mairie?«

»Der Clootie Well. Ich habe einen Kollegen bei der Zeitung dazu gebracht, eine kleine Hintergrundrecherche zu machen.«

»Und?«

»Es gibt noch andere.«

»Wie viele?«

»Wenigstens einen in Schottland. Auf der Black Isle.«

»Nördlich von Inverness?«

Sie nickte. »Komm mit«, sagte sie, drehte sich um und steuerte auf den Haupteingang des Museums zu. Drinnen wandte sie sich nach rechts, in das Museum of Scotland. In dem Gebäude wimmelte es von Familien – Schulferien, Kinder mit überschüssiger Energie. Die kleineren kreischten und hüpften herum.

»Was machen wir denn hier?«, fragte Rebus. Aber Mairie war schon bei den Aufzügen. Oben angekommen, stiegen sie wieder aus und noch ein paar Treppen empor. Durch die Fenster hatte Rebus eine hervorragende Sicht unten auf den Sheriff Court. Aber Mairie führte ihn in die entlegenste Ecke des Museums. »Hier war ich schon mal«, meinte Rebus.

»Die Abteilung über Tod und Glaube«, erklärte sie.

»Hier gibt es ein paar winzige Särge mit Puppen drin …«

Das war genau der Schaukasten, vor dem Mairie stehen blieb, und Rebus fiel eine alte Schwarzweißfotografie hinter dem Glas ins Auge.

Ein Foto von dem Clootie Well auf der Black Isle …

»Die Einheimischen haben über Jahrhunderte Fetzen von Kleidungsstücken dort aufgehängt. Ich habe meinen Kollegen gebeten, die Suche für den Fall der Fälle auf England und Wales auszudehnen. Meinst du, es ist eine Erkundungsfahrt wert?«

»Zur Black Isle dürfte man mit dem Auto zwei Stunden brauchen«, überlegte Rebus, den Blick immer noch auf das Foto gerichtet. Die Stofffetzen wirkten fast fledermausartig, wie sie da an dünnen, kahlen Ästen hingen. Neben dem Foto lagen Hexen-Wurfstöckchen, Knochenstückchen, die aus ausgehöhlten Kieselsteinen herausragten. Tod und Glaube ...

»Wohl eher drei, zu dieser Jahreszeit«, widersprach Mairie. »Die ganzen Wohnwagen, die man überholen muss.«

Rebus nickte. Die A9 nördlich von Perth war für ihre Verkehrsdichte bekannt. »Vielleicht sollte ich die Kollegen dort bitten, einen Blick darauf zu werfen. Danke, Mairie.«

»Das hier habe ich aus dem Internet runtergeladen.« Sie gab ihm ein paar Blätter, auf denen die Geschichte des Clootie Well in der Nähe von Fortrose ausführlich beschrieben wurde. Unscharfe Fotos – darunter auch eine Kopie desjenigen, das sie eben gesehen hatten – ließen erkennen, dass er fast genauso aussah wie sein Namensvetter in Auchterarder.

»Noch mal danke.« Er rollte die Blätter auf und steckte sie in seine Jackentasche. »Hat dein Chefredakteur angebissen?« Sie machten sich wieder auf den Weg zum Aufzug.

»Kommt drauf an. Ein nächtlicher Krawall könnte uns auf Seite fünf verdrängen.«

»Das ist ein kalkulierbares Wagnis.«

»Gibt es sonst noch was zu erzählen, John?«

»Ich habe dir einen Knüller verschafft – was willst du mehr?«

»Ich möchte wissen, ob du mich nicht bloß benutzt.« Sie drückte den Aufzugknopf.

»Würde ich so etwas je tun?«

»Aber hundert pro.« Sie schwiegen, bis sie wieder unten waren. Mairie beobachtete, was sich auf der anderen Straßenseite abspielte. Ein weiterer Demonstrant, ein weiterer Arbeiterkampfgruß. »Ihr habt den Fall seit Freitag unter Verschluss gehalten. Habt ihr keine Angst, dass der Mörder untertaucht, wenn er das in der Zeitung sieht?«

»Tiefer als jetzt kann er gar nicht untertauchen.« Er sah sie an. »Im Übrigen hatten wir am Freitag nur Cyril Colliar. Den Rest hat Cafferty uns geliefert.«

Ihr Gesicht bekam einen harten Ausdruck. »Cafferty?«

»Du hast ihm erzählt, dass der Fetzen von Colliars Jacke aufgetaucht war. Daraufhin hat er mir einen Besuch abgestattet. Er ging mit den beiden anderen Namen fort und kam mit der Neuigkeit zurück, dass sie tot sind.«

»Du hast Cafferty benutzt?« Sie klang ungläubig.

»Ohne dass er es *dir* erzählt hat, Mairie – darauf will ich hinaus. Versuch, einen Deal mit ihm zu machen, und du wirst feststellen, dass es immer eine Einbahnstraße ist. Alles, was ich dir über die Morde gesagt habe, stammt von ihm. Aber er war weit davon entfernt, es dir zu erzählen.«

»Du scheinst der irrigen Annahme zu sein, er und ich stünden uns nah.«

»Nah genug, dass du schnurstracks zu ihm läufst und ihm das Neueste über Colliar berichtest.«

»Das war ein Versprechen, das ich ihm vor längerer Zeit gegeben hatte – er wollte über jede neue Entwicklung informiert werden. Dafür werde ich mich nicht entschuldigen.« Sie kniff die Augen zusammen und deutete auf die andere Straßenseite. »Was macht Gareth Tench denn hier?«

»Du meinst, der Stadtrat?« Rebus folgte der Richtung ihres Fingers. »Womöglich den Heiden eine Predigt halten«, mutmaßte er, während er beobachtete, wie Tench sich in einer Art Krebsgang an der Reihe von Fotografen entlangbewegte. »Vielleicht möchte er, dass du ihn noch einmal interviewst.«

»Woher weißt du …? Vermutlich hat Siobhan es dir erzählt.«

»Zwischen Siobhan und mir gibt es keine Geheimnisse.« Rebus zwinkerte ihr zu.

»Wo ist sie denn jetzt?«

»Unten beim *Scotsman.*«

»Dann müssen meine Augen mich täuschen.« Wieder

streckte Mairie den Finger aus. Und tatsächlich, es war Siobhan. Tench war unmittelbar vor ihr stehen geblieben, und jetzt schüttelten die beiden sich die Hand. »Keine Geheimnisse zwischen euch, wie?«

Aber Rebus war schon unterwegs. Dieses Ende der Straße war für den Verkehr gesperrt und dadurch leicht zu überqueren.

»Hallo!«, sagte er. »Plötzlicher Sinneswandel?«

Siobhan lächelte schwach und machte ihn mit Tench bekannt.

»Inspector«, sagte der Stadtrat mit einem leichten Kopfnicken.

»Sie sind ein Fan des Straßentheaters, nicht wahr, Councillor Tench?«

»Zur Festivalzeit habe ich nichts dagegen«, erwiderte Tench glucksend.

»Haben wohl selbst ein bisschen gespielt, wie?«

Tench wandte sich Siobhan zu. »Der Inspector meint meine kleinen Predigten sonntagmorgens am Fuß des Mound. Sicher ist er auf dem Weg zur Kirche für einen Moment stehen geblieben.«

»Ich meine, ich sehe Sie dort gar nicht mehr«, fügte Rebus hinzu. »Sind Sie vom Glauben abgefallen?«

»Weit davon entfernt, Inspector. Man kann seine Botschaft aber auch noch anders rüberbringen als durch Predigen.« Sein Gesicht nahm einen seriös-professionellen Ausdruck an. »Ich bin hier, weil einige Bürger aus meinem Wahlkreis in diesen ganzen Aufruhr gestern verwickelt waren.«

»Sicher unbeteiligte Zuschauer«, kommentierte Rebus.

Tenchs Blick wanderte zu ihm, dann wieder zu Siobhan. »Es muss ja ein Vergnügen sein, mit dem Inspector zu arbeiten.«

»Ich komme aus dem Lachen nicht mehr raus«, stimmte Siobhan zu.

»Ah! Die Presse ist auch da!«, rief Tench und streckte die

Hand nach Mairie aus, die sich nun auch zu ihnen gesellte. »Wann kommt denn unser Artikel? Ich nehme an, Sie kennen diese beiden Hüter der Wahrheit.« Er deutete auf Rebus und Siobhan. »Sie haben mir versprochen, dass ich einen kleinen Blick darauf werfen kann, bevor er veröffentlicht wird«, erinnerte er Mairie.

»Habe ich das?« Sie versuchte, überrascht auszusehen, aber darauf fiel Tench nicht herein. Er wandte sich an die beiden Kriminalbeamten.

»Ich glaube, ich muss kurz unter vier Augen ...«

»Lassen Sie sich durch uns nicht stören«, entgegnete Rebus. »Siobhan und ich brauchen auch einen Moment.«

»Tatsächlich?« Aber Rebus hatte sich schon abgewandt, und Siobhan blieb nichts anderes übrig, als ihm zu folgen.

»Sandy Bell's dürfte geöffnet haben«, sagte er, als sie außer Hörweite waren. Aber sie war damit beschäftigt, die Menge abzusuchen.

»Ich muss hier jemanden treffen«, erklärte sie. »Einen Fotografen, den ich kenne ... anscheinend ist er hier irgendwo.« Sie stand auf den Zehenspitzen. »Ahh ...« Sie bahnte sich einen Weg in das Gedränge aus Journalisten. Die Fotografen zeigten sich auf den Displays ihrer Digitalkameras gegenseitig die Fotos, die sie geschossen hatten. Rebus wartete ungeduldig, während Siobhan auf eine drahtige Gestalt mit kurzem, grau-meliertem Haar einredete. Wenigstens hatte er jetzt eine Erklärung: Sie war zum *Scotsman* gegangen, um dort zu erfahren, dass der Mann, den sie treffen wollte, hier war. Der Fotograf ließ sich eine Weile bitten, folgte ihr aber schließlich zu Rebus, der mit verschränkten Armen dastand.

»Das ist Mungo«, sagte Siobhan.

»Was würde Mungo zu einem Drink sagen?«, fragte Rebus.

»Das fände er prima«, antwortete der Fotograf und wischte sich dabei den Schweiß von der Stirn. Er hatte ein fein geschnittenes, wettergegerbtes Gesicht und einen dazu passenden Akzent sowie vor der Zeit ergrautes Haar, obwohl er vermutlich nicht viel älter war als Siobhan.

»Western Isles?«, riet Rebus.

»Lewis«, bestätigte Mungo, als Rebus zu Sandy Bell's vorausging. Hinter ihnen ertönte wieder Jubelgeschrei, und als sie sich umwandten, sahen sie einen jungen Mann aus dem Sheriff Court heraustreten.

»Ich glaube, den kenne ich«, sagte Siobhan leise. »Das ist der, der die Zeltstadt tyrannisiert hat.«

»Dann gab es letzte Nacht eine Verschnaufpause«, stellte Rebus fest. »Die dürfte er in der Zelle verbracht haben.« Während er sprach, fiel ihm auf, dass er sich mit der rechten Hand die linke rieb. Als der junge Mann die Zuschauer grüßte, grüßten einige aus der Menge zurück.

Darunter, von einer verwirrten Mairie Henderson beobachtet, Stadtrat Gareth Tench.

12

Sandy Bell's hatte erst zehn Minuten zuvor aufgemacht, aber an der Bar saßen bereits ein paar Stammgäste.

»Nur ein Glas vom Besten«, antwortete Mungo auf die Frage, was er trinken wolle. Siobhan bestellte Orangensaft. Rebus fand, er könne es mit einem großen Glas aufnehmen. Sie saßen um einen Tisch. Das enge, schummrige Innere der Bar roch nach Messingpolitur und Reinigungsmittel. Siobhan erklärte Mungo, was sie wollte, worauf er seine Kameratasche öffnete und ein kleines weißes Kästchen herausholte.

»Ein iPod?«, riet Siobhan.

»Nützlich zum Speichern von Fotos«, erklärte Mungo. Er zeigte ihr, wie man damit umging, und entschuldigte sich dann dafür, dass er nicht den ganzen Tag festgehalten hatte.

»Wie viele Fotos sind denn da drauf?«, fragte Rebus, als Siobhan ihm die Funktionsweise des kleinen Farbdisplays demonstrierte, indem sie mithilfe des Rändelrads zwischen den Standfotos hin und her sprang.

»Einige hundert«, antwortete Mungo. »Die Nieten habe ich schon rausgeschmissen.«

»Ist es okay, wenn ich sie mir jetzt anschaue?«, fragte Siobhan. Mungo zuckte nur die Achseln. Rebus hielt ihm die Zigarettenschachtel hin.

»Ich bin Allergiker«, warnte der Fotograf. So nahm Rebus seine Sucht mit ans andere Ende der Bar, unmittelbar am Fenster. Als er dort stand und auf die Forrest Road hinausstarrte, sah er, wie Stadtrat Tench, eifrig ins Gespräch mit dem jungen Mann vom Gericht vertieft, in Richtung Meadows ging. Tench gab seinem Schützling einen beruhigenden Klaps auf den Rücken – von Mairie keine Spur. Rebus rauchte seine Zigarette zu Ende und ging wieder an den Tisch zurück. Siobhan drehte den iPod zu ihm um, sodass er dessen Display sehen konnte.

»Meine Mum«, sagte sie. Rebus nahm ihr das Gerät aus der Hand und heftete seinen Blick darauf.

»Zweite Reihe von hinten?«, fragte er. Siobhan nickte aufgeregt. »Sieht aus, als versuchte sie rauszukommen.«

»Ganz genau.«

»Bevor sie getroffen wurde?« Rebus studierte die Gesichter hinter den Schutzschilden: Polizisten mit heruntergelassenen Visieren und entblößten Zähnen.

»Genau diesen Augenblick habe ich anscheinend nicht festgehalten«, räumte Mungo ein.

»Sie versucht eindeutig, sich einen Weg nach hinten durch die Menge zu bahnen«, betonte Siobhan. »Sie wollte da weg.«

»Warum verpasst ihr dann jemand einen Schlag ins Gesicht?«, fragte Rebus.

»Das Ganze läuft folgendermaßen ab«, erläuterte Mungo: »Die Anführer gehen auf den Polizeikordon los und ziehen sich dann schnell zurück. Der Gegenschlag trifft in aller Regel jemanden, der jetzt unversehens in der ersten Reihe steht. Bildredaktionen müssen anschließend entscheiden, welche von den Fotos sie veröffentlichen.«

»Und das sind meistens welche mit zurückschlagenden Polizisten?«, vermutete Rebus. Er hielt das Display etwas weiter von seinem Gesicht entfernt. »Ich kann keinen von den Polizeibeamten identifizieren.«

»Die haben auch keine Ärmelabzeichen«, erklärte Siobhan. »Alles hübsch anonym. Man kann nicht einmal sagen, zu welcher Einheit sie gehören. Manche haben oberhalb des Visiers mit Schablone geschriebene Buchstaben – XS zum Beispiel. Könnte das ein Code sein?«

Rebus zuckte die Achseln. Er musste an Jacko und seine Kumpane denken. Die hatten auch keine sichtbaren Abzeichen getragen.

Siobhan schien sich an etwas zu erinnern und schaute kurz auf ihre Armbanduhr. »Ich muss im Krankenhaus anrufen …« Sie stand auf und ging nach draußen.

»Noch eins?«, fragte Rebus und zeigte auf Mungos Glas. Der Fotograf schüttelte den Kopf. »Sagen Sie, worüber berichten Sie denn diese Woche sonst noch?«

Mungo ließ langsam Luft aus seinen geblähten Wangen entweichen. »Dies und das.«

»Die Promis?«

»Wenn sich die Gelegenheit bietet.«

»Ich nehme an, dass Sie am Freitagabend nicht gearbeitet haben?«

»Doch, habe ich.«

»Bei dem großen Abendessen auf dem Schloss?«

Mungo nickte. »Der Chef wollte unbedingt ein Foto vom Außenminister. Die, die ich gemacht habe, waren schlecht – wie soll es auch anders sein, wenn man ein Blitzgerät auf eine Windschutzscheibe richtet!«

251

»Was ist mit Ben Webster?«

Mungo schüttelte den Kopf. »Ich wusste nicht einmal, wer er war, leider – sonst hätte ich das letzte Foto überhaupt von ihm geschossen.«

»Wir haben in der Leichenhalle ein paar gemacht, falls Sie das beruhigt«, sagte Rebus. Dann, als Mungo seelenvoll lächelte: »Ich hätte nichts dagegen, einen Blick auf die zu werfen, die Sie gemacht haben ...«

»Mal sehen, was ich tun kann.«

»Sind die nicht auf Ihrem kleinen Gerät da?«

Der Fotograf schüttelte den Kopf. »Die habe ich auf meinem Laptop. Fast nur Autos, die den Castle Hill raufdüsen – weiter als bis zur Esplanade durften wir nicht.« Dann kam ihm ein Gedanke. »Wissen Sie, bei dem Abendessen selbst ist bestimmt ein offizielles Gruppenfoto gemacht worden. Wenn Sie wirklich daran interessiert sind, könnten Sie doch fragen, ob Sie sich das anschauen dürfen.«

»Ich glaube kaum, dass sie es mir einfach so geben würden.«

Mungo zwinkerte ihm zu. »Lassen Sie mich nur machen«, sagte er. Und während er zusah, wie Rebus sein Glas leerte, fuhr er fort: »Komisch, wenn man bedenkt, dass nächste Woche wieder Alltagskleidung und Porridge angesagt sind.«

Rebus lächelte und wischte sich mit dem Daumen über den Mund. »Das sagte mein Vater immer, wenn wir aus den Ferien zurückkamen.«

»Ich glaube nicht, dass Edinburgh so etwas je wieder erleben wird.«

»Nicht solange ich lebe«, stimmte Rebus ihm zu.

»Meinen Sie, dass das irgendwas verändern wird?« Rebus schüttelte den Kopf. »Meine Freundin hat mir dieses Buch gegeben, alles über 1968 – den Prager Frühling und die Studentenunruhen in Paris.«

Think we dropped the baton, dachte Rebus. »Ich habe 1968

erlebt, mein Freund. Mir hat das damals nichts bedeutet.« Er hielt inne. »Und ehrlich gesagt, seitdem auch nicht.«

»Bei Ihnen war also nichts mit *tune in and drop out?*«

»Ich war beim Militär – arroganter Pinsel mit Bürstenhaarschnitt.« Siobhan kam zurück an den Tisch. »Irgendwas Neues?«, fragte er sie.

»Sie haben nichts gefunden. Sie ist jetzt noch für ein paar Untersuchungen in der ophthalmologischen Abteilung, und das war's dann.«

»Das Western hat sie entlassen?« Rebus sah Siobhan nicken, dann nahm sie den iPod wieder in die Hand. »Da ist noch etwas, was ich Ihnen zeigen wollte.« Rebus hörte das Rädchen klicken. Sie drehte das Display zu ihm hin. »Sehen Sie die Frau ganz rechts? Die mit den Zöpfen?«

Rebus sah sie. Mungos Kamera war auf die Reihe von Schutzschilden gerichtet, aber am oberen Rand hatte er ein paar Zuschauer aufs Bild bekommen, von denen die meisten sich Fotohandys vors Gesicht hielten. Die Frau mit den Zöpfen hingegen schleppte eine Art Videokamera mit.

»Das ist Santal«, konstatierte Siobhan.

»Und wer in aller Welt ist Santal?«

»Habe ich Ihnen nicht von ihr erzählt? Sie hatte ihr Zelt neben meinen Eltern.«

»Komischer Name ... ob sie ihn wohl schon als Kind hatte?«

»Er bedeutet Sandelholz«, erklärte Siobhan ihm.

»Eine angenehm duftende Seife«, fügte Mungo hinzu. Siobhan beachtete ihn nicht.

»Sehen Sie, was sie macht?«, fragte sie Rebus und hielt ihm den iPod vor die Nase.

»Das Gleiche wie alle anderen.«

»Nicht ganz.« Siobhan hielt Mungo das Gerät hin.

»Sie richten alle ihre Handys auf die Polizisten«, antwortete er mit einem Kopfnicken.

»Alle, außer Santal.« Siobhan drehte das Display wieder zu Rebus und fuhr mit dem Daumen über das Rändelrad, um zum nächsten Foto zu kommen. »Sehen Sie?«

Rebus sah es, wusste aber nicht genau, was er davon halten sollte.

»Meistens«, erklärte Mungo beflissen, »wollen sie Fotos von der Polizei – nützliche Propaganda.«

»Aber Santal fotografiert die Demonstranten.«

»Das heißt, sie könnte Bilder von Ihrer Mutter haben«, mutmaßte Rebus.

»Auf dem Campingplatz habe ich sie gefragt, aber sie wollte sie mir nicht zeigen. Und außerdem habe ich sie bei dieser Demo am Samstag gesehen – dort hat sie auch Fotos gemacht.«

»So ganz verstehe ich das nicht«, gab Rebus zu.

»Ich auch nicht, aber es könnte einen Ausflug nach Stirling bedeuten.« Sie schaute Rebus an.

»Warum?«, fragte er.

»Weil sie heute Morgen dorthin gefahren ist.« Sie machte eine Pause. »Ob meine Abwesenheit auffallen würde?«

»Der Chief Constable will sowieso, dass wir den Clootie Well auf Eis legen.« Er griff in die Tasche. »Ich wollte sagen …« Gab ihr die zusammengerollten Blätter. »Wir haben noch einen anderen Clootie Well auf der Black Isle.«

»Das ist eigentlich keine Insel, wissen Sie«, meldete sich Mungo. »Die Black Isle, meine ich.«

»Als Nächstes werden Sie uns noch sagen, dass sie nicht schwarz ist«, blaffte Rebus.

»Die Erde ist angeblich schwarz«, räumte Mungo ein, »allerdings nicht so, dass es einem auffällt. Aber die Stelle, von der Sie sprechen, kenne ich – wir haben unseren letzten Sommerurlaub da oben verbracht. Lauter Stofffetzen, die an den Bäumen hängen.« Angewidert verzog er das Gesicht. Siobhan hatte fertig gelesen.

»Wollen Sie sich das anschauen?«, fragte sie. Rebus schüttelte den Kopf.

»Aber jemand sollte es tun.«

»Auch wenn der Fall ›auf Eis liegt‹?«

»Das tut er erst morgen«, erwiderte Rebus. »Der Chief Constable hat es so bestimmt. Aber Sie tragen hier die Verantwortung … Sie bestimmen, wie wir vorgehen.« Er lehnte sich auf seinem Stuhl zurück, worauf das Holz aus Protest knarrte.

»Zur ophthalmologischen Abteilung sind es fünf Minuten zu Fuß«, überlegte Siobhan laut. »Ich dachte, ich könnte schnell hingehen.«

»Und danach eine kleine Fahrt nach Stirling?«

»Meinen Sie, ich gehe als Hippietante durch?«

»Könnte problematisch werden«, schaltete Mungo sich ein.

»Ich habe noch eine Cargohose im Kleiderschrank«, hielt Siobhan dagegen. Ihr Blick lag auf Rebus. »Das heißt, ich übergebe *Ihnen* die Verantwortung, John. Jeden Krach, den Sie vom Zaun brechen, werde ich auszubaden haben.«

»Verstanden, Chef«, entgegnete Rebus. »Wer zahlt die nächste Runde?«

Aber Mungo musste zu seinem nächsten Job, und Siobhan machte sich auf den Weg zum Krankenhaus … und so blieb Rebus allein in dem Pub zurück.

»Noch einen auf den Weg«, murmelte er vor sich hin. Während er an der Bar stand, auf seinen Drink wartete und die Dosierer anstarrte, musste er wieder an das Foto denken, an die Frau mit den Zöpfen. Siobhan nannte sie Santal, aber sie erinnerte Rebus an jemand anderes. Der Bildschirm war zu klein gewesen, als dass er sie wirklich gut hätte erkennen können. Er hätte Mungo um einen Ausdruck bitten sollen …

»Freier Tag heute?«, fragte ihn der Barkeeper, als er ein großes Glas vor Rebus hinstellte.

»Ein Müßiggänger, genau das bin ich«, bestätigte Rebus und hob das Glas an den Mund.

»Danke, dass Sie noch einmal hergekommen sind«, sagte Rebus. »Wie war's im Gericht?«

»Ich wurde gar nicht gebraucht.« Ellen Wylie stellte ihre Schultertasche und den Aktenkoffer auf dem Boden des CID-Büros ab.

»Möchten Sie einen Kaffee?«

»Haben Sie eine Espressomaschine?«

»Hier nennen wir sie bei ihrem richtigen italienischen Namen.«

»Und der wäre?«

»Wasserkocher.«

»Dieser Witz ist so schwach, wie vermutlich der Kaffee sein wird. Wie kann ich Ihnen helfen, John?« Sie legte ihre Jacke ab. Rebus war schon in Hemdsärmeln. Sommer, und im Polizeirevier lief die Heizung! Und scheinbar keine Möglichkeit, die Heizkörper zu regulieren. Im Oktober würden sie lauwarm sein. Wylies Blick fiel auf die über drei Schreibtische verteilten Fallakten.

»Bin ich da drin?«, fragte sie.

»Noch nicht.«

»Aber bald ...« Sie nahm eins der Verbrecherfotos von Cyril Colliar und hielt es an einer Ecke fest, als fürchtete sie irgendeine Art von Ansteckung.

»Sie haben mir nichts von Denise erzählt«, bemerkte Rebus.

»Ich erinnere mich nicht, dass Sie nach ihr gefragt haben.«

»Sie hatte einen Partner, der sie missbraucht hat?«

Wylies Gesicht verzog sich. »Er war ein Drecksack.«

»War?«

Sie starrte ihn an. »Ich meine nur, er ist aus unserem Leben verschwunden. Sie werden aber keine Fetzen von ihm am Clootie Well finden.« Ein Foto dieses Ortes war an die Wand gepinnt worden; den Kopf geneigt, schaute sie es sich genau an. Dann drehte sie sich um und ließ den Blick durchs Zimmer wandern. »Sie haben alle Hände voll zu tun, John«, stellte sie fest.

»Ein bisschen Hilfe wäre nicht schlecht.«

»Wo ist Siobhan?«

»Hat was anderes zu tun.« Er warf ihr einen bedeutungsvollen Blick zu.

»Warum, zum Teufel, sollte ich Ihnen helfen?«

Rebus zuckte die Achseln. »Ich kann mir nur einen Grund vorstellen: Sie sind neugierig.«

»Genau wie Sie, meinen Sie?«

Er nickte. »Zwei Morde in England, einer in Schottland … Ich komme einfach nicht dahinter, wie er sie ausgesucht hat. Auf der Website waren sie nicht zusammen aufgelistet … sie kannten sich nicht … ihre Verbrechen waren ähnlich, aber nicht gleich. Sie hatten ganz verschiedene Opfer gewählt …«

»Sie haben gesessen, stimmt's?«

»Aber in verschiedenen Gefängnissen.«

»Das ist egal, so was spricht sich rum. Ehemalige Häftlinge sprechen mit anderen Ehemaligen, geben den Namen eines besonders miesen Schweins weiter. Sexualtäter sind bei ihren Mitinsassen nicht sonderlich beliebt.«

»Das ist ein Argument.« Rebus tat, als erwöge er es. In Wirklichkeit sah er die Sache nicht so, wollte Ellen aber zum Nachdenken veranlassen.

»Haben Sie mit den anderen Polizeidienststellen gesprochen?«, fragte sie.

»Noch nicht. Ich glaube, Siobhan hat schriftlich angefragt.«

»Wir wär's mit dem persönlichen Kontakt? Herausfinden, was sie Ihnen über Isley und Guest erzählen können?«

»Ich bin ein bisschen überlastet.«

Ihre Blicke trafen sich. Er konnte sehen, dass sie angebissen hatte – für den Augenblick.

»Sie wollen wirklich, dass ich Ihnen helfe?«, fragte sie.

»Sie sind keine Verdächtige, Ellen«, antwortete er, um Aufrichtigkeit bemüht. »Und Sie wissen mehr über das alles als Siobhan und ich.«

»Wie wird sie es finden, wenn ich mit an Bord komme?«

»Sie wird damit einverstanden sein.«

»Da bin ich mir nicht so sicher.« Sie überlegte einen Moment und seufzte dann. »Ich habe einen einzigen Beitrag für die Homepage geschrieben, John. Die Jensens habe ich nie kennengelernt ...«

Rebus zuckte lediglich mit den Schultern. Sie brauchte eine Minute, um ihre Entscheidung zu treffen. »Sie haben ihn festgenommen, wissen Sie – Denises ...« Das nächste Wort verschluckte sie, denn »Mann« oder »Partner« brachte sie nicht über die Lippen. »Geführt hat es aber zu nichts.«

»Sie meinen, er ist nicht ins Gefängnis gekommen.«

»Sie hat immer noch schreckliche Angst vor ihm«, sagte sie ruhig, »und er läuft immer noch da draußen herum.« Sie knöpfte sich die Ärmel ihrer Bluse auf und fing an, sie hochzukrempeln. »Gut, sagen Sie mir, wen ich anrufen soll.«

Er gab ihr Nummern für Tyneside und Cumbria und griff dann selbst zum Telefon. Inverness klang erst einmal ungläubig. »Sie wollen, dass wir was?« Rebus konnte hören, wie eine Hand ohne großen Erfolg die Sprechmuschel am anderen Ende bedeckte. »Edinburgh will, dass wir Fotos vom Clootie Well machen. Als ich noch klein war, sind wir da immer picknicken gegangen ...« Der Hörer wechselte in eine andere Hand.

»Hier ist DS Johnson. Mit wem spreche ich?«

»DI Rebus, B Division in Edinburgh.«

»Ich dachte, ihr hättet mit euren Trotzkisten und Maoisten schon genug zu tun.« Gelächter im Hintergrund.

»Mag sein, aber wir haben auch drei Morde. Beweismaterial für alle drei wurde in Auchterarder gefunden, an einer Stelle, die unter den Ortsansässigen als Clootie Well bekannt ist.«

»Es gibt nur einen Clootie Well, Inspector.«

»Anscheinend nicht. Kann sein, dass Ihrer da oben auch Beweisstücke an seinen Ästen hängen hat.«

Ein Köder, dem der Detective Sergeant nicht widerstehen konnte. Richtige Aufregung gab es bei der Northern Constabulary selten genug.

»Beginnen wir mit Fotos von dem Ort«, fuhr Rebus fort. »Haufenweise Nahaufnahmen, und schauen Sie nach allem, was noch intakt ist – Jeans, Jacken … Wir haben in einer Tasche eine Bankkarte gefunden. Am besten wäre es, Sie könnten mir die Fotos als E-Mail schicken. Falls ich sie selbst nicht öffnen kann, wird sich hier jemand finden, der es kann.« Er sah hinüber zu Ellen Wylie. Sie saß auf der Ecke eines Schreibtischs und spielte mit einem Kugelschreiber, während sie in den Apparat sprach.

»Ihr Name noch mal?«, fragte DS Johnson gerade.

»DI Rebus. Revier am Gayfield Square.« Rebus gab ihm eine Telefondurchwahl und seine E-Mail-Adresse. Er konnte hören, wie Johnson die Angaben notierte.

»Und wenn wir hier oben tatsächlich irgendwas haben …?«

»Würde bedeuten, dass unser Freund fleißig gewesen ist.«

»Macht es Ihnen etwas aus, wenn ich das Ganze überprüfe? Ich will nur sichergehen, dass Sie mich nicht verarschen.«

»Nur zu! Mein Chief Constable heißt James Corbyn – er weiß alles darüber. Verwenden Sie aber nicht mehr Zeit als nötig darauf.«

»Hier haben wir einen Constable, dessen Vater Porträtaufnahmen und Fotos bei Studienabschlussfeiern macht.«

»Das will aber nicht heißen, dass der Constable das eine Ende der Kamera vom anderen unterscheiden kann.«

»Ich habe gar nicht an ihn gedacht, sondern an den Vater.«

»Was immer Sie für richtig halten«, sagte Rebus und legte das Telefon im selben Moment aus der Hand wie Ellen Wylie.

»Hat es geklappt?«, fragte sie.

»Sie schicken einen Fotografen hin, sofern der nicht zu sehr mit Hochzeiten oder einem Kindergeburtstag beschäftigt ist. Und bei Ihnen?«

»Mit dem Beamten, der die Guest-Ermittlungen geleitet hat, konnte ich zwar nicht persönlich sprechen, aber einer seiner Kollegen hat mich informiert. Weitere Unterlagen sind zu uns unterwegs. Zwischen den Zeilen konnte ich lesen, dass sie sich bei dem Fall nicht gerade ein Bein ausgerissen haben.«

»Das trichtern sie einem ja schon in der Ausbildung ein: Der perfekte Mord ist der, bei dem niemand nach dem Opfer sucht.«

Wylie nickte. »Oder, wie in diesem Fall, niemand es betrauert. Sie meinten, es könnte ein schiefgegangener Drogendeal gewesen sein.«

»Das ist ja mal originell. Deutet etwas darauf hin, dass Mr. Guest drogenabhängig war?«

»Anscheinend ja. Könnte auch gedealt haben, schuldete Geld für irgendwelche Sachen und konnte es nicht ...« Sie bemerkte Rebus' Miene.

»Schludrige Argumentation, Ellen. Sie könnte auch die Erklärung dafür sein, dass niemand daran dachte, die drei Morde miteinander in Verbindung zu bringen.«

»Weil niemand sich besonders angestrengt hat?«, mutmaßte sie.

Rebus nickte bedächtig.

»Tja«, sagte sie, »Sie können ihn ja selbst fragen.«

»Wen?«

»Dass ich nicht mit dem ermittelnden Beamten sprechen konnte, lag daran, dass er hier ist.«

»Hier?«

»Zum Lothian and Borders CID abgeordnet.« Sie warf einen kurzen Blick auf ihre Notizen. »Es ist ein Detective Sergeant namens Stan Hackman.«

»Und wo kann ich ihn finden?«

»Sein Kumpel meinte, da, wo die Studenten wohnen.«

»Pollock Halls?«

Sie zuckte die Achseln und schob ihm den Notizblock zu.

»Ich habe seine Handynummer, falls das was nutzt.« Als Rebus steifbeinig auf sie zuging, riss sie das Blatt ab und reichte es ihm. Er griff danach.

»Machen Sie weiter mit dem Kollegen, der für die Isley-Ermittlung zuständig war«, sagte er. »Sehen Sie zu, was Sie da in Erfahrung bringen können. Ich werde ein Wörtchen mit Hackman reden.«

»Sie haben vergessen, danke zu sagen.« Und während sie verfolgte, wie er in die Ärmel seiner Jacke schlüpfte, fügte sie hinzu: »Erinnern Sie sich an Brian Holmes?«

»Ich habe mit ihm gearbeitet.«

Sie nickte. »Er hat mir einmal erzählt, Sie hätten einen Spitznamen für ihn gehabt. Sie nannten ihn ›Schuhleder‹, weil er die ganze Eselsarbeit gemacht hat.«

»Aber Esel tragen doch keine Schuhe, oder?«

»Sie wissen, was ich meine, John. Sie rauschen ab und lassen mich hier zurück – dabei ist das noch nicht mal mein Büro! Was bin ich hier überhaupt?« Sie hatte den Telefonhörer in die Hand genommen und schwenkte ihn jetzt, während sie sprach.

»Die Vermittlung, vielleicht?«, fragte er und steuerte schon auf die Tür zu.

13

Ein Nein würde Siobhan nicht als Antwort akzeptieren.

»Ich glaube«, sagte Teddy Clarke zu seiner Frau, »diesmal sollten wir vielleicht auf sie hören.«

Siobhans Mutter trug über einem Auge einen sterilen Pflasterverband. Das andere Auge war blau, und seitlich an der

Nase hatte sie einen Schnitt. Die Schmerzmittel schienen ihre Entschlossenheit gedämpft zu haben; zu dem, was ihr Mann sagte, nickte sie nur.

»Was ist mit unseren Kleidern?«, fragte Mr. Clarke, als sie in das Taxi stiegen.

»Ihr könnt später ins Camp fahren«, antwortete Siobhan, »und euch holen, was ihr braucht.«

»Wir haben für morgen Plätze im Bus reserviert«, überlegte er, als Siobhan dem Fahrer die Adresse ihrer Wohnung nannte. Sie wusste, dass er einen der Demonstrantenbusse meinte, die im Konvoi zum G8 fahren sollten. Seine Frau sagte etwas, was er nicht richtig verstand. Er neigte sich zu ihr, drückte ihre Hand, und sie wiederholte es für ihn.

»Wir gehen trotzdem.« Ihr Mann wirkte unschlüssig. »Der Doktor sieht darin kein Problem«, fuhr Eve Clarke fort, so deutlich, dass Siobhan es hören konnte.

»Das könnt ihr morgen früh entscheiden«, sagte Siobhan. »Jetzt konzentrieren wir uns erst mal auf heute, ja?«

Teddy Clarke lächelte seine Frau an. »Ich hab dir ja gesagt, dass sie sich verändert hat«, erinnerte er sie.

Als sie vor der Wohnung hielten, bezahlte Siobhan das Taxi, nachdem sie sich geweigert hatte, das von ihrem Vater angebotene Geld anzunehmen. Ging dann vor ihren Eltern die Treppe hinauf und warf einen prüfenden Blick in Wohn- und Schlafzimmer. Auf dem Boden waren keine Schlüpfer oder leere Smirnoff-Flaschen zu sehen.

»Herein mit euch«, meinte sie. »Ich setze Wasser auf. Macht es euch bequem.«

»Muss zehn Jahre her sein, dass wir das letzte Mal hier waren«, bemerkte ihr Vater, der einen kleinen Rundgang durchs Wohnzimmer machte.

»Ohne eure Hilfe hätte ich die Wohnung gar nicht kaufen können«, rief Siobhan aus der Küche. Sie wusste, wonach ihre Mutter Ausschau hielt: Anzeichen männlichen Besuchs. Dass sie Geld zu dem Wohnungskauf beigesteuert hatten, hatte einzig und allein dem Zweck gedient, ihrer Tochter zu helfen, »sich zu etablieren« – dieser tolle Euphemismus. Feste Beziehung, Heirat, Kinder. Ein Weg, den einzuschlagen Siobhan bisher nicht imstande gewesen war. Als sie Teekanne und Becher hereinbrachte, stand ihr Vater auf, um ihr behilflich zu sein.

»Du kannst eingießen«, sagte sie zu ihm. »Ich muss im Schlafzimmer noch ein paar Sachen richten …«

Sie öffnete den Kleiderschrank und holte ihre kleine Reisetasche heraus. Zog Schubladen auf, während sie überlegte, was sie wohl benötigen würde. Mit etwas Glück brauchte sie vielleicht gar nichts davon, aber sie wollte lieber auf der sicheren Seite sein. Kleider zum Wechseln, Zahnbürste, Shampoo … Sie durchwühlte ein paar Schubladen und stieß auf ihre schlampigsten, zerknittertsten Sachen. Eine Latzhose, in der sie die Diele gemalert hatte und deren einer Träger nur von einer Sicherheitsnadel gehalten wurde; ein Hemd aus indischer Baumwolle, das von einer dreitägigen Beziehung übriggeblieben war.

»Wir vertreiben dich hier«, meinte ihr Vater. Er stand in der Tür und hielt ihr einen Becher Tee hin.

»Ich muss kurz verreisen, das hat nichts damit zu tun, dass ihr beide hier seid. Vielleicht bin ich erst morgen wieder zurück.«

»Kann sein, dass wir dann schon nach Gleneagles gefahren sind.«

»Vielleicht treffe ich euch dort«, antwortete sie mit einem Augenzwinkern. »Kommt ihr beide heute Abend zurecht? Es gibt jede Menge Geschäfte und Restaurants. Ich lasse euch einen Schlüssel da …«

»Wir schaffen das schon.« Er hielt inne. »Diese Reise, hat die etwas mit dem zu tun, was deiner Mutter passiert ist?«

»Vielleicht.«

»Ich hab nämlich gedacht …«

»Was?« Sie schaute von dem auf, was sie gerade einpackte.

»Du bist auch Polizistin, Siobhan. Wenn du weitersuchst, wirst du dir wahrscheinlich Feinde machen.«

»Das ist kein Beliebtheitswettbewerb, Dad.«

»Trotzdem …«

Sie zog den Reißverschluss der Reisetasche zu, ließ sie auf dem Bett stehen und nahm ihm den Becher ab. »Ich möchte ihn nur sagen hören, dass es falsch war.« Sie nippte an dem lauwarmen Tee.

»Könnte das passieren?«

Sie zuckte die Achseln. »Vielleicht.«

Ihr Vater hatte sich auf eine Ecke des Bettes gesetzt. »Sie ist entschlossen, nach Gleneagles zu fahren, weißt du.«

Siobhan nickte. »Bevor ich aufbreche, bringe ich euch zu dem Camp, damit ihr eure Sachen herholen könnt.« Sie hockte sich vor ihn hin und legte eine Hand auf sein Knie. »Bist du sicher, dass ihr zurechtkommt?«

»Ganz bestimmt. Und du?«

»Mir wird nichts passieren, Dad. Ich habe ein Kraftfeld um mich herum. Ist dir das noch nicht aufgefallen?«

»Ich glaube, in der Princes Street habe ich es kurz aufblitzen sehen.« Er legte die Hand auf ihre. »Trotzdem, pass auf dich auf, ja?«

Sie lächelte und erhob sich, bemerkte, dass ihre Mutter sie von der Diele aus beobachtete, und bedachte sie ebenfalls mit einem Lächeln.

Rebus war schon mal in der Mensa gewesen. Während der Vorlesungszeit wimmelte es dort von Studenten, von denen viele gerade erst anfingen zu studieren und deshalb misstrauisch oder gar ängstlich dreinblickten. Ein paar Jahre zuvor hatte ein Student im zweiten Jahr mit Drogen gehandelt, und Rebus hatte ihn vom Frühstück weg verhaftet.

Die Studenten, die in die Cafeteria kamen, waren mit Laptops und iPods ausgestattet, sodass der volle Raum nie laut war, wenn man vom Gedudel der Handys einmal absah.

Heute jedoch hallte die Cafeteria von rauen, lauten Stimmen wider. Rebus spürte das Knistern von Testosteron in der Luft. Zwei Tische waren zu einer provisorischen Bar zusammengeschoben worden, an der kleine Flaschen mit hellem, französischem Bier verkauft wurden. Die »Rauchen Verboten«-Schilder wurden missachtet. Uniformierte Beamte klopften sich gegenseitig auf die Schultern und vollführten unbeholfen so etwas Ähnliches wie das amerikanische Abklatschen. Ihre Stichschutzwesten hatten sie ausgezogen und an einer Wand entlang aufgereiht. Mit hochroten Gesichtern, sei es von der Anstrengung, sei es von den übertriebenen Komplimenten der Besucher, verteilten die fleißigen weiblichen Mitarbeiterinnen Teller mit Gebratenem.

Rebus war auf der Suche nach sichtbaren Hinweisen, nach einer Art Newcastle-Abzeichen. Vom Pförtner war er zu einem alten Gebäude im Baronial Style geschickt worden, wo eine zivile Hilfskraft Hackmans Zimmernummer ausfindig gemacht hatte. Rebus hatte jedoch vergebens an die Tür geklopft und war dann, wieder auf Anraten der Hilfskraft, hierhergekommen – die nächste Vermutung der Frau.

»Natürlich könnte er auch noch ›im Außendienst‹ sein«, hatte sie ihn vorgewarnt, hocherfreut über die Gelegenheit, diese Wendung an den Mann bringen zu können.

»Botschaft erhalten und verstanden«, hatte Rebus geantwortet und ihr damit zu einem noch befriedigenderen Tag verholfen.

In der Cafeteria war nicht eine einzige Stimme mit schottischem Akzent zu hören. Rebus sah Uniformen von der Met und der London Transport Police, South Wales und Yorkshire ... Er beschloss, sich einen Becher Tee zu besorgen, und ergänzte, nachdem er erfahren hatte, dass alles gratis war, seine Bestellung um ein Würstchen im Teigmantel und einen Marsriegel. An einem Tisch fragte er, ob er sich dazusetzen dürfe. Sie rückten zusammen, um ihm Platz zu machen.

»CID?«, schätzte einer von ihnen. Die Haare des Mannes waren schweißnass, und sein Gesicht war gerötet.

Rebus nickte und stellte fest, dass er der Einzige im ganzen Raum war, der kein oben aufgeknöpftes weißes Hemd trug. Es gab auch einige wenige weibliche Uniformierte, aber die saßen zusammen und ignorierten die Bemerkungen, die an ihre Adresse gingen.

»Ich suche einen von unseren Leuten«, äußerte Rebus beiläufig. »Einen DS namens Hackman.«

»Sind wohl von hier?«, fragte einer der Uniformierten, der Rebus' Akzent einordnen konnte. »Echt schöne Stadt, das hier. Schade, dass wir sie ein bisschen verschandeln mussten.« Seine Kollegen fielen in sein Gelächter ein. »Einen Hackman kenne ich aber nicht.«

»Er ist ein Geordie«, fügte Rebus hinzu.

»Der Haufen da hinten, das sind Geordies.« Der Beamte deutete auf einen Tisch, der näher am Fenster stand.

»Das sind Scouser«, korrigierte ihn sein Nachbar.

»Für mich sehen die alle gleich aus.« Erneutes Gelächter.

»Woher kommen Sie denn?«, fragte Rebus.

»Nottingham«, antwortete der erste Beamte. »Damit sind wir vermutlich die Sheriffs. Das Essen ist allerdings bescheiden, stimmt's?« Dabei wies er mit dem Kopf auf Rebus' halb aufgegessenes Würstchen.

»Gibt Schlechteres – wenigstens kostet es nichts.«

»Da spricht ein echter Schotte, das steht mal fest.« Wieder lachte der Mann. »Tut mir leid, aber wir können Ihnen nicht helfen, Ihren Kumpel zu finden.«

Rebus zuckte mit den Schultern. »Waren Sie gestern in der Princes Street?«, fragte er, als wollte er Konversation betreiben.

»Den verdammten halben Tag.«

»Ganz schön Überstunden gekloppt«, fügte sein Nachbar hinzu.

»Wir hatten so was vor ein paar Jahren schon mal«, ergänzte Rebus. »Konferenz des Commonwealth. Das Wichsertreffen, wie wir's genannt haben. Einige unserer Jungs haben in der Woche einen ordentlichen Batzen von ihrer Hypothek abgetragen.«

»Bei mir fließt's in den Urlaub«, sagte der uniformierte Beamte. »Die Frau möchte nach Barcelona.«

»Und wo kommt die Freundin hin«, fragte sein Nachbar, »während deine Frau da unten ist?« Erneutes Gelächter und Rippenstöße.

»Ihr habt's jedenfalls gestern verdient«, stellte Rebus fest und brachte sie wieder zum Thema zurück.

»Manche ja«, kam als Antwort. »Die meisten haben im Bus gehockt und drauf gewartet, dass es richtig losgeht.«

Sein Nachbar nickte. »Verglichen mit dem, worauf man uns vorbereitet hatte, war das der reinste Spaziergang.«

»Auf den Fotos in der Zeitung heute Morgen haben zumindest einige von euch leicht geblutet.«

»Die Jungs von der Met wahrscheinlich. Die trainieren gegen Millwall-Fans, deshalb war das gestern für sie nichts Besonderes.«

»Kann ich Sie nach einem anderen Namen fragen?«, erkundigte sich Rebus. »Ein Typ namens Jacko, könnte bei der Met sein.«

Sie schüttelten den Kopf. Rebus hatte den Eindruck, dass hier nicht viel mehr zu holen war. Also steckte er seinen Marsriegel in die Tasche, stand auf, grüßte in die Runde und ging. Draußen liefen noch jede Menge Uniformierte herum. Er vermutete, dass sie, wenn es nicht nach Regen aussähe, auf dem Rasen lägen. An sein Ohr drang nichts, was dem Akzent von Newcastle ähnelte, und nichts über Prügel, die unschuldigen

Demonstranten verpasst worden waren. Er versuchte es noch einmal auf Hackmans Handy, aber es war immer noch ausgeschaltet. Kurz davor aufzugeben, beschloss er, doch noch einmal zu Hackmans Zimmer zu gehen.

Die Tür wurde von innen geöffnet.

»DS Hackman?«

»Wer, zum Teufel, will das wissen?«

»DI Rebus.« Rebus zeigte seine Dienstmarke. »Kann ich Sie kurz sprechen?«

»Nicht hier drin, da kann man sich kaum rühren. Außerdem müsste man das Loch hier mal ausräuchern. Warten Sie eine Sekunde …« Als Hackman sich in sein Zimmer zurückzog, warf Rebus rasch einen Blick hinein: herumliegende Kleider, leere Zigarettenschachteln, Männermagazine, ein Walkman, eine Dose Cider auf dem Fußboden neben dem Bett. Die Geräuschkulisse eines Pferderennens im Fernsehen. Hackman hatte sich ein Handy und ein Feuerzeug geschnappt. Dann klopfte er seine Taschen ab, bis er den Schlüssel fand. Wieder raus in den Flur. »Draußen, okay?«, schlug er vor und ging schon voraus, ob Rebus wollte oder nicht.

Er war stämmig: kräftiger Nacken und kurzgeschnittenes blondes Haar. Vielleicht Anfang dreißig, das Gesicht pockennarbig, die Nase auf einer Seite eingedrückt. Sein weißes T-Shirt schien zu oft gewaschen worden zu sein. Es rutschte hinten hoch und gab den Blick auf den Unterhosenbund seines Besitzers frei. Er trug Jeans und Turnschuhe.

»Gearbeitet?«, fragte Rebus.

»Eben zurückgekommen.«

»Undercover?«

Hackman nickte. »Einfacher Mann auf der Straße.«

»Irgendwelche Schwierigkeiten mit der Rolle?«

Hackman verzog den Mund. »Hiesige Polizei?«

»Genau.«

»Ich könnte ein paar Tipps gebrauchen.« Hackman warf Rebus einen raschen Blick zu. »Striplokale gibt's in der Lothian Road, oder?«

»Da und drumherum.«

»Welches sollte ich mit meinem sauer verdienten Geld beehren?«

»Ich bin kein Fachmann.«

Hackman musterte ihn von Kopf bis Fuß. »Sind Sie da sicher?«, fragte er. Sie waren jetzt draußen. Hackman bot Rebus eine Zigarette an und klappte sein Feuerzeug auf.

»Leith hat auch nicht gerade wenig Puffs, stimmt's?«

»Stimmt.«

»Und sind die hier legalisiert?«

»In der Regel drücken wir ein Auge zu, solange es hinter verschlossenen Türen passiert.« Rebus machte eine Pause, um zu inhalieren. »Freut mich zu hören, dass Sie nicht nur zum Arbeiten, sondern auch zum Vergnügen hier sind …«

Hackman gab ein krächzendes Lachen von sich. »Bei uns in Toon sehen die Frauen besser aus, das kann ich Ihnen sagen.«

»Wie ein Geordie klingen Sie aber nicht.«

»Ich bin in der Nähe von Brighton aufgewachsen. Im Nordosten lebe ich seit acht Jahren.«

»Haben Sie gestern irgendwelche Tätlichkeiten beobachtet?« Rebus tat, als genösse er die Aussicht vor ihnen – Arthur's Seat, der sich gen Himmel reckte.

»Ist das meine Einsatznachbesprechung?«

»Hat mich einfach interessiert.«

Hackman kniff die Augen zusammen. »Was kann ich für Sie tun, DI Rebus?«

»Sie haben den Mordfall Trevor Guest bearbeitet.«

»Das ist schon zwei Monate her; seitdem ist jede Menge anderes Zeug in meinem Posteingangskorb gelandet.«

»Mich interessiert nur Guest. Seine Hose ist in der Nähe von Gleneagles aufgetaucht, mit einer Bankkarte in der Tasche.«

Hackman starrte ihn an. »Als wir ihn fanden, hatte er keine an.«

»Jetzt wissen Sie, warum: Der Mörder hat Trophäen mitgenommen.«

Schwer von Begriff war Hackman nicht. »Wie viele?«

»Bis jetzt drei Opfer. Zwei Wochen nach Guest hat er wieder zugeschlagen. Dieselbe Vorgehensweise und ein kleines Andenken am selben Ort.«

»Meine Fresse …« Hackman zog kräftig an seiner Zigarette. »Wir hatten es abgelegt unter … na ja, zwielichtige Typen wie Guest machen sich jede Menge Feinde. Außerdem war er drogenabhängig, daher das Heroin – eine Botschaft sozusagen.«

»Und dann ist er in Ihrem Posteingangskorb ganz nach unten gewandert?« Der kräftige Mann zuckte die Schultern. »Gibt es überhaupt Indizien?«

»Wir haben die Leute vernommen, die zugaben, ihn zu kennen. Haben seine letzte Nacht auf Erden rekonstruiert, sind aber zu keinen aufregenden Ergebnissen gekommen. Ich kann dafür sorgen, dass man Ihnen die ganzen Unterlagen …«

»Schon passiert.«

»Guest starb vor zwei Monaten. Sie sagen, zwei Wochen später hatte der Täter wieder zugeschlagen?« Rebus nickte. »Und das andere Opfer?«

»Vor drei Monaten.«

Hackman überlegte eine Weile. »Zwölf Wochen, acht, dann sechs. Wenn Mörder erst einmal auf den Geschmack gekommen sind, legen sie in der Regel einen Zahn zu. Jede weitere Bluttat befriedigt sie ein bisschen weniger als die vorherige. Was ist also zwischen damals und heute passiert? Sechs Wochen ohne einen weiteren Mord?«

»Klingt unwahrscheinlich«, pflichtete Rebus ihm bei.

»Außer wir haben ihn wegen etwas anderem eingelocht, oder er hat seine Geschäfte woandershin verlegt.«

»Mir gefällt Ihre Denke«, gab Rebus zu.

Hackman musterte ihn. »Das, was ich gerade gesagt habe, wissen Sie schon, stimmt's?«

»Gerade deshalb gefällt mir ja Ihre Denkweise.«

Hackman kratzte sich im Schritt. »Jetzt habe ich die letzten paar Tage nichts als Fotzen im Kopf gehabt, und dann kommen Sie mit so was daher.«

»Tut mir leid.« Rebus drückte den Rest seiner Zigarette aus. »Ich wollte Sie fragen, was Sie mir über Trevor Guest erzählen können – alles, was Ihnen im Gedächtnis haften geblieben ist.«

»Für ein kühles Bier ist mein Kopf Ihre Auster.«

Das Problem mit Austern, dachte Rebus, während sie zu der Cafeteria gingen, ist nur, dass man eher auf Sand als auf eine Perle stößt.

In dem Raum war es etwas ruhiger geworden, und sie fanden einen Tisch für sich allein – allerdings nicht, bevor Hackman den Versuch unternommen hatte, sich den Polizistinnen vorzustellen, die er einzeln mit Handschlag begrüßte.

»Reizend«, verkündete er, als er sich zu Rebus an den Tisch gesellte. Er schlug die Handflächen aneinander und rieb sie sich beim Hinsetzen.

»Hoch die Tassen«, sagte er und hob seine Flasche. Dann kicherte er leise. »Das sollte der Name eines Striplokals sein.«

Darauf ging Rebus nicht ein. Stattdessen wiederholte er Trevor Guests Namen.

Hackman trank sein Bierglas in einem Zug halb leer. »Wie schon gesagt, zwielichtiger Typ. Ging im Gefängnis ein und aus – Einbrüche, deren Beute er verkloppte, diverse andere Bagatelldelikte, auch mal schwere Körperverletzung. Vor Jahren war er mal eine Weile hier, ließ sich aber, soweit wir feststellen konnten, nichts zuschulden kommen.«

»Mit ›hier‹ meinen Sie Edinburgh?«

Hackman rülpste. »Dudelsackland allgemein … nichts für ungut.«

»Kein Problem«, log Rebus. »Ich frage mich, ob er auf irgendeine Weise die Bekanntschaft des dritten Opfers hat machen
können – eines Klubrausschmeißers namens Cyril Colliar, vor
drei Monaten aus dem Gefängnis entlassen.«

»Der Name sagt mir nichts. Wollen Sie noch so eins?«

»Ich hole sie.« Rebus war schon halb aufgestanden, aber
Hackman winkte ihn zurück. Rebus beobachtete, wie er erst
an den Frauentisch ging und sie fragte, ob sie etwas trinken
wollten. Eine von ihnen lachte, was er vermutlich als Erfolg
verbuchte. Wenig später kam er mit vier Flaschen zurück an
den Tisch.

»Schlecht drauf, die Mädels«, erklärte er, während er Rebus
zwei Flaschen zuschob. »Muss den Zaster doch schließlich loswerden, oder?«

»Mir ist aufgefallen, dass niemand für Kost und Logis
zahlt.«

»Niemand außer dem hiesigen Steuerzahler.« Hackmans
Augen weiteten sich. »Das sind vermutlich *Sie*. Schönen
Dank auch.« Er prostete Rebus mit einer frischen Flasche zu.
»Nehme nicht an, dass Sie heute Abend Zeit haben, den Reise-
leiter für mich zu spielen?«

»Bedaure.« Rebus schüttelte den Kopf.

»Ich würde alles zahlen. So ein Angebot kann ein Schotte
doch nicht ausschlagen.«

»Ich schlage es trotzdem aus.«

»Wie Sie wollen«, meinte Hackman achselzuckend. »Dieser Mörder, den Sie suchen … Haben Sie irgendwelche Hinweise?«

»Er hat es auf miese Typen abgesehen, die er womöglich
über eine Opferschutz-Homepage findet.«

»Bürgerwehr, wie? Das heißt, jemand mit einer ordentlichen
Wut …«

»So lautet die Theorie.«

»Herr Schlauberger würde behaupten, dass eine Verbindung

zum ersten Opfer besteht. Es hätte das erste und letzte sein sollen, aber dann hat es ihn gepackt.«

Rebus nickte, zu diesem Schluss war er auch schon gekommen. Der schnelle Eddie Isley, der Prostituierte angriff. Isleys Mörder konnte ein Zuhälter oder Freund sein ... machte ihn mithilfe von *Sexbestien-im-Visier* ausfindig und fragte sich danach, warum er eigentlich nach einem schon aufhören sollte.

»Wie dringend wollen Sie diesen Typ eigentlich finden?«, fragte Hackman. »Hört sich an, als stünde er auf *unserer* Seite ... Das würde mir zu schaffen machen.«

»Glauben Sie nicht, dass Menschen sich ändern können? Alle drei Opfer hatten ihre Strafen abgesessen, offenbar keine Rückfallgefahr.«

»Sie sprechen von Wiedergutmachung.« Hackman tat, als spuckte er aus. »Diese ganze Tugendboldscheiße kann ich nicht ertragen.« Er hielt inne. »Worüber lächeln Sie?«

»Das hat mich an eine Zeile aus einem Pink-Floyd-Song erinnert.«

»Tatsächlich? Die kann ich genauso wenig ertragen. Lieber was von Tamla-Motown oder Stax, Musik, bei der die Miezen dahinschmelzen. Unser Trev war ein kleiner Frauenheld.«

»Trevor Guest?«

»Er hatte sie gerne eher jung, wenn man nach den Freundinnen geht, die wir aufgetrieben haben.« Hackman schnaubte verächtlich. »Glauben Sie mir, wenn sie noch etwas jünger gewesen wären, hätten wir ein Spielzimmer statt eines Vernehmungszimmers gebraucht.« Dieser Witz gefiel ihm selbst so gut, dass er Mühe hatte, sein Bier zu trinken. »Ich mag meine Fotzen ein bisschen reifer«, sagte er schließlich und leckte sich gedankenverloren die Lippen. »Viele der Hostessen im hinteren Teil Ihrer Lokalzeitung nennen sich auch ›reif‹. Was schätzen Sie, wie alt die wirklich sind? Ich meine, aus dem Altersheim müssen sie auch nicht kommen ...«

»Guest ist über eine Babysitterin hergefallen, oder?«

»Er ist in ein Haus eingebrochen und hat sie zufällig auf der Couch vorgefunden. Soweit ich mich erinnere, wollte er nur, dass sie ihm einen bläst. Sie schrie, und er ist abgehauen.« Das kommentierte er mit einem Achselzucken.

Rebus' Stuhl kratzte über den Boden, als er aufstand. »Ich muss los«, sagte er.

»Trinken Sie doch noch aus.«

»Ich bin mit dem Auto da.«

»Irgendetwas sagt mir, dass Sie diese Woche mit ein oder zwei kleinen Vergehen davonkommen. Trotzdem, spare in der Zeit, dann hast du in der Not.« Hackman zog die noch unberührte Flasche zu sich her. »Wie wär's später mit einem Glas? Ich brauche einen Sherpa, der mir den Weg weist ...«

Rebus ignorierte ihn und verließ das Lokal. Draußen an der frischen Luft riskierte er einen Blick durchs Fenster und sah, wie Hackman auf die Frauen zutänzelte.

14

Das sogenannte Camp Horizon am Rand von Stirling, eingeklemmt zwischen einem Fußballplatz und einem Industriegelände, erinnerte Siobhan an einige der provisorischen Lager, die sie in den Achtzigern rund um den Luftwaffenstützpunkt Greenham Common gesehen hatte, als sie im Teenageralter per Anhalter dorthin gefahren war, um gegen die Stationierung von Atomraketen zu demonstrieren. Dort gab es nicht einfach Zelte, sondern aufwändige Wigwams und Gebilde, die wie Iglus aus Weidengeflecht aussahen. Zwischen den Bäumen waren mit Regenbogen und Peace-Zeichen bemalte Zeltbahnen gespannt worden. Von Lagerfeuern stieg Rauch auf, und in der Luft hing der durchdringende Geruch von Marihuana. Sonnenkollektoren und eine kleine Windturbine schienen Strom für bunte Lichterketten zu erzeugen. In einem stationären Wohnwagen konnte man Rechtsberatung und kostenlose Kondome bekommen, während weggeworfene Flugblätter weitere Informationen über alles von HIV bis zur Verschuldung der Dritten Welt lieferten.

Auf der Herfahrt von Edinburgh war sie an fünf verschiedenen Kontrollpunkten angehalten worden. Obwohl sie ihre Dienstmarke vorgezeigt hatte, bestand ein Sicherheitsbeamter darauf, dass sie den Kofferraum ihres Autos öffnete.

»Diese Leute haben alle möglichen Sympathisanten«, hatte er erklärt.

»Und sind auf dem besten Weg, einen weiteren zu bekommen«, hatte Siobhan als Antwort gemurmelt.

Die Bewohner des Lagers schienen sich in verschiedene Stämme aufgespalten zu haben, wobei die Anti-Poverty-Gruppe sich von den zum harten Kern gehörenden Anarchisten fernhielt. Rote Fahnen schienen als Grenze zwischen den beiden zu fungieren. Hippie-Veteranen bildeten eine weitere Untergruppe, deren Epizentrum in einem der Wigwams lag. Auf einem Kocher stand ein Topf Bohnen, und ein improvisiertes Schild kündigte Reiki und ganzheitliches Heilen zwischen siebzehn und zwanzig Uhr an, mit »Sonderkonditionen für Menschen ohne festes Einkommen/Studenten«.

Siobhan hatte einen der Wachposten am Eingang nach Santal gefragt, aber nur ein Kopfschütteln geerntet.

»Keine Namen, kein Strafexerzieren.« Er hatte sie von Kopf bis Fuß gemustert. »Darf ich Ihnen etwas sagen?«

»Was?«

»Sie sehen aus wie eine verdeckte Ermittlerin.«

Sie war seinem Blick gefolgt. »Ist es die Latzhose?«

Er hatte erneut den Kopf geschüttelt. »Die sauberen Haare.«

Also hatte sie sie etwas zerzaust, was ihn aber immer noch nicht zu überzeugen schien. »Sonst noch verdeckte Ermittler hier?«

»Bestimmt«, hatte er lächelnd erwidert. »Aber ich muss ja nicht die Guten ausfindig machen, oder?«

Ihr Auto hatte sie im Stadtzentrum geparkt. Sollten alle Stricke reißen, würde sie eher im Auto als unter freiem Himmel schlafen. Der Platz war wesentlich größer als der in Edinburgh, und die Zelte standen dichter beisammen. Da es allmählich dämmerte, musste sie auf Heringe und Zeltspannleinen achten. Zweimal ging sie an einem jungen Mann mit zottigem Bart vorbei, der versuchte, die Leute für »Entspannung mit Kräutern« zu interessieren. Beim dritten Mal trafen sich ihre Blicke.

»Jemanden verloren?«, fragte er.

»Meine Freundin Santal.«

Er schüttelte den Kopf. »Ich hab's nicht so mit Namen.« Also gab sie ihm eine kurze Beschreibung. Wieder schüttelte er den Kopf. »Wenn du einfach nur ganz relaxt dasitzt, kommt sie vielleicht zu dir.« Er hielt ihr einen fertig gerollten Joint hin. »Geht aufs Haus.«

»Gilt wohl nur für Neukunden«, mutmaßte sie.

»Selbst die Hüter von Recht und Ordnung müssen sich am Feierabend entspannen.«

Sie starrte ihn einen Moment lang an. »Donnerwetter! Sind es die Haare?«

»Die Tasche da bringt dir nichts«, kommentierte er. »Was du wirklich brauchst, ist ein schmutziger Rucksack. Mit dem Ding da …«, er deutete auf das Corpus Delicti, »… siehst du eher aus, als gingst du zur Gymnastik.«

»Danke für den Tipp. Haben Sie keine Angst gehabt, ich könnte Sie hinter Schloss und Riegel bringen?«

Er zuckte mit den Schultern. »Wenn du Ärger machen willst, nur zu.«

Sie lächelte kurz. »Vielleicht ein andermal.«

»Diese ›Freundin‹, könnte die vielleicht bei der Vorhut dabei gewesen sein?«

»Kommt drauf an, was Sie meinen.«

Er hatte eine Pause gemacht, um den Joint anzuzünden und tief zu inhalieren. Dann atmete er aus und fuhr gleichzeitig fort zu sprechen. »Logisch, dass es bei Tagesanbruch Blockaden geben wird, weil deine Leute versuchen, uns von dem Hotel fernzuhalten.« Er bot ihr den Joint an, aber sie lehnte kopfschüttelnd ab.

»Bevor du es nicht versucht hast, wirst du es nicht wissen«, meinte er.

»Sie können es glauben oder nicht, ich war auch mal Teenager ... Die Vorhut ist also früher von hier los?«

»Das Messtischblatt in der Hand. Und nichts als die Ochil Hills zwischen uns und dem Sieg.«

»Querfeldeinrennen in der Dunkelheit? Ist das nicht ein bisschen riskant?«

Er zuckte die Achseln, dann zog er wieder an dem Joint. Eine junge Frau lungerte in der Nähe herum. »Kriegst du was?«, fragte er sie. Die Transaktion dauerte eine halbe Minute: ein winziges eingeschweißtes Päckchen für drei Zehnpfundscheine.

»Tschüs«, sagte die Frau. Und zu Siobhan: »N'Abend, Officer.« Kichernd ging sie davon. Der Dealer schaute sich Siobhans Latzhose an.

»Ich gebe auf«, sagte sie kleinlaut.

»Folge meinem Rat: Setz dich hin und entspann dich ein Weilchen. Du könntest etwas finden, wovon du gar nicht weißt, dass du es gesucht hast.« Er strich sich über den Bart, während er sprach.

»Das ist ... tiefgründig«, erklärte Siobhan, wobei ihr Ton verriet, dass sie das genaue Gegenteil dachte.

»Du wirst schon sehen«, gab er zurück und ging an ihr vorbei in die Dämmerung. Sie schlenderte zurück zum Eingang und beschloss, Rebus anzurufen. Er nahm nicht ab, und so hinterließ sie ihm eine Nachricht.

»Hi, ich bin's. Ich befinde mich in Stirling. Keine Spur von

Santal. Wir sehen uns morgen, aber wenn Sie mich in der Zwischenzeit brauchen, rufen Sie mich ruhig an.«

Eine erschöpft, aber begeistert wirkende Gruppe betrat das Gelände. Siobhan klappte ihr Handy zu und näherte sich den Leuten bis zu einer Stelle in Hörweite, wo sie von einigen ihrer Kameraden begrüßt wurden.

»Wärmesuchender Radar ... Hunde ...«

»Bis an die Zähne bewaffnet, Mann ...«

»Amerikanischer Akzent ... Marines, wenn du mich fragst ... keine Abzeichen ...«

»Hubschrauber ... Suchscheinwerfer ...«

»Wir hatten schon gedacht, das wär's jetzt gewesen.«

»Sind den halben Weg zum Basislager hinter uns her ...«

Dann gingen die Fragen los. Wie nah sie gekommen seien. Ob es Schwachstellen im Sicherheitssystem gebe. Ob sie die Umzäunung erreicht hätten. Ob noch irgendjemand draußen sei.

»Wir haben uns aufgespalten ...«

»Maschinenpistolen, schätze ich ...«

»Haben nicht lange gefackelt ...«

»Haben uns in zehn Dreiergruppen aufgeteilt ... leichter unterzutauchen ...«

»Neueste Taktik ...«

Sie wurden mit weiteren Fragen bombardiert. Siobhan fing an, die Leute zu zählen, und kam bis fünfzehn. Was bedeutete, dass weitere fünfzehn noch irgendwo draußen auf den Ochils waren. Im allgemeinen Tumult stellte sie ihre Frage.

»Wo ist Santal?«

Ein Kopfschütteln. »Haben sie nicht mehr gesehen, seit wir uns aufgeteilt haben.«

Einer von ihnen hatte eine Landkarte auseinandergefaltet, um zu zeigen, wie weit sie gekommen waren. Er hatte sich eine Stirnlampe umgeschnallt und fuhr die Route mit einem schmutzigen Finger nach. Siobhan drängte sich näher heran.

»Das ist alles Sperrzone …«

»Muss ein Schwachpunkt sein …«

»Die zahlenmäßige Übermacht, das ist alles, was wir haben …«

»Morgen werden wir zehntausend Mann stark sein.«

»Kräuterzigaretten für all unsere tapferen Soldaten!« Als der Dealer anfing, sie auszuteilen, brachen einige in der Menge in schallendes Gelächter aus – Spannungsabbau. Siobhan zog sich an den Rand der Gruppe zurück. Eine Hand fasste sie am Arm. Es war die junge Frau, die zuvor dem Dealer etwas abgekauft hatte.

»Bullen sollten schleunigst Flügel kriegen«, zischte sie.

Siobhan funkelte sie an. »Oder?«

Die junge Frau schenkte ihr ein boshaftes Lächeln. »Oder ich müsste schreien.«

Siobhan schwieg, schulterte ihre Tasche und wich zurück. Die junge Frau scheuchte sie mit einer Handbewegung davon. Am Tor hatte immer noch derselbe Mann Wache.

»Hat die Verkleidung gewirkt?«, fragte er mit einem fast süffisanten Lächeln.

Den ganzen Weg zurück zu ihrem Auto versuchte Siobhan, sich eine passende Reaktion zurechtzulegen.

Rebus hatte den Gentleman gegeben: Er war mit Instantnudeln und Chicken Tikka Wraps zum Gayfield Square zurückgekommen.

»Sie verwöhnen mich«, sagte Ellen Wylie, während er den Wasserkocher einschaltete.

»Sie dürfen auch wählen – Hühnchen mit Pilzen oder Rindercurry?«

»Hühnchen.« Sie sah zu, wie er die Folien von den Plastikschalen zog. »Und wie war's?«

»Ich habe Hackman gefunden.«

»Und?«

»Er wollte eine Tour durch die Sexschuppen machen.«

»Igitt.«

»Ich habe ihm gesagt, den Gefallen könnte ich ihm nicht tun, und im Gegenzug hat er mir nur sehr wenig erzählt, was wir nicht schon wussten.«

»Oder hätten erraten können?« Sie hatte sich neben Rebus gestellt, nahm einen der Wraps und prüfte sein Verfallsdatum: 5. Juli. »Halber Preis«, kommentierte sie.

»Ich wusste, dass Sie beeindruckt sein würden. Aber es gibt sogar noch mehr.« Er zog einen Marsriegel aus der Tasche und reichte ihn ihr. »Und was gibt's für Neuigkeiten von Edward Isley?«

»Auch hier sind weitere Unterlagen unterwegs nach Norden«, antwortete sie, »aber der DI, mit dem ich gesprochen habe, war einer der helleren Köpfe. Gab fast alles aus dem Kopf wieder.«

»Lassen Sie mich raten: jede Menge Feinde ... jemand mit einem Groll ... unvoreingenommen sein ... keine Fortschritte zu berichten?«

»Das trifft es ganz gut«, gab Wylie zu. »Ich habe den Eindruck, dass ein paar Register nicht gezogen wurden.«

»Nichts, was den schnellen Eddie mit Mr. Guest verbindet?«

Sie schüttelte den Kopf. »Verschiedene Gefängnisse, kein Hinweis auf gemeinsame Komplizen. Isley kannte Newcastle nicht, und Guest hat sich nicht in Carlisle oder an der M6 herumgetrieben.«

»Und Cyril Colliar kannte wahrscheinlich keinen von beiden.«

»Aber Sie erschienen gemeinsam auf *Bestien-im-Visier*.« Rebus goss Wasser auf die Nudeln. Er reichte ihr einen Löffel, und sie rührten in ihrer jeweiligen Schale.

»Haben Sie mit irgendjemandem in Torphichen gesprochen?«, fragte er.

»Hab ihnen gesagt, dass Sie einen Personalengpass haben.«

»Rat-Arse hat sicher eine Bettgeschichte dahinter vermutet.«

»Wie gut Sie DC Reynolds kennen«, sagte sie lächelnd. »Übrigens sind ein paar Jpegs aus Inverness gekommen.«

»Das ging ja schnell.« Er verfolgte, wie sie sich im Computer einloggte. Die Fotos erschienen als Vorschaubilder, aber Wylie vergrößerte sie einzeln.

»Sieht aus wie Auchterarder«, kommentierte Rebus.

»Der Fotograf hat auch ein paar Nahaufnahmen gemacht«, erklärte Wylie und brachte sie auf den Bildschirm. Zerfetzte Überreste von Kleidungsstücken, die alle nicht sehr neu aussahen. »Was meinen Sie?«, fragte sie.

»Ich sehe da nichts für uns, und Sie?«

»Auch nicht«, pflichtete sie ihm bei. Eins der Telefone klingelte. Sie hob ab und lauschte.

»Schicken Sie ihn hoch«, sagte sie und legte wieder auf. »Ein Typ namens Mungo«, erklärte sie. »Sagt, dass er eine Verabredung hat.«

»Eher eine offene Einladung«, entgegnete Rebus, die Nase am Inhalt des Wraps, den er gerade aufgemacht hatte. »Ob er wohl Chicken Tikka mag …«

Mungo mochte und vernichtete das Geschenk mit zwei großen Bissen, während Rebus und Wylie die Fotos in Augenschein nahmen.

»Sie arbeiten schnell«, lobte Rebus Mungo.

»Was schauen wir uns da an?«, fragte Ellen Wylie.

»Freitagabend«, erklärte Rebus. »Ein Dinner im Castle.«

»Ben Websters Selbstmord?«

Rebus nickte. »Das da ist er«, fügte er hinzu und deutete mit dem Finger auf eins der Gesichter. Mungo hatte Wort gehalten und nicht nur seine eigenen Schnappschüsse von dem Autokorso und seinen Insassen, sondern auch Abzüge der offiziellen Gruppenfotos mitgebracht. Jede Menge gut angezogene, lächelnde Männer, die anderen gut angezogenen, lächelnden Männern die Hand schüttelten. Rebus erkannte nur wenige: den Außenminister, den Verteidigungsminister, Ben Webster, Richard Pennen ...

»Wie sind Sie denn da drangekommen?«, fragte Rebus neugierig.

»Für die Medien offen zugänglich – genau die Art von PR-Gelegenheit, die die Politiker mögen.«

»Haben Sie irgendwelche Namen zu den Gesichtern?«

»Dafür ist ein Redakteur zuständig«, erwiderte der Fotograf und schluckte den letzten Bissen Wrap hinunter. »Ich habe ausgegraben, was ich konnte.« Er griff in seine Kameratasche und zog einige Blätter Papier heraus.

»Danke«, sagte Rebus. »Ich habe sie vermutlich schon gesehen ...«

»Ich aber nicht«, warf Wylie ein und nahm sie Mungo aus der Hand. Rebus interessierte sich mehr für die Fotos vom Abendessen.

»Ich wusste gar nicht, dass Corbyn auch da war«, sinnierte er.

»Wer ist denn das?«, fragte Mungo.

»Unser verehrter Chief Constable.«

Mungo betrachtete den Mann, auf den Rebus' Finger zeigte. »Ist nicht lang geblieben«, erklärte er, während er seine eigenen Abzüge durchblätterte. »Hier fährt er wieder. Ich war gerade dabei einzupacken ...«

»Wie viel Zeit war seit dem offiziellen Beginn vergangen?«

»Keine halbe Stunde. Ich hatte noch abgewartet, für den Fall, dass Nachzügler kämen.«

Richard Pennen hatte es auf keins der offiziellen Fotos geschafft, aber Mungo war es gelungen, sein Auto abzulichten, als es auf das Gelände fuhr, und Pennen völlig perplex mit offenem Mund zu erwischen.

»Hier steht«, meldete sich Ellen Wylie, »dass Ben Webster den Versuch unterstützte, einen Waffenstillstand in Sierra Leone zu schließen. Er besuchte auch den Irak, Afghanistan und Osttimor.«

»Hat ganz schön Flugmeilen gesammelt«, kommentierte Mungo.

»Und einen Hang zum Abenteuer gehabt«, fügte sie hinzu, als sie die Seite umblätterte. »Ich wusste gar nicht, dass seine Schwester Polizistin ist.«

Rebus nickte. »Hab sie vor ein paar Tagen getroffen.« Er hielt einen Moment inne. »Die Beerdigung ist morgen, glaube ich. Ich sollte sie eigentlich anrufen ...« Dann widmete er sich wieder den offiziellen Fotos. Sie waren alle gestellt, sodass es für ihn wenig zu entdecken gab: keine Vieraugengespräche im Hintergrund; nichts, wovon diese mächtigen Männer nicht wollten, dass die Welt es erfuhr. Genau wie Mungo sagte: eine PR-Übung. Rebus hob den Telefonhörer ab und rief Mairie auf ihrem Handy an.

»Kannst du kurz in Gayfield vorbeischauen?«, fragte er sie. Er konnte das Klackern ihrer Tastatur hören.

»Muss das hier erst erledigen.«

»In einer halben Stunde?«

»Mal sehen, was ich machen kann.«

»Da hängt ein Marsriegel dran.« Wylies Gesicht ließ Missfallen erkennen. Rebus beendete den Anruf und sah zu, wie Wylie die Schokolade auspackte und hineinbiss.

»Da geht meine Bestechung dahin«, meinte Rebus.

»Die lasse ich Ihnen hier«, sagte Mungo gerade, während er sich Mehl von den Fingern wischte. »Sie können sie behalten – aber nicht zur Veröffentlichung verwenden.«

»Nur für unsere Augen«, versicherte Rebus ihm. Er legte die Fotos von den verschiedenen Passagieren auf den Rücksitzen aus. Die meisten waren verschwommen, was daher kam, dass die Autos für den Fotografen nicht langsamer fuhren. Einige der ausländischen Würdenträger lächelten jedoch, vielleicht sogar erfreut darüber, dass sie bemerkt wurden.

»Und können Sie das bitte Siobhan geben?«, fügte Mungo hinzu und gab ihm einen großen Umschlag. Rebus nickte und fragte, was das sei. »Die Demonstration in der Princes Street. Sie interessierte sich für die Frau am Rand der Menge. Ich konnte sie ein bisschen heranholen.«

Rebus öffnete den Umschlag. Die junge Frau mit den Zöpfen hielt die Kamera vor ihr Gesicht. Santal, so hieß sie doch, oder? Bedeutete Sandelholz. Rebus fragte sich, ob Siobhan den Namen bei Operation Sorbus hatte überprüfen lassen. Das Gesicht schien sich seiner Aufgabe zu widmen, der Mund hatte sich zu einer schmalen Linie zusammengezogen. Engagiert, vielleicht sogar Profi. Auf anderen Schnappschüssen hielt sie die Kamera von sich weg, den Blick nach rechts oder links gerichtet. So als hielte sie nach etwas Ausschau. Nicht das geringste Interesse an der Ansammlung von Schutzschilden. Keine Angst vor umherfliegenden Trümmern. Nicht aufgeregt oder ängstlich.

Einfach nur mit ihrem Job beschäftigt.

»Ich sorge dafür, dass sie sie bekommt«, versprach Rebus Mungo, als der seine Kameratasche zuschnallte. »Und danke für das hier. Ich stehe jetzt in Ihrer Schuld.«

Mungo nickte. »Vielleicht einen Tipp, wenn Sie das nächste Mal als Erster an einem Tatort sind?«

»Passiert nicht so oft, mein Freund«, erklärte Rebus. »Aber ich behalte es im Kopf.«

Mungo schüttelte beiden Beamten die Hand. Wylie sah ihm nach. »Behalten Sie ihn wirklich im Kopf?«, fragte sie skeptisch.

»Die Scheiße ist, dass in meinem Alter das Gedächtnis nachlässt.« Rebus griff nach den Nudeln, musste allerdings feststellen, dass sie kalt geworden waren.

Mairie Henderson hielt Wort und tauchte innerhalb der nächsten halben Stunde auf, die Miene leicht säuerlich, als sie auf dem Schreibtisch das Papier des Marsriegels entdeckte.

»Ich kann nichts dafür«, beteuerte Rebus und hob bedauernd die Hände.

»Dachte, das hier würdest du vielleicht gern sehen«, sagte sie, während sie einen Ausdruck der Titelseite vom nächsten Morgen auseinanderfaltete. »Wir hatten Glück: keine besonderen Storys.«

POLIZEI UNTERSUCHT MYSTERIÖSEN G8-MORD. Dazu Fotos vom Clootie Well und dem Gleneagles Hotel. Rebus machte sich nicht die Mühe, den Text zu lesen.

»Was haben Sie eben zu Mungo gesagt?«, stichelte Wylie.

Rebus ignorierte sie und konzentrierte sich stattdessen auf die Würdenträger. »Könntest du sie mir vorstellen?«, fragte er Mairie. Sie holte tief Luft und begann, Namen abzuspulen. Staatsminister aus so unterschiedlichen Ländern wie Südafrika, China und Mexiko. Die meisten hatten Handels- oder Wirtschaftsressorts inne, und wenn Mairie sich nicht ganz sicher war, rief sie einen der Experten bei der Zeitung an, der ihr dann präzise Auskunft gab.

»Können wir also davon ausgehen, dass sie über Handel oder Entwicklungshilfe gesprochen haben?«, fragte Rebus. »Und falls ja, was hat Richard Pennen da gemacht? Oder gar unser Verteidigungsminister?«

»Man kann auch mit Waffen handeln«, erinnerte ihn Mairie.

»Und der Chief Constable?«

Sie zuckte die Achseln. »Vermutlich aus Höflichkeit eingeladen. Dieser Mann hier …«, sie tippte auf eins der Bilder, »… das ist Mr. Genmanipulation. Ich habe ihn im Fernsehen gesehen, in einer Diskussion mit Umweltschützern.«

»Verkaufen wir denn Erbgut an Mexiko?«, wunderte sich Rebus. Mairie zuckte wieder mit den Schultern.

»Glaubst du wirklich, dass sie etwas vertuschen?«

»Warum sollten sie das tun?«, erwiderte Rebus, als hätte ihre Frage ihn überrascht.

»Weil sie es können?«, äußerte Ellen Wylie.

»So dumm sind diese Männer nicht. Pennen ist nicht der einzige Geschäftsmann in dem Verein.« Mairie deutete auf zwei andere Gesichter. »Banken und Fluggesellschaften.«

»Die Promis haben sie in aller Eile weggeschafft«, sagte Rebus, »nachdem Websters Leiche entdeckt worden war.«

»Übliche Vorgehensweise, nehme ich an«, erwiderte Mairie.

Rebus ließ sich auf den nächstbesten Stuhl fallen. »Pennen will nicht, dass wir da mitmischen, und Steelforth hat versucht, mir ordentlich einen überzubraten. Was sagt euch das?«

»Dass jede Publicity schlechte Publicity ist, wenn man mit bestimmten Regierungen Geschäfte machen will.«

»Mir gefällt der Typ«, sagte Wylie, als sie am Ende der Aufzeichnungen über Webster ankam. »Schade, dass er tot ist.« Sie sah zu Rebus. »Gehen Sie zu der Beerdigung?«

»Denke noch darüber nach.«

»Wieder eine Gelegenheit, bei Pennen und dem Special Branch anzuecken?«, wollte Mairie wissen.

»Meine Aufwartung machen«, konterte Rebus, »und seiner Schwester berichten, dass wir nicht weiterkommen.« Er hatte eine von Mungos Nahaufnahmen aus den Princes Street Gardens in die Hand genommen. Mairie betrachtete sie ebenfalls.

»Nach allem, was ich gehört habe«, sagte sie, »sind eure Leute ein bisschen zu weit gegangen.«

»Wir haben hart durchgegriffen«, entgegnete Wylie in gereiztem Ton.

»Ein paar Dutzend Hitzköpfe gegenüber ein paar hundert Beamten der Bereitschaftspolizei.«

»Und wer gibt ihnen das Lebenselixier der Publicity?« Wylie klang kampfbereit.

»Ihr und eure Schlagstöcke«, gab Mairie zurück. »Wenn es nichts zu berichten gäbe, würden wir nichts berichten.«

»Aber es ist die Art, wie die Wahrheit manchmal verbogen wird …« Wylie bemerkte, dass Rebus nicht mehr am Gespräch teilnahm. Mit zusammengekniffenen Augen starrte er ein spezielles Foto an. »John?«, sagte sie. Als die Anrede keine Wirkung zeigte, knuffte sie ihn. »Könnten Sie mich hier vielleicht unterstützen?«

»Das schaffen Sie bestimmt auch allein, Ellen.«

»Was ist denn los?«, fragte Mairie und warf über seine Schulter hinweg einen Blick auf das Foto. »Du siehst aus, als wäre dir ein Geist erschienen.«

»Gewissermaßen«, antwortete Rebus. Er griff zum Hörer, besann sich jedoch eines Besseren und ließ ihn wieder sinken. »Morgen«, sinnierte er, »ist schließlich auch noch ein Tag.«

»Nicht ›auch noch ein Tag‹, John«, erinnerte ihn Mairie. »Das ist der Tag, an dem es endlich losgeht.«

»Ich hoffe nur, dass London den Zuschlag für die Olympischen Spiele nicht kriegt«, fügte Wylie hinzu. »Sonst werden wir ewig und drei Tage damit bombardiert.«

Immer noch scheinbar abwesend, hatte Rebus sich erhoben. »Zeit für ein Bier«, stellte er fest. »Und ich bin dran mit Bezahlen.«

»Ich dachte schon, du würdest gar nicht mehr fragen«, seufzte Mairie. Wylie schnappte sich ihre Jacke und Tasche. Rebus ging voraus.

»Lässt du das nicht hier?«, fragte Mairie und deutete mit dem Kopf auf das Foto, das er immer noch in der Hand hielt. Er warf einen kurzen Blick darauf, bevor er es gefaltet in die Tasche steckte. Dann klopfte er seine anderen Taschen ab und legte Mairie eine Hand auf die Schulter.

»Ich bin zufällig ein bisschen klamm. Könntest du mir vielleicht aushelfen …?«

Später an diesem Abend kehrte Mairie Henderson in ihre Wohnung in Murrayfield zurück. Ihr und ihrem Freund Allan, mit dem zusammen sie den Immobilienkredit abzahlte, gehörten die beiden oberen Stockwerke einer ehrwürdigen viktorianischen Villa. Das Problem war, dass Allan als Kameramann arbeitete und sie schon unter normalen Umständen herzlich wenig von ihm hatte. Diese Woche erwies sich allerdings als mörderisch. Einer der überzähligen Räume war jetzt ihr Arbeitszimmer; auf das steuerte sie geradewegs zu und warf dort ihre Jacke über die Rückenlehne eines Stuhls. Der Couchtisch hatte nicht einmal mehr Platz für einen Kaffeebecher, so viele Zeitungen lagen darauf. Die Ordner mit ihren eigenen Zeitungsausschnitten bedeckten eine ganze Wand, und ihre wenigen journalistischen Auszeichnungen hingen eingerahmt über dem Computer. Sie setzte sich an ihren Schreibtisch und fragte sich, warum sie sich in diesem engen, vollgestopften Raum so wohl fühlte. Die Küche war luftig, aber dort hielt sie sich nur selten auf. Das Wohnzimmer hatte Allan mit seinem Heimkino und seiner Stereoanlage besetzt. Dieser Raum – ihr Arbeitszimmer – war ganz allein ihr Reich. Sie warf einen Blick auf die Ständer mit den Kassetten – Interviews, die sie geführt hatte –, von denen jede ein Leben barg. Caffertys Geschichte hatte über vierzig Stunden Gespräch erfordert, die Abschriften füllten tausend Seiten. Das daraus entstandene Buch war mit größter Sorgfalt zusammengestellt worden, und eigentlich hätte sie dafür eine Auszeichnung verdient. Doch nichts dergleichen war passiert. Die Tatsache, dass das Buch wegging wie warme Semmeln, hatte nichts an ihrem vertraglich vereinbarten Pauschalhonorar geändert. Und es war Cafferty, der in den Talkshows auftauchte, der zu Signierstunden in Buchhandlungen, zu Festivals und zu Promipartys in London eingeladen wurde. Als das Buch in die dritte Auflage ging, verpassten sie ihm sogar einen neuen Umschlag, auf dem sein Name in größerer Schrift gedruckt war als ihrer.

Eine Riesenunverschämtheit.

Und wenn sie Cafferty jetzt begegnete, ärgerte er sie jedes Mal mit dem Hinweis auf eine mögliche Fortsetzung, für die er sich wohl »einen anderen Schreiberling« suchen müsste – wohl wissend, dass sie sich nicht noch einmal auf diese Weise bescheißen lassen würde. Nicht umsonst hieß es: Aus Fehlern wird man klug!

Arschloch.

Während sie ihre E-Mails abrief, fiel ihr wieder das Gespräch mit Rebus ein, das sie zuvor bei einem Drink geführt hatte. Sie war immer noch sauer auf ihn. Sauer, weil er ihr kein Interview für das Cafferty-Buch gegeben hatte. Dadurch hatte bei so vielen Ereignissen und Vorfällen allein Caffertys Wort dagestanden. Und deshalb war sie immer noch sauer auf Rebus.

Sauer auch, weil sie wusste, dass er sich zu Recht geweigert hatte.

Ihre Journalistenkolleginnen und -kollegen dachten, mit dem Cafferty-Buch hätte sie sich eine goldene Nase verdient. Manche sprachen nicht mehr mit ihr oder riefen sie nicht mehr an. Sicher war da Neid mit im Spiel, aber außerdem hatten sie das Gefühl, ihr nichts bieten zu können. Es kamen immer weniger Aufträge. Mühsam hielt sie sich mit Artikeln über Stadträte und engagierte Bürger über Wasser – ergreifende Geschichten ohne große Bedeutung. Chefredakteure wunderten sich darüber, dass sie die Arbeit brauchte …

Ich dachte, bei dem Cafferty-Buch hätten Sie abgesahnt …

Natürlich konnte sie ihnen nicht die Wahrheit sagen und log stattdessen, sie müsse einfach im Geschäft bleiben.

Abgesahnt …

Ein paar Exemplare des Buchs stapelten sich noch unter dem Couchtisch. Sie hatte aufgehört, es Verwandten und Freunden zu schenken, nachdem sie mitbekommen hatte, wie Cafferty sich in einer Talkshow im Tagesfernsehen zusammen mit der Moderatorin darüber lustig gemacht hatte, was vom Publikum gierig aufgenommen worden war und ihr noch mehr Bauchschmerzen bereitet hatte. Doch bei dem Gedanken an Cafferty kam ihr unwillkürlich auch das Bild von Richard Pennen in den Sinn – wie er, ein von Jasagern umgebener, zu makellosem Glanz aufpolierter Mann, sie im Preston-field House überschwänglich begrüßte. Mit der Abendgesell-schaft im Edinburgh Castle hatte Rebus nicht ganz unrecht. Dabei war es nicht so sehr die Tatsache, dass so etwas Ähnliches wie ein Waffenhändler am Tisch der ganz Großen saß, sondern, dass niemand davon Notiz nahm. Pennen hatte gesagt, alles, was er Ben Webster habe zukommen lassen, sei mit Sicherheit im parlamentarischen »Register der Interessen« verzeichnet. Mairie hatte das nachgeprüft, und so wie es aussah, war der Abgeordnete sehr gewissenhaft gewesen. Jetzt ging ihr plötzlich auf, dass Pennen gewusst hatte, dass sie nachschauen würde. Er wollte, dass sie Nachforschungen über Ben Webster anstellte. Aber warum? Weil er wusste, dass es da nichts zu finden gab? Oder um den Ruf eines Toten zu beflecken?

Ich mag diesen Typen, hatte Ellen Wylie gesagt. Ja, und nachdem sie ein paar Minuten mit Insidern aus Westminster gesprochen hatte, fing Mairie auch an, ihn zu mögen. Was allerdings zur Folge hatte, dass sie Richard Pennen umso weniger über den Weg traute. Sie holte sich ein Glas Leitungswasser aus der Küche und ließ sich wieder vor ihrem Computer nieder.

Sie wollte noch einmal ganz von vorn anfangen.

Tippte Richard Pennens Namen in die erste ihrer vielen Suchmaschinen.

15

Rebus war drei Schritte von der Haustür entfernt, als jemand seinen Namen rief. In den Taschen seiner Jacke ballte er die Fäuste. Dann wandte er sich um und stand Cafferty gegenüber.

»Was, zum Teufel, wollen Sie denn?«

Cafferty wedelte mit einer Hand vor seiner Nase herum. »Ich kann den Alkohol von hier aus riechen.«

»Ich trinke, um Leute wie Sie zu vergessen.«

»Da haben Sie heute Abend Ihr Geld verschwendet.« Cafferty deutete mit einer raschen Kopfbewegung hinter sich. »Hab Ihnen was zu zeigen.«

Einen Moment lang wich Rebus nicht von der Stelle, doch dann gewann seine Neugier die Oberhand. Cafferty entriegelte seinen Bentley und forderte Rebus mit einer Geste zum Einsteigen auf. Rebus öffnete die Beifahrertür und beugte sich ins Innere.

»Wo fahren wir hin?«

»Nicht an einen einsamen Ort, falls Sie das befürchten. Dort wird es sogar ziemlich voll sein.«

Er ließ den Motor aufheulen. Mit zwei Bier und zwei Whisky intus, wusste Rebus, dass sein Verstand nicht der klarste sein würde.

Trotzdem stieg er ein.

Cafferty bot ihm Kaugummi an, und Rebus wickelte einen Streifen aus. »Wie geht mein Fall voran?«, fragte Cafferty.

»Wir machen ohne Ihre Hilfe ganz gute Fortschritte.«

»Solange Sie nicht vergessen, wer Sie auf die richtige Fährte gesetzt hat.« Cafferty lächelte schwach. Sie fuhren durch Marchmont in östliche Richtung. »Wie entwickelt sich Siobhan?«

»Gut.«

»Hat Sie also nicht hängen lassen?«

Rebus starrte Cafferty von der Seite an. »Wie meinen Sie das?«

»Ich hab gehört, dass sie stark beansprucht ist.«

»Überwachen Sie uns?«

Cafferty reagierte mit einem erneuten Lächeln. Rebus stellte fest, dass seine Fäuste immer noch geballt waren. Ein kleiner Zug am Lenkrad, und er könnte den Bentley vor eine Mauer setzen. Oder die Hände um Caffertys fetten Hals legen und zudrücken …

»Sie hegen doch nicht etwa böse Gedanken, Rebus?«, meinte Cafferty. »Vergessen Sie nicht, ich bin Steuerzahler – noch dazu in der Spitzengruppe –, was mich zu *Ihrem* Arbeitgeber macht.«

»Muss Ihnen ja ein erhebendes Gefühl verschaffen.«

»Tut es. Dieser Abgeordnete, der von den Zinnen gesprungen ist … Kommen Sie da voran?«

»Was geht Sie das an?«

»Nichts.« Cafferty schwieg eine Weile. »Nur, ich kenne Richard Pennen.« Erfreut über die sichtbare Wirkung seiner Aussage, wandte er sich Rebus zu. »Hab ihn ein paarmal getroffen«, fuhr er fort.

»Jetzt erzählen Sie mir nur noch, er hätte versucht, Ihnen irgendwelche Waffen zu verkloppen.«

Cafferty lachte. »Er ist an dem Verlag beteiligt, der mein Buch herausgebracht hat. Das heißt, er war auf der Buchpremiere. Tut mir übrigens leid, dass Sie nicht kommen konnten.«

»Die Einladung konnte ich gut gebrauchen, als mir das Klopapier ausging.«

»Hab ihn noch mal zum Mittagessen getroffen, als das Buch die Fünfzigtausend erreichte. Separee im Ivy …« Wieder warf er Rebus einen Blick zu. »Das ist in London. Ich hab ja mal dran gedacht hinzuziehen, wissen Sie. Hatte eine Menge Freunde da unten im Süden. Geschäftsbeziehungen.«

Wohl dieselben, die Steelforth eingesperrt hat?, dachte Rebus. »Warum haben Sie mir nicht erzählt, dass Sie Pennen auch kennen?«, fragte er dann.

»Ein paar Geheimnisse muss es doch zwischen uns noch geben«, erwiderte Cafferty lächelnd. »Ich habe übrigens Nachforschungen über Ihren Kumpel Jacko angestellt – ohne Ergebnis. Sind Sie sicher, dass er Polizist ist?«

Rebus antwortete seinerseits mit einer Frage. »Was ist mit Steelforths Rechnung im Balmoral?«

»Von der Lothian and Borders Police beglichen.«

»Wie großzügig von uns.«

»Sie lassen aber auch nie locker, Rebus.« Er bedachte ihn mit einem fast mitleidigen Blick

»Warum sollte ich?«

»Weil Sie manchmal die Dinge einfach loslassen müssen. Die Vergangenheit ist ein anderes Land – das hat Mairie mir gesagt, als wir am Buch gearbeitet haben.«

»Wir waren gerade zusammen was trinken.«

»Aber keinen Fruchtsaft, der Fahne nach zu urteilen.«

»Sie ist ein gutes Kind. Nur schade, dass Sie sie in Ihre Fänge bekommen haben.«

Das Auto fuhr die Dalkeith Road entlang, dann bog Cafferty nach links in Richtung Craigmillar und Niddrie ab. Vielleicht waren sie aber auch auf dem Weg zur A1 South aus der Stadt hinaus ...

»Wo fahren wir hin?«, erkundigte Rebus sich noch einmal.

»Es ist nicht mehr weit. Und Mairie ist durchaus in der Lage, selbst für sich zu sorgen.«

»Gibt sie alles weiter?«

»Vermutlich nicht, aber das hält mich nicht davon ab zu fragen. Sehen Sie, was Mairie wirklich braucht, ist ein neuer Bestseller. Diesmal würde sie eher eine Beteiligung als ein festes Honorar verlangen. Ich versuche immer wieder, sie mit Geschichten zu locken, die nicht im Buch stehen ... Das Mädchen muss mich bei Laune halten.«

»Dass sie so dumm sein kann!«

»Es ist komisch«, fuhr Cafferty fort, »aber wenn ich so von Richard Pennen rede, fallen mir auch ein paar Geschichten über *ihn* ein. Die Sie natürlich nicht werden hören wollen.« Wieder fing er an zu kichern, das Gesicht durch die Armaturenbrettbeleuchtung von unten angestrahlt. Er schien nur aus Schatten und Flecken zu bestehen, ein erster Entwurf für irgendeinen grinsenden Wasserspeier.

Ich bin in der Hölle, dachte Rebus. Genau das passiert,

wenn man stirbt und zur Hölle fährt. Man bekommt seinen persönlichen Teufel …

»Die Erlösung naht!«, rief Cafferty plötzlich, während er das Lenkrad herumriss, sodass der Bentley zwischen zwei Torpfosten hindurchschoss und der Kies seitlich hochspritzte. Es war eine Halle, in der Lichter brannten. Eine Halle, die zu einer Kirche gehörte.

»Zeit, König Alkohol abzuschwören«, stichelte Cafferty, schaltete den Motor aus und öffnete die Fahrertür. Doch ein Schild neben der offenen Eingangstür verriet Rebus, dass es sich um eine öffentliche Versammlung im Rahmen der G8 Alternatives handelte – »Gemeinden in Aktion: Wie die kommende Krise abzuwenden ist«. Für Studenten und Menschen ohne festes Einkommen war der Eintritt frei.

»Wohl eher ohne Badewanne«, murmelte Cafferty beim Anblick der bärtigen Gestalt mit dem Plastikeimer in der Hand. Der Mann hatte lange, lockige schwarze Haare und trug eine Brille mit dickem, schwarzem Kassengestell. Er schüttelte den Eimer, als die Neuankömmlinge sich ihm näherten. Ein paar Münzen lagen darin, aber viele waren es nicht. Cafferty öffnete mit großer Geste seine Brieftasche und zog einen Fünfzigpfundschein heraus. »Und wehe, das kommt nicht einem guten Zweck zugute«, warnte er den Mann mit dem Eimer. Rebus folgte ihm durch die Tür, nachdem er dem Eimerhalter erklärt hatte, dass Caffertys Spende auch für ihn ausreichte.

Die drei oder vier hinteren Stuhlreihen waren leer, aber Cafferty hatte beschlossen, stehen zu bleiben, die Arme verschränkt und die Beine gespreizt. Der Raum war voll, aber das Publikum wirkte gelangweilt oder vielleicht auch in Kontemplation versunken. Oben auf der Bühne drängten sich vier Männer und zwei Frauen hinter einem Tapeziertisch, für den es nur ein einziges, zur Verzerrung neigendes Mikrofon gab. Hinter ihnen hingen Transparente mit der Aufschrift CRAIGMILLAR BEGRÜSST DIE G8-DEMONSTRANTEN und UN-

SERE GEMEINDE IST STARK, WENN WIR MIT EINER STIMME SPRECHEN. Die eine Stimme, die just in dem Moment sprach, war die von Stadtrat Gareth Tench.

»Es ist ja gut und schön«, donnerte sie, »zu sagen: Gebt uns das Werkzeug, und wir erledigen die Arbeit. Erst mal muss es doch überhaupt Arbeitsplätze geben! Wir brauchen konkrete Vorschläge für die Besserstellung unserer Gemeinden, und dafür setze ich mich auf meine bescheidene Weise ein.«

Am Vortrag des Stadtrats war allerdings nichts bescheiden. In einer Halle von dieser Größe brauchte jemand wie Tench eigentlich gar kein Mikrofon.

»Er ist in seine Stimme verliebt«, meinte Cafferty. Rebus wusste, dass er recht hatte. Diesen Eindruck hatte Rebus schon immer gehabt, wenn er ihn am Fuß des Mound predigen hörte. Er hatte nicht gebrüllt, um gehört zu werden; er hatte gebrüllt, weil der Lärm ihm seine Bedeutung in der Welt bestätigte.

»Aber Freunde … Kameraden …«, fuhr Tench, scheinbar ohne Luft zu holen, fort, »wir neigen alle dazu, uns als Rädchen im großen Getriebe der Politik zu sehen. Wie können wir uns Gehör verschaffen? Wie können *wir* einen Unterschied bewirken? Denken Sie doch mal einen Moment darüber nach. Die Autos und Busse, mit denen Sie heute Abend hierhergekommen sind … Wenn Sie nur ein kleines Zahnrädchen aus dem Getriebe entfernen, ist die Maschine kaputt. Denn alle beweglichen Teile haben den gleichen Wert – die gleiche Bedeutung … und das gilt für das menschliche Leben ebenso wie für den Stauverursachungsmotor.« Er hielt lange genug inne, um über seine eigene Pointe zu lächeln.

»Eingebildetes kleines Arschloch«, murmelte Cafferty Rebus zu. »Und wenn er so gelenkig wäre, dass er sich selbst einen blasen könnte, seine Selbstverliebtheit könnte gar nicht größer sein.«

Rebus war unfähig, das plötzliche erstickende Lachen, das

ihm entfuhr, zu unterdrücken. Er versuchte, es als Husten zu verschleiern, aber ohne großen Erfolg. Manche der Zuhörer hatten sich schon nach der Ursache des Lärms umgedreht. Selbst Tench unterbrach seinen Redefluss. Was er von der Bühne aus sah, war Morris Gerald Cafferty, der Detective Inspector Rebus auf den Rücken klopfte. Rebus wusste, dass er erkannt worden war, obwohl er sich die Hand vor Mund und Nase hielt. Der völlig aus dem Konzept gebrachte Stadtrat bemühte sich nach Kräften, den roten Faden seiner Rede wieder aufzunehmen, aber die Verve von vorhin hatte sich weitgehend verflüchtigt. Er übergab das Mikrofon der Frau neben ihm, die aus ihrem tranceartigen Zustand erwachte und begann, mit monotoner Stimme aus den zahlreichen Unterlagen vor ihr zu zitieren.

Cafferty ging an Rebus vorbei ins Freie. Einen Augenblick später folgte Rebus. Cafferty durchmaß mit großen Schritten den Parkplatz. Rebus zündete sich eine Zigarette an.

»Ich versteh's immer noch nicht«, gestand Rebus, während er Asche von seiner Zigarette klopfte.

Cafferty zuckte die Achseln. »Dabei sind doch Sie der Detective.«

»Ein kleiner Tipp wäre ganz hilfreich.«

Cafferty breitete beide Arme aus. »Das ist sein Territorium, Rebus, sein kleines Lehen. Aber allmählich wird er kribbelig und plant zu *expandieren*.«

»Sie meinen Tench?« Rebus kniff die Augen zusammen. »Wollen Sie damit sagen, dass er es ist, der sich in Ihr Revier drängt?«

»Herr Feuer und Schwefel persönlich.« Cafferty ließ die Arme sinken und schlug die Hände an die Schenkel, als wollte er einen Schlusspunkt unter ein Protokoll setzen.

»Ich verstehe es trotzdem noch nicht.«

Cafferty funkelte Rebus an. »Die Sache ist die, dass er nichts Verkehrtes darin sieht, mich wegzudrängen, weil er ja die Rechtschaffenheit auf *seiner* Seite hat. Indem er das Verbotene unter Kontrolle bringt, verwandelt er es zu einer Kraft für das Gute.« Cafferty seufzte. »Manchmal glaube ich, dass der halbe Globus so funktioniert. Nicht die Unterwelt solltet ihr beobachten, sondern die *Ober*welt. Leute wie Tench und seinesgleichen.«

»Er ist Stadtrat«, hielt Rebus dagegen. »Ich meine, die nehmen vielleicht gelegentlich mal ein Schmiergeld an ...«

Cafferty schüttelte den Kopf. »Er will *Macht*, Rebus. Er will *Kontrolle*. Sehen Sie, wie wichtig es ihm ist, dass er seine Reden halten kann? Je stärker er ist, desto mehr kann er reden – und sich Gehör verschaffen.«

»Dann setzen Sie doch ein paar Ihrer Schlägertypen auf ihn an und sorgen dafür, dass er's kapiert.«

Cafferty durchbohrte ihn mit seinem Blick. »Da haben Sie sich aber angestrengt, wie?«

Rebus zuckte die Achseln. »Das ist etwas zwischen Ihnen und ihm.«

»Ich hab noch einen Gefallen gut ...«

»Einen Scheißdreck haben Sie gut. Ich wünsche ihm viel Glück, falls er Sie aus dem Rennen wirft.« Rebus schnippte den Zigarettenstummel auf den Boden und trat ihn mit dem Absatz aus.

»Sind Sie sich da sicher?«, fragte Cafferty ruhig. »Wollen Sie wirklich lieber, dass er den Laden schmeißt? Ein Mann aus dem Volk ... ein Mann mit politischem Einfluss? Glauben Sie, dass er ein bequemeres Ziel sein wird als ich? Aber Sie stehen ja kurz vor der Pensionierung, also sollten wir vielleicht an Siobhan denken. Wie heißt es so schön?« Cafferty hob den Blick gen Himmel, als hingen die Worte irgendwo da oben. »Lieber das Übel, das man kennt ...«, deklamierte er.

Rebus verschränkte die Arme. »Sie haben mich nicht hierher gebracht, um mir Gareth Tench zu zeigen«, sagte er. »Sie haben es getan, um *mich ihm* zu zeigen – Sie und ich Seite an

Seite, und Sie klopfen mir auch noch auf den Rücken ... ein nettes Bild müssen wir da abgegeben haben. Sie wollen bei ihm den Eindruck erwecken, sie hätten mich in der Tasche und den Rest des CID gleich mit.«

Cafferty tat so, als hätte die Anschuldigung ihn verletzt. »Sie überschätzen mich, Rebus.«

»Das bezweifle ich. Sie hätten mir das alles doch auch in der Arden Street erzählen können.«

»Aber dann hätten Sie die Show verpasst.«

»Tja, genau wie Stadtrat Tench. Sagen Sie mal, wie wird er denn diese Übernahme finanzieren? Und wo sind die Truppen zu seiner Unterstützung?«

Cafferty breitete wieder die Arme aus, und diesmal beschrieb er einen ganzen Kreis. »Ihm *gehört* dieser ganze Bezirk – die Schlechten und die Guten.«

»Und das Geld?«

»Er wird sich bis zum Geld durchreden, Rebus. Das kann er einfach am besten.«

»Ich bin ein guter Redner, das stimmt.« Als die beiden Männer sich umdrehten, sahen sie Gareth Tench in der Tür stehen. »Und ich lasse mir nicht so leicht Angst einjagen, Cafferty – weder von Ihnen noch von Ihren Freunden.« Rebus wollte schon protestieren, aber Tench war noch nicht fertig. »Ich räume in dieser Gegend auf, warum sollte ich dasselbe nicht auch anderswo in der Stadt machen? Wenn Ihre Kumpels bei der Polizei Sie nicht aus dem Verkehr ziehen, muss es wohl die Gemeinde tun.«

Rebus bemerkte die beiden gedrungenen Männer, die rechts und links hinter Tench im Türrahmen standen. »Gehen wir«, schlug er Cafferty vor. Das Letzte, was er wollte, war eingreifen, um Cafferty aus einer Schlägerei herauszuholen.

Und doch wusste er, dass ihm genau das blühen konnte.

Seine Hand lag auf Caffertys Arm. Der Gangster schüttelte sie ab. »Ich habe noch keinen Kampf, den ich geführt habe, verloren«, warnte Cafferty Tench. »Denken Sie darüber nach, bevor Sie loslegen.«

»Ich brauche gar nichts tun«, schoss Tench zurück. »Ihr kleines Reich zerfällt auch so zu Staub. Höchste Zeit, dass Sie sich dieser Tatsache stellen. Haben Sie Mühe, Rausschmeißer für Ihre Pubs zu finden? Will niemand mehr Ihre Mausefallen von Wohnungen mieten? Fehlt es Ihrem Taxiunternehmen an Fahrern?« Ein Lächeln breitete sich auf Tenchs Gesicht aus. »Sie stehen im Zwielicht, Cafferty. Wachen Sie auf, und riechen Sie den Sarg ...«

Cafferty setzte zum Sprung an. Rebus packte ihn, gerade als Tenchs Männer sich an ihrem Chef vorbeidrängten. Rebus drehte Cafferty so, dass er selbst mit dem Rücken zur Tür stand. Er schubste den Gangster auf den Bentley zu.

»Rein und los!«, befahl er.

»Ich hab nie einen Kampf verloren!«, schimpfte Cafferty mit hochrotem Gesicht. Dennoch riss er die Tür auf und ließ sich auf den Fahrersitz fallen. Während Rebus auf die Beifahrerseite hinüberging, warf er einen Blick zum Halleneingang. Tench winkte ihnen mit hämischem Grinsen. Rebus wollte noch etwas sagen, und sei es auch nur, dass er nicht Caffertys Mann war, aber der Stadtrat wandte sich bereits ab und überließ seinen Bodyguards alles Weitere.

»Ich reiß ihm seine verdammten Augäpfel raus; die kann er dann wie Lollys lutschen«, knurrte Cafferty, wobei seine Spucke die Windschutzscheibe sprenkelte. »Und wenn er hieb- und stichfeste Vorschläge haben will, mische ich den Zement höchstpersönlich, bevor ich ihm die Schaufel über den Kopf ziehe – das nenne ich ›Besserstellung der Gemeinde‹!«

Cafferty schwieg, während er den Wagen vom Parkplatz lenkte, aber seine Atmung ging schnell. Schließlich wandte er sich an seinen Beifahrer. »Ich schwöre bei Gott, wenn ich dieses Arschloch zu fassen kriege ...« Die Knöchel seiner Finger, die sich um das Lenkrad schlossen, waren weiß.

»Wenn Sie aber irgendetwas sagen«, entgegnete Rebus, »was vor Gericht gegen Sie verwendet werden könnte …«

»Sie würden mich nie überführen!«, brüllte Cafferty unter wildem Gelächter. »Die Gerichtsmediziner werden das, was von ihm übrig ist, mit einem Teelöffel aufkratzen müssen.«

»Wenn Sie aber irgendetwas sagen …«, wiederholte Rebus.

»Vor drei Jahren fing es an«, fuhr Cafferty fort, bemüht, seinen Atem unter Kontrolle zu bringen. »Wettlizenzen wurden verweigert, Gaststättenlizenzen ebenso … Damals wollte ich in seinem Revier ein Taxiunternehmen aufmachen, ein paar einheimischen Arbeitslosen einen Job verschaffen. Jedes Mal hat er dafür gesorgt, dass der Stadtrat mich abblitzen ließ.«

»Sollten Sie am Ende auf jemanden gestoßen sein, der den Mumm hat, sich Ihnen entgegenzustellen?«

Cafferty warf Rebus einen kurzen Blick zu. »Ich dachte, das wäre *Ihr* Job?«

»Mag sein.«

Das darauf folgende Schweigen wurde schließlich von Cafferty gebrochen. »Ich brauche einen Drink«, sagte er und leckte sich die Lippen. An seinen Mundwinkeln hingen Speichelfetzen.

»Gute Idee«, stimmte Rebus ihm zu. »Vielleicht trinken Sie ja, um zu vergessen, genau wie ich …«

Während der restlichen Fahrt zurück in die Stadt, die sie schweigend hinter sich brachten, ging sein Blick immer wieder zu Cafferty. Der Mann hatte getötet und war ungeschoren davongekommen – vielleicht häufiger, als Rebus wusste. Er hatte Mordopfer an die hungrigen Schweine auf einem Bauernhof in den Borders verfüttert. Er hatte unzählige Leben ruiniert, hatte vier Gefängnisstrafen abgesessen. Von Jugend an hatte er kriminelle Energie besessen und sich früh darin geübt, die Unterstützung des Mobs von London zu erzwingen …

Warum um alles in der Welt verspürte Rebus also Mitleid mit ihm?

»Ich habe einen dreißig Jahre alten Malt Whisky zu Hause«, sagte Cafferty gerade. »Karamell und Heidekraut und geschmolzene Butter ...«

»Setzen Sie mich in Marchmont ab«, beharrte Rebus.

»Was ist mit dem Drink?«

Rebus schüttelte den Kopf. »Den muss ich ablehnen, schon vergessen?«

Cafferty schnaubte, schwieg jedoch. Trotzdem war Rebus klar, dass der Mann sich von ihm wünschte, er möge seine Meinung ändern. Dass er sich wünschte, sie säßen einander bei diesem Drink gegenüber, während die Nacht sie umfing.

Darauf bestehen würde er allerdings nicht, das könnte nach Betteln aussehen.

Betteln würde er nicht.

Noch nicht.

Rebus vermutete, dass Cafferty vor allem einen Machtverlust fürchtete. Das war es, wovor Tyrannen und Politiker gleichermaßen Angst hatten, egal, ob sie der Unter- oder Oberwelt angehörten. Eines Tages würde ihnen niemand mehr zuhören, niemand ihre Befehle befolgen, niemand ihnen Achtung entgegenbringen. Neue Herausforderungen, neue Rivalen und Raubtiere. Cafferty hatte wahrscheinlich Millionen beiseitegeschafft, aber eine ganze Flotte von Luxusschlitten war kein Ersatz für Status und Respekt.

Edinburgh war eine kleine Stadt; ein Mann konnte problemlos den größeren Teil davon unter seine Kontrolle bringen. Tench oder Cafferty? Cafferty oder Tench?

Rebus musste sich unwillkürlich fragen, ob er sich würde entscheiden müssen.

Die Oberwelt.

Alle, von den Führern der G8-Staaten bis hin zu Pennen und Steelforth – sie alle waren vom Willen zur Macht beseelt. Eine Befehlskette, die alle Menschen auf dem Planeten betraf. Darüber dachte Rebus noch nach, während er beobachtete, wie der Bentley davonfuhr. Doch dann bemerkte er eine schattenhafte Gestalt neben der Tür seines Hauses. Er ballte die Fäuste und blickte sich um, für den Fall, dass Jacko seine Kumpels mitgebracht hatte. Aber es war nicht Jacko, der auf ihn zukam. Es war Hackman.

»'n Abend allerseits«, sagte er.

»Ich hätte Ihnen fast eins übergebraten«, entgegnete Rebus und entspannte sich wieder. »Wie, zum Teufel, haben Sie mich gefunden?«

»Ein paar Anrufe, das war schon alles. Sehr hilfsbereit, die hiesige Polizei. Muss allerdings sagen, dass ich Sie nie in einer Straße wie dieser vermutet hätte.«

»Wo sollte ich denn wohnen?«

»Umgebautes Hafenviertel«, antwortete Hackman.

»Wirklich?«

»Nettes blondes junges Ding, das Ihnen am Wochenende das Frühstück macht.«

»Ich sehe sie nur am Wochenende, stimmt's?« Rebus musste grinsen.

»Mehr Zeit können Sie nicht erübrigen. Die alten Rohre durchpusten, und dann geht's wieder in den Alltagstrott.«

»Das haben Sie ja prima ausgetüftelt. Es erklärt aber nicht, was Sie zu dieser nächtlichen Stunde hier tun.«

»Mir sind noch ein paar Sachen über Trevor Guest eingefallen.«

»Die mir gehören, wenn ich Ihnen einen ausgebe?«, mutmaßte Rebus.

Hackman nickte. »Allerdings muss eine Show dabei sein.«

»Eine Show?«

»*Miezen!*«

»Sie machen wohl Witze …« Aber an Hackmans Miene konnte Rebus sehen, dass es ihm ziemlich ernst damit war.

In der Marchmont Road riefen sie ein Taxi und fuhren zur Bread Street. Der Fahrer lächelte in den Rückspiegel: zwei Männer mittleren Alters mit einem gewissen Alkoholpegel auf dem Weg in die einschlägigen Lokale.

»Dann schießen Sie mal los«, sagte Rebus.

»Was?«, fragte Hackman.

»Die Info über Trevor Guest.«

Aber Hackman drohte ihm mit dem Finger. »Was hindert Sie daran abzuspringen, wenn ich es Ihnen jetzt erzähle?«

»Mein Ehrenwort?«, fragte Rebus. Er hatte für diesen Abend die Nase gestrichen voll; auf keinen Fall würde er sich auf eine Tour durch die Striplokale in der Lothian Road begeben. Er würde sich die Informationen holen und Hackman dann am Bordstein stehen lassen, doch nicht, ohne ihm vorher die richtige Richtung gezeigt zu haben.

»Die ganzen Hippies werden sich morgen auf den Weg machen, wissen Sie«, sagte der Engländer. »Busladungen voll in Richtung Gleneagles.«

»Und Sie?«

Hackman zuckte die Schultern. »Ich mache das, was man mir gesagt hat.«

»Dann sage ich Ihnen, spucken Sie aus, was Sie über Guest wissen.«

»Ist ja gut ... solange Sie mir versprechen, dass Sie nicht die Kurve kratzen, sobald das Taxi anhält.«

»Pfadfinderehrenwort.«

Hackman lehnte sich im Sitz zurück. »Trevor Guest war jähzornig, machte sich eine Menge Feinde. Er hat sein Glück auch mal in London versucht, aber das funktionierte nicht. Wurde von irgendeiner Nutte ausgeraubt ... Hat danach anscheinend eine Abneigung gegen das schöne Geschlecht entwickelt. Haben Sie nicht gesagt, er hätte am Ende auf irgendeiner Website gestanden?«

»*Sexbestien-im-Visier.*«

»Wissen Sie, wer seine Daten ins Netz gestellt hat?«

»Das haben sie anonym gemacht.«

»Aber Trev war vor allem Einbrecher … einer, der schnell aufbraust – deswegen ist er auch in den Knast gewandert.«

»Und?«

»Wer hat ihn auf die Website gebracht – und warum?«

»Das möchte ich gerne von Ihnen wissen.«

Hackman zuckte wieder die Achseln und hielt sich am Haltegriff fest, als das Taxi scharf abbog. »Noch eine Geschichte«, fuhr er fort, nachdem er sich Rebus' Aufmerksamkeit versichert hatte. »Als Trev nach London ging, hieß es, er habe eine Ladung bester Drogen mitgenommen – womöglich sei sogar Heroin dabei.«

»War er abhängig?«

»Gelegentlicher Konsument. Ich glaube nicht, dass er gespritzt hat … das heißt, bis zu der Nacht, in der er gestorben ist.«

»Hat er jemanden ausgeraubt?«

»Möglich. Schauen Sie … Ich frage mich, ob es eine Verbindung gibt, die Sie übersehen.«

»Und was für eine Verbindung könnte das sein?«

»Schmalspurganoven, die vielleicht zu schnell ihren Stiefeln entwachsen sind oder Leute ausrauben, die sie lieber nicht ausrauben sollten.«

Rebus wiegte nachdenklich den Kopf. »Das Edinburgher Opfer hat für den hiesigen Obergangster gearbeitet.«

Hackman klatschte in die Hände. »Da haben wir's doch.«

»Ich nehme an, Eddie Isley könnte …« Nicht recht überzeugt, brach er seinen Satz ab. Das Taxi hielt an, und der Fahrer verlangte fünf Pfund. Rebus merkte, dass sie unmittelbar vor dem Nook standen, einem der seriöseren Striplokale der Stadt. Hackman war aus dem Auto gesprungen und bezahlte den Taxifahrer durch das offene Beifahrerfenster – ein Zeichen dafür, dass er nicht von hier war: Einheimische zahlten vom Rücksitz aus. Rebus ging seine Möglichkeiten durch: Er konnte entweder im Taxi sitzen bleiben oder aussteigen und Hackman erklären, dass für ihn der Abend zu Ende war.

Die Autotür stand noch offen, während der Engländer ungeduldig gestikulierte.

Rebus stieg aus – gerade als die Tür des Nook aufging und ein Mann aus dem verdunkelten Innern des Lokals herauswankte. Die beiden Türsteher befanden sich unmittelbar hinter ihm.

»Ich sage Ihnen doch, ich habe sie nicht berührt!«, protestierte der Mann. Er war groß, gut gekleidet und dunkelhäutig. Rebus glaubte, den blauen Anzug von irgendwoher zu kennen …

»Verdammter Lügner!«, brüllte einer der Türsteher und deutete dabei mit dem Finger auf den Kunden.

»Sie hat mich beraubt«, protestierte der Mann im Anzug. »Ihre Hand hat versucht, mir die Brieftasche aus dem Jackett zu ziehen. Erst als ich sie daran gehindert habe, hat sie angefangen, sich zu beschweren.«

»Noch so eine verdammte Lüge!«, fauchte derselbe Türsteher.

Hackman hatte Rebus einen Rippenstoß versetzt. »Sie kennen aber auch gar keine noblen Läden, John.« Dennoch schien er durchaus zufrieden zu sein. Der andere Türsteher sprach in das Mikrofon an seinem Handgelenk.

»Sie hat versucht, meine Brieftasche zu stehlen«, sagte der Mann im Anzug immer wieder.

»Sie hat Sie also nicht beraubt?«

»Hätte sie die Möglichkeit gehabt, dann hätte sie bestimmt –«

»Hat sie Sie beraubt? Vor einer Minute haben Sie noch Stein und Bein geschworen, sie hätte es getan. Dafür habe ich Zeugen.« Der Kopf des Türstehers zuckte zu Rebus und Hackman hinüber. Der Kunde drehte sich zu ihnen um und erkannte Rebus sofort.

»Sehen Sie, mein Freund, in was für einem Schlamassel ich mich befinde?«

»Irgendwie schon«, musste Rebus zugeben. Der Mann im Anzug schüttelte ihm die Hand.

»Wir haben uns im Hotel kennengelernt, nicht? Bei diesem wunderbaren Mittagessen, zu dem mein guter Freund Richard Pennen eingeladen hatte.«

»Bei dem Essen war ich nicht«, verbesserte ihn Rebus. »Wir haben im Flur geplaudert.«

»Sie kommen ja ganz schön rum, John«, gluckste Hackman, wobei er Rebus erneut in die Rippen stieß.

»Das ist eine höchst unerfreuliche und ernste Situation«, sagte der Mann im Anzug. »Ich hatte Durst und betrat, was ich für eine Schenke hielt …«

Beide Türsteher schnaubten verächtlich. »Klar«, sagte der Zornigere von beiden, »nachdem wir Ihnen den Eintrittspreis verraten hatten.«

Darüber musste sogar Hackman lachen. Er wurde jedoch durch die erneut aufspringende Tür unterbrochen. Diesmal tauchte eine Frau auf. Offensichtlich eine der Tänzerinnen, mit BH, G-String und hochhackigen Schuhen bekleidet. Die Haare trug sie hochtoupiert, und ihr Gesicht war von zu viel Make-up zugekleistert.

»Er sagt, ich hätte ihn bestohlen, stimmt's?«, brüllte sie. Hackman sah aus, als hätte er noch nie einen besseren Logenplatz gehabt.

»Lass uns nur machen«, meinte der aufgebrachte Türsteher, der seinen Kollegen mit Blicken durchbohrte, da der offensichtlich die Beschuldigung weitergegeben hatte.

»Er schuldet mir einen Fünfziger fürs Tanzen!«, rief die Frau. Sie streckte eine Hand aus, bereit, das Geld in Empfang zu nehmen. »Dann fängt er an, mich zu betatschen! Völlig daneben …«

Ein Streifenwagen fuhr gemächlich vorbei, Gesichter starrten heraus. Rebus sah, dass seine Bremslichter aufleuchteten, und wusste, dass er wenden würde.

»Ich bin Diplomat«, erklärte der Mann im Anzug gerade. »Ich habe ein Recht auf Schutz vor falschen Anschuldigungen.«

»Hat wohl ein Wörterbuch verschluckt«, kommentierte Hackman und lachte in sich hinein.

»Juristische Immunität«, fuhr der Mann im Anzug fort, »als Mitglied der kenianischen Delegation ...«

Der Streifenwagen hatte angehalten, und zwei Polizisten waren ausgestiegen und setzten ihre Mützen auf.

»Was ist denn hier los?«, fragte der Fahrer.

»Wir begleiten diesen Herrn gerade aus unseren Räumlichkeiten hinaus«, erklärte der jetzt nicht mehr aufgebrachte Türsteher.

»Ich wurde mit Gewalt hinausbefördert«, protestierte der Kenianer. »Und beinahe auch noch meiner Brieftasche beraubt!«

»Beruhigen Sie sich, Sir. Das werden wir jetzt klären.« Der uniformierte Beamte wandte sich mit fragendem Blick Rebus zu, nachdem er aus dem Augenwinkel eine Bewegung wahrgenommen hatte.

Rebus hielt ihm seine Dienstmarke vor die Nase.

»Ich möchte, dass diese beiden aufs nächste Revier gebracht werden«, erklärte Rebus.

»Das ist doch nicht nötig«, sagte der Türsteher.

»Du willst wohl auch mit, Kumpel?«, fragte Rebus und brachte ihn damit zum Schweigen.

»Welches Revier ist das denn?«, fragte der Uniformierte. Rebus starrte ihn an.

»Woher kommen Sie?«

»Hull.«

Rebus seufzte verzweifelt. »West End«, erklärte er. »Am Torphichen Place.«

Der uniformierte Beamte nickte. »In der Nähe von Haymarket, oder?«

»Genau das«, bestätigte Rebus.

»Diplomatische Immunität«, betonte der Kenianer. Rebus wandte sich ihm zu.

»Der vorgeschriebene Verfahrensweg«, erklärte er und versuchte, Worte zu finden, die lang genug waren, um den Mann zufriedenzustellen.

»Mich brauchen Sie nicht«, sagte die Frau, wobei sie auf ihre üppigen Brüste deutete. Rebus wagte nicht, Hackman anzuschauen, aus Furcht, dem könnte der Geifer aus dem Mund laufen.

»Leider doch«, antwortete Rebus und gab den uniformierten Beamten ein Zeichen. Kunde und Tänzerin wurden zu dem Streifenwagen geleitet.

»Einer vorn, einer hinten«, wies der Fahrer seinen Kollegen an. Die Tänzerin warf Rebus einen Blick zu, als sie auf ihren hohen Absätzen an ihm vorbeistöckelte.

»Warten Sie«, sagte er, zog seine Jacke aus und legte sie ihr um die Schultern. Dann wandte er sich Hackman zu. »Ich muss mich um die Sache kümmern«, erklärte er.

»Sie rechnen sich wohl Chancen aus, wie?«, erwiderte der Engländer mit einem anzüglichen Grinsen.

»Ich will keinen diplomatischen Zwischenfall«, korrigierte ihn Rebus. »Kommen Sie zurecht?«

»Besser denn je«, versicherte Hackman und klopfte Rebus auf den Rücken. »Bestimmt werden meine Freunde hier« – er vergewisserte sich, dass die Türsteher ihn hören konnten – »für einen Hüter des Gesetzes auf ihren Eintrittspreis verzichten.«

»Nur noch eins, Stan«, sagte Rebus in warnendem Ton.

»Und das wäre?«

»Behalten Sie Ihre Hände bei sich …«

Das CID-Büro war verlassen, keine Spur von Rat-Arse Reynolds oder Shug Davidson. Kein Problem, zwei Vernehmungsräume zu bekommen. Kein Problem, zwei uniformierte Beamte mit Überstunden dazu zu bringen, als Babysitter zu fungieren.

»Bin ja froh, wenn ich was zu tun hab«, sagte einer von ihnen.

Zuerst die Tänzerin. Rebus reichte ihr einen Plastikbecher mit Tee. »Ich erinnere mich sogar, wie Sie ihn mögen«, sagte er zu ihr. Molly Clark saß mit verschränkten Armen da. Sie hatte immer noch seine Jacke um die Schultern hängen und darunter kaum etwas an. Sie scharrte mit den Füßen, ihr Gesicht zuckte.

»Sie hätten mir wenigstens Zeit lassen können, mich umzuziehen«, beklagte sie sich mit einem Schniefen.

»Haben Sie Angst, sich zu erkälten? Keine Sorge, in fünf Minuten werden Sie mit dem Auto zurückgebracht.«

Sie sah ihn an, die Augen mit Kajal umrandet, auf den Wangen Rouge. »Sie erheben keine Anklage gegen mich?«

»Weswegen denn? Unser Freund wird keine Anzeige erstatten wollen, da können Sie sicher sein.«

»Eigentlich sollte *ich ihn* anzeigen!«

»Wie Sie wollen, Molly.« Rebus bot ihr eine Zigarette an.

»Da hängt ein ›Rauchen Verboten‹-Schild«, ermahnte sie ihn.

»Stimmt«, gab er zu und zündete sich selbst eine an.

Sie zögerte noch einen Augenblick. »Na, dann geben Sie schon her …« Sie nahm die angebotene Zigarette und beugte sich über den Tisch, damit er ihr Feuer geben konnte. Er wusste, dass ihr Parfüm noch wochenlang in seiner Jacke hängen würde. Sie zog den Rauch tief in die Lunge.

»Als wir am Sonntag bei Ihnen waren«, begann Rebus, »hat Eric nicht erwähnt, wie Sie sich kennengelernt haben. Ich glaube, jetzt weiß ich es.«

»Gratuliere.« Sie hielt den Blick auf das glühende Ende der

Zigarette geheftet. Ihr Körper schaukelte leicht, während sie ein Knie auf und ab wippen ließ.

»Er weiß also, womit Sie Ihr Geld verdienen?«, fragte Rebus.

»Geht Sie das was an?«

»Eigentlich nicht.«

»Also dann ...« Noch ein Zug an der Zigarette, als wäre das Nahrung für sie. Der Rauch wehte Rebus ins Gesicht. »Zwischen Eric und mir gibt es keine Geheimnisse.«

»Na schön.«

Schließlich schaute sie ihm direkt in die Augen. »Er *hat* mich betatscht. Und von wegen, ich hätte nach seiner Brieftasche gegriffen ...« Sie schnaubte. »Andere Kultur, gleiche Scheiße.« Sie beruhigte sich ein wenig. »Deswegen *bedeutet* Eric etwas.«

Rebus nickte verständnisvoll. »Unser kenianischer Freund ist in Schwierigkeiten, nicht Sie«, versicherte er ihr.

»Wirklich?« Sie schenkte ihm wieder dieses breite Lächeln, das gleiche wie am Sonntag. Der ganze trostlose Raum schien sich für einen Moment zu erhellen.

»Eric kann sich glücklich schätzen.«

»Sie können sich glücklich schätzen«, sagte Rebus zu dem Kenianer. Vernehmungsraum zwei, zehn Minuten später. Das Nook schickte ein Auto für Molly – ein Auto und etwas zum Anziehen. Sie hatte versprochen, Rebus' Jacke vorn auf den Tresen zu legen.

»Ich heiße Joseph Kamweze und habe diplomatische Immunität.«

»Dann wird es Ihnen nichts ausmachen, mir Ihren Reisepass zu zeigen, Joseph.« Rebus streckte die Hand aus. »Wenn Sie Diplomat sind, wird das ja drinstehen.«

»Ich habe ihn nicht bei mir.«

»Wo wohnen Sie?«

»Im Balmoral.«

»So eine Überraschung. Und die Hotelrechnung geht an Pennen Industries?«

»Mr. Richard Pennen ist ein guter Freund meines Landes.« Rebus lehnte sich auf seinem Stuhl zurück. »Wie das?«

»In Sachen Handel und humanitäre Hilfe.«

»Er steckt Mikrochips in Waffen.«

»Da sehe ich keine Verbindung.«

»Was machen Sie in Edinburgh, Joseph?«

»Ich gehöre zur Handelsmission meines Landes.«

»Und welcher Teil Ihres Auftrags hat Sie heute Abend ins Nook geführt?«

»Ich war durstig, Inspector.«

»Und ein bisschen geil?«

»Ich weiß nicht, was Sie meinen. Ich habe Ihnen schon erklärt, dass ich Immunität besitze ...«

»Das freut mich wirklich für Sie. Sagen Sie, kennen Sie einen britischen Politiker namens Ben Webster?«

Kamweze nickte. »Ich bin ihm einmal in Nairobi begegnet, beim Hochkommissariat.«

»Auf Ihrer jetzigen Reise haben Sie ihn nicht getroffen?«

»In der Nacht, in der sein Leben endete, hatte ich keine Möglichkeit mehr, mit ihm zu sprechen.«

Rebus starrte ihn an. »Sie waren im Schloss?«

»Ganz recht.«

»Haben Sie Mr. Webster dort gesehen?«

Der Kenianer nickte. »Ich hielt es nicht für nötig, bei der Gelegenheit mit ihm zu reden, da er ja zu dem Mittagessen im Prestonfield House kommen sollte.« Kamwezes Gesicht nahm einen ernsten Ausdruck an. »Doch dann spielte sich vor unseren Augen diese schreckliche Tragödie ab.«

Rebus straffte sich. »Wie meinen Sie das?«

»Bitte verstehen Sie mich nicht falsch. Ich sage nur, dass sein Sturz ein großer Verlust für die internationale Gemeinschaft ist.«

»Sie haben nicht gesehen, was passiert ist?«

»Niemand hat es gesehen. Aber vielleicht waren die Kameras eine Hilfe.«

»Überwachungskameras?« Rebus hätte sich an den Kopf schlagen können. Das Schloss war ein Hauptquartier der Armee – da war es doch klar, dass es überall Überwachungskameras gab!

»Man hat uns den Kontrollraum gezeigt. Die technische Ausstattung war beeindruckend, aber Terrorismus ist nun mal eine alltägliche Bedrohung, nicht wahr, Inspector?«

Rebus antwortete nicht gleich.

»Was sagt man denn darüber?«, fragte er schließlich.

»Ich glaube, ich verstehe Sie nicht …« Kamweze runzelte die Stirn.

»Die anderen Delegationen – der kleine Völkerbund, mit dem ich Sie in Prestonfield gesehen habe –, irgendwelche Gerüchte über Mr. Webster?«

Der Kenianer schüttelte den Kopf.

»Sagen Sie, haben alle so ein herzliches Verhältnis zu Richard Pennen wie Sie anscheinend?«

»Noch einmal, Inspector, ich glaube nicht, dass ich –« Kamweze brach ab und stand so hastig auf, dass sein Stuhl umfiel. »Ich möchte jetzt gehen.«

»Irgendetwas zu verbergen, Joseph?«

»Ich habe das Gefühl, dass Sie mich unter Vorspiegelung falscher Tatsachen hierher gebracht haben.«

»Wir könnten uns wieder den richtigen zuwenden und uns über Ihre kleine Ein-Mann-Delegation und deren Informationsreise durch Edinburgher Striplokale unterhalten.« Die Arme auf den Tisch gestützt, beugte Rebus sich vor. »Diese Etablissements haben auch Überwachungskameras, Joseph. Die werden Sie auf Video haben.«

»Immunität …«

»Ich rede ja gar nicht von einer Anzeige, Joseph. Ich rede

von den Leuten zu Hause. Sie haben ja sicher Familie in Nairobi – Mum und Dad, vielleicht Frau und Kinder?«

»Ich will jetzt gehen!« Kamweze schlug mit der Faust auf den Tisch.

»Immer mit der Ruhe«, sagte Rebus und hob beschwichtigend die Hände. »Ich dachte, wir hielten ein nettes kleines Schwätzchen …«

»Wollen Sie einen diplomatischen Zwischenfall, Inspector?«

»Ich bin mir nicht sicher.« Rebus schien über die Vorstellung nachzudenken. »Und Sie?«

»Ich bin empört!« Noch ein Schlag auf den Tisch, und der Kenianer steuerte auf die Tür zu. Rebus hielt ihn nicht auf. Stattdessen steckte er sich eine Zigarette an und legte die Beine über Kreuz auf den Tisch. Lehnte sich zurück und starrte an die Decke. Natürlich hatte Steelforth nichts über die Videokameras gesagt, und Rebus wusste, dass es eine Ewigkeit dauern würde, bis er jemanden dazu überredet hätte, das Filmmaterial herauszurücken. Es gehörte der Garnison und befand sich auch dort – ganz und gar außerhalb von Rebus' Zuständigkeitsbereich.

Was ihn nicht daran hindern würde, den Punkt anzusprechen …

Eine Minute war vergangen, da klopfte es an der Tür. Ein Constable schaute herein.

»Unser afrikanischer Freund sagt, er will mit dem Auto ins Balmoral gebracht werden.«

»Sagen Sie ihm, ein Spaziergang täte ihm gut«, erwiderte Rebus. »Und warnen Sie ihn davor, noch einmal durstig zu werden.«

»Sir?« Der Constable dachte, er habe sich verhört.

»Sagen Sie es ihm einfach.«

»Ja, Sir. Ach, noch etwas …«

»Ja?«

»Hier drin ist Rauchen verboten.«

Rebus drehte den Kopf und fixierte den jungen Polizisten. Als sich die Tür wieder schloss, zog er sein Handy aus der Hosentasche, drückte ein paar Tasten und wartete auf die Verbindung.

»Mairie?«, sagte er. »Ich habe Informationen, die du vielleicht verwenden kannst ...«

Seite drei

Keine Götter, keine Herren

Mittwoch, 6. Juli

16

Die meisten Staats- und Regierungschefs der G8 landeten
auf dem Flughafen Prestwick südwestlich von Glasgow. Insge-
samt würden im Lauf dieses Tages annähernd hundertfünfzig
Flugzeuge dort landen. Die Staats- und Regierungschefs, ihre
Gattinnen und engsten Mitarbeiter würden dann per Hubschrauber nach Gleneagles befördert, während andere Mitglieder der verschiedenen Delegationen von einer Wagenflotte mit
Chauffeuren zu ihren eigentlichen Reisezielen gebracht wurden. George Bushs Spürhund hatte sein eigenes Auto. Heute
war Bushs neunundfünfzigster Geburtstag. Jack McConnell,
Erster Minister von Schottland, stand auf dem Rollfeld, um
die Führer der Welt zu begrüßen. Es gab keine Anzeichen von
Protesten oder Störungen.

Nicht am Flughafen.

Aber aus Stirling brachte das Morgenfernsehen Bilder von
maskierten Demonstranten, die auf Autos und Lieferwagen
einschlugen, die Fenster eines Burger King einwarfen, die A9
blockierten und Tankstellen angriffen. In Edinburgh brachten
Demonstranten den ganzen Verkehr auf der Queensferry Road
zum Erliegen. Die Lothian Road war von Einsatzwagen der Polizei gesäumt; ein Kordon uniformierter Polizisten stand schützend vor dem Sheraton Hotel und seinen mehreren hundert
Delegierten. Polizeipferde patrouillierten in Straßen, durch
die normalerweise der morgendliche Berufsverkehr rollte,
die heute aber autofrei waren. Am Waterloo Place stand eine
Schlange von Bussen bereit, um Demonstranten nach Auchterarder zu transportieren. Es gab jedoch unterschiedliche Sig-

nale; niemand wusste genau, ob die offizielle Route freigegeben war. Die Demonstration ging voran, stockte, ging wieder voran. Die Polizei wies die Busfahrer an, ihre Fahrzeuge nicht von der Stelle zu bewegen, bevor die Lage nicht auf die eine oder andere Weise geklärt war.

Und es regnete; wie es aussah, könnte das »Final Push«- Konzert am Abend buchstäblich ins Wasser fallen. Im Murrayfield-Stadion waren die Musiker und Stars eifrig mit Soundchecks und Proben beschäftigt. Bob Geldof hielt sich im Balmoral Hotel auf, war allerdings auf dem Sprung, mit seinem Freund Bono zusammen nach Gleneagles zu fahren – immer unter der Voraussetzung, dass die diversen Demonstrationszüge sie durchlassen würden. Auch die Königin war auf dem Weg nach Norden, wo sie ein Dinner für die Delegierten geben würde.

Die Nachrichtensprecher klangen atemlos, aufgeputscht durch zu viel Koffein. Siobhan, die die Nacht in ihrem Auto verbracht hatte, behalf sich mit dem wässrigen Kaffee von einem ortsansässigen Bäcker. Die anderen Kunden waren eher an den Szenen interessiert, die sich auf dem Bildschirm oben hinter der Theke abspielten.

»Das ist Bannockburn«, hatte eine von ihnen erklärt. »Und das da Springkerse. Sie sind überall!«

»Tut euch zusammen«, riet ihre Freundin, woraufhin einige lächelten. Die Demonstranten hatten Camp Horizon morgens um zwei verlassen und die Polizei buchstäblich im Schlaf überrascht.

»Ich verstehe nicht, weshalb uns diese verfluchten Politiker weismachen wollen, das wäre gut für Schottland«, murmelte ein Mann im Maleranzug, der auf sein Schinkenbrötchen wartete. »Ich hab heute in Dunblane und Crieff zu tun. Gott weiß, wie ich da hinkommen soll …«

Wieder im Auto, wärmte Siobhan sich an der Heizung auf, aber Wirbelsäule und Nacken blieben steif. Sie hatte in Stirling übernachtet, denn wenn sie nach Hause gefahren wäre, hätte sie morgens wiederkommen und dann das ganze Sicherheitsprozedere erneut über sich ergehen lassen müssen. Nachdem sie zwei Aspirin geschluckt hatte, machte sie sich auf den Weg zur A9. Sie war auf der Schnellstraße noch nicht weit gekommen, als die Warnblinkanlage eines Autos vor ihr signalisierte, dass der Verkehr auf beiden Fahrbahnen völlig zum Erliegen gekommen war. Fahrer waren aus ihren Autos gestiegen, um die Männer und Frauen anzubrüllen, die in Clownskostümen auf der Straße lagen, manche an die Leitplanken des Mittelstreifens gekettet. Polizisten jagten andere knallbunt gekleidete Gestalten über die angrenzenden Felder. Siobhan parkte auf dem befestigten Seitenstreifen und lief zur Spitze der Autoschlange, wo sie dem diensthabenden Beamten ihre Dienstmarke zeigte.

»Ich sollte jetzt eigentlich in Auchterarder sein«, erklärte sie dem Mann. Er deutete mit seinem kurzen Schlagstock auf ein Polizeimotorrad.

»Falls Archie einen Ersatzhelm hat, kann er Sie in zwei Sekunden hinbringen.«

Archie zauberte den benötigten Helm hervor. »Da hinten wird Ihnen allerdings höllisch kalt werden«, warnte er sie.

»Dann muss ich mich eben ankuscheln, oder?«

Als er jedoch Gas gab und losfuhr, fand sie das Wort »ankuscheln« völlig deplatziert. Um ihr nacktes Leben bangend, klammerte Siobhan sich an ihm fest. In ihrem Helm befand sich ein Hörer, über den sie Meldungen von Operation Sorbus mitverfolgen konnte. Rund fünftausend Demonstranten brachen über Auchterarder herein, bereit, die Tore des Hotels zu passieren. Sinnlos, wie Siobhan wusste: Sie wären immer noch mehrere hundert Meter vom Hauptgebäude entfernt, und ihre Parolen würden im Wind verwehen. Die hohen Tiere in Gleneagles würden nichts von Demonstrationen, nichts von massenhaftem Protest mitbekommen. Aus allen Richtungen strömten Demonstranten über die Felder herbei, aber die

Polizisten jenseits des Sicherheitskordons waren vorbereitet. Als sie Stirling verließ, war Siobhan ein neues Graffito auf einer Fastfoodbude ins Auge gefallen: *10 000 Pharaos, sechs Milliarden Sklaven.* Sie versuchte immer noch herauszufinden, wer wer sein sollte ...

Als Archie plötzlich bremste, wurde sie nach vorn gedrückt, sodass sie über seine Schulter hinweg sehen konnte, was sich vor ihnen abspielte.

Schutzschilde, Hundeführer, berittene Polizei.

Ein zweimotoriger Transporthubschrauber durchpflügte die Luft über ihnen.

Flammen züngelten an einer amerikanischen Flagge.

Ein Sitzstreik, der sich über die ganze Breite der Fahrbahn erstreckte. Als Polizisten begannen, ihn zu durchbrechen, schoss Archie mit dem Motorrad auf die Lücke zu und quetschte sich hindurch. Wären Siobhans Finger nicht vor Kälte steif und taub gewesen, hätte sie ihm auf die Schulter geklopft. Durch den Kopfhörer erfuhr sie, dass der Bahnhof Stirling möglicherweise in Kürze wieder geöffnet würde, dass Anarchisten aber die Linie als Abkürzung nach Gleneagles verwenden könnten. Sie erinnerte sich, dass das Hotel sich mit seinem eigenen Bahnhof brüstete, zweifelte jedoch daran, dass irgendjemand ihn heute benutzen würde. Bessere Nachrichten kamen aus Edinburgh, wo sintflutartiger Regen die Begeisterung der Demonstranten gedämpft hatte.

Archie wandte den Kopf zu ihr um. »Schottisches Wetter!«, brüllte er. »Was würden wir bloß ohne es machen?«

Auf der Forth Road Bridge lief der Verkehr mit »minimalen Störungen«, und frühe Straßenblockaden auf der Quality Street und der Corstorphine Road waren aufgelöst worden. Archie fuhr langsamer, um eine weitere Blockade zu passieren, was Siobhan nutzte, um sich mit dem Jackenärmel den Nieselregen vom Visier zu wischen. Als sie blinkten, um von der Schnellstraße abzubiegen, schien ein anderer, kleinerer

Hubschrauber sie zu begleiten. Archie hielt seine Maschine an.

»Endstation«, sagte er. Sie hatten noch nicht einmal die Stadtgrenze erreicht. Aber vor ihnen, jenseits eines Polizeikordons, wogte ein Meer von Fahnen und Transparenten. Sprechchöre, Pfiffe und Buhrufe.

Bush, Blair, CIA, how many kids did you kill today? Derselbe Sprechchor, den sie beim Verlesen der Toten gehört hatte.

George Bush, we know you, your daddy was a killer, too. Gut, das war jetzt ein neuer ...

Siobhan ließ sich vom Soziussitz gleiten, gab Archie den Helm zurück und bedankte sich. Er grinste sie an.

»Werd wohl nicht allzu viele so aufregende Tage erleben«, sagte er, während er sein Motorrad umdrehte. Beim Losfahren winkte er ihr zu. Siobhan erwiderte den Gruß, wobei das Gefühl langsam in ihre Finger zurückkehrte. Ein rotgesichtiger Polizist stürzte auf sie zu. Sie hielt ihm bereits ihre Dienstmarke hin.

»Umso idiotischer von Ihnen«, blaffte er sie an. »Sie sehen aus wie eine von denen.« Er zeigte auf die in Schach gehaltenen Demonstranten. »Die sehen Sie hinter unseren Linien und meinen, da gehören *sie* auch hin. Und deshalb verschwinden Sie jetzt von hier oder besorgen sich eine Uniform.«

»Sie vergessen«, entgegnete Siobhan, »dass es noch einen *dritten* Weg gibt.« Und mit einem Lächeln ging sie bis zur Polizeilinie vor, drängte sich zwischen zwei schwarz gekleidete Gestalten und kroch geduckt unter ihren Schutzschilden hindurch. Nun stand sie in der ersten Reihe der Demonstranten. Der rotgesichtige Offizier starrte sie entgeistert an.

»Zeigt eure Dienstmarken!«, rief ein Demonstrant den Polizisten zu. Siobhans Blick fiel auf den Polizisten unmittelbar vor ihr. Er hatte so etwas Ähnliches wie einen Blaumann an. Auf seinem Helm über dem Visier prangten in Weiß die Buchstaben ZH. Sie versuchte sich zu erinnern, ob irgendeiner von dem Trupp aus den Princes Street Gardens die gleichen Abzeichen getragen hatte. Ihr fiel jedoch nur XS ein.

Polizeiexzess.

Das Gesicht des Beamten war schweißnass, aber er machte einen gelassenen Eindruck. Befehle und Aufmunterungen gingen durch die Reihen der Polizei: »Macht dicht!«

»Nur die Ruhe, Jungs.«

»Drängt sie zurück!«

Auf beiden Seiten gab es so etwas wie einen vereinbarten Katalog abgestufter Reaktionen auf das Geschiebe. Einer der Demonstranten, der das Ganze zu kontrollieren schien, rief, der Protestmarsch sei genehmigt und die Polizei setze sich jetzt über sämtliche Absprachen hinweg. Für die Konsequenzen könne er keine Verantwortung übernehmen. Die ganze Zeit hielt er sich ein Handy ans Ohr, während Pressefotografen mit hochgehaltenen Kameras auf Zehenspitzen standen, um etwas von dem Geschehen mitzubekommen.

Siobhahn begann, sich zuerst rückwärts, dann seitwärts zu bewegen, bis sie den Rand des Zugs erreicht hatte. Von diesem Punkt aus suchte sie die Menge nach Santal ab. Neben ihr stand ein Teenager mit schlechten Zähnen und kahlgeschorenem Kopf. Als er anfing, Beschimpfungen loszulassen, verriet sein Akzent den Einheimischen. Einmal klappte seine Jacke auf, und Siobhan erhaschte einen Blick auf etwas, was in seinem Hosenbund steckte und sehr nach einem Messer aussah.

Er hatte sein Handy in der Hand und nahm damit Videoschnipsel auf, die er anschließend seinen Kumpeln schickte. Siobhan sah sich um. Unmöglich, die Polizisten zu rufen. Wenn sie eine Bresche schlügen, um ihn festzunehmen, wäre hier die Hölle los. Also drängte sie sich hinter ihn und passte den geeigneten Moment ab. Als ein Sprechchor ertönte, flogen Hände in die Luft, und sie ergriff ihre Chance. Sie packte seinen Arm, drehte ihn dem Jungen auf den Rücken und drückte ihn so nach vorn, dass er auf die Knie fiel. Mit ihrer freien Hand griff sie nach dem Messer an seiner Taille, riss es heraus und schubste ihn so fest, dass er auf allen vieren landete. Danach warf sie das Messer über eine niedrige Mauer ins Gebüsch und bahnte sich rasch rückwärts einen Weg durchs Gewühl. Sie mischte sich unter die Demonstranten, riss die Arme hoch und klatschte im Rythmus mit den anderen mit. Währenddessen kämpfte sich der Junge auf der Suche nach seinem Angreifer mit vor Wut hochrotem Gesicht durch die Menschenmenge vor ihr.

Er würde sie nicht finden.

Siobhan konnte sich ein Lächeln nicht verkneifen, obwohl ihr klar war, dass ihre eigene Suche sich als ebenso erfolglos erweisen könnte. Und einstweilen befand sie sich mitten in einer Demonstration, die jeden Augenblick in Krawall ausarten konnte.

Ich würde alles für einen Starbucks Latte tun, dachte sie.

Falscher Ort und ganz eindeutig auch die falsche Zeit …

Mairie saß in der Halle des Balmoral Hotels. Die Aufzugtür öffnete sich, und sie sah den Mann im blauen Seidenanzug heraustreten. Sie erhob sich von ihrem Stuhl, während er mit ausgestreckter Hand auf sie zuging.

»Mr. Kamweze?«, fragte sie.

Er verneigte sich wie zur Bestätigung, worauf sie seine Hand ergriff.

»Nett, dass Sie sich so kurzfristig mit mir treffen«, sagte Mairie und versuchte, nicht zu überschwänglich zu klingen. Ihr Anruf war nämlich genau das gewesen: die aufstrebende Reporterin, überwältigt von der Möglichkeit, mit einem so bedeutenden afrikanischen Politiker zu sprechen … und ob er *möglicherweise* fünf Minuten erübrigen könnte, um ihr bei einem Porträt zu helfen, an dem sie gerade arbeitete?

Die Pose war nicht mehr nötig: Er stand jetzt direkt vor ihr. Aber natürlich wollte sie nicht, dass er gleich Reißaus nahm.

»Tee?«, erkundigte er sich und ging voraus zum Palm Court.

»Ihr Anzug gefällt mir«, sagte sie, während er den Stuhl für sie zurückzog. Beim Setzen strich sie sich den Rock glatt. Joseph Kamweze schien den Anblick zu genießen.

»Danke«, erwiderte er und rutschte auf die gepolsterte Bank ihr gegenüber.

»Ist es ein Designermodell?«

»In Singapur gekauft, auf dem Heimweg von einer offiziellen Mission in Canberra. In Wirklichkeit eher günstig ...« Er beugte sich verschwörerisch zu ihr vor. »Aber das bleibt unter uns.« Er grinste über das ganze Gesicht, wobei ein Goldzahn hinten in seinem Mund sichtbar wurde.

»Ich möchte Ihnen noch einmal danken, dass Sie gekommen sind.« Mairie holte Notizbuch und Stift aus ihrer Tasche. Außerdem hatte sie ein kleines digitales Aufnahmegerät und fragte ihn, ob es ihm etwas ausmachen würde.

»Das wird von Ihren Fragen abhängen«, sagte er, erneut grinsend. Die Kellnerin kam, und er bestellte Lapsang Souchong für sie beide. Mairie hasste das Zeug, ließ es sich jedoch nicht anmerken.

»Die Rechnung übernehme ich«, erklärte sie ihm. Er wischte das Angebot mit einer Handbewegung beiseite.

»Das spielt keine Rolle.«

Mairie hob eine Augenbraue. Sie war immer noch mit ihrem Handwerkszeug beschäftigt, als sie die nächste Frage stellte.

»Ihre Reise wurde von Pennen Industries finanziert?«

Das Grinsen verschwand; sein Blick verhärtete sich. »Wie bitte?«

Sie bemühte sich, einen Eindruck von Naivität zu erwecken. »Ich habe mich nur gefragt, wer Ihren Aufenthalt hier bezahlt.«

»Was wollen Sie eigentlich?« Die Stimme klang eiskalt. Seine Hände fuhren die Tischkante entlang.

Mairie tat, als läse sie in ihren Aufzeichnungen nach. »Sie gehören zur kenianischen Handelsdelegation, Mr. Kamweze. Was genau erwarten Sie vom G8-Gipfel?« Sie vergewisserte sich, dass das Aufnahmegerät funktionierte, und legte es auf den Tisch zwischen ihnen. Die völlige Normalität dieser Frage schien Joseph Kamweze aus dem Konzept gebracht zu haben.

»Schuldenerlass ist für Afrikas Wiedergeburt von eminenter Bedeutung«, zitierte er. »Finanzminister Brown hat darauf hingewiesen, dass einige von Kenias Nachbarn ...« Unfähig weiterzureden, brach er ab. »Warum sind Sie hier? Ist Henderson überhaupt Ihr richtiger Name? Ich bin ein Idiot, dass ich Sie nicht nach Ihrem Ausweis gefragt habe.«

»Ich habe ihn hier.« Mairie schickte sich an, in ihrer Handtasche danach zu suchen.

»Warum haben Sie Richard Pennen erwähnt?«, unterbrach Kamweze.

Sie zwinkerte ihm zu. »Das habe ich nicht getan.«

»Lügnerin.«

»Ich habe von Pennen Industries gesprochen, und das ist eine Gesellschaft, kein Individuum.«

»Sie waren mit dem Polizisten in Prestonfield House.« Das klang wie eine Tatsache, obwohl es auch nur eine Vermutung sein konnte. So oder so, sie leugnete es nicht.

»Ich glaube, Sie sollten jetzt gehen«, forderte er sie auf.

»Sind Sie da sicher?« Auch ihre Stimme war hart geworden, und sie hielt seinem Blick stand. »Wenn Sie nämlich jetzt weggehen, werde ich ein Foto von Ihnen groß auf der Titelseite meiner Zeitung bringen.«

»Sie machen sich ja lächerlich.«

»Das Bild ist etwas grobkörnig, und wir werden es vergrößern müssen, was bedeutet, dass es außerdem ein bisschen unscharf sein könnte. Aber es wird eine Striptänzerin zu sehen sein, die vor Ihnen herumturnt, Mr. Kamweze. Sie werden die

Hände auf Ihren Knien und ein breites Lächeln im Gesicht haben, während Sie ihre nackte Brust anstarren. Sie heißt Molly und arbeitet im Nook in der Bread Street. Ich habe mir heute Morgen die Videos der Überwachungskameras besorgt.« Lügen, alles Lügen, aber sie genoss die Wirkung, die diese Worte auf ihn hatten. Seine Fingernägel bohrten sich in die Tischplatte. Sein kurzgeschnittenes Haar glänzte vor Schweiß.

»Dann wurden Sie auf einem Polizeirevier vernommen, Mr. Kamweze. Ich könnte mir denken, dass auch dieser kleine Ausflug im Film festgehalten ist.«

»Was wollen Sie eigentlich von mir?«, zischte er. Doch dann musste er sich zusammenreißen, denn gerade kam das Tablett mit dem Tee und ein paar Shortbread-Keksen. Mairie biss in einen hinein – morgens nicht gefrühstückt! Der Tee roch nach im Ofen gebackenem Seetang, und kaum dass die Kellnerin eingeschenkt hatte, schob sie ihre Tasse zur Seite. Der Kenianer tat es ihr gleich.

»Nicht durstig?«, fragte sie und musste unwillkürlich lächeln.

»Das hat der Detective Ihnen erzählt«, sagte Kamweze. »Er hat mir auf die gleiche Weise gedroht.«

»Die Sache ist nur die, dass er Sie nicht belangen kann. Ich dagegen … Nun, es sei denn, Sie geben mir einen guten Grund, eine exklusive Titelstory in der Schublade verschwinden zu lassen …« Sie sah, dass er noch nicht so ganz angebissen hatte. »Eine Titelstory, die man auf der ganzen Welt zu Gesicht bekommen wird. Wie lange kann es dauern, bis die Presse in Ihrem Land die Geschichte aufgreift und selbst veröffentlicht? Wie lange, bis Ihre Vorgesetzten in der Regierung davon erfahren? Ihre Nachbarn, Freunde …«

»Genug«, knurrte er. Sein Blick war starr auf den Tisch gerichtet. In dessen hochglanzpolierter Oberfläche erblickte er sein eigenes Spiegelbild. »Genug«, wiederholte er, und sein

Ton verriet ihr, dass er sich geschlagen gab. Sie biss in einen weiteren Keks. »Was wollen Sie?«

»Eigentlich nicht viel«, beruhigte sie ihn. »Nur alles, was Sie mir über Mr. Richard Pennen erzählen können.«

»Soll ich Ihr Informant à la ›Deep Throat‹ sein, Miss Henderson?«

»Warum nicht, wenn der Gedanke Ihnen reizvoll erscheint«, antwortete sie.

Und dachte bei sich: In Wirklichkeit bist du noch so ein Betrogener, der erwischt wurde ... noch so ein makelbehafteter Beamter ...

Noch so ein Singvogel ...

Seine zweite Beerdigung innerhalb einer Woche.

Er war aus der Stadt hinausgekrochen. An der Forth Bridge winkte die Fife Constabulary Lastwagen und Transporter heraus, um sie auf ihre Tauglichkeit als Barrikaden zu überprüfen. Jenseits der Brücke gab es dagegen keine Störungen, sodass er sogar zu früh ankam. Er fuhr ins Zentrum von Dundee, parkte am Hafen und rauchte eine Zigarette, während er im Radio die Nachrichten hörte. Komisch, die englischen Sender berichteten ständig über die Bewerbung Londons zu den Olympischen Spielen; kaum ein Wort über Edinburgh. Tony Blair jettete gerade von Singapur zurück. Rebus überlegte, ob er wohl Flugmeilen sammelte ...

Die schottischen Nachrichtensendungen hatten Mairies Geschichte aufgegriffen: Alle nannten ihn den »G8-Mörder«. Chief Constable James Corbyn gab zu dem Thema keine offizielle Erklärung ab; SO12 betonte, dass für die Staats- und Regierungschefs, die in Gleneagles zusammenkamen, keinerlei Gefahr bestehe.

Zwei Beerdigungen innerhalb einer Woche. Rebus fragte sich, ob er unter anderem deshalb so viel arbeitete, weil er dann nicht allzu viel über Mickey nachdenken musste. Er hatte eine der beiden *Quadrophenia*-CDs dabei, von der er auf der Fahrt nach Norden ein paar Songs gehört hatte, auch den, wo Daltrey immer wieder mit krächzender Stimme fragt: *Can you see the real me?* Auf dem Beifahrersitz lagen die Fotos: Edinburgh Castle, Smokings und Fliegen. Ben Webster, dem noch zwei Stunden zu leben blieben, sah genauso aus wie die anderen. Aber Selbstmörder hatten ja keine Schilder um den Hals hängen. Ebenso wenig wie Serienmörder, Gangster, korrupte Politiker. Unter den ganzen offiziellen Porträtfotos lag Mungos Nahaufnahme von Santal und ihrer Kamera. Rebus studierte sie einen Augenblick, bevor er sie obenauf legte. Dann ließ er den Motor an und machte sich auf den Weg zum Krematorium.

Dort wimmelte es von Menschen. Familie und Freunde, dazu Vertreter aller politischen Parteien. Auch Labour-Abgeordnete. Die Presse hielt Abstand und drängte sich am Tor zum Krematorium. Vermutlich jüngere Mitarbeiter, die sich darüber ärgerten, dass ihre älteren und erfahreneren Kollegen sich unterdessen beim G8-Gipfel tummelten und die Schlagzeilen und Titelseiten der Donnerstagsausgaben für sich beanspruchten. Rebus verlangsamte seinen Schritt, als die eigentlichen Gäste hineingeleitet wurden. Manche von ihnen sahen ihn fragend an, konnten sich wohl nicht vorstellen, dass er irgendeine Verbindung zu dem Abgeordneten gehabt hatte; hielten ihn für eine Art Geier, der sich am Schmerz Fremder weidete.

Vielleicht hatten sie damit nicht einmal so unrecht, dachte Rebus.

Ein Hotel in Broughty Ferry hielt für danach Erfrischungen bereit. »Die Familie«, richtete der Geistliche sich an die Trauergemeinde, »hat mich gebeten, Ihnen zu sagen, dass Sie alle herzlich eingeladen sind.« Aber sein Blick verriet etwas anderes: bitte nur engster Familien- und Freundeskreis. Auch das war richtig: Rebus bezweifelte, dass irgendein Hotel in »the

330

Ferry« es mit einer solchen Menschenmenge würde aufnehmen können.

Er saß in der letzten Reihe. Der Geistliche hatte einen von Ben Websters Kollegen gebeten heraufzukommen und ein paar Worte zu sagen. Klang ganz ähnlich wie die Lobrede bei Mickeys Beerdigung: Ein guter Mann ... fehlt denen, die ihn kannten, sehr, und das taten viele ... seiner Familie eng verbunden ... in der Gemeinde sehr beliebt. Rebus fand, dass er lange genug gewartet hatte. Von Stacey keine Spur. Seit jener Begegnung vor der Leichenhalle hatte er nicht mehr viel an sie gedacht. Er vermutete, dass sie nach London zurückgekehrt war oder sich um das Haus und den Nachlass ihres Bruders kümmerte.

Aber die Beerdigung zu verpassen ...

Zwischen Mickeys Tod und seiner Einäscherung war mehr als eine Woche vergangen. Und bei Ben Webster? Nicht einmal ganze fünf Tage. Konnte man die Eile als ungebührlich bezeichnen? Stacey Websters Entscheidung oder die von jemand anderem? Draußen auf dem Parkplatz steckte er sich eine weitere Zigarette an und wartete noch fünf Minuten. Dann schloss er das Auto auf und stieg ein.

Can you see the real me ...

»O ja«, sagte er ruhig und drehte den Zündschlüssel um.

Chaos in Auchterarder.

Das Gerücht hatte die Runde gemacht, Bushs Helikopter sei unterwegs. Siobhan warf einen prüfenden Blick auf die Uhr, denn sie wusste, dass er erst am späteren Nachmittag in Prestwick eintreffen sollte. Jeder Hubschrauber, der kam, wurde von der Menge mit Pfiffen und Buhrufen begrüßt. In Scharen waren sie kleine Straßen entlanggelaufen, hatten Felder überquert und waren über Mauern in private Gärten gestiegen. Ihr einziges Ziel: zu dem Polizeikordon vorzudringen. Nein, *hinter* den Polizeikordon. Das wäre der wahre Sieg:

zwar immer noch achthundert Meter vom Hotel entfernt, aber auf dem Gleneagles-Gelände. Sie hätten die Polizei überlistet. Siobhan sah Mitglieder der Clowns-Armee und zwei Demonstranten in Knickerbockern mit Golftaschen über der Schulter: die People's Golfing Association, deren Mission darin bestand, ein Loch auf dem heiligen Meisterschaftsplatz zu spielen. Sie hatte Stimmen mit amerikanischem, spanischem und deutschem Akzent gehört. Sie hatte beobachtet, wie eine Gruppe schwarz gekleideter Autonomer mit vermummten Gesichtern ihren nächsten Schritt plante. Über ihnen brummte ein Flugzeug, das Überwachungsdaten sammelte ...

Aber keine Santal.

Auf der Hauptstraße von Auchterarder war die Nachricht eingetroffen, dass das Edinburgher Kontingent daran gehindert wurde, die Stadt zu verlassen.

»Also demonstrieren sie stattdessen dort«, erklärte jemand voller Schadenfreude. »Die Bullen werden an ihre Grenzen stoßen.«

Da hatte Siobhan so ihre Zweifel. Trotzdem versuchte sie es auf dem Handy ihrer Eltern. Ihr Vater ging dran und sagte, sie säßen schon seit Stunden im Bus und seien immer noch da.

»Versprich mir, dass ihr an keiner Demo teilnehmt«, beschwor Siobhan ihn.

»Versprochen«, sagte ihr Vater. Dann reichte er das Handy an seine Frau weiter, damit Siobhan ihr das gleiche Versprechen abnehmen konnte.

Als sie das Gespräch beendete, kam Siobhan sich plötzlich wie eine Vollidiotin vor. Was machte sie hier, wo sie doch genauso gut bei ihren Eltern hätte sein können? Eine weitere Demonstration bedeutete mehr Bereitschaftspolizisten; vielleicht würde ihre Mutter ja den Angreifer erkennen, oder irgendetwas würde die Erinnerung wecken.

Sie verfluchte sich im Stillen, dann drehte sie sich um und stand der Gesuchten gegenüber.

»Santal«, sagte sie. Die junge Frau senkte ihre Kamera.

»Was machen Sie denn hier?«, fragte Santal.

»Überrascht?«

»Ein bisschen schon. Sind Ihre Eltern ...?«

»Sie sitzen in Edinburgh fest. Ich merke, Ihr Lispeln hat sich gebessert.«

»Was?«

»Am Montag im Park«, fuhr Siobhan fort, »waren Sie mit Ihrer kleinen Kamera beschäftigt. Nur haben Sie sie nicht auf die Polizisten gerichtet. Warum das?«

»Ich weiß gar nicht, worauf Sie hinauswollen.« Dabei schaute Santal sich jedoch flüchtig nach allen Seiten um, als fürchtete sie, dass jemand mithörte.

»Der Grund dafür, dass Sie mir keins Ihrer Fotos zeigen wollten, ist, dass sie mir etwas verraten würden.«

»Nämlich?« Sie klang weder ängstlich noch misstrauisch, sondern wirklich neugierig.

»Sie würden mir verraten, dass Sie eher an Ihren Krawallbrüdern als an den Ordnungshütern interessiert waren.«

»Und?«

»Da habe ich mich gefragt, wie das wohl kommt. Hätte mir schon früher auffallen müssen. Schließlich haben es ja alle gesagt – im Camp in Niddrie und auch hinterher in Stirling.« Siobhan war bis auf wenige Zentimeter an Santal herangetreten. Sie beugte sich vor. »Sie arbeiten undercover«, flüsterte sie. Dann wich sie wieder einen Schritt zurück, so als bewunderte sie die Aufmachung der jungen Frau. »Die Ohrringe und Piercings ... wahrscheinlich Imitationen«, mutmaßte sie.

»Vorübergehende Tätowierungen und ...«, dabei starrte sie auf die Haare, »eine hübsch gemachte Perücke. Warum Sie sich solche Mühe mit dem Lispeln gegeben haben, ist mir allerdings schleierhaft – vielleicht, um wenigstens ein Gespür für Ihre eigene Identität zu behalten.« Sie machte eine Pause. »Bin ich nicht gut?«

Santal verdrehte die Augen. Ein Handy klingelte, worauf sie ihre Taschen durchwühlte und zwei herauszog. Bei einem leuchtete das Display. Sie schaute darauf, dann warf sie einen Blick über Siobhans rechte Schulter. »Jetzt ist die Clique beisammen«, sagte sie. Siobhan wusste nicht, was sie meinte. Der Trick war so alt wie die Welt, und trotzdem drehte sie sich neugierig um.

Da stand John Rebus, Handy in der einen und so etwas wie eine Visitenkarte in der anderen Hand.

»Mit den Etiketten kenne ich mich nicht so genau aus«, meinte er beim Näherkommen. »Wenn ich etwas anzünde, das zu hundert Prozent aus Tabak besteht, macht mich das zu einem Sklaven im Reich des Bösen?« Er zuckte die Achseln, holte aber auf alle Fälle die Zigarettenschachtel heraus.

»Santal hier ist ein Spitzel«, erklärte Siobhan ihm.

»Das ist vielleicht nicht der passende Ort, um diese Tatsache hinauszuposaunen«, zischte Santal.

»Erzählen Sie mir doch lieber was Neues«, schnaubte Siobhan.

»Ich glaube, den Gefallen kann ich Ihnen tun«, meinte Rebus, ohne den Blick von Santal abzuwenden. »Pflichterfüllung ist ja gut und schön«, sagte er zu ihr, »aber deswegen der Beerdigung Ihres eigenen Bruders fernzubleiben …«

Sie funkelte ihn an. »Waren Sie dort?«

Er nickte. »Ich muss allerdings zugeben, dass ich immer wieder das Foto von ›Santal‹ angestarrt habe und es trotzdem ewig gedauert hat, bis es mir endlich dämmerte.«

»Das verstehe ich als Kompliment.«

»Das sollten Sie auch.«

»Ich wäre wirklich gern gekommen.«

»Was haben Sie denn als Entschuldigung vorgebracht?«, fragte Rebus.

Erst jetzt mischte Siobhan sich ein. »Sie sind Ben Websters Schwester?«

»Jetzt ist der Groschen gefallen«, kommentierte Rebus. »DS Clarke, darf ich vorstellen, Stacey Webster.« Rebus' Blick lag immer noch auf Stacey. »Aber vermutlich sollten wir Sie lieber Santal nennen?«

»Dazu ist es jetzt wohl ein bisschen zu spät«, antwortete Stacey. Wie auf ein Stichwort schlenderte ein junger Mann mit einem roten Tuch um die Stirn auf sie zu.

»Alles klar hier?«

»Haben nur eine alte Freundin wiedergetroffen«, warnte Rebus ihn.

»Ihr kommt mir vor wie Bullen.« Seine Augen bewegten sich zwischen Rebus und Siobhan hin und her.

»Hey, lass mich mal machen.« Santal war wieder in ihre Rolle geschlüpft: die starke Frau, die imstande war, ihre Kämpfe selbst auszufechten. Sie fixierte den jungen Mann, bis er den Blick abwandte.

»Wenn du meinst …« Und schon trat er den Rückzug an. Als sie sich zu Rebus und Siobhan umwandte, wurde sie wieder Stacey.

»Hier können Sie nicht bleiben«, erklärte sie. »Ich dürfte in einer Stunde abgelöst werden – dann können wir reden.«

»Wo?«

Sie überlegte einen Moment. »Innerhalb der Absperrung. Hinter dem Hotel liegt ein Feld, wo die Fahrer sich aufhalten. Warten Sie da auf mich.«

Siobhans Blick wanderte über die Menschenmenge. »Und wie kommen wir da *hin*?«

Stacey lächelte säuerlich. »Lassen Sie sich etwas einfallen.«

»Ich glaube«, erläuterte Rebus, »sie meint, wir sollten uns verhaften lassen.«

17

Rebus brauchte gute zehn Minuten, um sich, Siobhan im Schlepptau, an die Spitze des Gedränges vorzuarbeiten. Während er seinen Körper an einen zerkratzten und beschmierten Schild presste, drückte er in Augenhöhe des Polizisten mit der Handfläche seine Dienstmarke gegen das durchsichtige, verstärkte Plastik.

»Bringen Sie uns hier raus«, formte er mit den Lippen. Darauf fiel der Polizist nicht herein. Stattdessen rief er seinen Vorgesetzten, der entscheiden sollte. Der rotgesichtige Beamte erschien hinter dem Polizisten und erkannte Siobhan sofort. Sie bemühte sich, einigermaßen geläutert auszusehen.

Der Polizeibeamte gab ein Schniefen von sich und dann einen Befehl. Die Kette aus Schutzschilden öffnete sich einen winzigen Spalt, und Hände griffen nach Rebus und Siobhan. Auf der anderen Seite des Kordons stieg der Geräuschpegel merklich an.

»Zeigen Sie ihnen Ihre Dienstmarken«, befahl der Polizeibeamte. Rebus und Siobhan kamen seinem Wunsch nur allzu gern nach. Der Mann hielt ein Megafon vor sich und ließ die Menge wissen, dass es keine Festnahmen gegeben hatte. Als er Rebus und Siobhan als Kriminalbeamte zu erkennen gab, erhob sich ein gewaltiges Gejohle. Trotzdem schien die Situation sich zu entspannen.

»Für diese kleine Eskapade müsste ich Sie eigentlich melden«, erklärte er Siobhan.

»Wir sind vom Morddezernat«, log Rebus, ohne mit der Wimper zu zucken. »Da war jemand, mit dem wir reden mussten – was hätten wir sonst tun sollen?«

Der Polizeibeamte starrte ihn an, sah sich aber plötzlich mit drängenderen Aufgaben konfrontiert. Einer seiner Männer war gestürzt, und die Demonstranten hatten offensichtlich vor, diese Bresche in der Absperrung zu nutzen. Er bellte Befehle in sein Megafon, und Rebus gab Siobhan mit einer Geste zu verstehen, dass es wohl besser sei, das Weite zu suchen.

Einsatzwagentüren sprangen auf, weitere Polizisten quollen heraus, um ihre Kollegen in der vordersten Reihe zu unterstützen. Ein Sanitäter fragte Siobhan, ob ihr etwas fehle.

»Ich bin nicht verletzt«, antwortete sie. Ein kleiner Hubschrauber stand mit sich drehenden Rotorblättern auf der Straße. Rebus ging geduckt darauf zu, um mit dem Piloten zu sprechen, und winkte dann Siobhan herbei.

»Er kann uns zu dem Feld bringen.«

Der Pilot mit seiner verspiegelten Sonnenbrille nickte zur Bestätigung. »Kein Problem«, rief er mit amerikanischem Akzent. Dreißig Sekunden später saßen sie auf ihren Plätzen, und die Maschine erhob sich in die Luft, wobei sie unter sich Staub und Abfall aufwirbelte. Rebus pfiff ein paar Takte Wagner – eine Verneigung vor *Apocalypse Now* –, aber Siobhan ignorierte das. Man konnte kaum etwas hören, was sie jedoch nicht daran hinderte, Rebus zu fragen, was er dem Piloten erzählt habe. Sie las die Antwort von seinen Lippen ab: Morddezernat.

Das Hotel lag eine Meile südlich. Aus der Luft konnte man mühelos den Sicherheitszaun und die Wachtürme erkennen. Endlos weite verlassene Hänge und dann einzelne Nester von Demonstranten, die von Schwarzuniformierten eingekesselt waren.

»Direkt zum Hotel darf ich nicht fliegen«, rief der Pilot. »Da würde uns eine Rakete runterholen.«

Das schien er ernst zu meinen, denn er machte einen weiten Bogen um das Hotelgelände. Unten sahen sie eine Menge provisorischer Bauten, in denen vermutlich die Vertreter der internationalen Presse untergebracht werden sollten. Satellitenschüsseln auf anonym aussehenden Lieferwagen. Fernsehen oder vielleicht auch der Geheimdienst. Rebus konnte einen Pfad erkennen, der von einem großen weißen Baldachin zur Umzäunung führte. Das Feld war in einen Stoppelacker verwandelt worden, und jemand hatte mit Farbe ein riesiges H darauf gesprüht, damit die Hubschrauberpiloten wussten, wo sie landen sollten. Ihr Flug hatte nur ein paar Minuten gedauert. Rebus schüttelte dem Piloten die Hand und sprang hinaus, Siobhan hinterher.

»Für mich ist heute Tag des stilvollen Reisens«, sinnierte sie. »Zur A9 bin ich auf dem Motorrad gekommen.«

»Belagerungsmentalität«, erklärte Rebus. »Bei diesem Haufen hier geht es diese Woche nur um uns und sie.«

Ein Soldat im Kampfanzug und mit einer Maschinenpistole bewaffnet kam auf sie zu. Ihre Ankunft schien ihn ganz und gar nicht zu erfreuen. Beide zeigten ihre Dienstmarke, aber das genügte dem Soldaten nicht. Rebus bemerkte, dass er keine Abzeichen an der Uniform trug, nichts, woran man seine Nationalität oder die Abteilung der Armee, in der er diente, hätte erkennen können. Er bestand darauf, ihnen ihre Dienstausweise abzunehmen.

»Warten Sie genau hier!«, befahl er und zeigte auf die Stelle, an der sie standen. Als er sich umdrehte, deutete Rebus einen kleinen Stepptanz an und zwinkerte Siobhan zu. Der Soldat war in einem riesigen Wohnwagen verschwunden, dessen Tür von einem anderen bewaffneten Soldaten bewacht wurde.

»Es ist was faul im Staate Dänemark«, meinte Rebus.

»Bin ich deshalb jetzt Ophelia?«

»Lassen Sie uns mal schauen, was da drüben los ist«, schlug Rebus vor und war schon auf dem Weg zum Baldachin. Dessen Dach war eine feste Konstruktion aus Plastikteilen, die durch Pfosten gehalten wurde. Darunter standen mehrere Limousinen nebeneinander aufgereiht. Chauffeure in Livree tauschten Zigaretten und Geschichten aus. Das Merkwürdigste war jedoch ein Koch mit weißer Jacke, schwarz-weiß karierter Hose und Kochmütze auf dem Kopf, der so etwas wie Omeletts zubereitete. Er stand hinter einer Art niedrigem

Gerüst, neben sich eine große rote Butangasflasche. Das Essen wurde auf richtigen Tellern und mit silbernem Besteck serviert. Für die Chauffeure hatte man Tische aufgestellt.

»Ich habe davon gehört, als ich mit dem DCI hier oben war«, erklärte Siobhan. »Die Hotelangestellten kommen von hinten auf das Gelände und lassen ihre Autos auf dem nächsten Feld stehen.«

»Ich nehme an, sie sind alle überprüft worden«, sagte Rebus, »was im Moment auch mit uns passiert.« Er warf einen Blick auf den Wohnwagen und nickte dann einer Gruppe von Fahrern zur Begrüßung zu. »Sind die Omeletts in Ordnung, Jungs?«, fragte er, worauf er bestätigende Antworten erhielt. Der Koch wartete auf neue Bestellungen.

»Eins mit allem«, sagte Rebus zu ihm und wandte den Kopf Siobhan zu.

»Das Gleiche«, meinte sie.

Der Koch begann, emsig mit seinen kleinen Plastikschüsseln voll Schinkenwürfeln, Pilzscheiben und klein geschnittenen Paprikaschoten zu hantieren. Rebus nahm sich, während er wartete, Messer und Gabel.

»Kleine Abwechslung für Sie«, sagte er zu dem Koch. Der Mann lächelte. »Aber mit allen Schikanen«, fuhr Rebus in beeindrucktem Ton fort. »Chemietoilette, warme Mahlzeit, ein Unterstand, wenn's regnet ...«

»Die Hälfte der Autos haben Fernseher«, fügte einer der Fahrer hinzu. »Allerdings ist der Empfang nicht besonders.«

»Das Leben ist schon hart«, äußerte Rebus mitfühlend. »Durften Sie mal in den Wohnwagen?«

Die Fahrer schüttelten die Köpfe. »Der ist gerammelt voll mit Zeug«, antwortete einer. »Ich hab mal einen Blick riskiert. Computer und so was.«

»Diese Antenne auf dem Dach ist dann wohl nicht für *Coronation Street* gedacht«, sagte Rebus, mit dem Finger darauf deutend. Die Fahrer lachten. Im selben Moment öffnete sich die Tür des Wohnwagens, und der Soldat kam wieder heraus. Er schien verblüfft darüber, dass Rebus und Siobhan den ihnen zugewiesenen Platz verlassen hatten. Während er auf sie zuging, nahm Rebus sein Omelett in Empfang und aß einen Bissen davon. Er machte dem Koch gerade ein Kompliment, als der Soldat vor ihm stehen blieb.

»Möchten Sie was davon?«, fragte Rebus und hielt ihm die Gabel hin.

»Sie werden gleich was kriegen, und zwar auf die Ohren«, entgegnete der Soldat. Rebus drehte sich zu Siobhan um.

»Ziemlich gute Reaktion«, sagte sie, während sie von dem Koch ihren Teller entgegennahm.

»DS Clarke ist nämlich Expertin«, informierte Rebus den Soldaten. »Wir futtern nur schnell auf und steigen dann mal kurz in einen Benz, um *Columbo* zu schauen ...«

»Ich behalte vorerst Ihre Dienstausweise«, sagte der Soldat. »Zu Prüfungszwecken.«

»Sieht aus, als säßen wir hier jetzt fest.«

»Auf welchem Kanal kommt denn *Columbo*?«, fragte einer der Chauffeure. »Die Sendung gefällt mir.«

»Steht doch sicher in der Programmzeitschrift«, meinte ein Kollege.

Der Soldat riss den Kopf hoch und beobachtete mit vorgestrecktem Kinn, wie ein Hubschrauber näher kam. Der flog niedrig und machte einen ohrenbetäubenden Lärm. Um ihn besser sehen zu können, trat der Soldat unter dem Baldachin hervor.

»Das ist doch wohl nicht Ihr Ernst!«, entfuhr es Rebus, als der Mann steif vor der Unterseite des Hubschraubers salutierte.

»Das macht er jedes Mal!«, brüllte einer der Fahrer. Ein anderer fragte, ob es Bush sein könnte. Uhren wurden abgeglichen. Der Koch bedeckte seine Zutaten, für den Fall, dass der Abwind herumliegendes Kleinzeug aufwirbelte.

»Er muss demnächst kommen«, mutmaßte jemand.

»Ich habe Boki von Prestwick hergefahren«, fügte ein anderer hinzu und schob die Erklärung nach, dass es sich dabei um den Spürhund des Präsidenten handelte.

Der Hubschrauber war über einer Baumreihe verschwunden. Sie konnten hören, wie er zum Landen ansetzte.

»Was machen eigentlich die Ehefrauen«, fragte Siobhan, »während die Männer mit Armdrücken beschäftigt sind?«

»Wir können sie auf eine Besichtigungsfahrt mitnehmen ...«

»Oder zum Einkaufsbummel.«

»Oder in Museen und Galerien.«

»Sie bekommen haargenau das, was sie wollen. Selbst wenn dafür Straßen gesperrt oder Kunden aus den Geschäften hinauskomplimentiert werden müssen. Um sich die Zeit zu vertreiben, lassen sie aber auch so Künstlertypen – Schriftsteller und Maler – aus Edinburgh herbringen.«

»Und Bono natürlich«, fügte ein anderer hinzu. »Er und Geldof gehen nachher hier auf Shake-hands-Tour.«

»Apropos ...« Siobhan warf einen Blick auf die Zeitangabe ihres Handys. »Ich kann eine Karte fürs ›Final Push‹-Konzert bekommen.«

»Von wem?«, fragte Rebus, der wusste, dass sie bei der öffentlichen Kartenverlosung kein Glück gehabt hatte.

»Von einem der Sicherheitskräfte in Niddrie. Glauben Sie, wir sind rechtzeitig zu Hause?«

Er zuckte nur die Achseln. »Ach«, bemerkte er dann, »was ich Ihnen noch sagen wollte ...«

»Was?«

»Ich habe Ellen Wylie in unser Team kooptiert.«

Siobhans Blick wurde starr.

»Sie hat mehr Einblick in *Sexbestien-im-Visier* als wir«, fuhr Rebus fort, ohne ihr in die Augen zu schauen.

»Ja«, erwiderte Siobhan, »etwas *zu viel* Einblick.«

»Was bedeutet?«

»Was bedeutet, dass sie zu nah dran ist, John. Überlegen Sie mal, was ein Verteidiger vor Gericht mit ihr machen würde!« Siobhan hatte ihre Stimme nicht mehr unter Kontrolle. »Ist Ihnen nicht vielleicht der Gedanke gekommen, mich zu fragen? Ich bin diejenige, die den Kopf hinhält, wenn das hier alles schiefgeht!«

»Sie macht doch nur Verwaltungskram«, entgegnete Rebus, dem klar war, wie erbärmlich das klang. Seine Rettung nahte in Form des Soldaten, der in langen Schritten wieder auf sie zukam.

»Ich brauche Angaben über den Bereich, in dem Sie tätig sind«, verkündete der Mann.

»Also, ich bin im CID-Bereich tätig«, antwortete Rebus, »und meine Kollegin hier ebenso. Wir sollten uns mit jemandem treffen, wurde uns gesagt … und zwar genau hier.«

»Welche Person? Auf wessen Befehl?«

Rebus tippte sich seitlich an die Nase. »Pssst«, sagte er mit gedämpfter Stimme. Die Fahrer unterhielten sich wieder miteinander und debattierten darüber, welche Stars sie am Samstag zu den Scottish Open chauffieren würden.

»Ich keinen«, prahlte einer von ihnen. »Ich fahre zwischen Glasgow und T in the Park …«

»Ihre Dienststelle ist in Edinburgh, Inspector«, stellte der Soldat fest. »Hier befinden wir uns weit außerhalb Ihres Zuständigkeitsbereichs.«

»Wir ermitteln in einem Mordfall«, gab Rebus zurück.

»Eigentlich in drei Mordfällen«, setzte Siobhan noch eins drauf.

»Und das bedeutet keine Grenzen«, schloss Rebus.

»Es sei denn«, konterte der Soldat und ging auf die Zehenspitzen, »Sie haben die Order, Ihre Ermittlungen auf Eis zu legen.« Er schien die Wirkung zu genießen, die seine Worte vor allem auf Siobhan hatten.

»Aha, Sie haben also telefoniert«, sagte Rebus, ohne sich sonderlich beeindruckt zu zeigen.

»Ihr Chief Constable war nicht besonders glücklich.« Der Soldat lächelte. »Und er ebenso wenig ...« Rebus folgte der Richtung seines Blicks. Ein Landrover holperte auf sie zu. Das Beifahrerfenster war offen, und Steelforths Kopf schaute heraus, als zerrte er an irgendeiner Leine.

»Ach du Scheiße«, murmelte Siobhan.

»Kopf hoch, Schultern zurück!«, empfahl Rebus ihr, wofür er wieder einen vernichtenden Blick erntete.

Das Fahrzeug hatte mit quietschenden Bremsen angehalten, und Steelforth war herausgesprungen. »Wissen Sie eigentlich«, schrie er, »wie viele Monate Training und Vorbereitung, wie viele Wochen verdeckter Ermittlung ... wissen Sie, wie viel davon Sie gerade in tausend Stücke zerschlagen haben?«

»Ich glaube, ich kann Ihnen nicht recht folgen«, antwortete Rebus unbekümmert, während er dem Koch seinen leeren Teller zurückgab.

»Wahrscheinlich meint er Santal«, sagte Siobhan.

Steelforth funkelte sie wütend an. »Natürlich meine ich sie!«

»Sie ist eine von Ihnen?«, fragte Rebus und nickte dann, sich selbst zustimmend. »Logisch. Sie haben sie in die Zeltstadt in Niddrie geschickt. Dort sollte sie Fotos von all den Demonstranten machen und sie zu einer netten kleinen Mappe für den späteren Gebrauch zusammenstellen ... Nicht einmal für die Beerdigung ihres Bruders konnten Sie sie entbehren, so wertvoll war sie für Sie.«

»Ihre eigene Entscheidung, Rebus«, fauchte Steelforth.

»*Columbo* hat um zwei angefangen«, meldete einer der Fahrer.

Steelforth ließ sich nicht beirren. »Bei so einer verdeckten Ermittlung fliegt die Tarnung oft auf, bevor der Ermittler überhaupt richtig loslegt. Ihr Einsatz hatte schon *vor Monaten* begonnen.«

Rebus hakte beim Gebrauch der Vergangenheitsform ein, und Steelforth nickte bestätigend.

»Was glauben Sie«, fragte er, »wie viele Leute Sie heute mit ihr gesehen haben? Wie viele Sie als einen vom CID erkannt haben? Die werden jetzt anfangen, ihr entweder zu misstrauen oder sie in der Hoffnung, dass wir anbeißen, mit Blödsinn füttern.«

»Wenn sie uns gleich vertraut hätte –« Siobhan wurde durch ein schroffes Auflachen von Steelforth unterbrochen.

»Ihnen *vertrauen?*« Er lachte wieder. »Großer Gott, der ist wirklich gut.«

»Sie hätten vorhin hier sein sollen«, sagte Siobhan. »Die Retourkutsche unseres Soldatenfreunds war besser.«

»Ach übrigens«, warf Rebus ein, »ich wollte mich noch bei Ihnen dafür bedanken, dass Sie mich über Nacht in eine Zelle gesperrt haben.«

»Ich kann nichts dafür, wenn Polizeibeamte beschließen, auf eigene Faust zu handeln – oder wenn Ihr eigener Chef nicht ans Telefon geht.«

»Es waren also echte Polizisten?«, fragte Rebus. Steelforth stemmte die Hände in die Hüften. Er richtete den Blick zu Boden, dann wieder auf Rebus und Siobhan.

»Sie werden natürlich vorübergehend suspendiert.«

»Wir arbeiten nicht für Sie.«

»Diese Woche arbeitet *jeder* für mich.« Er wandte seine Aufmerksamkeit Siobhan zu. »Und Sie werden DS Webster nicht wiedersehen.«

»Sie hat Beweise …«

»Beweise wofür? Dass Ihre Mutter bei Ausschreitungen von einem Schlagstock getroffen wurde? *Sie* muss entscheiden, ob sie Anzeige erstatten will – haben Sie sie überhaupt gefragt?«

»Ich …«, stammelte Siobhan.

»Nein, Sie mussten gleich auf Ihren kleinen Kreuzzug gehen. DS Webster ist nach Hause geschickt worden – Ihre Schuld, nicht meine.«

»Apropos Beweise«, schaltete Rebus sich ein, »was ist eigentlich mit diesen Überwachungsvideos passiert?«

Steelforth runzelte die Stirn. »Videos?«, echote er.

»Der Kontrollraum im Edinburgh Castle ... Kameras, die auf die Zinnen gerichtet sind ...«

»Die haben wir ein Dutzendmal durchgesehen«, brummte Steelforth. »Niemand hat *irgendetwas* gesehen.«

»Dann ist es also in Ordnung, wenn ich einen Blick auf die Bänder werfe?«

»Wenn Sie welche finden, nur zu!«

»Sie sind gelöscht worden?«, fragte Rebus. Steelforth antwortete gar nicht erst. »Bei unserer Suspendierung vorhin«, fuhr Rebus fort, »haben Sie vergessen, ›vorbehaltlich einer Untersuchung‹ hinzuzufügen. Deshalb vermute ich, dass es keine geben wird.«

Steelforth zuckte die Achseln. »Hängt von Ihnen beiden ab.«

»Von unserem Verhalten? Dass wir zum Beispiel nicht darauf drängen, die Überwachungsvideos ausgehändigt zu bekommen?«

Erneut zuckte Steelforth die Achseln. »Sie können das hier überleben – aber nur knapp. Ich kann dafür sorgen, dass Sie als Helden oder als Bösewichte daraus hervorgehen ...« Das Funkgerät an Steelforths Gürtel ging knackend an. Meldung von einem der Wachtürme: Sicherheitszaun durchbrochen. Steelforth hielt sich das Gerät an den Mund, forderte eine komplette Chinook-Hubschraubermannschaft als Verstärkung an und eilte dann wieder zurück zum Landrover. Einer der Chauffeure fing ihn ab.

»Ich wollte mich Ihnen vorstellen, Commander. Ich heiße Steve und werde Sie zu den Open –«

345

Steelforth knurrte irgendeinen Fluch, was Steve verstummen ließ. Die anderen Fahrer begannen zu spotten, dass er am Wochenende wohl kein großes Trinkgeld zu erwarten hätte. Dann heulte der Motor von Steelforths Landrover auf.

»Nicht einmal ein Abschiedsküsschen?«, rief Rebus und winkte hinter ihm her. Siobhan starrte ihn an.

»Sie können sich auf Ihre Pensionierung freuen – manche von uns hatten auf eine Karriere gehofft.«

»Sie sehen doch, wie er ist, Shiv: Wenn das hier erst mal vorbei ist, wird er uns gar nicht mehr auf dem Radar haben.« Rebus winkte dem Fahrzeug nach. Der Soldat stand vor ihnen und hielt ihnen ihre Dienstausweise hin.

»Und jetzt hauen Sie ab«, fauchte er.

»Wohin genau?«, fragte Siobhan.

»Und, wichtiger noch, wie?«, fügte Rebus hinzu.

Einer der Fahrer räusperte sich und lenkte mit einem ausgestreckten Arm die Aufmerksamkeit auf eine Ansammlung von Luxuslimousinen. »Ich habe gerade eine SMS bekommen – eins der hohen Tiere muss zurück nach Glasgow. Ich könnte Sie irgendwo absetzen …«

Siobhan und Rebus schauten sich an. Dann lächelte Siobhan den Fahrer an und deutete mit einem Nicken auf die Autos.

»Dürfen wir wählen?«, fragte sie.

Schließlich saßen sie im Fond eines Sechs-Liter-Audi A8, Tachostand sechshundertfünfzig Kilometer, von denen die meisten seit dem frühen Morgen zurückgelegt worden waren. Durchdringender Geruch von neuem Leder und der strahlende Glanz von Chrom. Siobhan erkundigte sich, ob der Fernseher funktioniere. Rebus warf ihr einen Blick zu.

»Hab mich gefragt, ob London den Olympiazuschlag bekommen hat«, erklärte sie.

Ihre Dienstmarken wurden an drei verschiedenen Kontrollpunkten zwischen dem Feld und dem Hotelgelände geprüft.

»Wir fahren nicht bis zum Hotel«, erklärte der Fahrer. »Ich werde den Herrn am Meetingpoint neben dem Pressezentrum abholen.« Beide grenzten an den Hauptparkplatz des Hotels. Rebus sah, dass niemand Golf spielte. Rasen für Pitch & Putt und Krocket – beide leer, abgesehen von gepflegten, gemächlich dahinschlendernden Sicherheitskräften.

»Kaum zu glauben, dass da überhaupt was passiert«, bemerkte Siobhan flüsternd. Der Ort hatte etwas an sich, das einen davon abhielt, Aufmerksamkeit zu erregen. Rebus empfand das genauso.

»Nur eine Sekunde«, sagte der Fahrer und hielt an. Beim Aussteigen setzte er seine Chauffeursmütze auf. Rebus beschloss, auch auszusteigen. Auf den Dächern konnte er keine Scharfschützen entdecken, ging aber davon aus, dass es welche gab. Sie hatten auf einer Seite des Hauptgebäudes im Baronial Style geparkt, in der Nähe eines Wintergartens, in dem Rebus ein Restaurant vermutete.

»Ein Wochenende hier würde mir guttun«, vertraute er Siobhan an, die ebenfalls ausstieg.

»Ihrem Konto aber sicher nicht«, entgegnete sie. Im Pressezentrum – einer soliden Zeltkonstruktion – konnte man beobachten, wie Reporter Artikel in ihre Laptops hackten. Rebus hatte sich eine Zigarette angezündet. Er hörte ein Geräusch. Als er sich umdrehte, sah er ein Fahrrad um die Ecke des Hotels biegen, dessen Fahrer sich nach vorn beugte, um Tempo zu gewinnen; ein weiteres Fahrrad folgte unmittelbar hinter ihm. Der vordere Radfahrer entdeckte sie, als er ungefähr zehn Meter von ihnen entfernt war, und winkte ihnen zu. Rebus winkte mit einem Schnippen seiner Zigarette zurück. Die Hände vom Lenker zu nehmen hatte den Radfahrer jedoch aus dem Gleichgewicht gebracht. Sein Vorderrad wackelte und rutschte auf dem Kies weg. Der andere Radfahrer versuchte ihm auszuweichen, fiel aber schließlich über seinen eigenen Lenker. Wie aus dem Nichts tauchten Männer in schwarzen

Anzügen auf, die sich rasch um die beiden auf dem Boden liegenden Männer scharten.

»War das jetzt unsere Schuld?«, fragte Siobhan sofort. Rebus schwieg, warf seine Zigarette weg und stieg wieder ins Auto. Siobhan folgte seinem Beispiel, und durch die Windschutzscheibe beobachteten sie, wie dem ersten Radfahrer aufgeholfen wurde und er sich die aufgeschürften Knöchel rieb. Der andere Radfahrer lag immer noch am Boden, aber ihn schien niemand sonderlich zu beachten. Eine Frage des Protokolls, meinte Rebus.

Die Bedürfnisse von Präsident George W. Bush standen eben immer an erster Stelle.

»War das jetzt unsere Schuld?«, wiederholte Siobhan mit leicht bebender Stimme.

Der Audifahrer kam vom Meetingpoint zurück, gefolgt von einem Mann im grauen Anzug. Der Mann hatte zwei prall gefüllte Aktentaschen bei sich. Wie der Fahrer blieb auch er einen Moment stehen, um sich das Durcheinander anzuschauen. Der Fahrer hielt ihm die Beifahrertür auf, und der Staatsbeamte stieg ein, ohne auch nur grüßend in Richtung Rücksitz zu nicken. Der Fahrer setzte sich hinters Steuer, wobei seine Mütze die Decke des Audi streifte, und fragte, was da los sei.

»»Rad im Rad««, gab Rebus zur Antwort. Am Ende sah der Staatsbeamte – vermutlich zu seinem Leidwesen – ein, dass er nicht der einzige Fahrgast war.

»Ich heiße Dobbs«, stellte er sich vor. »FCO.«

Außen- und Commonwealthministerium. Rebus streckte ihm die Hand hin.

»Nennen Sie mich John«, sagte er. »Ich bin ein Freund von Richard Pennen.«

Siobhan machte den Eindruck, als bekäme sie davon gar nichts mit. Als das Auto losfuhr, war ihre Aufmerksamkeit ganz auf die Szene gerichtet, die sich hinter ihnen abspielte.

Zwei Männer in grüner Sanitäteruniform konnten nicht zum US-Präsidenten vordringen, weil seine Sicherheitsmänner sie daran hinderten. Hotelangestellte hatten sich ebenso wie ein paar Reporter aus dem Pressezentrum als Zuschauer eingefunden.

»Happy Birthday, Mr. President«, sang Siobhan mit heiserer Stimme.

»Freut mich«, sagte Dobbs zu Rebus.

»War Richard schon hier?«, fragte Rebus beiläufig.

Der Staatsbeamte runzelte die Stirn. »Ich weiß gar nicht, ob er auf der Liste steht.« Er schien sich besorgt zu fragen, ob man ihn womöglich nicht auf dem Laufenden gehalten hatte.

»Wie er mir erzählt hat, steht er drauf«, log Rebus ungeniert. »Dachte, der Außenminister hätte eine Aufgabe für ihn ...«

»Mag sein«, meinte Dobbs und versuchte, überzeugter zu klingen, als er aussah.

»George Bush ist gerade vom Fahrrad gefallen«, warf Siobhan ein. Es war, als mussten die Worte ausgesprochen werden, bevor sie zu einer Tatsache werden konnten.

»Ach ja?«, bemerkte Dobbs, ohne richtig zuzuhören. Er öffnete eine der Aktentaschen, im Begriff, sich in eine Lektüre zu vertiefen. Rebus schloss daraus, dass der Mann genug Smalltalk ertragen hatte und sein Verstand nun zu Höherem strebte: Statistiken, Budgets und Handelsziffern. Er startete einen letzten Versuch.

»Waren Sie im Castle?«

»Nein«, antwortete Dobbs gedehnt. »Sie?«

»Ja, ich schon. Entsetzlich, das mit Ben Webster, nicht wahr?«

»Schrecklich. Der beste PPS, den wir je hatten.«

Siobhan schien plötzlich klar zu werden, was hier vor sich ging. Rebus zwinkerte ihr zu.

»Richard ist nicht ganz davon überzeugt, dass er gesprungen ist«, bemerkte Rebus.

»Sie meinen, ein Unfall?«, fragte Dobbs nach.

»Geschubst«, meinte Rebus. Der Staatsbeamte ließ seinen Packen Papier sinken und drehte den Kopf nach hinten. »Geschubst?« Er sah, wie Rebus nickte. »Wer um alles in der Welt würde denn so was tun?«

Rebus zuckte mit den Schultern. »Vielleicht hat er sich Feinde gemacht. Politiker tun das ja manchmal.«

»Fast so viele wie Ihr Busenfreund Pennen«, konterte Dobbs.

»Was wollen Sie damit sagen?« Rebus versuchte, stellvertretend für seinen Freund einen gekränkten Ton anzuschlagen.

»Früher gehörte seine Firma dem Steuerzahler. Jetzt verdient er ein Schweinegeld mit den Ergebnissen der Forschung und Entwicklung, die *wir* bezahlt haben.«

»Geschieht uns recht, wenn wir sie ihm verkauft haben«, schaltete Siobhan sich ein.

»Vielleicht hatte die Regierung schlechte Berater«, scherzte Rebus.

»Die Regierung wusste genau, was sie tat.«

»Warum hat sie dann an Pennen verkauft?«, fragte Siobhan, jetzt wirklich neugierig geworden. Dobbs blätterte erneut seine Papiere durch. Der Fahrer telefonierte mit irgendjemandem und erkundigte sich, welche Routen ihnen offen stünden.

»Forschung und Entwicklung sind kostspielige Abteilungen«, erklärte Dobbs. »Wenn das Verteidigungsministerium Einsparungen machen muss, hagelt es immer Kritik, wenn die Hauptlast bei den Streitkräften liegt. Sägen sie aber ein paar Forschungsfritzen ab, zuckt die Presse nicht mal mit der Wimper.«

»Ich glaube, ich habe es immer noch nicht ganz verstanden«, gab Siobhan zu.

»Eine private Firma«, führte Dobbs aus, »kann an so ziemlich jeden verkaufen – sie hat weniger Auflagen als das Verteidigungsministerium, das Außenministerium oder das Ministerium für Industrie und Handel. Ergebnis? Schnellere Gewinne.«

»Gewinne aus Verkäufen an zwielichtige Diktatoren«, fügte Rebus hinzu, »und bettelarme Staaten, die bis zum Hals in Schulden stecken.«

»Ich dachte, er wäre Ihr …?« Dobbs zuckte zurück, als ihm klar wurde, dass er sich nicht unbedingt unter Freunden befand. »Wer sind Sie doch gleich?«

»John«, erinnerte ihn Rebus. »Und das ist meine Kollegin.«

»Aber Sie arbeiten nicht für Pennen Industries?«

»Das habe ich nie behauptet«, erwiderte Rebus. »Wir sind von der Lothian and Borders Police, Mr. Dobbs. Und ich möchte Ihnen für Ihre freimütigen Antworten auf unsere Fragen danken.« Rebus starrte über den Sitz hinweg auf den Schoß des Staatsbeamten. »Sie scheinen Ihre ganzen schönen Papiere zu zerknüllen. Wollen Sie auf diese Weise einen Reißwolf sparen?«

Ellen Wylie war eifrig damit beschäftigt, die Telefone zu bedienen, als sie zum Gayfield Square zurückkehrten. Siobhan hatte ihre Eltern angerufen und erfahren, dass sie die Fahrt nach Auchterarder aufgegeben und sich von der aufgeheizten Demo in der Princes Street ferngehalten hatten. Vom Mound bis zur Old Town hatte es Ausschreitungen gegeben – verärgerte Demonstranten, die man am Verlassen der Stadt gehindert hatte und die dann mit der Bereitschaftspolizei aneinandergerieten. Als Rebus und Siobhan in die CID-Räume kamen, warf Wylie ihnen einen vielsagenden Blick zu. Rebus vermutete, dass sie selbst kurz vor einer Demo stand – den ganzen Tag auf dem Revier allein gelassen. Doch dann tauchte eine Gestalt aus Derek Starrs Büro auf – nicht Starr selbst, sondern Chief Constable James Corbyn. Er hatte die Hände hinter dem Rücken verschränkt, und die Ungeduld war ihm anzumerken. Rebus starrte Wylie an, die als Antwort mit den

Schultern zuckte und andeutete, dass Corbyn sie daran gehindert hatte, eine SMS zur Warnung zu verschicken.

»Sie beide kommen hier herein«, befahl Corbyn, während er sich in Starrs stickiges Reich zurückzog. »Schließen Sie die Tür hinter sich«, fügte er hinzu. Er setzte sich; da es in dem Raum keine weiteren Stühle gab, blieben Rebus und Siobhan stehen.

»Schön, dass Sie sich die Zeit nehmen konnten, Sir«, sagte Rebus, der als Erster seine Revanche anbrachte. »Ich wollte Sie etwas über die Nacht fragen, in der Ben Webster starb.«

Darauf war Corbyn nicht gefasst. »Was ist damit?«

»Sie waren bei dem Dinner, Sir …, etwas, was Sie vermutlich von Anfang an hätten aussagen müssen.«

»Wir sind nicht hier, um über mich zu sprechen, DI Rebus. Wir sind hier, damit ich Sie beide offiziell mit sofortiger Wirkung vom aktiven Dienst suspendieren kann.«

Rebus nickte langsam, als wäre das selbstverständlich. »Trotzdem, Sir, jetzt *sind* Sie hier, und es wäre das Beste, wir bekämen Ihre Aussage. Sieht sonst aus, als hätten wir etwas zu verbergen. Die Zeitungen scharen sich um uns wie die Geier. Es ist wohl kaum im Sinne unserer Öffentlichkeitsarbeit, wenn der Chief Constable …«

Corbyn stand auf. »Sie haben vielleicht nicht richtig zugehört, Inspector. Sie beteiligen sich an überhaupt keiner Ermittlung mehr. Ich möchte, dass Sie beide innerhalb der nächsten fünf Minuten das Gebäude verlassen. Sie werden nach Hause gehen, neben dem Telefon sitzen und auf Neuigkeiten von meiner Untersuchung über Ihr Verhalten warten. Ist das klar?«

»Ich brauche ein paar Minuten, um meine Aufzeichnungen zu aktualisieren, Sir. Ich muss unsere Unterhaltung schriftlich niederlegen.«

Corbyn deutete mit dem Finger auf Rebus. »Ich habe alles über Sie gehört, Rebus.« Er ließ seinen Blick zu Siobhan wandern. »Das erklärt vielleicht, warum es Ihnen so widerstrebte, mir den Namen Ihres Kollegen zu nennen, als ich Ihnen die Leitung übertrug.«

»Wenn ich mir die Bemerkung erlauben darf, Sir, Sie haben mich gar nicht danach gefragt«, erwiderte Siobhan scharf.

»Aber Sie wussten ganz genau, dass der Ärger programmiert war.« Sein Blick war wieder fest auf Rebus gerichtet. »Mit Rebus in unmittelbarer Nähe.«

»Bei allem Respekt, Sir –«, begann Siobhan zu argumentieren.

Corbyn schlug mit der Faust auf den Schreibtisch. »Ich hatte Sie gebeten, die ganze Sache auf Eis zu legen! Stattdessen füllt sie die Titelseiten, und dann tauchen Sie auch noch in Gleneagles auf! Wenn ich Ihnen sage, dass Sie von dem Fall abgezogen sind, ist das alles, was Sie wissen müssen. Ende der Durchsage. Sayonara. Finito.«

»Sie haben wohl bei dem Dinner ein paar Wörter aufgeschnappt, wie?«, erwiderte Rebus augenzwinkernd.

Corbyn traten fast die Augen aus dem Kopf. Fehlte nur noch, dass er mit einem Aneurysma zusammenbrach. Dann stolzierte er aus dem Raum und hätte im Vorbeigehen fast Siobhan mitsamt einem Bücherregal umgerissen. Rebus atmete laut hörbar aus, fuhr sich mit einer Hand durchs Haar und kratzte sich an der Nase.

»Und was wollen Sie jetzt machen?«, fragte er.

Siobhan schaute ihn nur an. »Vielleicht mein Zeug packen?«, schlug sie vor.

»Packen gehört sicher dazu«, antwortete Rebus. »Wir packen alle Fallakten zusammen, bringen sie in meine Wohnung und schlagen dort unser Lager auf.«

»John …«

»Sie haben recht«, sagte er, wobei er ihren Ton absichtlich fehlinterpretierte. »Es wird auffallen, wenn sie fehlen. Also müssen wir sie fotokopieren.«

Diesmal schenkte sie ihm ein Lächeln.

»Wenn Sie möchten, kann ich das machen«, fügte er hinzu.
»Ich weiß, dass Sie eine heiße Verabredung haben.«

»Im strömenden Regen.«

»Genau das, was Travis brauchen, um ihr grässliches Stück zu singen.« Er verließ Starrs Büro. »Haben Sie irgendwas von all dem mitbekommen, Ellen?«

Sie legte den Telefonhörer hin. »Ich konnte Sie nicht warnen«, begann sie.

»Entschuldigen Sie sich nicht. Ich nehme an, Corbyn weiß jetzt, wer Sie sind?« Er setzte sich auf die Ecke ihres Schreibtischs.

»Sonderlich interessiert schien er nicht. Er hat meinen Namen und meinen Dienstgrad erfahren, sich aber nicht danach erkundigt, ob das hier meine Dienststelle ist.«

»Hervorragend«, meinte Rebus. »Das bedeutet, Sie können hier als unsere Ohren und Augen fungieren.«

»Moment mal«, unterbrach Siobhan. »Die Entscheidung habe ich zu treffen.«

»Jawohl, Ma'am.«

Siobhan ignorierte ihn und konzentrierte sich auf Ellen Wylie. »Das hier ist *meine* Show, Ellen. Verstanden?«

»Keine Sorge, Siobhan, ich weiß, wann ich unerwünscht bin.«

»Ich sage nicht, dass Sie unerwünscht sind, aber ich muss sicher sein, dass Sie auf unserer Seite stehen.«

Wylie hatte sichtlich zu kämpfen. »Statt auf welcher?«

»Aber meine Damen«, sagte Rebus und trat wie ein altmodischer Ringrichter zwischen sie. Er schaute Siobhan an. »Ein zusätzliches Paar Hände wäre nicht verkehrt, Chef, das müssen Sie zugeben.«

Sie lächelte schließlich – der »Chef« hatte seinen Zweck erfüllt. Ihr Blick war jedoch noch immer auf Wylie geheftet. »Trotzdem«, sagte sie, »können wir Sie nicht bitten, für uns zu spionieren. Dass John und ich in der Klemme stecken, ist eine

Sache, aber es ist eine andere, Sie auch noch in Schwierigkeiten zu bringen.«

»Das macht mir nichts aus«, erwiderte Wylie. »Übrigens, hübsche Latzhose.«

Siobhan lächelte wieder. »Vielleicht sollte ich mich vor dem Konzert noch umziehen.«

Rebus stieß geräuschvoll die Luft aus: Explosion vermieden. »Und was war hier so los?«, fragte er Wylie.

»Hab versucht, alle auf *Bestien-im-Visier* aufgelisteten Sexualstraftäter zu warnen, das heißt, ich habe die verschiedenen Polizeidienststellen gebeten, ihnen zu sagen, dass sie aufpassen sollen.«

»Und, haben sie begeistert geklungen?«

»Nicht direkt. Zwischendrin hatte ich noch eine Menge Reporter an der Strippe, die wegen der Titelseite anriefen.« Sie hatte die Zeitung neben sich liegen und tippte auf Mairies Schlagzeile. »Erstaunlich, dass sie die Zeit dazu hat«, bemerkte sie.

»Wieso denn das?«, wunderte sich Rebus.

Wylie schlug die Zeitung bei einer Doppelseite auf. Verfasserin: Mairie Henderson. Ein Interview mit Stadtrat Gareth Tench. Großformatiges Foto von ihm mitten in der Zeltstadt von Niddrie.

»Ich war da, als sie es aufgenommen haben«, warf Siobhan ein.

»Ich kenne ihn«, entfuhr es Wylie. Rebus richtete den Blick auf sie.

»Wie das?«

Durch sein plötzliches Interesse misstrauisch geworden, zuckte sie die Achseln. »Ich kenne ihn eben.«

»Ellen«, warnte er, indem er ihren Namen gedehnt aussprach.

Sie seufzte. »Er war mit Denise befreundet.«

»Ihrer Schwester Denise?«, fragte Siobhan.

Wylie nickte. »Ich habe sie selbst miteinander verkuppelt …
mehr oder weniger.«

»Läuft da was zwischen ihnen?« Rebus hatte die Arme wie
eine Zwangsjacke um sich geschlungen.

»Sie gingen ein paarmal miteinander aus. Er war …«, sie
suchte nach den richtigen Worten, »… er hat ihr gutgetan, hat
ihr geholfen, aus sich herauszugehen.«

»Mithilfe eines Gläschens Wein?«, riet Rebus. »Aber wie haben Sie ihn kennengelernt?«

»*Bestien-im-Visier*«, sagte sie ruhig, wich aber seinem Blick
aus.

»Wie bitte?«

»Er hat den Beitrag von mir gesehen. Hat mir eine E-Mail
voll des Lobes geschickt …«

Rebus war aufgesprungen und suchte den Schreibtisch nach
einem Blatt Papier ab – der Liste mit *Bestien-im-Visier*-Abon-
nenten, die Bain ihm zusammengestellt hatte.

»Welcher ist es?«, fragte er, nachdem er ihr die Liste gegeben
hatte.

»Der da«, antwortete sie.

»Ozyman?«, fragte Rebus nach, worauf sie nickte. »Was, zum
Teufel, ist denn das für ein Name? Er kommt doch nicht aus
Australien, oder?«

»Ozymandias vielleicht«, schlug Siobhan vor.

»Ozzy Osbourne wäre eher meine Richtung«, meinte Rebus.
Siobhan beugte sich über eine Tastatur und gab den Namen
in eine Suchmaschine ein. Wenige Mausklicks später erschien
eine Biografie auf dem Bildschirm.

»König der Könige«, erklärte Siobhan. »Hat sich selbst ein
riesiges Standbild errichtet.« Noch zwei Klicks, und Rebus
hatte ein Gedicht von Shelley vor sich.

»Seht an meine Werke, ihr Mächtigen««, rezitierte er, »und
verzagt!« Er wandte sich Wylie zu. »Eingebildet ist der ja gar
nicht …«

356

»Das kann ich nicht leugnen«, räumte sie ein. »Ich habe ja auch nur gesagt, dass er Denise gutgetan hat.«

»Wir müssen mit ihm reden«, sagte Rebus, während er die Namensliste durchging und sich fragte, wie viele noch in Edinburgh lebten. »Und Sie, Ellen, hätten viel früher darüber sprechen müssen.«

»Ich wusste nicht, dass Sie eine Liste haben«, erwiderte sie abwehrend.

»Er ist durch die Website an Sie gekommen – logisch, dass wir Fragen an ihn haben. Wir haben doch weiß Gott nicht viele Spuren, denen wir nachgehen können.«

»Oder zu viele«, konterte Siobhan. »Opfer in drei verschiedenen Regionen, Hinweise in einer anderen … Es ist alles so verstreut.«

»Ich dachte, Sie müssten nach Hause, um sich fertig zu machen?«

Sie nickte und schaute sich im Büro um. »Wollen Sie das wirklich alles mitnehmen?«

»Warum nicht? Ich kann den Papierkram kopieren, Ellen wird es sicher nichts ausmachen, länger zu bleiben und mir zu helfen.« Er warf ihr einen bedeutungsvollen Blick zu. »Hab ich recht, Ellen?«

»Das ist meine Strafe, stimmt's?«

»Ich kann ja verstehen, dass Sie Denise da raushalten möchten«, sagte Rebus, »aber Tench hätten Sie trotzdem erwähnen müssen.«

»Vergessen Sie aber nicht, John«, unterbrach Siobhan ihn, »der Stadtrat hat mich an diesem Abend in Niddrie vor Prügeln bewahrt.«

Rebus nickte. Er hätte hinzufügen können, dass er eine andere Seite von Gareth Tench kennengelernt hatte, ließ es aber bleiben.

»Viel Spaß bei Ihrem Konzert«, wünschte er ihr stattdessen.

Siobhan richtete den Blick wieder auf Ellen Wylie. »Mein

Team, Ellen. Wenn ich das Gefühl habe, Sie verheimlichen uns noch etwas ...«

»Botschaft angekommen.«

Siobhan nickte, doch dann kam ihr ein Gedanke. »Hat es schon einmal Treffen von *Bestien-im-Visier*-Abonnenten gegeben?«

»Nicht dass ich wüsste.«

»Sie können aber Kontakt miteinander aufnehmen?«

»Offensichtlich.«

»Wussten Sie, wer Gareth Tench ist, bevor Sie ihn kennenlernten?«

»In seiner ersten E-Mail schrieb er, dass er in Edinburgh lebt, und unterzeichnete mit seinem richtigen Namen.«

»Und Sie haben ihm gesagt, dass Sie im CID arbeiten?«

Wylie nickte.

»Was denken Sie?«, fragte Rebus Siobhan.

»Ich weiß es noch nicht genau.« Siobhan fing an, ihre Sachen zusammenzusuchen. Rebus und Wylie beobachteten sie dabei. Als sie fertig war, winkte sie kurz über die Schulter und verschwand.

Ellen Wylie faltete die Zeitung zusammen und warf sie in den Papierkorb. Rebus hatte den Wasserkocher gefüllt und schaltete ihn an.

»Ich kann Ihnen genau sagen, was sie denkt«, verriet Wylie ihm.

»Dann sind Sie schlauer als ich.«

»Sie weiß, dass Mörder nicht immer allein arbeiten. Sie weiß auch, dass sie manchmal Bestätigung brauchen.«

»Das ist mir zu hoch, Ellen.«

»Das glaube ich nicht, John. Wie ich Sie kenne, denken Sie genau das Gleiche. Einer beschließt, Perverse zu töten, und möchte vielleicht mit jemand anderem darüber sprechen – entweder vorher, als Bitte um Erlaubnis sozusagen, oder hinterher, um es sich von der Seele zu reden.«

»Okay«, sagte Rebus, eifrig mit den Teebechern beschäftigt.

»Ganz schön schwierig, in einem Team zu arbeiten, wenn man eine der Verdächtigen ist …«

»Ich bin Ihnen wirklich sehr dankbar, dass Sie uns aushelfen, Ellen«, erklärte er und fügte nach einer kurzen Pause hinzu: »Solange Sie genau das tun.«

Sie sprang vom Stuhl auf und stemmte die Hände in die Hüften. Irgendjemand hatte Rebus einmal erzählt, warum die Menschen das tun: um sich selbst größer, bedrohlicher, weniger verletzlich erscheinen zu lassen …

»Glauben Sie denn«, sagte sie empört, »ich war den halben Tag hier, nur um Denise zu schützen?«

»Nein, aber ich glaube, dass Leute einiges unternehmen, um ihre Familie zu schützen.«

»Wie Siobhan und ihre Mum, meinen Sie?«

»Wir wollen doch nicht so tun, als würden wir es nicht genauso machen.«

»John … Ich bin hier, weil *Sie* mich darum gebeten haben.«

»Und ich habe gesagt, dass ich Ihnen dankbar bin, aber die Sache ist die, Ellen – Siobhan und ich sind gerade aus dem Verkehr gezogen worden. Wir brauchen jemanden, der für uns aufpasst, jemanden, dem wir vertrauen können.« Er löffelte Kaffee in die beiden angeschlagenen Becher. Roch an der Milch und beschloss, dass sie noch gut war. Gab ihr Zeit zum Nachdenken.

»In Ordnung«, sagte sie schließlich.

»Keine Geheimnisse mehr?«, fragte er. Sie schüttelte den Kopf. »Nichts, was ich wissen müsste?« Schüttelte ihn erneut. »Möchten Sie dabei sein, wenn ich Tench vernehme?«

Ihr Augenbrauen hoben sich ein wenig. »Wie stellen Sie sich das vor? Sie sind suspendiert, erinnern Sie sich?«

Rebus verzog das Gesicht und tippte sich an den Kopf. »Verlust des Kurzzeitgedächtnisses«, erklärte er ihr. »Das gehört einfach dazu.«

Nach dem Kaffee machten sie sich an die Arbeit: Rebus füllte einen Packen mit fünfhundert Blatt Papier in den Kopierer; Wylie wollte wissen, was er aus den verschiedenen Datenbeständen des Computers kopiert haben wolle. Das Telefon klingelte ein halbes Dutzend Mal, aber sie kümmerten sich nicht darum.

»Übrigens«, sagte Wylie irgendwann, »haben Sie gehört? London hat die Olympischen Spiele bekommen.«

»Juppidu!«

»Es war wirklich toll: Alles tanzte rund um den Trafalgar Square. Das bedeutet, Paris hat den Kürzeren gezogen.«

»Bin gespannt, wie Chirac das aufnimmt.« Rebus schaute auf die Uhr. »Er dürfte jetzt gerade mit der Queen zu Abend speisen.«

»Wo TB garantiert seine Grinsekatzen-Nummer bringt.«

Rebus lächelte. Ja, und Gleneagles würde für den französischen Präsidenten das Beste aus der kaledonischen Küche auffahren. Er musste noch einmal an den vergangenen Nachmittag denken … wie sie ein paar hundert Meter von all diesen mächtigen Männern entfernt standen. Wie Bush vom Fahrrad fiel, ein schmerzlicher Hinweis darauf, dass sie genauso Fehler machten wie alle anderen auch. »Wofür steht das G?«, fragte er. Wylie schaute ihn nur an. »Bei G8«, präzisierte er.

»Gruppe?«, riet sie achselzuckend. In dem Moment klopfte es an der angelehnten Tür: einer der diensthabenden Uniformierten aus dem Wachraum.

»Unten ist jemand für Sie, Sir.« Er deutete mit dem Blick auf das am nächsten stehende Telefon.

»Wir haben nicht abgehoben«, erklärte Rebus. »Wer ist es?«

»Eine Frau namens Webster … Eigentlich hätte sie gern mit DS Clarke gesprochen, aber sie sagte, zur Not würde Sie auch mit Ihnen vorliebnehmen.«

18

Hinterer Bühnenbereich beim »Final Push«.

Gerüchte, dass eine Art Rakete von den nahe gelegenen Bahngleisen aus abgeschossen worden sei, ihr Ziel jedoch verfehlt habe.

»Mit roter Farbe gefüllt«, hatte Bobby Greig Siobhan erzählt. Er war in Zivil: verblichene Jeans und eine abgewetzte Jeansjacke. Sah im Nieselregen feucht, aber glücklich aus. Siobhan hatte eine schwarze Kordhose und ein hellgrünes T-Shirt angezogen und darüber eine Bikerjacke, die sie secondhand in einem Oxfam-Laden erstanden hatte. Greig hatte sie angelächelt. »Wie kommt's«, hatte er gesagt, »dass Sie, egal, was Sie tragen, immer nach CID aussehen?«

Sie hatte sich eine Antwort geschenkt. Jetzt fingerte sie an dem laminierten Ausweis herum, der um ihren Hals hing. Darauf war der Umriss von Afrika und die Aufschrift »Backstage Access« zu lesen. Klang großartig, aber Greig machte ihr bald ihren Platz in der Nahrungskette klar. Auf seinem eigenen Ausweis stand »Access All Areas«; und darüber hinaus gab es noch zwei weitere Ebenen – VIP und VVIP. Sie hatte schon Midge Ure und Claudia Schiffer gesehen, beide VVIPs. Greig hatte sie den Konzertveranstaltern Steve Daws und Emma Diprose vorgestellt, die trotz des Wetters fantastisch aussahen.

»Tolle Besetzung«, hatte Siobhan zu ihnen gesagt.

»Danke«, hatte Daws geantwortet. Dann hatte Diprose gefragt, ob Siobhan eine Lieblingsgruppe habe, was sie verneinte.

Die ganze Zeit über hatte Greig gar nicht erst erwähnt, dass sie Polizistin war.

Außerhalb des Murrayfield-Stadions hatten Fans ohne Karten gestanden, die darauf hofften, noch welche ergattern zu können, und ein paar Schwarzhändler, deren Preise alle außer den Reichsten und Verzweifeltsten abschreckten. Dank ihres Ausweises hatte Siobhan unten um die Bühne herum und auf das Spielfeld gehen können, wo sie sich zu sechzigtausend durchnässten Fans gesellte. Doch die sehnsüchtigen Blicke, die ihrem kleinen Plastikkärtchen galten, ließen ein ungutes Gefühl in ihr aufkommen, und sie zog sich bald wieder hinter den Sicherheitszaun zurück. Greig hatte eine halbleere Flasche Continental Lager in der Hand und stopfte sich mit kostenlosem Essen voll. Die Proclaimers hatten das Konzert mit »500 Miles« zum Mitsingen eröffnet. Es hieß, Eddie Izzard würde Midge Ure bei seiner Version von »Vienna« auf dem Klavier begleiten. Texas, Snow Patrol und Travis waren für später angesagt, Bono sollte bei The Corrs aushelfen und James Brown die Schlussnummer übernehmen.

Doch inmitten der hektischen Aktivität hinter der Bühne fühlte Siobhan sich alt. Die Hälfte der auftretenden Künstler kannte sie nicht. Sie sahen wichtig aus, wie sie mit ihrem jeweiligen Gefolge geschäftig hin und her eilten, aber ihre Gesichter sagten ihr gar nichts. Plötzlich ging ihr auf, dass ihre Eltern vielleicht am Freitag abreisten, was bedeutete, dass ihr nur noch ein Tag mit ihnen blieb. Kurz zuvor hatte sie sie angerufen: Sie befanden sich wieder in ihrer Wohnung, hatten unterwegs eingekauft und wollten abends vielleicht essen gehen. Nur sie beide, hatte ihr Dad gesagt und es so klingen lassen, als wäre es genau das, was er sich wünschte.

Vielleicht auch, um ihr kein schlechtes Gewissen zu machen, weil sie woanders hingegangen war.

Sie versuchte, sich zu entspannen, in Stimmung zu kommen, aber die Arbeit ließ sie nicht los. Rebus, das wusste sie, würde immer noch an der Sache dran sein. Er würde nicht ruhen, bis seine Dämonen bezwungen waren. Doch jeder Sieg war flüchtig, und jeder Kampf zehrte etwas mehr an ihm. Jetzt, wo es langsam dunkel wurde, war das Stadion mit den Blitzen von Handykameras gesprenkelt. Phosphoreszierende Leuchtstäbe wurden über den Köpfen geschwenkt. Greig trieb irgendwo einen Regenschirm auf, den er ihr in die Hand drückte, als der Regen stärker wurde.

»Gab es in Niddrie noch mal Ärger?«, fragte sie ihn.

Er schüttelte den Kopf. »Sie haben ihren Standpunkt klargemacht«, erklärte er. »Und im Übrigen denken sie wahrscheinlich, dass ihre Chancen auf eine kleine Schlägerei größer sind, wenn sie in die Stadt fahren.« Er warf seine leere Bierflasche in eine Recyclingtonne. »Haben Sie das heute gesehen?«

»Ich war in Auchterarder«, antwortete sie.

Er sah beeindruckt aus. »Nach dem wenigen, was ich im Fernsehen gesehen habe, kam es mir vor wie ein Kriegsgebiet.«

»*So* schlimm war es auch wieder nicht. Und hier?«

»Kleine Proteste, als die Busse am Abfahren gehindert wurden. Aber nichts im Vergleich zu Montag.« Er deutete mit dem Kopf über ihre Schulter. »Annie Lennox«, sagte er. Und tatsächlich, keine drei Meter entfernt schenkte sie ihnen auf dem Weg in ihre Garderobe ein Lächeln. »Im Hyde Park haben Sie toll gesungen!«, rief Greig ihr zu. Sie lächelte immer noch, in Gedanken bei dem vor ihr liegenden Auftritt.

Greig ging noch einmal Bier holen. Die meisten Leute in Siobhans Umgebung hingen einfach herum und sahen gelangweilt aus. Techniker, die erst wieder etwas zu tun hatten, wenn alles vorüber war und die Bühne abgebaut werden musste. Persönliche Assistenten und Angestellte der Plattenfirmen – Letztere uniform in schwarzen Anzügen und dazu passenden Pullovern mit V-Ausschnitt, Sonnenbrillen auf der Nase und Handys am Ohr. Gastronomen und Veranstalter samt Anhang. Sie wusste, dass sie zur letzten Kategorie gehörte. Niemand hatte sie gefragt, welche Rolle sie spiele, weil niemand sie für eine Akteurin hielt.

Auf die Stehplätze, da gehöre ich hin, dachte sie.

Oder ins CID-Büro.

Sie fühlte sich so ganz anders als das Mädchen im Teenageralter damals, das per Anhalter nach Greenham Common gefahren war und »We Shall Overcome« gesungen hatte, während es Hand in Hand mit den anderen Frauen in der Menschenkette rund um den Luftwaffenstützpunkt stand. Ihr kam es sogar so vor, als wäre der Make-Poverty-History-Marsch vom Samstag auch schon Geschichte. Aber immerhin … Bono und Geldof war es gelungen, die G8-Sicherheitszone zu durchbrechen, um den verschiedenen Staats- und Regierungschefs ihr Anliegen zu unterbreiten. Sie hatten mit allem Nachdruck dafür gesorgt, dass diese Männer wussten, was auf dem Spiel stand, und dass Millionen Menschen Großes von ihnen erwarteten. Morgen könnten Entscheidungen getroffen werden. Der morgige Tag würde ausschlaggebend sein.

Sie war im Begriff, Rebus anzurufen. Aber sie wusste, er würde nur lachen und ihr sagen, sie solle es ausschalten und sich amüsieren. Ihr kamen plötzlich Zweifel, dass sie, trotz der Eintrittskarte, die, von einem Magneten gehalten, an ihrem Kühlschrank hing, zu T in the Park gehen würde. Zweifel, dass die Morde bis dahin gelöst sein könnten, vor allem jetzt, wo sie offiziell von dem Fall entbunden war. *Ihrem* Fall. Nur hatte Rebus jetzt Ellen Wylie ins Spiel gebracht … Es wurmte sie, dass er sie nicht gefragt – und dass er recht gehabt hatte: Sie brauchten Hilfe. Aber jetzt stellte sich heraus, dass Wylie Gareth Tench kannte und Tench wiederum Wylies Schwester …

Bobby Greig war mit dem Bier zurückgekommen. »Und was meinen Sie?«, fragte er.

»Ich finde, sie sind alle außergewöhnlich klein«, war ihr Kommentar. Er nickte zustimmend.

»Popstars«, erklärte er, »müssen in der Schule die Zwerge gewesen sein. Und so nehmen sie Rache. Sie werden aber bemerkt haben, dass ihr Ego groß genug ist …« Er sah, dass sie mit ihrer Aufmerksamkeit woanders war.

»Was macht der denn hier?«, fragte Siobhan.

Greig erkannte die Gestalt und winkte. Stadtrat Gareth

Tench winkte zurück. Er sprach gerade mit Daws und Diprose, brach das Gespräch jedoch ab – ein Schulterklopfen für den einen, ein Küsschen auf beide Wangen für die andere – und kam auf sie zu.

»Er ist der Kulturbeauftragte des Stadtrats«, erklärte Greig und streckte Tench die Hand hin.

»Wie geht's, mein Junge?«, fragte Tench.

»Prima.«

»Und Sie gehen Ärger aus dem Weg?« Diese Frage war an Siobhan gerichtet. Sie nahm die ausgestreckte Hand und erwiderte deren festen Griff.

»Ich versuch's.«

Tench wandte sich wieder Greig zu. »Helfen Sie mir auf die Sprünge, woher kenne ich Sie doch gleich?«

»Vom Camp. Bobby Greig mein Name.«

Tench schüttelte den Kopf über seine eigene Unfähigkeit. »Ach ja, natürlich. Ist das nicht großartig?« Er klatschte in die Hände und schaute sich um. »Die ganze verdammte Welt blickt auf Edinburgh.«

»Beziehungsweise auf das Konzert«, berichtigte ihn Siobhan.

Tench verdrehte die Augen. »Manchen Leuten kann man es einfach nicht recht machen. Sagen Sie, hat Bobby Sie umsonst hier reingeschmuggelt?«

Siobhan fühlte sich verpflichtet zu nicken.

»Und dann beschweren Sie sich noch?« Er lachte leise auf. »Vergessen Sie nicht, etwas zu spenden, bevor Sie gehen, ja? Könnte sonst nach Bestechung aussehen.«

»Das ist ein bisschen unfair«, versuchte Greig zu protestieren, aber Tench wischte den Einwand beiseite. »Und wie geht es Ihrem Kollegen?«, fragte er Siobhan.

»Sie meinen DI Rebus?«

»Genau den. Scheint mir etwas zu sehr mit der kriminellen Szene verbandelt, wenn Sie mich fragen.«

»Wie meinen Sie das?«

»Na ja, Sie arbeiten zusammen … Ich bin sicher, dass er Ihnen vertraut. Gestern Abend?« Als wollte er ihrem Gedächtnis nachhelfen. »Craigmillar Faith Centre? Ich hielt gerade eine Rede, als Ihr Mr. Rebus zusammen mit einem Monster namens Cafferty auftauchte.« Er machte eine Pause. »Ich nehme an, Sie kennen ihn?«

»Ich kenne ihn«, bestätigte Siobhan.

»Kommt mir merkwürdig vor, dass die Ordnungskräfte es nötig haben, zu …« Er schien nach dem richtigen Wort zu suchen und entschied sich für: *»fraternisieren«*. Dann hielt er inne, den Blick unverwandt auf Siobhan gerichtet. »Ich gehe davon aus, dass DI Rebus Ihnen nichts von all dem verheimlicht hat … ich meine, ich erzähle Ihnen doch da nichts, was Sie nicht schon wissen?«

Siobhan fühlte sich wie ein Fisch, der von einem Angelhaken bedrängt wurde.

»Wir haben alle unser Privatleben, Mr. Tench«, war die einzige Antwort, die ihr einfiel. Tench wirkte enttäuscht. »Und wie ist es mit Ihnen?«, fuhr sie fort. »Hoffen Sie, ein paar Bands zu einem Auftritt im Jack Kane Centre überreden zu können?«

Er rieb sich wieder die Hände. »Wenn sich die Gelegenheit bietet …« Seine Stimme erstarb, als er ein ihm bekanntes Gesicht entdeckte. Siobhan kannte es auch: Marti Pellow von Wet Wet Wet. Der Name gab den Ausschlag, ihren Schirm aufzuspannen. Der Regen trommelte darauf, als Tench sein nächstes Ziel ansteuerte.

»Worum ging es da eben?«, fragte Greig. Sie schüttelte lediglich den Kopf. »Warum werde ich das Gefühl nicht los, dass Sie eigentlich lieber woanders wären?«

»Tut mir leid«, sagte sie.

Greig beobachtete Tench und den Sänger. »Arbeitet schnell, wie? Und schüchtern ist er auch nicht … Ich glaube, dass die

Leute ihm deshalb zuhören. Haben Sie ihn je eine Rede halten hören? Da bekommen Sie eine Gänsehaut.«

Siobhan nickte langsam. Sie dachte über Rebus und Cafferty nach. Es überraschte sie nicht, dass Rebus nichts gesagt hatte. Ihr Blick fiel wieder auf das Handy. Jetzt hatte sie einen Vorwand, ihn anzurufen, zögerte aber immer noch.

Mir steht ein Privatleben zu, ein freier Abend.

Andernfalls würde sie wie Rebus werden – besessen und an den Rand gedrängt, übellaunig und argwöhnisch beäugt. Er war fast zwei Jahrzehnte lang auf der Stufe des Inspektors stecken geblieben. Sie wollte mehr. Wollte ihren Job gut machen, aber auch in der Lage sein, hin und wieder abzuschalten. Wollte lieber ein Leben außerhalb ihres Berufs als einen Beruf, der zu ihrem Leben würde. Rebus hatte Familie und Freunde verloren, hatte sie für Leichen und Betrüger, Mörder, kleine Diebe, Vergewaltiger, Schläger, Gangster und Rassisten beiseitegeschoben. Wenn er einen trinken ging, tat er das allein, stand wortlos an der Bar, die Reihe der Dosierer vor sich. Er hatte keine Hobbys, trieb keinerlei Sport, nahm nie Urlaub. Wenn er eine oder zwei Wochen frei hatte, konnte sie ihn normalerweise in der Oxford Bar finden, wo er so tat, als läse er in einer Ecke Zeitung, oder lustlos auf das Tagesfernsehprogramm starrte.

Sie wollte mehr.

Diesmal rief sie an. Am anderen Ende knackte es; sie begann zu lächeln. »Dad?«, sagte sie. »Seid ihr noch im Restaurant? Sag ihnen, sie sollen noch ein Extragedeck fürs Dessert auflegen …«

Stacey Webster war wieder sie selbst.

Ganz ähnlich angezogen wie an dem Tag, als Rebus sie vor der Leichenhalle traf. Er deutete auf die langen Ärmel ihres T-Shirts.

»Soll das die Tätowierungen verbergen?«, fragte er.

»Es sind vorübergehende«, erklärte sie. »Mit der Zeit werden sie verblassen.«

»Wie die meisten Dinge.« Er sah den Koffer, der mit versenktem Griff hochkant neben ihr stand. »Zurück nach London?«

»Schlafwagen«, nickte sie.

»Sehen Sie, es tut mir leid, wenn wir …« Rebus ließ seinen Blick durch den Wachraum schweifen, als widerstrebte es ihm, ihr in die Augen zu schauen.

»Das passiert«, sagte sie. »Vielleicht war meine Tarnung noch intakt, aber Commander Steelforth setzt seine Leute nicht gern einer Gefahr aus.« Sie erschien ihm verlegen und unsicher, von Kopf und Gefühl her noch im Niemandsland zwischen zwei unterschiedlichen Identitäten.

»Noch Zeit für einen Drink?«, fragte er.

»Ich wollte eigentlich Siobhan treffen.« Sie fuhr mit einer Hand in ihre Tasche. »Geht es ihrer Mutter gut?«

»Auf dem Weg der Besserung«, antwortete Rebus. »Sie halten sich in Siobhans Wohnung auf.«

»Santal hatte nicht mehr die Möglichkeit, sich zu verabschieden.« Sie streckte Rebus eine transparente Plastikhülle hin, in der eine silberne Scheibe steckte. »Eine CD-ROM«, erklärte sie. »Die Kopie eines Films aus meiner Kamera, von dem Tag in der Princes Street.«

Rebus nickte. »Ich sorge dafür, dass sie sie bekommt.«

»Der Commander würde mich umbringen, wenn …«

»Unser Geheimnis«, versicherte Rebus ihr und ließ die CD in seine Brusttasche gleiten. »Jetzt wird's aber Zeit, dass Sie zu Ihrem Drink kommen.«

Im Leith Walk gab es jede Menge Pubs, die geöffnet hatten. Aber der erste, auf den sie stießen, sah voll aus; dort dröhnte das Murrayfield-Konzert aus dem Fernseher. Weiter den Hügel hinunter fanden sie, was sie suchten – ein ruhiges, traditionelles Lokal mit Musik aus der Musikbox und einem Münzspielautomaten. Stacey hatte ihren Koffer am Gayfield Square hinter dem Tresen stehen lassen. Sie meinte, sie wolle ein paar schottische Geldscheine loswerden – ein Vorwand, die Runde zu bezahlen. Sie ließen sich an einem Ecktisch nieder.

»Sind Sie vorher schon mal Schlafwagen gefahren?«, wollte Rebus wissen.

»Deshalb trinke ich Wodka Tonic – die einzige Möglichkeit, in diesem verdammten Zug zu schlafen.«

»Ist Santal endgültig passé?«

»Kommt drauf an.«

»Steelforth sagte, Sie seien schon Monate undercover gewesen.«

»Monate«, bestätigte sie.

»Dürfte nicht einfach gewesen sein in London … immer mit der Möglichkeit, dass jemand Sie erkennt.«

»Einmal bin ich an Ben vorbeigelaufen.«

»Als Santal?«

»Er hat es nie erfahren.« Sie lehnte sich zurück. »Deshalb habe ich Santal nah an Siobhan herankommen lassen. Ihre Eltern hatten mir erzählt, dass sie im CID ist.«

»Sie wollten herausfinden, ob Ihre Tarnung hielt?«

Sie nickte. Rebus glaubte jetzt, etwas zu verstehen. Stacey wäre vom Tod ihres Bruders erschüttert gewesen, aber Santal dürfte er herzlich wenig ausgemacht haben. Das Problem war nur, dass der ganze Schmerz immer noch eingesperrt war – etwas, das er nur allzu gut kannte.

»London war aber gar nicht mein Hauptstandort«, erklärte Stacey. »Viele der Gruppen sind weggezogen – dort konnten sie zu leicht von uns überwacht werden. Manchester, Bradford, Leeds … da habe ich die meiste Zeit verbracht.«

»Glauben Sie, dass Sie etwas bewirkt haben?«

Sie dachte einen Moment darüber nach. »Wir hoffen doch alle, dass wir das tun, oder?«

Er nickte zustimmend, nippte an seinem Glas und stellte es dann ab. »Ich untersuche immer noch Bens Tod.«

»Ich weiß.«

»Hat der Commander es Ihnen gesagt?« Sie nickte. »Er hat mir einige Knüppel zwischen die Beine geworfen.«

»Das betrachtet er vermutlich als seinen Job, Inspector. Sie dürfen es nicht persönlich nehmen.«

»Wenn ich es nicht besser wüsste, würde ich sagen, er versuchte, einen Mann namens Richard Pennen zu schützen.«

»Pennen Industries?«

Jetzt war es an Rebus zu nicken. »Pennen kam für die Hotelrechnung Ihres Bruders auf.«

»Merkwürdig«, sagte sie. »Die beiden mochten sich nicht mehr besonders.«

»Ach?«

Sie starrte ihn an. »Ben hatte viele Kriegsgebiete besucht. Er wusste, welche Gräuel der Waffenhandel mit sich brachte.«

»Nach der Version, die ich ständig zu hören bekomme, verkauft Pennen keine Kanonen, sondern Technologie.«

Sie schnaubte. »Nur eine Frage der Zeit. Ben wollte die Dinge so schwierig wie möglich machen. Sie sollten sich mal den *Hansard* anschauen – Reden, die er im Unterhaus hielt und in denen er alle möglichen unbequemen Fragen stellte.«

»Trotzdem hat Pennen seine Hotelrechnung bezahlt ...«

»Und Ben wird das genossen haben. Er hätte sie sich auch von einem Diktator zahlen lassen und den ganzen Aufenthalt dazu genutzt, ihn aufs Schärfste zu kritisieren.« Sie machte eine Pause, in der sie den Drink in ihrem Glas schwenkte. Dann fuhr sie fort: »Sie dachten, es wäre Bestechung, nicht wahr? Ben wird von Pennen gekauft?« Sein Schweigen kam einer Antwort gleich. »Mein Bruder war ein guter Mensch, Inspector.« Nun stiegen ihr Tränen in die Augen. »Und ich konnte nicht einmal zu seiner verdammten Beerdigung gehen.«

»Er hätte es verstanden«, meinte Rebus. »Mein eigener ...« Er musste innehalten und sich räuspern. »Mein eigener Bru-

der ist letzte Woche gestorben. Wir haben ihn am Freitag ein-
geäschert.«

»Das tut mir leid.«

Er hob das Glas an den Mund. »Er war in den Fünfzigern.
Die Ärzte sagten, es sei ein Schlaganfall gewesen.«

»Haben Sie einander nahegestanden?«

»Hauptsächlich telefoniert.« Er hielt wieder inne. »Einmal
hab ich ihn wegen Drogenhandels ins Gefängnis gesteckt.« Er
musterte sie, um ihre Reaktion abzuschätzen.

»Ist es das, was Sie plagt?«, fragte sie.

»Was?«

»Dass Sie ihm nie gesagt haben …« Ihr Gesicht verzerrte sich,
als die Tränen zu laufen begannen, und sie hatte alle Mühe,
sich die Wörter abzuringen. »… ihm nie gesagt haben, dass es
Ihnen leidtut.« Sie sprang auf und rannte zur Toilette – jetzt
ganz und gar Stacey Webster. Er hatte das Gefühl, dass er ihr
vielleicht folgen oder wenigstens die Kellnerin hinter ihr her-
schicken sollte. Stattdessen blieb er einfach sitzen, schwenkte
sein Glas, bis sich oben auf dem Bier frischer Schaum bildete,
und dachte über Familien nach. Ellen Wylie und ihre Schwester, die Jensens und ihre Tochter Vicky, Stacey Webster und ihr
Bruder Ben …

»Mickey«, sagte er im Flüsterton. Die Namen der Toten nennen, damit sie wissen, dass sie nicht vergessen sind.

Ben Webster.

Cyril Colliar.

Edward Isley.

Trevor Guest.

»Michael Rebus«, sagte er laut und hob sein Glas. Dann
stand er auf und besorgte Nachschub – IPA, Wodka und
Tonic. Stand an der Bar, während er auf sein Wechselgeld
wartete. Zwei Stammgäste diskutierten höchst erregt über
die Chancen des Team Britain bei den Olympischen Spielen
2012.

»Wie kommt es, dass London immer alles kriegt?«, beschwerte sich der eine.

»Komisch, dass sie den G8-Gipfel nicht wollten«, fügte sein Nachbar hinzu.

»Die wussten genau, was auf sie zugekommen wäre.«

Rebus musste einen Moment überlegen. Heute war Mittwoch ... am Freitag würde alles wieder zusammengepackt. Noch ein ganzer Tag, dann konnte die Stadt wieder aufatmen und zur Normalität zurückkehren. Steelforth und Pennen und all die anderen Eindringlinge würden sich Richtung Süden aufmachen.

Die beiden mochten sich nicht mehr besonders ...

Zwischen ihrem Bruder und Richard Pennen, hatte sie gemeint ... Der Abgeordnete, der versuchte, Pennens Expansionspläne zu durchkreuzen. Rebus hatte Ben Webster völlig zu Unrecht als Lakai eingeschätzt. Und Steelforth, der Rebus nicht in die Nähe des Hotelzimmers gelassen hatte. Nicht weil er jedes Aufsehen vermeiden, die verschiedenen hohen Tiere nicht mit Fragen und Theorien belästigt sehen wollte, sondern um Richard Pennen zu schützen.

Mochten sich nicht mehr besonders.

Was Richard Pennen zu einem Verdächtigen machte – oder ihm wenigstens ein Motiv gab. Jede der Wachen auf dem Schloss hätte den Abgeordneten über die Zinnen hieven können. Sicher hatten sich Bodyguards unter die Gäste gemischt ... und Leute vom Geheimdienst – zumindest je ein Sonderkommando zum Schutz des Außen- und Verteidigungsministers. Steelforth war SO12, das Beste nach den Spionen vom MI5 und MI6. Aber warum sollte man, um jemanden loszuwerden, zu einer solchen Methode greifen? Sie war zu öffentlich, zu auffällig. Rebus wusste aus Erfahrung: Die gelungenen Morde waren die, bei denen es *keinen* Mord gab. Im Schlaf erstickt, mit Drogen vollgepumpt und dann in einem Auto über eine Klippe befördert oder einfach anderweitig entsorgt.

»Herrgott, John«, schimpfte er sich selbst. »Als Nächstes sind es dann kleine grüne Männchen.« Die Umstände waren schuld: In einer G8-Woche konnte man sich mühelos jedes Verschwörungsszenario vorstellen. Er stellte die Getränke auf dem Tisch ab, ein wenig beunruhigt darüber, dass Stacey immer noch nicht wieder aufgetaucht war. Plötzlich ging ihm auf, dass er, während er auf die Getränke wartete, eine Weile mit dem Rücken zum Gastraum an der Bar gestanden hatte. Er gab noch fünf Minuten zu, dann bat er die Kellnerin nachzusehen. Kopfschüttelnd kam sie aus der Damentoilette zurück.

»Drei Eier verschwendet«, sagte sie zu ihm und deutete auf Staceys Getränke. »Außerdem sowieso zu jung für Sie, wenn Sie mir die Bemerkung erlauben.«

Am Gayfield Square hatte sie ihren Koffer abgeholt, ihm aber einen Brief hinterlassen.

Viel Glück, aber denken Sie daran – Ben war mein Bruder, nicht Ihrer. Sehen Sie zu, dass Sie auch Ihre eigene Trauerarbeit leisten.

Noch Stunden bis zur Abfahrt des Schlafwagens. Er konnte zur Waverley Station fahren, entschied sich aber dagegen; er wusste nicht, ob es überhaupt noch viel zu sagen gab. Vielleicht hatte sie sogar recht. Indem er Bens Tod untersuchte, hielt er die Erinnerung an Mickey wach. Plötzlich schoss ihm eine Frage durch den Kopf, die er ihr gern gestellt hätte:

Was glauben Sie, was Ihrem Bruder passiert ist?

Na, irgendwo hatte er ihre Visitenkarte, die sie ihm vor der Leichenhalle gegeben hatte. Vielleicht würde er sie morgen anrufen, fragen, ob sie im Zug nach London hatte schlafen können. Er hatte ihr gesagt, dass er noch an dem Fall dran sei, und alles, was sie dazu gesagt hatte, war: »Ich weiß.« Keine Fragen, keine eigenen Theorien. Von Steelforth gewarnt? Ein guter Soldat befolgte immer die Befehle. Aber sie musste doch darüber nachgedacht und die verschiedenen Möglichkeiten erwogen haben.

Ein Sturz.

Ein Sprung.

Ein Schubs.

»Morgen«, sagte er sich, während er zum CID-Büro zurück-
ging, vor sich eine lange Nacht des heimlichen Fotokopie-
rens.

Donnerstag, 7. Juli 2005

19

Die Klingel weckte ihn.

Er stolperte durch die Diele und drückte auf den Knopf der Sprechanlage.

»Was?«, krächzte er.

»Ich dachte, ich arbeite hier.« Blechern und verzerrt, aber dennoch erkennbar: Siobhans Stimme.

»Wie viel Uhr ist es?« Rebus hustete.

»Acht.«

»*Acht?*«

»Der Anfang eines neuen Arbeitstages.«

»Wir sind suspendiert, schon vergessen?«

»Sind Sie noch im Schlafanzug?«

»Ich trage keinen.«

»Heißt das, dass ich hier draußen warten muss?«

»Ich lass die Tür offen.« Er drückte auf den Türöffner, nahm seine Kleider vom Stuhl neben dem Bett und schloss sich im Badezimmer ein. Er konnte hören, wie sie an die Wohnungstür klopfte und sie dann aufstieß.

»Zwei Minuten!«, rief er, während er in die Badewanne stieg, um sich zu duschen.

Als er aus dem Bad kam, saß sie am Esstisch und sah die Fotokopien vom Vorabend durch.

»Machen Sie sich's nicht zu bequem«, sagte er. Er hatte die Krawatte schon zur Hälfte gebunden. Als ihm einfiel, dass er ja nicht zur Arbeit gehen würde, löste er sie wieder und warf sie aufs Sofa. »Wir müssen einkaufen«, erklärte er.

»Und ich muss Sie um einen Gefallen bitten.«

»Der wäre?«

»Ein paar Stunden um die Mittagszeit – ich möchte meine Eltern einladen.«

Er nickte zum Zeichen der Einwilligung. »Wie geht es Ihrer Mutter?«

»Wie's aussieht, gut. Sie haben beschlossen, sich Gleneagles zu schenken, auch wenn es heute um den Klimawandel geht.«

»Fahren sie morgen nach Hause?«

»Wahrscheinlich.«

»Wie war das Konzert gestern Abend?« Sie antwortete nicht sofort. »Ich habe mir das Ende im Fernsehen angeschaut – dachte, ich hätte Sie vielleicht ganz vorn schwofen sehen.«

»Da war ich schon weg.«

»Aha?«

Sie zuckte nur mit den Schultern. »Was müssen wir denn einkaufen?«

»Frühstück.«

»Ich hab schon gefrühstückt.«

»Dann können Sie zugucken, wie ich ein Schinkenbrötchen verdrücke. In der Marchmont Road gibt's ein Café. Und während ich es mir schmecken lasse, können Sie Stadtrat Tench anrufen und einen Termin mit ihm vereinbaren.«

»Er war gestern Abend bei dem Konzert.«

Rebus schaute sie an. »Kommt ganz schön rum, wie?«

Sie schlenderte hinüber zur Stereoanlage und nahm eine der LPs, die auf dem Regal lagen.

»Als die aufgenommen wurde, waren Sie noch gar nicht auf der Welt«, erklärte Rebus. Leonard Cohen, *Songs of Love and Hate.*

»Hören Sie sich das an«, sagte sie und las auf der Rückseite der Hülle: »›They locked up a man who wanted to rule the world. The fools, they locked up the wrong man.‹ Was wohl damit gemeint ist?«

378

»Eine Verwechslung?«, meinte Rebus.

»Ich glaube, es hat mit Ehrgeiz zu tun«, hielt sie dagegen. »Gareth Tench sagte, er habe Sie gesehen ...«

»Hat er.«

»Mit Cafferty.«

Rebus nickte. »Big Ger fürchtet, dass der Stadtrat ihn aus dem Rennen werfen will.«

Sie legte die Platte zurück und drehte sich zu ihm um. »Das ist doch gut, oder?«

»Kommt drauf an, was wir stattdessen bekommen. Cafferty ist der Meinung, dass Tench selbst sich breitmachen würde.«

»Glauben Sie ihm?«

Rebus schien über die Frage nachzudenken. »Wissen Sie, was ich brauche, bevor ich Ihnen darauf antworte?«

»Beweise?«, riet sie.

Er schüttelte den Kopf. »Einen Kaffee.«

Acht Uhr fünfundvierzig.

Rebus war bei seinem zweiten Becher Kaffee. Sein Brötchen hatte er schon aufgegessen. Das Café verfügte über eine gute Auswahl an Zeitungen; Siobhan las einen Artikel über das »Final Push«-Konzert, und Rebus zeigte ihr Fotos von dem Mumpitz am Vortag in Gleneagles.

»Dieser Knabe da«, sagte er und deutete auf einen Jugendlichen, »haben wir den nicht gesehen?«

Sie nickte. »Aber da quoll ihm kein Blut aus dem Kopf.«

Rebus drehte die Zeitung wieder zu sich her. »Das gefällt denen, wissen Sie. Ein bisschen Blut sieht für die Medien immer gut aus.«

»Und lässt uns als die Schurken vom Dienst dastehen.«

»Apropos ...« Er zog die CD-ROM aus der Tasche. »Ein Abschiedsgeschenk von Stacey Webster – oder Santal, wenn Ihnen das lieber ist.«

Siobhan nahm sie und hielt sie zwischen den Fingern, während Rebus ihr die Umstände erläuterte. Danach zog er Staceys Visitenkarte aus seiner Brieftasche und probierte es unter der Nummer. Es hob niemand ab. Als er das Handy wieder in seine Jacke steckte, konnte er einen Hauch von Molly Clarks Parfüm riechen. Er hatte beschlossen, Siobhan nichts über sie zu erzählen, denn er war sich nicht sicher, wie sie reagieren würde. Darüber dachte er noch nach, als Gareth Tench hereinkam. Tench schüttelte beiden die Hand. Rebus dankte ihm für sein Kommen und bat ihn mit einer Geste, Platz zu nehmen.

»Was kann ich Ihnen bestellen?«

Tench schüttelte den Kopf. Rebus sah draußen ein Auto stehen, die Aufpasser gleich daneben.

»Gute Idee, das da«, sagte er zu dem Stadtrat und deutete mit dem Kopf auf das Fenster. »Ich weiß nicht, warum nicht mehr Bewohner von Marchmont sich Bodyguards halten.«

Tench lächelte gequält. »Heute nicht bei der Arbeit?«, fragte er.

»Etwas informeller«, erklärte Rebus. »Ich kann doch nicht verlangen, dass unsere gewählten Politiker sich in Vernehmungsräumen der Polizei unters gemeine Volk mischen.«

»Sehr nett von Ihnen.« Tench hatte sich hingesetzt, machte aber keine Anstalten, seinen Mantel auszuziehen. »Was kann ich nun für Sie tun, Inspector?«

Es war jedoch Siobhan, die als Erste sprach. »Wie Sie wissen, Mr. Tench, ermitteln wir in einer Reihe von Morden. Bestimmte Hinweise wurden an einem Ort in Auchterarder hinterlassen.«

Tench kniff die Augen zusammen. Seine Aufmerksamkeit war immer noch auf Rebus gerichtet, aber er konnte nicht verhehlen, dass er ein anderes Gesprächsthema erwartet hatte – Cafferty vielleicht oder Niddrie.

»Ich verstehe nicht –«, fing er an.

»Alle drei Opfer«, fuhr Siobhan fort, »waren auf einer Website mit dem Namen *Bestien-im-Visier* aufgelistet.« Sie machte eine Pause. »Die ist Ihnen natürlich bekannt.«

»Ist sie das?«

»So lautet unsere Information.« Sie faltete ein Blatt Papier auseinander und zeigte es ihm. »Ozyman ... das sind Sie, oder?«

Er überlegte einen Moment, bevor er antwortete. Siobhan faltete das Papier zusammen und steckte es wieder in die Tasche. Rebus zwinkerte Tench zu, was die simple Botschaft vermittelte: *Sie ist gut.*

Versuchen Sie also nicht, uns zu verarschen ...

»Das bin ich«, gab Tench schließlich zu. »Na und?«

Siobhan zuckte die Achseln. »Warum interessieren Sie sich für *Bestien-im-Visier,* Mr. Tench?«

»Wollen Sie damit sagen, ich bin ein Verdächtiger?«

Rebus lachte trocken. »Das wäre doch ein ziemlicher Sprung, Sir.«

Tench funkelte ihn an. »Man weiß ja nie, was Cafferty so alles ausbrütet – ›with a little help from his friends‹.«

»Ich glaube, wir kommen vom Thema ab«, unterbrach Siobhan ihn. »Wir müssen alle vernehmen, die Zugang zu der Website hatten, Sir. So ist das Procedere, das ist alles.«

»Ich weiß immer noch nicht, wie Sie von meinem Benutzernamen auf mich gekommen sind.«

»Sie vergessen, Mr. Tench«, entgegnete Rebus ungeniert, »dass wir diese Woche die besten Nachrichtenoffiziere hier vor Ort haben. Es gibt fast nichts, was sie nicht können.« Tench sah aus, als wollte er dazu etwas sagen, aber Rebus gab ihm keine Chance. »Interessante Wahl: Ozymandias. Gedicht von Shelley, stimmt's? Ein König wird leicht größenwahnsinnig und lässt eine gewaltige Statue errichten. Doch wie sie so da draußen in der Wüste steht, zerbröckelt sie nach und nach.« Er hielt inne. »Wie gesagt, interessante Wahl.«

»Wieso?«

Rebus verschränkte die Arme. »Na ja, dieser König muss ein ganz schönes Ego gehabt haben – das ist der entscheidende Punkt bei dem Gedicht. Egal, wie anmaßend man ist, nichts ist von Dauer. Und als Tyrann fällt man umso tiefer.« Er lehnte sich ein wenig über den Tisch. »Wer diesen Namen ausgesucht hat, war nicht dumm ... der wusste bestimmt, dass es hier nicht um Macht an sich ging ...«

»..., sondern um den korrumpierenden Einfluss der Macht?« Tench lächelte und nickte langsam.

»DI Rebus ist sehr lernfähig«, fügte Siobhan hinzu. »Gestern hat er sich noch gefragt, ob Sie wohl Australier sind.«

Tenchs Lächeln wurde breiter. »Wir haben dieses Gedicht in der Schule durchgenommen«, erklärte er. »Hatten einen sehr engagierten Englischlehrer, der es uns auswendig lernen ließ.« Tench zuckte mit den Schultern. »Der Name gefällt mir einfach, Inspector. Lesen Sie nicht mehr hinein.« Sein Blick ging zu Siobhan und wieder zurück zu Rebus. »Berufskrankheit, nehme ich an – immer auf der Suche nach einem Motiv. Sagen Sie ... welches Motiv hat Ihr Mörder? Haben Sie darüber schon nachgedacht?«

»Wir glauben, dass er Mitglied einer Selbstschutzgruppe ist«, antwortete Siobhan.

»Der sie sich einen nach dem anderen von dieser Website holt?« Tench sah nicht überzeugt aus.

»Sie haben uns immer noch nicht verraten«, sagte Rebus leise, »was das Motiv für Ihr besonderes Interesse an *Bestien-im-Visier* ist.« Er legte die Hände flach auf den Tisch.

»Mein Wahlbezirk ist ein Müllabladeplatz, Rebus – sagen Sie nicht, das wäre Ihnen noch nicht aufgefallen. Behörden bringen uns ihre Härtefälle, die Dealer und Gestrandeten, Sexualstraftäter, Junkies, Ärsche aller Art. Websites wie *Bestien-im-Visier* bieten mir die Möglichkeit, mich zur Wehr zu setzen. Dort kann ich für meine Sache kämpfen, wenn irgendein neues Problem vor meiner Tür aufzutauchen droht.«

»Und ist das schon mal passiert?«, wollte Siobhan wissen.

»Vor drei Monaten wurde so ein Typ entlassen, ein Triebtäter … Ich habe dafür gesorgt, dass er uns weiträumig meidet.«

»Und das Problem anderen zugeschoben«, stellte Siobhan fest.

»So habe ich immer gearbeitet. Wenn einer wie Cafferty daherkommt, verfahre ich nicht anders.«

»Cafferty ist schon lange hier«, merkte Rebus an.

»Sie meinen, trotz Ihrer Leute oder gerade ihretwegen?« Als Rebus schwieg, verwandelte sich Tenchs Lächeln in ein höhnisches Grinsen. »Ohne irgendwelche Hilfe hätte er sich niemals so lange halten können.« Er lehnte sich zurück und ließ die Schultern kreisen. »Sind wir hier fertig?«

»Wie gut kennen Sie die Jensens?«, fragte Siobhan.

»Wen?«

»Das Ehepaar, das die Website betreut.«

»Hab ich nie kennengelernt«, erwiderte Tench.

»Wirklich?« Siobhan klang erstaunt. »Sie wohnen doch hier in Edinburgh.«

»So wie eine halbe Million anderer. Ich versuche ja schon herumzukommen, DS Clarke, aber ich bin nun mal nicht aus Gummi.«

»Woraus denn, Councillor?«, fragte Rebus.

»Wut«, erklärte Tench, »Entschlossenheit, einem Drang nach allem, was gerecht und gut ist.« Er holte tief Luft und ließ sie dann geräuschvoll entweichen. »Wir könnten uns den ganzen Tag hier aufhalten«, entschuldigte er sich mit einem erneuten Lächeln. Und während er aufstand, sagte er: »Bobby sah ziemlich unglücklich aus, als Sie ihn sitzenließen, DS Clarke. Sie müssen aufpassen: Bei manchen Männern ist die Leidenschaft ein knurrendes Tier.« Er verbeugte sich leicht und ging zur Tür.

»Wir sprechen uns noch«, warnte Siobhan ihn. Rebus beobachtete durchs Fenster, wie einer der Bodyguards die hintere Wagentür öffnete und Tench seinen schweren Körper hineinzwängte.

»Stadträte sehen oft wohlgenährt aus«, bemerkte er. »Ist Ihnen das schon aufgefallen?«

Siobhan rieb sich mit einer Hand die Stirn. »Das hätten wir besser hinkriegen können.«

»Haben Sie sich vom ›Final Push‹ verdrückt?«

»Ich bin einfach nicht in Stimmung gekommen.«

»Hat das irgendwas mit unserem verehrten Stadtrat zu tun?«

Sie schüttelte den Kopf. »Zerstörer und Erhalter«, murmelte Rebus vor sich hin.

»Was?«

»Eine andere Gedichtzeile von Shelley.«

»Und was ist Gareth Tench?«

Das Auto fuhr los. »Womöglich beides«, erwiderte Rebus. Dann gähnte er herzhaft. »Ob wir heute irgendwann mal ein bisschen verschnaufen können?«

Sie sah ihn an. »Sie könnten ja mittags eine Pause machen und meine Eltern kennenlernen.«

»Dann ist der Pariastatus also aufgehoben?«, fragte er mit hochgezogener Augenbraue.

»John ...«, warnte sie ihn.

»Wollen Sie sie nicht für sich allein haben?«

Sie zuckte die Achseln. »Ich war vielleicht doch etwas gierig.«

Rebus hatte ein paar Bilder von der Wand seines Wohnzimmers genommen. Stattdessen hingen dort jetzt Einzelheiten über die drei Opfer. Er saß am Esstisch, während Siobhan ausgestreckt auf dem Sofa lag. Beide waren in ihre Lektüre vertieft, stellten gelegentlich eine Frage oder äußerten einen Gedanken.

»Sie sind sicher noch nicht dazugekommen, sich das Ellen-

Wylie-Band anzuhören, oder?«, bemerkte Rebus einmal. »So wichtig ist es aber auch nicht ...«

»Es gibt noch jede Menge andere Abonnenten, mit denen wir reden könnten.«

»Dazu müssen wir aber erst wissen, wer sie sind: Glauben Sie, Brains könnte das herausfinden, ohne dass Corbyn oder Steelforth davon Wind bekommen?«

»Tench hat vom Motiv gesprochen. Übersehen wir vielleicht etwas?«

»Eine Verbindung zwischen allen dreien?«

»Apropos, warum hat er bei drei aufgehört?«

»Die üblichen Erklärungen: Er hält sich jetzt woanders auf, wir haben ihn wegen eines anderen Delikts festgenommen, oder er weiß, dass wir ihm auf der Spur sind.«

»Aber wir sind ihm *nicht* auf der Spur.«

»In der Presse steht es anders.«

»Warum überhaupt der Clootie Well? Weil wir zwangsläufig dort landen mussten?«

»Wir können einen lokalen Bezug nicht ausschließen.«

»Und was, wenn es gar nichts mit *Bestien-im-Visier* zu tun hat?«

»Dann verschwenden wir wertvolle Zeit.«

»Könnte er den Teilnehmern des G8-Gipfels eine Botschaft zukommen lassen wollen? Vielleicht ist er ja jetzt gerade hier und schwenkt irgendwo ein Transparent.«

»Auf der CD-ROM ist vielleicht ein Foto von ihm ...«

»Und wir werden es nie erfahren.«

»Wenn diese Hinweise als Spott uns gegenüber gedacht waren, warum hat er dann nicht nachgefasst? Würde er nicht versuchen, eine Art Spiel daraus zu machen?«

»Vielleicht braucht er gar nicht nachzufassen.«

»Das heißt?«

»Er könnte näher sein, als wir denken ...«

»Ach was.«

»Möchten Sie eine Tasse Tee?«

»Sie können gern welchen machen.«

»Eigentlich sind Sie dran – ich habe den Kaffee bezahlt.«

»Es muss irgendein Muster geben. Wir übersehen tatsächlich etwas.«

Siobhans Handy piepte: eine SMS. Sie las sie. »Machen Sie den Fernseher an«, sagte sie.

»Welche Sendung verpassen Sie denn jetzt?«

Doch sie hatte schon die Beine vom Sofa geschwungen und selbst den Einschaltknopf gedrückt. Sie nahm die Fernbedienung und zappte die Kanäle durch. KURZMELDUNG lief unten über den Bildschirm. EXPLOSIONEN IN LONDON.

»Eric hat die SMS geschickt«, sagte sie leise. Rebus stellte sich neben sie. Viel Information schien es nicht zu geben. Eine Reihe von Detonationen oder Explosionen ... die Londoner U-Bahn ... Opfer, mehrere Dutzend.

»Vermutlich Überspannung«, erklärte der Fernsehsprecher. Überzeugt klang er nicht.

»Überspannung, dass ich nicht lache«, knurrte Rebus.

Die großen Bahnhöfe geschlossen. Krankenhäuser in Alarmbereitschaft. Die Bürger aufgefordert, die Innenstadt zu meiden. Siobhan ließ sich auf das Sofa zurückfallen, die Ellbogen auf die Knie und den Kopf in die Hände gestützt.

»Auf dem falschen Fuß erwischt«, meinte sie leise.

»Vielleicht ist es ja nicht nur London«, antwortete Rebus, der aber vom Gegenteil überzeugt war. Morgendlicher Berufsverkehr ... diese ganzen Pendler, und die Bahnpolizei zum G8-Gipfel nach Schottland geschickt. All die Polizisten, die die Met zur Unterstützung abgestellt hatte. Die Augen fest geschlossen, dachte er: Ein Glück, dass das nicht gestern passiert ist, Tausende von Feiernden, die den Zuschlag für die Olympischen Spiele bejubelten; oder Samstagabend im Hyde Park ... zweihunderttausend.

Der Netzbetreiber National Grid hatte soeben bestätigt,

dass es keine offensichtlichen Probleme mit der Stromversorgung gebe.

Aldgate.

King's Cross.

Edgware Road.

Und neue Spekulationen, dass auch ein Bus »zerstört« worden war. Das Gesicht des Fernsehsprechers wirkte blass. Eine Notrufnummer lief unten über den Bildschirm.

»Was machen wir jetzt?«, fragte Siobhan, als das Fernsehen Livebilder von einem der Schauplätze zeigte – Sanitäter liefen durcheinander, Rauch zog in Schwaden dahin, Verletzte saßen am Straßenrand. Glas und Sirenen, die Alarmanlagen der geparkten Autos und nahe gelegenen Büros.

»Machen?«, echote Rebus. Siobhans Handy ersparte ihm eine Antwort. Sie hielt es sich ans Ohr.

»Mum?«, sagte sie. »Ja, wir schauen es uns gerade an.« Sie machte eine Pause und hörte zu. »Ich bin sicher, es geht ihnen gut … Ja, du könntest die Nummer anrufen. Wahrscheinlich dauert es aber ein Weilchen, bis du durchkommst.« Wieder lauschte sie. »Was? Heute? Vielleicht haben sie King's Cross geschlossen …« Sie hatte sich halb von Rebus abgewandt. Er verließ den Raum, damit sie frei reden konnte. In der Küche drehte er den Hahn auf und füllte den Wasserkocher. Hörte das Wasser laufen – ein so elementares Geräusch, dass er es fast nie wahrnahm. Es war einfach da.

Normal.

Alltäglich.

Und als er den Wasserhahn zudrehte, gab es ein schwaches Gurgeln. Komisch, dass er sich nicht erinnern konnte, es je gehört zu haben. Als er sich umdrehte, stand Siobhan da.

»Mum will nach Hause fahren«, sagte sie, »um sich zu vergewissern, dass den Nachbarn nichts passiert ist.«

»Ich weiß nicht mal, wo sie wohnen.«

»Forest Hill«, klärte sie ihn auf. »Südlich der Themse.«

»Also kein Mittagessen?«

Sie schüttelte den Kopf. Er gab ihr ein Blatt von der Küchenrolle, sodass sie sich schnäuzen konnte.

»So was rückt die Dinge ins rechte Licht«, meinte sie nachdenklich.

»Eigentlich nicht. Es lag schon die ganze Woche in der Luft. In manchen Augenblicken konnte ich es förmlich schmecken.«

»Das sind drei Teebeutel«, sagte sie.

»Was?«

»Sie haben gerade drei Beutel in diesen Becher gehängt.« Sie reichte ihm den Wasserkocher. »War es das, worüber Sie eben nachgedacht haben?«

»Vielleicht«, meinte er. Vor seinem geistigen Auge sah er eine Statue in der Wüste, in tausend Stücke zerschlagen ...

Siobhan war nach Hause gefahren. Sie würde ihren Eltern helfen, sie vielleicht zum Bahnhof bringen, wenn sie das immer noch vorhatten. Rebus sah fern. Der rote Doppeldeckerbus war zerfetzt worden, sein Dach lag vor ihm auf der Straße. Und dennoch gab es Überlebende. Ein kleines Wunder, so schien es ihm. Sein erster Impuls war, die Flasche aufzumachen und sich ein Glas einzuschenken, aber bis jetzt hatte er ihm widerstanden. Augenzeugen erzählten ihre Geschichten. Der Premierminister war auf dem Weg in den Süden, nachdem er dem Außenminister die Verantwortung in Gleneagles übertragen hatte. Vor seiner Abreise hatte Blair, umgeben von seinen G8-Kollegen, eine Stellungnahme abgegeben. An Präsident Bushs Fingerknöcheln konnte man, wenn man genau hinschaute, die Heftpflaster erkennen. In den Nachrichten berichteten Leute, wie sie über Körperteile gekrochen waren, um aus den Zügen zu kommen. Durch Rauch und Blut hindurch. Manche hatten mithilfe ihrer Kamerahandys den Schrecken festgehalten. Rebus fragte sich, welcher Instinkt sie wohl dazu getrieben hatte, das zu tun, gleichsam als Kriegsberichterstatter zu fungieren.

Die Flasche stand auf dem Kaminsims. Der Tee in seiner Hand war kalt. Drei üble Typen waren von einer oder mehreren unbekannten Personen zum Sterben bestimmt worden. Ben Webster war in den Tod gestürzt. Big Ger Cafferty und Gareth Tench machten sich kampfbereit. *Rückt die Dinge ins rechte Licht* – Siobhans Worte. Rebus war sich da nicht so sicher. Er wollte jetzt dringender denn je Antworten auf Fragen, wollte Gesichter und Namen haben. Gegen Vorkommnisse wie in London oder Selbstmordattentäter oder ein zufälliges Blutbad in dem Ausmaß, wie er es vor sich hatte, konnte er nichts ausrichten. Alles, was er tun konnte, war, hin und wieder ein paar Übeltäter einzulochen. Erfolge, die nichts am Gesamtbild zu ändern schienen. Eine andere Szene kam ihm in den Sinn: Mickey als Kind, vielleicht am Strand von Kirkcaldy oder in irgendwelchen Ferien in St. Andrews oder Blackpool, wie er aus feuchtem Sand verzweifelt einen kleinen Wall gegen das heranrollende Meer baute. Und arbeitete, als hinge sein Leben davon ab. Sein großer Bruder John auch; er häufte mit der kleinen Plastikschaufel den Sand auf, und Mickey klopfte ihn fest. Fünf, zehn Meter lang, vielleicht fünfzehn Zentimeter hoch ... Aber die ersten Schaumspritzer waren schon da, bevor sie eine Chance hatten zu gewinnen, und sie mussten zusehen, wie ihr Bauwerk langsam eins mit seiner Umgebung wurde. Vor Wut schreiend, stampften sie mit den Füßen auf und erhoben ihre kleinen Fäuste gegen das gierige Wasser und den verräterischen Strand und den unbewegten Himmel.

Und gegen Gott.

Gott vor allem.

Die Flasche schien größer zu werden, oder vielleicht wurde auch er kleiner. Er dachte an ein paar Zeilen aus einem Song von Jackie Leven: ... *but my boat is so small, and your sea is so immense.* Immens, gut, aber warum musste es darin auch noch so viele verfluchte Haie geben?

Als das Telefon klingelte, erwog er – ganze zehn Sekunden lang –, nicht ranzugehen. Es war Ellen Wylie.

»Irgendwas Neues?«, fragte er. Dann lachte er kurz auf und fasste sich an die Nase. »Abgesehen vom Offensichtlichen meine ich.«

»Allgemeiner Schockzustand«, berichtete sie. »So bald wird hier niemand mitkriegen, dass Sie das ganze Zeug fotokopiert und mit nach Hause genommen haben. Ich gehe davon aus, dass vor Ende dieser Woche niemand einen genaueren Blick auf irgendetwas werfen wird. Ich dachte, ich könnte vielleicht mal wieder in Torphichen vorbeischauen, sehen, was mein Team so treibt.«

»Gute Idee.«

»Das Londoner Kontingent wird nach Hause geschickt. Könnte sein, dass alle verfügbaren Kräfte gebraucht werden.«

»Ich werde nicht Gewehr bei Fuß stehen.«

»Übrigens scheinen selbst die Autonomen fassungslos zu sein. Aus Gleneagles war zu hören, dass alles still geworden ist. Viele von ihnen wollen nur noch nach Hause.«

Rebus hatte sich von seinem Stuhl erhoben. Er stand jetzt am Kaminsims. »In Zeiten wie diesen möchte man bei seinen Lieben sein.«

»John, ist bei Ihnen alles in Ordnung?«

»Aber ja, Ellen.« Er fuhr mit einem Finger an der Flasche entlang. Es war ein Dewar's, blassgoldfarben. »Fahren Sie zurück nach Torphichen.«

»Möchten Sie, dass ich später mal vorbeikomme?«

»Ich glaube, wir haben nicht viel zustande gebracht.«

»Dann also morgen?«

»Klingt gut. Wir telefonieren.« Er brach die Verbindung ab und stützte sich mit beiden Händen aufs Kaminsims.

Er hätte schwören können, dass die Flasche ihn anstarrte.

20

Es gab Busse Richtung Süden, und Siobhans Eltern hatten beschlossen, einen davon zu nehmen.

»Morgen wären wir sowieso gefahren«, hatte ihr Vater erklärt, als er sie umarmte.

»Jetzt seid ihr gar nicht in Gleneagles gewesen«, hatte sie zu ihm gesagt. Er hatte ihr ein Küsschen auf die Wange gedrückt, und für ein paar Sekunden war sie wieder ein Kind gewesen. Immer dieselbe Stelle, ob an Weihnachten oder einem Geburtstag, bei guten Noten in der Schule oder einfach nur, weil er glücklich war.

Noch eine Umarmung von ihrer Mutter und die geflüsterten Worte: »Es macht nichts.« Womit sie die Verletzung in ihrem Gesicht meinte – und die Suche nach dem Schuldigen. Sie hatte sich aus Siobhans Umarmung befreit, sie aber auf Armeslänge festgehalten: »Komm uns bald besuchen.«

»Versprochen«, hatte Siobhan geantwortet.

Die Wohnung erschien ihr leer ohne sie. Ihr fiel auf, dass es hier die meiste Zeit still war. Na ja, nicht still – sie hatte immer Musik, das Radio oder den Fernseher an. Aber sie hatte wenig Besuch, niemand, der im Flur pfiff oder beim Abwaschen vor sich hin summte. Da war niemand außer ihr.

Sie hatte versucht, Rebus anzurufen, aber er war nicht rangegangen. Der Fernseher lief; sie schaffte es nicht, ihn abzuschalten. Dreißig Tote … vierzig Tote … vielleicht fünfzig. Der Bürgermeister von London hatte eine gute Rede gehalten. Al-Kaida hatte die Verantwortung übernommen. Die Königin war »zutiefst schockiert«. Die Londoner Pendler begaben sich auf ihren langen Heimweg von der Arbeit. Fernsehkommentatoren fragten, warum die Terrorwarnstufe von »allgemein ernst« auf »substantiell« herabgesetzt worden sei. Ihr lag die Gegenfrage auf der Zunge: Hätte das wirklich einen Unterschied gemacht?

Sie ging an den Kühlschrank. Ihre Mutter hatte eifrig im Viertel eingekauft: Entenfilet, Lammkoteletts, ein dickes Stück Käse, Biofruchtsaft. Siobhan öffnete das Kühlfach, zog einen Becher Vanilleeis heraus, nahm einen Löffel und ging zurück ins Wohnzimmer. Da sie nichts anderes zu tun hatte, fuhr sie ihren Computer hoch. Dreiundfünfzig E-Mails. Ein rascher Blick sagte ihr, dass sie den größten Teil davon löschen konnte. Dann fiel ihr etwas ein. Sie griff in ihre Tasche, holte die CD-ROM heraus und steckte sie ins Laufwerk. Stacey Webster hatte ein paar Fotos von der jungen Mutter mit dem rosa gekleideten Baby gemacht. Siobhan musste lächeln. Die Frau benutzte ihr Kind offensichtlich als Requisit und inszenierte sich an verschiedenen Orten, immer unmittelbar vor der Phalanx von Polizisten, als Windeln wechselnde Mutter. Ein tolles Fotomotiv und ein potenzieller Unruheherd. Es gab sogar ein Foto von den verschiedenen Pressefotografen, Mungo eingeschlossen. Aber Stacey hatte sich auf die Demonstranten konzentriert und ein nettes kleines Dossier für ihre Dienstherrn beim SO12 angelegt. Manche der Polizisten waren jetzt wohl auf dem Weg Richtung Süden. Ihr war nicht klar, was sie tun würde, falls derjenige, der ihre Mutter angegriffen hatte, sich als Polizist aus London entpuppte ...

Die Worte ihrer Mutter: *Es macht nichts ...*

Diese Vorstellung drängte sie schnell beiseite. Erst nach fünfzig oder sechzig Bildern entdeckte Siobhan ihre Eltern – Teddy Clarke, der versuchte, seine Frau von der vordersten Reihe wegzuziehen. Um sie herum ein regelrechtes Handgemenge. Erhobene Schlagstöcke, brüllende oder offenstehende Münder. Durch die Luft geschleuderte Mülltonnen. Dreck und entwurzelte Blumen, die umherflogen.

Und dann ein Stock, der Verbindung zum Gesicht ihrer Mutter hatte. Siobhan wollte sich schon abwenden, zwang sich aber hinzuschauen. Der Stock sah aus wie vom Boden aufgehoben. Kein Schlagstock. Geschwungen auf der Seite der Demonstranten. Die Person, die ihn hielt, zog sich rasch zurück. Und plötzlich fiel es Siobhan wie Schuppen von den Augen. Es war genauso, wie Mungo, der Fotograf, es ihr erklärt hatte: Man attackierte die Polizisten und sorgte dafür, dass sich, wenn sie zum Gegenangriff ausholten, unschuldige Zivilisten in der Schusslinie befanden. Bestmögliche PR, die die Polizisten als Schlägertypen dastehen ließ. Ihr Gesicht war durch die Bewegung verschwommen, aber der Schmerz deutlich sichtbar. Siobhan rieb mit dem Daumen über den Bildschirm, so als könnte sie ihn wegnehmen. Sie folgte dem Stock zum nackten Arm seines Besitzers. Dessen Schulter war auf dem Foto zu sehen, nicht aber der Kopf. Sie ging ein paar Bilder zurück, dann ein paar nach vorn.

Da.

Er hielt eine Hand hinter den Rücken, um den Stock zu verbergen, der aber immer noch da war. Und Stacey hatte den Mann von vorn abgelichtet, mitsamt der Schadenfreude und dem hämischen Grinsen im Gesicht. Ein paar Bilder weiter stand er auf den Zehenspitzen und sang. Die Baseballmütze tief ins Gesicht gezogen und doch unverkennbar.

Der Junge aus Niddrie, der Anführer der Bande. Kam wie so viele seines Schlages in die Princes Street – aus lauter Jux und Tollerei.

Zuletzt hatte Siobhan ihn gesehen, als er aus dem Sheriff Court kam, wo Stadtrat Gareth Tench wartete. Tenchs Worte: *Einige Bürger aus meinem Wahlbezirk wurden in diesen ganzen Aufruhr verwickelt ...* Tench, der den Gruß des Übeltäters erwiderte, als der das Gericht als freier Mann verließ ... Siobhans Hand zitterte leicht, als sie es noch einmal bei Rebus versuchte. Er nahm immer noch nicht ab. Sie stand auf und lief durch ihre Wohnung, in jedes Zimmer. Im Bad lagen die gebrauchten Handtücher ordentlich zusammengefaltet auf einem Stapel. Im Mülleimer fand sie eine leere Suppenpackung. Sie war ausgespült worden, damit sie nicht stank. Die kleinen praktischen Handgriffe ihrer Mutter ... Sie stand vor dem großen Spiegel im Schlafzimmer und versuchte, eine Ähnlichkeit zu entdecken. Sie fand, dass sie ihrem Vater ähnlicher sah. Sie würden jetzt auf der A1 sein und immer weiter Richtung Süden fahren. Sie hatte ihnen nicht die Wahrheit über Santal gesagt, würde es wahrscheinlich nie tun. Wieder am Computer, ging sie alle übrigen Fotos durch und fing dann wieder von vorne an, diesmal nur auf der Suche nach dieser einen Person, einem dünnen kleinen Tunichtgut mit Baseballmütze, Kapuzenhemd, Jeans und Turnschuhen. Sie versuchte, ein paar davon auszudrucken, erhielt aber die Meldung, ihre Druckerpatrone sei fast leer. Auf dem Leith Walk gab es einen Computerladen. Sie schnappte sich Schlüssel und Portemonnaie.

Die Flasche war leer, und es gab keine mehr im Haus. Im Gefrierfach hatte Rebus noch eine kleine, jedoch fast leere Flasche polnischen Wodka gefunden. Aber er hatte keine Lust, einkaufen zu gehen, machte sich stattdessen eine Tasse Tee und setzte sich an den Esstisch, wo er die Fallakten überflog. Ellen Wylie war von Ben Websters Lebenslauf beeindruckt gewesen, und Rebus erging es ebenso. Er las ihn sich noch einmal durch. Die Unruheherde der Welt: Manche Leute wurden von ihnen angezogen – Abenteurer, Fernsehkorrespondenten, Söldner. Rebus hatte vor einer Weile erfahren, dass Mairie Hendersons Lebensgefährte Kameramann war und Reisen nach Sierra Leone, Afghanistan und in den Irak unternommen hatte ... Aber Rebus gewann den Eindruck, dass Ben Webster in keines dieser Länder gereist war, weil er einen Kick brauchte, sondern weil es sein Job war.

»Es ist unsere vornehmste Pflicht als Menschen«, hatte er in einer seiner Reden vor dem Parlament ausgeführt, »wo und wann immer möglich in den ärmsten und unwirtlichsten Gegenden der Welt zu einer nachhaltigen Entwicklung beizutragen.« Das war ein Punkt, den er auch anderswo immer wieder betonte – vor verschiedenen Ausschüssen, auf öffentlichen Podien und in Presseinterviews.

Mein Bruder war ein guter Mensch ...

Daran hatte Rebus keinen Zweifel. Ebenso wenig konnte er sich irgendeinen Grund vorstellen, warum jemand ihn von diesen Zinnen auf die Felsen darunter hätte stoßen sollen. So fleißig Ben Webster auch gewesen war, er hatte dennoch keine große Bedrohung für Pennen Industries dargestellt. So kam Rebus wieder auf die Selbstmordtheorie zurück. Vielleicht war Webster ja durch all das Elend, die Konflikte, Hungersnöte und Katastrophen dieser Länder depressiv geworden. Vielleicht hatte er im Voraus gewusst, dass bei dem G8-Gipfel kaum Fortschritte erzielt und seine Hoffnungen auf eine bessere Welt ein weiteres Mal enttäuscht werden würden. Ein Sprung ins Leere, um auf die Situation aufmerksam zu machen? Das erschien Rebus unrealistisch. Webster hatte mit mächtigen und einflussreichen Männern, Diplomaten und Politikern aus vielen Nationen an einem Tisch gesessen. Ihnen gegenüber hätte er seine Anliegen doch vorbringen können. Krach schlagen, Stunk machen. Brüllen, schreien ...

Dieser Schrei, der in den Nachthimmel stieg, als er sich ins Dunkel stürzte.

»Nein«, sagte Rebus kopfschüttelnd. Ihm schien, als wäre das Puzzle fast vollständig, sodass er das Bild erkennen konnte, aber mit ein paar Teilen am falschen Platz.

»Nein«, wiederholte er, bevor er sich erneut seiner Lektüre widmete.

Ein guter Mensch ...

Nach weiteren zwanzig Minuten stieß er auf ein Interview aus einer der Sonntagsbeilagen von vor zwölf Monaten. Darin wurde Webster nach seinen Anfängen als Parlamentsabgeordneter gefragt. Er hatte eine Art Mentor gehabt, einen anderen schottischen Abgeordneten und Senkrechtstarter der Labourpartei namens Colin Anderson.

Rebus' eigener Abgeordneter.

»Hab dich nicht auf der Beerdigung gesehen, Colin«, sagte Rebus leise, während er ein paar Sätze unterstrich.

Webster beeilt sich, Anderson für die Hilfe zu danken, die er dem Unterhaus-Neuling zuteil werden ließ: »Er sorgte dafür, dass mir die üblichen Bauchlandungen erspart blieben, und das kann ich ihm nicht hoch genug anrechnen.« Weitaus zurückhaltender ist der selbstsichere Webster jedoch, als er zu der Behauptung Stellung nehmen soll, es sei Anderson gewesen, der ihm seine jetzige Rolle als Parliamentary Private Secretary verschafft und ihn damit in eine Position gehievt habe, in der er dem Handelsminister bei künftigen Kämpfen um die Parteispitze zur Seite stehen könne …

»Gut, gut«, sagte Rebus und blies in seinen Tee, auch wenn der bestenfalls noch lauwarm war.

»Ich hatte völlig vergessen«, sagte Rebus, während er sich einen freien Stuhl an den Tisch heranzog, »dass mein eigener Abgeordneter Handelsminister ist. Ich weiß, Sie sind vielbeschäftigt, deshalb werde ich es kurz machen.«

Er befand sich in einem Restaurant im Edinburgher Stadtteil Southside. Obwohl noch früh am Abend, war das Lokal schon voll. Die Bedienung legte noch ein Gedeck für ihn auf und versuchte, ihm eine Speisekarte in die Hand zu drücken. Der Abgeordnete Anderson saß mit seiner Frau an einem Zweiertisch.

»Wer, zum Teufel, sind Sie?«, fragte er.

Rebus gab dem Kellner die Speisekarte zurück. »Ich esse nichts«, erklärte er. Dann, an den Abgeordneten gewandt: »Ich heiße John Rebus und bin Detective Inspector. Hat Ihre Sekretärin Ihnen nichts ausgerichtet?«

»Können Sie sich ausweisen?«, fragte Anderson.

»Eigentlich ist es nicht ihre Schuld«, fuhr Rebus fort. »Ich habe ein bisschen übertrieben und gesagt, es sei ein Notfall.« Er hielt ihm seinen Dienstausweis zur Überprüfung hin. Während der Abgeordnete ihn studierte, lächelte Rebus dessen Frau an.

»Soll ich lieber ...?« Sie machte Anstalten aufzustehen.

»Nichts streng Geheimes«, versicherte Rebus ihr. Anderson gab Rebus seinen Dienstausweis zurück.

»Wenn Sie mir die Bemerkung gestatten, Inspector, das kommt mir jetzt nicht gerade gelegen.«

»Ich dachte, Ihre Sekretärin hätte Sie benachrichtigt.«

Anderson nahm sein Handy vom Tisch. »Kein Empfang«, stellte er fest.

»Daran sollten Sie etwas ändern«, meinte Rebus. »Das ist an vielen Stellen in der Stadt noch so ...«

»Haben Sie getrunken, Inspector?«

»Nur, wenn ich außer Dienst bin, Sir.« Rebus wühlte in seiner Tasche, bis er das Päckchen gefunden hatte.

»Hier ist Rauchen verboten«, belehrte ihn Anderson.

Rebus schaute die Zigarettenschachtel an, als wäre sie unbemerkt in seine Hand gelangt. Er entschuldigte sich und steckte sie wieder ein. »Ich habe Sie nicht bei der Beerdigung gesehen, Sir«, sagte er zu dem Abgeordneten.

»Welcher Beerdigung?«

»Ben Webster. In seinen Anfängen waren Sie ihm ein guter Freund.«

»Ich hatte andere Verpflichtungen.« Der Abgeordnete blickte betont auffällig auf die Uhr.

»Bens Schwester hat mir erzählt, dass Labour ihn nach seinem Tod schnell vergessen würde.«

»Das halte ich für Unsinn. Ben war ein Freund, Inspector, und ich *wollte* zu seiner Beerdigung gehen ...«

»Aber Sie hatten zu tun«, meinte Rebus in verständnisvollem Ton. »Und jetzt sind Sie hier, um schnell, aber ungestört mit Ihrer Frau zu speisen, und dann platze ich unangemeldet herein.«

»Heute ist zufällig der Geburtstag meiner Frau. Wir haben

es – weiß Gott, wie – geschafft, uns ein wenig Zeit freizuschaufeln.«

»Und ich hab's verdorben.« Rebus wandte sich an Andersons Ehefrau. »Alles Gute zum Geburtstag!«

Der Kellner stellte ein Weinglas vor Rebus. »Vielleicht lieber Wasser?«, schlug Anderson vor. Rebus nickte.

»Hatten Sie viel mit dem G8-Gipfel zu tun?«, fragte die Frau des Abgeordneten und beugte sich vor.

»Ich hatte *trotz* des G8-Gipfels viel zu tun«, berichtigte Rebus sie. Er sah die beiden einen Blick wechseln und wusste, was sie dachten: ein verkaterter Polizist, aufgeputscht durch die ganzen Demos und das Chaos und jetzt noch die Bombenattentate. Beschädigte Ware, mit Vorsicht zu behandeln.

»Kann das wirklich nicht bis morgen warten, Inspector?«, fragte Anderson leise.

»Ich untersuche Ben Websters Tod«, erklärte Rebus. Seine Stimme klang nasal, sogar für seine eigenen Ohren. »Ich kann einfach keinen Grund finden, warum er sich das Leben hätte nehmen sollen.«

»Sicher eher ein Unfall«, warf die Frau des Abgeordneten ein.

»Oder jemand hat nachgeholfen«, meinte Rebus.

»Was?« Anderson hatte aufgehört, das Besteck hin und her zu schieben.

»Richard Pennen möchte die Entwicklungshilfe an Waffenverkäufe koppeln, stimmt's? Wie soll das funktionieren – er spendet einen Haufen Geld im Tausch für laschere Kontrollen?«

»Seien Sie nicht albern.« Der Abgeordnete gab sich gar nicht erst die Mühe, die Verärgerung in seiner Stimme zu kaschieren.

»Befanden Sie sich in dieser Nacht auf dem Schloss?«

»Ich hatte in Westminster zu tun.«

»Kann es sein, dass Webster eine Auseinandersetzung mit Pennen hatte? Womöglich auf Ihre Anweisung hin?«

»Was für eine Auseinandersetzung?«

»Den Waffenhandel zurückschrauben ... die ganzen Waffen in Pflugscharen verwandeln.«

»Hören Sie, Sie können nicht einfach herumlaufen und Richard Pennen diffamieren. Falls es irgendwelche Beweise dafür gibt, würde ich sie gern sehen.«

»Ich auch«, sagte Rebus.

»Heißt das, es gibt keine? Und auf was genau stützen Sie Ihre Anschuldigungen, Inspector?«

»Auf die Tatsache, dass der Special Branch möchte, dass ich mich raushalte oder wenigstens auf seiner Linie bleibe.«

»Und ginge es nach Ihnen, würden Sie diese Linie lieber überschreiten?«

»Die einzige Möglichkeit, überhaupt irgendwohin zu kommen.«

»Ben Webster war ein herausragendes Mitglied des Parlaments und ein aufgehender Stern in seiner Partei ...«

»Und hätte Sie in jedem Führungsstreit absolut unterstützt«, fügte Rebus unwillkürlich hinzu.

»Das grenzt jetzt aber an Verleumdung!«, knurrte Anderson.

»War er einer von denen, die den Konzernchefs das Leben schwermachen?«, erkundigte sich Rebus. »Die sich nicht bestechen oder kaufen lassen?« Sein Hirn fühlte sich immer benebelter an.

»Sie scheinen erschöpft, Officer«, sagte die Frau des Abgeordneten: Sie besaß eine angenehme Stimme. »Sind Sie wirklich sicher, dass das nicht warten kann?«

Rebus schüttelte den Kopf, der ihm ziemlich schwer vorkam.

»Liebling«, sagte Mrs. Anderson zu ihrem Mann, »da ist Rosie.«

Eine nervös aussehende junge Frau quetschte sich zwischen den Tischen hindurch. Die Bedienung wirkte nicht gerade erfreut darüber, vier Personen an einen Tisch für zwei setzen zu müssen.

»Ich habe Ihnen eine Nachricht nach der anderen hinterlassen«, erklärte Rosie, »und dann dachte ich, Sie bekämen sie vielleicht gar nicht.«

»Kein Empfang«, brummte Anderson und klopfte auf sein Handy. »Das ist der Inspector.«

Rebus war aufgestanden und bot Andersons Sekretärin seinen Platz an. Sie schüttelte den Kopf und vermied den Blickkontakt.

»Der Inspector«, sagte sie zu dem Abgeordneten, »ist zur Zeit suspendiert, vorbehaltlich einer Untersuchung über sein Verhalten.« Jetzt erwiderte sie Rebus' Blick. »Ich habe ein paar Anrufe gemacht.«

Eine von Andersons buschigen Augenbrauen hatte sich gehoben.

»Ich habe ja gesagt, dass ich nicht im Dienst bin«, erinnerte ihn Rebus.

»Ganz so eindeutig war es, glaube ich, nicht. Ah … die Vorspeise.« Zwei Kellner warteten neben dem Tisch, der eine mit Räucherlachs, der andere mit einer orangefarbenen Suppe. »Sie gehen jetzt, Inspector.« Das klang eher nach einer Feststellung als einer Aufforderung.

»Finden Sie nicht, dass Ben Webster eine gewisse Beachtung verdient?«

Der Abgeordnete überging das und faltete seine Serviette auseinander. Seine Sekretärin hatte keine derartigen Skrupel.

»Verschwinden Sie!«, knurrte sie.

Rebus nickte und hatte sich schon halb umgewandt, als ihm noch etwas einfiel. »Die Bürgersteige in meiner Gegend sind in einem erbärmlichen Zustand«, informierte er seinen Abgeordneten. »Vielleicht könnten Sie hin und wieder etwas Zeit erübrigen, um Ihren Wahlkreis zu besuchen …«

★

»Steigen Sie ein«, befahl die Stimme. Rebus drehte sich um und sah, dass Siobhan vor seinem Haus geparkt hatte.

»Das Auto sieht prima aus«, bemerkte er.

»Muss es ja wohl, bei dem, was Ihr freundlicher Mechaniker mir abgeknöpft hat.«

»Ich war gerade auf dem Weg nach oben …«

»Planänderung. Sie kommen mit mir.« Sie hielt inne. »Ist mit Ihnen alles in Ordnung?«

»Hab vorher ein paar Gläser getrunken und dann etwas gemacht, was ich wohl besser hätte bleiben lassen sollen.«

»Das ist ja mal was ganz Neues.« Dennoch schaffte sie es, entgeistert auszusehen, als er ihr von seinem Ausflug in das Restaurant erzählte.

»Das bringt mir sicher wieder einen Anpfiff ein«, waren seine Schlussworte.

»Was Sie nicht sagen.« Siobhan schloss ihre Tür, als Rebus auf der Beifahrerseite einstieg.

»Und bei Ihnen?«, fragte er.

Sie erzählte ihm von ihren Eltern und davon, was Stacey Websters Kamera aufgenommen hatte. Griff nach hinten und reichte ihm das Beweismaterial.

»Jetzt fahren wir also zum Stadtrat?«, fragte Rebus.

»Das hatte ich vor. Warum lächeln Sie?«

Er tat, als studierte er die Bilder. »Ihre Mutter sagt, ihr ist es egal, wer sie geschlagen hat. Niemand scheint sich um den Tod von Ben Webster zu kümmern. Und trotzdem sitzen wir beide hier.« Er hob den Blick und lächelte sie müde an.

»Das ist unser Beruf«, sagte sie leise.

»Genau das meine ich. Egal, was die anderen denken oder sagen. Ich befürchte nur, dass Sie lauter falsche Lektionen von mir gelernt haben.«

»Ein bisschen Grips dürfen Sie mir ruhig zutrauen«, schalt sie ihn und legte den Gang ein.

★

Stadtrat Gareth Tench wohnte in einer imposanten viktorianischen Villa am Duddingston Park. Die Häuser waren weit genug von der Straße zurückgesetzt, um eine gewisse Ungestört-
heit zu garantieren. Keine fünf Minuten mit dem Auto von
Niddrie entfernt und doch eine ganz andere Welt: respekta-
bel, bürgerlich, ruhig. Hinter den Gebäuden lag ein Golfplatz,
und zum Portobello-Strand war es auch nicht weit. Siobhan
hatte sich für eine Route entlang der Niddrie Mains Road entschieden, so konnten sie sehen, dass das Zeltlager sich rasch
auflöste.

»Wollen Sie kurz bei Ihrem Verehrer vorbeischauen?«, zog
Rebus sie auf.

»Vielleicht sollten Sie im Auto bleiben«, erwiderte sie scharf.
»Lassen Sie mich mit Tench sprechen.«

»Ich bin stocknüchtern«, versuchte Rebus ihr einzureden.
»Na ja … jedenfalls auf dem Weg dahin.« Sie hatten an einer
Tankstelle auf der Ratcliffe Terrace angehalten, damit er sich
Irn-Bru und Paracetamol besorgen konnte.

»Der Erfinder verdient den Nobelpreis«, hatte Rebus konsta-
tiert, ohne allerdings zu präzisieren, auf welches Produkt sich
diese Bemerkung bezog.

Im Hof vor Tenchs Haus parkten zwei Autos. Der ganze Vorgarten war gepflastert worden, um einen Abstellplatz für sie
zu schaffen. Im Wohnzimmer brannte Licht.

»Guter Polizist, schlechter Polizist?«, meinte Rebus, als Siobhan klingelte. Sie lächelte schwach. Die Tür wurde von einer
Frau geöffnet.

»Mrs. Tench?«, fragte Siobhan, während sie ihren Dienstausweis hochhielt. »Könnten wir kurz mit Ihrem Mann sprechen?«

Dann ertönte Tenchs Stimme von drinnen: »Wer ist da,
Louisa?«

»Polizei, Gareth«, rief sie und ging zur Seite, damit sie eintre-
ten konnten. Sie standen schon im Wohnzimmer, als Tench die

402

Treppe herunterkam. Die Einrichtung entsprach nicht gerade Rebus' Geschmack: von Schärpen gehaltene Samtvorhänge; überladene Wandlampen aus Messing zu beiden Seiten des Kamins; zwei riesige Sofas, die viel Raum einnahmen. Übergroß und überladen, diese Begriffe schienen auch auf Louisa Tench zuzutreffen. Sie trug baumelnde Ohrringe und klimpernde Armreifen. Ihr brauner Teint stammte aus der Chemiefabrik oder dem Sonnenstudio und wirkte genauso künstlich wie die hochgesteckten rostroten Haare. Etwas zu viel blauer Lidschatten und rosafarbener Lippenstift. Er zählte fünf Kaminuhren und kam zu dem Schluss, dass hier wohl nichts von Tench ausgesucht worden war.

»'n Abend, Sir«, sagte Siobhan, als Tench den Raum betrat. Als Antwort verdrehte er lediglich die Augen.

»Herrgott, lassen die einen denn nie in Ruhe? Ich sollte Sie wohl wegen Belästigung verklagen?«

»Bevor Sie das tun, Mr. Tench«, fuhr Siobhan in ruhigem Ton fort, »könnten Sie vielleicht noch einen Blick auf diese Fotos werfen.« Sie reichte sie ihm. »Sie erkennen natürlich diesen jungen Mann aus Ihrem Wahlbezirk?«

»Es ist der, mit dem Sie vom Gerichtsgebäude weggegangen sind«, half Rebus seinem Gedächtnis auf die Sprünge. »Übrigens … Denise lässt grüßen.«

Tench warf einen ängstlichen Blick zu seiner Ehefrau, die wieder in ihrem Sessel saß und in den auf lautlos gestellten Fernseher starrte. »Was ist denn mit diesen Fotos?«, fragte er, lauter als notwendig.

»Sie werden bemerken, dass er diese Frau mit einem hölzernen Stock attackiert«, fuhr Siobhan fort. Rebus hielt die Augen offen – und die Ohren gespitzt. »Auf dem nächsten Foto hier versucht er, in der Menge unterzutauchen. Sie werden mir aber zustimmen, dass er gerade eine unbeteiligte Zuschauerin angegriffen hat.«

Tench wirkte misstrauisch, sein Blick huschte zwischen den

beiden Fotos hin und her. »Digital, oder?«, fragte er. »Kinderleicht zu manipulieren.«

»Es sind nicht die Fotos, die hier manipuliert werden, Mr. Tench«, hielt Rebus es für seine Pflicht zu bemerken.

»Was soll das heißen?«

»Wir wollen seinen Namen«, antwortete Siobhan. »Wir können ihn auch morgen früh vom Gericht bekommen, aber wir hätten ihn lieber jetzt von Ihnen.«

Er kniff die Augen zusammen. »Und warum, bitte schön?«

»Weil wir ...«, Siobhan hielt kurz inne, »... weil *ich* wissen möchte, was für eine Verbindung das ist. In der Zeltstadt sind Sie zweimal zufällig als letzte Rettung aufgetaucht ...«, sie tippte mit einem Finger auf eins der Fotos, »... vor *ihm*. Als Nächstes warten Sie auf ihn, als er aus dem Polizeigewahrsam kommt. Und jetzt das hier.«

»Er ist eben auch so ein Kind aus dem falschen Viertel der Stadt«, sagte Tench, wobei er die Stimme gesenkt hielt, aber jedes Wort betonte. »Falsche Eltern, falsche Schule, falsche Entscheidung an jeder Weggabelung. Aber er lebt in *meinem* Wahlbezirk, und das bedeutet, dass ich mich um ihn kümmere, wie ich es mit jedem anderen Typen in seiner Lage tun würde. Falls das ein Verbrechen ist, DS Clark, bin ich bereit, auf der Anklagebank zu sitzen und meine Sache zu vertreten.« Ein Speicheltropfen traf Siobhan an der Wange. Sie wischte ihn mit einer Fingerspitze weg.

»Sein Name«, wiederholte sie.

»Er ist bereits angeklagt worden.«

Louisa Tench saß immer noch in ihrem Sessel, die Beine übereinandergeschlagen, den Blick auf den tonlosen Fernseher gerichtet.

»Gareth«, sagte sie mit Nachdruck, *»Emmerdale.«*

»Sie wollen doch nicht, dass Ihre Frau die Serie verpasst, Mr. Tench, oder?«, schob Rebus nach. Der Vorspann flimmerte bereits über den Bildschirm. Sie hatte die Fernbedienung in der

Hand, ein Finger schwebte über dem Lautstärkeknopf. Drei Augenpaare bohrten sich in Gareth Tench, und Rebus sprach noch einmal lautlos den Namen *Denise* aus.

»Carberry«, sagte Tench. »Keith Carberry.«

Plötzlich dröhnte Musik aus dem Fernseher. Tench steckte die Hände in die Taschen und stolzierte aus dem Raum. Rebus und Siobhan warteten einen Moment und verabschiedeten sich dann von der Frau, die die Beine unter ihren Sessel zog. In ihrer eigenen Welt gefangen, ignorierte sie die beiden. Die Haustür stand einen Spalt offen, draußen wartete Tench auf sie, die Arme vor der Brust verschränkt, die Beine leicht gespreizt.

»Von einer Verleumdungskampagne hat niemand etwas«, sagte er zu ihnen.

»Wir tun nur unsere Arbeit, Sir.«

»Ich bin in der Nähe eines Bauernhofs aufgewachsen, DS Clarke«, sagte er. »Ich erkenne den Geruch von Scheiße sofort.«

Siobhan musterte ihn von oben bis unten. »Und ich erkenne einen Clown, sogar ohne Kostüm.« Sie ging auf den Bürgersteig zu, während Rebus vor Tench stehen blieb.

»Die Frau, der Ihr Knabe eins übergezogen hat, ist ihre Mutter. Das heißt, das hier wird nicht im Leeren verlaufen, verstehen Sie? Nicht, bevor wir nicht ein Ergebnis haben, mit dem wir zufrieden sind.« Er nickte, um die Botschaft zu unterstreichen. »Ihre Frau weiß wohl nichts von Denise?«, fügte er hinzu.

»So haben Sie mich also mit Ozyman in Verbindung gebracht«, sagte Tench. »Ellen Wylie hat es Ihnen erzählt.«

»Fremdzugehen war nicht besonders schlau von Ihnen, Councillor. Das hier ist eher ein Dorf als eine Stadt, früher oder später musste es —«

»Herrje, Rebus, es war nicht so!«, zischte Tench.

»Nicht an mir, das zu beurteilen, Sir.«

»Das werden Sie jetzt vermutlich Ihrem Dienstherrn erzählen. Soll er tun, was er für richtig hält – ich habe nicht die Absicht, mich Leuten wie ihm oder Ihnen zu beugen.« Tench setzte eine trotzige Miene auf. Rebus hielt seinem Blick stand, dann lächelte er und folgte Siobhan zum Auto.

»Sondererlaubnis?«, fragte er, nachdem er sich angeschnallt hatte. Sie sah, dass er eine Zigarettenschachtel schwenkte.

»Lassen Sie das Fenster offen«, befahl sie.

Rebus zündete sich die Zigarette an und blies Rauch in den Abendhimmel. Sie waren noch keine fünfzig Meter weit gekommen, als ein Wagen vor ihnen auf die Fahrbahn fuhr, dann bremste und die Hälfte der Straße blockierte.

»Wer, zum Teufel, ist das?«, zischte Rebus.

»Bentley«, antwortete Siobhan lakonisch. Und tatsächlich, als die Bremslichter ausgingen, stieg Cafferty aus dem Auto, kam entschlossen auf sie zu und beugte sich zu Rebus' offenem Fenster.

»Sie sind ziemlich fern der Heimat«, stellte Rebus fest.

»So wie Sie. Kleiner Besuch bei Gareth Tench, wie? Ich hoffe, er versucht nicht, Sie zu kaufen.«

»Er glaubt, dass Sie uns fünfhundert die Woche zahlen«, meinte Rebus gedehnt. »Hat uns ein Gegenangebot über zwei Riesen gemacht.« Er blies Cafferty Rauch ins Gesicht.

»Ich habe gerade einen Pub in Portobello gekauft«, sagte Cafferty und wedelte mit der Hand vor seinem Gesicht herum. »Kommen Sie mit, und trinken Sie einen mit mir.«

»Das ist das Letzte, was ich gebrauchen kann«, erwiderte Rebus.

»Dann eben was Alkoholfreies.«

»Was genau wollen Sie?«, fragte Siobhan. Ihre Hände umfassten immer noch das Lenkrad.

»Hat das mit mir zu tun«, fragte Cafferty Rebus, »oder wird sie langsam kompliziert?« Plötzlich griff er durchs Fenster und schnappte sich eins der Fotos, die auf Rebus' Schoß lagen.

Trat dann ein paar Schritte zurück und hielt sie sich vors Gesicht. Siobhan war sofort ausgestiegen und ging auf ihn zu.

»Ich bin nicht in der Stimmung für so was, Cafferty.«

»Ah«, sagte er, »ich hab doch da was über Ihre Mutter gehört ... Und ich schätze, dass es *dieses* kleine Arschloch war.«

Siobhan blieb unvermittelt stehen, die Hand schon halb ausgestreckt, um das Foto wieder an sich zu nehmen.

»Heißt Kevin oder Keith«, fuhr Cafferty fort.

»Keith Carberry«, bestätigte sie. Rebus stieg jetzt auch aus. Er sah, dass Cafferty sie in der Zange hatte.

»Das hat nichts mit Ihnen zu tun«, warnte Rebus ihn.

»Natürlich nicht«, stimmte Cafferty ihm zu. »Ich verstehe, dass das etwas Persönliches ist. Hab nur überlegt, ob ich helfen kann, das ist alles.«

»Wie helfen?«, fragte Siobhan.

»Hören Sie nicht auf ihn«, warnte Rebus. Aber Cafferty ließ nicht locker.

»Auf jede mir mögliche Art«, erwiderte er leise. »Keith arbeitet für Tench, stimmt's? Wäre es nicht besser, sie beide unschädlich zu machen, als nur den Boten?«

»Tench war nicht in den Princes Street Gardens.«

»Und Klein Keith hat nicht den Grips, der ihm mitgegeben wurde«, konterte Cafferty. »Das macht Jungs wie ihn ziemlich *beeinflussbar.*«

»Herrgott, Siobhan«, mischte Rebus sich ein und packte sie am Arm. »Er will Tench am Boden sehen. Wie das passiert, ist ihm egal.« Er drohte Cafferty mit dem Finger. »Sie hat damit nichts zu tun.«

»War ja nur ein Angebot ...« Cafferty hob gleichsam kapitulierend die Hände.

»Wie kommen Sie überhaupt dazu, uns aufzulauern? Haben Sie einen Baseballschläger und eine Schaufel im Kofferraum?«

Ohne ihn zu beachten, gab Cafferty Siobhan das Foto zurück. »Ich wette zehn zu eins, dass Keith jetzt in dieser Halle in Restalrig Pool spielt. Es gibt nur einen Weg, das herauszufinden …«

Ihr Blick war auf das Foto gerichtet. Als Cafferty ihren Namen aussprach, blinzelte sie und sah ihn an. Dann schüttelte sie den Kopf.

»Später«, sagte sie.

Er zuckte die Achseln. »Wann immer Sie möchten.«

»Sie werden nicht da sein«, erklärte sie.

Er versuchte, gekränkt auszusehen. »Das ist nicht fair, nach allem, was ich Ihnen erzählt habe.«

»Sie werden *nicht* da sein«, wiederholte sie. Cafferty wandte seine Aufmerksamkeit Rebus zu.

»Habe ich nicht gesagt, dass sie komplizierter geworden ist? Das war vielleicht noch untertrieben.«

»Vielleicht«, pflichtete Rebus ihm bei.

21

Er lag seit zwanzig Minuten in der Badewanne, als es an der Haustür klingelte, und beschloss, es zu ignorieren, hörte dann aber, dass jemand ihn auf dem Handy anrief. Wer immer es war, hinterließ eine Nachricht – das erkannte er am anschließenden Piepen. Als Siobhan ihn absetzte, hatte er ihr den guten Rat gegeben, direkt nach Hause zu fahren und sich ein wenig auszuruhen.

»Mist«, sagte er, als ihm klar wurde, dass sie in Schwierigkeiten stecken könnte. Er stieg aus der Wanne, wickelte sich ein Handtuch um die Hüften und hinterließ, als er ins Wohnzimmer tappte, nasse Fußspuren. Aber die Nachricht war nicht von Siobhan. Es war Ellen Wylie. Sie saß unten im Auto.

»War noch nie so beliebt bei den Damen«, murmelte er und drückte die Rückruftaste. »Geben Sie mir fünf Minuten«, bat er sie. Dann zog er sich an. Unten klingelte es erneut. Er betätigte den Öffner, und während er an der Tür wartete, lauschte er auf ihre Schritte im Treppenhaus.

»Ellen, immer ein Vergnügen«, begrüßte er sie.

»Bitte entschuldigen Sie, John. Wir waren alle im Pub, und ich musste einfach immer daran denken.«

»An die Bombenattentate?«

Sie schüttelte den Kopf. »An Ihren Fall«, präzisierte sie. Jetzt standen sie im Wohnzimmer. Sie schlenderte zu dem Tisch, auf dem die Unterlagen ausgebreitet waren; dann entdeckte sie die Wand und ging darauf zu, während ihr Blick über die dort angepinnten Fotos wanderte. »Ich habe den halben Tag damit zugebracht, die Geschichten dieser Monster zu lesen … zu lesen, was die Familien ihrer Opfer über sie denken, und dann genau diese Arschlöcher zu warnen, dass es da jemanden geben könnte, der auf Rache sinnt.«

»Trotzdem war es richtig, das zu tun, Ellen. In Zeiten wie diesen müssen wir das Gefühl haben, *überhaupt etwas* zu tun.«

»Nehmen wir mal an, sie wären keine Vergewaltiger, sondern Attentäter …?«

»Welchen Sinn hat das?«, fragte er und wartete auf eine Antwort. Doch sie zuckte lediglich mit den Schultern. »Möchten Sie was trinken?«

»Vielleicht Tee …« Sie drehte sich halb zu ihm um. »Das ist doch in Ordnung, oder? Dass ich so hereinplatze?«

»Ich freue mich über Gesellschaft«, log er, während er schon auf dem Weg zur Küche war.

Als er mit den zwei Bechern zurückkam, saß sie, über den ersten Stapel Papiere gebeugt, am Esstisch. »Wie geht es Denise?«, fragte er.

»Gut.«

»Sagen Sie, Ellen …« Er machte eine Pause, bis er sich ihrer Aufmerksamkeit sicher war. »Wussten Sie, dass Tench verheiratet ist?«

»Getrennt«, verbesserte sie ihn.

Rebus schürzte die Lippen. »Aber nicht so richtig«, klärte er sie auf. »Sie leben im selben Haus.«

Sie blinzelte nicht. »Warum sind alle Männer Arschlöcher, John? Anwesende natürlich ausgeschlossen.«

»Ich muss mich doch über ihn wundern«, fuhr Rebus fort. »Warum ist er so an Denise interessiert?«

»*So* eine schlechte Partie ist sie nicht.«

Mit einem leichten Zucken der Mundwinkel gab er ihr in diesem Punkt recht. »Trotzdem habe ich den Verdacht, dass der Stadtrat von Opfern angezogen wird. Manche Männer sind so, stimmt's?«

»Worauf wollen Sie hinaus?«

»Ich weiß es eigentlich gar nicht so genau ... ich wüsste nur gerne, was in ihm vorgeht.«

»Warum?«

Rebus schnaubte. »Noch eine verdammt gute Frage.«

»Halten Sie ihn für einen Verdächtigen?«

»Wie viele haben wir?«

Sie zuckte die Achseln. »Eric Bain ist es gelungen, ein paar Namen und Einzelheiten aus der Abonnentenliste herauszuziehen. Wahrscheinlich aber werden sie sich als die Familien der Opfer oder als in diesem Bereich tätige Fachleute entpuppen.«

»In welches Lager fällt denn Tench?«

»In keins. Macht ihn *das* zu einem Verdächtigen?«

Rebus stand neben ihr, den Blick auf die Fallakten gerichtet. »Wir brauchen ein Profil des Mörders. Alles, was wir bisher wissen, ist, dass er den Opfern nicht ins Gesicht sieht.«

»Trevor Guest hinterließ er uns aber in einem fürchterlichen Zustand – mit Schnitten, Kratzern, Prellungen. Guests Bankkarte hat er uns auch dagelassen, was bedeutet, dass wir dessen Namen von Anfang an kannten.«

»Empfinden Sie das als etwas Besonderes?«

Sie nickte. »Man könnte aber ebenso gut sagen, dass Cyril Colliar als einziger Schotte das Besondere ist.«

Rebus starrte ein Foto von Trevor Guests Gesicht an. »Guest hat eine Weile hier oben gelebt«, sagte er. »Hackman hat es mir erzählt.«

»Wissen wir, wo?«

Rebus schüttelte den Kopf. »Muss irgendwo in den Akten stehen.«

»Hat das dritte Opfer auch irgendwelche Verbindungen nach Schottland?«

»Möglicherweise.«

»Vielleicht ist das der Schlüssel. Statt uns auf *Bestien-im-Visier* zu konzentrieren, sollten wir mehr über die drei Opfer nachdenken.«

»Sie klingen, als wollten Sie gleich loslegen.«

Sie schaute ihn an. »Ich bin zu aufgedreht zum Schlafen. Und Sie? Ich könnte ja einen Stapel Unterlagen mit nach Hause nehmen.«

Rebus schüttelte erneut den Kopf. »Da, wo Sie sind, sind Sie genau richtig.« Er nahm sich ein paar Berichte, ging zu seinem Sessel und schaltete, bevor er sich niederließ, eine Stehlampe an. »Wird Denise sich nicht fragen, wo Sie sind?«

»Ich schicke ihr eine SMS, dass ich bis in die Puppen arbeiten muss.«

»Am besten erwähnen Sie nicht, wo ... Ich möchte kein Gerede.«

Sie lächelte. »Nein, das wollen wir sicher nicht. Apropos, sollten wir nicht Siobhan in Kenntnis setzen?«

»Worüber?«

»Sie hat doch die Verantwortung für den Fall, oder?«

»Das vergesse ich immer«, antwortete Rebus beiläufig und wandte sich wieder seiner Lektüre zu.

Es war fast Mitternacht, als er aufwachte. Ellen kam gerade

mit einem Becher frischem Tee auf Zehenspitzen schleichend aus der Küche.

»Tut mir leid«, entschuldigte sie sich.

»Ich bin weggedöst«, sagte er.

»Vor gut einer Stunde.« Sie blies in die Flüssigkeit.

»Habe ich was verpasst?«

»Nichts. Warum gehen Sie nicht ins Bett?«

»Und lasse Sie hier allein weiterschuften?« Er streckte die Arme und spürte, wie seine Wirbelsäule knackte. »Wird schon wieder.«

»Sie sehen erschöpft aus.«

»Das sagt mir zurzeit jeder.« Er war aufgestanden und ging zum Tisch. »Wie weit sind Sie gekommen?«

»Ich kann keine Verbindung zwischen Edward Isley und Schottland finden – keine Familie, keine Arbeitsstellen und keine Ferienaufenthalte. Ich habe mich schon gefragt, ob wir das Pferd von hinten aufgezäumt haben.«

»Was meinen Sie damit?«

»Vielleicht war es Colliar, der Verbindungen in den Norden Englands hatte.«

»Das ist ein Argument.«

»Letztlich scheint es aber auch nicht aufzugehen.«

»Vielleicht sollten Sie mal eine Pause machen.«

Sie deutete auf ihren Tee. »Wonach sieht das denn aus?«

»Ich meinte eine richtige Pause.«

Sie ließ die Schultern kreisen. »Sie haben nicht zufällig einen Whirlpool oder Masseur im Haus?« Sein Gesicht sprach Bände. »Das war nicht ernst gemeint«, beruhigte sie ihn. »Irgendetwas sagt mir, dass Sie kein Experte im Rückenmassieren sind. Übrigens …« Sie unterbrach sich und hob den Becher zum Mund.

»Übrigens was?«, fragte er.

Sie senkte den Becher wieder. »Nun ja, Sie und Siobhan …«

»… sind Kollegen«, erklärte er. »Kollegen *und* Freunde. Nichts anderes, trotz des ganzen Geredes.«

»Es sind ja tatsächlich Gerüchte umgegangen«, bestätigte sie.

»Und genau das sind sie – Gerüchte. Das heißt, reine Fiktion.«

»Beim ersten Mal war es aber nicht so, oder? Ich meine, bei Ihnen und DCS Templer.«

»Das mit Gill Templer liegt Jahre zurück, Ellen.«

»Ich behaupte ja gar nichts anderes.« Sie starrte in die Ferne. »Dieser Job, den wir machen … wie viele kennen Sie, die es schaffen, eine Beziehung aufrechtzuerhalten?«

»Ein paar gibt es schon. Shug Davidson ist seit zwanzig Jahren verheiratet.«

In dem Punkt musste sie ihm recht geben. »Aber Sie, ich, Siobhan … ich könnte noch Dutzende nennen …«

»Das gehört einfach dazu, Ellen.«

»All diese anderen Lebensgeschichten, von denen wir erfahren …« Sie wedelte mit der Hand über die Fallakten. »Und wir kriegen's nicht hin, unsere eigene zu schreiben.« Sie musterte ihn. »Ist wirklich nichts zwischen Ihnen und Siobhan?«

Er schüttelte den Kopf. »Jetzt glauben Sie aber bloß nicht, Sie könnten einen Keil zwischen uns treiben.«

Sie versuchte, ihrer Empörung über diese Unterstellung Ausdruck zu verleihen, fand aber keine Worte.

»Sie flirten«, sagte er. »Der einzige Grund, der mir dafür einfällt, ist der, dass Sie Siobhan eins auswischen möchten.«

»Herrgott noch mal!« Sie knallte den Becher auf den Tisch, wobei sie die darauf ausgebreiteten Unterlagen mit Tee besprenkelte. »Von allen arroganten, irregeleiteten, dickköpfigen …« Sie stand auf.

»Schauen Sie, wenn ich unrecht hatte, bitte ich um Verzeihung. Es ist mitten in der Nacht, vielleicht brauchen wir beide ein paar Stunden Schlaf …«

»Ein Dankeschön wäre nett«, forderte sie.

»Wofür?«

»Fürs Schuften, während Sie geschnarcht haben! Fürs Aushelfen, obwohl es mich einen Anpfiff hätte kosten können! Für *alles*!«

Rebus stand, scheinbar völlig perplex, noch einen Moment da, bevor er die zwei Worte herausbrachte, die sie hören wollte.

»Vielen Dank.«

»Und Sie können mich mal kreuzweise, John«, erwiderte sie scharf, während sie zu Mantel und Tasche griff. Er wich zurück, um ihr Platz zu machen, als sie hinausrauschte. Nachdem er die Tür hinter ihr hatte zuschlagen hören, tupfte er mit seinem Taschentuch die teebespritzten Papiere ab.

»Kein großer Schaden«, sagte er sich. »Kein großer Schaden …«

»Danke dafür«, sagte Morris Gerald Cafferty und hielt die Beifahrertür auf. Siobhan zögerte einen Augenblick und stieg dann ein.

»Wir reden nur«, entgegnete sie warnend.

»Genau.« Er schloss sanft die Tür und ging um das Auto herum auf die Fahrerseite. »Das war vielleicht ein höllischer Tag«, meinte er. »In der Princes Street gab es Bombenalarm …«

»Wir rühren uns nicht von der Stelle«, ordnete sie an, ohne ihm Beachtung zu schenken.

Er schloss seine Tür und wandte sich ihr halb zu. »Wir hätten uns oben unterhalten können.«

Sie schüttelte den Kopf. »*Diese* Schwelle werden *Sie* nicht übertreten.«

Cafferty nahm die Schmähung seines Charakters hin. Er spähte hinaus auf ihren Wohnblock. »Ich dachte, Sie wohnten jetzt in einer besseren Gegend.«

»Für mich genau richtig«, blaffte sie. »Obwohl ich schon ganz gern wüsste, wie Sie mich gefunden haben.«

Er schenkte ihr ein warmes Lächeln. »Ich habe Freunde«, erklärte er. »Ein Anruf, Fall erledigt.«

»Auf Gareth Tench lässt sich dieser Trick wohl nicht anwenden? Ein Anruf bei einem Profi, und man hört nie wieder von ihm ...«

»Ich will ihn ja gar nicht tot sehen.« Er suchte nach den richtigen Worten. »Nur kleingemacht.«

»Also gedemütigt? Eingeschüchtert? Verängstigt?«

»Ich finde, es wird Zeit, dass die Leute ihn als das sehen, was er ist.« Er beugte sich etwas näher zu ihr. »*Sie* wissen jetzt, was er ist. Falls Sie sich aber auf Keith Carberry konzentrieren, werden Sie eine eindeutige Torchance vergeben.« Er lächelte erneut. »Ich spreche von Fußballfan zu Fußballfan, auch wenn wir in unserer Vorliebe auf entgegengesetzten Seiten stehen.«

»Wir stehen in *allem* auf entgegengesetzten Seiten, Cafferty – machen Sie sich da nur keine falschen Illusionen.«

Er neigte leicht den Kopf. »Sie klingen sogar wie er, wissen Sie das?«

»Wer?«

»Na, Rebus natürlich. Sie haben beide die gleiche leicht reizbare Art – glauben, es besser zu wissen als alle anderen ... glauben, etwas Besseres zu sein als alle anderen.«

»Wow, eine Therapiestunde!«

»Sehen Sie? Da haben wir's schon wieder. Es ist, als hätte Rebus Sie am Gängelband.« Er gluckste. »Es wird Zeit, dass Sie Ihre Frau stehen, Siobhan. Und zwar, bevor Rebus die goldene Uhr kriegt ... das heißt, bald.« Er hielt inne. »Was du heute kannst besorgen, das verschiebe nicht auf morgen.«

»Ein Rat von Ihnen ist das Allerletzte, was ich brauche.«

»Ich biete Ihnen keinen Rat an, sondern *Hilfe*. Zusammen können wir Tench zu Fall bringen.«

»John haben Sie das gleiche Angebot gemacht, stimmt's?

Neulich nachts in der Gemeindehalle? Ich wette, er hat nein gesagt.«

»Er hätte gern ja gesagt.«

»Hat er aber nicht.«

»Rebus und ich sind schon zu lange Feinde, Siobhan. Wir haben fast vergessen, was der Auslöser war. Aber Sie und ich, wir haben diese Geschichte noch nicht.«

»Sie sind ein Gangster, Mr. Cafferty. Wenn ich Hilfe von Ihnen annehme, bin ich wie Sie.«

»Nein«, widersprach er und schüttelte den Kopf, »Sie räumen lediglich die Leute aus dem Weg, die für diesen Angriff auf Ihre Mutter verantwortlich sind. Wenn Sie nur von diesem Foto ausgehen, werden Sie nicht weiter als bis zu Keith Carberry kommen.«

»Und Sie bieten mir wirklich mehr an?«, fragte sie. »Wie diese Gauner auf den Einkaufskanälen?«

»Das ist jetzt gemein«, schalt er sie.

»Gemein, aber fair«, verbesserte sie ihn. Sie starrte durch die Windschutzscheibe auf die Straße hinaus. Ein Taxi setzte ein betrunken wirkendes Paar an dessen Tür ab. Als es wieder wegfuhr, umarmten und küssten sich die beiden auf dem Bürgersteig und verloren dabei fast das Gleichgewicht. »Wie wär's mit einem Skandal?«, schlug sie vor. »Etwas, was den Stadtrat auf die Titelseiten der Boulevardblätter bringen würde?«

»Und was schwebt Ihnen da vor?«

»Tench geht fremd«, erklärte sie. »Seine Frau sitzt vor dem Fernseher, während er seine Freundinnen besucht.«

»Woher wissen Sie das?«

»Eine Kollegin von mir, Ellen Wylie … deren Schwester …« Wenn das bekannt würde, wäre allerdings nicht nur Tench auf den Titelseiten, sondern auch Denise … »Nein«, sagte sie und schüttelte energisch den Kopf. »Vergessen Sie's.« Blöd, blöd, blöd …

»Warum?«

»Weil es eine Frau verletzen würde, die ohnehin schon ziemlich viel mitgemacht hat.«

»Dann betrachten Sie es als vergessen.«

Sie drehte sich um und musterte ihn. »Dann sagen Sie mir, was Sie *an meiner Stelle* tun würden? Wie würden Sie sich an Gareth Tench heranmachen?«

»Über Klein Keith natürlich«, antwortete er, als wäre es das Selbstverständlichste auf der sternenbeschienenen Welt.

Mairie genoss die Jagd in vollen Zügen.

Das war kein Feuilletonartikel; keine Lobhudelei auf einen Spezi des Chefredakteurs oder ein Interview als Teil der Vermarktungsstrategie für einen völlig überschätzten Film oder ein Buch. Es war eine Untersuchung. Es war das, weswegen sie sich ursprünglich für den Journalismus entschieden hatte.

Sogar die Sackgassen waren spannend, und bis jetzt hatte sie eine Menge falsche Abzweigungen genommen. Doch jetzt hatte jemand sie mit einem Journalisten in London in Verbindung gebracht – auch einem Freiberufler. Bei ihrem ersten Telefongespräch waren die beiden umeinander herumgetanzt. Ihr neuer Kontakt in London arbeitete an einem Fernsehprojekt, einem Dokumentarfilm über den Irak. *Mein Bagdad Waschsalon,* sollte er heißen. Zuerst wollte er ihr nicht verraten, warum. Doch dann hatte sie ihren kenianischen Kontakt erwähnt, worauf der Mann in London etwas gesprächiger wurde.

Und sie hatte sich ein Lächeln erlaubt: Wenn hier getanzt würde, dann wäre sie diejenige, die führte.

Bagdad Waschsalon wegen der ganzen Geldwäsche im Irak allgemein und in seiner Hauptstadt im Besonderen. Milliarden – vielleicht mehrere Zehnmilliarden – US-gestützte Dollar waren in den Wiederaufbau geflossen. Und viel davon war in irgendwelchen Kanälen versickert. Ganze Koffer voll Bargeld zur Bestechung lokaler Beamter. Schmiergeldzahlungen, um sicherzustellen, dass Wahlen auf jeden Fall stattfanden. Amerikanische Unternehmen drängten »erbarmungslos«, wie ihr neuer Freund sagte, in den aufblühenden Markt. Geld war in Hülle und Fülle vorhanden, denn die verschiedenen Seiten in dem Konflikt hatten das Bedürfnis, sich in diesen unsicheren Zeiten sicher zu fühlen ...

Das Bedürfnis, bewaffnet zu sein.

Schiiten, Sunniten und Kurden. Für sie hatten leistungsstarke Feuerwaffen und Raketenwerfer den gleichen Stellenwert wie Wasser und Strom. Natürlich nur zur Verteidigung, da der Wiederaufbau nur möglich war, wenn die Menschen sich beschützt fühlten.

»Ich dachte, Waffen wären aus der Gleichung herausgenommen worden«, hatte Mairie angemerkt.

»Um wieder hineingesteckt zu werden, sobald niemand hinschaut.«

»Und sie verbinden Pennen mit all dem?«, hatte Mairie zum Schluss gefragt, während sie sich, das Handy zwischen Kinn und Schulter geklemmt, wie wild Notizen machte.

»Nur zum allergeringsten Teil. Er ist eine Fußnote, ein kleines PS. Und eigentlich ist es ja auch nicht er selbst, oder? Es ist das Unternehmen, das er führt.«

»Und das Unternehmen, das ihm gehört«, fügte sie unwillkürlich hinzu. »In Kenia hat er dafür gesorgt, dass sein Brot auf beiden Seiten bestrichen ist.«

»Indem er die Regierung *und* die Opposition unterstützte? Ja, davon habe ich gehört. Soweit ich weiß, keine große Angelegenheit.«

Der Diplomat Kamweze hatte ihr allerdings etwas mehr verraten. Autos für Minister der Regierung; Straßenbau in den Hochburgen der Oppositionsführer; neue Häuser für die wichtigsten Stammeshäuptlinge. Alles zusammen unter »Entwicklungshilfe« verbucht, während mit Pennen-Technologie bestückte Waffen die Staatsverschuldung in die Höhe trieben.

»Im Irak«, fuhr der Londoner Journalist fort, »scheinen Pennen Industries eher eine Grauzone des Wiederaufbaus zu finanzieren – nämlich private Sicherheitsfirmen. Von Pennen bewaffnet und subventioniert. Das ist vielleicht der erste weitgehend privatwirtschaftlich geführte Krieg in der Geschichte.«

»Was machen diese Schutzfirmen denn?«

»Agieren als Bodyguards für Leute, die ins Land kommen, um Geschäfte zu machen. Außerdem besetzen sie die Barrikaden, schützen die Hochsicherheitszone, sorgen dafür, dass örtliche Honoratioren ihren Autoschlüssel im Zündschloss umdrehen können, ohne eine Szene wie in ›Der Pate‹ befürchten zu müssen ...«

»Das hab ich kapiert. Sie sind Söldner, stimmt's?«

»Ganz und gar nicht – völlig legal.«

»Aber mit Bargeld von Pennen gesponsert?«

»Zu einem gewissen Grad ...«

Schließlich beendete sie das Gespräch, nachdem sie sich gegenseitig versprochen hatten, in Kontakt zu bleiben, und ihr Londoner Freund betont hatte, sie könnten einander gern helfen, solange sie die Finger von der Irak-Geschichte lasse. Mairie hatte ihre noch frischen Notizen abgetippt und war dann durchs Wohnzimmer gehüpft, wo Allan vor *Stirb langsam 3* hingefläzt lag – jetzt, wo er sein Heimkino besaß, schaute er sich seine ganzen alten Lieblingsfilme noch einmal an. Sie hatte ihn umarmt und für beide ein Glas Wein eingeschenkt.

»Was feiern wir?«, fragte er, nachdem er ihr ein Küsschen auf die Wange gegeben hatte.

»Allan«, sagte sie, »du warst doch im Irak ... erzähl mir davon.«

Später in der Nacht war sie aus dem Bett geschlüpft. Ihr Handy piepte, das Zeichen dafür, dass sie eine SMS bekommen hatte. Der Absender war der Westminster-Korrespondent des *Herald*. Sie hatten bei einem Preisverleihungsdinner zwei Jahre zuvor nebeneinander gesessen, dem Mouton Cadet zugesprochen und sich in jeder Kategorie köstlich über die engere Auswahl amüsiert. Mairie hatte den Kontakt zu ihm aufrechterhalten, ihn genau genommen sogar recht attraktiv gefunden, obwohl er verheiratet war – glücklich verheiratet, so viel sie wusste ... Sie saß auf der mit Teppich belegten Treppe, nur mit einem T-Shirt bekleidet, das Kinn auf den Knien, und las seine SMS.

Du hättest mir sagen sollen, dass du dich für Pennen interessierst. Ruf mich für weitere Infos an!

Sie hatte mehr als das getan. Sie war mitten in der Nacht nach Glasgow gefahren und hatte ihn dazu gebracht, sich in einem rund um die Uhr geöffneten Café mit ihr zu treffen. Das Lokal war voller betrunkener Studenten, die eher verschlafen als laut waren. Ihr Freund hieß Cameron Bruce – ein stehender Witz zwischen ihnen –, »der Name funktioniert in beide Richtungen«. Er kam in Sweatshirt und Jogginghose an, das Haar zerzaust.

»Morgen«, sagte er mit einem bedeutungsvollen Blick auf seine Armbanduhr.

»Das hast du dir selbst zuzuschreiben«, schalt sie ihn. »Darfst eben nicht kurz vor Mitternacht ein Mädchen anmachen.«

»Ach nee«, antwortete er. Das Blitzen in seinen Augen verriet ihr, dass der gegenwärtige Stand dieser glücklichen Ehe zu überprüfen wäre. Sie dankte Gott, dass sie nicht ein Treffen in einem Hotel arrangiert hatte.

»Dann spuck's aus«, forderte sie ihn auf.

»Der ist gar nicht so schlecht«, antwortete er, während er an seinem Kaffee nippte.

»Ich fahre nicht durch halb Schottland, um mir schlechte Witze anzuhören, Cammy.«

»Warum dann?«

Darauf lehnte sie sich zurück und erzählte ihm von ihrem Interesse an Richard Pennen. Natürlich ließ sie so manche Einzelheit aus – Cammy war schließlich nicht nur ein Freund, sondern auch ein Konkurrent. Und er war klug genug zu wissen, dass ihre Story Lücken aufwies – jedes Mal, wenn sie zögerte oder ihre Meinung über irgendetwas zu ändern schien, huschte ein wissendes Lächeln über sein Gesicht. An einer Stelle musste sie ihre Geschichte unterbrechen, als das Personal einen aufmüpfigen neuen Kunden in die Mangel nahm. Alles geschah rasch und professionell, und schon fand der Mann sich auf dem Bürgersteig wieder. Er versetzte der Tür einige Tritte und dem Fenster ein paar Schläge, doch dann trottete er davon.

Sie bestellten noch einmal Kaffee und gebutterte Toastscheiben. Und dann war die Reihe an Cameron Bruce, ihr zu berichten, was er wusste.

Oder besser, was er vermutete – alles basierte auf Gerüchten, die kursierten. »Und ist deshalb mit der üblichen Vorsicht zu genießen.«

Sie nickte zustimmend.

»Parteienfinanzierung«, sagte er. Als Reaktion täuschte Mairie plötzliche Müdigkeit vor. Bruce lachte und erklärte ihr, das sei sogar ziemlich interessant.

»Was du nicht sagst!«

Wie sich herausstellte, überwies Richard Pennen private Spenden in beträchtlicher Höhe an die Labour Party. Daran war zunächst einmal nichts Verkehrtes, auch wenn seine Firma von Regierungsaufträgen profitierte.

»Das passiert auch mit Capita«, erläuterte Bruce, »und vielen anderen.«

»Willst du damit sagen, dass du mich bis hierher gelockt hast, um mir zu eröffnen, dass Pennen etwas völlig Legales und Korrektes tut?« Mairie klang alles andere als begeistert.

»Da bin ich nicht so sicher. Mr. Pennen spielt nämlich auf beiden Seiten des Netzes.«

»Indem er nicht nur Labour, sondern auch den Tories Geld gibt?«

»In gewisser Weise ja. Pennen Industries hat mehrere Feten und hohe Tiere der Torys gesponsert.«

»Aber das ist dann die Firma und nicht Pennen selbst? Auf diese Weise verstößt er vermutlich gegen kein Gesetz.«

Bruce lächelte. »Mairie, du brauchst nicht gegen ein Gesetz zu verstoßen, um in der Politik Schwierigkeiten zu bekommen.«

Sie funkelte ihn an. »Da steckt doch noch etwas anderes dahinter, stimmt's?«

»Könnte sein«, antwortete er und biss in eine weitere Toastscheibe.

Seite vier

Der letzte Stoß

Freitag, 8. Juli 2005

22

Die Titelseiten zeigten ein Blutbad. Große Farbfotos von dem roten Londoner Doppeldeckerbus. Überlebende, die voller Blut und Ruß waren, leere Augen. Eine Frau, die sich eine große weiße Kompresse vors Gesicht hielt. In Edinburgh herrschte eine posttraumatische Atmosphäre. Der Bus in der Princes Street, der mit dem verdächtigen Päckchen, war abgeschleppt worden, nachdem man eine kontrollierte Explosion herbeigeführt hatte. Mit der Einkaufstasche, die in einem der nahe gelegenen Kaufhäuser stehen gelassen worden war, hatte man es genauso gemacht. Ein paar Glasscherben auf der Straße und ein paar Blumenrabatten, die noch die Spuren der Ausschreitungen vom Mittwoch trugen. Aber all das schien schon so lange zurückzuliegen. Die Leute hatten ihre Arbeit wieder aufgenommen, Bretter waren von den Fenstern entfernt und Absperrelemente auf Tieflader gestapelt worden. Auch die Schar der Demonstranten in Gleneagles löste sich allmählich auf. Tony Blair war gerade rechtzeitig zur Abschlusssitzung von London zurückgeflogen. Reden würden gehalten und Dokumente unterzeichnet werden, aber die Menschen schienen unschlüssig, was sie davon halten sollten. Die Bomben in London hatten den perfekten Vorwand geliefert, die Handelsgespräche zu verkürzen. Es würde zusätzliche Entwicklungshilfe für Afrika geben, aber nicht so viel, wie die Gipfelgegner gefordert hatten. Bevor die Politiker sich der Armutsbekämpfung widmen konnten, hatten sie einen dringenderen Feldzug zu führen.

Rebus legte die Zeitung zusammen und warf sie auf den kleinen Tisch neben seinem Stuhl. Er saß im Flur in der obersten Etage des Polizeipräsidiums der Lothian and Borders Police in der Fettes Avenue. Die Aufforderung, hier zu erscheinen, hatte er bekommen, als er gerade aufstand. Die Sekretärin des Chief Constable war hartnäckig geblieben, als Rebus versucht hatte, den Zeitpunkt hinauszuzögern.

»Sofort«, hatte sie verlangt. Weshalb Rebus nur kurz haltgemacht hatte, um sich einen Kaffee, ein Stück Gebäck und eine Zeitung zu besorgen. Den letzten Bissen seines Donut hielt er noch in der Hand, als James Corbyns Tür aufging. In der Annahme, dass sie hineingehen würden, stand Rebus auf, aber Corbyn schien es vorzuziehen, gleich hier draußen im Flur mit ihm zu sprechen.

»Ich dachte, Sie hätten eine faire Warnung erhalten, DI Rebus – Sie waren von dem Fall abgezogen.«

»Ja, Sir«, stimmte Rebus ihm zu.

»Aber?«

»Nun ja, Sir, ich wusste, dass ich nicht an dem Auchterarder-Fall arbeiten durfte, dachte aber, ich könnte ein paar offene Fragen in Bezug auf Ben Webster klären.«

»Sie waren vom Dienst suspendiert.«

Rebus schaute verblüfft. »Nicht nur von dem einen Fall?«

»Sie wissen ganz genau, was eine Suspendierung bedeutet.«

»Tut mir leid, Sir – ich werde langsam alt.«

»Das stimmt allerdings«, höhnte Corbyn. »Sie befinden sich bereits im besten Pensionsalter. Ich frage mich, warum Sie überhaupt noch hier sind.«

»Nichts Besseres zu tun, Sir.« Rebus machte eine Pause. »Übrigens, Sir, ist es ein Verbrechen, wenn ein Wähler seinem Abgeordneten eine Frage stellt?«

»Er ist Handelsminister, Rebus. Das heißt, er hat das Ohr des Premierministers. Heute geht der G8-Gipfel zu Ende, und in diesem Stadium wollen wir uns nicht noch einen Rüffel einhandeln.«

»Na, ich habe keinen Grund, den Minister noch einmal zu belästigen.«

»Ganz richtig – und wo wir schon dabei sind, jemand anderen auch nicht. Das ist Ihre letzte Chance. Bis jetzt könnten Sie noch mit einem Verweis davonkommen, aber wenn Ihr Name noch ein einziges Mal auf meinem Schreibtisch landet ...« Um die Wirkung seiner Worte zu verstärken, drohte er ihm mit dem Finger.

»Botschaft erhalten, Sir.« Rebus' Handy fing an zu klingeln. Er zog es aus der Tasche und prüfte die Nummer: niemand, den er kannte. Er hielt sich das kleine silberne Kästchen ans Ohr.

»Hallo?«

»Rebus? Hier ist Stan Hackman. Wollte Sie eigentlich gestern anrufen, aber nach allem, was passiert ist ...«

Rebus spürte, dass Corbyns Blick auf ihm ruhte. »Ich rufe dich gleich zurück, mein Schatz, versprochen«, hauchte er ins Telefon. Er gab noch ein Kussgeräusch von sich und brach das Gespräch ab. »Meine Freundin«, erklärte er Corbyn.

»Tapfere Frau«, meinte Corbyn und öffnete die Tür zu seinem Büro.

Sitzung beendet.

»Keith?«

Siobhan saß in ihrem Auto, das Fenster heruntergedreht. Keith Carberry ging auf die Tür der Billardhalle zu. Sie öffnete um acht Uhr. Um auf der sicheren Seite zu sein, war Siobhan schon seit Viertel vor acht hier und hatte Arbeiter dabei beobachtet, wie sie lustlos zur Bushaltestelle trotteten. Sie winkte ihn zu sich her. Er blickte sich um, als fürchtete er einen Hinterhalt. Unter dem Arm trug er einen schmalen schwarzen Koffer – sein eigenes Queue. Siobhan schätzte, dass er ihn im Fall des Falles auch als Waffe einsetzen würde.

»Ja?«, sagte er.

»Erinnerst du dich an mich?«

»Ich riech den Braten schon von weitem.« Er hatte sich die Kapuze seines marineblauen Oberteils über die Baseballmütze gezogen, genau wie auf den Fotos. »Ich wusste, dass ich dich wiedersehen würde – an dem Abend warst du ja schon rattenscharf auf mich.« Wie zur Bekräftigung fasste er sich in den Schritt.

»Wie war's vor Gericht?«

»Reizend.«

»Anklage wegen Landfriedensbruchs«, zitierte sie. »Gegen Kaution freigelassen mit der Auflage, der Princes Street fernzubleiben und sich täglich im Polizeirevier Craigmillar zu melden.«

»Stellst du mir nach? Ich hab von Frauen gehört, die richtig besessen werden.« Er lachte und streckte sich. »Sind wir hier fertig?«

»Wir fangen gerade erst an.«

»Prima.« Er wandte sich ab. »Dann sehen wir uns drinnen.«

Sie rief erneut seinen Namen, aber er ignorierte sie. Riss die Tür auf und betrat die Billardhalle. Siobhan kurbelte ihr Fenster hoch, stieg aus und schloss ihr Auto ab. Folgte ihm in Lonnie's Pool Academy – »Die besten Tische in Restalrig«.

Der Raum war schwach beleuchtet und dunstig, als würde er nie richtig geputzt. An zwei Tischen wurde bereits gespielt. Carberry steckte Münzen in einen Getränkeautomaten und zog sich eine Dose Cola. Siobhan konnte keine Angestellten sehen, was bedeutete, dass sie wahrscheinlich selbst spielten. Kugeln klackerten und fielen in Taschen. Das Fluchen nach jedem Stoß schien obligatorisch zu sein.

»Du hast vielleicht ein Schwein!«

»Von wegen Schwein. Die Sechs in die obere Ecke, und jetzt aufgepasst, du Macker.«

»Tittenalarm!«

Vier Augenpaare wandten sich Siobhan zu. Nur Carberry

430

ignorierte sie und trank weiter seine Cola. Im Hintergrund lief ein Radio mit leicht gestörtem Empfang.

»Kann ich was für dich tun, Süße?«, fragte einer der Spieler.

»Ich möchte ein paar Partien spielen«, antwortete sie und reichte ihm einen Fünfpfundschein. »Kannst du mir rausgeben?«

Er war noch ein Teenager, hatte aber offensichtlich die Frühschicht. Er nahm ihr den Schein ab, schloss die Kasse hinter der Essenstheke auf und zählte zehn Fünfzigpencestücke ab.

»Billige Tische«, sagte sie zu ihm.

»Scheißtische«, verbesserte sie einer der Spieler.

»Halt die Klappe, Jimmy«, schnauzte der Teenager ihn an. Aber Jimmy kam jetzt richtig in Fahrt.

»Hey, Süße, hast du den Film *Angeklagt* gesehen? Wenn du meinst, du wärst Jodie Foster, können wir dafür sorgen, dass die Tür verriegelt ist.«

»Wage es, und du bist der Erste, der die Beine in die Hand nimmt«, blaffte Siobhan zurück.

»Beachte ihn einfach gar nicht«, riet ihr der Teenager. »Wenn du willst, spiele ich eine Partie mit dir.«

»Sie will gegen mich antreten«, rief Keith Carberry, rülpste und zerquetschte die leere Dose in seiner Hand.

»Vielleicht hinterher«, sagte Siobhan zu dem Teenager und begab sich zu Carberrys Tisch. Dort ging sie in die Hocke, um die Münze einzuwerfen. »Bau sie auf«, sagte sie zu ihm. Während Carberry mit dem Dreieck hantierte, suchte sie sich ein Queue aus. Die Lederspitzen waren abgenutzt, und Kreide war weit und breit keine zu sehen. Carberry hatte inzwischen seinen Koffer geöffnet und das zweiteilige Queue zusammengeschraubt. Er zog eine neue Kreide aus der Tasche und machte sich damit ans Werk. Danach wanderte der Würfel wieder in seine Tasche, und er zwinkerte ihr zu.

»Wenn du sie willst, musst du sie dir hier rausholen. Knobeln wir um den Eröffnungsstoß?«

431

Damit löste er schallendes Gelächter aus, aber Siobhan beugte sich schon über die weiße Kugel. Obwohl das rostfarbene Billardtuch an manchen Stellen schon ziemlich strapaziert war, gelang ihr ein recht ordentlicher Kontakt. Sie öffnete das Rack und versenkte eine Halbe in der mittleren Tasche. Dann lochte sie noch zwei weitere ein, bevor sie einen Winkel falsch einschätzte.

»Sie ist besser als du, Keith«, schaltete sich einer der anderen Spieler ein.

Carberry beachtete ihn gar nicht und versenkte drei hintereinander. Versuchte dann, die vierte an der Längsbande zu doublieren. Verpasste sie jedoch um zwei Zentimeter. Siobhan spielte ein Safe, worauf er beschloss, die Situation durch einen Dreibänder zu lösen. Foul.

»Zwei Stöße«, betonte Siobhan. Sie brauchte beide, um ihre nächste Kugel einzulochen, schaffte dann selbst einen Zweibänder, was ihr Anfeuerungsrufe von den anderen Tischen einbrachte. Die Spiele waren unterbrochen, sodass alle zuschauen konnten. Die nächsten beiden Kugeln versenkte sie problemlos, sodass nur noch die Schwarze übrig war. Siobhan spielte sie an der Fußbande entlang, aber sie blieb unmittelbar vor dem Loch liegen. Carberry erledigte den Rest.

»Noch mehr Prügel gefällig?«, fragte er mit einem süffisanten Grinsen.

»Ich brauche erst mal was zu trinken.« Sie ging zu dem Automaten hinüber und zog sich eine Fanta. Carberry folgte ihr. Die anderen hatten ihre Spiele wieder aufgenommen; Siobhan hatte das Gefühl, eine gewisse Akzeptanz erreicht zu haben.

»Du hast ihnen nicht erzählt, wer ich bin«, sagte sie leise. »Danke.«

»Hinter was bist du her?«

»Hinter *dir*, Keith.« Sie gab ihm ein zusammengefaltetes Stück Papier. Es war ein Ausdruck des Fotos aus den Princes Street Gardens. Er nahm es, betrachtete es einen Moment und wollte es ihr dann zurückzugeben.

»Und?«, fragte er.

»Die Frau, die du geschlagen hast … schau sie dir noch mal genau an.« Sie nahm einen Schluck aus ihrer Dose. »Fällt dir irgendeine familiäre Ähnlichkeit auf?«

Er starrte sie an. »Du machst Witze.«

Sie schüttelte den Kopf. »Du hast meine Mutter krankenhausreif geschlagen, Keith. Dich hat es nicht gekümmert, wer es war oder wie schwer sie verletzt war. Du bist für eine ordentliche Randale hingefahren, und die hast du auch bekommen.«

»Und dafür hab ich vor Gericht gestanden.«

»Ich hab mir den Bericht angesehen, Keith. Davon wusste der Ankläger gar nichts.« Siobhan tippte mit dem Finger auf das Foto. »Alles, was er über dich hat, ist die Zeugenaussage des Polizisten, der dich aus der Menge herausgezerrt hat. Er hatte beobachtet, wie du den Stock wegwarfst. Was glaubst du, was du kriegst? Eine Fünfzigpfundstrafe?«

»Zahlbar in wöchentlichen Einpfundraten von meinem Girokonto.«

»Aber wenn ich ihnen dieses Foto gebe – und alle anderen, die ich habe –, sieht es plötzlich mehr nach Knast aus, stimmt's?«

»Damit würde ich auch fertig«, meinte er selbstsicher.

Sie nickte. »Weil du schon mehr als einmal drin warst. Aber es gibt eine Zeit« – sie zögerte –, »und dann gibt es eine *andere* Zeit.«

»Hä?«

»Ein einziges Wort von mir, und die Schließer sind plötzlich nicht mehr so freundlich. Sie können dich in Trakte verlegen, in die nur die richtig üblen Typen kommen: Sexualstraftäter, Psychopathen, Lebenslängliche, die nichts mehr zu verlieren haben. Aus deiner Strafakte geht hervor, dass du in der Jugendhaftanstalt warst, offener Vollzug mit Freigang … Du sagst, dass du damit fertig wirst, weil du es noch nie *versuchen* musstest.«

»Und das alles, weil deine Mum einem Stock in die Quere gekommen ist?«

»Das alles«, verbesserte sie ihn, »weil ich es *kann.* Ich sag dir aber was – dein Kumpel Tench wusste gestern Abend schon darüber Bescheid ... komisch, dass er dich nicht gewarnt hat.«

Der Teenager, der für die Halle zuständig war, bekam gerade eine SMS. Er rief zu ihnen hinüber: »Hey, ihr Turteltäubchen – der Boss will euch sprechen.«

Carberry löste seinen Blick von Siobhan. »Was?«

»Der Boss.« Der Junge zeigte auf eine Tür mit der Aufschrift »Privat«. Darüber war eine Videoüberwachungskamera an die Wand geschraubt.

»Vielleicht sollten wir da besser hingehen«, sagte Siobhan, »was meinst du?« Sie führte ihn zu der Tür und zog sie auf. Dahinter ein Flur, dann eine Treppe nach oben. Der Dachboden war zu einem Büro ausgebaut worden: Schreibtisch, Stühle, Aktenschrank. Zerbrochene Queues und ein leerer Trinkwasserbehälter. Licht, das durch zwei staubige Dachfenster fiel.

Und Big Ger Cafferty, der sie erwartete.

»Du musst Keith sein«, sagte er und streckte ihm die Hand hin. Carberry ergriff sie, während sein Blick zwischen dem Gangster und Siobhan hin und her huschte. »Vielleicht weißt du auch, wer ich bin?« Carberry zögerte und nickte dann. »Natürlich weißt du das.« Mit einer Handbewegung bot Cafferty dem jungen Mann einen Stuhl an. Siobhan blieb stehen.

»Gehört Ihnen der Laden hier?«, fragte Carberry mit einem leichten Zittern in der Stimme.

»Seit Jahren schon.«

»Was ist mit Lonnie?«

»Tot, bevor du zur Welt kamst, mein Junge.« Cafferty wischte sich mit der Hand über ein Hosenbein, als hätte er dort etwas Kreidestaub entdeckt. »Nun, Keith ... ich höre durchaus

Gutes über dich – aber wie es scheint, wirst du vom rechten Weg abgebracht. Du solltest wieder auf den Pfad der Tugend zurückkehren, bevor es zu spät ist. Deine Mum macht sich Sorgen um dich … deinem Dad fehlt die Autorität, jetzt wo er dir keine Tracht Prügel mehr verpassen kann, ohne sie doppelt zurückzukriegen. Dein älterer Bruder sitzt schon im Gefängnis in Shotts, wegen Autodiebstahls.« Cafferty schüttelte bedächtig den Kopf. »Es ist, als wäre dein Leben im Voraus festgelegt, und du könntest nichts tun, als danach zu leben.« Er hielt inne. »Aber wir können das ändern, Keith, wenn du bereit bist, uns zu helfen.«

Carberry sah verwirrt aus. »Werde ich ausgepeitscht oder was?«

Cafferty zuckte die Achseln. »Das können wir natürlich auch arrangieren – DS Clarke wünscht sich nichts sehnlicher, als dich wie ein kleines Baby heulen zu sehen. Nur gerecht, wenn man bedenkt, was du ihrer Mum angetan hast.« Wieder eine Pause. »Aber es gibt auch eine Alternative.«

Siobhan bewegte sich kaum merklich; ein Teil von ihr hätte am liebsten Carberry hier hinausgezerrt und mit ihm zusammen die Flucht vor Caffertys hypnotisierender Stimme ergriffen. Der Gangster, der das zu spüren schien, richtete für einen Moment seinen Blick auf sie und wartete auf ihre Entscheidung.

»Was für eine Alternative?«, fragte Keith Carberry. Cafferty antwortete nicht. Sein Blick war immer noch auf Siobhan gerichtet.

»Gareth Tench«, erklärte sie dem jungen Mann. »Ihn wollen wir.«

»Und du, Keith«, fügte Cafferty hinzu, »wirst liefern.«

»Liefern?«

Siobhan bemerkte, dass Carberrys Beine ihm fast den Dienst versagten. Er hatte schreckliche Angst vor Cafferty und wahrscheinlich auch schreckliche Angst vor ihr.

Du hast es gewollt, sagte sie sich.

»Tench benutzt dich, Keith«, erklärte Cafferty mit sanfter Stimme. »Er ist nicht dein Freund, ist es nie gewesen.«

»Hab ich auch nie behauptet«, fühlte Carberry sich genötigt dagegenzuhalten.

»Guter Junge.« Cafferty erhob sich langsam. Er war fast so breit wie der Schreibtisch, hinter dem er jetzt stand. »Sag dir das nur immer wieder«, riet er ihm. »Das wird alles um so vieles einfacher machen, wenn die Zeit gekommen ist.«

»Zeit?«, wiederholte Carberry echogleich.

»Ihn *uns* zu überstellen.«

»Tut mir leid wegen vorhin«, sagte Rebus zu Stan Hackman.

»In was bin ich denn da reingeraten?«

»Einen Anpfiff von meinem Chief Constable.«

Hackman lachte. »Sie sind ein Mann nach meinem Geschmack, Johnny-Boy. Aber warum musste ich unbedingt Ihr Schatz werden?« Er hob abwehrend die Hand. »Nein, lassen Sie mich raten. Er sollte nicht wissen, dass es um etwas Dienstliches ging ... was bedeutet, dass Sie nichts Dienstliches *erledigen* dürfen – hab ich recht?«

»Ich bin suspendiert«, bestätigte Rebus. Hackman klatschte in die Hände und lachte wieder. Sie saßen in einem Pub namens The Crags. Er hatte eben erst aufgemacht, und sie waren die einzigen Gäste. Von Pollock Halls aus war das die nächstgelegene Kneipe, in der es für Studenten eine Sammlung von Video- und Brettspielen, eine Beschallungsanlage und billige Burger gab.

»Es freut mich, dass jemand mein Leben als eine solche Quelle des Vergnügens empfindet«, murmelte Rebus.

»Wie viele Anarchisten haben Sie denn verdroschen?«

Rebus schüttelte den Kopf. »Ich habe lediglich meine Nase wo reingesteckt, wo sie nicht erwünscht war.«

»Wie gesagt, John – ein Mann nach meinem Geschmack. Übrigens habe ich Ihnen gar nicht richtig dafür gedankt, dass Sie mich ins Nook gebracht haben.«

»Stets zu Diensten.«

»Haben Sie eigentlich die Stripperin flachgelegt?«

»Nein.«

»Ich sag Ihnen, die war die Beste von einer mittelmäßigen Truppe. Mit der VIP-Nische habe ich mich gar nicht erst abgegeben.« Seine Augen wurden für einen Moment glasig, verloren sich in Erinnerungen, dann blinzelte er und kehrte mit einem Ruck in die Gegenwart zurück. »Und was mache ich jetzt, wo Sie die rote Karte bekommen haben? Gebe ich Ihnen die Informationen, die ich gesammelt habe, oder stecke ich sie in den Stapel ›Unerledigtes‹?«

Rebus nippte an seinem Glas – frisch gepresster Orangensaft. Hackman hatte sein Lager schon halb leer getrunken. »Wir sind einfach zwei Kumpel, die miteinander plaudern«, antwortete Rebus.

»Das sind wir.« Der Engländer nickte nachdenklich. »Und die vor dem Abschied noch ein letztes Glas zusammen trinken.«

»Machen Sie sich auf den Heimweg?«

»Im Lauf des Tages«, bestätigte er. »Ich würde nicht sagen, dass es mir keinen Spaß gemacht hat.«

»Kommen Sie ein andermal wieder«, bot Rebus an, »dann zeige ich Ihnen die restlichen Sehenswürdigkeiten.«

»Gut, damit ist unser Deal besiegelt.« Hackman rutschte auf seinem Stuhl ein Stück vor. »Erinnern Sie sich, ich habe Ihnen doch gesagt, dass Trevor Guest eine Zeitlang hier oben war? Inzwischen habe ich einen der Jungs zu Hause gebeten, unsere Archive zu entstauben.« Er zog ein Notizbuch aus der Tasche und schlug es auf einer Seite mit Hingekritzeltem auf. »Trevor war eine Weile in den Borders, aber die meiste Zeit hat er hier in Edinburgh verbracht.« Er klopfte mit einer Fingerspitze auf den Tisch. »Er hatte ein Zimmer in Craigmillar und half in einem Tagespflegeheim aus – die können damals unmöglich sein Strafregister geprüft haben.«

»Ein Tagespflegeheim für Erwachsene?«

»Alte Leute. Er fuhr sie vom Scheißhaus an den Abendbrottisch. Jedenfalls hat er uns das erzählt.«

»War er denn damals vorbestraft?«

»Ein paar Einbrüche, Drogenbesitz, hat eine Freundin zusammengeschlagen, die aber keine Anzeige erstattete. Das heißt, zwei Ihrer Opfer haben einen lokalen Bezug.«

»Ja«, stimmte Rebus ihm zu. »Wie weit liegt denn das zurück?«

»Vier, fünf Jahre.«

»Geben Sie mir eine Minute, Stan?« Er stand auf und ging auf den Parkplatz, zog sein Handy heraus und rief Mairie Henderson an.

»John am Apparat«, sagte er.

»Allerhöchste Zeit. Warum ist es um den Clootie-Well-Fall so still geworden? Mein Chefredakteur liegt mir ständig in den Ohren.«

»Ich habe gerade herausgefunden, dass das zweite Opfer einige Zeit in Edinburgh verbracht hat. Arbeitete in einem Tagespflegeheim in Craigmillar. Ich frage mich, ob er während der Zeit hier in irgendwelche Schwierigkeiten geraten ist.«

»Hat die Polizei denn keine Computer, die ihr solche Dinge verraten?«

»Ich benutze lieber altmodische Kontakte.«

»Ich kann eine Durchsuchung der Datenbank starten ... und vielleicht unseren Gerichtsreporter fragen, ob er irgendwas weiß. Joe Cowrie hat das jahrzehntelang gemacht – und er erinnert sich an jeden einzelnen Fall.«

»Auch gut – es dürfte fünf Jahre zurückliegen. Melde dich mit allem, was du rauskriegst.«

»Meinst du, der Mörder könnte hier vor unserer Nase leben?«

438

»Deinem Chefredakteur würde ich das nicht erzählen ... vielleicht müsstest du seine Hoffnungen später zunichte machen.«

Rebus beendete das Gespräch und ging wieder hinein. Hackman hatte sich gerade ein frisches Pint geholt. Er deutete mit dem Kopf auf Rebus' Glas.

»Ich wollte Sie nicht beleidigen und Ihnen noch mal das Gleiche bestellen.«

»Ich möchte auch nichts mehr«, versicherte Rebus ihm. »Danke, dass Sie sich die Mühe gemacht haben.« Er klopfte auf das offene Notizbuch.

»Was tut man nicht alles für einen Kollegen in Not.« Hackman prostete ihm zu.

»Apropos, wie ist denn die Stimmung in Pollock?«

Hackmans Gesicht bekam einen harten Ausdruck. »Letzte Nacht war's ganz schlimm. Viele der Jungs von der Met hingen pausenlos an ihren Handys. Andere waren schon abgereist. Ich weiß, wir alle hassen den Ort, aber als ich diese Londoner im Fernsehen sah, entschlossen, unter allen Umständen weiterzumachen ...«

Rebus nickte zustimmend.

»Ein bisschen wie Sie selbst, John, was?« Hackman lachte. »Ich kann es Ihrem Gesicht ansehen – Sie geben nicht so schnell auf, nur weil man Sie drankriegen will.«

Rebus überlegte einen Moment, was er antworten sollte, bevor er Hackman fragte, ob er zufällig die Adresse des Tagespflegeheims in Craigmillar wüsste ...

Vom Crags aus waren es kaum mehr als fünf Minuten zu fahren.

Auf dem Weg dorthin bekam Rebus einen Anruf von Mairie, die mit Trevor Guests Zeit in Edinburgh kein Glück hatte. Wenn Joe Cowrie sich nicht an ihn erinnern konnte, hatte er hier nicht vor Gericht gestanden. Rebus bedankte sich trotzdem und versprach, dass sie nach wie vor als Erste erfahren würde, was er herausfand. Hackman war nach Pollock Halls zurückgekehrt, um mit dem Packen zu beginnen. Zum Abschied hatten sie sich die Hand geschüttelt, und Hackman hatte Rebus an sein Versprechen erinnert, mit ihm eine Tour durch »die ›Fleischtöpfe‹ jenseits des Nook« zu machen.

»Sie haben mein Wort«, hatte Rebus geantwortet, wobei keiner der beiden Männer daran glaubte, dass das je passieren würde.

Das Tagespflegeheim lag neben einem Gewerbegebiet. Rebus konnte Dieseldämpfe und so etwas wie brennenden Gummi riechen. Über ihm schrien Möwen, die hier und da Krümel fanden. Das Heim selbst war ein erweiterter Bungalow mit einer Sonnenterrasse. Durch die Fenster konnte er alte Leute sehen, die Akkordeonmusik lauschten.

»Zehn Jahre noch, John«, murmelte er vor sich hin. »Und das auch nur, wenn du Glück hast.«

Die sehr tüchtige Sekretärin hieß Mrs. Eadie – ein Vorname wurde ihm nicht genannt. Obwohl Trevor nur ein paar Stunden die Woche dort gearbeitet hatte – und das auch nur für ungefähr einen Monat –, befanden sich seine Unterlagen immer noch in ihrem Aktenschrank. Nein, die könne sie ihm nicht zeigen – Recht auf Privatsphäre und so weiter. Wenn er eine Genehmigung beantrage, nun, dann sehe die Sache natürlich anders aus.

Rebus nickte verständnisvoll. Den Temperaturregler des Gebäudes hatte man bis zum Anschlag hochgedreht, und so lief ihm der Schweiß den Rücken hinunter. Das Büro war klein und stickig und roch ganz widerlich nach Talkumpuder.

»Dieser Bursche«, erklärte er Mrs. Eadie, »hatte Ärger mit der Polizei gehabt. Wie kommt es, dass Sie das nicht wussten, als Sie ihn einstellten?«

»Wir wussten, dass er Probleme gehabt hatte, Inspector. Gareth hatte uns das erzählt.«

Rebus starrte sie an. »Stadtrat Tench? Tench hat Trevor Guest hierher gebracht?«

»Es ist nicht leicht, starke junge Männer zu kriegen, die in einer Einrichtung wie dieser arbeiten«, meinte Mrs. Eadie. »Stadtrat Tench war uns immer ein guter Freund.«

»Der Freiwillige für Sie fand, meinen Sie?«

Sie nickte. »Wir stehen tief in seiner Schuld.«

»Ich bin sicher, dass er dieser Tage kommen und sie eintreiben wird.«

Fünf Minuten später, als Rebus wieder an der frischen Luft war, hörte er, dass die Akkordeonmusik durch eine Aufnahme von Moira Anderson abgelöst worden war. Er schwor sich hier an Ort und Stelle, dass er sich lieber umbringen würde, als sich mit einer Decke über den Beinen zu den Klängen von »Charlie Is My Darling« gekochte Eier füttern zu lassen.

Siobhan saß in ihrem Auto vor Rebus' Wohnblock und wartete auf ihn. Sie zitterte immer noch, war unruhig und wusste, dass sie nicht dem Koffein die Schuld geben konnte. Als sie sich prüfend im Rückspiegel betrachtete, fand sie ihr Gesicht blasser als sonst. Sie tätschelte sich ein paarmal die Wangen, um wieder etwas Farbe zu bekommen. Das Radio lief, doch sie konnte keine Nachrichtensender mehr hören: Die Stimmen klangen alle entweder zu schrill und hektisch oder zu rührselig und verschwörerisch. Stattdessen hörte sie Classic FM. Sie erkannte die Melodie, wusste aber den Titel nicht. Hatte nicht einmal Lust, darüber nachzudenken.

Keith Carberry hatte Lonnie's Pool Academy wie ein Mann verlassen, dessen Anwälten es gerade gelungen war, seine Entlassung aus dem Todestrakt zu bewerkstelligen. Wenn es da draußen eine Welt gab, dann wollte er sie kosten. Der junge Angestellte musste ihn daran erinnern, sein Queue mitzunehmen. Siobhan hatte das Ganze über die Videoüberwachungskamera beobachtet. Der Bildschirm war verschmiert gewesen, wodurch die Gestalten verzerrt wirkten. Cafferty ließ auch den Raum unten überwachen, sodass die Stimmen knisternd zu ihnen gedrungen waren.

»Wo brennt's denn, Keith?«

»Nirgendwo, Jim-Bob.«

»Und was ist mit deinem Lichtsäbel?«

Carberry blieb gerade lange genug stehen, um sein Queue wieder in den Koffer zu legen.

»Ich glaube«, hatte Cafferty leise bemerkt, »wir können wohl sagen, dass wir ihn haben.«

»Wozu es auch immer gut sein mag«, hatte Siobhan hinzugefügt.

»Sie müssen Geduld haben«, hatte Cafferty gemeint. »Eine Lektion, die zu lernen sich lohnt, DS Clarke …«

Jetzt im Auto wog sie ihre Möglichkeiten ab. Die einfachste bestünde darin, dem Staatsanwalt das Beweismaterial zu übergeben und Keith Carberry mit dieser schwerer wiegenden Anklage erneut vor Gericht zu bringen. Dabei würde Tench ungeschoren davonkommen – na und? Selbst wenn man davon ausging, dass der Stadtrat diese Randale in der Zeltstadt von Niddrie inszeniert hatte, war er ihr in den Gärten hinter den Wohnungen wirklich zu Hilfe gekommen – Carberry hatte es ernst gemeint –, sein Adrenalin war in die Höhe geschossen …

Die Bedrohung war real gewesen.

Er hatte ihre Angst spüren, ihre Panik sehen wollen.

Nicht immer kontrollierbar. Tench hatte es gerade so geschafft, die Situation zu retten.

Genau das war sie ihm schuldig …

Auf der anderen Seite klang Carberry, was ihre Mutter betraf, nicht nach einem fairen Deal. Sah nicht nach Gerechtigkeit aus. Sie wollte *mehr*. Jenseits einer Entschuldigung oder Beteuerung der Reue, jenseits einer Gefängnisstrafe von Wochen oder Monaten.

Als ihr Handy klingelte, musste sie sich überwinden, ihre

Finger vom Lenkrad zu lösen. Das Display zeigte an, dass es Eric Bain war. Sie fluchte leise, bevor sie dranging.

»Was kann ich für dich tun, Eric?«, fragte sie, fast ein bisschen zu fröhlich.

»Wie geht's denn so, Siobhan?«

»Flau«, gab sie mit einem kurzen Auflachen zu und drückte sich den Nasenrücken zusammen. Bloß nicht hysterisch werden, Mädchen, warnte sie sich selbst.

»Ich hätte da vielleicht jemanden, mit dem du reden könntest.«

»Ach ja?«

»Sie arbeitet an der Uni. Ich habe ihr vor Monaten mal bei einer Computersimulation geholfen …«

»Schön für dich.«

Einen Moment herrschte Schweigen in der Leitung. »Ist mit dir wirklich alles in Ordnung?«

»Mir geht's gut, Eric. Und bei dir? Wie geht's Molly?«

»Molly geht's prima … Ich, äh, hab dir doch gerade von dieser Dozentin erzählt?«

»Ja, stimmt. Du meinst, ich sollte zu ihr gehen.«

»Vielleicht kannst du sie auch erst anrufen. Ich meine, es könnte sich natürlich auch als Sackgasse erweisen.«

»Das tut es meistens, Eric.«

»Na vielen Dank.«

Siobhan schloss die Augen und seufzte laut in den Hörer. »Entschuldige, Eric, entschuldige. Ich sollte es nicht an dir auslassen.«

»Was nicht an mir auslassen?«

»Eine Woche voller Scheiße.«

Er lachte. »Entschuldigung angenommen. Ich rufe später noch mal an, wenn du die Möglichkeit gehabt hast, zu –«

»Bleib noch eine Sekunde dran, ja?« Sie langte hinüber zum Beifahrersitz und zog ihr Notizbuch aus der Tasche. »Gib mir ihre Nummer, dann spreche ich mit ihr.«

Er nannte ihr die Nummer, und sie schrieb sie auf, dazu den Namen, so gut sie konnte, denn er wusste nicht genau, wie er buchstabiert wurde.

»Was meinst du denn, was sie für mich haben könnte?«, fragte Siobhan.

»Ein paar verrückte Theorien.«

»Klingt toll.«

»Kann nicht schaden, ihr mal zuzuhören«, riet ihr Bain.

Da war Siobhan allerdings anderer Meinung. Sie wusste jetzt, dass Zuhören sehr wohl Auswirkungen haben konnte – schlimme noch dazu.

Rebus war schon eine Weile nicht mehr im Rathaus gewesen. Das Gebäude stand in der High Street, gegenüber der St. Giles Cathedral. Autos waren eigentlich von der Straße dort verbannt, aber wie die meisten Einheimischen ignorierte Rebus die Schilder und parkte am Bordstein. Er glaubte sich zu erinnern, dass der Sitz des Stadtrats ursprünglich als eine Art Handelsbörse gebaut worden war, die die örtlichen Kaufleute jedoch nicht angenommen hatten. Statt sich ihre Niederlage einzugestehen, waren die Politiker selbst in das Gebäude eingezogen. Bald würden sie allerdings erneut umziehen – ein Parkplatz neben der Waverley Station war zur Erschließung vorgesehen. Bis jetzt konnte noch niemand sagen, wie weit die Baukosten die Haushaltsmittel übersteigen würden. Sollte es so ausgehen wie beim Schottischen Parlament, hätten die Stammgäste der Edinburgher Bars bald wieder ein neues Thema, über das sie sich ereifern könnten.

Das Rathaus war auf einer Peststraße namens Mary King's Close erbaut worden. Vor Jahren hatte Rebus in dem feuchten unterirdischen Labyrinth in einem Mordfall ermittelt – das Opfer war Caffertys Sohn gewesen. Inzwischen war die Gasse saniert worden und stellte im Sommer eine echte Touristenattraktion dar. Eine der städtischen Angestellten war auf dem

Bürgersteig eifrig damit beschäftigt, Handzettel zu verteilen. Sie trug eine Dienstmädchenhaube und mehrere Petticoats übereinander und versuchte, Rebus einen Eintrittsgutschein in die Hand zu drücken. Er schüttelte den Kopf. In den Zeitungen stand, dass die örtlichen Sehenswürdigkeiten den G8-Gipfel zu spüren bekämen – die ganze Woche über hatten Touristen die Stadt gemieden.

»Hi-ho, silver lining«, murmelte Rebus und fing an, die erste Zeile des Liedes zu pfeifen. Die Dame an der Empfangstheke wollte wissen, ob das Kylie sei, doch dann lächelte sie und meinte, dass sie nur Spaß mache.

»Gareth Tench, bitte«, sagte Rebus.

»Ich glaube nicht, dass er hier ist«, erklärte sie. »Freitag, wissen Sie ... Viele unserer Stadträte haben freitags in ihren Wahlbezirken zu tun.«

»Also einen Vorwand, früher zu gehen?«, fragte Rebus.

»Ich weiß nicht, was Sie damit sagen wollen.« Aber sie lächelte wieder, was bedeutete, dass sie es sehr wohl wusste. Rebus fand sie nett. Er hielt nach einem Ehering Ausschau und fand prompt einen. Wechselte die Melodie und pfiff »Another One Bites the Dust« ...

Sie ging eine Liste auf dem vor ihr liegenden Klemmbrett durch. »Es scheint, Sie haben Glück«, verkündete sie. »Ausschuss für Stadterneuerung, Arbeitsgruppe ...« Sie warf einen Blick auf die Uhr hinter ihr. »Die Sitzung soll in fünf Minuten zu Ende sein. Ich sage der Sekretärin, dass Sie hier sind, Mr. ...?«

»Detective Inspector Rebus.« Er erwiderte ihr Lächeln. »John, wenn Sie mögen.«

»Nehmen Sie doch so lange Platz, John.«

Er bedankte sich mit einem kurzen Kopfnicken. Die andere Empfangsdame hatte weniger Glück: Sie versuchte, ein älteres Ehepaar abzuwimmeln, das mit irgendjemandem über die Mülltonnen in seiner Straße sprechen wollte.

»Immer voll, weil die einfach ihr'n Müll bei uns reinschmei-
ßen.«

»Die Autonummern haben wir aufgeschrieben und so, aber
es war ja kein Mensch da ...«

Rebus setzte sich und verweigerte sich der ausliegenden
Lektüre: Propaganda des Stadtrats in Form von Mitteilungs-
blättern. Die landeten regelmäßig in Rebus' Briefkasten und
halfen ihm, sich als aktiver Müllverwerter zu betätigen. Sein
Handy klingelte, und er klappte es auf. Mairie Hendersons
Nummer.

»Was kann ich für dich tun, Mairie?«, fragte er.

»Ich habe heute Morgen vergessen, es dir zu erzählen ... Ich
bin mit Richard Pennen ein Stück weitergekommen.«

»Schieß los.« Er ging wieder hinaus in den Innenhof. Unweit
der Glastüren parkte der Rover der Oberbürgermeisterin. Er
blieb daneben stehen und zündete sich eine Zigarette an.

»Ein Wirtschaftskorrespondent bei einer der seriösen Londoner Tageszeitungen hat mich mit einem Freiberufler in Kontakt gebracht, der Material an so was wie *Private Eye* verkauft.
Der wiederum hat mich mit einem Fernsehproduzenten bekanntgemacht, der Pennen seit der Trennung des Unterneh-
mens vom Verteidigungsministerium im Auge behalten hat.«

»Gut, damit hast du dir deine Pennys für diese Woche verdient.«

»Und gehe vielleicht gleich zu Harvey Nicks, um sie postwendend auszugeben!«

»Hast recht, ich bin ja schon still.«

»Pennen hat Beziehungen zu einer amerikanischen Firma
namens TriMerino. Die hat jetzt gerade Leute im Irak. Während des Krieges ist viel an Ausrüstung zerstört worden, Waffen eingeschlossen. TriMerino verdient ihr Geld unter anderem damit, die Guten neu auszustatten ...«

»Wer immer die sind.«

»... und dafür zu sorgen, dass die irakische Polizei und alle neuen bewaffneten Truppen sich behaupten können. Sie betrachtet es – halt dich gut fest – als eine humanitäre Aktion.«

»Heißt das, sie erwartet Mittel aus dem Entwicklungshilfefonds?«

»Milliarden werden in den Irak gepumpt – ein bisschen davon ist auch schon verloren gegangen, aber das ist eine andere Geschichte. Die undurchschaubare Welt der Entwicklungshilfe: Das ist der Aufhänger des Fernsehproduzenten.«

»Und er zieht die Schlinge um Richard Pennen zusammen?«

»Ich hoffe.«

»Und wie passt das zu meinem toten Politiker? Irgendwelche Anzeichen dafür, dass Ben Webster Entwicklungsgelder für den Irak verwaltet hat?«

»Noch nicht«, räumte sie ein. Rebus bemerkte, dass etwas Asche von seiner Zigarette auf der glänzenden Motorhaube des Rover gelandet war.

»Ich habe das Gefühl, du verschweigst mir etwas.«

»Nichts, was mit deinem verstorbenen Abgeordneten zu tun hat.«

»Erzählst du es dem lieben Onkel John?«

»Würde wahrscheinlich nicht viel bringen.« Sie zögerte. »Aber ich kann trotzdem eine Story daraus machen. Ich bin die erste Zeitungsjournalistin, der der Produzent die ganze Geschichte erzählt hat.«

»Gut für dich.«

»Das könntest du noch mal mit etwas mehr Enthusiasmus sagen.«

»Entschuldige, Mairie, ich hab andere Dinge im Kopf. Wenn du den Druck auf Pennen verstärken kannst, umso besser.«

»Aber das hilft dir nicht wirklich?«

»Du hast mir mehr als einen Gefallen erwiesen – nur recht und billig, dass du wenigstens *etwas* davon hast.«

»Genauso sehe ich das auch.« Sie hielt wieder inne. »Irgendwas Neues bei dir? Ich wette, du hast das Tagespflegeheim besucht, in dem Trevor Guest beschäftigt war?«

»Ist nicht viel bei rausgekommen.«

»Etwas, was ich wissen sollte?«

»Noch nicht.«

»Klingt nach Ausflucht.«

Rebus trat zur Seite, als ein paar Leute das Gebäude verließen – ein Fahrer in Livree, gefolgt von einem anderen Mann in Uniform, der einen kleinen Koffer trug. Und hinter ihnen die Oberbürgermeisterin. Sie schien die Ascheflöckchen auf ihrem Auto zu bemerken, warf Rebus einen finsteren Blick zu und verschwand im Fond des Wagens. Die beiden Männer stiegen vorne ein, mit dem Koffer, in dem Rebus die Amtskette vermutete.

»Danke, dass du mich über Pennen ins Bild gesetzt hast«, sagte er zu Mairie. »Lass uns in Kontakt bleiben.«

»Du bist dran, *mich* anzurufen«, erinnerte sie ihn. »Jetzt, wo wir wieder miteinander reden, möchte ich keinen Einbahnverkehr.«

Er beendete das Gespräch, drückte seine Zigarette aus und ging wieder hinein, wo seine Empfangsdame sich in die Debatte über Mülltonnen auf Rädern eingeschaltet hatte.

»Sie müssen mit dem Amt für Umwelt und Gesundheit sprechen«, betonte sie.

»Nützt nix, meine Gutste, die hören doch nie zu!«

»Da muss was passieren!«, rief seine Frau. »Die Leute haben keine Lust mehr, sich wie Nummern behandeln zu lassen!«

»Also gut«, kapitulierte die erste Empfangsdame mit einem Seufzer. »Ich werde sehen, ob jemand abkömmlich ist, um mit Ihnen zu sprechen. Bitte ziehen Sie da drüben einen Zettel.« Sie deutete mit dem Kopf auf den Automaten. Der alte Mann zog ein Stück Papier heraus und starrte es verständnislos an.

Eine Nummer.

Rebus wurde von seiner Empfangsdame herbeigewinkt. Sie flüsterte ihm zu, der Stadtrat sei auf dem Weg nach unten. Mit einem flüchtigen Blick auf das Ehepaar gab sie ihm zu verstehen, dass er den beiden diese Auskunft nicht weitergeben solle.

»Ich nehme an, es geht um etwas Offizielles?«, fragte sie in Erwartung von Insiderinformationen. Rebus beugte sich so nah an ihr Ohr, dass er das Parfüm in ihrem Nacken riechen konnte.

»Ich möchte meine Abwasserrohre gereinigt haben«, vertraute er ihr an. Einen Moment lang sah sie schockiert aus, grinste dann aber in der Hoffnung, dass das ein Scherz war.

Bald darauf betrat Tench den Empfangsbereich. Er drückte sich eine Aktentasche an die Brust, so als könnte sie ihm wirkungsvollen Schutz bieten.

»Das grenzt haarscharf an massive Belästigung«, zischte er. Rebus nickte wie zustimmend und streckte dann einen Arm in Richtung des wartenden Ehepaares aus.

»Das ist Stadtrat Tench«, erklärte er den beiden. »Er ist einer von den Hilfsbereiten.« Schon waren sie auf den Beinen und kamen auf den finster dreinschauenden Tench zu.

»Ich warte draußen, bis Sie fertig sind«, sagte Rebus zu ihm.

Er hatte noch eine Zigarette geraucht, als Tench auftauchte. Durchs Fenster konnte Rebus erkennen, dass das Ehepaar wieder Platz genommen hatte und einstweilen zufrieden aussah, so als wäre ein weiteres Gespräch vereinbart worden.

»Sie sind ein Arschloch, Rebus«, brummte Tench. »Geben Sie mir eine von Ihren Kippen.«

»Ich wusste nicht, dass Sie rauchen.«

Tench nahm sich eine Zigarette aus der Schachtel. »Nur wenn ich im Stress bin ...« Nachdem er die Zigarette angezündet hatte, inhalierte er tief und stieß den Rauch dann durch die Nase aus. »Für manche das einzige Vergnügen im Leben,

wissen Sie. Erinnern Sie sich daran, was John Reid über allein-
erziehende Mütter in Sozialsiedlungen sagte?«

Rebus erinnerte sich gut. Aber Reid, der Verteidigungsminister, hatte das Rauchen aufgegeben und galt deshalb nicht
unbedingt als Fürsprecher für das Laster.

»Tut mir leid, dass ich Ihnen das aufgehalst habe«, sagte Rebus bedauernd mit einem Kopfnicken zum Fenster hin.

»Die beiden haben ein Anliegen«, räumte Tench ein. »Es
kommt jemand, um mit ihnen zu sprechen ... war allerdings
nicht allzu erfreut, dass ich ihn anrief. Ich glaube, sein Tee-
Schlag hatte gerade das neunte Grün getroffen. Ein Chip, und
dann ein Birdie versuchen ...«

Er lächelte, und auch Rebus lächelte. Schweigend rauchten
sie einen Augenblick. Fast hätte man die Stimmung kamerad-
schaftlich nennen können. Doch dann verdarb Tench sie.

»Warum stehen Sie auf Caffertys Seite? Er ist ein üblerer
Schurke, als ich es je sein könnte.«

»Das bestreite ich nicht.«

»Aber?«

»Ich stehe nicht auf seiner Seite«, stellte Rebus klar.

»Es sieht aber ganz so aus.«

»Dann weigern Sie sich, das ganze Bild zu sehen.«

»Ich bin gut in dem, was ich mache, Rebus. Wenn Sie mir
nicht glauben, reden Sie mit den Leuten, die ich repräsen-
tiere.«

»Ich bin sicher, dass Sie Ihre Sache ganz hervorragend
machen, Mr. Tench. Und durch Ihren Sitz im Stadterneue-
rungsausschuss kommt sicher ein bisschen Bares in Ihren
Wahlbezirk, was Ihr Wahlvolk fröhlich, gesund und folgsam
macht.«

»Slums sind durch Neubausiedlungen ersetzt worden, der
ortsansässigen Industrie wurden Anreize geboten hierzublei-
ben ...«

»Pflegeheime wurden erweitert ...«, fügte Rebus hinzu.

450

»Ganz genau.«

»… und nach Ihren Empfehlungen mit Personal besetzt. Trevor Guest war ein solcher Fall.«

»Wer?«

»Schon eine Weile her, da haben Sie ihn in einem Tagespflegeheim untergebracht. Er kam ursprünglich aus Newcastle.«

Tench nickte langsam. »Er hatte Probleme mit Alkohol und Drogen. Passiert manchen von uns, nicht wahr, Inspector?« Tench warf Rebus einen vielsagenden Blick zu. »Ich wollte ihn in die Gemeinschaft integrieren.«

»Hat nicht funktioniert. Er ist zurück in den Süden gegangen, um ermordet zu werden.«

»Ermordet?«

»Einer der drei, deren Sachen wir in Auchterarder gefunden haben. Ein anderer war Cyril Colliar. Komischerweise hat *er* für Big Ger Cafferty gearbeitet.«

»Jetzt fangen Sie schon wieder damit an – versuchen mir etwas anzuhängen!«

»Ich möchte Ihnen nur Fragen über das Opfer stellen. Wie Sie es kennengelernt haben, warum Sie ihm helfen wollten.«

»Weil es das ist, was ich *tue* – das sage ich Ihnen doch schon die ganze Zeit!«

»Cafferty glaubt, dass Sie ihm dazwischenfunken.«

Tench verdrehte die Augen. »Das haben wir alles schon durchgekaut. Ich will nur, dass *er* auf dem Schrotthaufen landet.«

»Und wenn wir das nicht erledigen, tun Sie es?«

»Ich werde verdammt noch mal mein Möglichstes tun – das habe ich auch schon gesagt.« Er rieb sich mit den Handflächen das Gesicht, als würde er sich waschen. »Ist der Penny noch nicht gefallen, Rebus? Immer vorausgesetzt, er hat Sie nicht in der Tasche, ist Ihnen nicht in den Sinn gekommen, dass er Sie benutzen könnte, um an mich heranzukommen? Große Drogenprobleme in meinem Wahlbezirk – und ich habe geschwo-

ren, sie unter Kontrolle zu bringen. Wenn ich aus dem Weg
wäre, hätte Cafferty hier freie Bahn.«

»Sie haben die Verantwortung für die Banden da unten.«

»Habe ich nicht!«

»Ich habe gesehen, wie es funktioniert. Ihr kleiner Kapuzen-
rowdy läuft Amok und bietet Ihnen damit die Gelegenheit,
sich für mehr staatliche Mittel einzusetzen. So wirft der ange-
richtete Schaden noch ganz schön was ab.«

Tench starrte ihn an, dann stieß er laut hörbar die Luft aus.
Er sah sich nach rechts und links um. »Unter uns?« Aber darauf wollte Rebus sich nicht einlassen. »Also gut, vielleicht ist
ein Quäntchen Wahrheit in dem, was Sie sagen. Geld für Stadterneuerung: Das ist das Entscheidende dabei. Ich kann Ihnen
gerne die Bücher zeigen – Sie werden feststellen, dass alles bis
auf den letzten Penny belegt werden kann.«

»Unter was läuft Carberry denn in Ihrer Bilanz?«

»Jemanden wie Keith Carberry *kontrolliert* man nicht. Vielleicht ein bisschen Lenkung, ab und zu …« Tench zuckte mit
den Schultern. »Was in der Princes Street passiert ist, hatte
nichts mit mir zu tun.«

Rebus' Zigarette war bis zum Filter heruntergebrannt. Er
schnippte sie weg. »Und Trevor Guest?«

»War eine gescheiterte Existenz, die mich um Hilfe bat. Er
sagte, er wolle etwas zurückgeben.«

»Wofür?«

Tench schüttelte bedächtig den Kopf, drückte seine Zigarette mit dem Fuß aus und bekam einen nachdenklichen
Blick. »Ich hatte das Gefühl, dass irgendetwas passiert war …
was ihn in Todesangst versetzt hatte.«

»Woran denken Sie?«

Ein Achselzucken. »Vielleicht die Drogen … dunkle Nacht
der Seele. Er hatte ein bisschen Ärger mit der Polizei gehabt,
aber mir kam es so vor, als steckte noch mehr dahinter.«

»Am Ende ist er ja ins Gefängnis gegangen. Schwerer Einbruch, Körperverletzung, versuchte sexuelle Nötigung ... Ihre Nummer vom guten Samariter hat ihn nicht so ganz überzeugt.«

»Ich hoffe, es war nie eine Nummer«, sagte Tench leise, den Blick auf die Straße vor sich gerichtet.

»Jetzt ziehen Sie jedenfalls eine Nummer ab«, erklärte Rebus. »Ich glaube, Sie tun das, weil Sie es so gut können. Ungefähr die gleiche Nummer, mit der Sie Ellen Wylies Schwester rumgekriegt haben – ein bisschen Wein und Mitgefühl von Ihrer Seite und kein Wort über das Frauchen, das zu Hause vor der Glotze sitzt.«

Tench setzte eine gequälte Miene auf, aber Rebus hatte nur ein kühles Lächeln für ihn übrig.

»Ich bin neugierig«, fuhr er fort. »Sie haben sich auf der *Bestien-im-Visier*-Homepage umgeschaut – und so Ellen und ihre Schwester aufgetan. Dort müssten Sie eigentlich auch das Bild Ihres alten Kumpels Trevor gesehen haben. Kommt mir komisch vor, dass Sie das nie gesagt haben.«

»Um mich noch besser in den Rahmen einzufügen, den Sie um mich zusammennageln wollten?« Tench schüttelte den Kopf.

»Ich brauche etwas in Ihren eigenen Worten über Trevor Guest – alles, was Sie mir erzählt haben, und alles, was Ihnen sonst noch dazu einfällt. Sie können es mir am Gayfield Square einwerfen – heute Nachmittag würde reichen. Ich hoffe, das geht Ihnen nicht von Ihrer Golfzeit ab.«

Tench sah ihn an. »Woher wissen Sie, dass ich spiele?«

»Wie Sie sich vorhin ausgedrückt haben – als wüssten Sie, wovon Sie reden.« Rebus beugte sich zu ihm. »Sie sind so leicht zu durchschauen, Councillor. Im Vergleich zu manchen anderen, mit denen ich zu tun hatte, sind Sie der reinste Waisenknabe.«

Die Bemerkung saß, und Rebus ließ Tench mit ihr allein. An seinem Auto stand ein Verkehrspolizist. Rebus deutete auf den Zettel mit dem Wort POLIZEI, der auf seinem Armaturenbrett lag.

»Liegt in *unserem* Ermessen«, erinnerte ihn der Polizist.

Rebus warf dem Mann eine Kusshand zu und setzte sich hinters Steuer. Als er losfuhr, schaute er in den Rückspiegel und sah, dass ihn jemand von der Kathedrale aus beobachtete. Dieselben Klamotten wie am Tag vor dem Gericht: Keith Carberry. Rebus fuhr langsamer, hielt aber nicht an. Dann verlagerte sich Carberrys Aufmerksamkeit, und Rebus brachte, den Blick immer noch auf den Rückspiegel geheftet, seinen Saab zum Stehen. Er erwartete, dass Carberry über die Straße ging, um ein paar Worte mit seinem Arbeitgeber zu wechseln, aber er blieb, wo er war, die Hände in den Taschen seines Kapuzenoberteils vergraben, eine Art schmalen, schwarzen Koffer unter den Arm geklemmt. Er blieb einfach zwischen den wenigen Touristen stehen, die da waren.

Ohne sie zu beachten.

Den Blick starr über die Straße gerichtet.

Auf das Rathaus.

Das Rathaus ... und Gareth Tench.

23

»Was haben Sie so getrieben?«, fragte Rebus.

Sie hatte in der Arden Street auf ihn gewartet. Er hatte gefragt, ob er ihr vielleicht einen Schlüssel geben sollte, falls sie seine Wohnung weiterhin als Büro benutzten.

»Nicht viel«, antwortete Siobhan, während sie ihre Jacke auszog. »Und Sie?«

Sie gingen in die Küche, wo er den Wasserkocher anstellte und ihr von Trevor Guest und Stadtrat Tench erzählte. Sie stellte ein paar Fragen, während sie zusah, wie er Kaffeepulver in zwei Becher füllte.

»Das verschafft uns die Verbindung nach Edinburgh«, pflichtete sie ihm bei.

»In gewisser Weise.«

»Klingt, als hätten Sie Zweifel.«

Er schüttelte den Kopf. »Sie haben es selbst gesagt ... und Ellen auch. Trevor Guest könnte der Schlüssel sein. Sah von Anfang an anders aus als die anderen, mit seinen ganzen Wunden ...« Er brach ab.

»Was ist los?«

Er schüttelte wieder den Kopf, rührte mit dem Löffel in seinem Becher. »Tench meint, irgendetwas sei vorgefallen. Guest hatte Drogen genommen und ziemlich heftig dem Alkohol zugesprochen ... Dann macht er sich auf den Weg nach Norden und landet in Craigmillar ... lernt den Stadtrat kennen ... arbeitet ein paar Wochen lang mit alten Leuten.«

»In den Fallakten gibt es keinerlei Hinweis darauf, dass er so etwas vorher oder hinterher gemacht hat.«

»Seltsame Beschäftigung für einen Dieb, der doch vermutlich etwas Bargeld braucht.«

»Außer er plante, sie irgendwie auszunehmen. Hat das Pflegeheim etwas von fehlenden Geldbeträgen erwähnt?«

Rebus schüttelte den Kopf, holte aber sein Handy heraus und rief Mrs. Eadie an, um sie zu fragen. Bis sie diese Frage verneint hatte, saß Siobhan schon am Esszimmertisch und vertiefte sich wieder in die Akten.

»Wie sieht's mit seiner Zeit in Edinburgh aus?«, fragte sie.

»Ich habe Mairie darauf angesetzt.« Sie musterte ihn. »Wollte nicht, dass jemand Wind davon bekommt, dass wir immer noch aktiv sind.«

»Und was hat Mairie gesagt?«

»Ihre Antwort war noch nicht endgültig.«

»Zeit, Ellen anzurufen?«

Er wusste, dass sie recht hatte, und erledigte auch diesen Anruf, warnte Ellen aber, vorsichtig zu sein.

»Kaum fangen Sie an, im Rechner zu suchen, haben Sie schon Ihre Visitenkarte hinterlassen.«

»Ich bin schon groß, John.«

»Möglich, aber der Chief Constable beobachtet das Ganze sehr genau.«

»Das geht schon in Ordnung.«

Er wünschte ihr Glück und ließ das Handy wieder in seine Tasche gleiten. »Geht's Ihnen gut?«, fragte er Siobhan.

»Warum?«

»Sie schienen zu träumen. Haben Sie mit Ihren Eltern gesprochen?«

»Seit sie abgereist sind, noch nicht.«

»Das Beste, was Sie machen können, ist, diese Fotos dem Staatsanwalt zu übergeben und sicherzustellen, dass es zu einer Verurteilung kommt.«

Sie nickte, sah aber nicht überzeugt aus. »Das hätten Sie gemacht, ja?«, fragte sie. »Wenn jemand auf Ihre Lieben losgegangen wäre?«

»Auf der Klippe ist nicht viel Platz, Shiv.«

Sie starrte ihn an. »Was für eine Klippe?«

»Auf der ich immer zu hocken scheine. Sie wissen, dass Sie lieber ein bisschen Abstand halten möchten.«

»Was wollen Sie damit sagen?«

»Ich will damit sagen: Übergeben Sie die Fotos, und überlassen Sie alles andere dem Richter und den Geschworenen.«

Sie fixierte ihn immer noch mit ihrem Blick. »Wahrscheinlich haben Sie recht.«

»Keine Alternative«, fügte er hinzu. »Keine, über die Sie je würden nachdenken wollen.«

»Das stimmt.«

»Sie könnten auch immer noch mich bitten, Mr. Baseballmütze windelweich zu prügeln.«

»Sind Sie dafür nicht ein bisschen zu alt?«, fragte sie mit der Andeutung eines Lächelns.

»Wahrscheinlich schon«, gab er zu. »Einen Versuch wäre es vielleicht trotzdem wert.«

»Das ist nicht nötig. Ich will nur die Wahrheit.« Sie überlegte einen Moment. »Ich meine, als ich noch dachte, es wäre einer von uns ...«

»So wie die Woche verlaufen ist, hätte das gut sein können«, sagte er leise, zog einen Stuhl hervor und nahm ihr gegenüber Platz.

»Ich hätte es aber nicht ausgehalten, John. Das ist es, worauf ich hinauswill.«

Umständlich drehte er einige der Unterlagen zu sich her. »Sie hätten alles hingeschmissen?«

»Das war eine Option.«

»Aber jetzt ist wieder alles in Ordnung?« Er hoffte auf irgendetwas Beruhigendes. Sie nickte, während sie ebenfalls einen Stoß Papier vom Tisch nahm. »Warum hat er nicht noch mal zugeschlagen?«

Rebus' graue Zellen brauchten einen Moment zum Umschalten. Er war im Begriff gewesen, ihr zu erzählen, dass er Keith Carberry vor dem Rathaus gesehen hatte. »Keine Ahnung«, gab er schließlich zu.

»Ich meine, die legen doch dann zu, oder? Wenn sie erst einmal auf den Geschmack gekommen sind.«

»So lautet jedenfalls die Theorie.«

»Und hören nicht einfach auf?«

»Manche vielleicht doch. Was immer sie in sich haben ... vielleicht wird es irgendwie geerdet.« Er zuckte die Achseln. »Ich behaupte nicht, dass ich mich damit auskenne.«

»Ich auch nicht. Deshalb werden wir uns mit einer Person treffen, die es angeblich tut.«

»Was?«

Siobhan sah auf die Uhr. »In einer Stunde. Wir haben also gerade noch genug Zeit zu entscheiden, welche Fragen wir ihr stellen müssen ...«

Die psychologische Fakultät der Universität von Edinburgh befand sich am George Square. Zwei Seiten des ursprünglich aus dem 18. Jahrhundert stammenden Komplexes waren dem Erdboden gleichgemacht und durch eine Reihe von Betonklötzen ersetzt worden, aber die psychologische Fakultät hatte ihren Sitz in einem älteren, zwischen zwei solchen Blocks eingeklemmten Gebäude. Dr. Roisin Gilreagh hatte einen Raum im obersten Stock, mit Blick über den Park.

»Angenehm ruhig um diese Zeit«, bemerkte Siobhan. »Ich meine, wenn die Studenten weg sind.«

»Außer dass der Park im August Schauplatz verschiedener Aufführungen innerhalb des Fringe-Festivals ist«, erwiderte Dr. Gilreagh.

»Und damit ein ganz neues menschliches Labor bietet«, fügte Rebus hinzu. Das Zimmer war klein und sonnendurchflutet. Dr. Gilreagh war Mitte dreißig, mit dichten blonden Locken, die ihr über die Schultern fielen, und eingefallenen Wangen, in denen Rebus trotz ihres eindeutig lokalen Akzents einen Hinweis auf ihre irische Abstammung sah. Als sie über Rebus' Kommentar lächelte, schienen ihre scharf konturierte Nase und ihr Kinn noch mehr hervorzutreten.

»Ich habe DI Rebus auf dem Weg hierher erzählt«, erklärte Siobhan, »dass Sie als Expertin auf diesem Gebiet gelten.«

»So weit würde ich nicht gehen«, fühlte sich Dr. Gilreagh bemüßigt zu widersprechen. »Was aber das Erstellen von Täterprofilen betrifft, kommen interessante Zeiten auf uns zu. Auf dem Gelände des Parkplatzes Crichton Street entsteht gerade unser neues Informatikzentrum, das sich unter anderem der Verhaltensforschung widmen wird. Wenn Sie dann noch Neurowissenschaften und Psychiatrie dazunehmen, können Sie erahnen, welche Potenziale hier schlummern ...« Sie strahlte ihre beiden Besucher an.

»Sie arbeiten aber für keine dieser speziellen Abteilungen?«, fragte Rebus unwillkürlich.

»Das stimmt«, räumte sie ein. Sie rutschte auf ihrem Sitz hin und her. Winzige Staubkörnchen tanzten vor ihrem Gesicht in den Sonnenstrahlen.

»Könnten wir vielleicht das Rollo herunterlassen?«, fragte er und blinzelte absichtlich ein bisschen. Sie sprang auf und entschuldigte sich, während sie seiner Bitte nachkam. Da der Sonnenschutz zartgelb und aus einer Art Segeltuch gefertigt war, trug er wenig zur Dämpfung des grellen Lichts im Raum bei. Rebus warf Siobhan einen Blick zu, der anzudeuten schien, dass es wohl einen Grund gab, Dr. Gilreagh hier auf dem Dachboden einzusperren.

»Erzählen Sie DI Rebus von Ihren Forschungen«, ermunterte Siobhan sie.

»Nun.« Dr. Gilreagh klatschte in die Hände, straffte den Rücken, wand sich etwas und holte tief Luft. »Das Erkennen von Verhaltensmustern bei Straftätern ist nicht neu, aber ich habe mich bisher auf Opfer konzentriert. Indem wir uns in das Verhalten des Opfers versetzen, erkennen wir nach und nach, warum Täter handeln, wie sie handeln, sei es spontan oder kraft einer Willensentscheidung.«

»Das versteht sich fast von selbst«, bemerkte Rebus lächelnd.

»Als die Vorlesungszeit zu Ende war und ich mehr Zeit für kleinere persönliche Projekte hatte, machte mich der kleine ›Schrein‹ – diese Bezeichnung finde ich recht passend – in Auchterarder neugierig. Die Zeitungsberichte klangen manchmal oberflächlich, aber ich beschloss trotzdem, einen Blick darauf zu werfen … und dann, als hätte es so sein sollen, bat mich Detective Sergeant Clarke um ein Treffen.« Wieder holte sie tief Luft. »Meine Erkenntnisse sind aber noch gar nicht so weit, dass … nein, ich meine, bis jetzt habe ich nur an der Oberfläche gekratzt.«

»Wir können Ihnen die Fallakten zukommen lassen«, versicherte ihr Siobhan, »falls das von Nutzen sein sollte. Aber bis dahin wären wir Ihnen dankbar für jede Idee, die Sie haben.«

Dr. Gilreagh klatschte erneut in die Hände und wirbelte damit die Wolke aus Staubpartikelchen vor ihr durcheinander.

»Also«, begann sie, »obwohl mein Interesse eigentlich der Opferforschung gilt ...«, Rebus versuchte erfolglos, Siobhans Aufmerksamkeit auf sich zu ziehen, »... muss ich gestehen, dass dieser Ort meine Neugier geweckt hat. Er ist eine Art Erklärung, nicht wahr? Ich nehme an, Sie haben die Möglichkeit erwogen, dass der Mörder am Ort wohnt oder sich gut in dieser Gegend auskennt?« Sie wartete, bis Siobhan genickt hatte. »Und Sie werden sicher auch die Vermutung angestellt haben, dass der Mörder den Clootie Well kennt, weil in verschiedenen Führern und sehr ausführlich auch im Internet auf dessen Existenz eingegangen wird?«

Siobhan schielte zu Rebus hinüber. »Diesen speziellen Weg haben wir ehrlich gesagt nicht verfolgt«, gab sie zu.

»Er wird auf vielen Homepages erwähnt«, versicherte Dr. Gilreagh. »In Suchmaschinen für New Age und Paganismus ... Mythen und Legenden ... Geheimnisse der Welt. Außerdem hätte jeder, der etwas über die entsprechende Sehenswürdigkeit auf der Black Isle weiß, auf die in Perthshire stoßen können.«

»Ich weiß nicht, ob uns das zu irgendeinem Punkt führt, an dem wir nicht schon waren«, meinte Rebus zweifelnd. Siobhan schaute ihn wieder an.

»Leute, die auf die *Bestien-im-Visier*-Homepage gegangen sind«, sagte Siobhan. »Wenn die nun auch Seiten angeklickt haben, auf denen es um den Clootie Well geht?«

»Und wie sollen wir das herausfinden?«

»Der Inspector wirft eine berechtigte Frage auf«, räumte Dr. Gilreagh ein, »obwohl Sie natürlich selbst Computerfachleute haben dürften ... Einstweilen müssen wir davon ausgehen, dass dieser Ort für den Täter eine gewisse Bedeutung hat.« Sie wartete, bis Rebus genickt hatte. »In welchem Fall zu fragen ist, ob er auch für die Opfer eine Bedeutung gehabt haben könnte.«

»In welcher Weise?«, wollte Rebus wissen und kniff die Augen zusammen.

»Ländliche Gegend ... tiefer Wald ... aber unweit menschlicher Siedlungen. Haben die Opfer in einer solchen Umgebung gelebt?«

Rebus schnaubte. »Kaum anzunehmen – Cyril Colliar war Rausschmeißer in Edinburgh, gerade frisch aus dem Knast entlassen. Den sehe ich nicht mit Rucksack und Müsliriegel.«

»Aber Edward Isley ist die M6 rauf- und runtergefahren«, konterte Siobhan, »und das ist doch der Lake District, oder? Und Trevor Guest lebte eine Zeitlang in den Borders ...«

»... sowie in Newcastle und Edinburgh.« Rebus wandte sich der Psychologin zu. »Alle drei haben gesessen ... das ist ihre Verbindung.«

»Was nicht bedeutet, dass es nicht auch noch andere gibt«, warnte Siobhan.

»Oder dass Sie nicht irregeführt wurden«, ergänzte Dr. Gilreagh mit einem freundlichen Lächeln.

»Irregeführt?«, wiederholte Siobhan.

»Entweder durch Muster, die gar nicht existieren, oder durch Muster, die der Mörder auffällig platziert.«

»Um mit uns zu spielen?«, riet Siobhan.

»Das ist eine Möglichkeit. Ich sehe einen unglaublichen Sinn für *Verspieltheit* ...« Sie brach ab, runzelte die Stirn. »Sie müssen entschuldigen, falls das frivol klingt, aber es ist das einzige Wort, das mir einfällt. Das ist ein Mörder, der gesehen werden will, wie man an dem Arrangement erkennt, das er am Clootie Well hinterlassen hat. Aber kaum wird sein Werk entdeckt, zieht er sich zurück, vielleicht hinter eine Tarnwand.«

Rebus beugte sich vor, die Ellbogen auf den Knien. »Wollen Sie damit sagen, alle drei Opfer waren eine Tarnung?«

Sie reagierte mit einer leichten Bewegung ihrer Schultern, was er als Achselzucken deutete.

»Eine Tarnung wofür?«, wollte er wissen.

Sie wand sich erneut. Rebus warf Siobhan einen leicht genervten Blick zu.

»Das Arrangement«, antwortete Gilreagh schließlich, »ist irgendwie falsch. Sehen Sie, ein Stück Stoff, das aus einer Jacke herausgeschnitten wurde ... ein Sporthemd ... eine Kordhose ... nichts Einheitliches. Die Trophäen eines Serienmörders sind normalerweise einheitlicher – *nur* Hemden oder *nur* Stofffetzen. Diese Ansammlung ist beliebig und letztlich *nicht ganz stimmig.*«

»Das ist alles sehr interessant, Dr. Gilreagh«, sagte Siobhan leise. »Aber bringt es uns wirklich weiter?«

»Ich bin keine Kriminalistin«, betonte die Psychologin. »Um aber noch einmal auf das ländliche Motiv und das Arrangement zurückzukommen, die das Täuschungsmanöver eines klassischen Zauberers sein könnten ... ich frage mich nach wie vor, warum die Wahl ausgerechnet auf diese Opfer fiel. Sehen Sie, manche Opfer wählen sich geradezu selbst aus, indem sie den grundlegenden Bedürfnissen des Mörders entsprechen. Manchmal braucht das nur eine einsame Frau in einer prekären Situation zu sein. Meistens spielen aber andere Überlegungen eine Rolle.« Sie konzentrierte ihre Aufmerksamkeit auf Siobhan. »In unserem Telefonat erwähnten Sie Anomalien, DS Clarke. Die könnten eigenständige Zeichen sein.« Sie machte eine bedeutungsvolle Pause. »Die genaue Prüfung der Fallakten könnte mir aber zu einer fundierteren Aussage darüber verhelfen.« Jetzt wandte sie sich Rebus zu. »Ich nehme Ihnen Ihre Skepsis nicht übel, Inspector, aber auch wenn es für Sie so aussehen mag, ich bin nicht im Geringsten plemplem.«

»Ich bin sicher, dass Sie das nicht sind, Dr. Gilreagh.«

Wieder klatschte sie in die Hände und sprang diesmal auf, um anzudeuten, dass ihre Zeit um war.

462

»Einstweilen«, sagte sie, »Ländlichkeit und Anomalien, Ländlichkeit und Anomalien.« Sie hob zwei Finger, um diese Punkte zu unterstreichen, dann fügte sie noch einen dritten hinzu. »Außerdem – vielleicht vor allem anderen – möchte ich, dass Sie Dinge sehen, die gar nicht wirklich da sind.«

»Gibt es Ländlichkeit überhaupt als Begriff?«, fragte Rebus.

Siobhan drehte den Zündschlüssel um. »Jetzt schon.«

»Und Sie wollen ihr wirklich die Unterlagen geben?«

»Einen Versuch ist es wert.«

»Weil unsere Lage so hoffnungslos ist?«

»Vielleicht haben Sie ja eine bessere Idee.« Darauf hatte er jedoch keine Antwort und kurbelte stattdessen das Fenster herunter, damit er rauchen konnte. Sie fuhren an dem ehemaligen Parkplatz vorbei.

»Informatik«, murmelte Rebus. Siobhan blinkte rechts und fuhr Richtung Meadows und Arden Street.

»Die Anomalie ist Trevor Guest«, bemerkte sie, nachdem wieder ein paar Minuten verstrichen waren. »Das haben wir von Anfang an gesagt.«

»Und?«

»Und wir wissen, dass er eine Zeitlang in den Borders war – ländlicher geht es kaum noch.«

»Ein ziemliches Stück nach Auchterarder wie zur Black Isle«, stellte Rebus fest.

»Aber irgendwas ist ihm in den Borders passiert.«

»Hat Tench behauptet.«

»Da haben Sie recht«, räumte sie ein. Trotzdem suchte Rebus Hackmans Nummer heraus und rief ihn an.

»Fertig zur Abreise?«, fragte er.

»Vermissen Sie mich schon?«, antwortete Hackman, nachdem er Rebus' Stimme erkannt hatte.

»Eins wollte ich Sie noch fragen. Wo in den Borders hat Trevor Guest sich aufgehalten?«

»Höre ich eine Hand, die nach Strohhalmen greift?«

»Das tun Sie«, gab Rebus zu.

»Tja, ich weiß nicht, ob ich mich als Lebensretter eigne. Ich meine mich zu erinnern, dass Guest während einer unserer Vernehmungen die Borders erwähnte.«

»Wir haben noch nicht alle Vernehmungsprotokolle durch«, gestand Rebus.

»Die Jungs in Newcastle, tüchtig wie immer? Haben Sie eine E-Mail-Adresse, John?« Rebus nannte sie ihm. »Schauen Sie in etwa einer Stunde in Ihren PC. Ich muss Sie aber warnen – es ist Freitag, da könnte es im CID-Büro ungefähr so aussehen wie in Ihrer Stammkneipe am Ruhetag.«

»Ich bin Ihnen dankbar für alles, was Sie für uns rausfinden können, Stan. Kommen Sie gut nach Hause.« Rebus klappte sein Handy zu. »Freitag«, wiederholte er, an Siobhan gerichtet.

»Stimmt, da geht man früher, weil morgen Samstag ist«, erinnerte sie sich.

»Apropos Samstag – gehen Sie nun zu T in the Park?«

»Weiß ich noch nicht.«

»Sie haben doch so um die Karte gekämpft.«

»Wahrscheinlich entscheide ich mich morgen Abend. New Order kann ich immer noch mitbekommen.«

»Nach einem durchmalochten Samstag?«

»Dachten Sie eher an einen Spaziergang am Strand von Portobello?«

»Hängt von Newcastle ab, oder? Ist schon eine Weile her seit meinem letzten Tagesausflug in die Borders …«

Sie parkte in zweiter Reihe und stieg mit ihm zusammen die zwei Treppen empor. Sie hatte vor, rasch die Fallakten durchzugehen, zu entscheiden, was für Dr. Gilreagh von Nutzen sein könnte, und sich damit in einen Kopierladen zu begeben. Am Ende hatte sie einen fast drei Zentimeter dicken Stapel zusammen.

»Viel Glück«, meinte Rebus, als sie ging. Unten hörte er es

hupen – ein Autofahrer, den sie zugeparkt hatte. Er riss das Fenster zum Lüften auf und ließ sich dann in seinen Sessel fallen. Er war todmüde. Seine Augen brannten, und Hals und Schultern taten ihm weh. Er musste wieder an die Massage denken, die Ellen Wylie gern von ihm bekommen hätte. Hatte sie damit wirklich eine bestimmte Absicht verfolgt? Wie auch immer – er war jetzt einfach froh, dass nichts passiert war. Sein Bauch drückte gegen den Gürtel. Er löste seine Krawatte und öffnete die beiden oberen Hemdknöpfe. Als er feststellte, wie gut das tat, schnallte er auch seinen Gürtel auf.

Du brauchst einen Jogginganzug, Dicker, schalt er sich. Jogginganzug *und* Hausschuhe. Und eine Haushaltshilfe. Im Grunde alles, nur keine Berieselung mit »Charlie Is My Darling«.

Und ein kleines bisschen mehr Selbstmitleid.

Er rieb sich ein Knie. Nachts wurde er immer wieder mit einer Art Krampf an dieser Stelle wach. Rheuma, Arthritis, Abnutzung – er wusste, dass es keinen Sinn hatte, seinen Hausarzt damit zu belästigen. Er war schon wegen seines Blutdrucks dort gewesen: weniger Salz und Zucker, Fett reduzieren, mehr Bewegung. Alk und Kippen erst mal auf Eis legen.

Rebus hatte seine Antwort als Frage formuliert: »Hatten Sie schon mal das Gefühl, Sie könnten das genauso gut auf ein Stück Pappe schreiben, die Pappe an Ihren Stuhl kleben und sich für den Nachmittag nach Hause verpissen?«

Womit er das matteste Lächeln hervorrief, das er je im Gesicht eines jungen Mannes gesehen hatte.

Das Telefon klingelte, aber er hatte keine Lust abzuheben. Wenn jemand ihn unbedingt sprechen wollte, konnte er es ja auf dem Handy probieren. Und tatsächlich, dreißig Sekunden später klingelte es. Er nahm sich Zeit, bevor er dranging: Ellen Wylie.

»Ja, Ellen?«, fragte er. Er fand, sie brauchte nicht zu wissen, dass er gerade an sie gedacht hatte.

»Trevor Guest hatte während seines Aufenthalts in unserer schönen Stadt nur einmal etwas Ärger.«

»Klären Sie mich auf.« Er lehnte den Kopf an die Rückenlehne und schloss die Augen.

»Er geriet in eine Schlägerei in der Ratcliffe Terrace. Kennen Sie die?«

»Das ist da, wo die Taxifahrer tanken. Gestern Abend war ich noch dort.«

»Gegenüber davon ist ein Pub namens Swany's.«

»Da war ich ein paarmal drin.«

»Nun passen Sie gut auf. Guest ist zumindest dieses eine Mal dort gewesen. Ein anderer Gast schien etwas gegen ihn zu haben, und das Ganze endete vor der Tür. Zufällig stand einer unserer Streifenwagen vor der Tankstelle – deckte sich wahrscheinlich mit Vorräten ein. Die beiden Kampfhähne wurden für die Nacht in Gewahrsam genommen.«

»Das war alles?«

»Die Sache kam nie vor Gericht. Zeugen hatten den anderen Mann als Ersten ausholen sehen. Wir haben Guest gefragt, ob er Anzeige erstatten wolle, aber das hat er abgelehnt.«

»Sie wissen vermutlich nicht, worum es bei dem Streit ging?«

»Ich könnte versuchen, die festnehmenden Beamten zu fragen.«

»Ich glaube nicht, dass das von Belang ist. Wie hieß der andere Bursche?«

»Duncan Barclay.« Sie zögerte. »Er war allerdings nicht von hier … gab eine Adresse in Coldstream an. Ist das in den Highlands?«

»Falsches Ende, Ellen.« Rebus hatte die Augen geöffnet und richtete sich wieder auf. »Es liegt mitten in den Borders.« Er bat sie zu warten, während er Papier und Stift suchte, und nahm dann den Hörer wieder in die Hand.

»Okay, jetzt sagen Sie mir, was Sie haben.«

466

24

Das grelle Flutlicht ließ die Driving Range wie ein Filmset erscheinen. Mairie hatte ein Holz 3 und einen Korb mit fünfzig Bällen gemietet. Die ersten beiden Abschlaghütten waren besetzt. Danach gab es jede Menge freie Hütten, außerdem Tee-up-Maschinen – das bedeutete, dass man sich nicht nach jedem Abschlag bücken musste, um neu aufzuteen. Die Range war in fünfundvierzig Meter lange Abschnitte aufgeteilt. Zweihundertdreißig Meter schlug niemand. Draußen auf dem Rasen sammelte eine Maschine, die wie ein Miniaturmähdrescher aussah und deren Fahrer durch ein Gitter geschützt war, die Bälle wieder ein. In der allerletzten Abschlaghütte erhielt ein Spieler gerade eine Trainerstunde. Er sprach das Tee an, holte Schwung und sah seinem Ball nach, der nach ganzen vierundsechzig Metern aufschlug.

»Besser«, log der Lehrer. »Aber versuchen Sie sich darauf zu konzentrieren, dass Sie das Knie hier nicht beugen.«

»Ich habe wohl wieder gelöffelt?«, meinte sein Schüler zerknirscht.

Mairie stellte ihren Metallkorb auf den Boden der benachbarten Hütte. Beschloss, ein paar Übungsschläge zu machen, ihre Schultern zu lockern. Lehrer und Schüler schienen nicht gerade erfreut über ihre Anwesenheit.

»Entschuldigung«, begann der Lehrer. Mairie sah ihn an. Er lächelte ihr über die Trennwand hinweg zu. »Eigentlich haben wir diese Abschlaghütte gemietet.«

»Aber Sie benutzen sie nicht«, erwiderte Mairie.

»Trotzdem haben wir für sie bezahlt.«

»Um ungestört zu sein«, schaltete sich der andere Mann in leicht gereiztem Ton ein. Dann erkannte er Mairie.

»Ach du lieber Himmel, auch das noch ...«

Sein Lehrer wandte sich ihm zu. »Sie kennen sie, Mr. Pennen?«

»Sie ist eine von diesen verfluchten Reportern«, erwiderte Richard Pennen. Dann, an Mairie gewandt: »Was immer Sie von mir wollen, ich habe nichts zu sagen.«

»Völlig okay für mich«, erklärte Mairie, während sie sich auf ihren ersten Schlag vorbereitete. Der Ball segelte in die Luft und beschrieb eine saubere, gerade Bahn bis zur Hundertachtzig-Meter-Flagge.

»Gar nicht schlecht«, lobte sie der Lehrer.

»Hat mein Dad mir beigebracht«, erklärte sie. »Und Sie sind Profi, stimmt's? Ich glaube, ich habe Sie auf der Tour gesehen.« Er nickte zustimmend.

»Bei den Open aber nicht.«

»Hab mich nicht qualifiziert«, gestand er, leicht errötend.

»Wenn Sie beide dann fertig sind …«, unterbrach Richard Pennen.

Mairie zuckte nur die Achseln und machte sich für den nächsten Schlag fertig. Pennen schien das Gleiche zu tun, gab es dann jedoch auf.

»Hören Sie«, sagte er, »was, zum Teufel, *wollen* Sie?«

Mairie schwieg, bis ihr Ball durch die Luft geflogen und kurz vor und etwas links der Hundertachtzig-Metermarke aufgekommen war.

»Die Feinabstimmung fehlt noch«, dachte sie laut. Dann, an Pennen gerichtet: »Dachte nur, ich sollte Sie vielleicht fairerweise warnen.«

»Fairerweise vor was warnen?«

»Kommt wahrscheinlich nicht vor Montag in die Zeitung«, fuhr sie fort. »Zeit genug für Sie, irgendeine Reaktion vorzubereiten.«

»Wollen Sie mich ködern, Miss …?«

»Henderson«, antwortete sie. »Mairie Henderson – das ist der Verfassername, den Sie am Montag lesen werden.«

»Und wie wird die Überschrift lauten? ›Pennen Industries sichert Arbeitsplätze beim G8-Gipfel‹?«

»Die könnte im Wirtschaftsteil erscheinen«, konterte sie. »Aber meine wird auf Seite eins stehen. Die Formulierung liegt im Ermessen des Chefredakteurs.« Sie tat, als müsste sie überlegen. »Wie wär's mit ›Regierung und Opposition in Skandal um Darlehen verwickelt‹?«

Pennen gab ein bitteres Lachen von sich. Er ließ seinen Schläger in einer Hand vor und zurück schwingen. »Das ist Ihr großer Knüller, was?«

»Ich könnte mir denken, dass noch eine ganze Menge anderes Zeug rauskommen wird: Ihre Bemühungen im Irak, Ihr Schmiergeld in Kenia und anderswo … Aber ich glaube, ich werde mich erst mal auf die Darlehen beschränken. Schauen Sie, ein kleines Vögelchen hat mir gezwitschert, dass Sie sowohl Labour als auch die Tories finanzieren. Spenden müssen registriert, Darlehen dagegen können streng geheim gehalten werden. Ich bezweifle aber, dass eine der Parteien weiß, dass Sie auch die andere unterstützen. Erscheint mir auch sinnvoll: Pennens Trennung vom Verteidigungsministerium erfolgte aufgrund von Entscheidungen, die unter der letzten Tory-Regierung getroffen wurden; Labour ließ den Verkauf ungestört über die Bühne gehen – man ist also beiden noch was schuldig.«

»An gewerblichen Krediten ist nichts Illegales, Miss Henderson, seien sie nun geheim oder nicht.« Pennen schwang immer noch seinen Schläger.

»Ändert aber nichts daran, dass es ein Skandal ist, wenn die Zeitungen es erst einmal spitzkriegen«, gab Mairie zurück. »Und wie gesagt, wer weiß, was noch alles an die Oberfläche gespült wird?«

Pennen schlug mit Wucht den Schlägerkopf gegen die Trennwand. »Wissen Sie, wie schwer ich diese Woche gearbeitet habe, um der britischen Industrie Aufträge im Wert von mehreren Zehnmillionen Pfund zu sichern? Und was haben *Sie* getan, abgesehen von sinnloser Sensationsmacherei?«

»Wir haben alle unseren Platz in der Nahrungskette, Mr. Pennen.« Sie lächelte. »Wird nicht mehr lange der einfache ›Mr.‹ sein, stimmt's? Bei dem Geld, das Sie ausgeben, kann die Erhebung in den Adelsstand nur noch eine Frage der Zeit sein. Wenn Blair allerdings erst einmal herausbekommen hat, dass Sie seine Gegner finanzieren …«

»Gibt es hier Ärger, Sir?«

Mairie drehte sich um und sah drei uniformierte Polizisten. Der eine, der gesprochen hatte, schaute Pennen an, während die anderen beiden sie äußerst unfreundlich musterten.

»Ich glaube, diese Dame wollte gerade gehen«, murmelte Pennen.

Mit gespielter Neugier spähte Mairie über die Trennwand. »Sind Sie Aladin mit der Wunderlampe oder so? Wenn ich sonst die Polizei gerufen habe, hat es immer eine halbe Stunde gedauert.«

»Routinepatrouille«, erklärte der Anführer der Gruppe.

Mairie fixierte ihn von oben bis unten: keine Abzeichen auf seiner Uniform. Das Gesicht braungebrannt, die Haare kurz geschnitten, der Kiefer kantig.

»Eine Frage«, sagte sie. »Wissen Sie, welche Strafe darauf steht, sich als Polizeibeamter auszugeben?«

Der Anführer blickte finster drein und war im Begriff, sie zu packen. Mairie entwand sich ihm und rannte aus der Abschlaghütte hinaus auf die Grünfläche. Sie floh in Richtung Ausgang, wobei sie Schlägen aus den ersten beiden Hütten auswich, deren Spieler lautstark ihrer Empörung Luft machten. Unmittelbar vor ihren Verfolgern erreichte sie die Tür. Die Frau an der Kasse fragte sie nach ihrem Holz 3. Mairie antwortete nicht, sondern lief zu ihrem Auto, das auf dem Parkplatz stand. Betätigte die Fernbedienung. Keine Zeit, sich umzuschauen. Einsteigen und alle vier Türen verriegeln. Schlüssel ins Zündschloss. Faustschläge gegen ihr Fenster. Der Anführer der Uniformierten versuchte es am Türgriff und schob sich dann vor das Auto. Mairies Blick sagte ihm, dass ihr das egal war. Sie ließ den Motor aufheulen.

»Pass auf, Jacko! Die Pritsche ist verrückt!«

Jacko musste zur Seite hechten, sonst wäre er überfahren worden. Im Seitenspiegel konnte sie beobachten, wie er sich hochrappelte. Neben ihm kam ein Auto zum Stehen. Auch ohne Kennzeichnung. Mairie brauste mit aufheulendem Motor hinaus auf die Straße – den Flughafen zur Linken, die Stadt zur Rechten. Der Weg zurück nach Edinburgh bot mehr Möglichkeiten, sie abzuhängen.

Jacko – an diesen Namen würde sie sich erinnern. »Pritsche« hatte einer der anderen sie genannt. Das war ein Begriff, den sie nur aus dem Mund von Soldaten kannte. Ehemalige Armeeangehörige … mit einer Bräune, die sie sich in heißen Gegenden geholt hatten.

Irak.

Als Streifenpolizisten verkleidete private Sicherheitskräfte.

Sie warf einen Blick in den Rückspiegel: keine Spur von ihnen. Was nicht bedeutete, dass sie nicht da waren. Von der A8 auf die Umgehungsstraße, dauernde Überschreitung der Höchstgeschwindigkeit, Betätigung der Lichthupe, um die Fahrer vor ihr auf sie aufmerksam zu machen …

Aber wohin als Nächstes? An ihre Adresse zu kommen durfte für sie ein Leichtes sein; für einen Mann wie Richard Pennen erst recht. Allan war beruflich unterwegs und würde erst am Montag wieder zurück sein. Nichts hielt sie davon ab, zum *Scotsman* zu fahren und an ihrem Artikel zu arbeiten. Ihr Laptop befand sich im Kofferraum, bestückt mit allen Informationen. Mit Aufzeichnungen, Zitaten und ihren Entwürfen. Notfalls konnte sie die ganze Nacht im Büro verbringen – und an der Vernichtung von Richard Pennen schreiben.

Rebus erfuhr es von Ellen Wylie. Er seinerseits informierte Siobhan, die ihn zwanzig Minuten später mit dem Auto abholte. Schweigend fuhren sie durch die Abenddämmerung nach Niddrie. Der provisorische Zeltplatz am Jack Kane Centre war abgebaut worden. Keine Zelte, keine Duschen oder Toiletten mehr. Die Hälfte des Zauns hatte man entfernt. Die Sicherheitskräfte waren fort, ersetzt durch uniformierte Polizisten, Sanitäter und die zwei Männer von der Leichenhalle, die schon Ben Websters zerschmetterten Körper am Fuß des Burgfelsens abgeholt hatten. Siobhan parkte entlang der in einer Reihe stehenden Fahrzeuge. Rebus erkannte einige der Kriminalbeamten – sie waren von St. Leonard's und Craigmillar und begrüßten die Neuankömmlinge mit einem Nicken.

»Nicht ganz Ihr Revier«, meinte einer von ihnen.

»Sagen wir, wir haben ein Interesse an dem Verstorbenen«, antwortete Rebus. Siobhan, die neben ihm stand, beugte sich so nah zu ihm, dass niemand mithören konnte.

»Die Nachricht von unserer Suspendierung scheint noch nicht durchgesickert zu sein.«

Rebus nickte. Sie näherten sich einem Kreis am Boden kauernder Beamter. Der diensthabende Arzt hatte den Tod festgestellt und setzte gerade seinen Namen unter ein paar Formulare auf einem Klemmbrett. Man machte Blitzlichtfotos und suchte mit starken Taschenlampen das Gras nach Spuren ab. Zuschauer wurden von einem Dutzend Polizisten auf Distanz gehalten, während man den Tatort weiträumig absperrte. Kinder auf Fahrrädern, Mütter mit ihren Kleinkindern in Buggys. Nichts zog eine Menschenmenge so an wie der Tatort eines Verbrechens.

Siobhan schaute sich um. »Das ist ziemlich genau die Stelle, an der das Zelt meiner Eltern stand«, erklärte sie Rebus.

»Ich nehme mal an, sie sind nicht diejenigen, die diese Schweinerei hier hinterlassen haben.« Er kickte mit der Schuhspitze eine leere Plastikflasche in die Luft. Jede Menge anderer Unrat lag im Park herum: weggeworfene Transparente und Flugblätter, Fastfoodbehälter, ein Kopftuch und ein einzelner

Handschuh, eine Babyrassel und eine zusammengerollte Windel … Manches davon wurde von der Spurensicherung eingetütet, um es auf Blut oder Fingerabdrücke zu untersuchen.

»Ich würde sie ja gerne die DNA hiervon nehmen sehen«, bemerkte Rebus und deutete mit dem Kopf auf ein gebrauchtes Kondom. »Glauben Sie, dass vielleicht Ihre Mum und Ihr Dad …?«

Siobhan warf ihm einen Blick zu. »Weiter gehe ich nicht.«

Er zuckte die Achseln und ließ sie stehen. Stadtrat Gareth Tench wurde allmählich kalt. Er lag bäuchlings auf dem Boden, die Beine gebeugt, als wäre er an dieser Stelle zusammengebrochen. Sein Kopf war zu einer Seite gedreht, die Augen waren nicht ganz geschlossen. Auf der Rückseite seines Jacketts befand sich ein dunkler Fleck.

»Erstochen, vermute ich«, sagte Rebus zu dem Arzt.

»Mit drei Stichen«, bestätigte der Mann. »In den Rücken. Die Wunden erscheinen mir nicht allzu tief.«

»Viel braucht es nicht«, meinte Rebus. »Was für ein Messer?«

»Kann ich noch nicht genau sagen.« Der Doktor spähte über seine halbmondförmige Brille. »Breite der Klinge ungefähr zweieinhalb Zentimeter, vielleicht etwas weniger.«

»Fehlt irgendetwas?«

»Er hat etwas Bargeld bei sich … Kreditkarten und Ähnliches. Das hat die Identifizierung ein bisschen erleichtert.« Der Doktor lächelte müde und drehte sein Klemmbrett zu Rebus hin. »Wenn Sie hier gegenzeichnen würden, Inspector …«

Doch Rebus hob abwehrend die Hände. »Nicht mein Fall, Doktor.« Der Arzt schaute zu Siobhan, aber Rebus schüttelte den Kopf und ging zu ihr.

»Drei Stichwunden«, informierte er sie.

Sie starrte Tenchs Gesicht an und schien ein wenig zu zittern.

»Fröstelt es Sie?«, fragte er.

»Er ist es wirklich«, sagte sie leise.

»Haben Sie gedacht, er sei unsterblich?«

»Nicht ganz.« Sie konnte den Blick nicht von der Leiche abwenden.

»Ich denke, wir sollten es jemandem erzählen.« Er sah sich nach einem geeigneten Kandidaten um.

»Jemandem was erzählen?«

»Dass wir Tench ein bisschen Kummer bereitet haben. Früher oder später wird es sowieso heraus ...«

Sie hatte seine Hand gepackt und zog ihn zur grauen Betonwand des Sportzentrums.

»Was ist los?«

Sie wollte jedoch erst antworten, als sie das Gefühl hatte, weit genug weg zu sein. Und selbst dann ließ sie sich noch Zeit damit. Ihr Gesicht lag im Schatten.

»Siobhan?«, ermunterte er sie.

»Sie müssen wissen, wer das getan hat«, sagte sie.

»Wer?«

»Keith Carberry«, zischte sie. Als er nicht reagierte, hob sie ihr Gesicht zum Himmel und schloss die Augen. Rebus fiel auf, dass sie ihre Hände zu Fäusten geballt hatte und ihr ganzer Körper angespannt war.

»Was ist denn?«, fragte er leise. »Siobhan, was um alles in der Welt haben Sie getan?«

Schließlich öffnete sie die Augen, blinzelte Tränen weg und bekam ihren Atem unter Kontrolle. »Ich habe Carberry heute Morgen getroffen. Wir haben ihm gesagt ...« Sie hielt inne. »*Ich* habe ihm gesagt, ich wolle Gareth Tench.« Sie schaute flüchtig zurück auf die Leiche. »Muss seine Art des Auslieferns sein ...«

Rebus wartete, bis ihre Blicke sich trafen. »Ich habe ihn heute Nachmittag beim Rathaus gesehen«, erklärte er. »Er beobachtete Tench.« Er steckte die Hände in die Taschen. »Sie sagten ›wir‹, Siobhan ...«

474

»Hab ich das?«

»Wo haben Sie mit ihm gesprochen?«

»In der Poolhalle.«

»Von der Cafferty uns auch erzählt hatte?« Sie nickte. »Cafferty war auch da, stimmt's?« Ihr Blick gab ihm die Antwort. Er zog die Hände aus den Taschen und schlug mit einer davon gegen die Mauer. »So ein verdammter Mist!«, fauchte er. »Sie und Cafferty?« Sie nickte wieder. »Wenn seine Krallen Sie zu fassen kriegen, Shiv, kommen Sie da nicht mehr raus. In all den Jahren, die Sie mich nun kennen, müssen Sie das doch gesehen haben.«

»Was mache ich jetzt?«

Er überlegte. »Wenn Sie den Mund halten, weiß Cafferty, dass er Sie in der Hand hat.«

»Wenn ich es aber zugebe …«

»Keine Ahnung«, gestand er. »Vielleicht zurück zum Streifendienst.«

»Da kann ich genauso gut gleich meine Kündigung tippen.«

»Was hat Cafferty zu Carberry gesagt?«

»Nur, dass er uns den Stadtrat ausliefern solle.«

»Was heißt hier ›uns‹, Cafferty oder dem Gesetz?«

Sie zuckte mit den Schultern.

»Und wie sollte er ihn ausliefern?«

»Herrgott, John, ich weiß es nicht. Sie haben doch selbst gesagt, dass er Tench beschattet hat.«

Rebus' Blick wanderte zum Tatort. »Ein ziemlicher Sprung von der Beschattung zu drei Stichen in seinen Rücken.«

»In Carberrys Kopf vielleicht nicht.«

Darüber dachte Rebus einen Moment nach. »Wir sprechen erst mal nicht darüber«, beschloss er. »Wer hat Sie sonst noch mit Cafferty gesehen?«

»Nur Carberry. Unten in der Poolhalle befanden sich noch mehr Leute, aber oben waren nur wir drei.«

»Und Sie wussten, dass Cafferty dort sein würde?« Sie nickte. »Weil Sie das Ganze mit ihm geplant hatten?« Erneutes Kopfnicken. »Und kein Gedanke daran, mit mir darüber zu reden.« Er bemühte sich, den Ärger zu unterdrücken.

»Cafferty tauchte gestern Abend bei meiner Wohnung auf«, gestand Siobhan.

»Meine Güte …«

»Ihm gehört die Poolhalle … deshalb wusste er, dass Carberry dort hingeht.«

»Sie müssen sich von ihm fernhalten, Shiv.«

»Ich weiß.«

»Der Schaden ist da, aber wir können versuchen, ihn wenigstens in Grenzen zu halten.«

»Tatsächlich?«

Er starrte sie an. »Mit ›wir‹ meinte ich ›ich‹.«

»Weil John Rebus alles in Ordnung bringen kann?« Ihre Miene wurde härter. »Ich kann diese Suppe selbst auslöffeln, John. Sie müssen nicht immer den edlen Ritter spielen.«

Er stemmte die Hände in die Hüften. »Haben wir unsere Metaphern jetzt genug vermischt?«

»Wissen Sie, warum ich Cafferty zugehört habe? Warum ich zu der Poolhalle gegangen bin, obwohl ich wusste, dass er da sein würde?« Ihre Stimme bebte. »Er bot mir etwas an, wovon ich wusste, dass ich es vom Gesetz nicht kriegen würde. Sie haben es diese Woche hier gesehen – wie die Reichen und Mächtigen vorgehen … wie sie alles durchsetzen, was sie wollen. Keith Carberry ist an diesem Tag in die Princes Street gegangen, weil er dachte, es sei das, was sein Boss von ihm wollte. Er dachte, er habe Gareth Tenchs Segen dafür, nach Herzenslust draufzuschlagen.«

Rebus wartete, ob vielleicht noch mehr käme, und berührte sie dann leicht an der Schulter. »Cafferty«, sagte er leise, »wollte Gareth Tench aus dem Weg haben, und da kamen Sie ihm als Mittel zum Zweck gerade recht.«

»Er hat mir gesagt, er wollte ihn nicht tot sehen.«

»Und mir hat er gesagt, dass er genau das wollte. Ich habe zu diesem Thema eine äußerst anschauliche kleine Tirade von ihm zu hören bekommen.«

»Wir haben Keith Carberry nicht aufgetragen, dass er ihn umbringen soll«, erklärte sie.

»Siobhan«, erwiderte Rebus, »Sie haben es selbst vor einer Minute gesagt: Keith tut ziemlich genau das, wovon er glaubt, dass die Leute es von ihm verlangen – mächtige Leute, Leute, die einen gewissen Einfluss auf ihn haben. Leute wie Tench … und Cafferty … und Sie.« Er deutete mit dem Finger auf sie.

»Ich bin also schuld?«, fragte sie, die Augen zusammengekniffen.

»Wir machen alle mal einen Fehler, Siobhan.«

»Was Sie nicht sagen.« Sie drehte sich abrupt um und ging mit großen Schritten zurück über das Spielfeld. Rebus seufzte und kramte in seiner Tasche nach Zigaretten und Feuerzeug.

Das Feuerzeug war leer. Er schüttelte es, hielt es verkehrt herum, pustete es an, rieb es, als brächte das Glück … aber nicht ein Fünkchen kam heraus! Er ging auf die Polizeifahrzeuge zu und bat einen der Uniformierten um Feuer. Nachdem dessen Kollege seinem Wunsch nachgekommen war, beschloss Rebus, ihn gleich noch um einen weiteren Gefallen zu bitten.

»Ich brauche eine Mitfahrgelegenheit«, sagte er, während er Siobhans Rücklichtern nachschaute, die in der Nacht verschwanden. Es war völlig unmöglich, dass Cafferty sie in den Klauen hatte. Nein … es war sogar sehr gut möglich. Siobhan hatte ihren Eltern etwas beweisen wollen – nicht nur, dass sie in ihrem Beruf erfolgreich war, sondern dass das auch eine Bedeutung fürs Ganze hatte. Sie wollte ihnen vermitteln, dass es immer Antworten, immer Lösungen gab. Cafferty hatte ihr beides versprochen.

Aber zu einem Preis – *seinem* Preis.

Siobhan hatte aufgehört, wie eine Polizistin zu denken, und

sich wieder in eine Tochter verwandelt. Rebus erinnerte sich daran, wie er selbst zugelassen hatte, dass seine Familie sich von ihm abwandte – erst seine Frau und Tochter und dann sein Bruder. Wie er sie weggeschoben hatte, weil der Job es zu verlangen schien. Kein Platz für irgendjemanden sonst ... Jetzt war es zu spät, um noch etwas daran zu ändern.

Doch für Siobhan war es noch nicht zu spät.

»Wollen Sie immer noch mitgenommen werden?«, fragte ihn einer der Polizisten. Rebus nickte und stieg ein.

Seine erste Station: das Polizeirevier Craigmillar. Er besorgte sich eine Tasse Kaffee und wartete darauf, dass das Team wieder zusammenkam. Es war logisch, dass die Mordkommission hier ihren Standort haben würde. Schon trafen auch die ersten Fahrzeuge ein. Da Rebus die Kollegen nicht kannte, stellte er sich vor. Der Detective legte den Kopf schief.

»Da müssen Sie mit DS McManus sprechen.«

McManus kam gerade zur Tür herein. Er war jünger als Siobhan – vielleicht noch nicht mal dreißig. Jungenhafte Gesichtszüge, groß und schlaksig. Wirkte auf Rebus, als könnte er in der Gegend aufgewachsen sein. Rebus gab ihm die Hand und stellte sich noch einmal vor.

»Ich hatte schon angefangen, Sie für einen Mythos zu halten«, sagte McManus lächelnd. »Wie ich gehört habe, war das hier vor einer Weile Ihr Revier.«

»Stimmt.«

»Sie haben mit Bain und Maclay zusammengearbeitet.«

»Leider.«

»Also, die sind beide schon lange weg, da machen Sie sich mal keine Sorgen.« Sie gingen den langen Flur entlang. »Was kann ich für Sie tun, Rebus?«

»Es gibt da etwas, das Sie meiner Ansicht nach wissen sollten.«

»Ach ja?«

478

»Ich hatte kürzlich ein paarmal eine Auseinandersetzung mit dem Verstorbenen.«

McManus warf ihm einen flüchtigen Blick zu. »Tatsächlich?«

»Ich habe an dem Cyril-Colliar-Fall gearbeitet.«

»Immer noch nur die zwei weiteren Opfer?«

Rebus nickte. »Tench hatte Verbindung zu einem von ihnen – der Bursche arbeitete in einem Tagespflegeheim nicht weit von hier. Tench hatte ihm die Stelle besorgt.«

»Aha.«

»Sie werden die Witwe vernehmen ... sie wird Ihnen vermutlich sagen, dass das CID sie besucht hat.«

»Und das waren Sie?«

»Ich und eine Kollegin, ja.«

Sie bogen nach links in einen angrenzenden Flur ab, wo Rebus McManus ins CID-Büro folgte, in dem gerade das Team eintraf.

»Noch etwas, was ich Ihrer Meinung nach wissen müsste?«

Rebus versuchte so auszusehen, als zermarterte er sich das Gehirn. Schließlich schüttelte er den Kopf. »Das wär's schon«, sagte er.

»War Tench ein Verdächtiger?«

»Eigentlich nicht.« Rebus zögerte. »Wir waren etwas beunruhigt wegen seiner Beziehung zu einem jungen Krawallmacher namens Keith Carberry.«

»Ich kenne Keith«, sagte McManus.

»Er musste vor Gericht, angeklagt wegen Landfriedensbruchs in der Princes Street. Als er herauskam, wurde er von Stadtrat Tench erwartet. Sie gingen recht vertraut miteinander um. Dann zeigten Überwachungskameras, wie Carberry eine unbeteiligte Zuschauerin schlug. Sah aus, als säße er tiefer im Schlamassel, als ursprünglich gedacht. Heute Mittag war ich zufällig im Rathaus, um mit Stadtrat Tench zu sprechen. Auf dem Heimweg bemerkte ich, dass Carberry ihn von der gegenüberliegenden Straßenseite aus beobachtete ...« Rebus beendete seine Schilderung mit einem Achselzucken, wie um anzudeuten, dass er keine Ahnung hatte, was das alles bedeuten könnte. McManus musterte ihn eindringlich.

»Hat Carberry Sie beide zusammen gesehen?« Rebus nickte. »Und das war um die Mittagszeit?«

»Ich hatte den Eindruck, dass er den Stadtrat beschattete.«

»Sie sind aber nicht stehen geblieben, um ihn zu fragen?«

»Da war ich schon im Auto ... sah ihn nur flüchtig im Rückspiegel.«

McManus kaute auf seiner Unterlippe. »Hier brauche ich ein schnelles Ergebnis«, sagte er, mehr zu sich selbst. »Tench war ausgesprochen beliebt, hat diesem Viertel unheimlich gutgetan. Es wird einige sehr wütende Reaktionen geben.«

»Zweifellos. Kannten Sie den Stadtrat?«

»Ein Freund meines Onkels ... waren schon zusammen in der Schule.«

»Sie sind hier aus der Gegend«, bemerkte Rebus.

»Im Schatten des Craigmillar Castle aufgewachsen.«

»Sie kannten Stadtrat Tench also schon eine Weile?«

»Seit Jahren.«

Rebus bemühte sich, seine nächste Frage beiläufig klingen zu lassen. »Haben Sie je Gerüchte über ihn gehört?«

»Was für Gerüchte?«

»Keine Ahnung ... das Übliche eben – außereheliche Affären, Geld, das aus dem Stadtsäckel verschwindet ...«

»Der Mann ist doch noch nicht mal kalt«, erwiderte McManus ungehalten.

»Man macht sich halt so seine Gedanken«, entschuldigte sich Rebus. »Ich will überhaupt nichts andeuten.«

McManus richtete den Blick jetzt auf sein Team – sieben Mitarbeiter, darunter zwei Frauen. Sie gaben sich den Anschein, nicht zu lauschen. McManus löste sich von Rebus und trat vor sie hin.

»Wir fahren zu seinem Haus, informieren die Familie. Ich brauche jemanden für die offizielle Identifizierung.« Er drehte den Kopf ein wenig zu Rebus. »Danach knöpfen wir uns Keith Carberry vor. Habe ein paar Fragen an ihn.«

»Nach dem Motto: ›Wo ist das Messer, Keith?‹«, warf einer vom Team ein.

McManus ließ den Witz durchgehen. »Ich weiß, diese Woche haben wir Bush und Blair und Bono hier gehabt, aber in Craigmillar ist Gareth Tench der König. Deshalb müssen wir selbst die Initiative ergreifen. Je mehr Kästchen wir heute Abend ankreuzen können, desto besser.«

Hier und da ein Aufstöhnen, aber nicht besonders laut. Rebus hatte den Eindruck, dass McManus recht beliebt war. Seine Mitarbeiter würden die zusätzliche Stunde für ihn auf sich nehmen.

»Gibt es Überstunden?«, fragte einer von ihnen.

»Hat dir der G8 noch nicht gereicht, Ben?«, gab McManus zurück. Rebus blieb einen Moment stehen, im Begriff, so etwas wie »danke« oder »viel Glück« zu sagen, aber McManus hatte seine ganze Aufmerksamkeit bereits auf diesen neuen Fall gerichtet und schon angefangen, Aufgaben zu verteilen.

»Ray, Barbara … ihr überprüft, ob es von der Umgebung des Jack Kane Centre Filmmaterial aus Überwachungskameras gibt. Billy, Tom … ihr werdet unseren verehrten Herren Pathologen Feuer unterm Hintern machen – desgleichen diesen faulen Säcken in der Forensik. Jimmy, du und Kate, ihr holt Keith Carberry. Lasst ihn in der Zelle schmoren, bis ich zurück bin. Ben, du kommst mit mir, kleiner Ausflug zum Haus des Stadtrats am Duddingston Park. Noch Fragen?«

Keine Fragen.

Rebus ging durch den Flur zurück. Er hoffte, dass Siobhan aus der Sache herausgehalten werden konnte. Vorauszusagen war das nicht. McManus schuldete Rebus keinen Gefallen. Carberry könnte auspacken, was unangenehm wäre, aber

nichts, womit sie nicht fertig werden könnten. Rebus formulierte bereits in Gedanken die Geschichte.

DS Clarke hatte die Information, Keith spiele in Restalrig Pool.
Als sie dorthin kam, war der Besitzer, Morris Gerald Cafferty, zu-
fällig auch da ...

Er bezweifelte, dass McManus sie schlucken würde. Sie
konnten auch leugnen, dass irgendein Treffen stattgefunden
hatte, aber dafür gab es Zeugen. Im Übrigen würde die Leugnung nur funktionieren, wenn Cafferty mitspielte ... und das
wiederum würde der nur mit der Absicht tun, die Schlinge um
Siobhan fester zu ziehen. Sie würde Cafferty ihre ganze Zukunft verdanken, und Rebus ebenso. Weshalb er vorn am Eingang um eine weitere Mitfahrgelegenheit bat, diesmal nach
Merchiston.

Die Polizisten in dem Streifenwagen waren gesprächig, fragten ihn aber nicht, wohin er wolle. Vielleicht dachten sie, jemand vom CID könne sich ein Haus in dieser ruhigen, von
Bäumen gesäumten Enklave leisten. Die frei stehenden viktorianischen Häuser waren von hohen Mauern und Zäunen
umgeben. Das Licht der Straßenlaternen schien gedämpft zu
sein, damit die Bewohner nicht im Schlaf gestört wurden. Die
breiten Straßen waren fast menschenleer – hier gab es keine
Parkprobleme: Jedes Haus besaß eine Auffahrt für ein halbes
Dutzend Autos. Rebus ließ den Streifenwagen in der Ettrick
Road anhalten – er wollte es nicht zu offensichtlich machen.
Den beiden Polizisten genügte es anscheinend zu warten und
zu verfolgen, wie er das Haus betrat, das letztlich sein Ziel
war. Aber er winkte sie weiter und zündete sich dann eine
Zigarette an. Einer der Uniformierten hatte ihm ein halbes
Dutzend Streichhölzer geschenkt. Rebus zog eins davon an
einer Mauer entlang, dann beobachtete er, wie der Streifen-
wagen an einem Ende der Straße den rechten Blinker setzte.
Er selbst bog am anderen Ende der Ettrick Road nach rechts
ab – keine Spur von dem Streifenwagen, aber auch keine Mög-

lichkeit, ihn zu verstecken. Überhaupt nirgendwo ein Lebenszeichen: keine Autos oder Fußgänger, und durch die dicken Steinmauern drangen keine Geräusche. Die riesigen Fenster waren mit hölzernen Fensterläden verschlossen. Rasenflächen für Bowling und Tennisplätze lagen verlassen da. Er bog erneut rechts ab und ging diese neue Straße bis zur Hälfte entlang. Eine Stechpalmenhecke vor einem Haus. Dessen von Steinsäulen flankierte Veranda war erleuchtet. Rebus stieß das Tor auf. Zog an der Klingelschnur. Fragte sich, ob er ums Haus herumgehen sollte. Als er das letzte Mal hier war, stand dort ein Whirlpool. Doch dann wurde auch schon die schwere Holztür geöffnet. Ein junger Mann stand vor ihm. Sein Körper war Fitnessstudio gestählt, und um das zu unterstreichen, trug er ein enges schwarzes T-Shirt.

»Sei sparsam mit diesen Steroiden«, warnte Rebus ihn. »Ist dein Herr und Meister zu Hause?«

»Sieht es vielleicht so aus, als wollte er Ihnen was abkaufen?«

»Ich verkaufe Seelenheil, mein Sohn – davon sollte jeder einmal kosten, sogar du.« Über die Schulter des Mannes hinweg konnte Rebus ein Paar Frauenbeine die Treppe herunterkommen sehen. Nackte Füße, die Beine schlank und gebräunt und in einen weißen Bademantel mündend. Sie blieb auf halber Höhe stehen und beugte sich herunter, um zu sehen, wer an der Tür stand. Rebus winkte ihr kurz zu. Sie war wohlerzogen und winkte zurück, obwohl sie keine Ahnung hatte, wer er war. Dann drehte sie sich um und tappte wieder nach oben.

»Haben Sie einen Durchsuchungsbefehl?«, fragte der Bodyguard.

»Endlich ist der Groschen gefallen!«, rief Rebus. »Aber ich und dein Boss kennen uns schon eine ganze Weile.« Er deutete auf eine der vielen Türen, die von der Eingangshalle abgingen. »Das da ist das Wohnzimmer, und da werde ich auf ihn warten.« Rebus wollte an dem Mann vorbeigehen, aber eine flache Hand an seiner Brust hielt ihn davon ab.

»Er ist beschäftigt«, erklärte der Mann.

»Damit, eine seiner Angestellten zu bumsen«, meinte Rebus. »Das heißt, ich werde vielleicht zwei Minuten warten müssen – vorausgesetzt, er kriegt nicht mittendrin einen Herzinfarkt.« Er starrte die Hand an, die sich wie ein Bleigewicht an ihn drückte. »Bist du sicher, dass du das willst?« Rebus schaute dem Bodyguard in die Augen. »Von jetzt an«, sagte er leise, »werde ich mich jedes Mal daran erinnern ... und glaub mir, mein Sohn, bei allen Schwächen, die die Leute mir anhängen mögen, im Nachtragendsein bin ich Weltmeister.«

»Und Letzter, wenn's um die Wahl des richtigen Zeitpunkts geht«, dröhnte eine Stimme vom oberen Treppenabsatz. Rebus verfolgte, wie Big Ger Cafferty herunterkam und sich dabei den Gürtel seines weiten Bademantels zuband. Was er noch an Haaren besaß, stand in Büscheln von seinem Kopf ab, und seine Wangen waren rot von der Anstrengung. »Was, zum Teufel, führt Sie denn her?«, knurrte er.

»Das ist ziemlich billig als Alibi«, bemerkte Rebus. »Bodyguard, dazu irgendeine Freundin, die vermutlich ein Stundenhonorar kriegt ...«

»Wozu brauche ich denn ein Alibi?«

»Das wissen Sie ganz genau. Klamotten in der Waschmaschine, stimmt's? Blut geht so schlecht raus.«

»Sie sprechen in Rätseln.«

Rebus wusste jedoch, dass er Cafferty an der Angel hatte: Zeit, die Schnur einzuholen. »Gareth Tench ist tot«, erklärte er. »In den Rücken gestochen – vermutlich ganz Ihr Stil. Möchten Sie das hier vor Arnie besprechen, oder sollen wir lieber in den Salon gehen?«

Caffertys Miene verriet nichts. Er steckte die Hände in die Taschen seines Bademantels und machte eine leichte Kopfbewegung, ein Zeichen, das der Bodyguard zu verstehen schien.

Er ließ die Hand sinken, und Rebus folgte Cafferty in dessen riesiges Wohnzimmer. Von der Decke hing ein Kronleuchter, und in der Nische vor dem Erkerfenster hatte ein Stutzflügel seinen Platz, daneben standen links und rechts riesige Lautsprecher und auf einem Regal an der Wand eine hochmoderne Stereoanlage. Die Gemälde waren grell und modern, aufdringliche Farbkleckse. Über dem Kamin hing eine gerahmte Kopie des Schutzumschlags von Caffertys Buch. Er machte sich am Barschrank zu schaffen, kehrte Rebus also den Rücken zu.

»Whisky?«, fragte er.

»Warum nicht?«, antwortete Rebus.

»Erstochen, sagten Sie?«

»Mit drei Stichen. Beim Jack Kane Centre.«

»Sein eigenes Terrain«, bemerkte Cafferty. »Ein Raubüberfall, der außer Kontrolle geraten ist?«

»Ich glaube, das wissen Sie besser.«

Cafferty drehte sich um und reichte Rebus ein Glas. Es war ein edler Tropfen, dunkel und torfig. Rebus behielt ihn einen Moment im Mund, bevor er ihn hinunterschluckte.

»Sie wollten ihn tot«, fuhr Rebus fort, den Blick auf Cafferty gerichtet, der nur einen winzigen Schluck von seinem Drink nahm. »Ich habe ja gehört, wie Sie sich über dieses Thema ausgelassen haben.«

»Ich war ein bisschen emotional«, gestand Cafferty.

»Ein Zustand, in dem ich Ihnen alles zutrauen würde.«

Cafferty starrte auf eins der Gemälde. Dicke Kleckse weißer Ölfarbe, die sich mit Grau und Rot mischten. »Ich will Ihnen nichts vormachen, Rebus – ich bin nicht traurig über seinen Tod. Mein Leben wird dadurch weniger kompliziert. Aber getötet habe ich ihn nicht.«

»Ich glaube doch.«

Cafferty hob kaum merklich eine Augenbraue. »Und was sagt Siobhan zu all dem?«

»Sie ist der Grund, weshalb ich hier bin.«

Jetzt lächelte Cafferty. »Hab ich mir gedacht«, sagte er. »Hat sie Ihnen von unserer kleinen Unterhaltung mit Keith Carberry erzählt?«

»Nach der ich ihn zufällig dabei beobachtet habe, wie er Tench belauerte.«

»Das war sein gutes Recht.«

»Sie haben ihn nicht dazu angehalten?«

»Fragen Sie Siobhan – sie war dabei.«

»Sie heißt Detective Sergeant Clarke, Cafferty, und kennt Sie nicht so gut wie ich.«

»Haben Sie Carberry festgenommen?« Cafferty löste den Blick von dem Gemälde.

Rebus nickte. »Und mein Gespür sagt mir, dass er reden wird. Wenn Sie ihm also doch unter vier Augen …«

»Ich habe ihm nicht gesagt, dass er irgendetwas tun soll. Wenn er behauptet, ich hätte es doch getan, lügt er – und ich habe Detective Sergeant Clarke als Zeugin.«

»Sie bleibt draußen, Cafferty«, warnte Rebus.

»Oder?«

Rebus schüttelte nur den Kopf. »Sie bleibt draußen«, wiederholte er.

»Ich mag sie, Rebus. Und wenn man Sie schließlich um sich tretend und schreiend ins Altersheim schleppt, werden Sie sie bestimmt in guten Händen zurücklassen.«

»Sie werden nicht mehr in ihre Nähe kommen. Sie werden nie mehr mit ihr sprechen.« Rebus hatte seine Stimme fast zu einem Flüstern gesenkt.

Cafferty grinste breit und leerte sein Kristallglas in einem Zug. Dann schmatzte er genüsslich und atmete hörbar aus. »Der Junge sollte Ihnen viel mehr Sorgen machen. Ihr Gespür sagt Ihnen, dass er reden wird. Falls er es tut, könnte er DS Clarke am Ende reinreißen.« Er versicherte sich Rebus' ungeteilter Aufmerksamkeit. »Wir könnten natürlich auch dafür sorgen, dass er gar keine Gelegenheit zum Reden bekommt ...«

»Ich wünschte, Tench wäre noch am Leben«, murmelte Rebus. »Jetzt weiß ich nämlich, dass ich ihm helfen würde, Sie aus dem Weg zu räumen.«

»Sie sind aber launisch, Rebus ... wie ein Sommertag in Edinburgh. Nächste Woche werfen Sie mir wieder Kusshände zu.« Cafferty spitzte demonstrativ die Lippen. »Sie sind bereits vom Dienst suspendiert. Sind Sie sicher, dass Sie es sich leisten können, noch mehr Feinde zu haben? Seit wann sind die Ihren Freunden schon zahlenmäßig überlegen?«

Rebus schaute sich im Zimmer um. »Ich habe nicht den Eindruck, dass Sie hier laufend Partys feiern.«

»Deshalb haben Sie auch nie eine Einladung bekommen – außer zum Erscheinen des Buches.« Cafferty deutete mit dem Kopf zum Kamin. Rebus betrachtete noch einmal den eingerahmten Schutzumschlag.

Wechselbalg: Das Außenseiterleben des Mannes, den sie »Mr. Big« nennen

»Ich habe nie gehört, dass jemand Sie Mr. Big genannt hätte«, bemerkte Rebus.

Cafferty zuckte die Achseln. »Mairies Idee, nicht meine. Ich muss sie anrufen ... Ich glaube, sie weicht mir aus. Das hat nicht zufällig mit Ihnen zu tun, oder?«

Rebus beachtete ihn nicht. »Da Tench Ihnen nun nicht mehr im Weg steht, werden Sie sich in Niddrie und Craigmillar breitmachen.«

»Werde ich das?«

»Mit Carberry und seinesgleichen als Fußvolk.«

Cafferty lachte leise. »Stört es Sie, wenn ich mitschreibe? Ich möchte schließlich nichts vergessen.«

»Als Sie heute Morgen mit Carberry sprachen, haben Sie ihn wissen lassen, welches Ergebnis Ihnen vorschwebte – das, seinen Hals zu retten.«

»Sie glauben, dass Klein Keith der Einzige war, mit dem ich gesprochen habe.« Cafferty goss sich Whisky nach.

»Mit wem noch?«

»Vielleicht ist Siobhan selbst ausgerastet. Ich nehme an, die Mordkommission wird mit ihr sprechen wollen?« Caffertys Zunge lugte ein wenig aus seinem Mund heraus.

»Mit wem haben Sie noch über Gareth Tench gesprochen?«

Cafferty schwenkte die Flüssigkeit in seinem Glas. »Angeblich sind Sie hier doch der Kriminalbeamte. Ich kann nicht *alle* Ihre Schlachten für Sie schlagen.«

»Der Jüngste Tag wird kommen, Cafferty. Für Sie und für mich.« Rebus hielt kurz inne. »Das wissen Sie, oder?«

Der Gangster schüttelte bedächtig den Kopf. »Ich sehe uns auf zwei Liegestühlen, irgendwo unter südlicher Sonne, aber mit eisgekühlten Drinks. Wir schwelgen in Erinnerungen über die Sparringkämpfe, die wir ausgefochten haben, damals, als die Guten die Bösen noch zu kennen glaubten. Eines sollte uns allen diese Woche klar geworden sein – alles kann sich innerhalb weniger Augenblicke ändern. Der Protest fällt in sich zusammen, die Bekämpfung der Armut wird nebensächlich … manche Allianzen werden stärker, andere schwächer. Die ganze Anstrengung beiseitegeschoben, die Stimmen zum Schweigen gebracht. Schneller als man mit den Fingern schnippen kann.« Wie zur Bekräftigung dieser Aussage tat er genau das. »Lässt *Ihre* ganze harte Arbeit irgendwie klein und unbedeutend erscheinen, finden Sie nicht auch? Und Gareth Tench … glauben Sie, dass in einem Jahr noch irgendjemand an ihn denkt?« Zum zweiten Mal leerte er sein Glas. »So, jetzt muss ich aber wirklich wieder nach oben. Obwohl ich unsere kleinen Zusammenkünfte durchaus genieße.« Cafferty stellte sein leeres Glas auf den Couchtisch und bedeutete Rebus mit einer Geste, es ihm gleichzutun. Als sie den Raum verließen, knipste er mit der Bemerkung, er tue das Seine für den Planeten, die Lichter aus.

Der Bodyguard stand in der Eingangshalle, die Hände vor sich gefaltet.

»Hast du je als Rausschmeißer gearbeitet?«, fragte Rebus. »Einer deiner Kollegen – namens Colliar – endete auf einem Tisch aus Edelstahl. Nur eine von vielen Vergünstigungen, die mit deinem zwielichtigen Arbeitgeber zusammenhängen.«

Cafferty stieg bereits die Treppe empor. Rebus stellte mit Befriedigung fest, dass er das Geländer zu Hilfe nehmen musste, um sich die einzelnen Stufen hochzuziehen. Allerdings machte *er* es in seinem Wohnblock mittlerweile genauso …

Der Bodyguard hielt die Tür auf. Rebus drängte sich ziemlich unsanft an ihm vorbei – dennoch zeigte der junge Mann keine Reaktion. Hinter ihm schlug die Tür zu. Er stand einen Augenblick auf dem Fußweg, ging dann zurück zum Tor und ließ es klirrend zufallen. Rieb ein weiteres Streichholz an der Mauer und zündete sich eine Zigarette an. Ging die Straße hinauf, blieb aber unter einer der Straßenlaternen stehen. Holte sein Handy heraus und wählte Siobhans Nummer, aber sie hob nicht ab. Er lief bis ans Ende der Straße und kehrte wieder zurück. Während er dastand, trottete ein dürr aussehender Fuchs aus einer Einfahrt heraus und gleich in die nächste hinein. Rebus hatte diese Tiere in letzter Zeit immer wieder in der Stadt gesehen. Sie erschienen ihm nie verängstigt oder schüchtern. Der Blick, mit dem sie ihre menschlichen Nachbarn bedachten, grenzte an Verachtung. Die Hetzjagd auf sie war verboten worden, und die Leute legten ihnen Kleinigkeiten zum Fressen hin. Schwer, sie sich als Raubtiere vorzustellen – aber genau das waren sie.

Raubtiere, die wie Haustiere behandelt wurden.

Wechselbälger.

Nach weiteren dreißig Minuten hörte er schon von ferne das Taxi mit seinem Dieselmotor. Rebus stieg im Fond ein und schloss die Tür, sagte aber dem Fahrer, dass sie noch auf jemanden warteten.

»Wie war das doch gleich«, schob er hinterher, »bar oder Vertrag?«

»Vertrag.«

»MGC Holdings, stimmt's?«

»The Nook«, korrigierte ihn der Fahrer.

»Absetzen in …?«

Jetzt drehte der Fahrer sich zu ihm um. »Was ist das für ein Spiel, Kumpel?«

»Kein Spiel.«

»Auf dem Abholzettel steht ein Frauenname – und wenn Sie eine Möse haben, sollten Sie sich bei einer dieser extremen Realityshows bewerben.«

»Danke für den Rat.« Rebus drückte sich ganz in die Ecke des Taxis, als Caffertys Haustür auf- und wieder zuging. Stöckelschuhe klapperten den Fußweg entlang, dann wurde die hintere Taxitür geöffnet, und eine Parfümwolke wehte herein.

»Steigen Sie nur ein«, sagte Rebus, bevor die Frau sich beschweren konnte. »Ich muss bloß irgendwie nach Hause kommen.«

Sie zögerte, setzte sich aber schließlich neben Rebus und versuchte, größtmöglichen Abstand zu halten. Der rote Knopf leuchtete, was bedeutete, dass der Fahrer ihr Gespräch mithören konnte. Rebus fand den richtigen Schalter und stellte ihn aus.

»Sie arbeiten im Nook?«, fragte er leise. »Wusste gar nicht, dass Cafferty da seine Pfoten drin hat.«

»Was geht Sie das an?«, blaffte die Frau zurück.

»Ich möchte mich nur unterhalten. Sind Sie eine Freundin von Molly?«

»Nie von ihr gehört.«

»Ich wollte Sie nämlich fragen, wie es ihr geht. Ich bin der Typ, der sie neulich abends vor dem Diplomaten gerettet hat.«

Die Frau sah ihn prüfend an. »Molly geht es gut«, sagte sie

490

schließlich. Dann: »Woher wussten Sie, dass Sie nicht ewig warten müssten?«

»Reine Psychologie«, antwortete er mit einem Achselzucken. »Cafferty erschien mir nie wie einer, der eine Frau bei sich übernachten lässt.«

»Nicht dumm.« Der Anflug eines Lächelns huschte über ihr Gesicht. Im dunklen Wageninneren waren ihre Gesichtszüge nur schwer zu erkennen. Gepflegtes Haar, schimmernder Lippenstift, der Duft von Parfüm. Schmuck und hochhackige Schuhe und ein dreiviertellanger Mantel; darunter ein sehr kurzes Kleid. Eine Menge Wimperntusche, übertrieben lange Wimpern.

Er entschloss sich zu einem weiteren Vorstoß: »Molly geht es also gut?«

»Soweit ich weiß schon.«

»Wie ist es, für Cafferty zu arbeiten?«

»Er ist in Ordnung. Hat mir von Ihnen erzählt …«

»Ich bin vom CID.«

Sie nickte. »Als er Ihre Stimme unten hörte, war es, als hätte jemand seine Batterien aufgeladen.«

»Ich wirke eben so auf Leute. Fahren wir zum Nook?«

»Ich wohne im Grassmarket.«

»Nicht weit von der Arbeit«, bemerkte er.

»Was wollen Sie eigentlich?«

»Sie meinen, außer einer Mitfahrgelegenheit auf Caffertys Kosten?« Rebus zuckte mit den Schultern. »Vielleicht möchte ich einfach nur wissen, warum jemand gern in seiner Nähe sein möchte. Sehen Sie, ich glaube allmählich, dass er einen Virus in sich trägt – jeder, der ihn berührt, wird auf irgendeine Weise verletzt.«

»Sie kennen ihn schon sehr viel länger als ich«, meinte sie.

»Das stimmt.«

»Heißt das, dass Sie immun sind?«

Er schüttelte den Kopf. »Immun nicht, nein.«

491

»Mich hat er bis jetzt nicht verletzt.«

»Das ist gut ... aber man bemerkt den Schaden nicht immer sofort.« Sie bogen in die Lady Lawson Street ein. Der Fahrer bog nach rechts ab. In einer Minute würden sie am Grassmarket sein.

»Sind Sie mit Ihrer Guter-Samariter-Nummer fertig?«, fragte sie und drehte sich zu Rebus.

»Es ist Ihr Leben ...«

»Genau.« Sie beugte sich zur Trennscheibe vor. »Fahren Sie bei der Ampel an die Seite.«

Er folgte der Anweisung. Fing schon an, die Quittung auszustellen, doch Rebus sagte ihm, die Fahrt gehe noch weiter. Sie stieg aus. Er rechnete damit, dass sie noch irgendeine Bemerkung machen würde, aber sie knallte nur die Tür zu, überquerte die Straße und verschwand in einer dunklen Gasse. Der Fahrer ließ den Motor laufen, bis ein Lichtstrahl ihm anzeigte, dass sie die Tür zu ihrem Haus aufgeschlossen hatte.

»Ich gehe immer gern auf Nummer sicher«, erklärte er Rebus. »Man kann heutzutage nicht vorsichtig genug sein. Wohin, Chef?«

»Eine Kehrtwende«, antwortete Rebus. »Setzen Sie mich beim Nook ab.« Es war eine Fahrt von zwei Minuten, an deren Ende Rebus dem Mann sagte, er solle noch zwanzig Eier mehr auf den Zettel schreiben, als Trinkgeld. Setzte seinen Namen darunter und gab ihn dem Mann zurück.

»Sind Sie sich da sicher, Chef?«, wollte der Fahrer wissen.

»Ist ja nicht mein Geld«, erwiderte Rebus beim Aussteigen.

Die Türsteher vor dem Nook erkannten ihn sofort, von Wiedersehensfreude jedoch keine Spur.

»Viel los, Jungs?«, fragte Rebus.

»An Zahltagen immer. War auch eine gute Zeit für Überstunden.«

Was der Rausschmeißer damit meinte, wurde Rebus erst

klar, als er hineinging. Eine große Runde betrunkener Polizisten schien drei der Lapdancer mit Beschlag belegt zu haben. Ihr Tisch ächzte unter der Last von Champagnerflöten und Biergläsern. Dabei wirkten sie nicht einmal deplatziert – am anderen Ende des Raums genossen die Teilnehmer eines Junggesellenabschieds die Konkurrenz. Rebus kannte die Polizisten nicht, sie hatten einen schottischen Akzent – ein letzter Abend in der Stadt für diese bunte Truppe, bevor es wieder nach Hause zu ihren Frauen und Freundinnen ging, nach Glasgow, Inverness, Aberdeen ...

Zwei Frauen drehten und wanden sich auf der kleinen Bühne in der Mitte. Eine andere stolzierte zum Vergnügen der an der Bar sitzenden einsamen Trinker oben auf dem Tresen entlang. Sie hockte sich hin, um sich einen Fünfpfundschein in den G-String stecken zu lassen, was dem Spender ein Küsschen auf die pockennarbige Wange einbrachte. Ein einziger Platz war noch frei, und Rebus setzte sich. Zwei Tänzerinnen kamen hinter einem Vorhang hervor. Schwer zu sagen, ob sie eine private Tanznummer gegeben oder eine Zigarettenpause eingelegt hatten. Eine der beiden wollte sich an Rebus heranmachen, doch auf sein Kopfschütteln hin erstarb ihr Lächeln. Der Barkeeper fragte ihn, was er trinken wolle.

»Nichts«, antwortete er. »Ich möchte mir nur Ihr Feuerzeug ausleihen.« Ein Paar Stöckelschuhe war vor ihm aufgetaucht. Rebus hob den Blick und unterbrach das Anzünden seiner Zigarette, um der dazugehörigen Frau zu sagen, dass er sie sprechen müsse.

»Ich kann in fünf Minuten eine Pause machen«, erklärte Molly Clark. Sie wandte sich an den Barkeeper. »Ronnie, gib meinem Freund hier einen Drink.«

»Gerne«, antwortete Ronnie, »aber das geht von deinem Lohn ab.«

Ohne ihm Beachtung zu schenken, stöckelte sie ans andere Ende der Bar.

»Whisky, danke, Ronnie«, sagte Rebus, während er unbemerkt das Feuerzeug einsteckte, »das Wasser gebe ich lieber selbst dazu.«

Aber Rebus hätte schwören können, dass das aus der Flasche eingegossene Zeug schon vorher gepanscht worden war. Er drohte dem Barkeeper mit dem Finger.

»Wenn Sie der Gewerbeaufsicht unbedingt erzählen wollen, dass Sie hier waren, nur zu«, konterte Ronnie.

Rebus schob das Glas beiseite und drehte sich um, als gälte sein Interesse den Tänzerinnen; in Wirklichkeit beobachtete er die Polizistentruppe. Was war es, überlegte er, was sie charakterisierte? Einige von ihnen hatten einen Schnurrbart, alle einen ordentlichen Haarschnitt. Die meisten trugen Krawatte, wenn auch die Anzugjacken über ihren Stuhllehnen hingen. Von Alter und Körperbau her unterschiedlich, und dennoch wurde er das Gefühl nicht los, dass sie sich alle irgendwie ähnelten. Sie verhielten sich wie ein kleiner, eigener Clan, der mit dem Rest der Welt wenig zu schaffen hat. Außerdem hatten sie die ganze Woche über die Verantwortung für die Hauptstadt innegehabt – betrachteten sich selbst als Eroberer ... unbesiegbar ... allmächtig.

Seht an meine Werke ...

Hatte Gareth Tench sich wirklich auch so gesehen? Rebus erschien dessen Selbstbild komplizierter. Tench hatte gewusst, dass er scheitern würde, es aber mit aller Entschiedenheit trotzdem versucht. Rebus hatte die geringe Chance erwogen, dass der Stadtrat ihr gesuchter Mörder war und die kleine Schreckensgalerie in Auchterarder seine »Werke«. Entschlossen, die Welt von ihren Monstern, zu denen auch Cafferty gehörte, zu befreien. Der Mord an Cyril Colliar hatte kurzfristig Cafferty ins Spiel gebracht. Eine schlampige Ermittlung hätte es vielleicht dabei belassen, mit Cafferty als Hauptverdächtigem. Tench hatte aber auch Trevor Guest gekannt ... hatte dem Burschen geholfen und war dann in Wut geraten, als er auf einer Homepage nähere Einzelheiten über ihn erfuhr. Fand, dass er betrogen worden war ...

Blieb nur noch der Schnelle Eddie Isley. Nichts, was Tench mit *ihm* verband, und Isley war das erste Opfer gewesen, das alles ins Rollen brachte. Und nun war Tench tot, und sie schickten sich an, Keith Carberry die Schuld dafür zu geben.

Mit wem haben Sie noch über Gareth Tench gesprochen? Angeblich sind Sie hier doch der Kriminalbeamte ...

Oder ein dürftiger Ersatz dafür. Nur um etwas zu tun, griff Rebus wieder nach seinem Glas. Die Tänzerinnen auf der Bühne wirkten gelangweilt. Sie hätten sich lieber unten zwischen die Gäste gemischt, wo Lohntüten in Mini-BHs und winzige Stringtangas geleert wurden. Rebus war sicher, dass es einen Dienstplan gab und sie auch ihre Chance bekamen. Mehr Männer drängten herein – Managertypen. Einer von ihnen wackelte zur dröhnenden Musik im Raum mit den Hüften. Er hatte etliche Kilo zu viel, und die Bewegungen passten nicht zu ihm. Aber niemand machte sich über ihn lustig: Genau darum ging es ja an einem Ort wie dem Nook. Es ging darum, Hemmungen abzulegen. Rebus musste unwillkürlich an die Siebziger denken, als die meisten Edinburgher Bars einen Mittagsstriptease angeboten hatten. Immer wenn die Tänzerinnen in ihre Richtung schauten, hatten die Gäste ihre Gesichter hinter ihren großen Gläsern versteckt. Diese Zurückhaltung war in den vergangenen Jahrzehnten restlos verschwunden. Die Geschäftsleute feuerten eine der Lapdancerinnen am Polizistentisch lautstark an, als sie mit ihrem erotischen Tanz begann, während ihr Auserwählter breitbeinig dasaß, die Hände auf den Knien, grinsend und mit schweißbedecktem Gesicht.

Molly stand neben Rebus. Er hatte nicht bemerkt, dass sie mit ihrer Nummer fertig war. »Ich brauche zwei Minuten, mir einen Mantel umzuhängen, dann treffen wir uns draußen.«

Er nickte geistesabwesend.

»Ich wüsste ja zu gerne, was Ihnen gerade durch den Kopf geht«, sagte sie, plötzlich neugierig geworden.

»Ich hab darüber nachgedacht, wie der Sex sich im Lauf der Jahre verändert hat. Früher waren wir eine so prüde Nation.«

»Und jetzt?«

Die Tänzerin ließ nur wenige Zentimeter vor der Nase ihres Auserwählten die Hüften kreisen.

»Jetzt«, sinnierte Rebus, »ist er ... nun ...«

»So öffentlich?«, schlug sie vor.

Er nickte zustimmend und stellte das leere Glas zurück auf den Tresen.

Sie bot ihm eine Zigarette an. In einen langen schwarzen Wollmantel gehüllt, lehnte sie an einer Außenwand des Nook, gerade weit genug von den Türstehern entfernt, dass Lauschen nicht möglich war.

»In der Wohnung rauchen Sie nicht«, bemerkte Rebus.

»Eric ist dagegen allergisch.«

»Genau wegen Eric wollte ich mit Ihnen sprechen.« Rebus starrte auf seine glühende Zigarettenspitze.

»Was ist mit ihm?« Sie scharrte mit den Füßen. Statt der Pfennigabsätze trug sie jetzt Turnschuhe.

»Bei unserem letzten Gespräch sagten Sie, dass er weiß, womit Sie Ihr Geld verdienen.«

»Und?«

Rebus zuckte die Achseln. »Ich will nicht, dass er verletzt wird, deshalb wäre es besser, Sie würden ihn verlassen.«

»Ihn verlassen?«

»Damit ich ihm nicht sagen muss, dass Sie ihm Insiderinformationen entlocken, die Sie anschließend brühwarm Ihrem Boss erzählen. Wissen Sie, ich habe eben mit Cafferty gesprochen, und da hat es plötzlich gefunkt. Er wusste Dinge, die er nicht hätte wissen dürfen, Dinge, die von Insidern stammen ... und wer weiß mehr als jemand wie Brains?«

Sie schnaubte. »Sie nennen ihn Brains ... Warum gestehen Sie ihm nicht endlich mal ein bisschen Hirn zu?«

»Wie meinen Sie das?«

»Sie glauben, ich bin die große böse Nutte, die den armen Trottel ausquetscht.« Sie rieb sich mit einem Finger die Oberlippe.

»Ich würde sogar noch etwas weiter gehen – ich habe den Eindruck, dass Sie nur deshalb mit Eric zusammenleben, weil Cafferty es von Ihnen verlangt ... Wahrscheinlich versorgt er Sie dafür mit Koks, damit es sich auch lohnt. Bei unserer ersten Begegnung dachte ich noch, es seien einfach die Nerven.«

Sie versuchte nicht, es zu leugnen.

»Sobald Eric nicht mehr von Nutzen ist«, fuhr Rebus fort, »lassen Sie ihn fallen wie eine heiße Kartoffel. Ich rate Ihnen, sofort Schluss zu machen.«

»Ich wiederhole es noch einmal, Rebus, Eric ist kein Idiot. Er hat die ganze Zeit gewusst, was gespielt wird.«

Rebus kniff die Augen zusammen. »Damals in der Wohnung haben Sie gesagt, Sie hielten ihn davon ab, Stellenangebote anzunehmen – wie wird er sich vorkommen, wenn er den wahren Grund herausfindet, nämlich dass er Ihrem Boss im privaten Sektor nicht viel nützt?«

»Er erzählt mir Dinge, weil er es *will*«, fuhr sie fort, »und er weiß ganz genau, wo sie am Ende landen.«

»Klassische Honigfalle«, murmelte Rebus.

»Wenn man erst einmal auf den Geschmack gekommen ist ...«, sagte sie spöttisch.

»Sie werden sich trotzdem von ihm trennen«, erklärte er.

»Sonst?« Ihr Blick fixierte ihn. »Werden Sie ihm sonst etwas erzählen, was er sowieso schon weiß?«

»Früher oder später wird Cafferty über den Jordan gehen – wollen Sie dann wirklich dabei sein?«

»Ich bin eine gute Schwimmerin.«

»Es ist aber kein Wasser, worin Sie landen werden, Molly.

Die Zeit im Knast wird Ihr Aussehen ruinieren, das garantiere ich Ihnen. Wissen Sie, einem Kriminellen vertrauliche Informationen zukommen zu lassen, ist kein Kavaliersdelikt.«

»Wenn Sie mich ans Messer liefern, Rebus, dann ist Eric auch dran. So viel zu dem Versuch, ihn zu schützen.«

»Alles hat seinen Preis.« Rebus schnippte seinen Zigarettenstummel weg. »Morgen früh werde ich gleich als Erstes mit ihm sprechen. Dann sollten Ihre Sachen besser gepackt sein.«

»Und wenn Cafferty nicht einverstanden ist?«

»Wird er aber. Wenn Sie erst einmal enttarnt sind, kann Ihnen das CID jeden Dreck als Kaviar unterjubeln. Sobald Cafferty auch nur einen Bissen davon nimmt, haben wir ihn am Wickel.«

Sie fixierte ihn immer noch. »Warum tun Sie es dann nicht einfach«?

»Verdeckte Ermittlung bedeutet, dass man die Oberen einweihen muss … und das wäre wirklich das Ende von Erics Karriere. Sie verschwinden jetzt, und ich bekomme Eric zurück. Ihr Boss hat zu viele Leute in die Scheiße geritten, Molly. Ein paar davon möchte ich gerne reinwaschen.« Er holte seine Zigaretten aus der Tasche, öffnete die Schachtel und bot ihr eine an. »Wie finden Sie das?«

»Die Zeit ist um«, rief einer der Türsteher, während er einen Finger auf seinen Ohrstöpsel presste. »Da drinnen ist es gerammelt voll mit Kunden …«

Sie schaute Rebus an. »Die Zeit ist um«, echote sie und wandte sich dem hinteren Eingang zu. Rebus sah ihr nach, zündete sich eine Zigarette an und beschloss, dass der Heimweg durch die Meadows ihm guttun würde.

Sein Telefon klingelte, als er die Tür aufschloss. Er nahm es vom Stuhl.

»Rebus«, meldete er sich.

»Ich bin's«, sagte Ellen Wylie. »Was ist denn um Himmels willen passiert?«

»Was meinen Sie denn?«

»Ich hatte Siobhan am Telefon. Ich weiß ja nicht, was Sie ihr gesagt haben, aber sie scheint in einem jämmerlichen Zustand zu sein.«

»Sie glaubt, dass sie bis zu einem gewissen Grad für Gareth Tenchs Tod verantwortlich ist.«

»Ich habe versucht, ihr klarzumachen, dass sie verrückt ist.«

»Das wird sie aber aufgebaut haben.« Rebus begann, alle Lichter anzuknipsen – nicht nur im Wohnzimmer, sondern auch im Flur, in der Küche, im Bad und im Schlafzimmer.

»Von Ihnen schien sie die Schnauze ziemlich voll zu haben.«

»Kein Grund für Sie, so zufrieden zu klingen.«

»Ich habe zwanzig Minuten damit verbracht, sie wieder zu beruhigen!«, brüllte Wylie. »Fangen Sie bloß nicht an, mir zu unterstellen, ich würde mich darüber freuen!«

»Tut mir leid, Ellen.« Das meinte Rebus auch so. Mit hängenden Schultern saß er auf dem Badewannenrand.

»Wir sind alle übermüdet, John, das ist das Problem.«

»Meine Probleme gehen wohl doch etwas tiefer, Ellen.«

»Machen Sie sich nur selbst fertig – wäre ja nicht das erste Mal.«

Er stieß die Luft aus seinen geblähten Wangen. »Was ist Ihr Fazit in Bezug auf Siobhan?«

»Geben Sie ihr vielleicht einen Tag, um sich zu beruhigen. Ich hab ihr gesagt, sie soll rauf zu T in the Park fahren, etwas Dampf ablassen.«

»Keine schlechte Idee.« Außer dass seine eigenen Wochenendpläne die Borders betrafen … wie es aussah, würde er ohne Begleitung Richtung Süden fahren. Auf keinen Fall konnte er Ellen mitnehmen – Siobhan würde es erfahren, und das wollte er nicht.

»Wenigstens können wir Tench jetzt als Verdächtigen ausschließen«, meinte Wylie.

»Vielleicht.«

»Siobhan sagte, ihr würdet einen Jugendlichen aus Niddrie festnehmen?«

»Vermutlich bereits in Untersuchungshaft.«

»Das hat also nichts mit dem Clootie Well oder *Bestien-im-Visier* zu tun.«

»Zufall, das ist alles.«

»Und was passiert jetzt?«

»Ihre Idee mit der Wochenendpause klingt gut. Am Montag sind alle wieder bei der Arbeit ... dann können wir die Mordermittlungen richtig aufnehmen.«

»Mich werden Sie dann nicht brauchen, oder?«

»Wenn Sie wollen, gibt es einen Platz für Sie, Ellen. Sie haben achtundvierzig Stunden Zeit, um darüber nachzudenken.«

»Danke, John.«

»Aber tun Sie mir einen Gefallen ... Rufen Sie morgen Siobhan an. Sagen Sie ihr, dass ich besorgt bin.«

»Besorgt *und* reumütig?«

»Die genaue Formulierung überlasse ich Ihnen. Nacht, Ellen.«

Nachdem er das Gespräch beendet hatte, betrachtete er sein Gesicht im Badezimmerspiegel. Er war erstaunt, dass es ziemlich genauso aussah wie immer: bleich und unrasiert, ungekämmtes Haar und Tränensäcke unter den Augen. Er gab sich selbst ein paar Klapse auf die Wangen; dann ging er nach hinten in die Küche, machte sich eine Tasse Pulverkaffee und setzte sich an den Wohnzimmertisch. Dieselben Gesichter starrten ihn von der Wand aus an:

Cyril Colliar.

Trevor Guest.

Edward Isley.

Er wusste, dass das Hauptthema in den Fernsehnachrichten immer noch die Bomben in London sein würden. Experten würden darüber diskutieren, was man hätte anders machen können und was als Nächstes geschehen sollte. Alle anderen Nachrichten würden zweitrangig sein. Trotzdem hatte er immer noch diese drei ungelösten Morde ... eigentlich ja Siobhans, jetzt, wo er darüber nachdachte. Der Chief Constable hatte *ihr* die Leitung der Ermittlungen übertragen. Dann war da noch Ben Webster, der mit jeder neuen Nachrichtensendung mehr in Vergessenheit geriet.

Niemand würde es Ihnen übelnehmen, wenn Sie es langsam angehen ließen ...

Niemand außer den Toten.

Er legte den Kopf auf die verschränkten Arme. Sah vor seinem geistigen Auge, wie der wohlgenährte Cafferty, in eine süßliche Duftwolke gehüllt, diese Protztreppe herunterstieg. Sah, wie Siobhan ihm auf den Leim ging. Sah, wie Cyril Colliar die schmutzige Arbeit für ihn erledigte, so wie Keith Carberry, Molly und Eric Bain es taten.

Cafferty, der Gangster, kannte Steelforths Namen.

Cafferty, der Autor, hatte Richard Pennen kennengelernt.

Mit wem noch ...?

Mit wem haben Sie noch gesprochen?

Cafferty mit seiner hervorlugenden Zunge. *Vielleicht Siobhan selbst ...*

Nein, Siobhan nicht. Rebus hatte ihre Reaktion am Tatort beobachtet – sie hatte von nichts gewusst.

Was nicht hieß, dass sie es sich nicht gewünscht, es nicht herbeigesehnt hatte.

Rebus hörte, wie sich von Westen her ein Flugzeug in den Himmel erhob. Es gab viele späte Flüge von Edinburgh aus. Er fragte sich, ob es vielleicht Tony Blair war oder nur sein Tross. Danke, Schottland, und gute Nacht. Die Gipfelteilnehmer hatten sicher das Beste genossen, was das Land zu bieten vermochte – Landschaft, Atmosphäre, Whisky, Essen. Das alles verwandelte sich jedoch zu Asche, als dieser rote Londoner Bus explodierte. Und in der Zwischenzeit waren drei Verbrecher gestorben ... und ein guter Mann – Ben Webster ... und einer, bei dem Rebus es jetzt noch nicht sagen konnte. Gareth Tench hatte vielleicht aus den allerbesten Motiven heraus gehandelt, aber diese den Umständen geopfert.

Möglicherweise war er aber auch kurz davor gestanden, Cafferty seine Krone zu entreißen.

Rebus bezweifelte, dass er das jemals herausbekommen würde. Er starrte sein Handy an, das vor ihm auf dem Esstisch lag. Sieben Ziffern, und er wäre mit Siobhans Wohnung verbunden. Sieben kleine Knöpfe auf dem Tastenfeld. Wie konnte etwas nur so schwierig sein?

»Warum kommst du eigentlich nicht auf den Gedanken, dass sie ohne dich besser dran ist?«, hörte er sich das silberne Gerät fragen. Es antwortete mit einem Piepton, und sein Kopf ging ruckartig hoch. Er griff nach dem Handy, aber alles, was es ihm zu sagen versuchte, war, dass sein Akku fast leer war.

»Nicht leerer als meiner«, murmelte er, während er langsam aufstand, um das Ladegerät zu suchen. Er hatte es gerade in die Steckdose geschoben, als das Handy klingelte: Mairie Henderson.

»n'Abend, Mairie«, sagte Rebus.

»John? Wo bist du?«

»Zu Hause. Was gibt's?«

»Kann ich dir was mailen? Es ist der Artikel, den ich über Richard Pennen geschrieben habe.«

»Soll ich Korrektur lesen?«

»Ich wollte nur ...«

»Was ist los, Mairie?«

»Ich hatte eine Begegnung mit drei von Pennens Schlägertypen. Sie trugen Uniformen, waren aber genauso wenig Polizisten, wie ich es bin.«

Rebus ließ sich auf der Lehne seines Sessels nieder. »Hieß einer von ihnen Jacko?«

»Woher weißt du das?«

»Ich bin ihnen auch begegnet. Was ist passiert?«

Sie erzählte es ihm und erwähnte auch ihre Vermutung, dass sie eine gewisse Zeit im Irak verbracht hatten.

»Und jetzt hast du Angst«, riet Rebus. »Und möchtest sicherstellen, dass es noch weitere Kopien deines Artikels gibt.«

»Ich verschicke ein paar.«

»Aber nicht an andere Journalisten, oder?«

»Ich möchte niemanden in Versuchung führen.«

»Auf Skandale gibt es kein Copyright«, stimmte Rebus ihr zu. »Möchtest du die Sache noch weiterverfolgen?«

»Wie meinst du das?«

»Du hattest recht – sich als Polizeibeamter auszugeben ist tatsächlich ein schwerwiegendes Delikt.«

»Wenn ich meine Kopien erst mal verschickt habe, komme ich zurecht.«

»Bist du sicher?«

»Ja, aber danke, dass du fragst.«

»Wenn du mich brauchst, Mairie: Du hast meine Nummer.«

»Danke, John. Gute Nacht.«

Nachdem sie aufgelegt hatte, starrte er noch eine Weile sein Handy an. Das »Laden«-Symbol erschien wieder, während der Akku Strom aufnahm. Rebus ging zum Esstisch und schaltete seinen Laptop ein. Steckte das Kabel in die Telefonbuchse und schaffte es, online zu gehen. Er staunte immer wieder, wenn es tatsächlich funktionierte. Mairies E-Mail war schon da. Er klickte auf »Download«, und als er ihren Artikel in einen seiner Ordner einfügte, hoffte er, dass er ihn dort auch wiederfinden würde. Es gab noch eine andere E-Mail, diesmal von Stan Hackman.

Besser spät als gar nicht, hieß es da. *Ich bin wieder in Newcastle*

und werde gleich ein paar Nachtlokale abklappern. Will Ihnen aber
vorher noch von unserem Trev berichten. Im Vernehmungsprotokoll
steht, dass er nach Coldstream gezogen ist – aber nicht, warum oder
für wie lange. Hoffe, das hilft Ihnen weiter. Ihr Kumpel Stan.

Coldstream – von dort war auch der Mann gekommen, mit dem er vor dem Swany's in der Ratcliffe Terrace die Auseinandersetzung gehabt hatte.

»Klicke-di-klick«, sagte Rebus zu sich selbst und beschloss, sich mit einem Drink zu belohnen.

Samstag, 9. Juli 2005

25

Die Sache mit den Meadows und all den weiß gekleideten Leuten war erst eine Woche her.

In der Politik eine lange Zeit, wie man so sagte. Das Leben ging weiter, jeden Tag. Die Scharen von Menschen, die heute gen Norden unterwegs waren, pilgerten zu T in the Park, dem Festival am Stadtrand von Kinross. Sportfans begaben sich weiter nach Westen, zum Loch Lomond und den Endrunden der berühmten Scottish Open Golf Championship. Rebus schätzte, dass seine Fahrt in den Süden weniger als zwei Stunden dauern würde, aber vorher musste er noch ein paar Abstecher machen – zuerst zur Slateford Road. Er saß bei laufendem Motor in seinem Auto und starrte zu den Fenstern des umgebauten Lagerhauses hinauf. Meinte, Eric Bains Wohnung zu erkennen. Die Vorhänge waren zurückgezogen. Rebus ließ wieder die CD von Elbow laufen, auf der der Sänger soeben die Führer der freien Welt mit Steine schleudernden Kindern verglich. Er wollte gerade aussteigen, als er Bain unrasiert und ungekämmt von dem Laden an der Ecke zurückkommen sah. Sein Hemd hing ihm aus der Hose. Er hatte eine Milchpackung in der Hand und wirkte benommen. Das hätte Rebus bei den meisten Menschen wohl auf Müdigkeit zurückgeführt. Er ließ sein Fenster herunter und hupte. Bain brauchte ein oder zwei Sekunden, bis er ihn erkannte und über die Straße auf sein Auto zukam.

»Dachte ich doch, dass Sie es sind«, bemerkte Rebus. Bain nickte geistesabwesend. »Sie hat Sie also verlassen?« Damit schien er Bains Aufmerksamkeit zu gewinnen.

»Hat eine Nachricht hinterlassen, dass jemand ihre Sachen abholen würde.«

Rebus nickte. »Steigen Sie ein, Eric. Wir müssen ein paar Takte miteinander reden.«

Aber Bain rührte sich nicht von der Stelle. »Wie haben Sie es erfahren?«

»Sie können fragen, wen Sie wollen, Eric, jeder wird Ihnen sagen, dass man von mir in Beziehungsdingen keine Ratschläge erwarten darf.« Rebus hielt kurz inne. »Auf der anderen Seite können wir es nicht zulassen, dass Sie Insiderinformationen an Big Ger Cafferty weitergeben.«

Bain starrte ihn an. »Sie …?«

»Gestern Abend habe ich mir Molly vorgeknöpft. Wenn sie gegangen ist, heißt das, dass sie lieber weiterhin im Nook arbeitet, als mit Ihnen zusammen zu sein.«

»Nein, ich … ich weiß nicht, ob ich …« Bains Augen weiteten sich. Die Milchpackung fiel ihm aus der Hand. Durchs Autofenster griff er nach Rebus' Kehle, der zurückwich, mit einer Hand nach Bains Fingern tastete, mit der anderen nach dem Fensterknopf. Die Scheibe glitt hoch und klemmte Bain ein. Rebus rutschte auf den Beifahrersitz, stieg aus und ging um das Auto herum zu Bain, der gerade die Arme aus dem Fensterschlitz zog. Als Bain sich umdrehte, bekam er von Rebus einen Stoß zwischen die Beine und landete auf den Knien in dem sich ausbreitenden Milchsee. Rebus streckte ihn mit einem Kinnhaken zu Boden. Breitbeinig über ihm stehend, packte er Bain am Hemdkragen.

»Ihre Schuld, Eric, nicht meine. Eine Möse am Horizont, und schon fangen Sie an, aus dem Nähkästchen zu plaudern. Und Ihrer ›Freundin‹ zufolge haben Sie ihr gern den Gefallen getan, auch dann noch, als Sie schon wussten, dass bei ihr nicht nur reine Neugierde dahintersteckte. Gab Ihnen ein Gefühl von Wichtigkeit, stimmt's? Genau aus diesem Grund fangen die meisten Spitzel irgendwann an zu quatschen.«

Bain leistete keine Gegenwehr, sondern schluchzte, das Gesicht voller Milchspritzer, wie ein kleines Kind, das soeben sein Lieblingsspielzeug verloren hat. Rebus ließ los und strich sich die Kleider glatt.

»Stehen Sie auf!«, befahl er. Als Bain nicht reagierte, hievte Rebus ihn auf die Beine. »Schauen Sie mich an, Eric«, sagte er und reichte ihm ein Taschentuch. »Hier, wischen Sie sich das Gesicht ab.«

Bain gehorchte. Aus einem seiner Nasenlöcher quoll eine Rotzblase.

»Und jetzt hören Sie mir mal genau zu«, befahl Rebus. »Der Deal, den ich mit ihr gemacht habe, sieht so aus: Wenn sie geht, lassen wir alles auf sich beruhen. Das heißt, ich erzähle Fettes nichts von all dem – und Sie behalten Ihren Job.« Rebus neigte den Kopf, bis Bain ihn ansah. »Verstehen Sie?«

»Es gibt jede Menge andere Jobs.«

»In der IT-Branche? Klar, und die wünschen sich alle einen Angestellten, der nicht imstande ist, Dinge vor Stripperinnen geheim zu halten ...«

»Ich habe sie geliebt, Rebus.«

»Kann sein, aber sie hat mit Ihnen gespielt wie Clapton auf seiner Gitarre ... Warum lächeln Sie?«

»Ich bin nach ihm benannt ... mein Dad ist Clapton-Fan.«

»Tatsächlich?«

Bain hob den Blick gen Himmel, sein Atem beruhigte sich etwas. »Ich habe wirklich gedacht, sie –«

»Cafferty hat Sie benutzt, Eric – da beißt die Maus keinen Faden ab. Und jetzt aufgepasst ...« Rebus sah ihm in die Augen. »Sie dürfen nicht in ihre Nähe kommen und nicht ins Nook gehen. Sie schickt jemanden, um ihre Sachen zu holen, weil sie weiß, wie so etwas läuft.« Rebus illustrierte seine Worte mit einem Handkantenschlag.

»Sie haben sie ja neulich in der Wohnung gesehen, Rebus ... ein bisschen muss sie mich doch gemocht haben.«

»Wenn Sie meinen ... nur fragen Sie sie nicht. Wenn ich höre, dass Sie versuchen, mit ihr Kontakt aufzunehmen, rede ich mit Corbyn.«

Bain murmelte etwas, das Rebus nicht verstand. Er bat ihn, es zu wiederholen. Bains Augen bohrten sich in ihn.

»Am Anfang ging es nicht um Cafferty.«

»Wie auch immer, Eric. Aber am Ende *ging* es um ihn ... das können Sie mir glauben.«

Bain starrte eine Weile schweigend den Bürgersteig an. »Ich brauche neue Milch.«

»Am besten machen Sie sich erst mal sauber. Ich fahre jetzt. Sie werden den Tag dazu nutzen, sich das Ganze durch den Kopf gehen zu lassen – was halten Sie davon, wenn ich Sie morgen anrufe und Sie mir das Ergebnis mitteilen?«

Bain nickte und versuchte, Rebus das Taschentuch zurückzugeben.

»Sie können es behalten«, sagte der. »Haben Sie einen Freund, mit dem Sie reden können?«

»Übers Internet«, antwortete Bain.

»Hauptsache, es funktioniert.« Rebus klopfte ihm auf die Schulter. »Geht es Ihnen einigermaßen? Ich muss los.«

»Ich komm schon zurecht.«

»Guter Junge.« Rebus holte tief Luft. »Ich werde mich nicht für das entschuldigen, was ich getan habe, Eric ... aber es tut mir leid, dass ich Ihnen wehtun musste.«

Bain nickte wieder. »Eigentlich sollte ich ...«

Doch Rebus brachte ihn mit einem Kopfschütteln zum Schweigen. »Schnee von gestern. Sie müssen sich nur noch aufrappeln und nach Hause gehen.«

»Und ihr keine Träne nachweinen?«, meinte Bain mit dem Versuch eines Lächelns.

»Diesen Spruch habe ich die letzten zehn Minuten verzweifelt zu vermeiden versucht«, gestand Rebus. »Stecken Sie den Kopf unter die Dusche und spülen Sie das Ganze weg.«

»Könnte schwierig werden«, sagte Bain leise.

Rebus nickte. »Trotzdem ... es ist ein Anfang.«

Siobhan hatte gut vierzig Minuten in der Badewanne verbracht. Normalerweise blieb morgens nur Zeit für eine Dusche, aber heute wollte sie sich einfach einmal verwöhnen – mit ungefähr einer Drittelflasche ihres guten Badeschaums und einem großen Glas frischem Orangensaft. Dazu BBC-6-Musik im Digitalradio und ausgeschaltetes Handy. Die Eintrittskarte für T in the Park lag auf dem Sofa im Wohnzimmer, neben einer vorläufigen Liste der Dinge, die sie mitnehmen musste; Wasserflaschen und etwas zu essen, ihre Windjacke, Sonnencreme (man konnte ja nie wissen). Gestern Abend war sie kurz davor gewesen, Bobby Greig anzurufen und ihm ihr Ticket anzubieten. Aber warum sollte sie? Wenn sie nicht hinging, landete sie auf dem Sofa vor der Glotze. Ellen Wylie hatte sie morgens früh angerufen und ihr von ihrem Gespräch mit Rebus erzählt.

»Er bedauert es«, hatte Ellen berichtet.

»Was bedauert er?«

»Alles.«

»Nett, dass er das Ihnen erzählt und nicht mir.«

»Meine Schuld«, hatte Ellen eingeräumt. »Ich habe ihm gesagt, er solle Sie ein, zwei Tage in Ruhe lassen.«

»Danke. Wie geht es Denise?«

»Noch im Bett. Was haben Sie heute vor? Beim Schwofen in Kinross ins Schwitzen geraten? Oder sollen wir zusammen irgendwohin fahren und unsere Sorgen ertränken?«

»Ich denke drüber nach. Aber ich glaube, Sie haben recht – Kinross ist im Moment vielleicht genau das Richtige für mich.«

Obwohl ihre Eintrittskarte für beide Tage galt, würde sie nicht über Nacht bleiben, denn einstweilen hatte sie genug vom Leben unter freiem Himmel. Sie fragte sich, ob der Dealer von Stirling wohl auch dort wäre. Vielleicht würde sie sich diesmal sogar etwas gönnen, ein weiterer Verstoß gegen die Regeln. Sie kannte eine Menge Polizeibeamte, die hin und wieder einen Joint rauchten; Gerüchten zufolge schnupften manche sogar am Wochenende Kokain. Alle möglichen Arten abzuschalten. Sie überdachte die verschiedenen Optionen und beschloss, lieber ein Päckchen Kondome mitzunehmen, falls sie doch in irgendjemandes Zelt landen sollte. Sie kannte zwei Polizistinnen, die auf das Festival gingen. Sie wollten sich dort per SMS mit ihr verabreden. Die beiden waren ganz schön verrückt und schwärmten für die Frontmänner von The Killers and Keane. Sie befanden sich schon in Kinross, um sich Plätze unmittelbar vor der Bühne zu sichern.

»Am besten schickst du uns gleich, wenn du ankommst, eine SMS«, hatten sie zu Siobhan gesagt. »Sonst sind wir vielleicht schon in einem bedauernswerten Zustand.«

Bedauern …

Alles.

Aber was hatte er eigentlich zu bedauern? Hatte er in dem Bentley GT gesessen und sich Caffertys Plan angehört? War er diese Treppen mit Keith Carberry hinaufgestiegen und hatte dort neben ihm gestanden, während Cafferty Gericht hielt? Sie schloss die Augen und tauchte mit dem Kopf ins Badewasser.

Ich bin selbst schuld, dachte sie. Die Worte wirbelten in ihrem Kopf herum. Gareth Tench … so voller Leben, mit seiner dröhnenden Stimme … Mit dem Charisma aller guten Redner – der »zufällig vorbeikam«, um Keith Carberry und seine Kumpane wegzujagen und der Welt damit zu zeigen, dass er dafür der richtige Mann war. Ein Bravourstück, mit dem er sich Subventionen für seinen Wahlkreis erschlich. Ein veritabler Supermann und offenbar unermüdlich … und jetzt lag er kalt und nackt in einer der Schubladen in der städtischen Leichenhalle.

Jemand hatte es ihr einmal erzählt: Eine zweieinhalb Zentimeter lange Klinge reichte aus, die Welt aus dem Gleichgewicht zu bringen. Sie kam prustend wieder ans Tageslicht und wischte sich Haare und Badeschaum aus dem Gesicht. Sie glaubte, ein Telefon klingeln zu hören, aber es war nur ein knarrendes Dielenbrett in der Wohnung über ihr. Rebus hatte ihr gesagt, sie solle sich von Cafferty fernhalten, und er hatte recht gehabt. Wenn sie in Gegenwart von Cafferty die Nerven verlor, wäre *sie* die Verliererin.

Aber die Verliererin war sie doch ohnehin schon, oder?

»Und so eine angenehme Gesellschaft«, murmelte sie vor sich hin, zog sich hoch und griff nach einem Handtuch.

Fürs Packen brauchte sie nicht lang – dieselbe Tasche wie für die Fahrt nach Stirling. Und obwohl sie nicht über Nacht bleiben würde, steckte sie für alle Fälle auch Zahnbürste und Zahnpasta ein. Vielleicht würde sie ja einfach weiterfahren. Wenn ihr das Land zu eng wurde, konnte sie immer noch die Fähre zu den Orkneys nehmen. Das war das Entscheidende am Auto – es gab einem die Illusion von Freiheit, auch wenn in ihrem Fall der Begriff »Flucht« wohl eher zutraf.

»Das tue ich nicht«, erklärte sie, die Haarbürste in der Hand, dem Badezimmerspiegel. Das hatte sie auch zu Rebus gesagt, als sie behauptete, sie könne die Suppe, die sie sich eingebrockt hatte, selbst auslöffeln.

Allerdings war Cafferty keine Suppe – eher ein Gifttrank.

Sie kannte den Weg, den sie einschlagen *sollte*: zu James Corbyn gehen und ihm erzählen, was sie Schreckliches angerichtet hatte, und als Folge davon wieder im Streifendienst landen.

»Ich bin eine gute Streifenpolizistin«, sagte sie zum Spiegel und versuchte sich vorzustellen, wie sie das ihrem Dad erklären würde ... ihrem Dad, der jetzt so stolz auf sie war. Und ihrer Mutter, die zu ihr gesagt hatte, ihr sei es egal.

Egal, wer sie geschlagen hatte.

Und warum war es Siobhan so ganz und gar nicht egal gewesen? Nicht, weil der Gedanke, es hätte ein Kollege sein können, sie mit Wut erfüllte, sondern weil sie beweisen wollte, dass sie in ihrem Job wirklich gut *war*.

»Eine gute Polizistin«, wiederholte sie leise. Und dann, während sie den beschlagenen Spiegel abwischte, »trotz aller gegenteiligen Beweise.«

Zweiter und letzter Abstecher: Polizeirevier Craigmillar. McManus war, in Sporthemd und Jeans gekleidet, schon bei der Arbeit.

»Ganz schön pflichtbewusst«, bemerkte Rebus, als er das CID-Büro betrat. Sonst war noch niemand da.

»Was soll ich da von Ihnen sagen?«, fragte McManus, während er einen Finger befeuchtete, um die Seite des Berichts, den er gerade las, umzublättern.

»Der Obduktionsbericht?«, erkundigte sich Rebus.

McManus nickte. »Ich komme gerade von dort.«

»Für mich ein komplettes Déjà-vu«, bemerkte Rebus. »Letzten Samstag war ich an Ihrer Stelle – Ben Webster.«

»Kein Wunder, dass Professor Gates verärgert aussah – zwei Samstage hintereinander ...«

Inzwischen stand Rebus neben McManus' Schreibtisch. »Irgendwelche Schlussfolgerungen?«

»Sägemesser, zwei Komma zwei Zentimeter breit. Gates meint, die findet man in den meisten Küchen.«

»Das stimmt. Ist Keith Carberry noch hier?«

»Sie kennen doch den Laden, Rebus: Nach sechs Stunden erheben wir Anklage oder schmeißen die Leute raus.«

»Das heißt, Sie haben keine Anklage erhoben?«

McManus blickte von dem Bericht auf. »Er leugnet, irgendetwas damit zu tun zu haben. Er kann sogar ein Alibi vorweisen – zur Tatzeit hat er Pool gespielt, sieben oder acht Zeugen.«

»Die wahrscheinlich alle gute Freunde von ihm sind ...«

McManus zuckte die Achseln. »Jede Menge Messer in der Küche seiner Mutter, aber keine Anzeichen dafür, dass eins fehlt. Wir haben sie alle zur Überprüfung mitgenommen.«

»Und Carberrys Kleidung?«

»Haben wir auch gecheckt. Keine Blutspuren.«

»Sie wurde also beseitigt, genau wie das Messer.«

McManus lehnte sich zurück. »Wessen Ermittlungen sind das hier eigentlich, Rebus?«

Rebus hob wie zur Kapitulation die Hände. »Hab nur laut gedacht. Wer hat Carberry vernommen?«

»Ich selbst.«

»Glauben Sie, dass er schuldig ist?«

»Er kam mir wirklich erschüttert vor, als ich ihm von Tench erzählte. Aber ich hatte das Gefühl, hinter seinem Blick noch etwas anderes zu sehen.«

»Was?«

»Angst.«

»Weil er entdeckt worden war?«

McManus schüttelte den Kopf. »Angst, etwas zu sagen.«

Rebus wandte sich ab, denn er wollte nicht, dass McManus hinter *seinem* Blick noch etwas anderes sah. Falls Carberry es nicht getan hatte ... war Cafferty selbst plötzlich wieder im Spiel? Hatte der junge Mann Angst, weil er das Gleiche dachte ... und wenn Cafferty Tench ermordet hatte, würde Keith der Nächste sein?

»Haben Sie ihn gefragt, ob er den Stadtrat beschattet hat?«

»Er gab zu, dass er auf ihn gewartet hatte und ihm habe danken wollen.«

»Wofür?« Rebus drehte sich wieder zu McManus um.

»Für die moralische Unterstützung, nachdem er gegen Kaution aus der Untersuchungshaft wegen Landfriedensbruchs entlassen worden war.«

Rebus schnaubte. »Glauben Sie das?«

»Nicht unbedingt, aber es bot auch keinen ausreichenden

Grund, ihn länger festzuhalten.« McManus machte eine Pause. »Als wir ihm dann sagten, er könne gehen, sträubte er sich innerlich – das war deutlich zu sehen. Schaute beim Hinausgehen nach links und nach rechts, als erwartete er etwas. Sauste dann auch ziemlich schnell davon.« McManus hielt wieder inne. »Verstehen Sie, worauf ich hinauswill, Rebus?«

Rebus nickte. »Eher Hase als Fuchs.«

»Ungefähr so, ja … Da frage ich mich, ob es nicht doch etwas gibt, das Sie mir verheimlichen.«

»Ich würde ihn immer noch als Verdächtigen einstufen.«

»Da sind wir uns einig.« McManus erhob sich von seinem Stuhl und musterte Rebus. »Aber ist er der Einzige, mit dem wir sprechen sollten?«

»Stadträte machen sich Feinde«, stellte Rebus fest.

»Der Witwe zufolge zählte Tench Sie dazu.«

»Da irrt sie sich.«

Ohne darauf einzugehen, verschränkte McManus die Arme. »Sie hatte auch das Gefühl, dass ihr Haus beobachtet wurde – allerdings nicht von Keith Carberry. Ihrer Beschreibung nach war es ein grauhaariger Mann in einer Nobelkarosse. Klingt das für Sie nach Big Ger Cafferty?«

Rebus zuckte als Antwort mit den Schultern.

»Dann hab ich noch eine andere kleine Geschichte gehört …« McManus näherte sich Rebus. »Sie betrifft Sie und einen Mann, auf den diese Beschreibung ebenfalls zutrifft, bei einer Zusammenkunft in einer Kirchenhalle vor wenigen Tagen. Der Stadtrat hatte einen Wortwechsel mit diesem dritten Mann. Könnten Sie mir dazu wohl etwas sagen?«

Er stand so nah neben Rebus, dass der seinen Atem auf der Wange spüren konnte. »In einem Fall wie diesem«, spekulierte er, »werden Sie immer allerhand Geschichten hören.«

McManus lächelte. »Ich *hatte* noch nie einen solchen Fall, Rebus. Gareth Tench war ein beliebter und bewunderter Mann – viele seiner Freunde da draußen sind wütend über den Verlust und erwarten Antworten. Manche von ihnen verfügen über ziemlich viel Einfluss ... und haben versprochen, ihn für mich geltend zu machen.«

»Schön für Sie.«

»Ein Angebot, das ich nur schwer ausschlagen kann«, fuhr McManus fort. »Anders ausgedrückt, das hier ist vielleicht die letzte Chance, die ich Ihnen geben kann.« Er trat einen Schritt zurück. »Also, DI Rebus, nachdem ich Sie über die Situation in Kenntnis gesetzt habe ... gibt es irgendetwas, das Sie mir sagen möchten?«

Es war unmöglich, Cafferty ins Spiel zu bringen, ohne Siobhan mit hineinzuziehen. Bevor er etwas unternahm, musste er sicher sein, dass ihr nichts passieren konnte.

»Ich glaube nicht«, sagte er und verschränkte seinerseits die Arme.

»Ein sicheres Zeichen, dass Sie etwas zu verbergen haben«, meinte McManus mit Blick auf die verschränkten Arme.

»Tatsächlich?« Rebus schob die Hände in die Taschen. »Was ist dann mit Ihnen?« Er drehte sich um, ging zur Tür und ließ McManus mit der Frage zurück, wann genau er sich entschlossen hatte, die Arme zu verschränken ...

Schöner Tag für einen Ausflug, selbst wenn er die Hälfte der Fahrt hinter einem Lastwagen hing. Richtung Süden nach Dalkeith und von dort nach Coldstream. In Dun Law kam er an einem Windpark vorbei, Windräder zu beiden Seiten der Straße – so nah hatte er noch nie welche gesehen. Grasende Schafe und Kühe und eine Menge überfahrene Tiere: Fasane und Hasen. Raubvögel schwebten hoch in der Luft oder spähten von Zaunpfählen herab. Nach achtzig Kilometern erreichte er Coldstream, fuhr durch die Stadt und über eine Brücke und fand sich plötzlich in England wieder. Einem Straßenschild entnahm er, dass er sich nur knapp hundert Kilometer nördlich von Newcastle befand. Auf einem Hotelparkplatz wendete er, fuhr wieder zurück über die Grenze und parkte am Randstein. Es gab ein geschickt als normales Giebelhaus mit blauer Holztür getarntes Polizeirevier. Auf dem Schild stand, dass es nur an Wochentagen, neun bis zwölf Uhr, geöffnet hatte. Die Hauptstraße von Coldstream war von Bars und kleinen Geschäften gesäumt. Tagesausflügler bevölkerten in Scharen die schmalen Bürgersteige. Ein Reisebus aus Lesmahagow ergoss seine geschwätzige Ladung ins Ram's Head. Rebus beeilte sich, vor ihnen in dem Lokal zu sein, und bestellte ein kleines Glas Bitter. Als er sich umschaute, bemerkte er, dass die Tische zum Mittagessen für eine Reisegruppe reserviert waren. An der Bar gab es belegte Brötchen, und er bestellte eins mit Käse und Pickles.

»Wir haben auch Suppe«, klärte die Frau hinterm Tresen ihn auf. »Lauchsuppe.«

»Aus der Dose?«

Sie gab einen missbilligenden Laut von sich. »Würde ich Sie mit einem solchen Dreck vergiften?«

»Dann gerne«, sagte er lächelnd. Sie rief seine Bestellung in die Küche, während er seinen Rücken streckte und Schultern und Hals kreisen ließ.

»Wohin sind Sie unterwegs?«, fragte sie, als sie zurückkam.

»Ich bin schon da, wo ich hinwollte«, antwortete er, doch bevor er mit ihr ins Gespräch kommen konnte, drängte schon die Reisegruppe aus dem Bus ins Lokal. Wieder rief sie in die Küche; eine Kellnerin erschien mit gezücktem Block.

Der Küchenchef selbst, ein Mann mit rotem Gesicht und beträchtlichem Umfang, brachte Rebus' Suppe. Er verdrehte die Augen, als er das Durchschnittsalter der Neuankömmlinge schätzte.

»Raten Sie mal, wie viele von denen Fleischpastete bestellen«, sagte er.

»Alle«, meinte Rebus.

»Und die Vorspeise, Ziegenkäse in Blätterteig?«

»Keine Chance«, bestätigte Rebus, während er den Löffel aus der Papierserviette wickelte.

Im Fernseher lief Golf. Sah windig aus oben am Loch Lomond. Rebus suchte vergeblich nach Salz und Pfeffer, beschloss dann aber, ohne auszukommen. Ein Mann in einem kurzärmeligen weißen Hemd blieb neben ihm stehen. Er tupfte sich mit einem großen Taschentuch das Gesicht ab. Sein schütteres Haar war nach hinten gekämmt.

»Ganz schön warm heute«, verkündete er.

»Gehören die zu Ihnen?«, fragte Rebus und deutete auf das Gedränge an den Tischen.

»Ich wohl eher zu denen«, antwortete der Mann. »Ich hab noch nie so viele Besserwisser auf einmal gesehen ...« Er schüttelte den Kopf und bat die Frau hinterm Tresen um ein großes Glas Orangensaft mit Zitronenlimonade und viel Eis. Sie zwinkerte, als sie es vor ihn hinstellte – er brauchte nicht zu bezahlen. Rebus wusste warum: Der Fahrer brachte seine Reisegruppen immer hierher und erhielt dafür auf Lebenszeit alles umsonst. Der Mann schien seine Gedanken zu lesen.

»So ist nun mal der Lauf der Dinge«, meinte er.

Rebus nickte. Wer wollte behaupten, dass der G8-Gipfel nicht ganz ähnlich funktionierte? Er fragte den Busfahrer, was für ein Ort Lesmahagow war.

»Die Art von Kleinstadt, die einen Tagesausflug nach Coldstream attraktiv macht.« Er riskierte einen Blick auf seine Reisegruppe. Einige stritten sich wegen der Sitzordnung. »Ich schwöre Ihnen, die UN hätten ihre Schwierigkeiten mit diesem Haufen.« Er stürzte sein Getränk hinunter. »Sie waren nicht zufällig letzte Woche in Edinburgh?«

»Ich arbeite dort.«

Der Fahrer tat, als zuckte er zusammen. »Ich hatte siebenundzwanzig chinesische Touristen. Am Samstagmorgen mit dem Zug aus London angekommen. Konnte ich auch nur in die Nähe des Bahnhofs fahren, um sie abzuholen? Pustekuchen! Und welches Hotel hatten sie gebucht? Das Sheraton auf der Lothian Road. Mehr Sicherheitskräfte als im Hochsicherheitstrakt. Am Dienstag waren wir auf halbem Weg zur Rosslyn Chapel, als ich feststellte, dass wir aus Versehen einen der japanischen Delegierten mitgenommen hatten.« Der Fahrer begann zu glucksen, und Rebus fiel ein. Herrje, tat das gut.

»Und Sie sind nur für den Tag hier unten?«, fragte der Mann. Rebus nickte. »Ein paar schöne Spaziergänge, wenn Ihnen danach ist … aber Sie scheinen mir nicht der Typ dafür zu sein.«

»Sie sind ein guter Menschenkenner.«

»Kommt von meinem Job.« Er machte eine leichte Kopfbewegung. »Sehen Sie den Haufen da hinten? Ich könnte Ihnen jetzt schon sagen, welche von denen mir am Ende ein Trinkgeld geben, und sogar, wie viel es sein wird.«

Rebus bemühte sich, beeindruckt auszusehen. »Darf ich Ihnen noch eins ausgeben?« Das Glas des Mannes war leer.

»Lieber nicht. Sonst brauche ich nämlich nachmittags einen Boxenstopp, und dann rennen die meisten von ihnen hinter mir her. Kann eine halbe Stunde dauern, bis die alle wieder im Bus sitzen.« Der Fahrer reichte Rebus zum Abschied die Hand. »War aber nett, mit Ihnen zu plaudern.«

»Ebenso«, sagte Rebus und erwiderte den festen Druck. Er sah dem Fahrer nach, wie er zur Tür ging. Zwei ältere Frauen gurrten und winkten, aber er gab vor, nichts zu bemerken. Rebus fand, ein weiteres kleines Glas Bitter wäre in Ordnung. Die zufällige Begegnung hatte ihn aufgemuntert, denn sie war ein Gruß aus einem anderen Leben, einer anderen Welt, die nahezu parallel zu der funktionierte, in der er lebte.

Das Gewöhnliche. Alltägliche. Eine Unterhaltung um ihrer selbst willen. Keine Suche nach Motiven oder Geheimnissen. Normalität.

Die Frau hinterm Tresen stellte ein neues Glas vor ihn. »Jetzt sehen Sie etwas besser aus«, stellte sie fest. »Als Sie reinkamen, wusste ich nicht so recht, was ich von Ihnen halten sollte, ob Sie Streit vom Zaun brechen oder mir Kusshändchen zuwerfen würden.«

»Therapie«, erklärte er und hob sein Glas.

»Und was führt Sie nach Coldstream?«, forschte sein Gegenüber weiter.

»Ich bin vom CID, Lothian and Borders. Ich sammle Hintergrundinformationen über ein Mordopfer namens Trevor Guest. Er war ein Geordie, lebte aber vor ein paar Jahren hier in der Gegend.«

»Der Name sagt mir nichts.«

»Könnte auch einen anderen Namen benutzt haben.« Rebus hielt ihr ein Foto von Guest hin, das um die Zeit seines Prozesses aufgenommen worden war. Sie starrte es mit zusammengekniffenen Augen an – brauchte eigentlich eine Brille, wollte es aber nicht wahrhaben. Dann schüttelte sie den Kopf.

»Tut mir leid, Schätzchen«, sagte sie entschuldigend.

»Sonst jemand, dem ich es zeigen könnte? Vielleicht der Küchenchef …?«

Sie nahm ihm das Foto aus der Hand und verschwand hinter der Trennwand, wo mit Töpfen und Schüsseln geklappert wurde. Nach weniger als einer Minute war sie wieder da und gab ihm das Foto zurück.

»Fairerweise muss man sagen«, erklärte sie, »dass Rab erst seit letztem Herbst in der Stadt ist. Dieser Typ ist also ein Geordie? Warum ist er hierhergekommen?«

»Newcastle könnte für ihn zu heiß geworden sein«, antwortete Rebus. »Er stand nicht immer auf der richtigen Seite des Gesetzes.« Jetzt sah er es überdeutlich – das, was Guest verändert hatte, war höchstwahrscheinlich in Newcastle selbst passiert. Wenn man auf der Flucht war, mied man vielleicht lieber die A1 – zu offensichtlich. Man konnte in Morpeth auf eine Straße abbiegen, die einen geradewegs hierher führte. »Vermutlich ist es zu viel verlangt«, sagte er, »wenn ich Sie bitte, sich an die Zeit vor vier oder fünf Jahren zu erinnern. Keine Serie von Einbruchdiebstählen in der Gegend?«

Sie schüttelte den Kopf. Ein paar Mitglieder der Reisegruppe waren mit einem Bestellzettel an die Bar gekommen.

»Drei kleine Lager, ein Lager-Limone – Arthur, erkundige dich mal, ob es ein kleines oder ein großes sein soll –, ein Ginger Ale, einmal Advocaat-Limo – frag sie, ob sie Eis in den Advocaat will, Arthur! Nein, warte, es sind zwei kleine Lager und ein Radler ...«

Rebus leerte sein Glas und gab der Frau stumm zu verstehen, dass er wiederkommen würde. Und das meinte er ernst – wenn nicht auf dieser Fahrt, dann ein andermal. Heute mochte Trevor Guest ihn hierher gebracht haben, aber dann wäre es das Ram's Head selbst. Erst als er draußen war, fiel ihm ein, dass er nicht nach Duncan Barclay gefragt hatte. Er schlenderte an ein paar Geschäften vorbei und hielt beim Zeitungshändler an, ging hinein und zeigte dem Mann das Foto von Trevor Guest. Ein Kopfschütteln des Besitzers, der noch hinzufügte, dass er sein ganzes Leben in der Stadt verbracht habe. Dann versuchte Rebus es bei ihm mit dem Namen Duncan Barclay. Diesmal erntete er ein Nicken.

»Ist aber vor ein paar Jahren weggezogen. Das tun ja viele von den jungen Leuten.«

»Eine Ahnung, wohin?«

Erneutes Kopfschütteln. Rebus bedankte sich und ging weiter. Es gab ein Lebensmittelgeschäft, aber da hatte er kein Glück – die junge Verkäuferin arbeitete nur samstags und meinte, am Montagmorgen hätte er vielleicht mehr Erfolg. So oder ähnlich verhielt es sich auf dieser Seite bis ans Ende der Straße. Antiquitätengeschäft, Frisör, Café, Secondhandladen für wohltätige Zwecke ... Nur einmal noch traf er auf jemanden, der Duncan Barclay kannte.

»Sehe ihn noch manchmal hier.«

»Er ist also nicht weit weggezogen?«, fragte Rebus.

»Ich meine, nach Kelso …«

Eine Stadt weiter. Rebus blieb einen Moment in der Nachmittagssonne stehen und fragte sich, warum sein Herz so pochte. Antwort: Er arbeitete. Altmodische, beharrliche Polizeiarbeit – fast so gut wie Urlaub. Sein letztes Ziel war ein weiterer Pub, diesmal einer, der nicht halb so einladend aussah.

Es war eine viel einfachere Kneipe als das Ram's Head. Auf dem Boden verblichenes rotes Linoleum, übersät mit Brandflecken. Eine ramponierte Dartscheibe, von zwei ebenso ramponiert aussehenden Gästen mit Beschlag belegt. Drei Rentner mit Tellermützen, die an einem Ecktisch ihre Dominosteine auf die Tischplatte knallten. Das Ganze eingehüllt in Zigarettenrauch. Auf dem Fernsehbildschirm schien die Farbe auszulaufen, und selbst auf diese Entfernung war Rebus klar, dass das Pissoir hinter der Toilettentür einer ordentlichen Reinigung bedurft hätte. Er spürte, wie seine Stimmung kippte, wusste aber gleichzeitig, dass dieses Lokal hier vermutlich eher nach Trevor Guests Geschmack war. Allerdings durfte er gerade deswegen bei seinen Nachforschungen keine Hilfe erwarten. Der Barkeeper hatte eine Nase wie eine zermatschte Tomate – ein richtiges Säufergesicht voller Narben und Kerben. Rebus' Körper versteifte sich, als er auf den Tresen zuging.

»Ein großes Heavy.« An einem Ort wie diesem konnte er unmöglich ein kleines Glas verlangen. Seine Zigaretten hatte er schon in der Hand. »Haben Sie Duncan die letzte Zeit mal gesehen?«, fragte er den Barkeeper.

»Wen?«

»Duncan Barclay.«

»Nie gehört. Steckt wohl in Schwierigkeiten, wie?«

»Kann man so nicht sagen.« Eine einzige Frage, und schon war er durchschaut. »Ich bin Detective Inspector«, erklärte er.

»Was Sie nicht sagen.«

»Hätte ein paar Fragen an Duncan.«

»Der wohnt nicht hier.«

»Ist nach Kelso umgezogen, stimmt's?« Der Mann hinterm Tresen zuckte nur die Achseln. »Welche Kneipe ist denn jetzt sein Zuhause?« Der Barkeeper hatte bis jetzt jeden Blickkontakt vermieden. »Schauen Sie mich gefälligst an«, schnauzte Rebus ihn an. »Glauben Sie vielleicht, mir macht dieser Mist hier Spaß? Los jetzt, kommen Sie in die Gänge!«

Das Kratzen von Stuhlbeinen auf dem Boden, als die Senioren aufstanden. Rebus drehte sich halb zu ihnen um.

»Immer noch schwer auf Draht, was?«, sagte er grinsend. »Ich untersuche aber drei Mordfälle.« Das Grinsen verschwand, als er drei Finger hochhielt. »Wer von Ihnen an diesen Ermittlungen teilnehmen möchte, bleibt einfach stehen …« Er hielt inne, sodass sie sich wieder auf ihren Stühlen niederlassen konnten. »Gut so, Jungs«, sagte er. Dann, zu dem Mann hinterm Tresen: »Wo finde ich ihn wohl in Kelso?«

»Sie könnten Debbie fragen«, murmelte der Mann. »Sie war immer ein bisschen verschossen in ihn.«

»Und wo würde ich Debbie finden?«

»Samstags arbeitet sie im Lebensmittelgeschäft.«

Rebus tat, als machte der Mann das großartig. Er zog das zerknitterte Foto von Trevor Guest aus der Tasche.

»Jahre her«, meinte sein Gegenüber. »Ist dann wieder Richtung Süden abgehauen, hab ich gehört.«

»Da haben Sie falsch gehört – er ist nach Edinburgh gegangen. Fällt Ihnen ein Name dazu ein?«

»Wollte ›Clever Trevor‹ genannt werden – hat aber nie gesagt, warum.«

Vermutlich nach dem Song von Ian Drury, überlegte Rebus. »War das seine Stammkneipe?«

»Nicht lange – hat wegen einer Schlägerei von mir Lokalverbot gekriegt.«

»Er hat aber in der Stadt gewohnt?«

Der Mann schüttelte den Kopf. »Kelso, glaube ich«, sagte er. Dann fing er an zu nicken. »Ja, ganz bestimmt Kelso.«

Was bedeutete, dass Guest die Polizisten in Newcastle angelogen hatte. Rebus bekam allmählich ein flaues Gefühl. Er verließ den Pub, ohne zu zahlen. Fand, dass er es soweit ganz gut gemacht hatte. Draußen brauchte er ein paar Minuten, bis die Spannung etwas nachließ. Er ging zurück zu dem Lebensmittelgeschäft und dem Samstagsmädchen – Debbie. Sie sah sofort, dass er Bescheid wusste. Machte den Mund auf und versuchte es mit einer anderen Version, aber er brachte sie mit einer Handbewegung zum Schweigen. Dann beugte er sich über die Theke.

»Was können Sie mir denn nun über Duncan Barclay erzählen?«, fragte er. »Wir können es entweder hier machen oder auf einer Polizeiwache in Edinburgh – Ihre Entscheidung.«

Sie war so anständig zu erröten. Ihr Gesicht wurde sogar so rot, dass er fürchtete, sie würde gleich wie ein Ballon platzen.

»Er wohnt in einem Cottage in der Carlingnose Lane.«

»In Kelso?«

Sie brachte ein zögerliches Nicken zustande. Legte sich eine Hand an die Stirn, als wäre ihr schwindlig. »Solange es aber noch Tageslicht gibt, ist er meist im Wald.«

»Im Wald?«

»Hinter dem Cottage.«

Wald ... Was hatte die Psychologin gesagt? Wald könnte von Bedeutung sein.

»Wie lange kennen Sie ihn schon, Debbie?«

»Drei ... vielleicht vier Jahre.«

»Ist er älter als Sie?«

»Zweiundzwanzig«, bestätigte sie.

»Und Sie sind ... wie alt? Sechzehn, siebzehn?«

»An meinem nächsten Geburtstag neunzehn.«

»Sind Sie beide ein Paar?«

Schlecht gewählte Frage: Die Farbe in ihrem Gesicht wurde

noch intensiver. Rebus hatte schon schwarze Johannisbeeren gesehen, die weniger dunkel waren. »Wir sind nur Freunde ... in der letzten Zeit habe ich ihn kaum gesehen.«

»Was macht er?«

»Holzschnitzereien – Obstschalen und so Zeug. Verkauft sie in den Galerien in Edinburgh.«

»Künstlertyp, was? Geschickte Hände?«

»Er ist super.«

»Hübsche scharfe Werkzeuge?«

Sie wollte schon antworten, hielt dann aber inne. »Er hat nichts getan!«, schrie sie.

»Habe ich das denn behauptet?« Rebus bemühte sich um einen verärgerten Tonfall. »Was bringt Sie auf den Gedanken?«

»Er traut *Ihnen* nicht!«

»Mir?« Jetzt klang Rebus verwirrt.

»Ihnen allen!«

»War wohl mal in Schwierigkeiten, wie?«

Sie schüttelte den Kopf. »Sie verstehen mich nicht«, sagte sie leise. Ihre Augen wurden feucht. »Er *sagte*, Sie würden nicht ...«

»Debbie?«

Sie brach in Tränen aus und kam mit ausgestreckten Armen hinter der Theke hervor. Er breitete ebenfalls die Arme aus, doch sie duckte sich darunter weg. Und bis er sich umgedreht hatte, war sie schon an der Tür, die sie so heftig aufriss, dass das Glockenspiel darüber wie wild bimmelte.

»Debbie!«, rief er. Doch als er auf den Bürgersteig trat, war sie schon die halbe Straße hinuntergerannt. Er fluchte leise und bemerkte, dass neben ihm eine Frau mit einem leeren Einkaufskorb stand. Er drehte das hinter der Tür hängende GE-ÖFFNET-Schild auf GESCHLOSSEN. »Samstags nur den halben Tag«, erklärte er ihr.

»Seit wann?«, zischte sie voller Empörung.

»Gut«, lenkte er ein, »dann sagen wir Selbstbedienung ...

lassen Sie einfach Ihr Geld auf der Theke liegen.« Er zwängte sich an ihr vorbei und hastete zu seinem Auto.

Siobhan fühlte sich völlig fehl am Platz, herumgeschubst von der Menge, die auf Zehenspitzen hüpfte. Und falsch mitsang. Fahnen aller Nationen versperrten ihr die Sicht. Mit Kraftausdrücken um sich werfende, schwitzende Prolltypen und -mädels tanzten mit spießigen Studentinnen und Studenten den Reel, einen alten schottischen Volkstanz, während aus herumgereichten Dosen billiges Bier und Cider strömten. Matschig gewordene Pizzakrusten lagen auf dem Boden. Und die Bands spielten auf einer vierhundert Meter entfernten Bühne. Permanent Schlangen vor den Klos. Als sie sich an ihren Backstage-Ausweis beim »Final Push« erinnerte, erlaubte sie sich ein kleines Lächeln. Sie hatte ihren beiden Freundinnen pflichtgemäß eine SMS geschickt, aber noch keine Antwort von ihnen erhalten. Alle wirkten so fröhlich und ausgelassen, doch sie empfand nichts dergleichen. Alles, woran sie denken konnte, war:

Cafferty.
Gareth Tench.
Keith Carberry.
Cyril Colliar.
Trevor Guest.
Edward Isley.

Ihr war von ihrem Chief Constable ein bedeutender Fall übertragen worden. Ein positives Ermittlungsergebnis wäre ein großer Schritt in Richtung Beförderung gewesen. Der Angriff auf ihre Mutter hatte sie jedoch aus der Bahn geworfen. Die Suche nach dem Angreifer hatte alles überschattet und sie zu sehr in die Nähe von Cafferty gebracht. Sie wusste, sie musste ihre Konzentration bündeln, sich wieder engagieren. Am Montagmorgen würden die offiziellen Ermittlungen anlaufen – vermutlich unter der Leitung von DCI Macrae und

527

DI Derek Starr –, und eine Mordkommission würde mit so viel Personal wie nötig zusammengestellt.

Und sie war suspendiert, konnte nichts anderes tun, als Corbyn aufzusuchen und sich zu entschuldigen … ihn dazu zu überreden, sie wieder aufzunehmen. Er würde ihr das Versprechen abverlangen, Rebus strikt von allem fernzuhalten und sämtliche Verbindungen abzubrechen. Der Gedanke beschäftigte sie. Es stand sechzig zu vierzig, dass sie einwilligte, wenn er sie fragte.

Eine neue Band hatte die Hauptbühne in Beschlag genommen, und die Lautstärke war aufgedreht worden. Sie prüfte ihr Handy auf neue SMS.

Ein entgangener Anruf.

Sie betrachtete die Nummer des Anrufers: Eric Bain.

»Das Allerletzte, was ich jetzt gebrauchen kann«, sagte sie sich. Er hatte eine Nachricht hinterlassen, aber sie hatte keine Lust, sie sich anzuhören. Steckte ihr Handy wieder in die Tasche und zog eine neue Wasserflasche aus ihrer Reisetasche. Der süße Geruch von Haschisch wehte über sie hinweg; der Dealer vom Camp Horizon war jedoch nirgendwo zu sehen. Die jungen Männer auf der Bühne gaben sich zwar alle Mühe, doch der Höhenregler war nicht richtig eingestellt. Siobhan entfernte sich von der Bühne. Pärchen lagen auf dem Boden und knutschten oder starrten mit verträumter Miene in den Himmel. Sie stellte fest, dass sie immer weiter ging, geradewegs auf das Feld zu, wo ihr Auto stand. Bis zum Auftritt von New Order würde es noch Stunden dauern, und ihr war klar, dass sie nur dafür nicht zurückkommen würde. Was erwartete sie in Edinburgh? Vielleicht würde sie Rebus anrufen und ihm sagen, dass sie anfing, ihm allmählich zu verzeihen. Oder auch eine Kneipe auftun, sich dort mit einer Flasche eisgekühltem Chardonnay, Notizbuch und Kugelschreiber niederlassen und das Plädoyer einstudieren, das sie am Montagmorgen vor dem Chief Constable halten wollte.

Selbst wenn ich Sie wieder ins Team lasse, für Ihren Kollegen ist kein Platz ... verstanden, DS Clarke?

Verstanden, Sir. Und ich weiß das wirklich zu schätzen.

Und Sie akzeptieren meine Bedingungen? Nun, DS Clarke? Ein einfaches Ja würde genügen.

Außer dass daran nichts einfach war.

Wieder auf der M90, diesmal in Richtung Süden. Nach zwanzig Minuten hatte sie die Forth Road Bridge erreicht. Keine Fahrzeugkontrollen mehr; alles so wie vor dem G8-Gipfel. Am Rand von Edinburgh wurde Siobhan klar, dass sie sich in der Nähe von Cramond befand. Sie beschloss, kurz bei Ellen Wylie vorbeizufahren, um sich persönlich dafür zu bedanken, dass sie sich am Abend zuvor ihre Schimpfkanonade angehört hatte. Sie bog links ab in die Whitehouse Road und parkte vor dem Haus. Niemand öffnete. Sie rief Ellen auf dem Handy an.

»Shiv hier«, sagte sie, als Ellen sich meldete. »Ich wollte einen Kaffee bei Ihnen schnorren.«

»Wir gehen gerade spazieren.«

»Ich kann das Wehr hören ... sind Sie gleich hinter dem Haus?«

Schweigen am anderen Ende. Dann: »Später wäre mir lieber.«

»Ich bin aber schon hier.«

»Ich dachte, wir könnten vielleicht in der Stadt was trinken gehen ... nur Sie und ich.«

»Klingt gut.« Ein skeptischer Blick Siobhans. Wylie schien das fast zu spüren.

»Gut«, sagte sie, »dann vielleicht eine Tasse Kaffee auf die Schnelle. Wir sind in fünf Minuten da ...«

Statt zu warten, schlenderte Siobhan bis ans Ende der Häuserreihe und einen kurzen Pfad entlang zum River Almond. Ellen und Denise waren bis zu der verfallenen Mühle gegangen, jetzt aber auf dem Rückweg. Ellen winkte, Denise schien jedoch nicht so erfreut zu sein. Sie klammerte sich an den Arm ihrer Schwester. *Nur Sie und ich …*

Denise Wylie war kleiner und dünner als ihre Schwester. Sorgen wegen ihres Teenagergewichts hatten ihre Spuren hinterlassen: Sie sah ausgehungert aus, ihre Haut war grau, das Haar mausbraun und stumpf. Sie weigerte sich, Siobhans Blick zu erwidern.

»Hallo, Denise«, sagte Siobhan trotzdem, worauf sie lediglich ein Grunzen zur Antwort bekam. Ellen dagegen schien fast unnatürlich gut gelaunt und redete ohne Punkt und Komma, während sie zum Haus zurückkehrten.

»Gehen Sie durch den Garten«, sagte sie mit Nachdruck, »ich stelle inzwischen den Wasserkocher an – oder möchten Sie lieber ein Glas Grog? Aber Sie müssen ja fahren, oder? Das Konzert war also nicht besonders? Oder sind Sie letztlich gar nicht hingegangen? Ich bin längst aus dem Alter raus, wo man sich Popgruppen anhört, obwohl ich für Coldplay noch meine Meinung ändern würde – aber selbst dann hätte ich gern einen Sitzplatz. Den ganzen Tag auf einem Feld stehen? Das machen doch nur Vogelscheuchen und Kartoffelpflücker, oder? Gehst du nach oben, Denise? Soll ich dir eine Tasse hochbringen?« Sie kam aus der Küche, um einen Teller mit Shortbread auf den Tisch zu stellen. »Haben Sie's da bequem, Shiv? Das Wasser kocht, ich weiß nicht mehr, womit Sie ihn trinken …«

»Nur Milch.« Siobhan spähte nach oben zum Schlafzimmerfenster. »Geht es Denise gut?«

In dem Moment tauchte Wylies Schwester hinter der Scheibe auf. Als sie merkte, dass Siobhan sie anstarrte, riss sie entsetzt die Augen auf. Mit einem Ruck zog sie die Vorhänge zu. Trotz des schwülen Wetters war auch das Fenster geschlossen.

»Sie kommt schon zurecht«, meinte Wylie und tat die Frage mit einer wegwerfenden Handbewegung ab.

»Und Sie selbst?«

Wylie lachte nervös auf. »Was soll mit mir sein?«

»Sie beide sehen aus, als hätten Sie den Arzneischrank geplündert, aber verschiedene Fläschchen gefunden«, antwortete Siobhan.

Noch ein kurzes, schrilles Lachen, und Wylie zog sich in die Küche zurück. Siobhan erhob sich langsam von dem Holzstuhl, folgte ihr und blieb auf der Schwelle stehen.

»Haben Sie ihr davon erzählt?«, fragte sie leise.

»Wovon?« Wylie holte die Milch aus dem Kühlschrank und begann dann eine Kanne zu suchen.

»Gareth Tench – weiß sie, dass er tot ist?« Die Worte blieben Siobhan fast in der Kehle stecken.

Tench geht fremd …

Eine Kollegin von mir, Ellen Wylie … deren Schwester …

die ohnehin schon ziemlich viel mitgemacht hat …

»Herrgott, Ellen«, sagte sie jetzt, während sie mit einer Hand nach dem Türpfosten griff.

»Was ist denn los?«

»Sie wissen es doch, oder?« Siobhans Stimme war kaum mehr als ein Flüstern.

»Ich verstehe überhaupt nichts«, entgegnete Wylie, die jetzt hektisch mit dem Tablett hantierte und Untertassen erst daraufstellte und dann wieder herunternahm.

»Schauen Sie mich an und sagen Sie mir, dass Sie nicht wissen, wovon ich spreche.«

»Ich habe nicht die geringste Ahnung, was Sie –«

»Sie sollen mich anschauen.«

Ellen Wylie gab sich einen Ruck, ihr Mund war ein dünner, entschlossener Strich.

»Am Telefon haben Sie so seltsam geklungen«, sagte Siobhan. »Und jetzt dieses ganze Geplapper, während Denise die Treppe hinaufhastet.«

»Ich glaube, Sie sollten gehen.«

»Vielleicht überlegen Sie es sich noch einmal, Ellen. Aber vorher möchte ich mich entschuldigen.«

»Entschuldigen?«

Siobhan nickte, den Blick weiter auf Wylie gerichtet. »Ich war diejenige, die es Cafferty erzählt hat. Eine Adresse herauszufinden dürfte für ihn kein Problem sein. Waren Sie hier?« Sie sah, dass Wylie den Kopf senkte. »Er ist hierhergekommen, stimmt's?«, hakte sie nach. »Und hat Denise erzählt, dass Tench immer noch verheiratet war. Hatte sie sich weiter mit ihm getroffen?«

Wylie schüttelte langsam den Kopf. Tränen liefen ihr über die Wangen.

»Ellen ... es tut mir so leid.« Da stand er auf der Arbeitsplatte neben der Spüle – ein hölzerner Messerblock mit einem leeren Schlitz. Die Küche makellos sauber, nirgendwo schmutziges Geschirr.

»Sie können sie nicht mitnehmen«, schluchzte Ellen, immer noch kopfschüttelnd.

»Haben Sie es heute Morgen entdeckt? Nachdem sie aufgestanden war? Es wird bestimmt herauskommen, Ellen«, redete Siobhan auf sie ein. »Wenn Sie es weiter leugnen, wird es Sie beide zerstören.« Siobhan erinnerte sich an Tenchs eigene Worte: *Bei manchen Männern ist die Leidenschaft ein knurrendes Tier.* Ja, und bei manchen Frauen auch ...

»Sie können sie nicht mitnehmen«, wiederholte Ellen Wylie. Aber die Worte klangen jetzt resigniert, tonlos.

»Sie wird Hilfe bekommen.« Siobhan hatte ein paar Schritte in den kleinen Raum gemacht und legte ihre Hand auf Ellen Wylies Arm. »Sprechen Sie mit ihr, sagen Sie ihr, es wird alles gut. Sie werden für sie da sein.«

Wylie wischte sich mit der Rückseite ihres Unterarms übers Gesicht. »Sie haben keine Beweise«, murmelte sie: Worte, die sie schon geübt hatte. Eine für den Fall der Fälle vorbereitete Leugnung.

»Brauchen wir denn welche?«, fragte Siobhan. »Vielleicht sollte ich Denise fragen ...«

»Nein, bitte.« Wieder Kopfschütteln, und ein Blick, der sich in Siobhans Augen bohrte.

»Wie groß ist die Chance, dass niemand sie gesehen hat, Ellen? Glauben Sie denn, sie wäre nicht von irgendeiner Überwachungskamera aufgenommen worden? Glauben Sie, die Kleider, die sie getragen hat, würden nicht auftauchen? Genauso wie das Messer, das sie weggeworfen hat? Wenn das mein Fall wäre, würde ich ein paar Taucher an den Fluss schicken. Vielleicht sind Sie ja auch deswegen dorthin gegangen – haben versucht, es wieder herauszuholen und gründlicher zu beseitigen ...«

»O Gott«, sagte Wylie gequält. Siobhan nahm sie in den Arm und spürte, wie ihr Körper zu zittern begann – verzögerter Schock.

»Für sie müssen Sie stark sein, Ellen. Nur noch für kurze Zeit müssen Sie durchhalten ...« Siobhans Gedanken wirbelten in ihrem Kopf herum, während sie mit der Hand über Wylies Rücken strich. Wenn Denise imstande war, Gareth Tench zu töten, was mochte sie dann noch alles getan haben? Sie spürte, wie Ellen Wylies Körper sich anspannte und sie sich von ihr losmachte. Die Blicke der beiden Frauen trafen sich.

»Ich weiß, was Sie jetzt denken«, sagte Wylie leise.

»Tatsächlich?«

»Aber Denise hat sich *Bestien-im-Visier* nicht einmal angeschaut. *Ich* war diejenige, die sich dafür interessierte, nicht sie.«

»Sie sind auch diejenige, die versucht, Gareth Tenchs Mörderin zu verstecken, Ellen. Vielleicht sind Sie es ja auch, die wir uns näher anschauen sollten, oder?« Siobhans Stimme war hart geworden, ebenso Wylies Gesicht, das sich jedoch einen Augenblick später zu einem bitteren Lächeln verzog.

»Ist es das, was Sie am besten können, Siobhan? Womöglich

sind Sie doch nicht so toll, wie die Leute glauben. Der Chief Constable mag Ihnen zwar den Fall übertragen haben, aber wie wir beide wissen, ist es eigentlich John Rebus' Show ... obwohl ich nicht glaube, dass dies Sie daran hindern wird, die Lorbeeren dafür zu ernten – immer vorausgesetzt, Sie können überhaupt ein Ergebnis vorweisen. Also los, klagen Sie mich an, wenn Ihnen der Sinn danach steht.« Sie streckte ihr die Handgelenke hin, so als erwartete sie, Handschellen angelegt zu bekommen. Dann, als Siobhan keine Reaktion zeigte, fing sie an, langsam und ohne jeden Humor zu lachen. »Nicht so toll, wie die Leute glauben«, echote sie.

Nicht so toll, wie die Leute glauben ...

26

Rebus verlor keine Zeit auf der Straße nach Kelso. Es war nur dreizehn Kilometer entfernt. Keine Spur von Debbie in irgendeinem der Autos, die er sah. Was nicht hieß, dass sie Barclay nicht schon per Telefon kontaktiert hatte. Die Landschaft wäre beeindruckend gewesen, hätte er ihr ein wenig Aufmerksamkeit geschenkt. Er raste an dem Schild vorbei, das umsichtige Fahrer in der Stadt willkommen hieß, und bremste scharf, als er seine erste Fußgängerin entdeckte. Sie war von Kopf bis Fuß in Tweed gekleidet und führte einen kleinen Hund mit Glupschaugen an der Leine.

»Die Carlingnose Lane«, fragte Rebus. »Wissen Sie, wo die ist?«

»Nein, tut mir leid.« Im Stadtzentrum versuchte er es erneut. Bekam von den ersten drei Einheimischen, bei denen er sich erkundigte, ein halbes Dutzend verschiedene Antworten. In der Nähe des Floors Castle ... oben beim Rugbyplatz ... beim Golfplatz ... bei der Straße nach Edinburgh.

Schließlich fand er heraus, dass Floors Castle an der Straße nach Edinburgh lag. Seine hohe Einfriedungsmauer schien sich über Hunderte von Metern zu erstrecken. Rebus sah Schilder, die den Weg zu einem Golfplatz wiesen, dann entdeckte er einen Rasenplatz mit Rugbypfosten. Die Häuser ringsherum erschienen ihm allerdings zu neu, bis ein paar Schulmädchen, die einen Hund Gassi führten, ihn auf die richtige Fährte brachten.

Hinter den neuen Häusern.

Der Saab jaulte auf, als er den ersten Gang einlegte. Der Motor machte ein seltsames Geräusch; das war ihm vorher noch gar nicht aufgefallen. In der Carlingnose Lane befand sich eine einzelne Reihe baufälliger Häuschen. Die ersten zwei waren modernisiert und mit etwas Farbe versehen worden. Der Weg endete am letzten Cottage, dessen getünchte Wände gelb wurden. Auf einem selbstgebastelten Schild stand LOKALES KUNSTHANDWERK ZU VERKAUFEN. Überall in dem kleinen Vorgarten lag Holzabfall herum. Rebus hielt an einem Holzgatter an, hinter dem ein Fußweg über eine Wiese und dann in den Wald führte. Er versuchte es an Barclays Tür, spähte durch das kleine Fenster. Wohnzimmer mit Kochnische und unordentlich dazu. Ein Teil der Rückwand war herausgebrochen und durch eine Verandatür ersetzt worden. So konnte Rebus erkennen, dass der rückwärtige Garten genauso verlassen und ungepflegt war wie der nach vorn gelegene. Er richtete den Blick nach oben und sah, dass von einem Mast aus ein Stromkabel zum Haus führte. Allerdings gab es keine Antenne und im Haus kein Anzeichen für einen Fernseher.

Und keine Telefonleitung. Das Haus nebenan verfügte über eine – sie kam von einem hölzernen Telegrafenmast auf der Wiese.

»Er könnte aber ein Handy haben«, murmelte Rebus vor sich hin – sogar höchstwahrscheinlich. Barclay musste ja irgendwie mit diesen Edinburgher Galerien in Kontakt bleiben. Seitlich des Häuschens stand ein altehrwürdiger Landrover. Schien nicht allzu häufig benutzt zu werden; die Motorhaube fühlte sich kalt an. Der Schlüssel steckte jedoch, was zwei Schlüsse zuließ – er hatte keine Angst vor Autodieben oder wollte jederzeit abhauen können. Rebus öffnete die Fahrertür, zog den Schlüssel ab und steckte ihn sich in die Tasche. Er stand am Rand der Wiese und zündete sich eine Zigarette an. Falls es Debbie gelungen war, Barclay zu warnen, war er entweder zu Fuß losmarschiert oder hatte Zugang zu einem anderen Fahrzeug ... oder er war bereits auf dem Rückweg.

Er nahm sein eigenes Handy aus der Tasche. Wenn er das Handy schräg hielt, erschienen die Worte KEIN SIGNAL. Er kletterte auf das Gatter und versuchte es erneut.

KEIN SIGNAL.

Er fand, dass der Rest des Nachmittags einen Spaziergang in den Wald verdiente. Die Luft war warm; Vogelgezwitscher und entfernter Verkehrslärm. Über ihm ein Flugzeug, dessen Fahrwerk glitzerte. Ich begebe mich mitten ins Niemandsland, um einen Mann zu treffen, dachte Rebus, ohne ein Handy, das diesen Namen verdient. Einen Mann, der einmal in einen Kampf geriet. Einen Mann, der weiß, dass die Polizei hinter ihm her ist, sie aber nicht besonders mag ...

»Wirklich klasse, John«, sagte er laut unter leichtem Keuchen, während er auf die Baumgrenze zustiefelte. Er hoffte, die Geräusche einer Axt oder vielleicht einer Kettensäge zu hören. Nein ... bitte streichen – ein scharfes Werkzeug sollte Barclay lieber nicht dabeihaben. Er überlegte, ob er laut rufen sollte. Räusperte sich, kam aber nicht sehr weit. Jetzt befand er sich weiter oben, vielleicht würde ja sein Handy ...

KEIN SIGNAL

Aber eine wunderbare Aussicht. Als er eine Pause machte, um wieder Atem zu schöpfen, hoffte er nur, dass er lange genug leben würde, um sich daran zu erinnern. Warum hatte Duncan Barclay Angst vor der Polizei? Diese Frage würde Rebus ihm garantiert stellen, wenn er ihn je fand. Er war jetzt im Wald, der Boden gab unter seinen Füßen nach, ein dicker, mulchartiger Teppich. Er hatte das Gefühl, sich auf einem Trampelpfad zu befinden, der dem ungeübten Auge verborgen, aber dennoch vorhanden war – ein Weg zwischen jungen Bäumen und kahlen Baumstümpfen hindurch, um das niedrige Gestrüpp herum. Diese Szenerie erinnerte ihn sehr an den Clootie Well. Immer wieder schaute er nach links und rechts und blieb alle paar Schritte stehen, um zu lauschen.

Ganz allein.

Und dann lag plötzlich ein neuer Weg vor ihm – diesmal breit genug für ein Fahrzeug. Rebus hockte sich hin. Die Reifenspur sah verkrustet aus – wenigstens ein paar Tage alt. Er gab ein leichtes Schnauben von sich.

»Zum Fährtensucher eigne ich mich wohl nicht«, murmelte er, richtete sich wieder auf und wischte sich getrocknete Erde von den Fingern.

»Wohl nicht«, hörte er eine Männerstimme sagen. Rebus blickte sich um und entdeckte schließlich ihren Besitzer. Er saß, die Beine überkreuzt, auf einem umgestürzten Baum. Ein paar Meter vom Weg entfernt, in olivgrüner Überkleidung.

»Gute Tarnung«, sagte Rebus. »Sind Sie Duncan?«

Duncan Barclay nickte leicht mit dem Kopf. Rebus kam näher, sodass er die rotblonden Haare und das sommersprossige Gesicht sehen konnte. Vielleicht eins achtzig groß, aber drahtig. Die Augen hatten die gleiche blasse Farbe wie seine Jacke.

»Sie sind Polizist«, stellte Barclay fest. Rebus hatte nicht die Absicht, es zu leugnen.

»Hat Debbie Sie gewarnt?«

Barclay streckte die Arme aus. »Ginge gar nicht … in dieser wie in manch anderer Beziehung bin ich ein Technikfeind.«

Rebus nickte. »Das habe ich an Ihrem Cottage gemerkt – kein Fernseher und keine Telefonleitung.«

»Und bald auch keine Cottages mehr – ein Bauunternehmer

hat ein Auge darauf geworfen. Danach ist das Feld dran und dann der Wald ... Ich dachte mir, dass Sie kommen würden.« Rebus' Blick ließ ihn innehalten. »Nicht Sie persönlich ... Aber jemand wie Sie.«

»Weil ...?«

»Trevor Guest«, antwortete der junge Mann. »Dass er tot ist, habe ich aus der Zeitung erfahren. Als ich aber las, dass der Fall in Edinburgh bearbeitet wird ... na ja, da dachte ich, es könnte ja noch etwas über mich in den Akten stehen.«

Rebus nickte und holte seine Zigaretten heraus. »Stört es Sie, wenn ich ...?«

»Mir wär es lieber, wenn Sie es nicht täten – und den Bäumen auch.«

»Sind sie Ihre Freunde?«, fragte Rebus und steckte die Schachtel wieder ein. Dann: »Von Trevor Guest haben Sie also erst erfahren ...?«

»Als es in der Zeitung stand.« Barclay überlegte einen Augenblick. »War es am Mittwoch? Ich habe mir keine Zeitung gekauft, verstehen Sie – dafür fehlt mir die Zeit. Aber ich habe die Schlagzeile vorn auf dem *Scotsman* gelesen. Ist hingegangen und hat sich von einer Art Serienmörder um die Ecke bringen lassen.«

»Einer Art Mörder, ja.« Rebus trat einen Schritt zurück, als Barclay plötzlich aufsprang, aber der junge Mann gab ihm nur ein Zeichen mit einem gekrümmten Finger und ging los.

»Kommen Sie mit, ich zeige Ihnen was«, sagte er.

»Was?«

»Den Grund dafür, dass Sie hier sind.«

Rebus zögerte, gab aber schließlich seinen Widerstand auf und holte Barclay ein. »Ist es weit, Duncan?«, fragte er.

Barclay schüttelte den Kopf. Er machte ausholende, entschlossene Schritte.

»Sie verbringen viel Zeit im Wald?«

»So viel wie möglich.«

»Auch in anderen Wäldern? Ich meine, nicht nur in dem hier.«

»Ich finde überall dies und das.«

»Dies und ...?«

»Äste, entwurzelte Bäume ...«

»Und der Clootie Well?«

Barclay drehte sich zu Rebus um. »Was ist damit?«

»Schon mal da gewesen?«

»Glaube nicht.« Barclay blieb so plötzlich stehen, dass Rebus beinahe an ihm vorbeigegangen wäre. Der junge Mann hatte die Augen weit aufgerissen. Er schlug sich mit der flachen Hand an die Stirn. Rebus konnte die gequetschten Fingernägel und Spuren von Narbengewebe sehen – Anzeichen für ein Kunsthandwerkerleben.

»Herr im Himmel!«, entfuhr es Barclay. »Jetzt *verstehe* ich, was Sie denken!«

»Und was denke ich, Duncan?«

»Sie denken vielleicht, ich hätte es getan! *Ich!*«

»Wirklich?«

»Heilige Muttergottes ...« Barclay schüttelte den Kopf und ging weiter, fast noch schneller als zuvor, sodass Rebus Mühe hatte mitzukommen.

»Ich frage mich gerade, warum Sie und Trevor Guest diesen Streit hatten«, sagte er zwischen zwei keuchenden Atemzügen. »Ich bin nur hier, um Hintergrundinformationen zu sammeln.«

»Aber Sie *denken*, ich war's!«

»Waren Sie's denn?«

»Nein.«

»Also kein Grund zur Sorge.« Ohne großes Vertrauen in seine Orientierung blickte Rebus sich um. Den Fahrweg konnte er zurückverfolgen, aber würde er die Abzweigung zu der Wiese und in den Schoß der Zivilisation finden?

»Ich fass es nicht, dass Sie das denken.« Wieder schüttelte

Barclay den Kopf. »Ich zaubere neues Leben aus totem Holz. Die lebendige Welt bedeutet mir *alles*.«

»Trevor Guest wird aber in nächster Zeit nicht als Obstschale wiederkommen.«

»Trevor Guest war ein Tier.« Ebenso abrupt wie zuvor blieb Barclay stehen.

»Gehören Tiere denn nicht zur lebendigen Welt?«, fragte Rebus völlig außer Atem.

»Sie *wissen*, dass ich es nicht so meine.« Er ließ den Blick schweifen. »Das stand jedenfalls im *Scotsman* ... im Gefängnis war er wegen Einbruch, Vergewaltigung ...«

»Sexuelle Nötigung, um genau zu sein.«

Barclay fuhr unbeirrt fort. »Er wurde eingesperrt, weil sie ihn endlich erwischt hatten – die Wahrheit war ans Licht gekommen. Aber er war schon lange davor ein Tier gewesen.« Er setzte seinen Weg durch den Wald fort, Rebus im Schlepptau, der versuchte, Bilder des *Blair Witch Project* aus seinem Kopf zu verbannen. Das Gelände fiel zuerst nur ein wenig, dann aber immer steiler ab. Sie waren nun auf der *anderen* Seite des Weges aus der Zivilisation angelangt. Er begann, sich nach irgendeiner Waffe umzusehen, bückte sich nach einem Ast, doch als er ihn aufhob, brach er auseinander, weil er von innen faul war.

»Was wollen Sie mir denn nun zeigen?«, fragte er.

»Noch eine Minute.« Barclay hielt zur Verdeutlichung einen Finger hoch. »He, ich weiß nicht mal, wer Sie sind.«

»Ich heiße Rebus und bin Detective Inspector.«

»Ich hab mit euch Burschen gesprochen ... damals, als es passierte. Hab versucht, euch dazu zu bringen, dass ihr euch Trevor Guest genauer anschaut, aber ich glaube nicht, dass ihr es getan habt. Ich war noch ein Teenager – aber schon als ›das sonderbare Kind‹ abgestempelt. Coldstream ist wie eine große Sippe, Inspector. Wenn Sie nicht hineinpassen, ist es schwierig, so zu tun, als wäre es so.«

540

»Das glaube ich Ihnen gern.« Ein Kommentar anstelle der Frage, die Rebus eigentlich stellen wollte: *Wovon, zum Teufel, sprechen Sie überhaupt?*

»Jetzt ist es besser. Die Leute sehen die Dinge, die ich mache, sie begreifen, dass hier doch ein Fünkchen Talent vorhanden ist.«

»Wann sind Sie nach Kelso gezogen?«

»Das ist jetzt mein drittes Jahr hier.«

»Dann muss es Ihnen ja gefallen.«

Barclay musterte Rebus, dann huschte ein Lächeln über sein Gesicht. »Sie machen Konversation, was? Weil Sie nervös sind?«

»Ich mag keine Spielchen«, erwiderte Rebus.

»Ich sag Ihnen aber, wer sie mag – wer immer diese Trophäen am Clootie Well hinterlassen hat.«

»Da sind wir uns einig.« Rebus verlor fast das Gleichgewicht, spürte, dass etwas in seinem Knöchel zog, als er beim Gehen einknickte.

»Vorsicht«, sagte Barclay ohne anzuhalten.

»Danke«, erwiderte Rebus und humpelte hinter ihm drein. Doch fast im selben Moment blieb der junge Mann erneut stehen. Vor ihnen zog sich ein Maschendrahtzaun, und weiter unten am Hang lag ein moderner Bungalow.

»Herrliche Aussicht«, schwärmte Barclay. »Und schön ruhig. Man muss den ganzen Weg da hinten runterfahren ...«, er zeichnete die Route mit dem Finger nach, »... um zur Hauptstraße zu kommen.« Dann wandte er sich mit dem ganzen Körper Rebus zu. »Hier ist sie gestorben. Ich hatte sie in der Stadt kennengelernt, mit ihr geplaudert. Wir waren alle schockiert, als es passierte.« Sein Blick wurde eindringlicher, als er begriff, dass Rebus immer noch im Dunkeln tappte. *»Mr. und Mrs. Webster«*, zischte er. »Ich meine, *er* starb später, aber seine Frau wurde hier ermordet.« Er deutete mit dem Finger auf den Bungalow. *»Da* drin.«

Rebus' Mund fühlte sich trocken an. »Ben Websters Mutter?« Ja, natürlich – Ferienhaus in den Borders. Er erinnerte sich an die Fotos aus dem Ordner, den Mairie zusammengestellt hatte. »Wollen Sie damit sagen, Trevor Guest hat sie getötet?«

»Er war nur wenige Monate zuvor hierhergekommen und zog unmittelbar danach wieder weg. Einige seiner Saufkumpane sahen den Grund darin, dass er schon eine Geschichte mit der Polizei in Newcastle hatte. Er bedrängte mich immer auf der Straße und meinte, ich als langhaariger Teenager müsste doch wissen, wie er an Drogen kommen könnte.« Er machte eine kleine Pause. »An diesem Abend war ich in Edinburgh, mit einem Freund was trinken, und dann sah ich ihn. Ich hatte der Polizei bereits erzählt, dass ich glaubte, er hätte es getan ... Meiner Meinung nach wurde die ganze Sache schludrig bearbeitet.« Er starrte Rebus in die Augen. »Sie sind dem nie nachgegangen!«

»Sie haben ihn in dem Pub gesehen ...?« Rebus wurde schwindlig, das Blut pochte in seinen Ohren.

»Ich habe nach ihm geschlagen, das gebe ich zu. Und es ging mir verdammt gut dabei. Und als ich dann erfuhr, dass er umgebracht worden war ... ja, da ging es mir noch besser – und rehabilitiert fühlte ich mich auch. In der Zeitung stand, dass er wegen Einbruchdiebstahls und Vergewaltigung gesessen hatte.«

»Wegen sexueller Nötigung«, widersprach Rebus schwach. Die Anomalie ... eine von mehreren.

»Und genau das hatte er hier getan – er war eingebrochen, hatte Mrs. Webster ermordet und das Unterste zuoberst gekehrt.«

Dann war er nach Edinburgh geflohen, plötzlich bußfertig und bereit, denen zu helfen, die älter und schwächer waren als er. Gareth Tench hatte recht gehabt – mit Trevor Guest war tatsächlich etwas passiert. Etwas, was sein Leben veränderte ...

Falls Rebus Duncan Barclays Geschichte Glauben schenken konnte.

»Er hat sie nicht sexuell missbraucht«, erwiderte Rebus.

»Wie bitte?«

Rebus räusperte sich und spuckte aus. »Mrs. Webster wurde nicht vergewaltigt oder sexuell missbraucht.«

»Nein, dazu war sie zu alt – die Babysitterin in Newcastle war noch ein Teenager.« Ja, das hatte Hackman bestätigt – *er hatte sie gern eher jung.*

»Sie haben viel darüber nachgedacht«, räumte Rebus ein.

»Aber Sie haben mir ja nicht geglaubt!«

»Das tut mir leid.« Rebus lehnte sich an einen Baum und fuhr sich mit einer Hand durch die Haare. Danach waren seine Finger schweißnass.

»Und ich kann kein Verdächtiger sein«, fuhr Barclay fort, »weil ich die beiden anderen Männer nicht kannte. *Drei* Morde«, betonte er, »nicht nur einer.«

»Das stimmt, nicht nur einer.« Ein Mörder, der gern Spielchen spielt. Rebus musste an Dr. Gilreagh denken – *Ländlichkeit und Anomalien.*

»Ich wusste, dass er Schwierigkeiten machen würde«, sagte Barclay, »schon in dem Moment, als ich ihn in Coldstream zum ersten Mal sah.«

»Einen kalten Bach könnte ich jetzt auch gebrauchen«, unterbrach ihn Rebus. Kühles fließendes Wasser, unter das er seinen Kopf halten könnte.

Trevor Guest als Mörder von Ben Websters Mutter.

Der Vater stirbt an gebrochenem Herzen ... damit hat Guest die ganze Familie zerstört.

Geht für eine andere Straftat ins Gefängnis, aber als er rauskommt ...

Und wenig später springt der Abgeordnete Ben Webster über die Zinnen von Edinburgh Castle.

Ben Webster?

»Duncan!« Ein Schrei irgendwo hügelaufwärts.

»Debbie?«, rief Barclay. »Hier unten!« Er begann den Hügel hinaufzusteigen, und Rebus folgte ihm so gut es ging. Als er den Fahrweg erreichte, hielt Barclay Debbie im Arm.

»Ich wollte es dir sagen«, erklärte sie, die Stimme durch seine Jacke gedämpft, »aber niemand hat mich mitgenommen, und ich wusste, dass er nach mir suchen würde. Und dann bin ich so schnell ich konnte hierher –« Sie brach ab, als sie Rebus erblickte. Mit einem kleinen Aufschrei befreite sie sich aus Barclays Umarmung.

»Es ist alles in Ordnung«, beruhigte er sie. »Der Inspector und ich haben uns nur unterhalten, das ist alles.« Er warf Rebus über die Schulter einen Blick zu. »Und außerdem glaube ich, dass er mir auch noch zugehört hat.«

Rebus nickte zustimmend und schob die Hände in die Taschen. »Trotzdem brauche ich Sie in Edinburgh«, erklärte er. »Wär doch schön, wenn wir alles, was Sie gerade gesagt haben, zu Protokoll nähmen, finden Sie nicht?«

Barclay lächelte müde. »Nach all der Zeit wär mir das ein Vergnügen.«

Debbie hüpfte auf den Zehenspitzen, während sie einen Arm um Duncan Barclays Taille schlang. »Ich will auch mitkommen. Lass mich nicht hier.«

»Die Sache ist nur die«, erwiderte Barclay mit einem verschmitzten Blick auf Rebus, »der Inspector hält mich für einen Verdächtigen ... und dann wärst du meine Komplizin.«

Sie sah entsetzt aus. »Duncan würde keinem Menschen was zuleide tun!«, kreischte sie und klammerte sich noch fester an ihn.

»Und erst recht keiner Waldameise, denke ich«, fügte Rebus hinzu.

»Der Wald hat auf mich aufgepasst«, meinte Barclay leise, den Blick auf Rebus geheftet. »Deshalb brach auch der Stock, den Sie aufgehoben haben, auseinander.« Er zwinkerte ihm spitzbübisch zu. Dann, an Debbie gewandt: »Bist du dir da sicher? Unsere erste Verabredung, auf einem Polizeirevier in Edinburgh?« Als Antwort stellte sie sich wieder auf die Zehenspitzen und küsste ihn auf den Mund. Von einer plötzlichen, sanften Brise erfasst, begannen die Bäume zu rauschen.

»Auf zum Auto, Kinder«, befahl Rebus. Er war schon ein paar Schritte auf dem Fahrweg gegangen, als Barclay ihm zu verstehen gab, dass er die falsche Richtung eingeschlagen hatte.

Siobhan erkannte, dass sie den falschen Weg genommen hatte.

Vielleicht nicht ganz den falschen – es hing davon ab, welches Ziel sie im Kopf hatte, und genau das war das Problem: Sie konnte sich für keins entscheiden. Wahrscheinlich wäre es das Vernünftigste, nach Hause zu fahren, aber was sollte sie da? Als sie sich schon in der Silverknowes Road befand, lenkte sie den Wagen weiter bis zum Marine Drive und stellte sich dort an den Straßenrand, wo bereits andere Autos parkten. Am Wochenende war das hier, mit dem Blick über den Firth of Forth, ein beliebtes Ausflugsziel. Die Leute führten Hunde spazieren, verspeisten Sandwiches. Ein Hubschrauber, der seine Passagiere auf einen der regelmäßigen Rundflüge mitnahm, erhob sich geräuschvoll in die Luft und erinnerte sie an den Helikopter in Gleneagles. Siobhan hatte Rebus einmal einen Gutschein für einen solchen Flug zum Geburtstag geschenkt. Soweit sie wusste, hatte er ihn nie eingelöst.

Ihr war klar, dass er gern die Neuigkeiten über Denise und Gareth Tench erfahren würde. Ellen Wylie hatte versprochen, in Craigmillar anzurufen und dafür zu sorgen, dass jemand kam, um eine Aussage zu Protokoll zu nehmen, was Siobhan jedoch nicht daran gehindert hatte, selbst zu ihrem Handy zu greifen, kaum dass sie das Haus verlassen hatte. Am liebsten hätte sie von den Kollegen verlangt, dass sie beide Frauen verhafteten; ihr klang immer noch Wylies Lachen im Ohr ... mit mehr als nur einer Spur von Hysterie. Unter diesen Umständen vielleicht normal, aber trotzdem ... Jetzt nahm sie wieder ihr Handy, holte tief Luft und wählte Rebus' Nummer. Die Frau am anderen Ende der Leitung hatte eine Automatenstimme: *Ihr Anruf kann nicht entgegengenommen werden ... bitte versuchen Sie es später noch einmal.*

Während sie auf die LCD-Anzeige starrte, fiel ihr wieder ein, dass Eric Bain eine Nachricht hinterlassen hatte.

»Wennschon, dennschon«, murmelte sie vor sich hin und drückte eine neue Tastenkombination.

»Siobhan, hier ist Eric.« Die aufgenommene Stimme klang unartikuliert. »Molly hat mich sitzenlassen und ... Herrgott, ich weiß nicht, warum ich ...« Ein Husten. »Wollt nur, dass du ... ja, was denn eigentlich?« Wieder ein trockenes Husten, so als wäre er kurz davor, sich zu übergeben. Siobhan schaute aus dem Fenster, ohne die Landschaft wirklich wahrzunehmen. »Verdammt, und dann ... was genommen ... zu viel genommen ...«

Sie fluchte leise, drehte den Zündschlüssel um und legte hastig den ersten Gang ein. Die Scheinwerfer voll aufgeblendet, ihre Hand an jeder roten Ampel auf der Hupe. Es gelang ihr zu lenken und gleichzeitig einen Krankenwagen zu rufen. Sie schätzte, dass sie es noch rechtzeitig schaffen würde. Nach nur zwölf Minuten hielt sie vor seinem Wohnblock an – kein Schaden außer einem Kratzer an der Karosserie und einem eingedellten Außenspiegel. Das bedeutete einen weiteren Besuch in Rebus' freundlicher Autowerkstatt.

An Bains Wohnungstür brauchte sie nicht einmal zu klopfen – die Tür war einen Spalt breit offen geblieben. Sie rannte hinein, fand ihn zusammengesackt auf dem Boden im Wohnzimmer, den Kopf an einen Stuhl gelehnt. Leere Smirnoff-Flasche, leere Paracetamol-Flasche. Sie packte sein Handgelenk – es war warm, sein Atem flach, aber gleichmäßig. Ein von Schweiß glänzendes Gesicht und ein Flecken im Schritt, da, wo er sich bepinkelt hatte. Sie rief ein paarmal seinen Namen, schlug ihm mit der flachen Hand auf die Wangen, zog seine Augenlider auseinander.

»Los, Eric, aufgewacht!« Sie schüttelte ihn. »Zeit, aufzustehen, Eric! Komm schon, du fauler Sack!« Er war zu schwer für sie; keine Möglichkeit, ihn ohne fremde Hilfe zu schleppen. Sie stellte sicher, dass sein Mund frei war – dass nichts die Atemwege verlegte. Schüttelte ihn wieder.

Wie viele hast du genommen, Eric? Wie viele Tabletten? Los, sag schon!«

Die angelehnte Tür war ein gutes Zeichen – er hatte also gefunden werden wollen. Und außerdem hatte er sie angerufen … *sie* angerufen.

»Du hast immer aus allem ein Drama gemacht, Eric«, sagte sie, während sie ihm das nasse Haar aus der Stirn strich. Im Zimmer herrschte Chaos. »Wenn Molly nun zurückkommt und sieht, wie unordentlich hier alles ist? Steh jetzt mal lieber auf.« Seine Augenlider flatterten, und tief aus seinem Inneren drang ein Stöhnen. Geräusche an der Tür: die Sanitäter in ihren grünen Uniformen, einer von ihnen mit einem Erste-Hilfe-Koffer.

»Was hat er genommen?«

»Paracetamol.«

»Wie lange ist das her?«

»Ein paar Stunden.«

»Wie heißt er?«

»Eric.«

Sie stand auf und trat ein paar Schritte zurück, um ihnen Platz zu machen. Sie prüften seine Pupillen, holten die Instrumente heraus, die sie brauchen würden.

»Können Sie mich hören, Eric?«, fragte einer von ihnen. »Können Sie mir zunicken? Vielleicht ein paar Finger für mich bewegen? Eric? Ich heiße Colin und werde mich jetzt um Sie kümmern. Eric? Nicken Sie einfach mit dem Kopf, wenn Sie mich hören. Eric …?«

Siobhan stand mit verschränkten Armen da. Als Eric sich zu übergeben begann, bat einer der Sanitäter sie, sich in der übrigen Wohnung umzusehen: »Schauen Sie mal, was er sonst noch genommen haben könnte.«

Als sie den Raum verließ, überlegte sie, ob der Mann ihr wohl nur den Anblick hatte ersparen wollen. Nichts in der Küche – sie war makellos, abgesehen von einem Liter Milch, der in den Kühlschrank gehörte … und daneben der Schraubverschluss der Smirnoff-Flasche. Sie ging ins Badezimmer. Die Tür des Arzneischränkchens stand offen. Ein paar ungeöffnete Tütchen mit Schnupfenmittel lagen im Waschbecken. Sie legte sie zurück. Dann gab es noch eine neue Flasche Aspirin mit intaktem Verschlusssiegel. Die Paracetamol-Flasche war also vielleicht schon früher geöffnet worden, was bedeutete, dass er womöglich gar nicht so viele genommen hatte, wie sie dachte.

Schlafzimmer: Mollys Sachen waren noch da, lagen aber auf dem Fußboden verstreut, als hätte Eric irgendeine Vergeltungsmaßnahme an ihnen geübt. Ein Foto von den beiden war aus dem Rahmen genommen, ansonsten jedoch nicht beschädigt worden, so als hätte er es nicht übers Herz gebracht, es zu tun.

Sie erstattete den Sanitätern Bericht. Eric hatte aufgehört sich zu übergeben, aber das Zimmer roch nach dem Zeug.

»Das macht also siebzig Zentiliter reinen Wodka«, sagte der Mann namens Colin, »und dazu vielleicht dreißig Tabletten.«

»Wovon das meiste gerade rausgekommen ist, um hallo zu sagen«, ergänzte sein Kollege.

»Er wird es also schaffen?«, fragte sie.

»Kommt auf den inneren Schaden an. Zwei Stunden, sagten Sie?«

»Er hat mich vor zwei … fast drei Stunden angerufen.« Die

beiden schauten sie an. »Ich habe die Nachricht erst abgehört, als ... also Sekunden, bevor ich Sie angerufen habe.«

»Wie besoffen war er, als er anrief?«

»Seine Sprache war unartikuliert.«

»Was Sie nicht sagen!« Colin wechselte einen Blick mit seinem Partner. »Wie kriegen wir ihn nach unten?«

»Auf eine Tragbahre geschnallt.«

»Im Treppenhaus gibt es ein paar enge Stellen.«

»Was ist die Alternative?«

»Ich rufe Verstärkung.« Colin stand auf.

»Ich könnte ihn an den Füßen nehmen«, bot Siobhan an. »Diese Stellen sind weniger eng, als man glaubt, wenn man keine Bahre zu manövrieren hat.«

»Da könnten Sie recht haben.« Wieder schauten die Sanitäter sich an. Siobhans Handy begann zu klingeln. Sie wollte es schon ausschalten, aber die Anruferkennung zeigte die Buchstaben JR. Sie trat hinaus in die Diele und nahm den Anruf an.

»Sie werden es nicht für möglich halten«, platzte sie heraus, während Rebus ihr genau das Gleiche sagte.

27

Er hatte sich für St. Leonard's entschieden – schätzte, dass die Möglichkeit, entdeckt zu werden, dort eher gegen null tendierte. Von den Polizisten am Tresen hatte anscheinend keiner gewusst, dass er suspendiert war; sie hatten nicht einmal gefragt, wofür er einen Vernehmungsraum brauchte, und ihm bereitwillig einen Constable zur Seite gestellt, der bei der Protokollierung der Aussage, die er gleich vornehmen würde, als Zeuge fungieren sollte.

Duncan Barclay und Debbie Glenister saßen nebeneinander, nippten an Cola-Dosen und taten sich an Schokolade aus dem Automaten gütlich. Rebus hatte eine neue Packung Kassetten aufgerissen und zwei in das Aufnahmegerät gesteckt. Barclay hatte gefragt, warum es zwei waren.

»Eine für Sie und eine für uns«, hatte Rebus geantwortet.

Die Befragung war zügig vonstattengegangen. Der Constable hatte die ganze Zeit ratlos dabeigesessen, weil Rebus es versäumt hatte, ihm irgendwelche Hintergrundinformationen zu geben. Danach hatte Rebus den Polizisten gefragt, ob er den Besuchern eine Rückfahrmöglichkeit organisieren könne.

»Zurück nach Kelso?«, hatte er, nicht sehr begeistert, gefragt. Aber Debbie hatte Barclays Arm gedrückt und gesagt, man könne sie doch vielleicht auch irgendwo in der Princes Street absetzen. Barclay hatte gezögert, aber schließlich eingewilligt. Als sie Anstalten machten zu gehen, hatte Rebus ihm vierzig Pfund zugesteckt. »Die Kneipen sind hier mitunter ein bisschen teurer«, hatte er erklärt. »Und außerdem ist es kein Almosen, sondern ein Darlehen. Wenn Sie das nächste Mal in der Stadt sind, möchte ich Ihre schönste Obstschale bekommen.«

Barclay hatte genickt und die Geldscheine genommen.

»All diese Fragen, Inspector«, hatte er gesagt. »Haben die Ihnen überhaupt geholfen?«

»Mehr als Sie vielleicht glauben, Mr. Barclay«, hatte Rebus geantwortet und dem jungen Mann die Hand geschüttelt, bevor er sich in eins der leeren Büros im oberen Stock verzog. Hier hatte er vor dem Umzug zum Gayfield Square seinen Platz gehabt. Acht Jahre gelöste und ad acta gelegte Verbrechen … Er war erstaunt, dass nichts davon übrig geblieben war. Hier gab es keine einzige sichtbare Spur von ihm oder all den komplizierten Fällen. Die Wände waren leer, die meisten Schreibtische unbenutzt, ja oft fehlten sogar Stühle. Vor St. Leonard's hatte er im Revier an der Great London Road gearbeitet … und davor in der High Street. Seit dreißig Jahren war er nun Polizist und hatte geglaubt, eigentlich schon alles gesehen zu haben.

Und dann das.

An einer Wand hing eine große Weißwandtafel. Er wischte sie mit Papierhandtüchern aus der Herrentoilette sauber. Die Schrift ging schwer ab, was bedeutete, dass sie schon seit Wochen auf der Tafel stand – Hintergrundinformationen für Operation Sorbus. Polizeibeamte hatten ihren Hintern auf die Schreibtische geschwungen und mit Kaffeebechern in der Hand dagesessen, während ihr Chef sie über das aufklärte, was auf sie zukam.

Und jetzt restlos entfernt war.

Rebus suchte in den Schubladen der am nächsten stehenden Schreibtische, bis er einen Filzstift fand. Er begann, auf die Tafel zu schreiben, fing oben an und arbeitete sich nach unten weiter, mit Linien, die seitlich abzweigten. Manche Wörter unterstrich er doppelt, andere kreiste er ein; das eine oder andere versah er mit einem Fragezeichen. Als er fertig war, trat er zurück und begutachtete seine Mind-Map von den Clootie-Well-Morden. Siobhan hatte ihn mit dieser Technik vertraut gemacht. Sie arbeitete meist mit solchen Mind-Maps, behielt sie aber normalerweise in ihrer Schublade oder Aktentasche. Sie nahm sie zu Hilfe, um sich an etwas zu erinnern – einen noch nicht beschrittenen Weg oder eine Verbindung, die noch der Überprüfung harrte. Es dauerte eine Weile, bis sie deren Existenz zugab. Warum? Weil sie gedacht hatte, er würde sie auslachen. In einem scheinbar so komplexen Fall wie diesem war eine Mind-Map das ideale Werkzeug, denn wenn man anfing, mit ihr zu arbeiten, verschwand die Komplexität und ließ nur einen zentralen Kern übrig.

Trevor Guest.

Die Anomalie, sein mit ungewöhnlicher Brutalität attackierter Körper. Dr. Gilreagh hatte sie davor gewarnt, nach Finten zu suchen, und sie hatte recht gehabt. Der ganze Fall war eigentlich nichts anderes als die Irreführung durch einen Zaubertrick. Rebus setzte sich auf einen der Schreibtische, der ein knarrendes Geräusch von sich gab. Er beugte sich ein wenig vor, den Blick auf die Weißwandtafel gerichtet ... auf die Pfeile, Unterstreichungen und Fragezeichen. Er begann, Möglichkeiten zur Lösung dieser wenigen Fragen zu sehen. Begann, das ganze Bild zu erkennen, das Bild, das der Mörder zu verbergen suchte.

Und dann verließ er Büro und Revier, strebte hinaus an die frische Luft und über die Straße. Steuerte auf den nächstgelegenen Laden zu und stellte fest, dass er eigentlich gar nichts wollte. Kaufte Zigaretten, ein Feuerzeug und Kaugummis. Legte die Nachmittagsausgabe der *Evening News* dazu. Beschloss, Siobhan im Krankenhaus anzurufen und sie zu fragen, wie lange sie noch brauchte.

»Ich bin hier«, sagte sie. Das hieß, in St. Leonard's. »Und wo, zum Teufel, stecken Sie?«

»Ich muss Sie gerade verpasst haben.« Der Ladenbesitzer rief hinter ihm her, als er die Tür zum Gehen öffnete. Rebus verzog entschuldigend den Mund und griff in die Tasche, um den Mann zu bezahlen. Wo, um alles in der Welt, war sein ...? Er musste Barclay seine letzten beiden Zwanziger gegeben haben. Fand lediglich ein bisschen Kleingeld, das er auf die Theke legte.

»Für Zigaretten reicht das nicht«, beschwerte sich der ältliche Asiate. Rebus zuckte die Achseln und gab sie ihm zurück.

»Wo sind Sie?«, fragte Siobhan direkt in sein Ohr.

»Kaugummi kaufen.«

Und ein Feuerzeug, hätte er ergänzen können.

Aber keine Zigaretten.

Becher mit Pulverkaffee in der Hand haltend, setzten sie sich und schwiegen erst mal eine Weile. Dann fragte Rebus nach Bain.

»Trotz der Menge an Schmerzmitteln, die er geschluckt

hatte«, sagte sie, »war ein pochender Kopfschmerz ironischerweise das Erste, worüber er sich beklagte.«

»In gewisser Weise meine Schuld«, gestand Rebus und erzählte ihr von seiner morgendlichen Unterhaltung mit Bain und dann von seinem Plausch mit Molly am Abend zuvor.

»Wir streiten uns wegen Tenchs Leiche«, schimpfte Siobhan, »und Sie haben nichts Besseres zu tun, als sich schnurstracks in einen Lapdancing-Klub zu begeben?«

Rebus zuckte die Achseln, überzeugt, dass es richtig gewesen war, den Besuch bei Cafferty auszulassen.

»Also«, fuhr Siobhan seufzend fort, »wo wir schon dabei sind, das Meine-Schuld-Spiel zu spielen …« Und sie berichtete ihm von Bain und T in the Park und Denise Wylie, worauf wieder ein längeres Schweigen folgte. Rebus war bei seinem fünften Kaugummistreifen – was eigentlich nicht zum Kaffee passte, aber er brauchte irgendeinen Blitzableiter für seine innere Anspannung.

»Glauben Sie wirklich, dass Ellen ihre Schwester der Polizei übergeben hat?«, fragte er schließlich.

»Was wär ihr denn sonst übrig geblieben?«

Er zuckte die Achseln und verfolgte, wie Siobhan zum Telefon griff und in Craigmillar anrief.

»Sie müssen DS McManus verlangen«, soufflierte er ihr. Darauf sah sie ihn an, als wollte sie sagen: Woher wissen Sie das eigentlich? Er beschloss, dass es an der Zeit war aufzugeben und einen Mülleimer zu suchen, in den er den inzwischen fade schmeckenden Kaugummi werfen konnte. Als Siobhan den Anruf beendet hatte, gesellte sie sich zu ihm vor die Weißwandtafel.

»Die beiden sind jetzt dort. McManus behandelt Denise mit Nachsicht. Er meint, sie könnte die Seelische-Grausamkeit-Karte ausspielen.« Sie zögerte. »Wann genau haben Sie mit ihm gesprochen?«

Rebus lenkte von der Frage ab, indem er auf die Weißwandtafel zeigte. »Sehen Sie, was ich hier gemacht habe, Shiv? Ich habe mir gewissermaßen eine Scheibe von Ihnen abgeschnitten.« Er tippte mit den Fingerknöcheln auf die Mitte der Tafel. »Und es läuft alles auf Trevor Guest hinaus.«

»Theoretisch«, fügte sie hinzu.

»Die Beweise folgen später.« Er begann, die Chronologie der Morde mit dem Finger nachzuzeichnen. »Sagen wir, Trevor Guest hat tatsächlich Ben Websters Mutter umgebracht. Im Grunde müssen wir das nicht einmal sagen. Es genügt schon, dass Guests Mörder *geglaubt* hat, dass er es war. Der Mörder gibt Guests Namen in eine Suchmaschine ein und stößt auf *Bestien-im-Visier.* Da hat er plötzlich eine Idee. Lass es *so aussehen,* als liefe da ein Serienmörder frei herum. Die Polizei ist ratlos und sucht das Motiv an lauter falschen Stellen. Der Mörder weiß über den G8-Gipfel Bescheid und beschließt, davon überzeugt, dass man sie finden wird, direkt vor unserer Nase ein paar Hinweise zu hinterlassen. Der Mörder war nie Abonnent von *Bestien-im-Visier,* weiß also, dass er von dieser Seite her nichts zu befürchten hat. Wir reiben uns auf, indem wir all die Leute suchen, die Abonnenten sind, und alle anderen Sexualstraftäter auf der Homepage warnen ... und mit dem G8-Gipfel und all seinen Begleiterscheinungen stehen die Chancen gut, dass die Ermittlungen so verworren werden, dass sie sich gar nicht mehr auflösen lassen. Erinnern Sie sich, was Gilreagh sagte – das ›Arrangement‹ war irgendwie falsch. Sie hatte recht, es war nämlich immer nur Guest, den der Mörder wollte, immer nur er.« Er pochte noch einmal auf den Namen. »Der Mann, der die Familie Webster auseinandergerissen hat. Ländlichkeit und Anomalien, Siobhan ... und wir sind aufs Glatteis geführt worden.«

»Aber wie hat der Mörder das wissen können?«, fühlte Siobhan sich verpflichtet zu fragen.

»Indem er Zugang zu den ursprünglichen Ermittlungsergebnissen hatte, sie vielleicht ganz genau unter die Lupe nahm. Indem er sich in die Borders begab und dort herumfragte, sich das Gerede der Leute anhörte.«

Sie starrte, neben ihm stehend, auf die Tafel. »Sie meinen also, die Morde an Cyril Colliar und Eddie Isley waren Ablenkungsmanöver?«

»Hat auch funktioniert. Wenn wir gründliche Ermittlungen durchgeführt hätten, wäre uns die Verbindung nach Kelso womöglich entgangen.« Rebus lachte kurz auf. »Ich glaube mich zu erinnern, dass ich verächtlich gegrinst habe, als Gilreagh anfing, über ländliche Gegend und tiefen Wald unweit menschlicher Siedlungen zu sprechen.« *Haben die Opfer in einer solchen Umgebung gelebt?* »Hut ab, Doc«, fügte er mit gedämpfter Stimme hinzu.

Siobhan fuhr mit dem Finger über Ben Websters Namen. »Warum hat er sich dann selbst umgebracht?«

»Wie meinen Sie das?«

»Glauben Sie, dass die Schuld ihn letztlich dazu getrieben hat? Er hat drei Morde begangen, obwohl es nur einer hätte sein müssen. Wegen des G8-Gipfels steht er unter großem Druck. Wir haben gerade den Stofffetzen von Cyril Colliars Jacke gefunden ... Er bekommt höllische Angst, dass wir ihn doch schnappen – ist das Ihre Theorie?«

»Ich bin nicht mal sicher, dass er von dem Stofffetzen wusste«, sagte Rebus leise. »Und wie hätte er an Heroin für die tödlichen Injektionen kommen sollen?«

»Was fragen Sie mich?« Siobhan lachte kurz auf.

»Weil Sie gerade einen unschuldigen Mann anklagen. Kein Zugang zu harten Drogen ... kein direkter Zugang zu Polizeiakten.« Rebus zeichnete mit dem Finger die Linie von Ben Webster zu seiner Schwester nach. »Stacey dagegen ...«

»Stacey?«

»Ist verdeckte Ermittlerin. Heißt wahrscheinlich, dass sie den einen oder anderen Dealer kennt. Sie hat die letzten paar Monate damit verbracht, sich in Anarchistengruppen einzuschleusen; hat mir selbst erzählt, dass die ihre Stützpunkte heute eher außerhalb von London haben – in Leeds, Manchester, Bradford. Guest starb in Newcastle, Isley in Carlisle – beides von den Midlands aus eine machbare Strecke. Als Polizistin konnte sie sich Zugang zu allen Informationen verschaffen, die sie brauchte.«

»Stacey ist die Mörderin?«

»Wenn man Ihr wunderbares System benutzt …«, Rebus schlug wieder mit der flachen Hand auf die Weißwandtafel, »ist das die offensichtliche Schlussfolgerung.«

Siobhan schüttelte langsam den Kopf. »Aber sie war … ich meine, wir haben doch mit ihr *gesprochen.*«

»Sie ist gut«, räumte Rebus ein. »Sehr gut. Und jetzt befindet sie sich wieder in London.«

»Wir haben keinerlei Beweis …«

»Stimmt, bis zu einem gewissen Grad. Aber wenn Sie sich Duncan Barclays Band anhören, werden Sie erfahren, dass sie letztes Jahr in Kelso war und rumgefragt hat. Sie hat sogar mit ihm gesprochen. Er hat ihr gegenüber Trevor Guest erwähnt. Trevor mit seinen Einbrecherreferenzen. Trevor, der sich zu dem Zeitpunkt, als Mrs. Webster ermordet wurde, in der Gegend aufhielt.« Rebus zuckte mit den Schultern, um anzudeuten, dass er dem ohne weiteres Glauben schenkte. »Alle drei wurden mit einem wuchtigen Schlag von hinten kampfunfähig gemacht – so wie eine Frau vorgehen würde.« Er hielt inne. »Dann ist da noch ihr Name. Gilreagh sagte, es könne irgendeinen Zusammenhang mit Bäumen geben.«

»Stacey ist kein Baumname.«

Er schüttelte den Kopf. »Aber Santal. Bedeutet Sandelholz. Ich war der Meinung, das sei nur ein Parfüm. Und dann stellt sich heraus, dass es ein Baum ist …«Voller Staunen über Stacey Websters komplizierte Konstruktion schüttelte er den Kopf. »Und Guests Bankkarte hat sie uns hinterlassen«, schloss er, »um sicherzugehen, dass wir seinen Namen haben … und uns dabei gründlich an der Nase herumgeführt. Eine verdammt gute Tarnung, genau wie Gilreagh gesagt hat.«

Siobhan konzentrierte sich wieder auf das Schema an der Tafel, das sie auf Denkfehler abklopfte. »Und was ist dann Ben passiert?«, fragte sie schließlich.

»Ich kann Ihnen sagen, wie ich es mir vorstelle …«

»Nur zu.« Sie verschränkte die Arme.

»Die Wachen am Castle glaubten, da sei ein Eindringling. Meiner Vermutung nach war das Stacey. Sie wusste, dass ihr Bruder dort war, und brannte darauf, ihm alles zu berichten. Wir hatten den Stofffetzen gefunden – das hatte sie sicher von Steelforth erfahren. Sie fand es an der Zeit, ihrem Bruder von ihren Heldentaten zu berichten. Für sie bedeutete Guests Tod den Abschluss. Und sie hatte ja bei Gott dafür gesorgt, dass er für seine Verbrechen büßte – so wie sie seinen Körper zugerichtet hat. Sie genießt den Kitzel, sich an den Wachen vorbeizuschleichen. Vielleicht hat sie ihm eine SMS geschickt, sodass er rauskommt, um sie zu treffen. Sie erzählt ihm alles …«

»Und er bringt sich um?«

Rebus kratzte sich am Hinterkopf. »Das kann, glaube ich, nur sie selbst uns verraten. Wenn wir es richtig anstellen, ist Ben im Grunde der entscheidende Faktor, um ein Geständnis zu bekommen. Stellen Sie sich vor, wie schrecklich sie sich fühlen muss – da ist ihre ganze Familie zerstört, und gerade das, wovon sie glaubte, es würde sie und ihren Bruder einander näherbringen, hat ihn das Leben gekostet. Und es ist alles ihre Schuld.«

»Sie hat es aber hervorragend geschafft, das zu verbergen.«

»Hinter all den Masken, die sie trägt«, stimmte Rebus ihr zu. »All die gegensätzlichen Facetten ihrer Persönlichkeit …«

»Vorsicht«, warnte Siobhan. »Sie klingen langsam wie Gilreagh.«

Er brach in Gelächter aus, hörte genauso abrupt wieder auf,

kratzte sich abermals am Kopf und fuhr sich mit der Hand durch die Haare. »Meinen Sie, das lässt sich aufrechterhalten?«

Siobhan ließ laut hörbar die Luft aus ihren geblähten Backen entweichen. »Ich muss noch ein wenig darüber nachdenken«, räumte sie ein. »Ich meine … wie es so auf der Tafel steht, sieht es irgendwie schlüssig aus. Ich weiß nur nicht, wie wir auch nur etwas davon beweisen wollen.«

»Wir fangen mit dem an, was Ben widerfahren ist.«

»Gut, aber wenn sie es leugnet, stehen wir mit leeren Händen da. Sie haben es selbst gerade gesagt, John, sie versteckt sich hinter allen möglichen Masken. Was sollte sie daran hindern, eine davon zu tragen, wenn wir sie nach ihrem Bruder fragen?«

»Es gibt nur eine Möglichkeit, das herauszufinden«, entgegnete Rebus. Er hielt Stacey Websters Visitenkarte in der Hand, die mit ihrer Handynummer.

»Denken Sie doch mal nach«, gab Siobhan zu bedenken. »Sobald Sie sie anrufen, ist sie vorgewarnt.«

»Dann fahren wir nach London.«

»Und hoffen, dass Steelforth uns mit ihr sprechen lässt?«

Rebus überlegte einen Augenblick. »Ja«, antwortete er leise. »Steelforth … Komisch, wie schnell er sie nach London zurückexpediert hat, nicht? Fast als hätte er gewusst, dass wir dabei waren, ihr auf die Schliche zu kommen.«

»Glauben Sie, er hat es *gewusst*?«

»Das Castle ist videoüberwacht. Er versicherte mir, es sei nichts zu sehen, aber inzwischen habe ich da meine Zweifel.«

»Er wird auf jeden Fall verhindern, dass wir damit an die Öffentlichkeit gehen«, meinte Siobhan. »Eine seiner Mitarbeiterinnen entpuppt sich als Mörderin und könnte sogar ihren eigenen Bruder auf dem Gewissen haben. Nicht ganz die PR, die er sich wünscht.«

»Weshalb er womöglich zu einem Deal bereit ist.«

»Und was haben wir letztlich anzubieten?«

»Kontrolle«, erwiderte Rebus. »Wir treten einen Schritt zurück und lassen es ihn auf seine Weise machen. Falls er uns abblitzen lässt, gehen wir zu Mairie Henderson.«

Siobhan brauchte ungefähr eine Minute, um die Optionen zu überdenken. Dann fiel ihr auf, dass Rebus' Augen sich weiteten.

»Und dazu brauchen wir nicht mal nach London zu fahren«, sagte er.

»Warum nicht?«

»Weil Steelforth nicht in London ist.«

»Wo ist er dann?«

»Vor unserer Nase«, erklärte Rebus und fing an, die Weißwandtafel abzuwischen.

Was so viel hieß wie eine schnelle Autostunde Richtung Westen.

Die ganze Fahrt über gingen sie Rebus' Theorie durch. Trevor Guest haut aus Newcastle ab – vielleicht weil er wegen irgendeines Deals Schulden hat. Ein kurzer Weg in das anonyme Grenzland. Er schaut sich um, ist aber ohne Stoff und ohne Geld. Seine einzige Begabung: Einbruchdiebstahl. Aber Mrs. Webster ist zu Hause, und am Ende bringt er sie um. Bekommt Panik und flieht nach Edinburgh, wo er sein Gewissen erleichtert, indem er mit Senioren arbeitet, Menschen wie die Frau, die er ermordet hat. Keine sexuelle Nötigung – er mochte ja nur die viel jüngeren.

In der Zwischenzeit ist Stacey Webster wegen der Ermordung ihrer Mutter am Boden zerstört, völlig untröstlich, als der Tod auch noch ihren Vater dahinrafft. Mithilfe ihrer kriminalistischen Fähigkeiten macht sie den möglichen Schuldigen ausfindig, nur sitzt der bereits hinter Gittern. Soll aber bald entlassen werden. Das gibt ihr Zeit, ihre Rache zu planen. Sie hat Guest auf *Bestien-im-Visier* gefunden, zusammen mit anderen seinesgleichen. Sie wählt ihre Ziele nach geografischen Gesichtspunkten – leichte Erreichbarkeit von ihren Undercover-Missionen aus. Ihre Existenz als vermeintliche Angehörige der Subkultur bietet ihr Zugang zu Heroin. Bringt sie Guest zu einem Geständnis, bevor sie ihn tötet? Das ist letztlich egal: Zu diesem Zeitpunkt hat sie bereits Eddie Isley umgebracht. Fügt noch einen weiteren hinzu, um den Verdacht zu erhärten, hier sei ein Serienmörder am Werk, dann hört sie auf. Befriedigt und ruhig. Ihrer Ansicht nach hat sie die Straßen von Abschaum befreit. Die Planungen für den G8-Gipfel haben sie zum Clootie Well geführt, und sie weiß, das ist genau der richtige Ort. *Irgendjemand* wird darauf stoßen – und die Hinweise entdecken. Zur Sicherheit sorgt sie dafür, dass der Name sofort klar ist ... der einzige Name, der zählt.

Man wird sie ganz bestimmt nicht finden.

Das perfekte Verbrechen.

Fast ...

»Ich muss zugeben«, sagte Siobhan, »dass es plausibel klingt.«

»Weil es sich nämlich genauso zugetragen hat. So ist es nun mal mit der Wahrheit, Siobhan: Sie ergibt fast immer Sinn.«

Auf der M8 kamen sie gut voran und wechselten dann auf die A82. Das Dorf Luss lag direkt an der Straße am Westufer des Loch Lomond.

»Hier wurde früher *Take the High Road* gedreht«, klärte Rebus seine Beifahrerin auf.

»Eine der wenigen Serien, die ich mir nie angeschaut habe.«

Auf der anderen Fahrbahn kamen ihnen Autos entgegen.

»Sieht ganz so aus, als würde heute nicht mehr gespielt«, bemerkte Siobhan. »Könnte sein, dass wir morgen wiederkommen müssen.«

Aber Rebus war noch nicht zur Kapitulation bereit. Der Loch Lomond Golf Club war eine Einrichtung »Nur für Mitglieder«, und die Ausrichtung der Open hatte zusätzliche Sicherheitsvorkehrungen mit sich gebracht. Am Haupteingang standen Sicherheitsbeamte, die sorgfältig Rebus' und Siobhans Dienstausweise prüften, bevor sie ihre Ankunft über Funk weitermeldeten; währenddessen wurde ein Spiegel an einer langen Stange unter dem Fahrgestell ihres Auto entlanggeführt.

»Seit dem Donnerstag gehen wir keine Risiken mehr ein«, erklärte der Mann, als er ihnen ihre Ausweise zurückgab. »Fragen Sie beim Klubhaus nach Commander Steelforth.«

»Danke«, erwiderte Rebus. »Überhaupt, wer gewinnt eigentlich?«

»Es steht unentschieden – Tim Clark und Maarten Lafeber fünfzehn unter. Tim hat heute sechs unter geschlagen. Monty ist aber gut platziert – zehn unter. Das wird ein Knaller morgen.«

Rebus bedankte sich noch einmal und setzte den Saab wieder in Bewegung. »Haben Sie irgendwas davon kapiert?«, fragte er Siobhan.

»Ich weiß, dass mit ›Monty‹ Colin Montgomerie gemeint ist ...«

»Dann wissen Sie über das altehrwürdige königliche Spiel genauso gut Bescheid wie ich.«

»Haben Sie's nie versucht?«

Er schüttelte den Kopf. »Es liegt an diesen pastellfarbenen Pullovern ... ich hab mich nie darin sehen können.«

Als sie das Auto abstellten und ausstiegen, gingen ein halbes Dutzend Zuschauer vorüber, eifrig im Gespräch über die Ereignisse des Tages. Einer trug einen rosafarbenen Pullover mit V-Ausschnitt, die der anderen waren gelb, hell orangefarben oder himmelblau.

»Verstehen Sie, was ich meine?«, fragte Rebus. Siobhan nickte zustimmend.

Das Klubhaus war im schottischen Baronial Style erbaut

und hieß Rossdhu. Daneben parkte ein silberner Benz, dessen Chauffeur auf dem Fahrersitz ein Nickerchen machte. Rebus erinnerte sich von Gleneagles her an ihn – der für Steelforth bestimmte Fahrer.

»Dank dir, da oben«, sagte er und hob die Augen zum Himmel.

Ein kleiner bebrillter Herr mit einem kräftigen Schnurrbart und einem ausgeprägten Bewusstsein für seine eigene Bedeutung kam in großen Schritten aus dem Gebäude heraus auf sie zu. Alle möglichen laminierten Ausweise und Kennkarten hingen um seinen Hals und klapperten bei jedem Schritt. Er bellte ein Wort, das sich anhörte wie »Sektär«, das Rebus aber als Sekretär übersetzte. Die knochige Hand, die die seine schüttelte, meinte es allzu gut, aber immerhin *bekam* er einen Händedruck; Siobhan hätte genauso gut ein Strauch in der Landschaft sein können.

»Wir müssen mit Commander David Steelforth sprechen«, erklärte Rebus. »Ich glaube, er ist nicht der Typ, der sich unters ungewaschene Volk mischt.«

»Steelforth?« Der Sekretär nahm seine Brille ab und rieb sie am Ärmel seines dunkelroten Pullovers. »Könnte er zu einer Firma gehören?«

»Das da ist sein Fahrer«, sagte Rebus mit einem Kopfnicken zu dem Benz.

»Pennen Industries?«, schaltete Siobhan sich ein.

Nachdem der Sekretär sich die Brille wieder aufgesetzt hatte, richtete er seine Antwort an Rebus. »O ja, Mr. Pennen hat ein Besucherzelt.« Er warf einen Blick auf seine Armbanduhr. »Wahrscheinlich ist da gleich Schluss.«

»Haben Sie was dagegen, wenn wir nachschauen gehen?«

Das Gesicht des Sekretärs zuckte, und er bat sie zu warten, bevor er wieder in dem Gebäude verschwand. In Erwartung irgendeines Kommentars sah Rebus Siobhan an.

Und sie tat ihm den Gefallen: »Übereifriger Hohlkopf.«

»Wäre ein Anmeldeformular Ihnen vielleicht lieber?«

»Haben Sie irgendeine Frau gesehen, seit wir hier sind?«

Rebus schaute sich um, bevor er zugab, dass sie recht hatte. Beim Geräusch eines Elektromotors drehte er sich um. Es war ein Golfmobil, das hinter dem Haus Rossdhu hervorkam und von dem Sekretär persönlich gefahren wurde.

»Steigen Sie auf«, sagte er zu ihnen.

»Können wir nicht laufen?«, fragte Rebus.

Der Sekretär schüttelte den Kopf und wiederholte die Anweisung. Der Wagen verfügte über zwei nach hinten gerichtete, gepolsterte Rücksitze.

»Ein Glück, dass Sie so schlank sind«, sagte Rebus zu Siobhan. Der Sekretär befahl ihnen, sich festzuhalten. Der Wagen fuhr in einer Geschwindigkeit, die knapp über Schritttempo lag.

»Na toll«, meinte Siobhan, die alles andere als begeistert aussah.

»Glauben Sie, der Chief Constable ist Golffan?«, wollte Rebus wissen.

»Vermutlich.«

»Bei dem Glück, das wir diese Woche hatten, werden wir ihm jeden Moment begegnen.«

Das taten sie nicht. Auf dem Platz selbst befanden sich nur noch ein paar Nachzügler. Die Stände waren leer, und die Sonne ging gerade unter.

»Wahnsinn«, musste Siobhan zugeben, als ihr Blick über Loch Lomond hinweg zu den Bergen wanderte.

»Bringt mich zurück in meine Kindheit«, sagte Rebus.

»Haben Sie hier Ihre Ferien verbracht?«

Er schüttelte den Kopf. »Wir nicht, aber die Nachbarn, und sie haben uns immer eine Postkarte geschickt.« Als er sich umdrehte, sah er, dass sie auf ein Zeltdorf mit eigener Absperrung und Sicherheitsmannschaft zufuhren. Weiße Festzelte, Dudelsackmusik und lautes Stimmengewirr. Der Sekretär brachte sein Fahrzeug zum Stehen und deutete mit dem Kopf auf eins der größeren Zelte. Es hatte durchsichtige Plastikfenster und livriertes Bedienungspersonal. Man trank Champagner, und auf silbernen Tabletts wurden Austern gereicht.

»Besten Dank für die Mitfahrgelegenheit«, sagte Rebus.

»Soll ich warten?«

Rebus schüttelte den Kopf. »Wir finden unseren Weg schon allein, Sir. Noch mal danke.«

»Lothian and Borders«, erklärte Rebus den Sicherheitsbeamten, denen er seinen Dienstausweis zeigte.

»Ihr Chief Constable ist im Champagnerzelt«, antwortete einer der Männer dienstbeflissen. Rebus warf Siobhan einen Blick zu. Was für eine Woche … Er nahm sich ein Glas Schampus und bahnte sich einen Weg durchs Gewühl. Manche der Gesichter kamen ihm von Prestonfield her bekannt vor: G8-Delegierte – Leute, mit denen Richard Pennen ins Geschäft kommen wollte. Der Blick des kenianischen Diplomaten, Joseph Kamweze, kreuzte sich für einen Moment mit dem von Rebus, wandte sich dann aber sofort wieder ab, und der Mann verschwand in der Menge.

»Wie bei den Vereinten Nationen«, bemerkte Siobhan. Augenpaare musterten sie: Frauen waren hier nur vereinzelt anzutreffen. Aber diesen wenigen ging es vor allem darum, *gesehen* zu werden: wallendes Haar, kurze, enge Kleider und ein gekünsteltes Lächeln. Sie würden sich selbst eher als »Models« denn als »Hostessen« bezeichnen, für den Tag angeheuert, um dem Ganzen Glamour zu verleihen.

»Sie hätten sich in Schale werfen sollen«, tadelte Rebus Siobhan. »Ein bisschen Make-up kann nie schaden.«

»Vorsicht, hier spricht Karl Lagerfeld«, erwiderte sie.

Rebus tippte ihr auf die Schulter. »Unser Gastgeber.« Er wies mit dem Kopf auf Richard Pennen. Immer noch dieselbe tadellose Frisur, glitzernde Manschettenknöpfe, schwere goldene Armbanduhr. Aber irgendetwas hatte sich verändert.

Das Gesicht kam ihm weniger gebräunt vor, die Haltung weniger selbstbewusst. Wenn Pennen über eine Bemerkung seines Gegenübers lachte, warf er den Kopf etwas zu weit zurück und machte den Mund etwas zu weit auf. Offenbar kein echtes Lachen. Sein Gesprächspartner schien den gleichen Eindruck zu haben und nicht so recht zu wissen, was er von ihm halten sollte. Auch Pennens Lakaien – an jeder Seite einer, wie in Prestonfield – wirkten nervös angesichts der Unfähigkeit ihres Chefs, das Spiel so weiterzuspielen wie bisher. Rebus verspürte einen Moment lang den Impuls, auf ihn zuzugehen und ihn zu fragen, wie es ihm gehe, aus reiner Neugier auf seine Reaktion. Doch da hatte Siobhan ihm schon eine Hand auf den Arm gelegt und seine Aufmerksamkeit auf etwas anderes gelenkt.

David Steelforth trat, im Gespräch mit Chief Constable James Corbyn, aus dem Champagnerzelt.

»Scheiße!«, sagte Rebus. Dann, nach einem tiefen Atemzug: »Wer A sagt …«

Er spürte, dass Siobhan zögerte, und drehte sich zu ihr um. »Vielleicht sollten Sie sich für einen Moment verdünnisieren.«

Sie hatte jedoch ihre Entscheidung getroffen und ging sogar als Erste auf die beiden Männer zu.

»Entschuldigen Sie, dass ich störe«, sagte sie, als Rebus sie eingeholt hatte.

»Was, um alles in der Welt, machen Sie beide denn hier?«, zischte Corbyn.

»Wenn es Champagner umsonst gibt, bin ich immer dabei«, antwortete Rebus und hob sein Glas. »Ich nehme an, bei Ihnen ist es nicht anders, Sir.«

Corbyns Gesicht war puterrot geworden. »Ich war *eingeladen.*«

»Wir auch, Sir«, sagte Siobhan, »gewissermaßen.«

»Wie das?«, fragte Steelforth belustigt.

»Mordermittlungen, Sir«, erwiderte Rebus. »Wirkt in der Regel wie ein VIP-Ausweis.«

»VVIP«, korrigierte ihn Siobhan.

»Wollen Sie damit sagen, Ben Webster wurde ermordet?«, fragte Steelforth, den Blick auf Rebus gerichtet.

»Nicht direkt«, antwortete Rebus. »Wir haben aber eine vage Vorstellung, *warum* er starb. Und es scheint mit dem Clootie Well zusammenzuhängen.« Er wandte sich Corbyn zu. »Wir können Sie später aufklären, Sir, aber jetzt müssen wir mit Commander Steelforth reden.«

»Ich bin sicher, das kann warten«, blaffte Corbyn.

Rebus sah zu Steelforth, dessen neuerliches Lächeln diesmal Corbyn galt.

»Ich glaube, ich höre mir besser an, was der Inspector und seine Kollegin mir zu sagen haben.«

»Also gut«, gab Corbyn nach. »Dann schießen Sie los.«

Rebus zögerte, tauschte einen Blick mit Siobhan. Steelforth hatte schnell begriffen. Mit großer Geste reichte er Corbyn sein noch unangetastetes Glas.

»Ich bin gleich zurück, Chief Constable. Ich bin sicher, Ihre Mitarbeiter werden Ihnen zu gegebener Zeit sicher alles erklären ...«

»Das will ich ihnen geraten haben«, sagte Corbyn mit Nachdruck, während er Siobhan mit einem durchdringenden Blick bedachte. Steelforth tätschelte ihm beruhigend den Arm und setzte sich in Bewegung, Rebus und Siobhan im Schlepptau. An dem niedrigen weißen Palisadenzaun blieben sie stehen. Steelforth wandte sich von der Menge weg der Rasenfläche zu, wo Platzwarte eifrig damit beschäftigt waren, ausgehackte Rasenstücke wieder einzusetzen und Bunker glatt zu rechen. Er steckte die Hände in die Taschen.

»Was glauben Sie zu wissen?«, fragte er lässig.

»Ich glaube, das wissen Sie ganz genau«, antwortete Rebus. »Als ich die Verbindung zwischen Webster und dem Clootie

Well erwähnte, haben Sie nicht einmal geblinzelt. Das lässt mich vermuten, dass Sie bereits etwas geahnt haben. Schließlich ist Stacey Webster Ihre Mitarbeiterin. Sie behalten sie sicher gern im Auge ... haben sich vielleicht gefragt, warum sie Ausflüge in den Norden unternahm, zum Beispiel nach Newcastle und Carlisle. Für mich stellt sich zudem die Frage, was Sie auf dem Überwachungsvideo von dem Abend auf dem Castle gesehen haben.«

»Spucken Sie's aus«, forderte Steelforth ihn auf.

Siobhan löste Rebus ab. »Wir glauben, dass unser Serienmörder Stacey Webster heißt. Es ging ihr eigentlich ausschließlich um Trevor Guest, aber sie hatte keinerlei Skrupel, zur Verschleierung dieser Tatsache noch zwei weitere Männer zu töten.«

»Und als sie zu ihrem Bruder ging, um ihm die Neuigkeiten zu berichten«, fuhr Rebus fort, »war er alles andere als begeistert. Vielleicht ist er gesprungen; vielleicht war er entsetzt und hat gedroht, an die Öffentlichkeit zu gehen ... worauf sie beschloss, ihn zum Schweigen zu bringen.« Er zuckte die Achseln.

»Abstruses Zeug«, lautete Steelforths Kommentar. »Als gute Kriminalisten haben Sie sicher einen wasserdichten Fall konstruiert, oder?«

»Dürfte nicht schwer sein, jetzt, wo wir wissen, wonach wir suchen«, erklärte Rebus. »Für den SO12 wird es natürlich vernichtend ...«

Steelforths Mund zuckte, als er sich um hundertachtzig Grad drehte, um die Festgesellschaft zu betrachten. »Bis vor ungefähr einer Stunde«, sagte er, »hätte ich Ihnen beiden gesagt, Sie könnten mich mal am Arsch lecken. Wissen Sie, warum?«

»Pennen hat Ihnen einen Job angeboten«, antwortete Rebus. Steelforth zog eine Augenbraue hoch. »Eine wohl begründete Vermutung«, erklärte Rebus. »*Er* war es nämlich, den Sie die ganze Zeit beschützt haben. Dürfte der Grund dafür gewesen sein.«

Steelforth nickte. »Zufällig haben Sie recht.«

»Aber Sie haben Ihre Meinung geändert?«, fragte Siobhan.

»Schauen Sie ihn doch nur an: Es zerfällt ja alles zu Staub!«

»Wie eine Statue in der Wüste«, warf Siobhan ein, den Blick auf Rebus gerichtet.

»Ich wollte am Montag meine Kündigung einreichen«, erklärte Steelforth mit Bedauern in der Stimme. »Der Special Branch hätte zum Teufel gehen können.«

»Ist er das nicht bereits, wenn eine seiner Mitarbeiterinnen ihren Weg mit Leichen pflastern darf?«, meinte Rebus.

Steelforths Blick war immer noch auf Richard Pennen gerichtet. »Schon seltsam, wie es manchmal so läuft … der geringste Fehler kann das Gebäude zum Einsturz bringen.«

»Wie bei Al Capone«, sprang Siobhan ihm hilfreich zur Seite. »Er ist nur wegen Steuerhinterziehung dran, oder?«

Steelforth ignorierte sie und wandte seine Aufmerksamkeit Rebus zu. »Das Überwachungsvideo war nicht eindeutig«, sagte er.

»Hat es gezeigt, wie Ben Webster sich mit jemandem traf?«

»Zehn Minuten, nachdem er über Handy angerufen worden war.«

»Müssen wir die Verbindungsnachweise der Telefongesellschaft überprüfen, oder können wir davon ausgehen, dass es Stacey war?«

»Wie schon gesagt, das Überwachungsvideo war nicht eindeutig.«

»Was hat es denn gezeigt?«

Steelforth zuckte die Achseln. »Zwei Leute, die sich unterhielten … viel Gestikulieren … offenbar ein Streit über irgendetwas. Endete damit, dass einer den anderen packte. Allerdings schlechte Sichtverhältnisse, auch wegen der Dunkelheit …«

»Und?«

»Dann war nur noch einer da.« Steelforth sah Rebus an. »In dem Augenblick wollte er, glaube ich, dass es passiert.«

Einen Moment lang herrschte Stille, die schließlich von Siobhan gebrochen wurde. »Und Sie hätten das alles unter den Teppich gekehrt, um kein Aufhebens zu machen ... so wie Sie Stacey Webster nach London geschickt haben.«

»Tja, also ... viel Glück, wenn Sie das mit DS Webster besprechen wollen.«

»Wie meinen Sie das?«

Er drehte sich zu ihr um. »Seit Mittwoch hat niemand mehr etwas von ihr gehört. Wie es scheint, hat sie den Nachtzug nach Euston genommen.«

Siobhans Augen verengten sich. »Die Bombenattentate in London?«

»Es würde an ein Wunder grenzen, wenn wir alle Opfer identifiziert hätten.«

»Wer's glaubt ...«, schimpfte Rebus, das Gesicht ganz nah an Steelforths. »Sie verstecken sie!«

Steelforth lachte. »Sie sehen überall Verschwörungen, Rebus, stimmt's?«

»Sie wussten, was sie getan hatte. Bomben waren die perfekte Deckung, hinter der sie verschwinden konnte!«

Steelforths Miene wurde hart. »Sie ist *weg*«, sagte er. »Sammeln Sie ruhig alle Beweise, die Sie finden können – ich habe meine Zweifel, dass Sie damit weiterkommen werden.«

»Jedenfalls werden Sie eine Wagenladung Mist auf den Kopf bekommen«, warnte ihn Rebus.

»Tatsächlich?« Steelforths kantiger Kiefer war kaum mehr als zwei Zentimeter von Rebus' Gesicht entfernt. »Ist aber doch nicht schlecht für das Land, oder, gelegentlich ein bisschen Dung? Und nun entschuldigen Sie mich bitte, ich werde mich jetzt auf Kosten von Richard Pennen volllaufen lassen.«

Er entfernte sich mit großen Schritten und nahm dabei die Hände aus den Taschen, um von Corbyn sein Glas wieder entgegennehmen zu können. Der Chief Constable sagte etwas und machte eine Geste in Richtung der beiden Kriminalbeamten. Steelforth schüttelte den Kopf, neigte sich dann leicht zu Corbyn und sagte etwas, was den Chief Constable dazu veranlasste, in ein wirklich echtes schallendes Lachen auszubrechen .

28

»Was ist denn das jetzt für ein Ergebnis?«, fragte Siobhan, zum wiederholten Mal. Sie befanden sich wieder in Edinburgh und saßen in einer Bar in der Broughton Street, gleich um die Ecke von ihrer Wohnung.

»Übergeben Sie die Fotos von den Princes Street Gardens«, sagte Rebus, »und Ihr kleiner Skinheadfreund könnte die Gefängnisstrafe bekommen, die er verdient.«

Sie starrte ihn an und gab ein raues, humorloses Lachen von sich. »Und das soll's dann gewesen sein? Vier tote Menschen wegen Stacey Webster, und *das* ist alles, was wir haben?«

»Wir haben unsere Gesundheit«, erinnerte sie Rebus. »Und eine ganze Bar, die an unseren Lippen hängt.«

Blicke wandten sich ab, als sie die Leute anblaffte. Vier Gin Tonic hatte sie bisher gehabt, Rebus ein Pint und drei Laphroaigs. Sie saßen in einer Nische. In der vollen Bar war es ziemlich laut gewesen, bis sie angefangen hatte, über Mehrfachmorde, einen verdächtigen Toten, einen Erstochenen, Sexualstraftäter, George Bush, den Special Branch, die Krawalle in der Princes Street und Bianca Jagger zu sprechen.

»Wir müssen das ganze Beweismaterial noch zusammentragen«, sagte Rebus zur Erinnerung. Als Reaktion erntete er von ihr nur ein verächtliches Schnauben.

»Wozu soll das gut sein?«, fragte sie. »Wir können nichts beweisen.«

»Jede Menge Indizien.«

Diesmal prustete sie nur und begann, an ihren Fingern aufzuzählen: »Richard Pennen, SO12, die Regierung, Cafferty, Gareth Tench, ein Serienmörder, der G8-Gipfel ... für eine Weile sah es so aus, als hätten sie alle was miteinander zu tun. Und wenn man darüber nachdenkt, *ist* es tatsächlich auch so.« Sie hielt ihm sieben Finger vors Gesicht. Als er nicht reagierte, senkte sie die Hände und musterte ihn. »Wie können Sie da so ruhig bleiben?«

»Wer sagt denn, dass ich ruhig bin?«

»Dann fressen Sie es in sich hinein.«

»Ich habe eben schon ein bisschen Übung.«

»Ich nicht.« Sie schüttelte übertrieben heftig den Kopf. »Wenn so etwas passiert, würde ich es am liebsten von den Dächern herunterbrüllen.«

»Ich würde sagen, die ersten Schritte sind bereits getan.«

Sie starrte ihr halbvolles Glas an. »Und Ben Websters Tod hatte nichts mit Richard Pennen zu tun?«

»Nichts«, gab Rebus zu.

»Aber ihn hat er auch zugrunde gerichtet, stimmt's?«

Er nickte. Sie murmelte etwas, was er nicht verstand. Er bat sie, es zu wiederholen.

»Keine Götter, keine Herren. Darüber habe ich seit Montag nachgedacht. Ich meine, nehmen wir mal an, es stimmt ... zu wem schauen wir dann auf? Wer schmeißt den Laden?«

»Ich weiß nicht, ob ich Ihnen diese Frage beantworten kann, Siobhan.«

Ein Zucken um ihren Mund deutete darauf hin, dass er so etwas wie einen Verdacht bestätigt hatte. Ihr Handy klingelte, das Zeichen für eine eingegangene SMS. Sie warf einen Blick auf das Display, kümmerte sich aber weiter nicht darum.

»Sie sind ja richtig begehrt heute Abend«, bemerkte Rebus. Sie antwortete mit einem Kopfschütteln. »Wenn ich raten müsste, würde ich sagen, es ist Cafferty.«

Sie funkelte ihn wütend an. »Und wenn er es tatsächlich ist?«

»Sie könnten vielleicht Ihre Nummer ändern.«

Sie nickte zustimmend. »Aber erst, wenn ich ihm eine nette lange SMS geschickt habe, in der ich ihm ganz deutlich sage, was ich von ihm halte.« Sie ließ ihren Blick über den Tisch schweifen. »Ist das meine Runde?«, fragte sie.

»Ich dachte, vielleicht essen wir was …«

»Sind Sie von Pennens Austern nicht satt geworden?«

»Ein nahrhaftes Mahl war das ja nicht gerade.«

»Weiter oben in der Straße ist ein Curryhaus.«

»Ich weiß.«

»Na klar, Sie haben ja Ihr ganzes Leben hier verbracht.«

»Den größten Teil davon«, pflichtete er ihr bei.

»Eine Woche wie diese haben Sie aber auch noch nicht erlebt«, sagte sie provozierend.

»Nein«, gestand er. »Jetzt trinken Sie aus, und dann gehen wir zu dem Curryhaus.«

Sie nickte, während sie ihr Glas fest umklammert hielt. »Meine Eltern waren Mittwochabend bei diesem Inder. Ich kam gerade noch rechtzeitig zum Kaffee …«

»Sie können sie jederzeit in London besuchen.«

»Ich weiß aber gar nicht, wie lange es sie überhaupt noch geben wird.« Ihre Augen glänzten. »Ist das typisch schottisch, John? Ein paar Drinks, und schon wird man sentimental?«

»Wir scheinen wirklich damit gestraft zu sein«, gab er zu, »dass wir immer nach hinten schauen.«

»Und dann gehen Sie zum CID, was alles nur noch schlimmer macht. Menschen sterben, und wir schauen zurück in ihr Leben … und können überhaupt nichts mehr ändern.« Sie versuchte, ihr Glas zu heben, musste sich aber ob dessen Gewicht geschlagen geben.

»Wir könnten Keith Carberry einen Tritt versetzen«, schlug Rebus vor.

Sie nickte bedächtig.

»Oder Big Ger Cafferty, wo wir schon dabei sind ... oder irgendjemandem sonst, bei dem uns schon mal danach war. Wir sind zu zweit.« Er beugte sich ein wenig vor, suchte ihren Blick. »Two against nature.«

Sie sah ihn verschmitzt an. »Songtext?«, riet sie.

»Albumtitel: Steely Dan.«

»Wissen Sie, was ich mich immer gefragt habe?« Sie lehnte sich an die Rückwand der Nische. »Wie sind die zu ihrem Namen gekommen?«

»Das erzähle ich Ihnen, wenn Sie nüchtern sind«, versprach Rebus ihr, bevor er sein Glas leerte.

Er spürte die Blicke, die ihnen folgten, als er ihr auf die Füße und zur Bar hinaushalf. Sie wurden von einem scharfen Wind und vereinzelten Regentropfen empfangen. »Vielleicht sollten wir zu Ihnen gehen«, schlug er vor. »Wir können uns Essen kommen lassen.«

»So betrunken bin ich auch wieder nicht!«

»Na gut.« Sie machten sich auf den Weg den steilen Hügel hinauf, ohne ein Wort zu sagen. Samstagabend, die Stadt war wieder zum Alltag zurückgekehrt: hochfrisierte Teenager in hochfrisierten Autos; Geld, das nach einem Ort Ausschau hielt, um an den Mann gebracht zu werden; das typische Dieseltuckern der Taxis. Irgendwann hakte Siobhan sich bei ihm unter und sagte etwas, was er nicht verstand.

»Es genügt nicht, oder?«, wiederholte sie. »Nur ... symbolisch ... weil man sonst nichts tun kann.«

»Wovon reden Sie?«, fragte er lächelnd.

»Vom Aufzählen der Toten«, erklärte sie, den Kopf an seine Schulter gelehnt.

Epilog

29

Am Montagmorgen saß er im ersten Zug Richtung Süden. Fuhr um sechs in Waverley ab, sollte kurz nach zehn in King's Cross eintreffen. Um acht rief er am Gayfield Square an und sagte, ihm sei schlecht, was gar nicht so weit von der Wahrheit entfernt war. Hätte man ihn nach dem Grund gefragt, hätte er Schwierigkeiten bekommen.

»Die Überstunden abfeiern«, war alles, was der diensthabende Sergeant sagte.

Rebus setzte sich in den Speisewagen und aß sich am Frühstück satt. Wieder an seinem Platz, las er Zeitung und versuchte, den Kontakt mit seinen Mitreisenden zu vermeiden. Auf der anderen Seite des Tisches saß ein missmutig dreinschauender Jugendlicher, der zu den Gitarrenklängen aus seinen Ohrhörern rhythmisch mit dem Kopf wackelte. Neben ihm eine Geschäftsfrau, die sich darüber ärgerte, dass sie nicht genug Platz hatte, um den Inhalt ihres Büros um sich herum auszubreiten. Niemand auf dem Platz neben Rebus – bis York jedenfalls. Er war seit Jahren nicht mehr Zug gefahren. Voll mit Touristen und ihrem Gepäck, wimmernden Säuglingen, Urlaubern, Arbeitern, die wieder zu ihrem Job nach London fuhren. Nach York folgten Doncaster und Peterborough. Der rundliche Mann, der sich auf seinem reservierten Platz neben Rebus niedergelassen hatte, war eingeschlafen, nachdem er darauf hingewiesen hatte, dass er eigentlich den Fensterplatz gebucht habe, sich aber auch mit dem Platz zum Gang hin begnügen würde, wenn Rebus nicht wechseln wolle.

»Schön.« Mehr hatte Rebus nicht gesagt.

Der Zeitungshändler in Waverley hatte erst ein paar Minuten vor der planmäßigen Abfahrt des Zuges seinen Laden geöffnet, aber Rebus konnte sich gerade noch einen *Scotsman* schnappen. Mairies Artikel stand auf der ersten Seite. Es war nicht der Leitartikel, und er wimmelte von Wörtern wie »angeblich«, »vielleicht« und »potenziell«, aber allein die Überschrift erfreute Rebus' Herz:

WAFFENPRODUZENT IN MYSTERIÖSE PARLAMENTSKREDITE VERWICKELT

Rebus betrachtete das als Eröffnungssalve; Mairie hatte sicher noch viel Munition in petto.

Gepäck besaß er keins, da er unbedingt den letzten Zug zurück nehmen wollte. Er hielt sich noch die Möglichkeit offen, auf Schlafwagen umzubuchen, was er vielleicht wirklich tun würde – dann könnte er das Personal fragen, ob zufällig jemand am Mittwoch im Schlafwagen von Edinburgh in Richtung Süden Dienst gehabt hatte. Rebus schien der letzte Mensch gewesen zu sein, der Stacey Webster gesehen hatte – es sei denn, jemand von der Great North Eastern Railway konnte Auskunft geben. Wäre er ihr an jenem Abend nach Waverley gefolgt, hätte er sich davon überzeugen können, dass sie den Zug wirklich nahm. Unter den gegebenen Umständen konnte sie überall sein – auch in irgendeinem Versteck, bis Steelforth sich eine neue Identität für sie ausgedacht hatte.

Rebus glaubte, dass es ihr nicht sonderlich schwerfallen würde, ein neues Leben zu beginnen. Das war ihm am Abend zuvor bewusst geworden. All ihre verschiedenen Persönlichkeiten: Polizistin, Santal, Schwester, Mörderin. Echt quadrophonisch, genau wie es in dem Who-Album hieß. Am Sonntag war Kenny, Mickeys Sohn, in seinem BMW vor Rebus' Wohnung aufgetaucht und hatte ihm gesagt, auf seinem Rücksitz liege etwas für ihn. Rebus war nachschauen gegangen – Alben, Tonbänder und CDs, Singles –, Mickeys ganze Sammlung.

»Das stand im Testament«, hatte Kenny gesagt. »Dad wollte, dass du sie bekommst.«

Nachdem sie alles in Kisten die zwei Treppen hochgeschleppt hatten und Kenny gerade so lange geblieben war, wie es dauerte, ein Glas Wasser zu trinken, hatte Rebus das Geschenk angestarrt. Hatte sich dann neben die Kisten auf den Boden gesetzt und angefangen, sie durchzusehen: eine Monoschallplatte *Sergeant Pepper, Let It Bleed* mit dem Ned-Kelly-Poster, viel von den Kinks, von Taste und Free ... ein paar Van Der Graaf und Steve Hillage. Es gab sogar ein paar Acht-Spur-Tonbandkassetten – *Killer* von Alice Cooper; ein Beach-Boys-Album. Eine Fundgrube an Erinnerungen. Rebus hielt sich die Hüllen unter die Nase – schon allein der Geruch versetzte ihn zurück in die Vergangenheit. Verzogene Hollies-Singles, die nach einer Party zu lange auf dem Plattenteller liegen geblieben waren, ein Exemplar der »Silver Machine« mit Mickeys Handschrift drauf: »Das gehört Michael Rebus – Pfoten weg!!!«

Und natürlich *Quadrophenia*, die Ecken der Hülle zerknittert, das Vinyl verkratzt, aber immer noch spielbar.

Im Zug erinnerte Rebus sich an Staceys letzte Worte an ihn: ... *ihm nie gesagt haben, dass es Ihnen leidtut ..* Und dann war sie zur Toilette gestürzt. Er hatte gedacht, sie hätte von Mickey gesprochen, aber jetzt wurde ihm bewusst, dass sie auch sich selbst und Ben meinte. Bedauerte sie es, dass sie drei Menschen getötet hatte? Oder dass sie es ihrem Bruder erzählt hatte? Ben, dem klar wurde, dass er sie der Polizei übergeben musste, der die Steinzinnen hinter sich und die Tiefe unmittelbar dahinter spürte ... Rebus musste an Caffertys Memoiren denken – *Wechselbalg*. Fand, dass die meisten Leute diesen Titel für ihre Autobiografie benutzen konnten. Leute, die man kannte, die nach außen hin immer gleich wirkten – bis auf ein paar graue Haare oder einen Bauchansatz –, aber von denen man nie wusste, was hinter ihrer Fassade vor sich ging.

Erst in Doncaster weckte das Klingeln seines Handys seinen leise schnarchenden Nachbarn. Es war Siobhans Nummer. Rebus ging nicht dran, und so schickte sie eine SMS, die er sich – nachdem er die Zeitung durchgelesen und genug Landschaft gesehen hatte – schließlich ansah.

Wo sind S.? Corbyn will uns 2 sprechen. Muss ihm etw. erzählen. Rufen Sie mich an.

Er wusste, dass er das nicht konnte, nicht vom Zug aus – sie würde erraten, wohin er unterwegs war. Um das Unvermeidliche hinauszuzögern, wartete er noch eine halbe Stunde, bis er ihr eine Antwort per SMS schickte.

Im Bett nicht gut reden später

Die Zeichensetzung hatte er nicht hingekriegt. Sie schrieb sofort zurück: *Kater?*

Austern von Loch Lomond, antwortete er.

Dann schaltete er das Handy aus, um seinen Akku zu schonen, und schloss die Augen gerade in dem Moment, als der Zugführer ankündigte, London King's Cross sei der »nächste und letzte Halt«.

»Der nächste und letzte«, wiederholte der Lautsprecher.

Zuvor hatte es schon eine Durchsage zur Schließung von U-Bahn-Stationen gegeben. Die Geschäftsfrau mit der strengen Miene hatte ihren U-Bahn-Übersichtsplan konsultiert, den sie sich so nah vors Gesicht hielt, dass niemand sonst von dieser Information profitieren konnte. In den Vororten von London erkannte Rebus ein paar der Lokalbahnhöfe, durch die der Zug bummelte. Die Reisenden, die regelmäßig diese Strecke fuhren, fingen an, ihre Sachen einzupacken und aufzustehen. Der Laptop der Geschäftsfrau wanderte wieder in ihre Schultertasche, zusammen mit Akten und Papieren, Terminkalender und Stadtplan. Der dickliche Mann neben Rebus stand mit einer Verbeugung auf, als hätten sie ein herzliches Gespräch miteinander geführt. Rebus, der es nicht besonders eilig hatte, war einer der Letzten, die den Zug verließen, und musste sich auf dem Weg nach draußen an der Putzkolonne vorbeiquetschen.

In London war es heißer und viel stickiger als in Edinburgh. Seine Jacke war zu warm. Vom Bahnhof aus ging er zu Fuß, er brauchte weder Taxi noch U-Bahn. Er zündete sich eine Zigarette an und ignorierte Verkehrslärm und Abgase, während er ein Blatt Papier aus der Tasche zog. Es war ein aus einem Straßenverzeichnis herausgetrennter Stadtplan, den Steelforth ihm gegeben hatte. Rebus hatte ihn am Sonntagnachmittag angerufen und ihm erklärt, dass sie bei den Clootie-Well-Morden unnötige Aufregung vermeiden und ihre Erkenntnisse mit ihm erörtern würden, bevor sie den Fall dem Staatsanwalt übergaben.

»In Ordnung«, hatte Steelforth, zu Recht misstrauisch, geantwortet. Hintergrundgeräusch: der Flughafen von Edinburgh; der Commander auf dem Weg nach Hause. Rebus hatte ihm gerade einen Haufen Scheiße erzählt und bat ihn jetzt um einen Gefallen.

Ergebnis: ein Name, eine Adresse und ein Stadtplan.

Steelforth hatte sich sogar für Pennens Schlägertypen entschuldigt. Sie hätten die Anweisung gehabt, ihn zu beobachten; von Schikanieren sei nie die Rede gewesen. »Hab erst hinterher davon erfahren«, war Steelforths Kommentar gewesen. »Man glaubt immer, man könnte solche Leute unter Kontrolle halten ...«

Kontrolle ...

Rebus hatte wieder Stadtrat Tench vor Augen, der versuchte, eine ganze Gemeinde zu manipulieren, es aber nicht schaffte, sein eigenes Schicksal zu ändern.

Weniger als eine Stunde zu Fuß, schätzte Rebus. Und kein schlechter Tag dafür. Eine der Bomben war in einem U-Bahnzug zwischen King's Cross und Russell Square hochgegangen, eine andere in einem Bus, der von Euston zum Russell Square fuhr. Alle drei Punkte befanden sich auf dem Stadtplan, den er in der Hand hielt. Der Schlafwagenzug dürfte gegen sieben an diesem Morgen angekommen sein.

8.50 Uhr – die Explosion in der U-Bahn.

9.47 Uhr – die Explosion im Bus.

Rebus konnte nicht glauben, dass Stacey Webster in der U-Bahn oder dem Bus gesessen hatte. Der Zugführer hatte ihnen versichert, sie hätten Glück gehabt: Drei Tage zuvor sei die Zugverbindung in Finsbury Park zu Ende gewesen. Rebus konnte schlecht sagen, dass Finsbury Park sich genauso gut geeignet hätte …

Cafferty hielt sich allein in der Poolhalle auf. Er blickte nicht einmal auf, als Siobhan hereinkam – nicht bevor er seinen Stoß ausgeführt hatte. Es war der Versuch eines Zweibänders.

Der fehlschlug.

Er ging um den Tisch herum, kreidete währenddessen das Leder ein und blies den Kreideüberschuss weg.

»Die Bewegungen haben Sie alle drauf«, sagte Siobhan. Er gab ein Grunzen von sich und beugte sich über das Queue.

Wieder nichts.

»Und trotzdem spielen Sie miserabel«, fügte sie hinzu. »Das beschreibt Sie im Grunde ganz gut.«

»Ich wünsche Ihnen ebenfalls einen guten Morgen, Detective Sergeant Clarke. Ist das ein privater Besuch?«

»Sieht es denn danach aus?«

Cafferty schaute flüchtig zu ihr hoch. »Sie haben meine kleinen Botschaften ignoriert.«

»Hab mich dran gewöhnt.«

»Das ändert nichts an dem, was passiert ist.«

»Was *ist* eigentlich genau passiert?«

Er schien einen Augenblick über die Frage nachzudenken. »Wir haben beide etwas bekommen, was wir uns gewünscht hatten?«, fragte er. »Nur fühlen Sie sich jetzt schuldig.« Er stellte sein Queue auf den Boden. »Wir haben beide etwas bekommen, was wir uns gewünscht hatten«, wiederholte er.

»Ich hatte mir nicht gewünscht, dass Gareth Tench stirbt.«

»Sie hatten sich gewünscht, dass er bestraft wird.«

Sie ging ein paar Schritte auf ihn zu. »Jetzt tun Sie bloß nicht so, als wäre irgendetwas davon zu meinem Nutzen gewesen.«

Cafferty gab einen missbilligenden Laut von sich. »Sie müssen anfangen, diese kleinen Siege zu genießen, Siobhan. Nach meiner Erfahrung bietet das Leben nicht allzu viele davon.«

»Ich habe Scheiße gebaut, Cafferty, aber ich lerne schnell. Mit John Rebus konnten Sie sich über die Jahre ein bisschen amüsieren, aber von jetzt an sitzt Ihnen ein anderer Feind im Nacken.«

Cafferty lachte in sich hinein. »Und das sind Sie, stimmt's?« Er stützte sich auf sein Queue. »Sie müssen aber zugeben, Siobhan, dass wir ein ziemlich gutes Team waren. Jetzt stellen Sie sich vor, wir beide hätten gemeinsam die Stadt unter Kontrolle – Informationsaustausch, Tipps und Abmachungen ... Ich würde meinen Geschäften nachgehen, und Sie könnten rasch die Karriereleiter erklimmen. Ist das nicht genau das, was wir beide letzten Endes wollen?«

»Was ich will«, sagte Siobhan ruhig, »ist, nichts mit Ihnen zu tun zu haben, bis ich auf der Zeugen- und Sie auf der Anklagebank sitzen.«

»Viel Glück damit«, erwiderte Cafferty und kicherte erneut in sich hinein. Dann wandte er sich wieder dem Pooltisch zu. »Wollen Sie mich in der Zwischenzeit im Pool schlagen? Bei diesem verdammten Spiel hab ich es noch nie zu was gebracht ...«

Doch als er sich umdrehte, war sie schon auf dem Weg zur Tür.

»Siobhan!«, rief er hinter ihr her. »Erinnern Sie sich noch? Hier oben im Büro? Und wie dieser kleine Lausbub Carberry anfing, sich zu winden? Ich hab's in Ihren Augen gesehen ...«

Sie hatte die Tür schon geöffnet, konnte sich aber die Frage nicht verkneifen: »Was gesehen, Cafferty?«

»Sie fingen an, es zu mögen.« Er leckte sich die Lippen. »Ich würde sagen, das war eindeutig.«

Sein Lachen folgte ihr bis nach draußen.

Pentonville Road und dann Upper Street … weiter als er dachte. In einem Café gegenüber der U-Bahnstation Highbury & Islington machte er halt, aß ein Sandwich und blätterte die erste Ausgabe des *Evening Standard* durch. Niemand in dem Café sprach Englisch, und als er seine Bestellung aufgab, hatte die Bedienung Schwierigkeiten mit seinem Akzent. Aber das Sandwich schmeckte gut …

Als er das Lokal verließ, spürte er, dass sich an beiden Füßen Blasen bildeten. Von der St. Paul's Road bog er in die Highbury Grove ein. Gegenüber eines Tennisplatzes fand er die Straße, die er suchte. Und den Wohnblock, zu dem er wollte. Fand auch die Wohnungsnummer und den Klingelknopf dazu. Kein Name daneben, aber er drückte trotzdem drauf.

Keine Antwort.

Schaute auf die Uhr und drückte dann auf andere Klingelknöpfe, bis sich jemand meldete.

»Ja?«, krächzte eine Stimme aus der Sprechanlage.

»Päckchen für Nummer zehn«, sagte Rebus.

»Das hier ist Wohnung sechzehn.«

»Ich dachte, ich könnte es vielleicht bei Ihnen abgeben.«

»Können Sie nicht.«

»Und oben vor der Tür?«

Die Stimme fluchte, aber der Türöffner summte, und schon war Rebus drin. Die Treppe hinauf zur Tür von Wohnung 9. Sie besaß einen Spion. Er drückte sein Ohr ans Holz. Trat einen Schritt zurück und betrachtete sie. Solide Tür, mit einem halben Dutzend Schlössern und einer Stahleinfassung am Rand.

»Wer lebt in einer solchen Wohnung?«, dachte Rebus laut. »Jetzt sind Sie dran, David ...« Der Slogan aus einem Fernsehratespiel mit dem Titel *Through the Keyhole*. Im Gegensatz zum Rateteam in dieser Sendung wusste Rebus genau, wer hier lebte: eine Information, die er durch und von David Steelforth bekommen hatte. Rebus rüttelte halbherzig an der Tür und ging dann wieder die Treppe hinunter. Er riss den Deckel von seiner Zigarettenschachtel ab und verkeilte die Eingangstür damit, sodass sie nicht ins Schloss fallen konnte. Danach ging er nach draußen und wartete.

Warten konnte er gut.

Es gab ein Dutzend Anwohnerparkplätze, alle mit einem senkrechten Metallpfosten versehen. Der silberfarbene Porsche Cayenne hielt an, sein Besitzer stieg aus, entfernte das Vorhängeschloss am Pfosten und legte diesen auf den Boden, damit er auf den Parkplatz fahren konnte. Er pfiff zufrieden, während er um das Auto herumging und den Reifen einen Tritt versetzte, wie solche Kerle das eben machten. Mit dem Ärmel fuhr er über einen Schmutzfleck, warf den Autoschlüssel in die Luft, fing ihn wieder auf und steckte ihn in die Tasche. Ein anderer Schlüsselbund kam zum Vorschein, an dem er nach dem Schlüssel für die Eingangstür des Wohnblocks suchte. Die Tatsache, dass die Tür nicht ganz zu war, schien ihn zu verwirren. Dann knallte sein Gesicht dagegen, denn er wurde von hinten durch die Tür und ins Treppenhaus gestoßen, ohne dass Rebus ihm auch nur die geringste Chance einer Gegenwehr ließ. Er packte den Mann an den Haaren und schlug sein Gesicht mehrmals gegen die graue Betonwand, bis sie blutbeschmiert war. Ein Knie in den Rücken, und Jacko lag auf dem Boden, benommen und halb bewusstlos. Ein Schlag ins Genick und noch einer aufs Kinn. Der erste für mich, dachte Rebus, der zweite für Mairie Henderson.

Rebus sah sich das vernarbte Gesicht des Mannes ganz genau an. Er war schon seit einer Weile nicht mehr in der Armee und durch seinen Job in der Privatwirtschaft ganz schön fett geworden. Die Augen wurden glasig und schlossen sich dann langsam. Rebus wartete einen Moment, für den Fall, dass das ein Trick war. Jackos ganzer Körper war schlaff. Rebus vergewisserte sich, dass sein Puls noch ging und seine Atemwege nicht blockiert waren. Dann riss er dem Mann die Hände hinter den Rücken und band sie mit den Plastikkabelbindern, die er mitgebracht hatte, zusammen.

Band sie hübsch fest zusammen.

Danach stand er auf, zog die Autoschlüssel aus Jackos Tasche und ging wieder nach draußen. Auf dem Weg zu dem Porsche sah er sich um, ob ihn auch niemand beobachtete, und machte, bevor er die Fahrertür öffnete, mit dem Autoschlüssel einen langen Kratzer in die Karosserie. Steckte den Schlüssel ins Zündschloss und ließ die Tür einladend offen stehen. Hielt einen Moment inne, um Luft zu schnappen, und ging dann zurück zur Hauptstraße. Er würde das erstbeste Taxi oder den nächsten Bus nehmen. Mit dem Fünfuhrzug ab King's Cross wäre er noch vor Ladenschluss wieder in Edinburgh. Er hatte eine Fahrkarte mit offener Rückfahrt – ein Flug nach Ibiza hätte ihn weniger gekostet.

Zu Hause wartete auch noch Unerledigtes auf ihn.

Das Glück war auf seiner Seite: ein schwarzes Taxi mit einer gelb leuchtenden Anzeige auf dem Dach. Im Fond sitzend griff Rebus in die Tasche. Dem Taxifahrer hatte er Euston angegeben – er wusste, dass es von dort nur ein kurzer Fußweg bis King's Cross war. Er zog ein Blatt Papier und eine Rolle Klebefilm hervor, faltete das Blatt auseinander und schaute es sich genau an – einfach, aber auf den Punkt gebracht. Zwei Fotos von Santal/Stacey: eins von Siobhans Fotografenfreund, das andere aus einer alten Zeitung. Darüber in dicker schwarzer Handschrift nur das Wort VERMISST, zweimal unterstrichen. Darunter Rebus' sechster und letzter Versuch einer glaubhaften Botschaft: *Meine beiden Freundinnen, Santal und Stacey, werden seit den Bombenattentaten vermisst. Sie kamen an diesem Morgen mit dem Nachtzug in Euston an. Wenn Sie sie gesehen oder irgendetwas über sie gehört haben, rufen Sie mich bitte an. Ich möchte unbedingt wissen, dass sie wohlauf sind.*

Darunter kein Name, nur seine Handynummer. Und ein halbes Dutzend Kopien davon in seiner anderen Tasche. Er hatte sie bereits im Nationalen Polizeicomputer als vermisst gemeldet: beide Identitäten; Größe, Alter und Augenfarbe; ein paar Hintergrundinformationen. Nächste Woche würde ihre Beschreibung an die Obdachlosenhilfe, die Verkäufer der Straßenzeitung *Big Issue*, rausgehen. Nach Eric Bains Entlassung aus dem Krankenhaus würde Rebus ihn nach entsprechenden Websites fragen. Vielleicht könnten sie sogar selbst eine einrichten. Wenn sie sich irgendwo da draußen aufhielt, war sie auffindbar. Rebus würde die Suche nicht ad acta legen.

Jedenfalls nicht so schnell.

Dank

In Auchterarder gibt es keinen Clootie Well. Den auf der Black Isle dagegen sollte man sich unbedingt ansehen, wenn man etwas für gruselige Touristenattraktionen übrig hat.

Ebenso wenig gibt es in Coldstream ein Ram's Head. Eine anständige Fleischpastete bekommt man aber auch im Besom.

Mein Dank gilt Dave Henderson, der mir sein Fotoarchiv als Dauerleihgabe zur Verfügung gestellt, und Jonathan Emmans dafür, dass er mich mit ihm bekanntgemacht hat.

Rebus' Witz über baskische Separatisten habe ich mir (mit dessen Erlaubnis) von Peter Ross vom *Sunday Herald* »ausgeliehen«.

IAN RANKIN

»Rankins Bücher bilden gewissermaßen die Quintessenz dessen,
was gegenwärtig den britischen Kriminalroman ausmacht.«
Die Zeit

DIE INSPECTOR-REBUS-ROMANE

In chronologischer Reihenfolge:

Verborgene Muster
224 Seiten • Taschenbuch • Titelnummer: 44607

Das zweite Zeichen
320 Seiten • Taschenbuch • Titelnummer: 44608

Wolfsmale
320 Seiten • Taschenbuch • Titelnummer: 44609

Ehrensache
384 Seiten • Taschenbuch • Titelnummer: 45014

Verschlüsselte Wahrheit
384 Seiten • Taschenbuch • Titelnummer: 45015

Blutschuld
384 Seiten • Taschenbuch • Titelnummer: 45016

Ein eisiger Tod
416 Seiten • Taschenbuch • Titelnummer: 45428

Das Souvenir des Mörders
608 Seiten • Taschenbuch • Titelnummer: 44604

Die Sünden der Väter
480 Seiten • Taschenbuch • Titelnummer: 45429

Die Seelen der Toten
576 Seiten • Taschenbuch • Titelnummer: 44610

Der kalte Hauch der Nacht
544 Seiten • Taschenbuch • Titelnummer: 45387

Puppenspiel
640 Seiten • Taschenbuch • Titelnummer: 45636

Die Tore der Finsternis
544 Seiten • Taschenbuch • Titelnummer: 45833

Die Kinder des Todes
544 Seiten • Taschenbuch • Titelnummer: 56314

So soll er sterben
576 Seiten • Taschenbuch • Titelnummer: 46440

Im Namen der Toten
592 Seiten • gebundene Ausgabe • Titelnummer: 54606

MANHATTAN VERLAG